흙 속에 저 바람 속에·
오늘보다 긴 이야기

이어령 전집
04

흙 속에 저 바람 속에·
오늘보다 긴 이야기

베스트셀러 컬렉션 4
문화론_한국 문화론의 고전과 기준

이어령 지음

21세기북스

상상력과 흥의 근원에 관한 깊은 탐구

박보균 | 문화체육관광부 장관

이어령 초대 문화부 장관이 작고하신 지 1년이 지났습니다. 그러나 그의 언어는 여전히 우리 곁에 남아 새로운 것을 볼 수 있는 창조적 통찰과 지혜를 주고 있습니다. 이 스물네 권의 전집은 그가 평생을 걸쳐 집대성한 언어의 힘을 보여줍니다. 특히 '한국문화론' 컬렉션에는 지금 전 세계가 갈채를 보내는 K컬처의 바탕인 한국인의 핏속에 흐르는 상상력과 흥의 근원에 관한 깊은 탐구가 담겨 있습니다.

선생은 우리 시대를 대표하는 지성이자 언어의 승부사셨습니다. 그는 "국가 간 경쟁에서 군사력, 정치력 그리고 문화력 중에서 언어의 힘, 언어력言力이 중요한 시대"라며 문화의 힘, 언어의 힘을 강조했습니다. 제가 기자 시절 리더십의 언어를 주목하고 추적하는 데도 선생의 말씀이 주효하게 작용했습니다. 문체부 장관 지명을 받고 처음 떠올린 것도 이어령 선생의 말씀이었습니다. 그 개념을 발전시키고 제 방식의 언어로 다듬어 새 정부의 문화정책 방향을 '문화매력국가'로 설정했습니다. 문화의 힘은 경제력이나 군사력같이 상대방을 압도하고 누르는 것이 아닙니다. 문화는 스며들고 상대방의 마음을 잡고 훔치는 것입니다. 그래야 문화의 힘이 오래갑니다. 선생께서 말씀하신 "매력으로 스며들어야만 상대방의 마음을 잡을 수 있다"라는 말에서도 힌트를 얻었습니다. 그 가치를 윤석열 정부의 문화정책에 주입해 펼쳐나가고 있습니다.

선생께서는 뛰어난 문인이자 논객이었고, 교육자, 행정가였습니다. 선생은 인식과 사고思考의 기성질서를 대담한 파격으로 재구성했습니다. 그는 "현실에서 눈뜨고 꾸는 꿈은 오직 문학적 상상력, 미지를 향한 호기심"뿐이었다고 말했습니다. 그는 마지막까지 왕성한 호기심으로 지知를 탐구하고 실천하는 삶을 사셨으며 진정한 학문적 통섭을 이룬 지식인이었습니다. 인문학 전반을 아우르는 방대한 지적 스펙트럼과 탁월한 필력은 그가 남긴 160여 권의 저작물로 남아 있습니다. 이 전집은 비교적 초기작인 1960~1980년대 글들을 많이 품고 있습니다. 선생께서 젊은 시절 걸어오신 왕성한 탐구와 언어의 발자취를 따라가다 보면 지적 풍요와 함께 삶에 대한 진지한 고찰을 마주할 것입니다. 이 전집이 독자들, 특히 대한민국 젊은 세대에게 문화 전반을 아우르는 교과서이자 삶의 지표가 되어줄 것으로 확신합니다.

100년 한국을 깨운 '이어령학'의 대전大全

이근배 | 시인, 대한민국예술원 회원

여기 빛의 붓 한 자루의 대역사大役事가 있습니다. 저 나라 잃고 말과 글도 빼앗기던 항일기抗日期 한복판에서 하늘이 내린 붓을 쥐고 태어난 한국의 아들이 있습니다. 어려서부터 책 읽기와 글쓰기로 한국은 어떤 나라이며 한국인은 누구인가에 대한 깊고 먼 천착穿鑿을 하였습니다. 「우상의 파괴」로 한국 문단 미망迷妄의 껍데기를 깨고 『흙 속에 저 바람 속에』로 이어령의 붓 길은 옛날과 오늘, 동양과 서양을 넘나들며 한국을 넘어 인류를 향한 거침없는 지성의 새 문법을 만들기 시작했습니다.

서울올림픽의 마당을 가로지르던 굴렁쇠는 아직도 세계인의 눈 속에 분단 한국의 자유, 평화의 글자로 새겨지고 있으며 디지로그, 지성에서 영성으로, 생명 자본주의…… 등은 세계의 지성들에 앞장서 한국의 미래, 인류의 미래를 위한 문명의 먹거리를 경작해냈습니다.

빛의 붓 한 자루가 수확한 '이어령학'을 집대성한 이 대전大全은 오늘과 내일을 사는 모든 이들이 한번은 기어코 넘어야 할 높은 산이며 건너야 할 깊은 강입니다. 옷깃을 여미며 추천의 글을 올립니다.

시대의 언어를 창조한 위대한 상상력

'이어령 전집' 발간에 부쳐

권영민 | 문학평론가, 서울대학교 명예교수

　이어령 선생은 언제나 시대를 앞서가는 예지의 힘을 모두에게 보여주었다. 선생은 한국전쟁이 끝난 뒤 불모의 문단에 서서 이념적 잣대에 휘둘리던 문학을 위해 저항의 정신을 내세웠다. 어떤 경우에라도 문학의 언어는 자유가 되어야 한다는 신념으로 문단의 고정된 가치와 우상을 파괴하는 일에도 주저함 없이 앞장섰다.

　선생은 한국의 역사와 한국인의 삶의 현장을 섬세하게 살피고 그 속에서 슬기로움과 아름다움을 찾아내어 문화의 이름으로 그 가치를 빛내는 일을 선도했다. '디지로그'와 '생명자본주의' 같은 새로운 말을 만들어 다가오는 시대의 변화를 내다보는 통찰력을 보여준 것도 선생이었다. 선생은 문화의 개념과 가치의 중요성을 일깨우고 그 새로운 방향을 제시하면서 삶의 현실을 따스하게 보살펴야 하는 지성의 역할을 가르쳤다.

　이어령 선생이 자랑해온 우리 언어와 창조의 힘, 우리 문화와 자유의 가치 그리고 우리 모두의 상생과 생명의 의미는 이제 한국문화사의 빛나는 기록이 되었다. 새롭게 엮어낸 '이어령 전집'은 시대의 언어를 창조한 위대한 상상력의 보고다.

일러두기

- '이어령 전집'은 문학사상사에서 2002년부터 2006년 사이에 출간한 '이어령 라이브러리' 시리즈를 정본으로 삼았다.
- 『시 다시 읽기』는 문학사상사에서 1995년에 출간한 단행본을 정본으로 삼았다.
- 『공간의 기호학』은 민음사에서 2000년에 출간한 단행본을 정본으로 삼았다.
- 『문화 코드』는 문학사상사에서 2006년에 출간한 단행본을 정본으로 삼았다.
- '이어령 라이브러리' 및 단행본에서 한자로 표기했던 것은 가능한 한 한글로 옮겨 적었다.
- '이어령 라이브러리'에서 오자로 표기했던 것은 바로잡았고, 옛 말투는 현대 문법에 맞지 않더라도 가능한 한 그대로 살렸다.
- 원어 병기는 첨자로 달았다.
- 인물의 영문 풀네임은 가독성을 위해 되도록 생략했고, 의미가 통하지 않을 경우 선별적으로 달았다.
- 인용문은 크기만 줄이고 서체는 그대로 두었다.
- 전집을 통틀어 괄호와 따옴표의 사용은 아래와 같다.
  『 』: 장편소설, 단행본, 단편소설이지만 같은 제목의 단편소설집이 출간된 경우
  「 」: 단편소설, 단행본에 포함된 장, 논문
  《 》: 신문, 잡지 등의 매체명
  〈 〉: 신문 기사, 잡지 기사, 영화, 연극, 그림, 음악, 기타 글, 작품 등
  ' ': 시리즈명, 강조
- 표제지 일러스트는 소설가 김승옥이 그린 이어령 캐리커처.

차례

흙 속에 저 바람 속에

오늘보다 긴 이야기

흙 속에 저 바람 속에

『흙 속에 저 바람 속에』의 신판을 내면서

"개칠을 하지 마라." 내가 어렸을 때 습자(서예) 선생님으로부터 귀가 닳도록 들은 말이다. 한번 내려 쓴 글씨는 마음에 들지 않더라도 덧칠을 하거나 수정을 해서는 안 된다는 것이다. 나는『흙 속에 저 바람 속에』를 쓰고 난 뒤 40년 동안 이 원리를 충실히 지켰다. 옛날 찍은 사진을 지금의 얼굴로 고칠 수 없듯이 그때의 생각과 마음으로 쓴 글들을 개정할 수는 없는 일이다. 다소의 오류나 부족함이 있더라도 오히려 진솔한 그대로 놓아두는 것이 좋다.

그런데 내 글을 돌이켜보고 다시 정리하는 개정 신판을 내게 되면서 처음으로 오랜 철칙을 깨고 개칠을 하게 되었다. 아주 작은 부분이지만 본문에서도 몇 자 고치거나 주석을 새로 달았다. 우선 서문만 해도 '황토'를 '황토 흙'으로, '지프'를 '지프차'라고 고쳤다. 신문사와 출판사의 교열부에서 황토 흙이라고 하면 그것이 역전앞처럼 맞춤법에 어긋난 겹친 말이라고 해서 수정을 가하곤 했다. 그러나 황토라고 하면 말하다 만 것 같은 생각이 든다. 세 살 때 배운 말 그대로 황토 흙이라고 해야만 고향의 그 붉은 산들이 눈에 선하게 떠오른다. 지프차도 마찬가지이다. 나만이 아닐 것이다. 한국인 전부가 그렇게 말한다.

말은 수학이 아니다. 한자에서 온 말에 우리 토속어를 붙여 말하는 것 자체가 한국말의 특성이요 한국인의 마음이라는 것을 나는 여러 글에서 언급한 적이 있다. 그러니까 교과서 아닌 실제 생활 속에서는 교열부 지시대로 '동해로'가 아니라 "동해 바다로 고래 잡으러" 간다고 당당히 큰 소리로 노래 부르고 있지 않은가. 누가 시켜서가 아니라 '지프'라는 영어에 '차'라는 말을 붙여 불렀던 그때의 흙, 새와 그 바람을 그대로 살리고 싶어서이다.

그리고 그 부피가 모자란다는 출판사의 요구에 따라서 『흙 속에 저 바람 속에』의 2부로 한국 관계의 칼럼을 덧붙였던 것도 삭제했다. 이제야 순수하게 《경향신문》에 연재되었던 그 에세이만을 가지고 한 권의 책을 꾸미게 된 것이다.

그러니까 엄격하게 말해서 이 신판에서 개정된 본문들은 새로 고쳤다기보다는 원상 복귀한 것들이 많았다고 고백해야 한다. 오히려 개칠은 내가 아니라 그동안 판을 거듭하면서 편집자에 의해서 바뀌게 된 것들이다. 종서가 횡서로 바뀌고 한자를 한글로 옮기는 과정에서 일어난 것들이다.

그러므로 이 개정된 신판을 나의 『흙 속에 저 바람 속에』의 정본으로 삼고자 하는 것이다. 문학사상사의 임홍빈 회장과 편집부 기자분들에게 고마운 마음을 전한다.

특히 발간 40주년을 기념하는 뜻으로 발표 당시 본인의 졸문을 빛나게 해주신 백인수 화백의 삽화를 수록했다. 다시 한 번 마음 속 깊이 감사드린다.

2002년 10월
이어령

풍경 뒤에 있는 것

아름답기보다는 어떤 고통이, 나태한 슬픔이, 졸린 정체(停滯)가 크나큰 상처처럼, 공동처럼 열려 있다. 그 상처와 공동을 들여다보지 않고서는 거기 그렇게 펼쳐져 있는 여린 색채의 풍경을 진정으로 이해할 수가 없는 것이다.

그것은 지도에도 없는 시골길이었다. 국도에서 조금만 들어가면 한국의 어느 시골에서나 볼 수 있는 그런 길이었다. 황토 흙과 자갈과 그리고 이따금 하얀 질경이꽃들이 피어 있었다.

붉은 산모롱이를 끼고 굽어 돌아가는 그 길목은 인적도 없이 그렇게 슬픈 곡선을 그리며 뻗어 있었다. 시골 사람들은 보통 그러한 길을 '마찻길'이라고 부른다.

그때 나는 그 길을 지프차로 달리고 있었다. 두 뼘 남짓한 운전대의 유리창 너머로 내다본 나의 조국은, 그리고 그 고향은 한결같이 평범하고 좁고 쓸쓸하고 가난한 것이었다.

많은 해를 망각의 여백 속에서 그냥 묻어두었던 풍경들이다.

이지러진 초가집의 지붕, 돌담과 깨어진 비석, 미루나무가 서 있는 냇가, 서낭당, 버려진 무덤들 그리고 잔디, 아카시아, 말풀, 보리밭……. 정적하고 단조한 풍경이다.

거기에는 백로의 날갯짓과도 같고, 웅덩이의 잔물결과도 같고, 시든 나뭇잎이 떨어지는 것 같고, 그늘진 골짜기와도 같은 그런 고요함이 있었다. 그러나 그것은 폐허의 고요에 가까운 것이다. 향수만으로는 깊이 이해할 수도 또 설명될 수도 없는 정적함이다.

아름답기보다는 어떤 고통이, 나태한 슬픔이, 졸린 정체停滯가 크나큰 상처처럼, 공동처럼 열려 있다. 그 상처와 공동을 들여다보지 않고서는 거기 그렇게 펼쳐져 있는 여린 색채의 풍경을 진정으로 이해할 수가 없을 것이다.

위확장에 걸린 시골 아이들의 불룩한 그 배를 보지 않고서는, 광대뼈가 나온 시골 여인네들의 땀내를 맡아보지 않고서는, 그리고 그들이 부르는 노래와 무심히 지껄이는 말솜씨를 듣지 않고서는 그것을 알지 못할 것이다.

지프차가 사태진 언덕길을 꺾어 내리막길로 접어들었을 때, 나는 그러한 모든 것을 보았던 것이다.

사건이라고도 부를 수 없는 사소한 일, 또 흔히 있을 수 있는 일이었지만 그것은 가장 강렬한 인상을 가지고 가슴속으로 파고

들었다.

앞에서 걸어가고 있던 사람들은 늙은 부부였다. 경적 소리에 놀란 그들은 곧 몸을 피하려고는 했지만 너무나도 놀라 경황이 없었던 것 같다. 그들은 갑자기 서로 손을 부둥켜 쥐고 뒤뚱거리며 곧장 앞으로만 뛰어 달아나는 것이다.

고무신이 벗겨지자 그것을 다시 집으려고 뒷걸음친다. 하마터면 그때 차는 그들을 칠 뻔했던 것이다. 이것이 그때 일어났던 이야기의 전부다. 불과 수십 초 동안의 광경이었고 차는 다시 아무 일도 없이 그들을 뒤에 두고 달리고 있었다. 운전사는 그들의 거동에 처음엔 웃었고 다음에는 화를 냈다. 그러나 그것도 순간이었다. 이제는 아무 표정도 없이 차를 몰고만 있을 뿐이다. 그러나 나는 모든 것을 역력히 기억할 수 있었다. 그리고 그 잔영殘影이 좀처럼 눈앞에서 사라지지 않았다.

누렇게 들뜬 검버섯의 그 얼굴, 공포와 당혹스러운 표정, 마치 가축처럼 둔한 몸짓으로 뒤뚱거리며 쫓겨 갔던 그 뒷모습, 그리고…… 그리고 그 위급한 경황 속에서도 서로 놓지 않으려고 꼭 부여잡은 앙상한 두 손…… 북어 대가리가 꿰져 나온 남루한 봇짐을 틀어 잡은 또 하나의 손…… 고무신짝을 집으려던 그 또 하나의 손…… 떨리던 손…….

나는 한국인을 보았다. 천 년을 그렇게 살아온 나의 할아버지와 할머니의 뒷모습을 만난 것이다. 쫓기는 자의 뒷모습을…….

그렇다. 그들은 분명 여유 있게 차를 비키는 아스팔트 위의 이방인 같은 사람들이 아니었다. 운전사가 어이없이 웃었던 것처럼 그들의 도망치는 모습은 꼭 길가에서 놀던 닭이나 오리 떼들이 차가 달려왔을 때 날개를 퍼덕거리며 앞으로 달려가는 그 모습과 다를 게 없었다.

　악운과 가난과 횡포와 그 많은 불의의 재난들이 소리 없이 엄습해 왔을 때에 그들은 언제나 가축과도 같은 몸짓으로 쫓겨 가야만 했던 것일까! 그러한 표정으로, 그러한 손길로 몸을 피하지 않으면 안 되었던가!

　우리의 피붓빛과 똑같은 그 흙 속에 저 바람 속에 우리의 비밀, 우리의 마음이 있다.

울음에 대하여

대체 무엇 때문에 우리는 그렇게 울지 않으면 안 되었던가? 그리고 어떻게 그 '눈물'을 미화했으며, 생활화했으며, 또 어떻게 그 울음 속에서 우리의 모럴을 빚어 만들어내었던가?

노래하는 새와 우는 새

우러라 우러라 새여, 자고 니러 우러라 새여.

널라와 시름한 나도 자고 니러 우니로라.

고려 적 노래 「청산별곡靑山別曲」의 그 구절처럼 자고 깨기만 하면 눈물과 울음으로 날을 보내는 사람들이 있다. 슬퍼서 울고 배고파서 울고 억울해서 울고……. 심지어 즐거운 일이 있으면 이번에는 즐거워서 운다. 아메리카의 슈우 인디언들은 잘 울기로 이름난 종족이라 하지만 그들도 결코 우리를 따르지는 못했으리라.

울음과 눈물을 빼놓고서는 한국을 말할 수 없다. 자기 자신만이 아니라 주위의 모든 것까지를 '울음'으로 들었다.

'운다'는 말부터가 그렇다. 우리는 절로 소리나는 것이면 무엇이나 다 '운다'고 했다. 'birds sing'이라는 영어도 우리말로 번역하면 '새들이 운다'가 된다. 'sing'은 노래 부른다는 뜻이지만 우리는 그것을 반대로 '운다'고 표현했던 것이다. 똑같은 새소리였지만 서양인들은 그것을 즐거운 노랫소리로 들었고 우리는 슬픈 울음소리로 들었던 까닭이다.

같은 동양인이라 해도 중국에는 '명鳴'과 '제啼'가 있어 '읍泣'이란 말과는 엄연히 구별되어 있다. 그러나 우리는 종소리를 들어도 운다고 하고 문풍지 소리가 나도 역시 그것을 운다고 한다.

"房 안에 혓는 燭불 눌과 離別하엿관대, 것흐로 눈물 디고 속타난 줄 모로는고"[1]라는 시조를 봐도 촛불이 타는 것까지도 '우는 것'으로 보았으며, "간밤의 우던 여흘, 슬피 우러 지내여다"[2]라고 한 원호元昊는 냇물의 흐름 소리 또한 통곡 소리로 들었다.

---

1) 이개李塏의 시조. 비단 이 시조뿐 아니라 『춘향전』에도 「촉루락시민루락燭淚落時民淚落」이라는 유명한 시가 나온다.

2) 원호가 벼슬을 버리고 귀양 간 단종을 따라 영월에 가서 읊은 시조.

성웅聖雄이라고 일컫는 이순신도 그의 『난중일기』에 적기를 "울고 또 울고 그저 어서 죽기만을 기다린다[呼哭呼哭只待速死而已]"고 눈물을 뿌렸다.

"간 봄 그리매 모든 거사 우리 시름(지나간 봄을 그리워하며 모든 것이 울며 서러워한다)."[3]

향가 「모죽지랑가慕竹旨郎歌」에서처럼 모든 것이 울었다.

일목일초一木一草에도 눈물이 있고 끝없는 쇠북 소리나 여울물 소리에도 울음이 있다. 슬픔이 많은 민족이기에 그렇게 들리기만 했던 까닭이리라.

속담에 "울고 먹는 씨아"라는 말이 있다. 희미한 등잔불 밑에서 '씨아'[4]를 돌리는 저 여인들의 가슴에는 얼마나 많은 눈물이 맺혀 있었던가? 그러기에 여인들은 '씨아'의 삐걱거리는 소리를 목이 멘 울음소리로 들었고, 그렇게 울면서도 여전히 목화를 타야만(먹어야) 하는 '씨아'의 모습에서 그들 자신의 운명을 보았던 것이다. 그리하여 울면서도 하라는 일은 어쩔 수 없이 해야 되는 것을 "울고 먹는 씨아"라고 했다.

---

3) 신라 효소왕대孝昭王代에 득오得烏가 지은 노래로 『삼국유사』에 실려 있다.
4) 목화씨를 빼는 틀.

한국인의 곡

어느 국문학자도 지적했듯이, 이렇듯 "곡哭으로 시작하여 곡으로 끝나는 것이 우리 민족의 풍속"이었다.

초하루와 보름은 전통적으로 우는 날이다. 사람이 죽으면 죽은 날로부터 발인할 때까지 곡을 그치지 않고, 매장한 이튿날은 또 초우제初虞祭라고 울고 3일째 되는 날은 삼우제三虞祭라 하여 곡한다. 그리고 그 후부터는 삭망朔望 때마다 제사祭祀하니 또 울어야 한다.

그것도 그냥 우는 것이 아니라 아주 '음악적 상태'로까지 격식화한 곡법에 맞춰 울어야 했다. 반드시 제삿날이 아니라 하더라도 시골 아낙네들이 푸념하며 우는 곡성을 들어보면 '육자배기'나 '시나위 가락'과 같은 음조로 그 장단 박자가 놀랍도록 치밀하게 짜여 있음에 새삼 감탄하지 않을 수 없다.

잘 울어야 효자였고 잘 울어야 충신이며 열녀였다. 나아가서는 "울지 않는 자 한국인이 아니다"라는 가설까지 생겨날 법하다. 원래 살롱이나 댄스 파티라는 것이 없었던 이 나라에서는 사랑도 울음으로 했던 것이다. 대부분의 옛날이야기(러브 스토리)는 대개 이렇게 시작한다.

"어느 으스름한 달밤 외딴집에서 가냘픈 여인의 곡성이 들려왔더란다. 지나가던 나그네는 하도 그 울음소리가 애절하기에 찾아가 그 연유를 물은즉……."

이렇게 해서 외로운 청상과부와의 사랑이 싹트게 마련이다. 울음은 남녀 간의 내외도 관대하게 풀어주는 중화제였던가? 이래저래 "눈물이 골짝 난다"는 속담대로 울음이 이 땅을 덮었다. 아무리 시시한 국산 영화나 방송극이라 할지라도 우는 대목만은 감히 어느 나라의 것도 그것을 따르지 못한다.[5]

우는 연기만큼은 어떤 배우를 시켜도 훌륭하게 해치운다. 먼 조상으로부터 대대로 물려받은 유산이 바로 그 울음이요 눈물이기 때문이다.

대체 무엇 때문에 우리는 그렇게 울지 않으면 안 되었던가? 그리고 어떻게 그 '눈물'을 미화했으며, 생활화했으며, 또 어떻게 그 울음 속에서 우리의 모럴을 빚어 만들어내었던가? 우리의 예술과 문화가 이미 수정알 같은 눈물에서 싹터 그 눈물에서 자라난 것이라고 말할 수도 있겠다.

5) 가까운 예로 라디오 다이얼을 돌려보면 알 것이다. AFKN 방송을 들으면 '우는 소리'는 여간해서 들을 수 없다. 그러나 한국 방송을 들으면 10분이 멀다 하고 울음소리가 터져 나온다. 사극이건 현대극이건 우리의 방송극은 울음의 경연이라 할 수 있다. 영화도 역시 우는 것이라야 상품이 된다.

굶주림의 그늘

'뭐니 뭐니 해도 배고픈 설움보다 더 큰 것이 없다'고 생각한 사람들이었다. 한국의 아이들은 대개 팔과 다리에 비해 배가 크다. 참외씨나 수박씨가 묻어 있는 벌거벗은 아이들의 그 '장구배'야말로 우리 우수憂愁의 상징이었던 것이다.

아이들과 그 자귀난 배의 우수

우리의 슬픔과 그 울음은 대부분이 가난과 굶주림에서 온 것이었다. 서민들의 입에서 입으로 전해 내려온 속담 가운데도 가난과 굶주림에 대한 것이 가장 많은 비중을 차지하고 있다. '뭐니 뭐니 해도 배고픈 설움보다 더 큰 것이 없다'고 생각한 사람들이었다.

한국의 아이들은 대개 팔과 다리에 비해 배가 크다. 참외씨나 수박씨가 묻어 있는 벌거벗은 아이들의 그 '장구배'야말로 우리

우수憂愁의 상징이었던 것이다.

위확장에 걸린[6] 한국의 아이들은 푸른 하늘을 나는 새를 보아도 좀처럼 동심을 깨우려 하지 않는다. 그들의 입에서 흘러나온 노래는 꿈의 노래가 아니라 쓰라린 굶주림의 탄식이었던 게다.

> 황새야 황새야 뭘 먹고 사니
> 이웃집에서 쌀 한 됫박 꿔다 먹고 산다
> 언제 언제 갚니
> 내일 모레 장 보아 갚지

이런 노래를 부르며 그들은 자라났다. 모든 문제는 '먹는 데에 있었다.' 우리가 가는 곳이면 어디에나 그 굶주림의 어두운 그늘이 따랐다.[7]

> 꾸엉꾸엉 꾸엉 서방
> 아들 낳고 딸 낳고
> 무엇 먹고 사나
> 앞밭에 가 콩 한되

6) 못 먹어서 자귀난.
7) 우리나라의 민요 가운데 동물을 노래한 것은 거의 모두가 먹는 것과 결부되어 있다.

그럭저럭 먹고 살았지

떡해 먹자 부엉
양식 없다 부엉
걱정 말게 부엉
꿔다 하지 부엉
언제 갚지 부엉
갈(가을)에 갚지 부엉

오늘도 마찬가지다. 유치원 아이들이 귀여운 목소리로 노래 부르고 있다. 세상의 인심과 현실의 고통을 모르는 그들이지만 여전히 그 아이들이 부르는 노래는 먹는 것에 대한 근심이요 불안이다.

"토끼야, 토끼야, 산속의 토끼야. 겨울이 오면은 무얼 먹고 사느냐."

그 꿈 많은 시절에도 이 나라의 아이들은 이렇게 부지불식간에 먹는 타령을 해야만 된다.

생일이 돌아오면 잘사는 집에서든 가난한 집에서든 으레 밥을 고봉으로 수북이 담아주는 것이 하나의 의례적인 풍속이 되어버렸다. 이날만큼은 마음껏 먹어보라는 눈물겨운 선물이었으리라.

미각 언어가 상징하는 것

"가는 손님은 뒤꼭지가 예쁘다"는 말도 있다. 얼마나 먹는 일에 여유가 없었으면 이런 말이 다 생겼는가?

그러기에 모든 관심은 어른이고 아이고 자연히 먹는 데로 쏠리지 않을 수 없었다. 미각 언어가 발달한 것도 다 그런 데에 있다. 아무리 언어가 풍부한 나라라 할지라도 '쓰고, 씁쓸하고, 쓰디쓰고' 또 '달고, 들큼하고, 달콤하고, 달짝지근하고'를 구별할 영광을 누리지 못한다.

오직 우리만이 그 복잡한 혓바닥의 미각을 언어로 가려 나타낼 뿐이다. 먹는다는 말부터가 얼마나 다양하게 쓰이는 것일까? '나이'도 먹고 '더위'도 먹고 '공금公金'도 먹으며, 심지어는 '욕'까지도 먹는다고 한다. 사람의 성격을 평가하는 데도 '싱거운 놈, 짠놈, 매운 놈'이라고 한다. 외국인이 들으면 식인종이라고 의심할는지도 모를 일이다.[8]

결국 우리의 '설움'은 정신적인 것보다는 육체적인 데서 오는 것, 더 까다로운 말로 하자면 형이상학적인 '슬픔'이 아니라 형이하학적인 '울음'이었던 것이다.

---

8) 가족을 '식구'라고 하는 것도 따져보면 우스운 일이다. 영어의 가족family은 '봉사자'란 뜻에서 나온 것이지만 '식구食口'는 밥을 먹는 입이란 뜻이다. 즉, '식구가 많다'란 말은 곧 먹는 입이 많다는 의미가 된다. 우리는 가족도 단순히 먹는 입으로 따졌던 것이라 할 수 있다.

기쁜 일보다 슬픈 일이 더 많은 것을 가리켜 "손톱은 슬플 때마다 돋고 발톱은 기쁠 때만 돋는다"라고 한 것을 보아도 알 수 있다.

손톱이 발톱보다 더 잘 자란다는 데서 그런 비유가 생긴 것이지만, 그것을 더 깊이 분석해보면 그 기쁨이나 슬픔은 정신의 성장이 아니라 육신의 성장을 좌우하는 것임을 알 수 있다.

영어의 'sad(슬프다)'는 독일어의 'satt'에서 온 말이다. 그 어원의 뜻은 '포식하다, 배부르다, 물리다satiate'와 같은 것이다. 같은 슬픔이라 할지라도 우리와는 얼마나 그 차원이 다른가? 우리는 배고픈 '설움'이며 그들은 배가 부른 다음에 오는 슬픔, 즉 포식 뒤에 오는 정신적인 비탄[9]이요 권태다.

호메로스의 『오디세이아』에 바로 그런 장면이 있다. 오디세우스 장군이 괴물 스킬라에게 여섯 명의 부하를 먹히고 간신히 그곳을 피해 시칠리아의 해안에 배를 정박시켰다. 오디세우스 일행은 거기에서 기갈을 채우기 위하여 밥을 지어 먹는다. 그리고 배가 부르자 그들은 죽은 동료들을 생각하고 슬피 우는 것이다.

서구의 슬픔sadness은 어원 그대로 이렇게 포식 뒤에서 생겨나는 것이었지만, 우리의 울음은 포식 이전에서 허리띠를 죄며 흐느끼는 눈물이었던 것이다. 그러므로 그 '눈물'은 낭만적인 것도,

9) 형이상학적인 고민.

시적인 것도 아니었다. 산문적인, 너무나도 산문적인 눈물, 현실 속에서의 울음일 경우가 많다.

'눈물'이란 말부터가 그렇지 않은가? 눈물은 '눈'에서 흐르는 '물'이란 뜻이다. 코에서 흐르는 것을 콧물이라고 하듯 그것은 참으로 무미건조한 산문적인 이름이다 영어의 '티어'나 프랑스어의 '라르므'는 다 같이 독립어인데, 우리의 '눈물'만은 이상스럽게도 복합어인 '눈+물'이다.

그렇게 수없이 흘린 눈물이었지만, 때묻은 옷고름 자락으로 닦던 우리의 그 '눈물'은 어디까지나 아름다움이 될 수도 없는[10] 덤덤한 '물' 이상의 것이 아니었다. 금강산도 식후경이라고 배고픈 창자에서 흐르는 눈물엔 미학조차 허용되지 않았단 말인가?

10) 한갓 눈에서 흐르는.

윷놀이의 비극성

굴러떨어지는 그 운명의 윷가락 그것보다도 말판에서 뛰고 있는 말들을 볼 때 우리는 한층 더 절실한 이 민족의 비극을 암시받게 된다. 윷의 말판이야말로 저 피비린내 나는 사화 당쟁의 압축도라 할 수 있기 때문이다.

윷놀이와 사색당쟁

우리는 윷놀이를 좋아한다. 멀리 삼국시대 때부터 있던 고유한 풍습이다.[11]

---

11) 윷에 대한 기원과 그 풍속에 대해서 최남선崔南善은 다음과 같이 말하고 있다. "윷은 한국에만 있는 놀음으로서 신라시대로부터 성행한 증거가 일본의 옛 책에 적혀 있습니다. 옛날 일은 알 수 없지만 근세에는 윷이 농가의 놀음으로 세초歲初에 편을 갈라서 한 편은 산농山農이 되고 한 편은 수향水鄕이 되어가지고 그 이기고 짐으로써 그해 농사가 고지에 잘 될지 저지에 잘 될지를 판명하는 점법占法이었습니다. 근년에 이것이 일반적인 민간 전

그러나 윷놀이에는 무엇인가 한국적인 비극이 서려 있는 것 같다. 던져진 윷가락은 엎어지기도 하고 젖혀지기도 해서 그때그때의 운명도를 만들어낸다.

한 번 떨어진 윷가락들은 다시는 변경될 수도 없고 고쳐질 수도 없다. '도'면 '도'고 '개'면 '개'다. 그래서 때로는 윷놀이가 운명을 점치는 '윷점'으로 변하기도 한 것이다.

서구의 주사위도 그 면에 있어서는 물론 다를 것이 없다. 그것도 역시 우연을 향해 내던져진 운명의 숫자인 것이다. 그래서 '주사위(dice)'란 말의 근원에는 '운명에 의해서 주어진 것(datum)'이라는 뜻이 있는 모양이다.

그러나 다 같은 우연 속에 내맡긴 행위라 할지라도 '윷'은 '주사위'에 비해 한층 더 복잡하다는 것을 알 수 있다. 육면체의 주사위는 개개의 면이 각각 독립적인 운명을 나타내고 있지만, 윷은 하나하나의 윷가락들이 서로 얽히고설켜서 그 연관성 아래 비로소 결정적인 한 의미를 형성하게 된다.

윷가락 하나마다 엎어지고 젖혀지는 운명이 있고, 또 그러한 운명들이 합쳐진 전체의 운명이란 것이 있게 마련이다. '주사위'

래의 유희를 이름과 함께 자연 점법의 옛 뜻을 잃어버리고 다만 부인네들의 '윷괘점'이란 것이 약간 그런 모습을 가지고 있습니다." 이러한 연유를 생각해보면 더욱더 윷놀이 속에 잠재되어 있는 숙명관을 알 수 있을 것이다.

는 어디까지나 '홀로 있는 운명'이지만 '윷가락'은 '서로 있는 운명'이라고 볼 수 있다.

　서로 관련된 운명성—이것이야말로 한국인의, 특히 그 한국적 사회 풍토의 상징이라 할 수 있다. 서구를 꿰뚫고 흐르는 인간의 힘은 한 개인의 영웅주의였다고 볼 수 있다.

　그러나 동양에서도 특히 한국은 개인의 운명보다는 파당이라는 서로의 연관된 운명의 형세 밑에서 권력과 행운의 득실극得失劇이 전개되었다고 할 수 있다. 네 개의 윷가락이 떨어지고 있는 것을 보고 앉았으면 조선의 그 사색당쟁이 눈앞에 어린다. 나의 운수만으로도 안 된다. 동인이라든지 서인이라든지 남인이라든지 북인이라든지, 그 파당의 운이 펴지면 득세를 하고 한번 악운이 몰아치면 다 같이 쓰라린 조락의 길을 밟아야 한다.

　백의종군을 한 이순신에게서, 승전한 장군이 돌아갈 고향을 찾지 못했던 그 이순신에게서 우리가 느끼는 것도 개인의 운명이라기보다는 시들어가는 남인의 운명이었다.

　아니, 굴러떨어지는 그 운명의 윷가락 그것보다도 말판에서 뛰고 있는 말들을 볼 때 우리는 한층 더 절실한 이 민족의 비극을 암시받게 된다. 윷의 말판이야말로 저 피비린내 나는 사화 당쟁의 압축도라 할 수 있기 때문이다.

　'주사위 놀음'과는 달리 그것은 앞에 가는 말을 잡아먹는 놀음이다. 적의 말을 잡아먹는 맛에 윷을 노는지도 모른다. 피나는 노력으로 출구 직전까지 간 말의 뒷덜미를 쳐 잡아먹을 때, 한편에서는 박수가 터져 나오고 한편에서는 애석하고 억울한 탄성이 흘러나온다.

앞서가는 불안

앞서가는 말이 언제나 불리한 것이 윷놀이 말판의 현실이다. 거기에는 언제나 불안이 따른다. 따라서 잡은 놈이 다음에는 거꾸로 또 먹혀야 한다. 달면 잡아먹히고 잡히면 또 단다. 먹고 먹히는 이 줄기찬 윷놀이의 생리에는 지긋지긋한 윷판[政爭]에서 빨리 도망쳐 나가는 것이 유일한 승리자로 되어 있다.

그것뿐이랴. 상대편과의 싸움은 그렇게 야박하고 치사스러워도 자기편끼리는 업어가고 업혀가는 따스한 규칙이 있다. 넉동무니를 함께 업어가지고 나가는 것이 윷놀이의 가장 큰 행운이요 기쁨이다.

이 편승, 이 작당, 거기 윷판에 유자광柳子光이, 김종직金宗直 일파가, 피를 토하며 쓰러져가는 조광조趙光祖가 그리고 정송강鄭松江이 주어진 운명 밑에서 쫓고 쫓긴다. 이 윷놀이판의 게임과 같은 정쟁의 현실이 바로 또 하나 슬프디슬픈 우리의 울음을 자아내게 했던 것이다.

서민은 배고파서 울고 유복한 인간들은, 지식인들은 삼족을 멸하는 당쟁의 검은 선풍 속에서 울었다.

이때의 '목숨'은 문자 그대로 '목'에 붙은 '숨'에 불과한 것이었다. "석 나고 배 터진다"는 윷놀이의 속담이 그대로 현실의 한 상징이었던 그 사회에서는 영원히 행복한 패자란 것도 있을 수가 없었다.

그러기에 배고픈 서민들은 초근목피를 구하려고 산으로 갔고 배부른 선비들은 정쟁을 피하여 또한 산으로 갔다. 그리하여 이 땅은 걸인과 한운야학閑雲野鶴을 찾는 은둔 거사로 적막강산을 이루었던 게다.

우리가 좋다는 말 대신에 '괜찮다'는 말을 쓰게 된 이유도 거기에 있다. 괜찮다는 '관계하지 않는다'라는 긴 말이 줄어서 된 것이다.

현실에 관계하기만 하면, 나라 일에 관계하기만 하면 목숨을 잃었다. 죄 없는 처자식까지도 억울한 형벌을 받아야 했다. 혹은 쓸쓸한 귀양살이에서 눈물을 거문고로나 달래야 했다. 즉, 관계하지 않는 것이 좋은 일이다. 자연을 사랑했기에 그들이 반드시 풍월을 읊은 것은 아니었다. 그러지 않고서는 살 수가 없었기 때문이다.

배고픈 설움과 마찬가지로 지금도 그 정쟁이라는 눈물의 윷놀이가 우리 주변에서 벌어지고 있지 않은가? 주어진 숙명(윷가락)에는 그저 얌전하게 순응만 하면서도 말판 위에서는 앞서가는 놈을 잡아 치우는 비극의 그 윷놀이가……

동해의 새우 등

독일 사람들은 그들의 라인 강을 신화화했다. 그러나 그러한 것들은 국토의 일부에 지나지 않는다. 우리처럼 나라 전체의 모습을 하나의 문장紋章처럼 새겨왔거나 혹은 그것을 "금수강산 삼천리" 식으로 찬양하는 경우는 결코 흔치 않은 일이다.

한국의 지리적 조건

이상스러운 일이다. 웬일인지 우리는 다른 나라 사람들보다 유난히 자기 국토의 모습을 강렬하게 의식하면서 살아왔던 것 같다.

토끼처럼 생겼다는 한반도의 그 지형은 신문 제호의 디자인에서부터 심지어 고무신의 신발 표에 이르기까지 아무 데나 사용되고 있다. 다 쓰러져가는 초가집 안방 담벼락에서도 우리는 무궁화의 꽃과 잎으로 수놓아진 한반도의 모습을 때때로 발견하게 된다.

비록 그 수는 서투르고 파리똥이 묻은 수틀은 초라하기 짝이 없는 것이지만, 어쩐지 거기에는 가슴을 뭉클하게 하는 민족의 소원이 숨어 있는 것 같다.

물론 프랑스인들도 센 강을 사랑했다. 그리고 독일 사람들은 그들의 라인 강을 신화화했다. 그러나 그러한 것들은 국토의 일부에 지나지 않는다. 우리처럼 나라 전체의 모습을 하나의 문장紋章처럼 새겨왔거나 혹은 그것을 "금수강산 삼천리" 식으로 찬양하는 경우는 결코 흔치 않은 일이다.

국수주의에 광분했던 지난날의 일본만 해도 후지산[富士山] 꼭대기나 '사쿠라'를 '게다'짝에까지 내세우면서도 그 국토의 형상은 별로 강조하려고 들지 않았다.

우리에겐 실상 그럴 만한 슬픈 이유가 있었던 것이다. 물론 그 지형이 아름답고 기묘했던 까닭도 있었지만 그보다는 사라지려는 국토에 대한 불안감이 늘 우리의 머릿속에서 가시지 않았기 때문이리라.

한국의 50배나 되는 중국의 광활한 대지, 또 거센 유목민들이 주름잡는 북아시아의 넓은 벌판—거기에 한구석 흔적처럼 늘어붙어 있는 작은 반도의 주민들이 어찌 제 땅덩어리의 운명에 관심을 두지 않을 수 있었겠는가?

침략에의 강박관념은 이 나라의 역사가 시작되면서 오늘에 이르기까지 계속되었다.

국토가 넓대서 삼천리도 아니며 좁대서 또한 삼천리도 아니다. 그것은 자랑도 한탄도 아니라 차라리 하나의 확인, 하나의 다짐이었던 것이다.

그리하여 일본에게 국토를 빼앗겼을 때에도 우리의 머릿속에 새겨진 '토끼'의 그 형상은, 삼천리로 불린 그 흙덩어리의 이미지만은 좀처럼 지워질 수가 없는 것이었다.[12]

"반도 삼천리"라고 고래고래 소리 지르는 아이들의 노래를 듣고 있으면 꼭 전 세계의 인간들에게 "이 땅은 우리 것이니 누구도 손대지 말아달라"고 애소하는 것 같다.

아시아 지도를 펴놓고 물끄러미 바라다보고 있으면 우리가 왜 눈물을 흘리며 살아야 했는지를 절감케 된다. 그 지리적 위치는 숙명적인 것이었다. 일본의 어느 역사학자까지도 한국의 불행한 지리적 위치에 대해서 이렇게 논한 일이 있다.

"아시아 지도를 펴고 태평양에 가까운 부분을 바라보면, 어머니인 대륙의 가슴에 한반도가 마치 유방처럼 늘어붙어 있다. 그 유방에서 한 방울 두 방울의 젖이 흘러내린 것이 하나는 대마도며 또 하나가 대기臺岐다. 이렇게 본다면 일본 열도는 흡사 그 품

---

12) 한국의 국토를 토끼라고 하는 것은 잘 알려져 있는 사실이다. 그러나 원래는 '호랑이'였다고 주장하는 사람들도 있다. 그래서 포항의 토끼 꼬리 부분의 지명이 호랑이 꼬리라는 뜻의 호미虎尾라고 불린다.

에 안겨 있는 갓난아이와 같다. (대륙의) 남북 양단에 다 같이 열려진 선만鮮滿 지역은 북아시아의 문화와 중국의 문화를 모두 장벽 없이 흘러 들어오게 하는 이점이 많았지만, 한편 북아시아에 강대한 정치 세력이 일어나면 그 세력 밑에 들어가야 하고, 중국에 통일 왕조가 출현하면 그에 복속해야만 된다는 불가항력의 불행에 빠지지 않을 수 없었다.”

근대 이후로 다시 한반도는 일본의 대륙 진출에 있어 '다리' 역할을 하여 또 한 번 피해를 입었다는 사실을 우리는 잊을 수가 없다.

토끼가 아니라 새우였다

"고래 싸움에 새우 등 터진다”는 속담이 생긴 연유를 알 만하다. 연연히 흐르는 만리장성을 보아도 알 수 있듯이, 그 옛날 이 아시아의 대륙은 남북으로 나뉘어 고래 싸움을 벌였다.

북대륙에는 흉맹한 유목민의 제국(몽고·흉노)이, 그리고 남대륙에는 거대한 농경민의 제국(중국)이 있어 끝없는 세력의 아귀다툼을 벌였다. 불행히도 이 반도는 남북 양대륙이 만나는 경계선[兩端]에 자리했기에 슬픈 '새우 등'이 되지 않으면 안 되었던 것이다.

그렇다. '토끼'가 아니라 그것은 '새우'였다. 이 '새우 등'이 터지지 않으려면 양대 세력의 저울대를 재빨리 읽고 강한 쪽으로 들러붙지 않으면 안 된다. 이것을 사람들은 사대주의라고 욕했지만, 그러지 않고서는 한시도 동해의 그 외로운 '새우'는 연명할 수가 없었다.

'송宋(南)'에 붙어 살던 고려는 '요遼(北)' 나라의 힘이 커지자 '요'에 또 붙지 않을 수 없었고, '원元' 나라의 세력이 커지자 이번에는 또 그들에게 붙지 않을 수 없었다.

대륙의 주인이면 좋든 궂든 그저 섬겨야만 했던 이 나라의 운명은 '원'에서 '명明'으로, '명'에서 다시 '청淸'으로 남북 세력권을 시계추처럼 넘나들며 그 종주국을 수시로 바꾸어갔다. 제 땅, 제 나라는 있어도 자국의 연호年號마저 변변히 사용할 수가 없었다.

그렇게 눈치를 보며 살았어도 여전히 침략은 침략대로 억압은 억압대로 받아야 했고, 자국의 문화가 싹트다가는 꺾이고 또 싹트다가는 꺾이고 했다. 일본과 러시아가 끼어든 근세 이후에는 한층 더 그 관계가 복잡하다.

나라는 있어도 유랑하는 무리. 이제는 또 남북이 아니라 동서의 고래 싸움 속에서 새우의 등이 꺾이고 있다. 한 번도 '내가 이 땅의 주인'이라고 말해보지 못한 백성들이다.

'조국 속의 그 유랑민'들은 오직 삼천리라는 말 속에서나, 혹은 고무신 바닥이 아니면 종잇조각 위에 그려진 그 국토의 모습만을 바라보면서 이게 내 땅이라고 다짐해볼 수밖에 없었다.

이것이 이 겨레의 눈물이었다.

배고픈 울음, 윷놀이 같은 정쟁의 울음 그리고 내 조국을 내 조국이라고 부를 수 없었던 울음……. 이 땅의 어느 흙 속에도 어느 바람 속에도 그 울음이 젖어 있지 않은 것이란 없다.

풀 이름·꽃 이름

꽃과 풀은 서민들의 신화다. 길가에 아무렇게나 피어 있는 그 꽃, 그 잡초는, 더구나 요사스럽고 꾸민 데가 없어 한결 사랑을 받는다. 그래서 어느 나라에서나 꽃과 푸나무에는 으레 아름다운 전설, 아름다운 이름들이 따라다니게 마련이다.

달맞이꽃과 도둑놈꽃

으스름한 저녁이 되면 냇가에나 혹은 둑길에 외로이 피어나는 한 송이 꽃이 있다. 달빛처럼 때로는 노랗기도 하고 때로는 창백하기도 한 꽃이다. 그 많은 '낮'을 두고 그것은 어째서 밤에만 피는 것일까? 그리하여 사람들은 이 꽃에 애틋한 로맨스(전설)와 아름다운 꽃 이름을 달아주었다.

그것은 달을 사랑하는 님프(요정)의 넋이라고 했다. 달을 너무도 그리워한 까닭에 별을 시기하게 되고 끝내는 그 때문에 제우스 신의 노여움을 샀다. 그리하여 달도 별도 없는 곳으로 쫓겨나게 되고 달님은 그 님프를 불쌍히 여겨 그를 찾아다녔다. 제우스신은 그것을 눈치채고 구름과 비를 보내어 그들의 사랑을 방해했다. 연연한 그리움을 안고 나날이 야위어가던 님프는 드디어 숨을 거두게 되고 그 넋은 어느 언덕에 묻히고 말았다는 것이다. 거기에서 풀 하나가 생겨나고 어두운 밤에 홀로 달을 기다리는 외로운 꽃이 피었다는 것이다. 그것이 바로 달맞이꽃이다.

그런데 우리의 토속어로는 그것을 '도둑놈꽃'이라고 부르기도 했다. 물론 요즈음은 그 꽃을 '달맞이꽃'이라고 하나, 그것은 월견초月見草를 우리말로 그냥 옮긴 데에 불과하다.

생활에 여유가 없었던 이 백성들은 밤에 피는 그 꽃의 자태에서 달을 기다리는 여인의 모습이 아니라 쓰라린 현실의 일면을 보았다. 다른 꽃들은 모두 어둠 속에 고이 잠들어 있는데 홀로 깨어 피어나는 꽃이 있다면 아무래도 좀 수상하다는 생각이다. 즉, '도둑놈'이 아니냐는 것이다.

꽃과 풀은 서민들의 신화다. 길가에 아무렇게나 피어 있는 그 꽃, 그 잡초는, 더구나 요사스럽고 꾸민 데가 없어 한결 사랑을 받는다. 그래서 어느 나라에서나 꽃과 푸나무에는 으레 아름다운 전설, 아름다운 이름들이 따라다니게 마련이다.

그 속에는 흙의 마음과 민족의 시가 얽혀 있다. 그러나 우리나라의 꽃과 풀 이름 가운데는 '도둑놈꽃'의 경우처럼, 아름다운 것

보다는 천한 것이, 시적인 것보다는 산문적인 것이 너무나도 많은 편이다.[13)]

저 가냘픈 풀에게 어째서 '도둑'이란 이름을 붙여야만 했던가? '도둑놈의갈고리', '도둑놈의지팡이'……, 이러한 풀 이름에서 우리가 느낄 수 있는 것은 사물을 보는 그 따뜻한 눈망울이 아니고 도리어 살벌하고 경계에 찬 피 맺힌 눈초리다.

'옥잠화'나 '봉선화' 같은 한자식 풀 이름에는 그래도 아름다움이 있다. 그러나 순우리말로 된 그것은 거의 쓰레기 같은 이름들이다. '며느리밑씻개', '며느리배꼽', '여우오줌', '쥐오줌풀', '코딱지 나물'…… 그것으로도 모자라 심지어는 '개불알꽃', '홀아비 X' 등 입에도 차마 담지 못할 망측한 이름들이 많다.

아름답게 생긴 꽃에 그래도 멋있는 이름을 단다는 것이 '기생풀' 정도인 것이다. 아름다운 것이래야 겨우 기생과 비교한 것이다.

여름밤 풀숲에서 이슬처럼 반짝이는 '반딧불이'를 보고도 보통은 '개똥벌레'라고들 부르고 있으니 그 상상력의 빈곤함에 스스로 얼굴이 붉어지지 않을 수 없다.

---

13) 리처드 러트Richard Rutt 씨의 의견대로 영국 농민들도 풀과 꽃 이름을 천하게 다는 예가 없는 것은 아니다. 토속어의 특성 가운데 비속한 것이 많다는 것을 감안한다 해도 그 정도가 심하다.

초목이나 꽃에 대한 민요를 보아도 그렇다.

    방귀 뽕뽕 뽕나무
    방귀 쌀쌀 싸리나무
    밑구녕에 쑥나무

가 아니면,

    칼로 베어 피나무
    목에 걸려 가시나무
    덜덜 떠는 사시나무
    말라빠진 살대나무
    깔고 앉아 구기자나무
    입 맞췄다 쪽나무

따위의 노래다. 기껏 나무를 보고 생각한다는 것이 '방귀'가 아
니면 '피'가 흐르고, 깔고 앉고, 덜덜 떨고 하는 처참한 모습밖에
는 머리에 떠오르는 것이 없었나 보다.

배타와 이기성

그 아름답고 소박한 박꽃을 보고도 "박가야 박가야 너의 꽃은 쓰고 나의 꽃은 달다"라고 했으며, 우리 민중의 정서를 상징한다는 '진달래'를 두고서는,

꽃아 꽃아 진달래꽃아
대륙 평지 다 버리고
촉초 바위에 너 피었느냐
대륙 평지 내사 싫고
촉초 바위가 본색일세

라고 했다.

네 꽃은 쓰고 내 꽃만이 달다는 배타적인 그리고 이기적인 노래나, 광활한 대지보다 비좁은 바위가 좋다는 은둔·도피의 그 꽃 노래 속에는 한결같이 너그러움과 긍정적인 삶에의 희열이 두절된 각박한 마음이 엿보인다.

우리에게 아름다운 초목의 이름과 전설과 민요가 그리 많지 않았다는 것은 곧 우리 민족이 그만큼 상상력의 억눌림 속에서 살아왔다는 증거다. 쫓기고 굶주리고 학정 속에서 몸부림쳐온 서민들에게는 자기 신화를 창조할 만한 여유가 주어지지 않았다.

인간의 행복은, 그리고 그 진정한 생활은 먹고 자는 문제가 아

니라 그다음에서 생겨나는 즐거움이다. 우리에겐 동물적인 '침식'의 안락만 추구하는 것도 힘이 드는 일이었다.

그래서 인간이 먹고 자는 일만 되풀이한다는 것은 하나의 욕이었지만 우리 서민들에겐 도리어 그것이 이상이었다. 그래서 편지를 쓰는 데도 으레 "침식이 여일如日" 하냐고 물었던 것이다.

자고 먹는 일에 바빴던 그 생활에서는 하나의 신화가 생겨날 만한 여유가 없었다. 모든 면에서 여유가 없었다는 것, 그것이 또한 우리의 사고방식과 생활 양식을 푸는 열쇠라고 생각한다.

눈치로 산다

눈치는 언제나 약자가 강자의 마음을 살피는 기미며, 원리 원칙과 논리가 통하지 않는 부조리한 사회에서는 없어서 안 될 지혜다. 서민이 관가에 붙잡혀 가면 우선 그들의 눈치를 보는 것이 상책이다.

분석력과 눈치

우리는 눈치가 발달한 민족이다. "눈치만 빠르면 절간에서도 새우젓을 얻어먹을 수 있다"는 속담도 있다. 논리나 분석력보다도 '눈치'를 더 소중히 여기는 것이 우리의 한 사고방식이다.

눈치는 '센스'다. 그러나 그것은 단순한 '센스'로는 설명될 수 없다.

눈치는 언제나 약자가 강자의 마음을 살피는 기미며, 원리 원칙과 논리가 통하지 않는 부조리한 사회에서는 없어서 안 될 지혜다.

서민이 관가에 붙잡혀 가면 우선 그들의 눈치를 보는 것이 상책이다.

죄의 유무를 논리적으로 따진다거나 나라 법의 원리 원칙을 내세운다는 것은 무의미한 일이다. 그러다가는 도리어 큰코다친다. 중요한 것은 그들의 의중에 무엇이 들어 있는지 재빨리 눈치로 알아내는 일이다. 내놓고 물을 수도 없는 일이기 때문이다.

옛날의 태형笞刑 제도부터가 그러했다. 같은 곤장 열 대라 하더라도 그것은 때리는 사람의 기분에 달려 있다. 백 대를 때려도 볼기 하나 붓지 않게 할 수도 있고, 열 대를 맞아도 목숨이 끊어지는 일도 있다.[14]

모두가 눈치 하나로 운명이 결정된다. 뇌물을 바치는 데에도 눈치가 있어야 한다. 눈치가 없으면 열 냥을 바쳐도 될 것을 백 냥이나 더 주어 손해를 볼 수도 있고, 백 냥을 바쳐야 될 때 열 냥을 디밀다가 더 큰 변을 당하는 경우도 있다.

높은 벼슬아치는, 또 임금의 눈치를 보아야 한다. 등청登廳을 했을 때 그들은 무엇보다도 장삼 틈으로 몰래 용안의 표정을 살펴야 한다. 언짢은 눈치면 되도록 조심을 해야 하고 직언을 피해야

---

14) 『춘향전』이나 『흥부전』과 같은 고대 소설을 보면 이러한 사실들이 구체적으로 묘사되어 있다. 흥부가 부자를 대신하여 매를 맞으러 갈 때 잘 부탁해 놓았으니 심히 때리지는 않을 것이라는 대목이 나온다. 형리들의 용어로 살살 때리는 것을 정장情杖이라고 불렀다.

된다. 기분이 좋아 보이면 그 기회를 놓치지 않고 어려운 상청上請을 해야만 된다. 그 눈치가 제대로 들어맞지 않으면 목이 달아나고 또 멸족까지 당하는 수가 있다.

나라의 상감은 또 종주국(강대국)들의 눈치를 보아야 한다. 잠시라도 눈치가 어두웠다가는 종묘사직의 운명이 위태로워진다.

임진왜란과 눈치

천민에서 상감에 이르기까지 눈치 없이는 하루도 살지 못했다. 그리하여 논리보다는 직관이, 이성보다는 기미를 파악하는 감성이 더 발달하게 된 것이다. 바늘 끝처럼 눈치 보는 그 감각만이 예민해져 간 것이다. 임진왜란이 일어날 때만 해도 우리는 오직 일본의 침략 여부를 눈치로만 살피려 했다.

일본을 정탐하러 간 사신들은 반년이나 그곳에 머물러 있었으면서도 기껏 보고 온 것은 '도요토미 히데요시[豊臣秀吉]'의 눈뿐이었다. 그야말로 눈치만 보고 온 것이다.

임금 앞에서 국가의 존망을 판가름하는 그 정보를 아뢰는 자리에서 황윤길黃允吉은 "도요토미 히데요시의 눈이 광채가 있는 것으로 보아 아무래도 우리나라로 쳐들어올 것 같다"고 말했고, 김성일金誠一은 반대로 "그의 눈이 쥐새끼처럼 생겼으니 결코 쳐들어올 인물이 못 된다"고 했다.

일본 사신들은 한국에 와서 군사들이 들고 있는 '창의 길이', '기생과 노는 목사牧使(=官員)' 그리고 회석에서는 후추를 던져 제각기 그것을 주우려고 덤비는 꼴에서 국가의 강기綱紀가 어지러워진 것 등을 세밀히 정탐해 갔는데, 우리의 사신들은 오직 히데요시의 눈만 가지고 왈가왈부했던 것이다.

한국을 본 일본인들의 사고방식은 분석적이요 과학적인 것이었지만, 우리 사신들이 일본을 본 것은 직감적이요 인상적인 것이었다. 그들의 국력이나 그들의 정략을 분석해 보지 않고 히데요시의 눈이 호랑이 같으냐 쥐새끼 같으냐로 조선 정벌을 관상 보듯 점치려 한 것은 눈치로 살고 눈치로 죽었던 이 민족의 사고방식을 단적으로 암시한 것이 아닌가 싶다.[15]

그것만이 아니다. "일생이 100년도 못 되는데 내 어찌 답답하게 섬 속에서만 살고 있겠느냐? 한번 명나라까지 휘둘러 우리의 풍속을 중국 400여 주에 전파시키겠다"는 서신을 받고 조정에서는 이 사실을 명나라에 보고하느냐 마느냐로 다투고 있었다는 사실이다. 명나라의 눈치를 보느냐 일본의 눈치를 보느냐의 싸움이었다.

---

15) 평범한 예로 우리는 기계나 물건을 사도 그 용법을 적은 설명서 같은 것을 잘 읽지 않는다. 웬만한 것은 순전히 눈치로 짐작하여 그것을 조종한다. 어느 서양인은 시골 사람들이 설명서도 잘 읽지 않고 발동기를 사용하는 것을 보고 몹시 놀랐다는 감상을 적은 적이 있다.

도요토미 히데요시의 대륙 정벌의 야욕을 어떻게 막아야 하며 또는 어떻게 피해야 할 것이냐, 혹은 싸움이 벌어졌을 때 한국의 운명은 어떻게 될 것인가는 생각지 않고 명나라가 그 사실을 알 때 기분이 과연 어떠할 것이냐, 기분이 좋지 않았을 경우 우리에게 어떤 일이 닥칠 것이냐 하는 것만 중시했던 것이 아닌가? 역시 문제의 핵심은 눈치를 보는 데에 있었던 것이다.

만약 그때 눈치가 아니라 과학적 판단에 의해서 그것을 처리했던들 임진왜란이라는 그 처참한 전화는 면할 수도 있었을 것이다. 명나라의 군사를 미리 주둔시킬 수도 있었겠고, 혹은 순순히 길을 빌려주어 오히려 어부지리를 볼 수도 있지 않았나 싶다.

현재에도 '눈치'의 사유방식은 여전하다. 직장에서는 사장의 눈치를, 민民은 관官의 눈치를, 공무원은 상관의 눈치를, 나라 전체는 미국의 눈치를……. "눈치만 빠르면 절간에서도 새우젓을 얻어먹을 수 있다"는 속담에 의존해서 많은 사람들이 여전히 이 세상을 살아가고 있다.

봉 상스와 눈치

우리와는 달리 프랑스인의 일상생활을 지배하는 정신은 '봉 상스bon sens[良識]'다. 그리고 영국인은 '코먼 센스common sense'에 의존해서 세상을 살아가고 있다.

눈치는 '봉 상스' 그리고 '코먼 센스'와는 아주 대조적인 것이다. '눈치'란 오히려 불합리한 것일 때 그 빛을 발하는 것이다. 나의 행동이, 나의 태도가 양식이나 상식에 맞느냐 어긋나 있느냐에 따라서 판단되는 것과 달리, '눈치'는 그와 같은 규준보다 상대방의 기분에 내 행동과 태도가 맞느냐 안 맞느냐에 있는 것이다.

그러므로 외국인들은 지위를 막론하고 그것이 봉 상스나 코먼 센스에 의하여 양보도 하고 타협도 한다. 사장도 일단 부하 직원의 말에 타당성이 있다고 믿으면 솔직히 그것을 인정한다. 그러나 우리는 만약 윗사람에게 '봉 상스'나 '코먼 센스'를 가지고 따지려 들면 '말대답'이나 혹은 '덤벼든다' 해서 혼이 난다. 그러므로 자연히 이치를 따지기보다는 눈치로 해결하는 수밖에 없었던 것이다.

"사람 살려"와 "헬프 미"

우리는 위급한 경우를 당했을 때 살려달라고만 한다. 그것은 완전한 절망과 무력과 자기 포기를 의미하는 것이다. 살려달라는 말을 뒤집으면 "나에게는 아무런 힘도 없다" "죽어가고 있다"란 뜻이 된다.

구원과 자주성

물에 빠지거나 혹은 뜻하지 않은 조난을 당했을 때 사람들은 무의식적으로 구원을 청한다. 말이라기보다는 차라리 비명에 가까운 것이지만, 그래도 그것은 짐승의 울음과는 다른 데가 있다. 인간의 비명인지라 아무리 짧은 말이라 할지라도 거기에는 하나의 뜻이 숨어 있게 마련인 것이다. 그리고 나라에 따라 그 비명의 뜻도 서로 다르다.

영국인들은 "헬프 미help me!"라고 하고, 일본인들은 "다스케테 쿠레たすけてくれ"라고 한다. 그리고 한국의 경우 같으면 "사람 살

려”다. 그것을 분석해볼 때 짧막한 말 속에도 각기 그 나라의 민족적 사유 방식이 나타나 있음을 알 수 있다.

"헬프 미"나 "다스케테쿠레"는 다 같이 도와달라는 뜻이다. 다만 영어는 "나를 도와달라"지만 일본의 경우는 그냥 "도와달라"고만 되어 있다. 사경 속을 헤매면서도 '나(자아)'를 내세우고 있는 서구인들은 확실히 동양인인 일본 사람보다 개인의식이 강한 것 같다. 하지만 '도와달라'는 뜻만은 피차 다를 것이 없다.

"헬프 미"나 "다스케테"라는 말은 "살려달라"는 것과는 달리 어디까지나 힘을 좀 보태달라는 것이다.

'제로[零]'에서 구원을 청하는 것이 아니라 부족한 힘을 보조해달라는 의미가 잠재해 있다. 죽음 속에서도 주체적인 힘을 잃지 않으려는 흔적이 보인다.

그러므로 "도와달라"는 것과 "살려달라"는 것은 다 같은 구원의 요청이라 할지라도 얼마나 그 뜻과 태도가 다른 것일까! 우리는 위급한 경우를 당했을 때 그냥 살려달라고만 한다. 그것은 완전한 절망과 무력과 자기 포기를 의미하는 것이다. 살려달라는 말을 뒤집으면 "나에게는 아무런 힘도 없다", "죽어가고 있다"란 뜻이 된다. 도와달라가 아니라 살려달라는 말은 100퍼센트의 구원을 바라는 어투다.

나무에 비료를 주는 것과 같은, 늙은이에게 지팡이를 주는 것과 같은 그런 도움이 아니라 시체나 다를 바 없이 쓰러져버린 사람을 업어 가는 일이다.

전적으로 자기 운명을, 자기 목숨을, 자기 몸을 타인에게 내맡기려는 행위다. 자기를 죽은 것으로 가정해 놓고 남의 도움을 받으려는 구원이었기 때문이다.

"사람 살려" 식의 비극을 우리는 너무나 많이 들어왔고 또 듣고 있다. "사흘 굶으면 양식 지고 오는 놈 있다"는 속담만 해도 그런 것이다. 이쪽은 앉아서 그냥 굶기만 하면 된다. 그러면 언젠가는 양식을 짊어지고 찾아오는 사람이 있을 거라는 생각이다. 그야말로 도와주려는 사람이 아니라 살려주러 온 사람이다.

국가 전체가 그럴 때도 있다. 우리는 싸움이 있을 때마다 번번이 남의 나라의 원병을 청해 왔다. 그러나 그것은 "도와달라"는 것이 아니고 "살려달라"는 것이었다. 그들은 동맹국으로서의 원병이었던가? 아니다. 우리가 임진왜란에 대한 역사를 보고 피눈물을 흘리는 것은 비단 왜병의 횡포만은 아니었다. 이 나라를 도우러 왔다는 명나라 군사들의 횡포에 대해서도 우리는 또한 눈물을 흘려야 했던 것이다.

임금이 의순관義順館에 나가 이여송李如松 장군을 맞이했을 때의 그 기분은 어떠했을까? "우리나라의 운명은 오직 장군들의 손에 달렸으니 적병을 막아주시오"라고 말했을 때, 지존 지대하다는 그 임금의 긍지는 어떠했을까? 임금이 손수 원병들의 장군 사십여 명을 일일이 찾아보지 않았다 해서 그들이 불평을 토로했을 때 또한 그 위신이 어떠했을까?

국민들은 먹을 것이 없어 모래알을 씹을 때, 명나라 군사들은 날씨 핑계만 대고 싸움할 생각보다는 주지육림에 묻혀 놀아날 궁리만 했다. 그러나 "살려달라"고 한 우리였기에 원병을 향해 무슨 불평인들 할 수 있었으랴?

오늘날 미국은 한국의 원조를 "밑 빠진 독에 물을 퍼붓는 것"이라고 비유한다. 경제 원조가 아니라 '먹여 살리는 행위'라고 피차가 다 그렇게 생각하고 있다.

어웨이크! 어웨이크!

100년 전 옛날이나 100년 후의 오늘이나 별로 다를 바 없는 이야기다. 토인비Arnold Toynbee도 말하고 있듯이 '어웨이크awake'[16]란 말은 자동사이면서 동시에 타동사이다.

우리가 눈을 뜬다는 것은 외부의 힘만으로도 안 되며 자신의 힘만으로도 안 되는 것이다. 도움이란 바로 이 어웨이크에 해당된다. 송장은 아무리 자극을 주어도 눈을 뜨지 못한다. 자기 자신이 눈을 뜨려는 의식을 가졌을 때에만 비로소 눈을 뜰 수가 있는 것이다. '깨우는 것'과 '눈을 뜨려는 것'이 서로 합쳤을 때 이웃의

---

16) 눈뜨다, 깨우다.

도움은 비로소 진정한 도움일 수 있다.

타인에게 구원을 청하는 것이 결코 수치일 수는 없다. 문제는 주체성을 상실한 구원의 개념이 우리를 지배하고 있었다는 사실이다. 도움을 받을 경우에만 그러는 것이 아니라 남에게 도움을 줄 때도 역시 마찬가지다. 한 가정에 있어서 부모가 자식을 대하는 태도를 보아도 알 수 있다. 한국의 부모가 자식을 대하는 태도를 보아도 알 수 있다. 한국의 부모는 매사에 있어 아이들의 행동이나 사생활을 도우려 하고 또 간섭하려 한다.

미국에서는 자기 아버지가 백만장자라 하더라도 자식이 학자금을 벌기 위해서 접시 닦기 같은 일을 하는 경우가 많다. 뿐만 아니라 그들이 무슨 짓을 하든 방임해 둔다. 여기에서 그들은 자기 책임과 자립 정신을 배우게 된다.

자동차를 탈 때도 미국에서는 부모끼리 한자리에 앉고 아이들은 아이들대로 앉게 한다. 한국 같으면 대개의 경우 아이들을 가운데 자리에 앉혀놓고 부모가 양쪽에서 호위하는 것이 보통이다.

어웨이크! 어웨이크!

우리는 천 년 동안 눈을 뜨지 않은 채 잠자고 있었다.

'해와 달'의 설화

바로 그것은 '모모타로'나 '잇슨보시'의 침략주의에 의해서 어미를 잃고 드디어는 먼 하늘과 같은 타향으로 망명하지 않을 수 없었던 이 겨레의 설화였다.

식민지의 아이들

식민지의 외로운 아이들은 두 개의 다른 설화를 듣고 자라났다. 학교에서는 '모모타로[桃太郎]'나 '잇슨보시[一寸法師]'의 이야기를 배웠고, 집에 돌아와서는 희미한 등잔불 밑에서 호랑이에 쫓기는 두 남매의 옛이야기를 들었다.

일본어로 들은 이야기들은 한결같이 침략적이고 야심적인 것이었으며, 우리말로 들은 그것은 너무나도 슬프고 너무나도 수난에 찬 이야기였다. 복숭아에서 나온 아이는 칼과 경단을 들고 단신으로 도깨비성을 징벌하러 간다. 혹은 키가 한 치밖에 안 된다는 난쟁이가 '자왕[茶椀]'의 배를 타고 비늘을 칼 삼아 휘두르면서 힘센 도깨비와 맞서 싸우기도 한다. 이야기는 언제나 황금의 수레를 끌고 오거나 신기한 보물 막대기를 빼앗아 오는 것으로 끝나고 있다.[17)]

그것은 하나의 부러움이었다. 어떻게 해서 그 조그만 아이가 힘센 도깨비를 칠 수 있었던가? 또 그 많은 황금과…… '모모타로'의 '경단'과 '칼'은 곧 일본인들의 '간계'와 '무력주의'를 상징하는 것이었으며, 난쟁이가 여섯 척이 넘는 도깨비를 친다는 것은 작은 섬나라(일본)일망정 대륙을 넘보아 진출하려는 침략주의 근성을 암시하는 것이다.

그들은 사실 혈혈단신 '훈도시' 바람으로 한국을, 중국을 그리고 전 세계를 공략하려고 했다. '한 치'도 되지 않는 것들이 말이다.

일장기가 걸려 있는 교실이 아니라 빈대의 핏자국이 낭자한 초

---

17) 일본인을 그러니까 침략적이라고 할 수 있는데 그 말을 바꾸면 민족성이 그만큼 잔인하다고도 말할 수 있다. 같은 소재의 설화를 놓고 비교해 보더라도 그렇다. 일본의 설화 가운데 『시타키리스즈메[舌切り雀]』는 우리의 『흥부 놀부전』과 내용이 비슷하다. 하지만 우리의 그것은 놀부가 일부러 제비의 발목을 분지르는 것으로 되어 있는데 일본 것은 참새의 혓바닥을 자르는 것으로 되어 있다. 아무리 포악한 놀부라도 그는 감히 혓바닥을 자를 생각은 하지 못했다. 역시 참새의 '혓바닥'을 자르는 것을 상상해낸 것은 일본적인 것이다. 제비의 발목을 분지르는 것과 참새의 혓바닥을 자르는 것은 그 잔인성에 있어서 비교도 되지 않는다. 같은 이야기라 하더라도 일본 것은 그렇게 악독하고 잔인한 냄새를 풍긴다.

라한 방 안에서 이번에는 저 언덕을 넘을 때마다 팥경단을 빼앗기고, 옷을 빼앗기고, 팔과 다리와 그리고 끝내는 목숨까지 빼앗기는 '어머니'의 이야기를 듣지 않으면 안 된다. 호랑이는 어머니의 옷을 입고, 집에서 기다리던 아이들까지 잡아먹으려 한다.

이야기를 듣는 아이들의 눈에도 눈물 방울이 어린다. 속기만 하는 어머니 그리고 포악하기만 한 호랑이를 원망하면서 쫓기는 남매에게 마음을 죈다.

힘없는 남매는 나무에 올라갔지만 거기에서도 호랑이에게 쫓겨야 된다는 것이다. 이제 더 피할 곳이 없다.

"하느님, 하느님, 우리를 살려주시려면 성한 동아줄을 내려주시고 우리를 죽이시려면 썩은 동아줄을 내려주십시오."

남매는 그렇게 빌 수밖에 없었다. 제힘으로는 이제 더 어떻게 할 수가 없는 것이다.

"그래서 남매는 하늘로 올라가 하나는 달이 되고 하나는 해가 되었더란다⋯⋯."

이야기는 결국 지상에서 쫓기다 못해 먼 하늘로 올라가버렸다는 것으로 끝나고 만다. 그것은 침략이 아니라 수난의 이야기며, 그것은 지상에서의 탈환이 아니라 천상에의 도피에 관한 이야기다.

바로 그것은 '모모타로'나 '잇슨보시'의 침략주의에 의해서 어미를 잃고 드디어는 먼 하늘과 같은 타향으로 망명하지 않을 수 없었던 이 겨레의 설화였다.

도피주의적인 한국인의 마음

해와 달의 설화만이 아니다. 여우한테 항상 속아 넘어가는 순진한 소금 장수의 수난이라든지, 관아官에서 억울하게 죽은 원귀가 머리를 풀어헤치고 태수太守 앞에 나타나는 '아랑녀'의 이야기라든지…… 모두가 그런 것이다.

국가國歌를 비교해보아도 그렇다. 일본인들은 "사자레 이시노 이와오토 나리테さざれ いしの いわおと なりて……"[18]라고 했다. 그러나 우리의 애국가는 정반대로 "동해물과 백두산이 마르고 닳도록……"이라고 한 것이다.

같은 영원이라 할지라도 그들은 모래알이 바윗덩어리로 커가는 영원이며, 우리 것은 산과 바다가 마르고 닳아빠지는 영원이다. 일본인들은 침략과 번영의 내일을 생각했고, 우리는 고난과 모멸의 내일을 생각했던 것이다. 사물을 보고 생각하는 그 마음이 그렇게 달랐다.

우리는 좋으나 궂으나 말끝마다 '죽겠다'는 말을 쓴다. 좋으면 '좋아 죽겠다', 우스우면 '우스워 죽겠다'다. 하물며 슬프고 고된

---

18) 작은 모래가 바윗덩이가 되도록.

일에는 두말할 필요도 없다.

늘 죽음[19]을 생각하며 이 세상을 살아온 것이다. '모모타로'의 경단과 칼에 의해서 재물과 생명을 약탈당했던 백성들이다. 그러나 그냥 착하기만 했던 그 백성들이라도 마지막 남은 것은 고난 속에서도 희망을 잃지 말자던 맹세였다. 일본인들은 '죽겠다'가 아니라 '다이조부大丈夫'란 말을 쓴다. 걱정 말라는 뜻이지만 그 한자가 의미하듯 사내대장부란 말에서 비롯된 말이다. 우리는 남아다, 그까짓 것은 문제도 되지 않는다는 무사의 마음을 갖고 살려 했다.

'모모타로'가 달콤한 '경단'으로 개와 원숭이와 꿩을 꾀듯, 한편으로는 상냥한 미소를 가지고(경단), 그리고 또 한편으로는 서슬 푸른 '칼'의 잔인성을 가지고 '잇슨보시'는 금방망이를 휘두르고 있다.

그런데 우리는 하늘에서 내려오는 그 동아줄만을 믿듯이 "구스리 바회예 디신달 긴힛단 그츠리잇가"라고 섧게 섧게 노래 불렀던 것이다.

19) 수난의 극한.

귀의 문화와 눈의 문화

서구어가 논리적으로 발달해 갔고 우리나라 말이 감각적인 것으로 발달해 갔다는 것은 흔히들 지적하고 있는 현상이다. 사물에 이름을 붙이는 데에 있어서도 우리는 청각적인 이미지를 갖다 쓰는 경우가 많다.

색채 언어와 청각 언어

우리나라 말 가운데 가장 발달한 것이 의성·의태어다. 시각적 언어보다 청각적 언어가 풍부하다는 이야기다. 우리는 하늘도 '푸르다'고 하고 나무도 '푸르다'고 한다. '블루(청색)'와 '그린(녹색)'을 구별해서 쓰지 않는 경우가 많다.

그러나 청각에 대한 것은 거의 외국어에서는 그 예를 찾아보기 힘들 정도로 세분화되어 있다. 한방에서 여러 사람이 누워 잘 때 그 숨소리를 나타내는 말을 한번 생각해보라.

젖먹이 아이는 '색색', 유치원에 다니는 놈은 '콜콜', 아버지와 어머니는 '쿨쿨'이다. '원자 현미경'을 발명해 가지고 큰소리를 치는 서양인들도 기실 숨소리를 가지고서는 그렇게 미분화하질 못했다. 아이나 어른이나 그들은 숨소리를 그저 '제트z' 자로 나타낼 뿐이다.

종소리도 그렇다. 그들은 기껏해야 '딩동' 정도밖에는 없다. 그러나 우리는 거의 '다' 자 줄 전부를 가지고 그것을 의성화하고 있는 것이다. '땡그렁', '댕그렁'이라는 의성어는 그 여운까지도 표현해 주고 있다.

서구어가 논리적으로 발달해 갔고 우리나라 말이 감각적인 것으로 발달해 갔다는 것은 흔히들 지적하고 있는 현상이다. 사물에 이름을 붙이는 데에 있어서도 우리는 청각적인 이미지를 갖다 쓰는 경우가 많다. 물론 영어에 있어서도 '쿠쿠(뻐꾸기)'와 같이 새의 이름을 그 울음소리에 따라 쓴 것이 있기는 하나, 우리나라에서처럼 그렇게 많지 않다.

'맴맴' 운다고 해서 '매미'란 말이 생겼고, '개굴개굴' 운다고 해서 '개구리'란 이름을 만들었다. '딱따구리', '부엉이', '뻐꾸기', '뜸부기', '꾀꼬리', '쓰르라미'…… 이루 다 나열할 수 없을 정도다.

숫제 '징[銅羅]'이란 말은 음 그 자체가 그대로 사물명이 된 것이다.

'세우細雨'[20]란 말도 우리는 그 청각적인 것을 따 '보슬비'와 '부슬비'로 구별했고, 심지어 현대에 와서는 제트기도 '쌕쌕이'라고 한다. 기선이나 화륜선이라고 하는 것은 그 배의 기능을 논리적으로 따져 붙인 것이지만, 우리는 귀에 들리는 대로 '통통배'나 '똑딱배'라고 해버린다.

눈은 로고스 귀는 파토스

영어로 "나는 안다"고 할 때 "Yes, I see(본다)"라고 하는 것을 보아도 그들은 주로 시각의 면에서 인생을 이해해 간 사람들이지만, "말 잘 들어라", "말을 잘 안 듣는다", "말귀가 어둡다"라고 말하는 우리는 보는 것이 아니라 듣는 것에서 사물을 이해하려고 한 것 같다. 우리는 귀 없는 기계를 보고서도 "말을 잘 듣는다", "안 듣는다"라고 한다.

그렇다면 대체 '보는 것'과 '듣는 것'은 어떠한 차이가 있는 것일까?

박종홍朴鍾鴻 교수의 「본다는 것과 듣는다는 것」이라는 논문에서도 지적된 바와 같이 '보는 것'은 로고스적인 것이며 '듣는 것'은 파토스적인 것이다. 즉, 눈의 문화는 지성적이고 이성적이고

---

20) 한자의 세우細雨는 가는 비, 즉 가랑비에 해당하는 것으로 시각적인 표현이다.

논리적이며 능동적인 것이다. 그러나 귀의 문화는 정적情的이고 감성적이고 직감적인 것이며 수동적이라고 할 수 있다.

미국의 시인 A. 매클리시Archibald MacLeish는 그의 라디오극 〈도시의 몰락The Fall of the City〉이란 서문에서, "눈은 리얼리스트다. 눈은 먼저 것과 다음의 것을 보고 그것을 서로 연결시키지 않고서는 견디지 못한다……. 귀는 시인이다. 귀는 믿는다, 창조한다 그리고 믿는다"라고 말했다. 그의 말을 그냥 믿어둔다면 눈의 문화는 과학적인 문화며 귀의 문화는 시적인 문화라고 할 수 있다.

수학이 없는 문화

사실 그런 것 같다. 한국에는 논리가 없다고 한다. 수학(과학)이 없다고 한다. 그 대신 감정이, 직관이, 느끼는 영혼이 있다고 한다.

괴롭고 어두운 심연 속에서 한국인들은 영원의 소리를 들었다. 그것을 자로 분석하고 계산한 것이 아니라 그냥 받아들였다. 그러기에 시각 예술인 미술을 보아도 유종열柳宗悅의 설대로 색채나 형태감보다는 저 거문고 소리 같은 귀의 리듬, 즉 선이 발달해 있는 것이 아닐까?

더욱이 우리는 유난히도 음악을 좋아하는 민족이었다. 옛 설화를 보아도 '도둑'까지 '피리'를 좋아했고, 그 피리 소리에 호랑이까지도 놀아나 목숨을 건진 이야기가 나온다. 우리의 행동은 언제나 싸늘하고 합리적인 이론 위에 기초를 둔 것이 아니라 은은하고 정겨운 감정 속에 그 힘의 근원을 두었던 것이라 할 수 있다.

눈은 보고 싶은 것만을 본다. 보지 않으면 그만이고 보려는 의지가 없으면 그것으로 끝난다. 그러나 귀는 모든 것을 그냥 받아들인다.

이 수동성이 때로는 몰비판적인 비극의 씨앗이 되었으나, 그러나 한편으로 영혼을 정화하고 감정의 깊이를 닦는 슬기를 낳기도 한 것이었다.

돌담의 의미

우리 돌담은 바로 폐쇄와 개방의 중간쯤에 위치해 있다. 밖에서 들여다보면 그 내부가 반쯤 보인다. 당신은 그 토담 너머로 맨드라미꽃이나 해바라기 그리고 영창을 열고 나오는 여인의 그 상반신을 볼 수 있으리라.

성벽의 문명과 숲의 문명

타고르는 서구의 문명을 '성벽의 문명'이라고 생각했다. 고대 그리스의 문명은 도시의 성벽 안에서 성장했고, 현대 문명 역시 벽돌과 석회로 되어 있는 요람 속에서 비롯했다고 말한다.[21]

---

21) 서양을 '성벽의 문명'이라고 보는 것은 도시 전체가 성을 중심으로 발달해 갔기 때문이다. 그러나 개개인의 집을 보면 오히려 울타리가 없다. 개방적이다. '도어door'만 열면 곧 거리다. 그래서 일본의 어느 민요학자는 서양의 '도어'와 일본의 '현관'을 비교하면서 일본

이 성벽은 인간에게 분리와 지배의 정신을 준 것이라고 그는 한탄한다. 나라와 나라를 가르고 지식과 지식을 가르며 또한 사람과 자연을 가르는 것이 성벽의 문명이기 때문이다.

이러한 성벽이 있기 때문에 사람들은 항상 저 장벽 너머에는 무엇이 있을까 하는 회의를 품게 되고, 그것들을 이해하기 위해서 인간은 맹렬한 투쟁을 하지 않으면 안 된다는 것이다.

그러나 이와는 달리 인도의 문명은 담이 없는 '숲의 문명'이라고 했다. 그 문명은 광범한 자연 생활에 둘러싸여 있다. 자연의 옷을 입고 또 그 자연의 온갖 모습과 아주 밀접한 가운데 끊임없는 접촉을 행하고 있다.

그러기에 거기에는 '고독', '분열', '지배', '투쟁'이 아니라 '광대廣大'와 '포괄', '상호의 침투'와 '조화'가 음악처럼 깃들어 있는 것이다. 숲속의 인간은 우주와 그대로 통한다.

땅과 물과 빛과 열매와 꽃들은 인간과 대립되어 있는 것이 아니다. 오로지 그것들은 통일 속에서, 화합 속에서 공감과 평화를 실현시키고 있다. 소위 전일성全一性의 문명인 것이다.

타고르의 말을 들을 때 우리는 우리의 돌담을 생각하게 된다. 성벽의 나라라고 하는 유럽인들도 이 땅에 발을 들여놓고 먼저

인이 서양인에 비해 폐쇄적이라고 말한 일이 있다. 우리는 현관보다도 한층 복잡해서 흔히 말하듯 '열두 대문'이다. 대문의 수가 곧 부富의 정도를 나타내는 것이라고 볼 수 있다.

놀라는 것은 시골의 '돌담', 그 울타리들이다.

아무리 가난하고 쓰러져가는 초가일망정 담이 없는 경우란 없다. 돌담이 아니면 흙담이요, 흙담이 아니면 싸리 울타리라도 둘러쳐 있다.

누구나 다 알듯이 우리나라는 세계에서 손꼽히는 산악국이다. 들판인 줄 알고 보면 기실 산과 산이 이어지는 접경에 지나지 않으며, 넓은 강하인 줄 알고 보면 실은 산과 바다를 잇는 골짜기에 불과한 것이다.

어디를 가나 산이 성벽처럼 우리를 가로막고 있는데 어찌해서 그 좁은 땅 위에서도 다시 담을 쌓는 습속을 배웠는지 알 수가 없다.

우리는 또 웬만한 시골에 가도 성지가 남아 있는 것을 발견한다. 고을은 성으로, 집은 담과 울타리로, 다시 그 담은 '열두 대문'으로 분리될 경우도 있다.[22]

그러나 잠시 우리의 울타리를 보자. 그것은 결코 타고르가 지적한 것처럼 고립과 분열 그리고 지배와 투쟁만을 위해서 둘러쳐진 것은 아닌 것 같다.

---

[22] 서울엔 지금도 이문동里門洞이라는 동명이 있다. 이것은 옛날 마을 어귀마다 형식적인 것이라 해도 반드시 문이 있었던 풍습에서 비롯된 것이다.

우리나라의 그 돌담은 임어당林語堂[23]이 '제3의 만리장성'이라고 부른 상해(중국)의 그 담처럼 결코 높지도 않고 튼튼하지도 않다.

중국의 담벽은 집보다도 높은 것이다. 아무리 발돋움해도 그 내부를 들여다볼 수가 없다. 완전히 폐쇄적인 것이며, 외계와의 단절을 의미하는 완전한 성벽인 셈이다. 중국인들은 개개인이 모두 그들의 성벽을 지니고 산다.

돌담의 반개방성

한편 우리의 돌담은 일본의 그것보다는 높고 크다. '와라부키[草家]'에는 숫제 담이란 것이 없고, 설령 담이 있다 하더라도 내부가 환히 보이는 '이케가키[生垣]'이다. 그것은 개방되어 있는 것과 다름이 없다. 성곽을 제외한 개인의 집들은 서구의 경우와 마찬가지로 '담'이란 것이 조금도 강조되어 있지 않은 것이다.

우리 돌담은 바로 폐쇄와 개방의 중간쯤에 위치해 있다. 밖에서 들여다보면 그 내부가 반쯤 보인다. 당신은 그 토담 너머로 맨드라미꽃이나 해바라기 그리고 영창을 열고 나오는 여인의 그 상

---

23) 임어당은 중국을 가로막은 세 가지 만리장성을 말한 적이 있다. 하나는 진시황이 만든 만리장성, 또 하나는 상해의 그 높은 담 그리고 마지막 것은 한자였다.

반신을 볼 수 있으리라. 내부의 풍경이 '보일락 말락' 하는 것, 그 '반개방성半開放性'이 바로 우리나라의 울타리가 갖는 상징성이라고 할 수 있다.

그리고 또 그것은 얼마나 아름다운가? 빨간 고추잠자리가 앉아 있는 사립문이나, 푸른 넌출에 반쯤 가린 하얀 박들이 매달려 있는 돌담 풍경은 사실 '장식적'인 것이라고밖에 할 수 없다.

도둑을 막기 위해서인가? 아니다. 도둑은 그 정도의 담은 다 뛰어넘을 수가 있다. 또 '도둑이 도둑의 마음을 도둑맞을까 두려울' 정도로 가난한 집에도 그런 담이 있지 않던가?

그러면 짐승을 막기 위한 것인가? 아니다. 그 담 한구석에는 으레 개구멍이란 것이 있어, 족제비든 도둑고양이든 자유로 드나들 수가 있다. 그것은 단순한 경계선에 불과하다.

그것은 '너'와 '나'의 분열과 대립을 위한 것이 아니라 그저 허전하기에 금을 그어놓은 것 정도에 불과하다. 담은 있어도 결코 담의 그 반발적인, 그 고립적인 그런 이미지는 주지 않는다.

이 돌담의 반개방성—그것은 분열이면서도 통일이며, 고립이면서도 결합이며, 폐쇄적이면서도 동시에 개방을 뜻하는 것이다.

이 어렴풋한 돌담의 경계선—말하자면 '성벽의 문명'과 '숲의 문명'의 중간인 '돌담의 문명' 속에서 한국의 문화는 어렴풋이 자라났던 것이다.

기침과 노크

실상 노크 자체가 '눈 가리고 아웅 하는' 식이다. 누가 혼자 사는 숙녀의 방문 앞에서 노크를 했다고 하자. 극단적으로 보면 그 사람은 기실 그 숙녀의 행실을 의심하고 있는 것이다.

생활화되지 않은 노크

우리에겐 본시 노크knock라는 게 없었다. 노크는 사생활의 비밀을 존중하는 서구인들의 풍습이다. 이 풍습이 들어온 지 꽤 오랜 세월이 흘렀지만 아직도 그것이 몸에 배지 않은 우리는 가끔 실수를 범하는 경우가 적지 않다.

얼핏 노크 없이 화장실 문을 열다가 망신을 당하는 수도 있고, 밖에서 노크를 하면 화장실 안에서 무의식적으로 "예" 하고 대답하는 일도 있다. 그런가 하면 노크 소리보다도 더 빨리 뛰어 들어오는 '번개족'도 있다. 이것들은 모두 일막의 난센스다.

노크 없이 들이닥치는 무뢰한이 많은 까닭인지, 심지어 사무실 도어에다 '요要 노크'라고 써 붙여둔 데가 있다. 이것도 하나의 희극이다. 노크를 강요한다는 것도 우스운 일이지만, 사실私室 아닌 사무실에서까지 노크를 필요로 한다는 것은 아무래도 수상쩍은 일이다.

대체 그 사무실 안에서 무슨 일들을 하고 앉아 있기에 노크를 하라는 것일까? 무슨 음모가 아니면 위조지폐라도 찍고 있는 것일까? 여사무원과 달콤한 연애? 그렇지 않으면 나체주의자들이 사무를 보고 있는 것일까?

노크를 강요한다는 것은 스스로 내실의 비밀을 고백하고 있는 것과 다를 게 없다. '요 노크'의 문자는 '지금 이 도어 안에선 남이 보아서는 안 될 망측한 일이 벌어지고 있음'이라고 써 붙인 것과 맞먹는 말이기 때문이다.

실상 노크 자체가 '눈 가리고 아웅 하는' 식이다. 누가 혼자 사는 숙녀의 방문 앞에서 노크를 했다고 하자. 극단적으로 보면 그 사람은 기실 그 숙녀의 행실을 의심하고 있는 것이다. 그렇지 않다 하더라도 그는 나체가 된 그 숙녀의 모습을 상상하고 있음에 틀림없다.

노크 소리는 "혹시 당신은 지금 발가벗고 있는 것이 아니오?" 또는 "혹시 당신은 지금 누구와 입이라도 맞추고 있는 것이 아닙니까?"라고 묻는 소리인 것이다. 그리고 "지금 들어갈 테니 조심하십시오!"라는 경고이기도 하다.

더구나 노크 소리를 듣고 그 안에서 쥐 죽은 듯이 대답이 없다면, 그 안에서 무슨 일이 벌어지고 있는지는 보나 안 보나 대개 짐작할 만한 일이다.

기침은 은근한 노크

서양인들은 노크를 하나의 예의로 생각하고 있지만, 그 노크의 심리를 한번 분석해 볼 때 그것은 별로 그렇게 점잖은 에티켓이라고는 생각되지 않는다. 노크 자체가 이미 실례이니까.

그러기에 우리나라 사람들은 좀 더 점잖은 노크의 방식을 써왔던 것이다. 그것은 바로 기침 소리다. 노골적인 '노크'와는 달리 그것은 얼마나 암시적인 것일까?

옛 사람들은 으레 남의 내실이나 화장실에 들어가려면 큰기침을 했던 것이다. 물론 '노크'와 마찬가지로 지금 사람이 들어가니 조심하라는 신호임에는 틀림없다. 그러나 그것은 문을 노크하는 것처럼 직접 대놓고 하는 행위가 아니라 어디까지나 은근한 시사에 지나지 않는다.

기침은 자연 발생적인 것이므로 반드시 상대방을 의심하고 두드리는 노크와는 다르다. 우연히 기침이 나올 수도 있는 것이니 피차 무색해할 필요가 없다.

그 반응도 역시 그렇다. 노크 소리를 듣고 방정맞게 "컴인Come in"이니 "앙트레entrez"니 하는 직접적인 대답이 아니라, 역시 은근한 방법으로 그에 응하는 것이다. 몸을 움직여서 인기척을 낸다. 옷자락이 구겨질 때의 그 은미隱微한 소리가 아니면 몸을 옮겨 앉을 때 생겨나는 장판지 소리로……. 즉 "당신의 기침 소리를 들었다. 들어와도 좋다"는 암시다.

이것이 서양과 한국(동양)의 차이다. 말하지 않아도 서로 아는 것—은밀한 제스처와 이심전심의 암시가 되도록 직접적인 것을 피하려 든다.

은근한 교통, 이것이 바로 저 내부의 풍경이 보일락 말락 하는 '돌담'의 반개방성에서 엿볼 수 있는 한국인의 마음이다. 반은 열고 반은 닫아둔다.

갓 결혼한 새며느리가 있는 건넌방 문 앞에서 군기침 소리를 내는 시아버지의 그 마음, 그것은 저녁 호수의 빛깔처럼 은은한 데가 있다.

서양인들은 반가우면 서로 껴안고 입을 맞추려 한다. 편지에도 '마이 디어my dear'를 빼놓고서는 아버지도 어머니도 아들도 부르지를 못한다.

그러나 한국인들은 어머니란 말 앞에 굳이 '사랑하는……'이라는 말을 새삼스럽게 쓰지 않는다. 더더구나 서로 얼싸안고 입을 맞추는 노골화한 애정의 표시도 없다.

그냥 마주 서서 울먹일 뿐이다. 눈, 입술, 머뭇거리는 손……
마치 묵극默劇 배우처럼 침묵의 온몸으로 감정을 전달한다.

김유신과 어머니의 만남

무장 김유신이 군사를 거느리고 그의 향리를 지나칠 때도 그러
했다. 거기 생가가 있다. 달려가 문을 두드리기만 하면 그리운 노
모의 얼굴을 볼 수가 있다.

그러나 유신은 부하를 시켜 자기 집에 가 간장을 좀 얻어 오라
고 했을 뿐이다. 그는 마상에서 그것을 마셨다. 유신은 그 간장
맛이 예와 다름이 없는 것을 알고 노모가 여전하심을 믿었다.

유신은 그 자리를 묵묵히 떠나고 그의 어머니는 대청마루에 숨
어 아들의 늠름한 모습을 넘겨다보고 눈물지으셨으리라. 그것뿐
이다.

그것은 기침 소리만 남기고 간 해후이며 이별이었던 것이다.
요란스럽게 문을 노크하고 나타나는 카우보이의 활극에서는 도
저히 목격할 수 없는 정경이다.

우리에게 노크의 훈련이 되어 있지 않았다는 것은 엄격히 따지
고 보면 '사생활'에 대한 인식이 없었음을 의미한다. 서양에서는
사생활을 생명과 같이 존중시한다. 우리는 주거 침입이나 사실私
室 침범쯤은 예사로 안다.

전기 조사원들이 남의 집 안방에까지 기웃거리는 것은 요즈음 에도 얼마든지 있는 일이다. 발자크Honoré de Balzac는 빚쟁이에 몰려 노크가 아니라 암호까지 써서 실내 통화를 제한한다. 우리의 경우 같으면 빚 받으러 온 사람은 안방에 마구 침입하여 드러눕는 것이 보통이다.

요컨대 노크라고 하는 것은 서구적인 철저한 개인주의의 산물이다. 우리 사회에 있어 '너'와 '나'의 한계를 내세운다는 것은 '정'이 없음을 뜻하는 것이어서, 속된 말로 친한 사람끼리는 '내 것', '네 것'이 없이 지내는 것을 이상으로 알고 있다.

김유신과 나폴레옹

그들은 인생을 거꾸로 사는 사람들이다. 그러기에 그들의 영웅은 반역과 파멸로 운명 지어져 있다. 해피엔드는 영웅의 세계가 아니다. 타버리고 부서지고, 그러다가 한 움큼의 재만을 날리고 사라지는 것이 서양의 영웅들이다. 그런 운명을 자진해서 초래한 사람들이다.

영웅의 두 개념

김유신은 삼국을 통일한 우리의 영웅이다. 그는 화랑의 상징이며 이 나라 무장들의 사표師表임에 틀림없다. 그러나 그의 행적과 나폴레옹의 생애를 비교해 보면 거기에는 '한국적 영웅'이 지니는 한계성이란 것이 있다. 서구식 영웅의 개념과는 여러 가지로 다르다.

나폴레옹은 코르시카의 몰락한 귀족으로 그리고 일개 포병 장교의 몸으로 황제의 자리에까지 오른 사람이다. 그는 현실에 자

기를 적응시킨 사람이 아니라 현실을 자기에게 적응시킨 역풍의
영웅이었다.

그러나 김유신은 현실에 자기를 순응시키려 했다. 그러기 위해
서는 거의 범인과 다름없는 행동을 취했다. 틀 안에서의 성취였
다.

나폴레옹처럼 유신은 몰락한 '가야'의 왕손이었다. 그러기에
성골聖骨이니 진골眞骨이니 하는 엄격한 골품제가 있는 신라에서
는 도저히 대성할 길이 없음을 알았다.

유신은 이러한 현실을 부수려고 한 것이 아니라 그 현실에 자
기를 맞추기 위해 노력한 사람이다. 결국 그는 신라 왕족인 김춘
추金春秋와 자기 여동생을 이용하여 야망의 길을 튼 사람이었다.

김춘추는 이미 처자가 있는 몸이었다. 그런데도 불구하고 유신
은 나이 어린 그의 여동생 문희文姬로 하여금 그와 인연을 맺게 했
다. 그는 '축국蹴鞠'을 하다가 소매가 찢긴 김춘추에게 그것을 기
워준다는 구실로 문희의 방에 집어넣었다. 그리고 자리를 슬며시
비켜 그들의 정사를 마련해 주었던 것이다.

그렇게 해서 처녀인 문희는 성혼도 하지 않고 불륜의 씨를 잉
태했으며, 유신은 그것을 재빨리 역용하여 김춘추의 정실부인이
되도록 일을 꾸몄다.[24]

---

[24] 자기의 여동생 문희가 사생아를 배자 그렇게 되기를 기다렸던 유신이면서도 시치미

이러한 이야기만을 가지고 볼 때 사람들은 유신의 영웅적인 모습보다는 이야고와 같은 모사의 음흉한 미소를 보게 될지도 모른다.

아무리 삼국 통일의 야심이 컸다 하기로, 그것이 어린 동생의 청춘을 팔고 김춘추의 가정을 파괴한 유신의 행동을 합리화시킬 수 없다고 말할 수도 있다. 어떻게 감히 그것을 남아다운 페어플레이라고 부를 수 있을 것인가?

둘째로 나폴레옹은 자기를 죽이려던 자객이 나타났을 때, 그를 사로잡고도 참斬하지 않았다. 도리어 그에게 무기를 주고 한번 자기를 죽여보라고 했다. 감히 그는 손대지 못하고 스스로 달아나고 말았다. 서양의 기사도가 그대로 반영된 한 토막 에피소드다.

그러나 화랑이었던 유신은 자기를 해치려 했던 고구려의 자객 백석白石이란 자를 죽이고 말았다. 더구나 백석은 자기가 고구려의 자객인 것을 스스로 실토했고, 자진해서 유신을 해칠 마음이

를 떼고 그녀를 태워 죽이려고 연극을 꾸몄다. 선덕여왕이 첨성대 구경을 하고 남산에 올라 놀이를 할 때 그 기회를 놓치지 않고 자기 집 문 앞에다 불을 지른 것이다. 선덕여왕이 저게 무슨 연기인가를 묻자, 그 소문을 들어 알고 있던 주위의 신하들은 유신이가 부모 몰래 아이를 밴 동생을 태워 죽이려고 불을 피우는 것이라 아뢰었다. 그러자 선덕여왕은 그 일을 저지른 남자가 다름 아닌 김춘추란 것을 알게 되고 인명이 중요하니 그녀를 정실로 맞아들이라고 했다. 그리하여 김유신이 꾸민 계략이 모두 들어맞은 것이다. 그는 임금까지도 속였다. 불로 태워 죽일 만한 패륜임을 알면서도 유신은 여동생에게 그런 짓을 시켰던 것이다.

없음을 고백했는데도 불구하고, 그는 불안한 나머지 결국 백석을 죽였던 것이다. 영웅 유신은 그만큼 소심하지 않았던가?

셋째로 나폴레옹은 출정 중에 거울이 깨진 것을 보고 조세핀 발사모에게 무슨 일이 났을 것이라 생각하여 회군한 일이 있었다. 그는 한 여인과 사랑하면서도 능히 세계를 정복한 영웅이었다.

그러나 유신은 천관녀天官女의 집으로 가던 그의 말 목을 자르고야 말았다. 삼국 통일의 꿈을 위해서는 천관녀와의 사랑을 희생시키지 않으면 안 되었던 영웅이다.

천관녀에게 독수공방의 슬픔을 주지 않고서는, 당나라 군사를 불러들이지 않고서는 삼국의 통일은 어려운 것이라고 믿었던 영웅이다. 그의 힘이 모자랐다기보다는 그의 그러한 태도와 사고방식에서 우리는 역시 서양의 동물적 문화에 대하여 동양의 식물적 문화의 관계를 본다.

넷째로 나폴레옹은 외로운 섬 세인트헬레나의 어두운 바다를 보면서 숨을 거두었다. 비극적일 수밖에 없었던 영웅이다. 백군을 질타하던 나폴레옹, 다섯 척 남짓한 그 몸으로 세계를 떨게 하던 나폴레옹, 운명을 거슬러 살던 그는 역시 그렇게 비통한 죽음의 휘장을 내렸다.

그러나 김유신은 나라의 한 충신으로서, 호국신으로서 고이 늙은 채 이 세상을 떠났다. 자신의 운명에 순응해 가면서 자기 명대로 살다가 세상을 떠난 사람이다.

화합하는 한국적 영웅

나폴레옹에 비해서 김유신의 잘잘못을 가리자는 것은 아니다. 영웅의 개념이 달랐다는 이야기다. 서양의 영웅은 어딘지 모르게 비극적인 냄새를 풍긴다. 운명의 벽을 뛰어넘는 격렬한 투쟁의 뒷모습에는 낙조와 같은 장엄한 몰락의 그늘이 숨어 있다.

그들은 인생을 거꾸로 사는 사람들이다. 그러기에 그들의 영웅은 반역과 파멸로 운명 지어져 있다. 해피엔드는 영웅의 세계가 아니다. 타버리고 부서지고, 그러다가 한 움큼의 재만을 날리고 사라지는 것이 서양의 영웅들이다. 그런 운명을 자진해서 초래한 사람들이다.

그러나 한국적 영웅은 순응하고 인종하며 화합하는 영웅이었다. 비통하다기보다는 차라리 순수한 영웅들이었다. 지평 밖으로 나가는 모험이 아니라 지평 안에서의 투쟁, 그것은 현상을 뛰어넘는 영웅이 아니라 현상을 지키는 영웅들이었던 것이다.

독재자와 아리랑

나는 하찮은 그리고 수초 동안에 불과한 뉴스의 한 장면을 보고 뜨거운 눈물을 흘렸던 일이 있다. 그것은 전쟁 고아들로 구성된 어린이 합창단이었다. 미국 순회공연을 마치고 경무대를 예방한 장면이었다고 기억된다.

전쟁 고아들의 합창

영화를 보고 운다는 것은 비록 소박한 일이기는 하나 남에게 자랑할 것은 못 된다. 하물며 비극 영화도 아닌 공보실 뉴스를 보고 울었다면 사람들로부터 적지 않은 조소를 받을지 모른다.

그러나 감히 말하건대, 나는 하찮은 그리고 수초 동안에 불과한 뉴스의 한 장면을 보고 뜨거운 눈물을 흘렸던 일이 있다. 그것은 전쟁 고아들로 구성된 어린이 합창단이었다. 미국 순회공연을 마치고 경무대[25]를 예방한 장면이었다고 기억된다.

미국에서 그들은 몇 푼의 자선 금품을 얻어 왔으며 메이플라워의 후예들로부터 동정도 많이 받았던 모양이다. 그들은 가난한 나라에 태어났으며 거기에 또 전쟁 고아라는 운명까지도 걸머진 것이다. 그러나 순진한 아이들은 아무 뜻도 없이 귀여운 입술로 〈아리랑〉을 부르고 있었다.

폐부를 저미는 것 같은 구슬픈 가락이었다. 천 년을 호소하는 듯한, 흐느끼는 듯한 노래의 은은한 강물이었다.

어미 없는 자식들이 부르는 노래라 해서, 〈아리랑〉 가락이 구성지다 해서 감상적인 눈물을 흘렸던 것은 물론 아니다. 백발이 성성한 이승만 대통령의 얼굴이 어린이 합창단의 얼굴을 배경으로 하여 화면에 비치던 순간 문득 북받쳐오르는 설움이 있었다.

아리랑과 대통령

80줄에 들어선 노대통령의 주름진 얼굴에는 독재자에게서만 느낄 수 있는 고독한 그늘이 서려 있었다. 그는 프란체스카 곁에서 눈을 끔벅거리며 아이들이 부르는 〈아리랑〉을 우두커니 듣고 있었던 것이다.

25) 오늘의 '청와대'를 이승만 대통령 시절에는 그렇게 불렀다.

"노독재자시여! 당신은 지금 무엇을 생각하고 계십니까? 국부國父란 말 그대로 사람들은 늙은 어버이를 따르듯 그렇게 당신을 공경하려 했습니다. 저 아이들처럼 당신 앞에서 우리는 어리광 같은 노래를 부르려 했습니다. 그런데도 아! 당신은……."

그것은 단순한 증오심이 아니었다. 섭섭하고 분하고 허전한 마음이었다.

그가 조금만 더 젊었더라도, 조금만 더 씩씩한 얼굴이었더라도, 그게 미국 순례를 하고 돌아온 고아들의 합창만이 아니었더라도, 〈아리랑〉이란 노래만 아니었더라도, 우리의 옛날이 좀 더 불행하지만 않았더라도, 자유당의 횡포만 아니었더라도, 아니 다른 것은 그만두고라도 정말 그가 히틀러와 같은 독재자이기만 했더라도, 나는 그때 결코 분노의 주먹을 쥐었을지언정 멋쩍은 눈물을 흘리지는 않았을 것이다.

이승만 박사는 오픈카를 타고 군중대회에 나타나는 그런 독재자는 아니었다. 하켄크로이츠Hakenkreuz의 깃발 밑에서 스스로 독재자임을 선언하고 '나의 투쟁'을 부르짖던 히틀러는 아니었다. 그는 독재자로서의 철저한 길도 밟지 못했다.

우리의 노독재자는 국회를 불 지르지도 않았고, 선거제를 폐지하지도 않았으며, 공공연한 친위대도 두지 않았다. 그러나 국회는 불살라진 것과 다름이 없었고, 선거는 폐지된 것과 다름없었고, 저 경찰은 또한 친위대나 다를 게 없었다.

말하자면 지극히 음성적인 독재자였던 것이다. 이것도 저것도 아니다. 어중간한 회색의 독재자였을 뿐이다. 그러기에 우리는 그에 대해서 철저한 증오심조차도 가질 수 없었다. 차라리 원망과 연민에 가까운 서글픔이었다. 결국 이승만 박사도 한국인이었던 것이다.

은근과 끈기의 정체

「돌담의 의미」에서도 지적한 대로 우리의 문화는 완전한 폐쇄도 완전한 개방도 아닌 어중간한 지대에서 싹텄다. 뜨겁지도 않고 차갑지도 않으며, 밝지도 않고 어둡지도 않은 몽롱한 반투명체, 그것이 한국인이 지닌 본질이었던 게다.

그러기에 네로와 같은 폭군도, 히틀러와 같은 독재자도 없었다. '철저하다'는 것, '솔직하다'는 것, '투명하다'는 것…… 이것이 우리에게는 결여되어 있었다. 그러므로 뚜렷한 경계선도 있을 수 없다.

그 반개방성이나 반투명성이 예술이나 정적인 면으로 흐르면 '기침 소리'와 같은, 혹은 〈아리랑〉 가락과 같은 그윽하고 아름다운 향내를 풍기게 되지만, 정치나 현실 면에 잘못 나타나게 되면 음모, 책략, 소극적인 만성 압제와 같은, 이승만 박사의 민주주의를 가장한 독재주의 같은 그런 말년의 위선적 삶을 빚어낸다는

것이다.[26]

즉, 〈아리랑〉과 '이승만'은 참으로 이질적인 것 같으면서도 실은 '은근'이라는 같은 뿌리 위에서 돋아난 색다른 두 송이 꽃이었다. 활활 타오르지도 않고 그렇다고 아주 꺼져버리지도 않는 지리한 그 독재 정치의 불꽃은 비단 이승만 집권 시의 특징만은 아니다.

한국의 정서가 '은근'하다는 것은 이렇게 하나의 미덕이면서도 동시에 악덕일 수도 있는 야누스의 얼굴이다. 양성적인 투쟁이 아니라 음성화한 그 '은근'한 싸움은 저 기나긴 조선조 당쟁, '쥐'와 '송충이'까지를 모략의 소도구로 사용한 치사스러운 당쟁을 전개시켰던 것이다.

뒷전에 숨어서 은근히 백성의 가슴을 멍들게 한 폭군 아닌 폭군들이 얼마나 많던가? 연산燕山은 네로가 아니다. 김유신은 나폴레옹이 아니다. 역시 이승만은 히틀러가 아니다. 이 땅에는 철저한 폭군도 영웅도 독재자도 없었다. 제대로 타오르지 못했으니 제대로 꺼져본 일도 없다.

---

26) 한국인처럼 대의명분이란 형식을 존중하는 백성도 드물다. 그러므로 무엇이든 솔직히 내놓고 하지 않고 대의명분이란 간판 뒤에 숨어 악을 행한다. 그 증거로서 한국에는 조금만 큰 도적단이면 다 '의도義盜'라고 했었다. 도둑놈들까지도 이렇게 대의명분을 내세워 도둑질을 했으니 그 나머지 것은 더 말할 나위가 없다.

이것이 소위 한국적 특성으로 학자들이 곧잘 내세우고 있는 '은근'과 '끈기'의 정체인 것이다.

군자의 싸움

우리(한국인)의 싸움이 고양이 싸움 같다고 하면 그들(일본인)의 싸움은 꼭 닭 싸움과도 같은 것이다. 언제 붙고 언제 끝났는지 모를 정도로 돌연한 싸움이다. 그러면서도 반드시 피가 흐르게 되는 치열한 격투이며 승부가 확실한 싸움인 것이다.

고양이 싸움과 닭 싸움

일본의 한 문필가는 한국인의 싸움을 다음과 같이 묘사한 일이 있다.

"한국인의 싸움은 일본인의 그것과는 아주 다르다. 우선 장죽을 입에 물고 능변으로 30분이고 한 시간이고 마냥 입씨름을 한다. 그러나 노려보기도 하고 고함치기도 하는 그 싸움은 여간해서 완력으로 번지는 일은 없다.

눈을 흘기거나 팔을 걷어붙이거나 침방울을 튀기며 서로 떠다미는 정도로 의세倚勢를 부릴 따름이다. 꼭 고양이 싸움 같다. 좀 심하면 멱살을 틀어쥐는 일이 있지만 대개는 그냥 떠다미는 것으로 판을 끝내는 일이 많다. 주먹다짐의 난투극이란 좀처럼 보기 힘든 것이다.

으레 또 주위에는 구경꾼들이 새까맣게 모여든다. 그들은 유유히 서로 불을 빌려가며 장죽을 붙여 문다. 그리고는 연극이라도 보는 듯한 기분으로 쌍방의 싸움 내용을 근청한다. 뿐만 아니라 싸우는 본인들도 서로의 주장을 군중을 향해서 소리 지르면서 은근히 그들의 비판과 동정을 구한다. 어떻게 하다 서로 멱살이라도 붙잡게 되면 중재자가 뛰어든다. 그러면 그 중재자를 중립 지대로 해서 쌍방의 고함 소리와 의세는 갑작스레 활기를 더 띠게 된다. 요컨대 한국인의 싸움은 군자의 싸움인 것이다."

과연 일본인다운 관찰이다. 그들은 사람의 목을 배추 밑동처럼 자르고 다니는 사무라이의 싸움이나, 말보다는 아이쿠치合口가 그리고 침방울보다는 핏방울이 먼저 튀어나오는 에도코江戶子의 성급한 싸움만을 보아왔다.

그러므로 확실히 장죽에 불을 붙이고 유유히 대결하는 그 싸움 풍경을 신기하게 생각한 것도 무리는 아니다. 우리(한국인)의 싸움이 고양이 싸움 같다고 하면 그들(일본인)의 싸움은 꼭 닭 싸움과도 같은 것이다. 언제 붙고 언제 끝났는지 모를 정도로 돌연한 싸움이다. 그러면서도 반드시 피가 흐르게 되는 치열한 격투이며 승부가 확실한 싸움인 것이다.

구경꾼은 안중에도 없다. 아니 구경꾼이 모여들었을 때는 벌써 싸움은 끝나 있다. 가을 소나기처럼 금세 햇볕이 쨍쨍하다. '마잇타ﾏいった[降伏]! 진 놈은 진 놈대로 이긴 놈은 이긴 놈대로 뒤끝이 산뜻하다. 그들은 그것을 두고 '앗사리ぁっさり'하다고 한다. 그러나 또 그만큼 잔인하기도 한 것이다.

서양인의 결투와 악수

서양 사람들의 싸움도 그렇다. 그들의 싸움은 결투다.[27] 죽고 죽이는 싸움이다. 우리의 싸움처럼 천둥 소리만 나다 그만두는 싸움이 아니라 폭풍이 휘몰아치는 피비린내의 싸움이다.

악수의 풍습이 그것을 반증하고 있다. 흔히들 말하고 있듯이 악수가 중세기의 유습인 것만은 분명하다. 즉, 악수는 일종의 무장해제인 것이다. 서로 오른손을 쥐고 있는 동안 상대방의 '칼'이나 '권총'을 염려할 필요가 없다. 그러므로 그들에게 있어 싸움의 무기인 오른손을 그냥 내민다는 것은 최대의 호의와 친선을 뜻하

---

27) 서구나 일본에는 모두가 결투의 풍속이 있었지만 우리에게는 그것이 없었다. 확실히 호전적인 민족은 아니다. 그러나 결투 정신이 없었기 때문에 모든 것을 공명정대하게 내놓고 싸우는 양성적 대결 정신이 희박하다.

는 예의다.

악수할 때 왼손을 내밀거나 혹은 한 손을 호주머니에 집어넣은 채로 한다는 것이 얼마나 큰 실례인가 생각해보라.

왼손잡이의 권총 명수도 있는지라, 오른손만으로는 어쩐지 불안하다고 생각했는지 숫제 두 손으로 상대방의 손을 잡는 악수법도 생겼다. 결국 그들의 싸움은 손의 싸움, 주먹과 칼과 권총을 전제로 한 싸움이다. 그러니 그들의 싸움이 우리의 그것처럼 미지근할 수가 없다.

그것들에 비하면 담배를 피워가며 구경꾼들의 효과를 생각하며, 또 장장 반나절이나 소비하면서도 결코 주먹은 '삿대질'이나 하는 연출적 효과 이외로 별로 소용이 되지 않는 우리 싸움을 보고 있으면 이 민족이 평화 민족이라는 말도 거짓이 아닌 것 같다.

그러나 결투의 야만적인 풍속이 없었음을 그저 기뻐해야만 할 것인가? '군자의 싸움'이라고 하나 기왕 싸울 바에는 일생을 두고 눈을 흘기며 미지근하게 싸우는 것보다 단숨에 끝판을 내고 먼지를 터는 것이 어떠할까? 구경꾼의 눈치보다는 독력獨力으로 싸움을 결단하는 태도가 아쉽지 않은가? 전쟁이 있기에 평화가 있는 것이고, 평화를 위하기에 전쟁이 있는 것이 아닌가? 싸움도 평화도 아닌 오늘의 휴전 상태만 하더라도 그렇지 않은가?

보슬비가 내리다 말다 하는 지루한 장마철, 그것이 한국의 분위기다.

싸움의 근대화

일본의 시대극 영화가 들어오고 서부 활극이 이 땅에 수입되고부터는 저 '군자의 싸움'에도 약간의 변화가 생겼다. 스피드와 스릴과 박력이 생겨났다. 이젠 웬만한 시골에 가도 서로 멱살을 붙잡고 해 넘어갈 때까지 그런 자세를 고수하는 싸움은 볼 수 없게 되었다.

말로만 죽인다는 것이 아니라 정말 피로써 끝장을 내는 싸움도 있다. 어린애들이 싸우는 걸 보아도 제법 서부 활극식으로 한다.

그러나 유유히 장죽을 빨며 삿대질과 고함만을 치던 애교 있는 그 싸움이, 시대와 더불어 자꾸 거칠어져 가는 것을 보고 우리는 한탄도 손뼉도 칠 수가 없다. 그만큼 성격은 분명해졌지만 또 그만큼 잔인해지기도 한 까닭이다. 변해가는 그 싸움 풍습을 보고 얼핏 그 호불호의 판단을 내리지 못하는 것부터가 '한국적'이라고 할까?

음료 문화론

떫은 '홍차'에는 영국의 현실주의가, 엽차의 신비한 향미에는 오리엔트의 꿈이 서로 대조적인 맛을 풍기고 있다. 마찬가지로 '숭늉'에는 한국의 맛이 있다고들 한다. 나 역시 조석으로 숭늉을 마실 때마다 한국을 느낀다.

콜라와 미국

'콜라'를 마실 때마다 나는 미국 문명이라는 것을 생각하게 된다. 강철이 녹슨 것 같은 검붉은 색채부터가 이미 그렇다. 톡 쏘면서도 씁쓸한 맛, 그러면서도 실상 뒷맛의 여운이 전연 없는 그 맛 속에는 무엇인가 자본주의 문명이 갖는 게트림 같은 것이 있다. 거기에는 카우보이들이 텍사스의 푸른 초원을 달리는 삽상한 활기가 있다.

거기에는 또 시카고의 공장 굴뚝에서 뿜어내는 매연과 혹은 미

시시피의 탁류와도 같은 매캐한 산문적인 그 특유의 맛이 섞여 있는 것이다. 부산하고도 공허한 미각이다.

"태국의 미술 골동품을 찾으러 방콕에 상륙한 필자의 눈에 제일 먼저 띈 것은 화물 자동차에 가득 실은 '코카콜라'였다"라고 문명사가文明史家 뷰스도 이미 고백한 일이 있지만, '콜라'는 그 맛에 있어서만 그런 것이 아니라, 깡통의 이미지에서 그 경제력에 이르기까지 모두가 미국 문명을 상징하고 있다.

그 나라의 음료수에는 그 나라의 속일 수 없는 문명의 비밀이 숨어 있는 것 같다. 빨갛고 투명한 포도주에는 프랑스의 명석한 지성이 있고, 베르사유 궁의 분수와 같은 맑은 사치가 있다. 그리고 맥주에는 독일 국민의 낭만과 거품처럼 일다 꺼져버리는 그 관념이 있다.

떫은 '홍차'에는 영국의 현실주의가, 엽차의 신비한 향미에는 오리엔트의 꿈이 서로 대조적인 맛을 풍기고 있다. 마찬가지로 '숭늉'에는 한국의 맛이 있다고들 한다. 나 역시 조석으로 숭늉을 마실 때마다 한국을 느낀다.

한국의 숭늉 맛

숭늉에는 은은한 온돌의 장판색 같은 색깔이 있고, 역시 그렇게 구수한 맛이 있다. 그러나 그 빛깔은 있는 듯하면서도 없는 것 같고, 그 맛은 없는 듯하면서도 있는 것 같다. 마시고 나야 비로소 그 맛을 알 수 있으며, 따라놓고 봐야 그 빛깔을 볼 수가 있다. 잡힐 듯 말 듯한 여운이 입술 위에서 싱그럽다.

그러한 숭늉 속에는 무뚝뚝하고도 정에 겨운 할아버지의 기침 소리가 있고, 외할머니 같은 손길이 있고, 우륵이 타는 가야금 소리가 있고, 춘향의 옷자락 같은 음향이 있다. 뜨겁지도 차지도 않은 숭늉의 그 미지근한 감촉이야말로 한국인의 체온이다.

그리고 또 막걸리는 어떠한가? 위스키나 배갈처럼 독하지 않다. 투명하지도 않다. 뿌옇게 떫고 심심한 그 막걸리에는 한국인의 소박한 애환이, 김삿갓의 그 웃음 같은 것이 그대로 깃들어 있다. 텁텁한 막걸리의 맛은 이 나라의 감상과 사치하지 않은 낭만이다.

이렇게 숭늉이나 막걸리에는 다 같이 '무성격 속의 성격'이라는 아이러니가 있는 것이다. 콜라나 포도주나 맥주와는 달리 사실 그것은 하나의 '맛'이라고도 부를 수 없다. 맛이 있다면 '맛 없는 맛'이라고 부를 수밖에 없는 역설적인 미각이다.

평생을 수수하게 살아갈 수밖에 없었던 은자隱者의 마음이다. 그야말로 누구의 시詩대로 '왜 사느냐고 물으면 웃지요'라는 심경 그대로 초탈, 체념, 자위의 야릇한 감각이다. 아마 한국인의 눈물과 웃음을 합쳐 하나의, 물을 짜낼 수 있다면 틀림없이 '숭늉'이나 '막걸리' 같은 것이 생겨나리라.

또한 숭늉과 막걸리에는 미각이란 게 없다. 자연 그대로의 맛이다. 꾸밈이 없고 허세가 없다. 생긴 그대로, 우러나온 그대로, 그러나 조잡하되 결코 천하지 않은 맛이다.

"투명하지 않은 것은 프랑스가 아니다"라는 말이 있듯이, 프랑스인은 명백하고 합리적이고 분명히 쪼개질 수 있는 지성을 사랑한다.[28] 그러나 우리의 경우에 있어서는 그와 반대로 '탁하지 아니한 것'은 한국이 아닌 것이다.

막걸리, 그 무성격의 성격

물론 '유교'의 중용성에서 비롯된 것이기는 하나, 우리는 "맑은 물에는 고기가 꾀지 않는다" 해서 대체로 너무 맑고 투명한 것을 좋아하지 않는다. 지나친 결백이나 또 무엇을 꼬치꼬치 따지는 것을 싫어한다. 약간 혼탁한 것, 약간 어수룩한 것을 좋아하는 데에 한국인의 기질이 있다. 일본인들만 해도 '앗사리'한 것을 좋아하지만 우리는 그런 것보다 좀 뿌옇고 그늘진 것을 좋아한다.

---

28) 미국 작가 크로도 와슈반은 프랑스인의 기질을 이렇게 말했다. "프랑스인은 광분한 환경에 놓여 있으면서도 이론적인 국민이다. 그들 프랑스인들은 둘에 둘을 더하면 넷이 될 뿐만 아니라 32와 32는 언제나 64가 되는 것이다. 즉, 콤마 이하의 숫자, 예를 들면 4, 5, 8, 9 등은 문제를 삼지 않는다."

어렴풋한 것, 수수한 것, 딱 부러지게 쪼갤 수 없는 그런 정감을 좋아한다. 있는 듯 없는 듯—사는 듯 마는 듯—우는 듯 웃는 듯 그렇게 세상을 살아왔다.

숭늉처럼 뜨겁지도 않고 차지도 않은 삶이었다. 막걸리처럼 술도 맹물도 아닌 역사였다. 그러면서도 결코 누구도 빼앗을 수가 없는 은은한 여운이 영원으로 향하고 있다. 보일락 말락 한 돌담의 울타리에서부터, 있는 듯 없는 듯한 그 숭늉 맛에 이르기까지 한국의 것이면 어느 것에나 그러한 정감이, 그러한 여운이 흐른다. 그것이 있었기에 저 거센 대륙의 한구석에서도 수천 년을 버티고 살아왔는지도 모른다.

가난했으니 사치스러운 꾸밈이 있을 리 없었고, 항상 압박 속에서 살아야 했으니 자기를 드러내놓고 행세할 수도 없었다. 그 많은 고난과 비운을 견디어내려면 결국 여운과 같이 은근한 터전에 뿌리를 박고 살아야만 했다.

그리하여 열정을 발산하면서도 억제하고, 울면서도 웃어야 하고, 그리고 순종하면서도 반항해야 하며, 제 땅을 지키면서도 남의 눈치를 보아야만 된다. 그 풍속에서 '숭늉 맛' 같은 것이 생겨난 것이다.

오직 이 겨레가 머무를 수 있는 곳이 있었다면, 어중간한 그 회색의 중립지였다. 거기에서 그들은 그들의 감정을, 인생을 다듬으려 한 것이다.

그래서 우중충한 초가지붕에 갑작스레 발간 고추가 널리듯 더러는 그 덤덤한 '숭늉 맛'이 '수정과'처럼 세련되고 한층 깔끔한 음료수의 맛을 빚어내는 것인지도 모른다.[29]

29) 수정과 맛은 점잖다. 그러면서도 삽상하고 묘한 자극이 있다. 숭늉 맛을 세련시킨 것이라고 말할 수 있을 것 같다. 그러나 아무리 투명하고 맑은 것이라 할지라도 숭늉 맛처럼 어딘가 떫은 그늘 같은 것이 서려 있음을 부정할 수 없을 것이다.

의상에 대하여

우리는 우선 한국의 복식사가 곧 이 민족의 역사성을 그대로 상징해 주고 있다는 점에 대해 주목하지 않으면 안 된다. 한국인의 옷자락은 모든 문화와 마찬가지로 언제나 밖에서 불어오는 거센 바람을 타고 나부껴야 했다.

양복과 칼라

중국의 철학자 임어당林語堂은 칼라일Thomas Carlyle처럼 「복식윤리학服飾倫理學」·「합리적인 의복론」 등의 제법 장중한 제목을 붙여 두어 편의 글을 쓴 일이 있다. "세상의 남녀들은 옷을 벗으면 특히 원숭이와 같아지고, 옷을 입으면 입을수록 당나귀와 비슷해진다"는 것이 그의 주장이다. 옷은 자연스럽게 입어야만 빛이 난다고 생각했던 모양이다.

그래서 임어당은 한란계가 100도를 넘는데도 높이가 7센티나 되는 칼라로 목을 덮은 사교계의 부인들에겐 도저히 경의를 표할 수 없다고 했다.

임어당이 양복의 부자연성과 그 비인간적인 결함을 공박한 대부분의 이유도 실은 그 부자연스러운 칼라와 개 목걸이(넥타이)에 있었던 것이다.

칼라는 인간의 심사숙고를 방해하고, 바지의 혁대는 소화를 어렵게 한다는 것이다. 그래서 결국 자기는 양복을 집어치우고 중국옷을 택했다는 결론이다.

그렇다면 우리의 옷은 과연 어떠한가? 잠시 여기에서 한국의 '복식 철학'을 논하지 않으면 안 되겠다. 의상처럼 생활(시대)과 직결되고, 또 의상처럼 그 민족의 특징을 가장 잘 나타낸 것도 별로 흔치 않기 때문이다. 우리는 우선 한국의 복식사가 곧 이 민족의 역사성을 그대로 상징해 주고 있다는 점에 대해 주목하지 않으면 안 된다. 한국인의 옷자락은 모든 문화와 마찬가지로 언제나 밖에서 불어오는 거센 바람을 타고 나부껴야 했다.[30]

30) 관복은 모두가 외국 것을 그대로 모방한 것이다. 그것도 똑같이 모방한 것이 아니라 엄격한 통제를 받은 것으로, 옷에도 약소민족의 풍습이 여실히 나타나 있다. 태조조에 이수광이 "명나라 홍무洪武(1368~1398) 때에 배신陪臣의 관복을 하사하시었는데, 이 옷은 중국 조신의 품위를 차례로 낮추어 중국의 9등을 우리 배신에게는 7등에 해당되게, 즉 중국의 3등이 우리나라 배신들에게는 1등이 되는 격으로 5양관복梁冠服을 하사하시었다. 중조中朝의 4등이 우리나라 조신에게는 2등으로 4양관복을, 3등 이하는 배신도 입지를 못하였다"

백제나 신라에서는 긴 내리닫이 옷을 입었으나, 당나라의 세력이 이 땅을 휩쓸고부터는 당풍唐風을 따라 상의(저고리)와 하의(치마)로 구별되었다고 말하는 사람이 있다.

또 원나라의 압박 밑에 있었던 고려 때의 의상은 "몽고 옷과 중국 옷을 본떠 남자의 바지 너비와 여자의 윗옷 소매가 각기 줄어들어갔다"는 것이다.

조선조에 들어서면 이번엔 또 명나라의 복장이 지배한다. 중종 31년에는 조정에서 직접 명나라 옷을 그대로 모방하여 입으라고 했고, 이미 세조 10년에는 광주 목사 김수金修가 "우리나라의 제도는 모두 중국 것을 모방하였으나 오직 부녀자의 수식首飾과 복색服色만이 고습을 따르고 있으므로…… 집찬비執饌婢와 통사通事를 불러 궁중의 의녀醫女나 기생들에게 그(명나라) 복색과 장식을 가르쳐주어 보급토록 하자"고 상소문을 올렸던 일이 있다.

그런가 하면 중국 대륙의 바람이 서풍西風에 몰리기 시작하는 조선조 말기에 이르면, 조관朝官의 복색이 양복으로 변하기 시작하고, 갑신정변 때 김옥균과 박영효가 일본으로 망명할 때는 벌

라고 전했다. 명나라 동월董越은 성종 21년(1490), 조선을 보고 가서 말하기를 "3품 이상이 아닌 유관직자有官職者는 무늬 있는 비단은 못 입었다. 벼슬이 낮은 관직자는 거의 다 명주나 마포를 입었고 모시나 비단은 못 입었다. 청색 마포 옷은 연회 때에만 입었을 뿐 평상시에는 못 입었고, 옷 무늬도 용트림으로 된 것과, 쌍봉이 날개를 편 무늬를 넣은 것이었다"고 전했다. (석주선石宙善,「이조의 관복」에서)

써 일반인으로서도 양복을 입고 있었다.

한복을 지킨 사람들

한국인의 복식은 한국인의 수난사와 다를 것이 없다. 일제시대의 '국민복', '게이터'와 '몸뻬'를 생각해 보면 알 수 있을 것이다. 그리고 이제는 '맘보바지', '색 드레스', '미니스커트'가 한국의 거리를 스쳐 가고 있다.

변화무쌍, 신출귀몰의 그 복식 유행 뒤에는 언제나 이 나라 역사의 굴곡과 그 변전이 새겨져 있다. 그러면서도 오늘날 한국에 중국 옷과도 다르고 서양 옷과도 다른 그 고유의 의상이 있는 데에는 놀라지 않을 수 없다. 수없는 압박과 침략 속에서도 제 나라의 언어와 제 나라의 생활양식을 잃지 않은 기적 같은 비밀이 우리의 옷에도 있다.

범람하는 외세의 물결 속에서도 마지막 울타리를 지킬 줄 아는 이 민족의 슬기를 아무도 부정할 수는 없을 것이다. 겉으로 보면 이민족의 세력에 100퍼센트 동화하는 것 같으면서도, 기실 한국 역사의 그 어두운 저류에 흐르고 있는 것은 그 누구의 것도 아닌 이 나라의 마음이었던 것이다.

비록 햇볕을 보지 못하고 항상 눌림 속에서 제대로 발전도 비약도 하지 못했지만, 그래도 풍운우세風雲雨勢 속에서 홀연히 그

형자形姿를 잃지 않고 서 있는 옛 석탑의 그리운 모습과 닮은 데가
있다.

갖은 파란과 수난 속에서도 제 길을 다듬어 걸어온 저 한복의
맵시에는, 찢기고 헐벗고 이지러진 역사 속에서 피와 눈물로 다
져진 이 겨레의 마음이 결정되어 있는 것 같다.

관이 그렇게 시킨 것도 아니며, 이 땅의 지도자나 지식인들이
그렇게 권유한 것도 아니다. 더더구나 디오르와 같이 훌륭한 디
자이너가 있어 그렇게 된 것도 물론 아니다. 도리어 그들은 몽고
옷, 명나라 옷 혹은 양복을 입으라고 귀찮게 볶아댔다.

오늘의 한복을 만든 것은 한국의 그 흙이나 바람이었다. 흙에
붙어서 시집살이나 하고 지내던 시골 아녀자와, 지겟다리를 두드
리며 맑고 푸른 하늘을 우러러보던 초동樵童의 그 마음이었다.

저고리의 끝동, 치마의 한 주름에도 서러운 이 나라 역사의 사
연이 적혀 있다. 때묻은 동정이라 할지라도 그 민절悶絶의 호흡이
있고, 끊어진 미투리의 끈이나 해진 버선코에나 무심히 나부끼는
옷고름 자락이라 할지라도 천 년을 기다리며 산 서민들의 애틋한
기구도 있다.

이제 한국의 의상에 깃든 우리의 마음을 하나하나 풀어헤쳐 보
기로 하자.

날개야 돋아라

중세의 서양 의상 '로브'나 일본의 '기모노'는 한국의 옷에 비해 지나치게 복잡하고 부자연스러운 감을 준다. 옷이 인체의 선을 죽이고 있다. 사람이 아니라 옷으로 먼저 눈이 간다.

육체미와 의상미의 대치

우리 속담에 "옷은 시집올 때처럼, 음식은 한가위처럼……"이라는 말이 있다. 문자 그대로 옷은 시집올 때처럼 항상 그렇게 잘 입고 싶고, 음식은 팔월 추석날처럼 언제나 푸지게 먹고 싶다는 소원이다.

다른 나라에서도 마찬가지겠지만, 살림이 넉넉지 못한 우리네 형편에서는 특히 의식衣食에 대한 관심이 컸으리라고 짐작된다. 뿐만 아니라 우리나라에서는 '열두 폭 치마를 입고 육간대청을 거니는 것'이 가장 아름다운 생활의 이상처럼 되어 있다.

한국의 의상에는 분명히 한국적인 미가 있는 것 같다. 전문가의 말을 들어보면 우리나라의 옷은 북방적인 폐쇄성과 남방적인 개방성이 한데 어울려 이상적인 조화를 이루고 있다는 것이다.

옷이란 몸을 감추면서도 드러내놓는 데에 그 아름다움이 있다. 특히 여성의 옷이 그런 것이다. 중세의 서양 의상 '로브robe'나 일본의 '기모노着物'는 한국의 옷에 비해 지나치게 복잡하고 부자연스러운 감을 준다. 옷이 인체의 선을 죽이고 있다. 사람이 아니라 옷으로 먼저 눈이 간다.

그리하여 '기모노'를 입은 일본 여인들에 있어서는 하얗게 드러난 목덜미가 특이한 매력으로 되어 있고, '로브'를 입은 서양의 여인들에 있어서는 앞가슴을 내놓는 것이 또한 아름다움이다.

즉, 살결을 드러내놓는 육체미와 그것을 감싼 의상미는 서로 대립을 이루고 있는 것이다. 그래서 육체미를 강조하기 위해서는 오늘날의 '비키니 스타일'처럼 의상은 한낱 수영복 같은 것이 되어버리지 않을 수 없다.

그것은 옷이라기보다 태초에 '이브'의 치부를 가렸던 '나뭇잎'과 다를 바가 없다. 이렇게 육체미를 살리려면 의상미를 죽여야 하고, 의상미를 살리려면 육체미를 죽여야 했던 것이 서양 의상의 비극성이 아니었던가 싶다.

걸어두는 옷과 개어두는 옷

그러나 한국의 경우에 있어서는 의상미와 육체미가 각기 분리되어 있는 것이 아니라 서로 융합되어 비로소 하나의 미를 꾸민다. 그 증거로서 서양 옷은 벗어놓아도 의상 자체의 독립된 입체성을 나타내고 있다.

그러나 한국의 치마는 벗으면 하나의 보자기와 다를 것이 없다. 몸에 감아야 비로소 입체성을 드러낸다. 그러므로 서양 옷은 '걸어두고' 한국 옷은 '개어두는' 것이다.

그러기에 한국의 의상은 자연스러움에 그 특징이 있다. 또 몸을 완전히 드러내놓는 것도 아니며 또한 완전히 감추어버린 것도 아니다. 얇은 모시 적삼으로 얼비치는 싱싱한 육체의 탄력이 바로 그런 것이다. 허리를 감고 흐르는 치마의 선이 그런 것이다.

　모시야 적삼 앞섶 안에
　연적 같은 저 젖 보라
　많이야 보고 가면 병 되나니
　손톱만치 보고 가소

모를 심으며 노래 부르는 농부들의 민요 가락을 보더라도 한국 옷의 육감성은 '비키니'족의 그것처럼 노골적인 것이 아니라 안타깝고 은근한 데에 한층 더 기막힌 매력을 발산하고 있는 것이다.

더구나 저고리가 짧아 치마와 적삼 사이로 겨드랑이의 하얀 살결이 약간 드러나 보이는 수도 있다. 단원의 풍속도를 보면 알 수 있을 것이다. 그래서 『성호사설星湖僿說』[31]을 보면 옛 사람들은 그것을 '복요服妖'라고까지 불렀던 모양이다.

한국의 치마저고리처럼 단순한 의상은 세계 어느 나라에서도 그 유를 찾아보기 힘들 것이다. '기모노'처럼 너덜너덜 붙은 것은 하나도 없다.

그러므로 저 여인의 치마저고리는 은근한 '섹스 어필'이라는 점보다도 그것의 단순성과 비상하는 듯한 가벼운 선의 율동에 의상미의 특색이 있지 않은가 싶다.

옷고름의 아름다움

서양 사람들은 성장한 옷을 보고 '뷰티풀(아름답다)'이라고 하지만, 우리는 '날씬하다' 혹은 '날아갈 듯하다'라고 말한다.

정철鄭澈의 시조에도 그런 것이 있다.

한낱 산깁적삼 빨고 다시 빨아

되나된 볕에 말리고 다리고 다려

---

31) 조선조 실학의 대가인 이익李瀷의 문집.

나난닷 날란 어깨에 걸어두고 보소서

그렇다. 그것은 가볍고 나비의 날개처럼 나는 듯이 그렇게 걸쳐져 있다.

길게 드리워 바람에 날리는 옷고름부터가 그런 것이다. 옷고름은 단추처럼 실용적인 구실을 하기 위해서만 있는 것은 아니다. 매고도 남는 그 긴 옷고름은 하늘을 향해 나는 선녀를 연상시킬 만큼 비상의 율동감을 준다. 서양의 천사는 날개를 달고 있지만, 동양의 선녀들은 펄럭이며 나부끼는 옷자락의 리듬으로 그것을 대신하고 있다. 그 편이 날개보다 훨씬 더 나는 것 같은 이미지를 준다.

그런 의미에 있어서 한국의 옷고름과 치맛자락은 하나의 날개라고 볼 수 있다. 지상의 현실을 박차고 아슬한 천공天空의 푸름을 꿈꾸는…….

그리고 보면 "옷이 날개다"란 속담도 결코 우연한 표현은 아닌 것 같다.[32]

눈물 많은 지상地上, 시집살이와 쓰라린 임과의 이별과 외적의 침입 속에서 무참히 짓밟히는 그 정절과 그 모든 질곡의 사슬을

---

[32] '옷이 날개'란 말은 옷이 그만큼 장하다는 이야기지만, 하고많은 것 가운데 하필 날개에다 비유한 데에는 잠재적으로 의상의 미를 비상으로 본 뜻이 있었기 때문이라고 생각된다.

끊어버리고 영원한 하늘로 그냥 날아오르고만 싶은 충동, 그리고 그 애절한 동경……. 그러한 비상의 의지가 바로 한국인의 의상 속에 젖어들어 간 것이다. 도피의 의상이다.

층층으로 퍼진 서양 여인들의 로브는 그 중력이 굳건한 지상을 향해 드리워져 있지만, 가냘픈 한국 여인의 치맛자락과 바싹 들러붙은 저고리의 가벼운 선은 바람만 불어도 날아오를 듯이 천공을 향해 치솟아 있다.

부자유와 억압을 한몸에 지니고 살아야만 했던 수난 많은 이 땅의 여심은 한 마리 새처럼 나비처럼 천상으로 날아오르고만 싶었던 게다. 그 무의식 속에 잠재된 비상의 의지가 결국은 오늘의 그 '저고리'와 '치마'와 같이 나는 의상이 되어 그네들의 상처를 감싸준 것이 아닌가 싶다.

한복 바지·양복 바지

핫바지를 입고 싸우던 옛 조상들의 모습을 생각하면 좀 실례가 되는 말이긴 하지만 절로 웃음이 터져 나온다. 그런 헐렁한 옷을 입고 날쌘 외적과 어떻게 싸움을(그것도 한두 번이 아닌) 할 수 있었는지 궁금하다.

한복 바지의 평면성

한복이라고 좋은 특징만 있는 것은 아니다. 뒤집어 생각해 보면 그만큼 또 변화 없는 옷이라고도 할 수 있다. 특히 남자들이 입는 바지를 보면 아무리 칭찬해 주고 싶어도 차마 용기가 생기지 않는다.

핫바지를 입고 싸우던 옛 조상들의 모습을 생각하면 좀 실례가 되는 말이긴 하지만 절로 웃음이 터져 나온다. 그런 헐렁한 옷을 입고 날쌘 외적과 어떻게 싸움을(그것도 한두 번이 아닌) 할 수 있었는지 궁금하다.

나폴레옹 시대의 남자 바지(타이즈)를 보면 그 바짓가랑이가 마치 스타킹이나 메리야스의 내의처럼 몸에 딱 달라붙어 있다. 서부 활극에 나오는 카우보이들이나 오늘의 청바지가 모두 그렇다.

그런 옷이라면 한번 입고 세계 정복의 야심을 품어봄 직도 하다. 어느 게 앞이고 뒤인지, 또 어느 게 박 서방 옷이고 어느 게 김 서방 옷인지 분간하기 어려울 정도로 한국의 바지는 두루뭉수리다.[33]

웬만한 스타일리스트도 한국 바지를 입혀놓으면 멍청해 보이고 헐렁해 보이는 것은 어쩔 수 없는 일이다. 그것은 온돌방 아랫목에 앉아 공자 왈 맹자 왈 할 때나 어울리는 복장이지 분명히 활동적인 옷은 아니다.

고대에는 대개 여자나 남자나 치마를 입었다. 그리스, 로마시대만 해도 남자들은 마치 숙녀의 잠옷 같은 내리닫이 옷을 입고 다녔다. 일본에서는 오늘도 '하카마[袴]'[34]를 걸치고 다닌다. 스코틀랜드의 군대 제복은 현재에도 치마로 되어 있다.

그러므로 남자가 치마를 입고 다니는 국민도 있는데 핫바지 정

---

33) 한국 옷은 치수를 정확히 재어 옷을 마르는 것이 아니라 적당히 맞추는 것이 통례로 되어 있다. 시골의 이수里數와 마찬가지다. 한참 가다 물어도 십 리요. 또 얼마를 더 가서 물어도 그냥 십 리가 남았다고 한다.

34) 남자의 치마.

도야 그래도 활동적인 것이 아니냐고 반문하는 사람도 있을지 모른다.

그러나 짧은 치마라면 몸을 움직이는 데에 있어 핫바지보다는 훨씬 편할 것이라는 점을 잊어서는 안 된다. 바짓가랑이가 그렇게 넓고 비둔한 바지는 모르면 몰라도 한국 바지만이 갖는 특징이 아닌가 싶다.

둘째로는 서구의 옷이 입체적이라고 하면 한복은(동양 일반에 해당되는 것이지만) 평면적이다. 그 컬러나 줄을 세운 양복 바지는 누구나 다 말하고 있듯이 입체감을 준다. 그러나 한국의 바지는 줄을 세우는 일이 없이 편편한 그대로다. 평면적이란 뜻이다. 그래서 양복은 부자연하고 한복은 자연스럽다고 평가할 수 있지만, 그들이 3차원의 의상을 개척할 때 우리는 2차원의 의상 감각밖에는 발견하지 못했다는 이론도 설 수 있는 일이다.

의상뿐만 아니라 서구의 문화는 입체적인 것이요, 한국(동양)의 그것은 평면적인 것이라고 흔히들 말한다. 입체는 공간이다. 공간을 이용할 줄 알았던 그들은 빌딩을 세우고 비행기를 만들었다. 입체 속에서 문명의 볼륨이 생겨나고 매스가 생겨났다. 우리에겐 그것이 없었다.

호주머니가 없는 바지

셋째로 한국의 바지에는 호주머니가 없다. 호주머니가 옷에 붙어 있느냐 없느냐는 꽤 간단한 차이인 것 같지만, 거기에는 벌써 과학적인 것과 비과학적인 사고의 갭이 놓여 있는 것이라 할 수 있다. 우리 조상들은 옷에 호주머니를 달 생각을 하지 않고 따로 주머니를 만들어가지고 다녔다.[35]

그러고 보면 '호주머니'란 말부터가 혹시 '호(오랑캐)의 주머니', 즉 이방의 주머니란 뜻을 가지고 있는 것이 아닌가 싶다. 방언에 '호주머니'를 '호랑胡囊'이라고 하는 걸 보아도 그런 것 같다.

어원이야 어쨌든, 호주머니(포켓)는 한국의 발명품이 아니라는 섭섭한 결론에 도달하지 않을 수 없다. 우리가 고의춤 속에서 주머니나 쌈지를 꺼내 부싯돌을 켤 때, 그들은 간단히 호주머니에 소지품을 넣고 꺼내고 했던 것이다. 한복 바지는 양복 바지에 비해 그만큼 비과학적이었다고 볼 수 있다.

넷째로 우리나라(동양)에는 '팬티'나 '언더셔츠'란 것이 없었다. 의상에 있어 내의가 발달하지 못했다는 것은 중대한 문제다. 저고리 위에 조끼를 입고 조끼 위에 두루마기를 입듯 외의外衣는 그

---

35) 우리 옷 중 조끼에는 호주머니가 달려 있다. 그러나 그것은 극히 최근의 일이며 또 그것은 단순한 액세서리에 불과하다. 덜렁대는 주머니를 따로 달고 다닌다는 것은 바짓가랑이가 넓다는 것처럼 비활동적인 것을 의미한다.

래도 격식을 갖추며 발전해 갔지만, 여전히 알몸뚱이에다 바지를 입고 윗저고리를 직접 입는 풍습은 오늘날에도 다를 것이 없다.

물론 여성의 의상에 있어서 한국에서는 '단속곳', 그리고 일본에서는 '고시마키[腰卷]'가 있었지만 이것은 모두 '팬티'와는 개념이 다르다. 이런 점으로 미루어볼 때 한국(동양)에서는 옷을 외식물外飾物로만 생각한 것이 아닌가 하는 점이다. 내의가 없었다는 것은 곧 실속을 차리지 않았다는 말과 통한다.

물론 경제력과도 관련이 있다. 그러나 어떻게 두루마기까지 입으면서도 불과 보자기만 한 천으로도 만들 수 있는 '팬티'를 입으려 들지 않았던가? 그렇게도 도덕적이었던 국민이 어찌해서 '팬티'를 입고 다닐 생각을 하지 못했던가?

따라서 옷의 가짓수에 있어서도 우리의 그것은 빈약하기 짝이 없다. 시간에 따라 '모닝 드레스', '애프터눈 드레스', '이브닝 드레스'가 있고, 또 집에서는 '홈 드레스', 파티에서는 '칵테일 드레스' 등을 입는 서구 의상의 그 다양한 품목을 볼 때 우리와는 비교도 되지 않을 것 같다.

한국에는 실상 외출복과 캐주얼한 평상복의 구별도, 그리고 '잠옷'조차도 없었던 것이다.

백의 시비

공작새나 극락조의 그 아름다운 날개를 보라. 그런데 한국에서는 남
녀 관계가 완전히 폐쇄되어 그 의상의 색채에 별로 신경을 쓰지 않았
다. 기녀妓女들이나 신부新婦들이 백의가 아니라 유색 옷을 입었던 이유
를 생각하면 알 것이다.

백의는 태양숭배

한국 사람들은 흰옷을 좋아한다고 했다. 옛날 아주 옛날 부여
때부터 내려오는 풍속이라 했다. 그래서 심지어 백의민족이란 말
까지 생겼던 것이다. 어째서 하고많은 빛 가운데 흰색을 택했을
까? 또 우리는 정말 흰옷을 좋아했던 것일까?

그 유래를 살피고 그 마음을 헤아린다는 것은 결코 쉬운 일은
아닌 것 같다. 그리하여 그에 대한 억측도 구구하기만 하다.

누구는 말했다. 그 백색은 태양의 광명을 상징한 것이라

고……. 우리 민족은 태양을 하느님으로 섬겼기 때문에, 태양의 자손이라고 믿었기 때문에 그 신성한 햇빛(백색)을 옷 빛깔로 삼았다는 이야기다.[36]

누구는 또 말했다. 『지봉유설芝峯類說』의 고문헌古文獻을 보면 알 것이라고. 그것은 명종明宗 을축년 이후에 국상國喪이 잇달아 일어났기 때문이라는 것이다. 나라에 상이 있을 때마다 백성들은 흰빛의 상복을 입어야 했다. 그것이 오랫동안 계속되다 보니 백의를 입는 습관이 굳어버렸다는 설이다.

누군가 또 한편에서 말한다. 원나라의 풍속도를 보라. 그들은 흰옷을 입었다. 옷도 지금의 우리 두루마기와 같다. 원나라가 고려를 지배했을 때에 궁정에서는 모두 원의 풍습을 좇지 않았던가! 임금의 식사를 원나라 말을 따 '수라'라고 했듯이, 옷 빛도 그들을 따랐던 것에 지나지 않는다.

---

36) 최남선 씨는 백의의 유래를 이렇게 말했다. "조선 민족이 백의를 숭상함은 아득한 옛날로부터 그러한 것으로서 언제부터임을 말할 수가 없습니다. 수천 년 전의 부여 사람과 그 뒤 신라와 고려와 조선의 모든 왕대에서 한결같이 흰옷을 입은 것은 그때마다 우리나라에 와서 보고 간 중국 사람의 기록에 적혀 있는 바입니다. 그러면 이러한 풍습이 어째서 생겼느냐 하건대, 대개 조선 민족은 옛날에 태양을 하느님으로 알고 자기네들은 이 하느님의 자손이라고 믿었는데, 태양의 광명을 표시하는 의미로 흰빛을 신성하게 알아서 흰옷을 자랑삼아 입다가 나중에는 우리 민족의 풍속을 이루고 산 것입니다. 이것은 조선뿐만 아니라 세계 어디서고 태양을 숭배하는 민족은 죄다 흰빛을 신성하게 알고 또 흰옷 입기를 좋아하는, 이를테면 애급과 바빌론의 풍속이 그것입니다." (『조선상식문답朝鮮常識問答』 47)

고려 때 농민은 백저포를 입었던 것이다. 그러나 논의는 이것으로 끝나지 않는다. 그렇지 않다. 종교 의식이나 사회 의식이나 혹은 정치적 이유에서만 볼 것이 아니라, 사회 경제적인 면으로 그것을 따져보아야 한다고 말하는 사람이 있다.

『필원잡기筆苑雜記』에도 적혀 있듯이, 사실은 염료가 부족했었다는 것이다. 옷에 물을 들여 입을 만한 염료가 발달하지 않았다는 것이다. 또 그만한 생활의 여유도 없었다. 목화에서 실을 뽑아 원색(백색) 그대로의 천을 짜 옷을 만들어 입기에도 바빴던 것이 사실이다. 목화 색이 붉었다면 홍의민족이 되었을 것이고, 그것이 까만 빛깔이었다면 흑의민족이 되지 않을 수 없었다는 이론이다.

그러나 이 말에 대해서 이렇게 추가하는 사람도 있고 이렇게 반박하는 사람도 있을지 모른다. 즉, 염료가 발달하지 않았다는 것은 그만큼 색채에 대해서 무관심한 것이 아니었던가? 본시 의복의 색채는 인간의 성욕을 자극시키는 데에서 생겨난 것이다.

공작새나 극락조의 그 아름다운 날개를 보라. 그런데 한국에서는 남녀 관계가 완전히 폐쇄되어 그 의상의 색채에 별로 신경을 쓰지 않았다. 기녀妓女들이나 신부新婦들이 백의가 아니라 유색 옷을 입었던 이유를 생각하면 알 것이다.

백의는 순응의 상징

한국인은 흰옷을 좋아한 것이 아니라 할 수 없이 흰옷을 입은 데에 지나지 않고, 한 걸음 나아가서는 의상의 색채감에 대해서 둔했던 까닭이라는 이유도 없지 않다.

그렇지 않다면 "같은 값이면 다홍치마"라는 말이 왜 생겼겠는가. 신분이 높은 임금은, 궁녀는 어째서 백색의 의상을 입지 않았는가.

"그렇지 않다." 옆에서 이렇게 부정의 머릿짓을 하며 대들 사람들이 있다. 한국인의 얼굴에, 그리고 기후와 자연에 가장 잘 맞는 것은 백색이다. 도리어 색채의 미감이 세련되었기 때문이다. 황색 대륙의 주민에게는 짙은 남색藍色이 어울리고, 한국처럼 화창하고 푸른 하늘 밑에서는 흰빛이 아름다운 조화를 이루기 때문이라고…….

우리는 백의의 유래에 대해서 이렇게 많은 가설을 세울 수 있다. 그러나 우리가 주목해야 할 것은 엄격한 의미에서 백색은 색이 아니라는 점이다. 그리고 그것은 가난에서 온 사실이다. 이 두 개의 시점에서 우리의 백의를 보지 않으면 안 된다.

백색 옷이라고는 하나 그것은 옷감 그대로의 자연색이었음을 부정할 길이 없다. 즉, '물감을 들이지 않고 그냥 입었다'는 것이 우리가 말하는 백의의 정체인지도 모른다.

베옷과 무명옷과 모시옷의 색감은 각기 다른 법이다. 원해서 그런 색깔을 만든 것이 아니라 주어진 색감을 그대로 좇을 수밖에 없었다. 주어진 운명을 운명 그대로 살려고 했듯이, 백의는 곧 순응의 색채였던 것이다.

가난해서, 염료가 없어서 할 수 없다기보다는, 즐겨 그럴 수밖에 없는 조건에 자기 자신을 순응시켜 갔다는 데에 한국의 그 비밀이 있다. 한국인은 악마까지도 그게 피할 수 없는 존재라고 생각할 때는 사랑하려고 들었다. 불편을 느끼면서 백의를 입은 것이 아니라 백의를 좋게 생각하려고 노력했다.

그러기에 염료가 있다 할지라도 백색 그것처럼 소박하고 은은한 '옥색'을 물들여 입었던 게다. 화려한 색채에 대한 동경을 억제했다. 현실에의 불만을 억제했다. 그러나 단순한 억제가 아니라, 보잘것없는 그 형편을 언제나 사랑해 보려고 한 운명애였다.

그러나 우리의 백의는 자랑할 것도 탓할 것도 없다. 그것은 가난에서 생긴 색채임이 분명하지만, 또한 그것은 우리가 즐겨 입으려 한 옷 색깔이기도 한 것이다.

백의에서 우리는 우리의 운명애와 순응의 그 슬픈 풍속을 보는 것이다.

모자의 논리

"갓 쓰고 망신당한다"는 것은 한국의 속담이지만, 바람에 모자가 날려 그것을 주우려고 허둥대는 신사의 꼴을 풍자한 것은 영국의 유머다. 그만큼 영국 사람과 한국 사람은 모자와 체면을 밀접한 것으로 생각했다.

무엇이든 머리에 쓰라

"충성이 사모詐謀냐." 운운하는 옛날 민요가 있다. 연산군燕山君이 왕위에서 쫓겨났을 때 유행되었던 노래라고 한다.

문자 그대로 해석하자면 충성이 실은 사모에 불과한 것이었더냐 하는 뜻으로 기회주의적인 조관朝官의 향배를 비웃는 말이지만 그것의 연유를 캐면 훨씬 더 함축성 있는 뜻이 된다.

조선조 궁정의 벼슬아치들은 모두들 '사모紗帽'를 쓰고 다녔다. 그리고 으레 그 사모에는 충성이란 글자가 수놓여 있었다는 것이다.

그러나 그것은 형식뿐 실제로는 '사모'를 쓰고 온갖 '사모詐謀'
만을 생각하고 다녔다. 그래서 '紗帽'와 '詐謀'가 음이 서로 같은
것을 꼬집어 "충성이 사모냐" 하는 유머를 만들어낸 것이다.

또 "사모 쓴 도둑"이란 말도 있다. 벼슬아치들이 점잖은 사모
를 쓰고 도둑질을 해먹었다는 뜻으로 관료의 부패상을 지적한 속
담이다. 그리고 보면 당대의 사모는 권력의 상징이며 곧 허위의
상징이었다고 해도 과언은 아닐 것 같다.

조정에서뿐만 아니라 일반인들도 머리에 무엇을 쓰기를 좋아
했었다. 다른 나라에서도 마찬가지지만, 우리나라 사람들이 모자
쓰기를 특히 좋아했던 모양이다. 최남선 씨도 언젠가 그 점을 지
적해 준 일이 있다.

원래 망건이나 사모는 중국에서 건너온 것이지만 중국 이상으
로 널리 유행되었고, 그 기술도 그들을 능가할 만큼 발달했다는
이야기다. 그래서 실이 아니라 인모人毛나 말총으로 망건을 만드
는 방법이 생겨났고, 그것이 도리어 중국에 역수출되어 '마모 망
건馬毛網巾'으로 애용되었다는 것이다.

사실 우리는 모자의 왕국이었다. 모자를 쓰기 좋아했다는 것은
그만큼 예의가 밝았다는 뜻으로 해석될 수도 있다.

유럽에서는 영국인들이 특히 모자에 대해 관심이 크다. 말하자
면 서양의 '실크 해트'(영국)에 대항할 수 있는 것은 동양의 '갓'(한
국)이라고 말할 수 있겠다.

"갓 쓰고 망신당한다"는 것은 한국의 속담이지만, 바람에 모자가 날려 그것을 주우려고 허둥대는 신사의 꼴을 풍자한 것은 영국의 유머다. 그만큼 영국 사람과 한국 사람은 모자와 체면을 밀접한 것으로 생각했다. 모자는 신사와 군자를 만들어내는 것이다.

영국의 수필가 체스터턴Gilbert Keith Chesterton은 모자에 대해서 참으로 기발하고 풍자적인 예언을 한 일이 있다. 언젠가 바람이 몹시 부는 봄날의 언덕에서 신사 숙녀들의 모자 줍기 대회가 열리게 될 것이라고 했다. 그리고 제각기 바람에 날려 뒹구는 모자를 주우려고 신사 숙녀들이 허둥대는 모습은 훌륭한 하나의 스포츠로 발전될 가능성이 있으며, 틀림없이 많은 관객들의 갈채를 받게 될 것이라는 의견이다.

모자는 신사 숙녀를 한층 근엄하게 만드는 마력을 지니고 있다. 그래서 "갓 쓰고 망신당하는 일"은 그 역효과에 있어서도 만만찮다.

모자를 사랑하고 모자의 위엄을 아는 국민들만이 "갓 쓰고 망신당하는" 그 묘미를 절실히 맛볼 수 있는 것이 아닌가 싶다.

모자는 예의의 깃발

그런데 영국보다도 한국이 한층 더 모자의 존엄성을 인식하고 있다는 증거를 우리는 가지고 있다. 왜냐하면 영국인들은 아무리 모자를 애중해도 높은 사람 앞에 나설 때는 반드시 그것을 벗는다. 그것이 하나의 예의로 되어 있다.

그러나 한국에서는 모자(갓)를 벗기는커녕 도리어 더 단단히 쓰고 가는 것이 점잖은 예절로 되어 있다.

임금 앞에서도 모자를 벗지 않는다. 갓을 쓴 채 엎드리는 것이다. 그것을 보면 영국의 '실크 해트'보다 한국의 '갓'이 한층 높은 위치(?)를 차지하고 있는 것이 아닌가 싶다.

뿐만 아니라 모자를 두 개씩이나 쓰고 다닌다는 면에 있어서도 이 민족은 단연 모자 애호에 있어 세계 제일의 영광을 차지할 것 같다. 우리의 옛 조상들은 탕건 위에 다시 갓을 쓰고 다녔던 까닭이다. 또 얼마나 그것을 중시했으면 튼튼한 끈으로 매고 다녔겠는가.

바람에 날려 떨어진 모자를 줍기 위해서 여지없이 신사 체면을 망쳐버리는 영국인의 그 거동과는 도시 비교도 안 된다. 그들이 모자에 끈을 다는 경우란 생사를 결단하고 나서는 전쟁터에서 군모를 쓸 때에 한한 일이다.

또 '갓'은 얼마나 가벼운 것일까? 모자가 가볍다는 것은 그만큼 그것이 발달했다는 증거다.

우리는 분명히 모자 쓰기를 좋아하는 민족인 것 같다. 모자로써 기혼자와 미혼자를 가렸고, 모자로써 일생의 축제인 결혼식을 장식하기도 했다.

그러나 모자를 그렇게 쓰기 좋아했다는 것은 그만큼 예의를 존중했다는 증거이지만 반면에 겉치레로써 세상을 살아간 권위주의, 형식주의, 보수주의 등의 풍습이기도 하다.[37]

못살고 헐벗은 나라에서 '갓'만 쓰고 허청거리던 우리들이었다. 모자로 한몫 보려던 텅 빈 그 허례와 권위 의식은 오늘날 '감투'란 말을 남기고 말았다. 감투를 좋아하는 사람들이 '감투 싸움'을 벌이고 있는 오늘날의 그 정쟁은, 기실 모자를 사랑하던 민족의 유습遺習이 아니었던가?

속이 텅 빈 '갓'을 바라보고 있으면 한숨이 나올 때도 있는 것이다.

---

37) 유럽인들과는 달리 미국인들은 모자를 쓰기 싫어한다. 뉴 프런티어의 기수 케네디의 탈모주의는 그대로 미국의 상징인지도 모른다.

장죽 유감

단추를 지퍼로 변조하고 모든 살림살이를 자동식으로 만들어 뽐내고 있는 서구인들이지만, 자동식 '안전 담뱃대'를 만들어냈다는 그들의 소식은 아직 들은 바 없다.

장죽과 할아버지

마도로스파이프[38]라고 하면 딱 벌어진 앞가슴에 검은 털이 몽실거리는 바이킹[海賊]의 후예가 생각난다. '뱀'과 '독수리' 따위의 문신이 꿈틀거리고 있는 청동의 팔뚝과 바닷바람에 그을린 얼굴

---

38) 마도로스파이프는 수부들의 담뱃대란 뜻이지만, 원래 뱃사람들이 피우는 파이프가 따로 있는 것은 아니다. 서양 사람의 파이프를 우리가 그렇게 부른 것뿐이다. 왜냐하면 외국 선원들을 통해 서양 파이프를 처음 보았기 때문이다. 마치 서양 제품을 박래품舶來品이라고 이름한 것과 같다.

과 그리고 칼자국 같은 흉터가 남성적인 힘을 과시하고 있는 마도로스 말이다.

그것은 약동과 모험과 생명력에 가득 찬 행동의 이미지다.

그러나 장죽이라고 하면 사랑방 아랫목에서 몇 시간이고 그냥 누워 있는 한국의 할아버지들이 연상된다.

쿨룩거리는 기침 소리, 입속에서 웅얼거리는 한시의 몇 조각, 장판색을 닮아 누렇게 들떠가는 얼굴—한없이 유약하고 점잖기만 한 분위기다.

굵직하고 뭉툭한 마도로스파이프와 가느다랗고 길기만 한 장죽은 같은 연기를 내뿜어도 그 느낌이 서로 다르다.

마도로스파이프의 담배 연기엔 바다의 냄새가 있는 것 같고 젊음의 근육처럼 뭉클한 힘의 율동이 있는 것 같다. 그러나 장죽에서 풀려나오는 자연은 사군자四君子의 가냘픈 선처럼 담담히 흩어지고, 병풍을 둘러친 사랑방과 같은 아늑한 냄새를 풍기고 있다. 늙은이의 체취다.

이러한 비교는 단순한 상상만이 아니다. 담뱃대가 한국으로 건너오자 돌연 세 척을 넘을 정도로 길어진 데에는 그럴 만한 이유가 있었던 것이다. 할아버지와 세 척 장죽의 관계를 한번 세밀히 관찰해 주기를 바란다.

이 땅의 할아버지들은 화초처럼 온돌방에 누워 좀처럼 일어나려 하지 않는다. 이때 맹활약을 하는 것은 다름 아닌 장죽이다.

담배통과 재떨이를 가지러 가거나 그 불을 붙이기 위해 조금도 귀찮게 몸을 일으킬 필요가 없다.

아랫목에 그냥 누워 있어도 긴 장죽을 뻗치기만 하면 윗목에 놓여 있는 재떨이는 물론 각종 가재도구를 지체 없이 끌어올 수가 있다. 가스라이터에 눈썹을 태우는 것은 방정맞은 메커니즘의 아이들이다.

편안히 누워서 긴 장죽을 화롯불 속에 넣었다 꺼내기만 하면 자동식으로 불이 붙는다. 담배는 십 리 밖에서 타고 있다. 시가를 태울 때처럼 담뱃불에 손을 델 염려도, 담뱃재가 눈으로 들어갈 근심도 없다.

단추를 지퍼로 변조하고 모든 살림살이를 자동식으로 만들어 뽐내고 있는 서구인들이지만, 자동식 '안전 담뱃대'를 만들어냈다는 그들의 소식은 아직 들은 바 없다. 일찍이 서양에서는 병원에 입원한 환자라 할지라도 장죽같이 편한 '담뱃대'의 혜택을 받은 일이 없었을 것이다.

뿐만 아니라 '장죽'에는 아론의 지팡이보다도 더 거룩한 권위가 있다. 경로사상이 짙은 한국 사회에 있어서 장죽은 자연히 신비한 힘을 갖게 마련이다.

장죽의 만능과 무능

손자놈들이 버르장머리 없이 굴 때 혹은 무뢰한들이 건방진 수작을 할 때, 할아버지들은 세 척 장죽을 한번 휘두르기만 하는 것으로 족하다. 장죽이 몸에 닿기도 전에 그들은 혼비백산하여 도망치고 말 것이기 때문이다.

그러나 이렇게 편리하고 만능에 가까운 장죽도 일단 방문을 나서 거리로 나오게 되면 문자 그대로 무용장물無用長物이 된다.

장죽을 들고 저 붐비는 시내버스를 탄다고 가정해 보라. 사냥꾼이나, 아니 사무실에서 조용히 앉아 사무를 보는 사람이라 할지라도 신장身長의 반을 차지하는 장죽으로 유유히 담배를 피우고 있다고 생각해 보라. 어떤 일이 벌어질까?

말하자면 '담뱃대의 길이'는 언제나 행동력과 반비례한다는 공식을 발견하게 될 것이다. 한국의 담뱃대[長竹]가 그렇게 길었다는 것은 곧 우리가 게으름과 무기력과 비활동과 비사회적인 환경 속에서 살았다는 것을 의미한다.

그것은 '거리의 문화'가 아니라 '방의 문화'에서 생긴 것이며 '행동의 논리'가 아니라 '잠자는 논리'에서 비롯된 발명품이다. '행동적인 세계'와는 거리가 먼 은자隱者들의 담뱃대였음이 분명하다. 우리는 누워서 4천 년을 보냈다. 때로는 일어서본 일도 있긴 있었지만, 삼국시대 이후로는 줄곧 누워서 세상을 생각했다.

행동은 천한 것이라고만 여겼다. '질'이나 '짓'은 원래 '움직임'

과 '행동'을 뜻한 말이었지만, 그 말이 붙어서 좋은 말을 이룬 경우란 한마디도 없는 것이다. '선생질', '도둑질', '싸움질', '오입질', '화냥질', '발짓', '손짓', 이러한 예에서도 우리나라 사람들이 행동은 곧 천악賤惡이라고 생각했던 잠재의식을 볼 수가 있다.

행동(움직임)에 대한 관심이 적은 탓인지 우리나라엔 일반적으로 동사가 빈약하다. 서구 언어들은 동사의 변화에 의해서 여러 가지 의미가 달라지게 되지만 우리의 경우에는 그렇지가 않다. 불어에 있어서 동사는 '법法'과 '시時'와 '인칭人稱'에 따라서 한 동사가 백여 가지 형태로 달라진다.

뿐만 아니라 동사가 지닌 의미 변화나 또는 의미 구별에 있어서도 우리와는 엄청나게 다르다. 우리는 그렇게 세상을 울며 지냈어도 '운다'는 동사는 한마디밖에 없다. 그러나 영어에서는 수십 종이 넘는다.[39]

예술에 있어서도 음악은 예악禮樂이라 하여 숭상했지만 '극(광대놀음)'은 '짓(행동)의 예술'이라 해서 멸시했다는 것이다. 그리고 보면 우리나라에서 연극이 발전되지 않았던 중요한 이유 가운데 하

---

39) '운다'에 해당되는 동사가 cry(슬퍼서 소리쳐 우는 것), sob(소리를 죽이고 훌쩍훌쩍 우는 것), weep(소리 없이 눈물만 흘리며 우는 것), wail(억제하지 못하는 슬픔을 높고 긴 소리를 내어 소리쳐 우는 것), whimper(갓난아이가 떼를 쓰거나 두려움 때문에 소리치며 드문드문 우는 것), moan(비명이나 고통 때문에 신음하듯이 우는 것), groan(갑자기 짧게 비명을 치듯이 울부짖는 것), blubber(얼굴을 찡그리면서 이따금 넋두리를 하며 우는 것) 등 10여 종에 달한다. 그리고 모든 동사는 분사 용법에 따라 명사형으로도 쓰이므로 융통성이 많다.

나가, 그리고 옛날의 광대극이 천시를 받고 쇠퇴해 버린 그 원인의 하나가 바로 '장죽'과도 깊은 관련이 있다는 것을 알 수 있다.

마찬가지로 한국 사회의 정체 역시 '장죽'과 연관성이 있는 것이다. 그것은 바로 행동 부정의 사상을 상징하고 있는 것이니까.

이제는 좋든 궂든 장죽도 옛날의 유물이 되어버렸다. 다만 궁금한 것이 있다면 과연 우리의 마음속에 있을 그 장죽(게으름, 비행동성)도 그렇게 꺾였을까 하는 생각이다.

'끈'의 사회

유형 무형의 끈이 우리를 지배해 왔다. 그리하여 사람들은 고립 상태에서 절망을 느끼게 되는 것을 '끈 떨어진다'고 하며, 반대로 무엇에 의지하여 살아갈 길이 생기게 되는 것을 '끈 붙다'라고 표현하기도 한다.

영어의 '끈'이란 말의 의미

서구의 사회를 '버튼(단추)'의 사회라고 한다면, 한국(동양)의 그것은 '끈'의 사회라고 할 수 있다.

그들은 도처에서 '버튼'을 누른다. 그리하며 엘리베이터가, 냉장고가, 세탁기가 그리고 모든 벨과 모든 기계들이 움직이고 있다. 그러나 어느 날 '버튼'으로 이룩된 그 사회와 문명은 역시 그 '버튼'에 의해서 멸망하게 될 것이다. 다만 단추 하나를 누르는 것으로 세계는 끝난다. 모든 것이 재로 변하고 만다. 유도탄의 '스위치 버튼' 말이다.

그러고 보면 그들이 "단순한 방법으로 일련의 사건을 일으킨다"거나 혹은 "협정 같은 것을 최종적으로 하는 것"을 '버튼'이라는 말과 관련지어 부르게 된 것도 일리 있는 표현이다.

서양 사람들이 '버튼'에 의해서 사회를 움직여온 것처럼 한국인들은 '끈'에 의해서 세상을 살아왔다. '끈'은 한국을 상징한다. 옷고름부터 시작해서 갓끈에 이르기까지 모든 연결이 '끈'으로 맺어져 있다.

길게 땋아 늘인 머리카락과 댕기가 그렇다. 주머니의 끈이 그렇고, 대님이 그렇고, 모든 장식물이 그렇다. 이 끈이야말로 운명을 잇고 역사를 잇고 '너'와 '나'의 인연을 맺는 생명의 끈인 것이다.

유형 무형의 끈이 우리를 지배해 왔다. 그리하여 사람들은 고립 상태에서 절망을 느끼게 되는 것을 '끈 떨어진다'고 하며, 반대로 무엇에 의지하여 살아갈 길이 생기게 되는 것을 '끈 붙다'라고 표현하기도 한다. 속담에 "끈 떨어진 망석중이"란 것이 바로 그 경우다. 또한 끈덕지고 질긴 것을 일러 '끈질기다'라고도 한다.

그러나 서양에서는 끈(string, cord)이란 말이 별로 좋은 뜻으로 사용되지 않는다.

'스트링(끈)'이라고 하면 귀찮게 따라붙는 '부대 조건'을 의미하기도 하고, 또 '코드'라고 하면 '속박'이나 '교수형'을 가리키는 뜻으로 쓰이기도 한다. 더구나 '끈'이란 말이 남과의 연결을 상징하는 경우란 그리 흔치 않다.

우리는 무엇과 관계할 때 맺는다고 한다. '우정'을 맺고 '계약'을 맺고 '사랑'을 맺는다. 그러나 그들은 도리어 '타이(맺는다)'라고 하면 남의 행동을 방해하고 구속하는 것을 뜻한다.

결혼과 의리를 말할 때 간혹 '타이'란 말을 쓰지만 대체로 그 뉘앙스는 숙명적인 속박에 가까운 연결성이다. 좋은 뜻으로 관계를 맺은 것은 '타이'가 아니라 '폼form'인 것이다.

이러한 비교에서도 우리는 서구의 사회와 한국(동양) 사회가 지닌 숙명적인 차이를 느끼게 된다.

'버튼'은 독립적이며 입체적인 것이지만 끈은 어디까지나 의존적이며 평면적인, 아니 일종의 '선線'인 것이다. 인간과 인간이 서로 관계하는 것을 그들은 하나의 형성(폼)으로 보았지만, 우리는 끈과 끈이 서로 매어져 하나가 되는 선으로 보았다.

대체 맨다는 것은 무엇을 의미하는가? 그것은 나를 상대방에게 그냥 내맡기고 '너'와 '나'를 합일화시키는 것이다. 얽매어진 두 개의 끈은 각각 그 독립성을 상실한다. '나'도 '너'도 아닌 한 '끈'이 되어버린다. 그러나 형성(폼)은 벽돌을 쌓는 것처럼 A와 B가 합쳐서 C라는 또 다른 형체를 이루는 것이다. 그것들은 하나하나가 독립성을 지닌 채 전체의 모습을 나타낸다.

끈처럼 얽혀서 하나의 실 꾸러미를 이루어놓은 것이 한국의 사회라 한다면 하나하나의 '버튼'이 접촉되어 공장처럼 움직이는 것이 서구의 사회라고 볼 수 있을 것이다. 끈은 덩굴처럼 무엇엔가 의지해야 한다. 스스로 자기 몸을 타인에게 속박(맺음)시켜야 한다. 끈은 끊어질 때 멸망하는 것이다. 이것이 선이 갖는 비극성이다.[40]

그러나 입체적인 서구의 사회에서는 개개의 인격이 자유로운 독립성을 가지고 서로 접촉한다. 즉, 그것은 '결합된 사회'며 한국은 '얽힌 사회'다.

칡덩굴처럼 얽힌 사회 구조

우리의 역사와 사회는 모두가 '끈'에 의해서 연결되고 지속되어 왔다.

아버지와 아들, 남편과 아내, 임금과 신하 등등의 끈과 끈이 얽혀서 하나의 선을 이룬 사회다. 할아버지와 손자의 관계처럼 그렇게 이어져 내려오는 사회다. 혈연의 끈이며 지연地緣의 끈이다. 그러므로 그것은 서로 충돌해서 깨어지는 일이 없다. 얽히고설키

---

40) 버튼의 원리는 서로 '접촉'하는 것이고, 끈의 원리는 서로 '얽히는' 것이다. 그리하여 같은 뜻이면서도 영어의 conflict와 우리의 '갈등'이란 말의 어원을 대조해 보면 서구 사회와 동양적 사회의 그와 같은 구별을 실감할 수 있을 것 같다.

고 혹은 끊어지는 한은 있어도 부서지는 사회, 깨어지는 역사는 아니었다.

끈이 맺어진다는 것은 1대 1이었을 경우가 가장 이상적이다. 세 개만 모여도 벌써 엉킨다. 그러나 '버튼'은 많이 모일수록 견고하고 그 힘이 커지는 법이다.

한국인은 모일수록 약하다고 한다. 단결심이 없다고 한다. 그 이유는 바로 끈과 같은 관계에 의해서 서로 연결되었기 때문에 모일수록 복잡하게 얽히게 되는 탓인지 모른다.

칡덩굴처럼 서로 얽히다 보면 소위 그 '갈등'이란 것이 생기게 마련이다. 어느 것이 '나'이고 어느 것이 '너'인지 분간할 수 없게 된다. 그런 상태에서 관계가 끊어지게 되면 한층 더 얽혀버리고 만다.

이 땅의 인간관계나 정치적 풍토를 생각하면 끈처럼 얽힌 사회 구조가 어떠한 것인지 짐작할 수 있을 것이다. 사회를 개조하기도 힘이 든다. 서로 얽혀 있기에 한 곳이 잘려도 사회 전체가 허물어지고 마는 것이다.

'끼리끼리' 사는 것

한국의 우정은 물질을 초월(?)한다. 그것이 우리의 미풍양속이며 '붕우유신朋友有信'을 지나 '붕우유조朋友有助'의 경지를 터득한 아름다운 모럴이다. "친구 따라 강남 간다"는 속담도 우리에게 있어서는 조금도 과장이 아니다.

세계에서 가장 진귀한 싸움

한국의 다방이나 음식점 카운터 앞에서는 이따금 진귀한 싸움이 벌어진다. 서로 손을 붙잡고 떠다밀고 옷을 끌어당기는 싸움이다.

물론 몇 마디의 기성奇聲도 없을 수 없다. 그러나 더욱 신기한 것은 주위의 어떤 사람도 그런 싸움에는 전연 관심을 두지 않는다는 사실이다. 그리고 또 그것은 거스름돈이나 찻값의 계산 때문에 손님과 주인 사이에서 벌어지는 소동도 아니라는 점이다.

조금 전까지만 해도 다정하게 앉아 같이 차를 마시고 있던 친구끼리의 다툼이다. 이 싸움은 아무리 길어도 1분을 넘지 않는다.

그중 한 사람이 상대방을 물리치고 카운터 앞에 나서면 그 기괴한 레슬링 시합은 막을 내린다. 그리고 싸우던 사람들은 차를 마실 때보다도 한결 다정한 모습으로 다방 문을 나선다. 이 싸움은 항상 진 사람이 이긴 쪽보다도 더 미안해하는 데에 그 특징이 있다.

이쯤 되면 아무리 고도한 '스포츠 정신'으로도 설명될 수 없다. 특히 외국인들의 상식으로는 도저히 이해될 수가 없는 풍경일 것이다.

그러나 우리는 그것이 어떤 싸움인지를 잘 알고 있다. 누구나가 그런 싸움은 몸소 경험하고 있기 때문이다. 그것은 서로 찻값을 치르기 위해서 다투는 '아름다운 싸움', '정다운 싸움'이다.

어떤 민족이 그렇게 우애에 넘치는 싸움을 할 수 있을 것인가? 음식은 같이 먹고 돈은 제각기 치르는 이기적인 더치 트리트Dutch treat의 서양 풍속으로 보면 확실히 '스핑크스의 수수께끼' 같은 일일 것이다.

한국의 우정은 물질을 초월(?)한다. 그것이 우리의 미풍양속이며 '붕우유신朋友有信'을 지나 '붕우유조朋友有助'의 경지를 터득한 아름다운 모럴이다. "친구 따라 강남 간다"는 속담도 우리에게 있어서는 조금도 과장이 아니다. 외국에서는 웬만큼 친한 친구라 할지라도 자기 집으로 초대한다는 것은 특수한 경우에만 한한다. 그러나 한국에서는 잔치 때가 아니더라도 때와 장소를 가리지 아니하고 친구 집을 수시로 드나들 수 있는 특권을 부여받고 있다.

서구의 응접실과는 달리 으레 한국의 사랑방은 별 볼 일 없는 친구들로 법석대는 법이다. 농촌에는 소위 '마을 다니는' 풍습이 있어서 저녁밥을 먹으면 친구 집을 찾아가는 것이 하나의 약속처럼 되어 있다.

그런데 친구끼리는 그렇게 다정한 한국인이지만, 낯선 사람들에게는 의외로 무뚝뚝하고 배타적이다.

낯모르는 사람에게는 절대로 인사를 하지 않는다. 뿐만 아니라 면식이 없는 사람들끼리는 사소한 일을 가지고서도 양보를 하지 않는다. 곧잘 싸움을 한다. 염치가 없다. 호의를 받고서도 답례조차 없다.

아는 사람끼리는 그렇게 예의가 바르고 그렇게 정답고 그렇게 온화한 사람들이지만 공중적인 면에 있어서는 한없이 냉랭하고 무례하기만 하다.

공공 도덕의 제로 지대

낯선 사람을 만나면 마치 개들이 만났을 때처럼 서로 냄새를 맡아보고 빙빙 돌면서 상대방을 정찰한다는 서구인들이지만 그래도 우리보다는 인사성이 바르다. 길에서 만나면 낯선 사람이라 하더라도 '굿모닝' 정도의 인사는 하고 지나친다. '바'에서는 낯선 사람끼리 어울려 술을 마시는 일도 있고, 함께 자리를 했을 경우에는 으레 자기 소개와 말을 거는 것이 생활화되어 있다고 한다.

　서구의 소설을 읽어보면 낯선 사람끼리 정담을 나누는 장면이 수시로 나오지만 한국 소설에는 그런 것이 거의 없다.[41] 어디까지나 아는 사람끼리의 이야기이며 친구 사이에서 벌어지는 사건들이다. 그 증거로 패이드먼이 증언하고 있듯이 도스토옙스키 Fyodor Dostoevsky의 소설을 보라. 작중인물들은 대개가 거리에서 만난 사람들이다. 그들은 한잔 술을 사이에 두고 마치 죽마고우처럼 흉금을 터놓고 이야기하거나 자기 생애를 송두리째 고백하고 있는 것이다.

　마셜 F. 필 씨도 그 점을 지적한 일이 있다. 한국 사람들이 말하

[41]　카뮈Albert Camus의 『전락La Chute』은 '바'에서 낯선 친구와 자리를 같이하여 자기의 전 생애를 털어놓고 고백하는 형식으로 쓰인 소설이다. 도스토옙스키의 『죄와 벌』에서 라스 콜리니코프가 살인할 생각을 품게 되는 것도 '바'에서 낯모를 친구와의 대화로부터 비롯된 것이다. 소설뿐만 아니라 프랑스인은 찻간에서 잠깐 만난 사람을 붙잡고도 자기 아내가 간통을 한 이야기까지 털어놓는 일이 있다고 한다. 한국에선 소위 '텃세'라고 하여 타관 사람들에게는 언제나 반목하는 태도를 보인다. 어느 외국 신부도 한국에서의 '스트레인저 stranger'를 이렇게 정의한 일이 있다. '만나도 서로 인사를 하지 않고 그냥 지나치는 사람'이라고.

는 '친구'는 영어의 '프렌드friend'란 개념과는 다르다는 것이다. 그것은 '클로스 프렌드close friend'란 뜻이다. 왜냐하면 미국에서 '프렌드'라 할 때는 단지 알고 지내는 사람을 뜻하는 것이기 때문이라는 이야기다.

한국에서는 그냥 알고 지내는 사람이라 할지라도 '친구'라고는 하지 않을 것이다. 거기에서 파벌주의가 생겨났는지도 모른다.

또 킬로렌 신부도 말한 일이 있다. 한국의 가정을 방문해 보면 어느 집엘 가나 따듯이 대해 준다는 것이다. 공손하고 정답다는 것이다. 그러나 집 안에서 만난 사람과는 달리 '거리'에서 만난 사람들은 그와 정반대의 인상을 준다는 것이다.

'가정'과 '거리'의 세계는 완전히 단절된 별개의 이국異國이란 것이다. '거리의 세계'는 '울타리 안의 세계'와는 달리 사람들은 불친절하고 부도덕적이라고 그는 솔직히 말하고 있다.

한국인의 예절

우리가 동방예의지국이란 것은 의심할 수 없다. 그러나 그 예의는 울타리 안의 것이요, 아는 사람끼리만의 예다. 일단 '거리'에 나서면, 낯선 사람끼리 만나면 야만에 가깝고 거의 냉혈족으로 표변한다. 친지의 '모럴'은 그럴 수 없이 발달해 있지만 공중의 모럴은, 사회 전체를 상대로 한 그 인정은 메말라 있기만 하다.

누구나가 다 친구가 아니라는 개념은 얼마나 무서운 일인지 모른다. 버스 속에서, 백화점에서, 길거리에서 만나는 그 무수한 사람들을 '친구'가 아니라고 생각한다는 것은 결국 사회와 개인이 단절되어 있다는 것을 의미한다.

술집엘 가나 공원엘 가나 그것은 모두가 끼리끼리의 모임이다. 아는 사람끼리만 뭉쳐서 돌아가는 사막의 풍경이다. 그리하여 공중이 모이는 자리에 가도 공중 전체의 분위기란 없는 것이다.

두 개의 고도

족보를 따지기 좋아한다는 면에 있어서나, 사돈의 팔촌까지 내세우는 면에 있어서나, 한국 사회처럼 철저히 가족 중심으로 형성된 나라도 흔치 않을 것 같다.

영국의 가정

"영국은 하나의 섬으로 이룩된 섬나라가 아니라 가정이라는 수백 만의 섬들로 만들어진 군도群島다."

언젠가 앙드레 모로아André Maurois[42]는 이렇게 영국을 평했던 일이 있다.

어찌 보면 평범한 말 같지만 영국인과 영국 사회의 특징을 가

---

42) 프랑스의 천재 작가. 『브람블 대령의 침묵Les Silences du colonel Bramble』, 『영국사Histoire de l'Angleterre』, 『프랑스는 졌다』 등의 저서가 있다.

장 적절하게 지적한 말인 것 같다. 영국인들은 유난히도 가정을 존중한다.

왕가든 천민이든 그들은 다 같이 서로 침범할 수 없는 독립된 가정을 지니고 있다. 가정이야말로 생의 거점이요, 생활의 출발점이라고 생각해왔다. 그리하여 그들의 속담에는 가정을 성곽에 비유한 것이 있고, 또한 민요에는 〈홈 스위트 홈〉 같은 노래가 있다.

그들은 어떤 경우를 당해도 가정의 권리와 존엄성만은 지키려고 한다. 불화, 행복, 생의 희열…… 이런 것들은 모두 가정을 떠나서는 생각할 수 없는 존재다.

그들이 세금을 내고 조국을 사랑하고 왕실의 권리를 지키는 것도 결국은 그의 가정을 위해서이다. 그러므로 사회나 국가 개념이란 것도 실은 가정을 확대한 것에 지나지 않는다.

가정과 사회와 국가가 따로따로 존재해 있는 것이 아니라, 가정이 곧 고향(社會)이며, 고향이 곧 국가로 발전된 나라다. 지루하게 설명할 것 없이 영어의 '홈home'이란 말만 생각해보아도 알 것이다.

그들은 양친과 가족이 함께 살고 있는 집을 '홈'이라고 한다. 그 터나 고향과 '나라[自國]'를 말할 때도 그들은 역시 '홈'이라고 하는 것이다. 뿐만 아니다. 기지基地와 본부本部 그리고 발상지發祥地를 말할 때에도 모두 '홈'이란 말을 쓴다.

야구 시합을 봐도 그렇다. 그것은 '홈'에서 떠나 '홈'으로 돌아오는 놀음이다. 중심은 어디까지나 '홈 베이스'이며, 그 행동은 처음부터 끝까지 '홈'으로 돌아가기 위한 투쟁이다. 야구 선수들은 온갖 모험 끝에 가정으로 귀환하는 오디세우스 장군과도 같은 것이다.

한국도 가족 개념에 있어서는 영국의 그것에 조금도 뒤지지 않는다. 그것도 한 집안에 3대씩이나 어울려 사는 대가족 제도다. 세계 어느 나라에 비해서도 가족 관념이 짙다. 족보를 따지기 좋아한다는 면에 있어서나, 사돈의 팔촌까지 내세우는 면에 있어서나, 한국 사회처럼 철저히 가족 중심으로 형성된 나라도 흔치 않을 것 같다.

그러나 요즈음에는 좀 달라졌지만, 영국과 같은 의미에 있어서의 가정은 우리에겐 일찍이 한 번도 있어본 일이 없다. 가족 중심의 사회라고는 하나, 실생활 면에서 한국 사람들은 가족끼리 즐기는 일이 거의 없다. 무슨 경사가 있고 잔치가 있어도, 심지어 애 백일이 되어도 그것은 모두가 손님 잔치다. 가족끼리만 조용히 모여서 즐기는 잔치란 거의 없다. 으레 잔칫날이 되면 식구는 쫓겨난다. 가족들만이 모여 이야기할 시간도 없다.[43]

---

43) 한국의 사회는 가정이 부재하고, 한국의 가정에는 사회가 부재한다. 사회생활은 가정생활과 보통 상반될 경우가 많은 것이다. 우리가 무엇을 즐긴다는 것은 서구인들처럼 가

뿐만 아니라 일상생활에 있어서도 가족은 모두가 **뿔뿔**이 흩어져 산다. 아버지는 아버지대로 밖에 나가 친구와 술을 마시며 즐기고, 할아버지는 할아버지네들대로 정자나무 밑에 모여 바둑을 둔다. 어머니는 이웃집 아낙네들과 샘터에서 만나 잡담을 하는 것이 유일한 삶의 즐거움이며, 누이는 누이대로, 형은 형대로 그 또래를 찾아 논다. 또 꼬마 녀석들은 아무도 함께 놀아주는 사람이 없기에 하는 수 없이 고아들처럼 저희끼리 노는 수밖에 없다.

프라이버시가 없는 가정

이러다가 일단 식사 시간이 되면 여관집처럼 이 구석 저 구석에서 가족들이 모여든다. 함께 자리를 하면 아버지는 할아버지의, 아들은 아버지의 눈치를 살펴가면서 말 한마디 없이 숟가락 소리만 낼 뿐이다.

질식할 것같이 부자유스러운 공기가 감돌수록 그 집은 양반이요, 안목이 높은 집안이 된다. '죽음의 집' 같다. 가족이 한자리에 모여 웃고 논다는 것은 여러모로 점잖지 못한 일이며 유난스러운 일이라고들 생각한다. 그래서 영국에서는 외인(손님)이 가정으로 침입한다는 것은 비길 데 없는 고통이지만, 우리의 경우에서는

족과 함께 즐기는 것이 아니라, 다른 사람들과 함께 노는 것을 의미한다.

그것이 아주 반가운 일로 되어 있다.

외인外人이 끼어야 비로소 늪 속 같던 가정의 분위기에 생기가 돈다. 화제가 생기고 놀이가 시작된다.

엄연한 계급과 서열이 군대 병영 같던 가족끼리의 모임에 제삼자가 끼어들어 옴으로써 자연스러운 '다리'가 놓이는 것이다.

그러므로 하나하나의 가정이 모여 사회를 이룩한 것이 아니라 도리어 하나하나의 식구가 가정을 탈출하여 제각기 연령과 성별에 따라 모이는 데서 한국의 사회가 형성되었다고 할 수 있다.

청첩장에는 으레 '동영부인'이라고 씌어 있지만, 아직도 우리 나라에서는 '아내'를 동반하여 공석에 나간다는 것은 쑥스러운 일이다. 양풍이라고 비난을 듣는 수도 있다.

그러므로 그것은 서구의 사회처럼 호수에 던진 돌이 점차로 넓은 원을 그리며 퍼져가듯, 가정이 중심이 되어 그것이 파문처럼 확대되어 하나의 사회와 국가관으로 발전된 것이 아니었다. 사회와 가정은 별개의 것이다.

사회와 가정의 다리는 끊어져 있다. 여기에서 가정과 사회가 이따금 '알력'을 일으키는 비극이 생겨나는 것이다. 한국의 사회에서는 '좋은 사회인'이 된다는 것과 '좋은 가정의 한 멤버'가 된다는 것은 양립되기 어려울 때가 많다.

서구의 위인들은 가정을 꾸미는 데에도 성공한 사람들이지만, 우리의 경우에는 대부분이 그렇지 못했다. 가정을 저버려야 애국

자요, 충신이 되는 경우가 지배적이었던 것이다. 즉, 한국은 하나
가 아니라 가정과 사회로 분리된 두 개의 고도孤島다.

밥상으로 본 사회

우리는 그렇지 못했다. 온 생활의 3분의 1의 시간을 차지하는 식사를 침묵과 고독 속에서 지냈다. 하나의 식탁이 아니라 몇 개의 상에 따라 가족은 분리된다. 할아버지의 상이 다르고 아버지의 상이 다르다.

동서의 식사 풍습

한국 사람처럼 식사를 엄숙하게 하는 민족도 없을 것이다. 장례식보다도 한층 근엄하고 고요하다. 밥을 먹으며 이야기를 한다는 것은 우리나라의 예법이 아니기 때문이다.

모두들 성난 사람처럼 묵묵히 앉아서 음식을 씹고 있다. 음악 감상을 하듯이 그렇게 심각한 표정으로 음식 맛을 감상하고 있는 것일까? 우리에 비하면 서구인들의 식사 광경은 너무나도 방자하고 요란스럽기만 하다. 그들은 밥을 먹는 것인지, 스피치 연습을 하는 것인지 분간할 수 없을 정도로 웃고 떠든다. 하루 가운데 가장 명랑한 것이 그들의 식사 시간인 것이다.

더구나 번득이는 '칼'과 창과 같은 '포크'를 번갈아 휘두르는 그들의 식사 광경은 중세 기사들의 전투 장면과 비슷한 데가 있다. '예수'가 열두 사도를 거느리고 그의 죽음을 예언했던 '최후의 만찬'이라 할지라도 우리의 식사 장면보다는 긴장감이 덜했을 것이다.

우선 그 '최후의 만찬'에는 '말'이 있었다. 말이 오고 갔다. '유다'가 좀 판을 깨뜨리기는 했지만, 그 자리에서도 그들은 인생을 말하고 진실과 사랑을 나누었다. 생각할수록 묘한 일이다. 음식을 먹는다는 것은 '인간사' 가운데 가장 즐겁고 사랑스러운 일이다.

메닌저 박사의 설을 따르자면, 사람이 함께 모여 식사를 한다는 것은 사랑을 교환하는 가장 원초적인 형태라는 것이다.

갓난아이가 이 세상에서 제일 먼저 사랑을 느끼고 사랑을 표현하게 되는 것도 다름 아닌 음식[44]을 통해서다. 어머니와 자식의 사랑이 '젖줄'로 맺어지듯이, 인간과 인간의 사랑이 '식사'를 통해서 무의식적으로 교환된다는 것은 단순한 억설이 아니다.

44) 어머니의 젖.

애정과 식사

기독교에서 식사를 하는 행위를 '커뮤니언communion'이라고 부르고 있는데, 그것은 성찬식이란 뜻 이외에도 '친밀한 교제'나 '영적 교통'을 가리키는 말이기도 하다. 즉, 식사는 인간과 인간이 서로 마음을 열고 왕래하는 사랑의 통로다.

그러고 보면 식사 예법 하나만 따진다 하더라도 얼마나 우리가 인간관계에 있어서 부자연스러운 길을 걸어왔는가를 알 수 있다.

사실 사람이 무엇을 '먹는다는 것'은 목욕탕에 들어갈 때보다도 한층 적나라해진다는 것을 의미한다. 음식을 먹고 있는 순간만은 체면도 권위도 교양도 있을 수 없다. 음식을 씹고 있는 사람의 얼굴은 만인이 평등하다.

천자天子도 없고 노예도 없다. 심지어 인간과 동물의 차이마저도 느낄 수 없을 정도다. 식당에서 어울리는 사람들은 목욕탕 속에서 만나는 사람들보다도 한층 평등하게 보인다. 아무리 큰소리를 치는 인간도 식탁에 앉아 있을 때만은 다 같은 위胃와 이빨을 가진 하나의 동물에 불과하다.

프리마 돈나라 할지라도 포식하고 난 뒤 사지를 풀고 앉아 이빨을 쑤시고 있는 순간만은 동물원의 코끼리나 하마와 별로 다를 것이 없다.

그러므로 미국의 군사 교본을 보면 장교는 하급자에게 식사하는 모습을 보여서는 안 된다는 것이 있다. 권위가 안 선다는 이야기다. 이것을 뒤집어 말한다면, 인간은 식사를 같이함으로써 상호 간의 장벽을 헐고 공동의 광장으로 나서는 것이라 할 수 있다.[45]

식사의 사회학

그러나 우리는 그런 식사마저도 엄격한 신분과 계급의 거리를 두었다. 서양에서는 온 식구가 한 식탁에 모여 식사를 한다. 음식을 먹으며 그들은 사랑을 나눈다. 서로 말하고 서로 즐기고 서로 웃는다. 가족은 식탁을 사이에 두고 한 몸처럼 교통된다.

아버지가 무엇을 생각하고 있는지, 아들이 세상을 어떻게 바라보고 있는지, 그의 취미가 무엇이며, 그의 고민이 무엇인지를 서로 이해하게 된다.

---

[45] 이와는 좀 성질이 다른 이야기지만 서양에서는 식사하는 것만 보고도 그게 어느 나라 사람인지를 분간할 수 있다는 유머가 있다. 식당에 한 가족이 들어와서 여자가 메뉴를 시키고 야단법석을 떨면 그것은 미국인이다. 그런데 조용히 앉아서 서로 메뉴를 뒤적이고 서로 의견을 물어, 그중 한 가지를 택하여 남자가 식사를 주문하면 그것은 영국인이다. 밥을 먹는 데에도 그들은 의회정치식으로 한다. 그런데 와자지껄 떠들면서 메뉴를 한가운데 놓고 장시간 서로 토론을 한 끝에 그래도 해결이 나지 않아 제각기 따로 식사를 주문하는 가족이 있다. 그것은 틀림없는 프랑스인인 것이다. 우리나라 사람들 같으면 그것은 극히 간단하다. 가장이 혼자 메뉴를 보고 결정한다. 주위 사람들은 갖다 주는 음식을 묵묵히 먹기만 하면 되는 것이다.

우리는 그렇지 못했다. 온 생활의 3분의 1의 시간을 차지하는 식사를 침묵과 고독 속에서 지냈다. 하나의 식탁이 아니라 몇 개의 상에 따라 가족은 분리된다. 할아버지의 상이 다르고 아버지의 상이 다르다. 윗사람과 겸상을 한다는 것은 예의에 어긋나는 일이다. 시어머니와 며느리가 상을 같이한다는 것은 물론 상상도 할 수 없는 일이다.

여자들은 부엌에서, 할아버지는 사랑방에서, 어린애들은 어린애들끼리 식사를 끝낸다. 좀 떠든다거나 숟가락으로 음식을 휘정거리다가는 벼락이 떨어진다.

온 가족이 한자리에 모여 식사를 즐긴다는 것은 개화된 요즈음이라 할지라도 불가능한 일이다. 우선 가옥 구조가 그렇고, 상이 그렇지 못하다. 아무리 큰 '상'이라도 서구의 식탁과는 달리 네 명 이상 앉기가 어렵다. 한국인에게 위장병이 많은 이유도 짐작이 갈 만하다.

그러나 더욱 모순되는 것은, 식사 풍경은 고립적인 것이지만 상에 차려놓은 반찬은 공동적이라는 것이다. 서구에서는 함께 모여 먹어도 음식은 제각기 제 몫이 따로 있지만, 우리는 밥과 국을 제외해 놓고 반찬은 다 같이 먹어야 한다. 이러한 것이 바로 한국 사회의 상징이기도 하다.

'우리'와 '나'

'나'보다 '우리'란 말을 내세운다는 것은 생각하기에 따라서는 좋게도 해석될 수 있다. 언제나 이기적인 사고보다는 공동 의식과 공동의 운명을 더 소중히 여겼다는 이론도 있을 수 있으니까…….

1인칭의 철학

일본의 어느 학자가 '와타쿠시[私(나)]'란 말을 놓고 몹시 비관한 일이 있다. 인간 생활의 기본은 '나'라는 주체성이다. 그러므로 어느 나라 말이나 '나'라는 말이 가장 많이 쓰이고 있기 때문에 1인칭치고 복잡하고 까다로운 말이 없다.

실러블syllable이 단순하고 발음하기도 쉽다. 영어의 '아이I'가 그렇고 프랑스의 '주Je'가 그렇고 독일의 '이히Ich'가 그렇고 한국의 '나'가 그렇다. 그런데 유독 일본만은 그 말이 복잡하고 길어서 '와타쿠시'인 것이다. 장장 4실러블이나 된다. 기껏 간단하고 짧아야 '보쿠[僕]'인데, 그것은 극히 한정된 경우에서나 쓰이는 말이다.

아무래도 일본인들에게는 '자아'의 관념이 모자랐던 것이 아닌가 싶다.

그렇다고 '나'란 말이 단음절이라 해서 우리가 너무 기뻐할 것은 없을 것 같다. 왜냐하면 한국인들은 '나'라는 편리하고 뚜렷한 1인칭 주어를 갖고 있으면서도 웬일인지 '나' 대신 '우리'란 말을 쓰는 일이 많기 때문이다.

'와타쿠시' 때문에 기를 못 펴는 일본 학자들처럼, 한국의 학자들도 이따금 '나' 대신에 '우리'란 말을 쓰는 그 언어 풍속에 대해서 어깨가 좁아지는 이야기를 할 때가 많다.[46]

다른 것은 다 그만두고라도 "내 마누라가my wife⋯⋯"라고 말해야 될 때에도 "우리 마누라가⋯⋯"라고 하는 경우가 있다. 그러면서도 아무렇지도 않은 표정이다. 만약 그것을 영어로 직역해서 "our wife"라고 한다면 외국인들의 눈이 휘둥그레질 것이다. 대체 그 '마누라'는 몇 사람이나 데리고 살기에 '우리 마누라'라고 하는 것일까? 성급한 친구는 한국 사회가 '일처다부주의—妻多夫主義'라고 속단할지도 모를 일이다.

---

46) 반대로 자랑으로 여기는 사람도 있다.

'우리'와 '나'의 혼용

'나'보다 '우리'란 말을 내세운다는 것은 생각하기에 따라서는 좋게도 해석될 수 있다.[47] 언제나 이기적인 사고보다는 공동 의식과 공동의 운명을 더 소중히 여겼다는 이론도 있을 수 있으니까…… '내 집'이 아니라 '우리 집', '내 나라'가 아니라 '우리나라'라고 하는 편이 건방지지 않아서 좋다.

독재자는 1인칭을 많이 사용한다. 히틀러나 무솔리니의 연설에는, 그리고 가까운 예로 이승만李承晚 씨의 담화문에는 유난히도 '나'란 말이 많이 등장한다. '우리'보다도 '나'를 내세우는 데에서 독재주의가 싹트게 마련이다.

그러나 '나'란 말보다 '우리'란 말을 더 즐겨 사용한다 해서 우리 국민이 그만큼 민주적이라고 단정할 수는 없다. 왜냐하면 '나〔自我〕' 없는 '우리'야말로 도리어 전제주의를 낳게 하는 요인이 되기 때문이다.

개인의식이 부재할 때, 개개인의 권리가 망각되었을 때, 언제나 독재자의 검은손이 뻗치게 되는 것이다. 한국의 비극은 태반

---

47) '나'를 내세우는 자아 중심의 서구 문명이 결코 이상적인 것이라고는 볼 수 없다. 서구의 문명사가文明史家들은 그 근대적 자아가 극한에 이른 것이 현대이며, 그 현대 속에는 붕괴와 파멸의 위기가 놓여 있다고 한다. 동양에는 이러한 '자아'가 없다. 서구의 종교는 "나를 따르라"는 유일신적인 것이다. 종교마저도 '자아'의 신이지만, 범신적汎神인 색채가 농후한 동양의 종교 그리고 그 샤머니즘은 자아가 없는 '우리'의 종교다.

이 '나'를 찾지 못한 데에 있었다. 주어를 상실하고 살았기에 진정한 '우리'도 찾지 못했다. '내'가 '우리' 속에 매몰된 전제주의였다. 개 목걸이처럼 운명이라든지, 혈연이라든지, 권력이라든지 하는 것에 끌려다니며 살았던 것이다.

'내'가 '나'를 결단하는 독립적인 개인의식, 그 실존 의식을 발견하지 못했던 것이다. 「'끈'의 사회」에서도 언급한 바대로, 무엇엔가 의지하지 않고서는 잠시도 살 수 없는 사람들이었다. '임금'이라든지, '자연'이라든지, '족보'라든지 무엇에든 자기 몸을 내맡기지 않고서는 한시도 나를 주체하지 못했던 것이다.

옛날의 벼슬아치들은 으레 '임금'에게 몸을 맡기려 했고, 그것이 불가능하면 '자연'에 자기를 투신했다. 그러므로 옛날 시조의 〈충성가〉와 〈백구가〉는 종이 한 장의 차이다.[48]

초야의 필부라 할지라도 '나'보다는 언제나 '남'의 시선을 두려워했던 것이다. 거기에서 소위 '외면치레'나 '체면'이라는 풍습이 생겨난 것이다.

스코필드Frank William Schoeld 씨의 말대로 "한국인은 자기 아내가 죽은 것보다도 체면이 손상되는 것을 더 두렵게 생각하는 민족"이었던 것 같다. 남의 이목이 두려워 열녀가 되고 남의 눈초리가 무서워서 효부가 되는 수도 많다. "내가 나를 어떻게 생각하느

---

48) 〈충성가忠誠歌〉와 〈백구가白鷗歌〉는 표리가 다른 동전이었다.

냐” 하는 것보다 “남이 나를 어떻게 생각하는가”에 더 많은 관심을 쓰며 살아왔다.

또한 우리는 자신의 표정을 언제나 감추며 살아왔다. 자기 자신에 대해서 말하는 것보다는 언제나 남의 일을 말하기 좋아한다. “하늘엔 총총 별도 많고 우리네 세상엔 말도 많다”는 민요를 들어봐도 그렇다.

주체성의 빈약

우리에게 있어 ‘말’이란 곧 남의 흉을 뜻하는 것이다. ‘나’와 ‘너’ 사이에서 전개되는 ‘대화’가 아니라, ‘토의’가 아니라, ‘고백’과 같은 ‘참회’와 같은 독백이 아니라, 그것은 오로지 남을 헐고 뜯는 비난이었다.

자기보다 남의 일에 관심을 두고 있기 때문에 그러한 비방이 생겨난다. “말로써 말이 많으니 말 말을까 하노라”의 그 시조만 해도 그렇지 않던가?

‘나’를 감추고 산다. 내 말보다는 남의 말을 많이 하고 살았다는 것은 그만큼 자기 주체성이 박약했음을 의미하는 것이다.

허례허식이나, 의타적인 태도나, 남의 앞에 나서기를 꺼려하는 것이나, 그러면서도 남에 대한 비판을 말하기를 좋아하는 것이나…… 그것은 모두 자아 의식과 개인(나)에의 인식이 고갈된 데에서 비롯된 현상이다.

　다만 우리는 죽을 순간에 가서야 '나'를 느꼈던 것 같다. 죽을 때만은 "아이고 우리 죽는다" 하지 않고 "아이고 나 죽는다"라고 했으니까…….

　죽음 속에서 '나'를 발견하듯이 모든 단절 속에서 나를 찾지 않고서는 진정한 '너'와 '나'의 결합인 '우리'도 생겨나지 않는다.

누구의 노래냐

합창도 독창도 아닌, 그리고 제 흥도 남의 흥도 아닌 애매한 노래가……. 그 야릇한 노래가 한국 사회의 이 구석 저 구석에서 지금도 여전히 울려오고 있다.

여흥과 노래

한국인의 유흥은 곧 노래를 부르는 것이다. 술집이고 잔칫집이고 어디에서든 사람들이 모여서 논다 싶으면 으레 노랫소리가 흘러나온다. 겉으로 보기엔 조금도 이상할 것이 없다. 그러나 자세히 관찰하면 한국이 아니고서는 도저히 찾아보기 힘든 진경珍景이다.

노래라고 하는 것은 직업 가수가 아닌 이상 즉흥적으로 부르게 마련이다. 더구나 여러 사람이 모여 놀 때 흥에 겨우면 절로 합창이 터져 나오는 것이 보통이다.

그런 면에서 인간은 개구리와 닮은 데가 있다. 그런데 우리의 경우에는 그렇지를 못하다. 이상스럽게도 노래를 권유한다. 남에게 노래를 시키는 것이 유흥 석상의 한 에티켓으로 되어 있는 것이다. 시키지도 않는데 노래를 부른다는 것은 멋쩍은 짓에 속한다. 노래를 부르는 수속과 절차가 그렇게 간단치가 않은 것이다.

우선 민주적인 방법으로 노래 부를 사람이 지목된다. 말하자면 좌중의 여론에 의해서 가창자의 순서가 차례로 결정되어 간다. 소위 겸양의 미덕은 그런 자리에서도 유감없이 발휘된다.

몇 번이고 몇 번이고 여러 사람들이 합세하여 노래를 시키려고 하면 당사자는 또한 완강히 사양해야 되는 것이다. 이렇게 몇 번을 빼다가 이윽고 목청을 가다듬어 노래 한 가락을 부른다.

그러나 한층 더 괴이한 것은, 그렇게도 노래를 시키려고 애쓰던 사람들이 막상 노래가 시작되면 별로 경청을 하지 않는다는 점이다. 노래를 시켜놓고는 옆의 사람과 또 술잔을 권하고 사양하느라고 국부전을 벌인다. 노래가 끝났다 싶으면 그제야 다시 좌중의 사람들은 가창자에게 관심을 보여 박수를 치고 앙코르를 청하는 것이다.

문제는 '노래'보다도 노래를 시키는 데에 더 흥미를 갖고 있는 것이다.[49] 가창자 역시 정말 노래 부르기 싫어서 빼는 것은 아니

---

49) 노래와 마찬가지로 '술'도 그렇다. 술이란 반드시 권하고 따라주는 사람이 있어야 마

다. 그 증거로서 만약 한 번 사양한다고 해서 다른 사람에게로 노래의 화살을 돌려보아라. 아니 숫제 노래를 부르라고 아무도 권유하지 않았다고 해보아라. 그 사람은 그날의 유흥이야말로 가장 쓸쓸하고 기분 나쁜 자리였다고 할 것이다. 불쾌감을 가지리라. 시무룩하게 앉아 언짢은 표정을 하다가 쓸쓸히 돌아가는 것이다.

그렇다면 대체 그 노래는 누구의 노래인가? 남이 시켜서 억지로 부르는 노래도 아니며 부르고 싶어서 절로 부르는 노래도 아니다.

노래는 감정이다. 그러므로 노래를 권유한다는 것은 감정을 강요하는 것과도 같은 일이다. 그리고 그 권유를 받고 노래를 부른다는 것은 그 감정까지도 자연 발생적이 아니었다는 것을 의미한다. 타율도 아니고 자율도 아닌 그 노래를 모르고서는 한국인을 이해할 수가 없다.

당신이 만약 외국인이라면, 절대로 한국인이 '노'라고 말하는 것을 액면 그대로 받아들여서는 안 된다. '예스'도 마찬가지다. 아무리 좋은 일이 있어도 몇 번은 거절해야 되는 것이므로 당신은 우선 몇 번이나 그렇게 권유해 보아야 한다.

신다. 서구인들의 칵테일 파티처럼 제가 가서 술잔을 들이대는 일이란 없다. 물론 따르면 '과하다'고 사양하는 것이 주석의 예의다. 노래를 돌려가며 하듯이 술도 잔을 돌린다.

한국의 특수성 원리

사양하는 맛에 권하고, 권하는 맛에 사양하는 그 '상대성 원리'는 아인슈타인 박사도 일찍이 발견하지 못했던 이론이다.

한국의 인간관계는 권하고 사양하는 '상대성 원리'에 의해서 성립되는 것이므로, 그 호흡을 잘 맞추어 행동하지 않으면 많은 실수를 저지르게 된다.

'칵테일 파티'와는 다른 것이다. 제가 잔을 들고 가서 술을 따라 오고 제 손으로 안주를 집어다 먹는 그 '칵테일 파티'의 풍경과는 다르다.

권하는 사람도 없고 사양하는 사람도 없는 그런 '파티'야말로 한국인의 눈에는 무미건조하게 보인다. 더더구나 '칵테일 파티'는 '서로 이야기하는 맛'이 핵심이 되어 있지만, 한국에서는 술자리에서 말만 지껄인다는 것은 큰 실례에 속한다. 잘난 체한다거나 '게걸'거린다고 천대를 받는다.

노래와 술뿐이 아니라 일상생활에 있어서도 권하고 사양하는 데에 흐뭇한 대인 관계의 정을 나누는 것이다. "잔盞 잡아 권할 이 없으니 그를 슬허하노라"라고 노래 부른 것은 임백호林白湖가 황진이의 무덤에서 한 소리지만.[50]

우리나라 사람들은 누구나가 다 권하지 않는 것을 섭섭하게 생

---

[50] 실상 황진이의 무덤이었는지도 의심스럽다.

각한다. 좋아도 나쁜 체하고, 나빠도 좋은 체하는 그 사교법은 확실히 모든 것을 까놓고 따지는 서구인의 그것에 비해 여운이 있다.[51] 그러나 그 반면에는 솔직하지 못한 이중적인 사교법으로 해서 한번 호흡이 맞지 않았다가는 복잡한 오해가 생겨나게 된다.

구름 낀 날 아니면 안개가 자욱이 낀 날에 만나는 사람들 같다. 몽롱한 그 영상에는 신비한 정취가 있기는 하나, 자칫하면 충돌하기 쉬운 위험성도 있는 것이다.

그러한 가운데서 노래가 흘러나온다. 합창도 독창도 아닌, 그리고 제 흥도 남의 흥도 아닌 애매한 노래가……. 그 야릇한 노래가 한국 사회의 이 구석 저 구석에서 지금도 여전히 울려오고 있다.

요즈음 곧잘 유행되는 "자의 반 타의 반"이라는 말도 이런 데에서 생긴 것이 아닌가 싶다. 우리는 '노'라고도 하지 않는다. 그 대신 '예스'라고도 하지 않는다. 언어 이전의 암시에 의해서 서로 살아가는 것이다.

---

51) 우리의 경우에 있어서는 언제나 표면상의 이유와 실질적인 이유가 다르다. 직장을 그만둘 때 사표에는 으레 '건강상 이유'나 '가정 형편상'으로 되어 있지만 그 내막은 아주 복잡한 법이다.

사랑에 대하여

생각하는 것이 곧 사랑이요, 사랑하는 것이 곧 생각이라고 볼 수 있다. 그러므로 격렬하고 노골적인, 행동적인 사랑보다는 언제나 마음속에서 샘솟는 사모의 정이 한국인의 기질에는 더 어울렸던 모양이다.

온돌의 사랑

서양인들의 사랑을 난롯불에 비긴다면 한국(동양)인의 사랑은 화로나 온돌에 비유할 수 있다. 활활 타다가 썰렁한 잿더미만을 남기는 그 '스토브'의 과열과 냉각…… 서구인의 사랑은 대체로 그와 닮은 데가 있다.

그것은 열병처럼 달아오르는 사랑이다. 라틴어로 '아모르amor'라고 하면 '사랑'을, '모르mort'라고 하면 '죽음'을 뜻한다. 서양인

들은 사랑과 죽음에는 깊은 관계가 있는 것이라고 생각한다.[52]

그들의 '사랑'은 언제나 '죽음'과 짝지어 있다. 시뻘겋게 단 '스토브'와 썰렁하게 식은 '스토브'의 관계와도 같다. 불꽃과 함께 사랑이 시작해서 불꽃과 함께 꺼져버리는 사랑이다.

그러나 한국인의 사랑은 불타는 사랑이라기보다 불이 다 타고 난 후에 비로소 시작되는 사랑이라 할 수 있다. 재 속에 묻힌 화롯불의 불덩어리나 불 때고 난 구들장의 온기 같은 것이다. 불꽃이 없는 화롯불과 온돌방의 따스함 속에는 지열地熱처럼 억제된 열정과 영원을 향한 여운 같은 생명감이 있다.

겨울밤 싸늘하게 식은 화롯불을 휘적거려 보면 그래도 거기 몇 개의 불씨가 싸늘한 재 속에 남아 있는 것을 볼 수 있다. 그리고 미지근한 구들장에 있는 듯 없는 듯 남아 있는 온기는 바로 사람의 체온 같은 것을 느끼게 한다.

사랑이란 말의 어원

대체로 한국인의 사랑은 재 속에 묻힌 불덩어리처럼 그리고 돌

---

52) 아모르amor와 모르mort의 음은 유사하나 그 어원적인 뜻에는 아무런 관계가 없다. 그러나 스탕달Stendhal은 서양인의 사랑은 죽음과 통한다 하여 이 라틴어를 서로 비교한 적이 있었다.

(구들장) 속에 파묻힌 온기처럼 은밀한 법이다.

우리의 그 '사랑'이란 말은 본래 고어로는 '생각한다'는 뜻이었다. 생각하는 것이 곧 사랑이요, 사랑하는 것이 곧 생각이라고 볼 수 있다. 그러므로 격렬하고 노골적인, 행동적인 사랑보다는 언제나 마음속에서 샘솟는 사모의 정이 한국인의 기질에는 더 어울렸던 모양이다.[53]

쉬이 덥지도 않고 쉬이 식지도 않는 그 사랑의 풍속은 엄격한 의미에서 애愛라기보다 정情이다.

서양 사람들은 으레 사랑하게 되면 "아이 러브 유"나 "주 템므 Je t'aime"라고 고백한다. 그러나 한국인들은 서구화한 오늘이라 할지라도 '사랑'이란 말을 직접 입 밖에 내는 일이 없다. 정철鄭澈의 그 유명한 「속미인곡續美人曲」에는 "반기시는 낯비치 녜와 엇디 다르신고"라는 영탄이 나온다.

---

53) 서양의 '사랑'에는 분노의 감정이 있다. 신이 인간을 사랑하는 데에도 그 곁에는 분노가 있었으며 최후 심판의 날은 신이 마지막 노여움으로 불덩어리를 내리치는 날이다. 사랑과 분노의 감정을 떼낼 수 없는 것이 서양의 감정이다. 그리하여 분노가 있는 곳에 사랑이 있고 사랑이 있는 곳에 분노가 있다고까지 표현할 수 있다. 그러나 한국의 사랑에는 분노가 아니라 체념이 있다. 「속미인곡續美人曲」을 보나 「정과정곡鄭瓜亭曲」을 보나 그것은 자기를 버린 임에 대한 배신의 분노라기보다는 체념의 한숨이며 인종의 의지였다. "달이야 크니와 구즌 비나 되쇼서"라든가, "내 님믈 그리사와 우니다니 山 접동새 난 이슷하요이다…… 아소 님하, 도람 드르샤 괴오쇼셔"와 같이 버린 임에의 분노보다 그가 다시 돌아오기를 그냥 빌고 기다리는 순종의 사랑이다.

사랑해도, 미워해도 오직 '낯빛'으로 표현되는 은근한 정이다.

'반기는 낯빛'으로 그들은 사랑을 고백했기에 또한 그 '낯빛'의 사소한 변화에서 식어가는 애정의 슬픔을 느꼈던 것이다.

그러니 불꽃이 튀고 쇠가 녹아 흐르는 용광로의 사랑과는 그 비극의 도度에 있어서도 다르다. '베르테르'는 실연의 슬픔을 '권총'으로 청산했지만 한국의 '베르테르'들은 '권총'이 아니라 '베개' 위에서 전전반측輾轉反側했다.

옛날의 이별가들이 모두 그러하다. 「가시리」를 보라. 「서경별곡」을 보라. "잡사와 두어리마나난, 선하면 아니올셰라"의 기분으로 그들은 떠나는 임을 고이 보내드렸다. 임이 저 강을 건너가기만 하면 번연히 다른 꽃(여인)을 꺾으리라는 것을 잘 알면서도 엉뚱하게 죄 없는 뱃사공만을 향해 나무라는 노래다. 버리고 가는 임의 소매도 변변히 잡지 못했으며 원망도 제대로 하지 않았다.

〈아리랑〉의 가사도 그렇지 않던가. 배신한 애인의 가슴에 비수를 찌르는 것은 〈카르멘〉 극에 나오는 이야기지 결코 한국의 연정극에는 어울리지 않는 짓이다.

가만히 주저앉아서 임이 십 리도 못 가 발병 나기만을 기다리는 연인들이 아니면, 소월素月처럼 한술 더 떠 진달래꽃까지 뿌려주는 실연이다.

진행형의 사랑과 과거형의 사랑

그만큼 관대해서가 아니라 인종과 순응 속에서 도리어 사랑의 여운을 간직하려 했기 때문이다. "죽어도 아니 눈물 흘리오리다" 하는 심정은 통곡을 하고 가슴을 쥐어뜯는 그 슬픔보다도 한층 짙은 것인지도 모른다.

체념, 자제, 인종…… 그리하여 사랑을 잃은 가슴은 더욱 연연하다. 재 속에 묻어둔 불덩어리처럼 그렇게 쉬이 사위지 않는 감정이다.

한국인은 그 어느 나라의 사람보다도 사랑에 굶주리고 사랑을 아쉬워하는 민족이라 했다. 남들도 그렇게 말했고 우리도 그렇게 느껴 왔다. 그러면서도 그 '사랑'을 하는 데에 있어서는 어느 민족보다도 미지근했던 것이다.

원래 사랑이라고 하는 것이 다 그런 법이기는 하나 '만나는 것' 보다 '헤어지는 노래'가 우리에게는 너무나 많다. 기다리다 지치고 보내다 맥이 풀린 사랑이다.

그러기에 병풍 그림이든 베갯모든 짝을 지은 원앙새가 그려져 있고 쌍쌍이 나는 나비가 있다. 넋이라도 한데 가자는 맹세가 유일한 사랑의 사연이요 행복이었다.

분명히 그렇다. 한국인의 사랑은 진행형이라기보다 대부분이 과거형이다. 타버린 불덩어리를 주워서 화로의 재 속에 묻듯이, 때고 난 후의 구들장에 몸을 녹이듯이, 사랑의 불꽃이 끝난 그 뒤

끝에서 애정을 간직하는 민족이다. 청상과부 같은 추억의 사랑이다. 한 번 애인(남편)을 잃으면 평생을 수절해야 하는 풍속도 그런 데에서 나온 것인지 모른다.

애인이 사라지면 사랑도 끝난다. 그러나 우리의 경우에 있어서는 애인이 사라진 후부터 사랑이 시작되는 것이라고 할 수 있다.

한국의 사랑은 부재不在에의 연정이다.

기나긴 밤의 노래

　사랑이란 것을 모른 채 일생을 끝마친 사람도 많았을 것이다. 남녀의 사랑이 불가능했던 그 사회는 대낮보다도 밤을 그리워하는 사회였으며, 능동적인 태양의 빛깔보다는 소극적인 달빛에 싸인 사회였다. 제 스스로 빛나는 광명이 아니라…….

한국의 '로맨스'

　그것은 저 지중해의 이글거리는 태양이나 '자라투스트라'의 뜨거운 대낮 속에서 벌어지는 사랑이 아니었다. 한국인의 '로맨스'는 싸늘한 달빛 그 어렴풋한 밤의 밀어다.[54]

---

54)　아사달이라든가 조선이라든가 하는 우리의 국명國名을 비롯하며 원시종교의 풍습을 보면 우리는 밤이 아니라 태양을 숭배했던 것이다. 그러나 우리의 역사와 사회가 고난에 물들면서부터 밝음이 아니라 어둠을, 태양이 아니라 처량한 달빛을 좋아하게 된 것 같다.

황진이가 벽계수의 말고삐를 잡은 것도 그러한 달밤이었으며, 춘향이가 옥중에서 눈물을 말리던 것도 그러한 밤이었다. 그러기에 한국의 연가는 모두가 기나긴 밤의 노래다. 대낮이 아니라 밤을 아쉬워하고 밤의 정을 그리는 마음이었다.

　어름 우희 댓닙자리 보아
　님과 나와 어러주글 만뎡
　情둔 오늘밤 더듸
　새오시라 더듸 새오시라

고려 적 여인들은 이러한 노래를 불렀다. 사랑을 그린다는 것은 곧 밤을 그리는 것이며 사랑을 위해 기도한다는 것은 곧 밤이 오래 계속되기를 염원하는 마음이었다. 황진이의 시조도 다를 것이 없다.

민간설화 가운데 한국인이 가장 좋아하는 것은 우렁 각시에 대한 이야기일 것이다. 밭을 매던 노총각이 신세 한탄을 하며, "나는 누구하고 사나"라고 말하니까 어디서 "나하고 살지"라고 해서 이상스럽게 여겨 소리 나는 곳을 보니 우렁이 하나가 있다. 그것을 집에 갖다 두었더니 우렁 속에서 예쁜 각시가 나와 밥상을 차려놓고 들어가더라는 것이다. 그래서 그 손목을 잡고 함께 살자고 한다……. 이런 식으로 시작해서 으레 끝에 가서는 그녀와 헤어지는 것으로 되어 있다.

冬至ㅅ달 기나긴 밤을 한허리에 버혀 내여,

春風 니불 아레 서리서리 너헛다가,

어론님 오신 날 밤이여든 구뷔구뷔 펴리라.

'얼음장 위의 댓잎'과 '춘풍처럼 따스한 이불'에는 비록 현격한 차이가 있기는 하나, 밤이 좀 더 더디 새라는 그 희구만은 변함이 없다.

어느 나라에서나 남녀 간의 사랑은 밤에 이루어지는 것이다. 밤의 신비와 그 행복을 잠시라도 더 오래 지니고 싶은 것은 한국인의 마음만은 아닐 것이다.

그러나 한국의 밤은 한층 더 아쉽고 절박한 것이었다. 남녀 관계가 어느 나라보다 부자유스럽고 그 속박 또한 유별나게 엄격한 탓이었다. 규중궐녀란 말이 있듯이 젊음은 방 속 깊숙이 갇혀 있었다.

그러한 사회에 있어서 사랑이란 자연히 사련邪戀이 되지 않을 수 없었고 행동적이라기보다는 가슴속에 묻어두고 홀로 한숨짓는 꿈이 되지 않을 수 없었다.

그러므로 사랑은 달처럼 밤에나 빛나는 숙명을 지녔다. 밤은 남의 시선에서, 도덕의 사슬에서 잠시라도 그들을 해방시켜 주었기 때문이다.

남의 집 며누리 말도 많더라

남의 집 며누리 낮에는 못 놀고

밤에나 놀아보세 어럴럴 상사디야

이러한 민요 가락을 두고 분석하더라도 '밤과 사랑'의 관계가
어떠한 것이었는지 짐작이 간다. '도둑질'과 마찬가지로 사랑을
하려면 밤의 어둠이 필요했던 것이다.

밤의 사랑 대낮의 사랑

우리는 그와 반대로 저 밝고 밝은 하늘 밑, 올림포스 산에서 전
개되는 제신諸神들의 사랑을 기억하고 있다. 그리스의 밝고 투명
한 대낮의 사랑 말이다. 제우스 신은 어떠한 사랑을 했던가. 그리
고 옥수가 흘러내리는 골짜기에서 님프들이 목욕을 했을 때 돌을
던지며 희롱하던 그 신들의 짓궂은 사랑은 또 어떠했던가.

그 사랑은 죄악이라기보다 생명 그 자체의 희열이었으며, 살아
있는 육신 그 자체의 아름다움이었다. 그것은 우리처럼 밤의 장
막에 싸인 사랑이 아니라 광명의 축복 밑에서 벌어지는 에로스의
향연이었다.

사랑의 강박관념 속에서 살아온 이 민족은 비단 남녀의 관계만
이 아니라 '인간을 사랑하는 습속'도 익히지 못하였다. 그렇기 때

문에 옛날의 설화나 소설을 보더라도 '살아 있는 인간'과의 사랑을 소재로 한 것보다는 비현실적인 대상과 맺어지는 '러브 스토리'가 단연 우세하다.

『금오신화金鰲新話』는 양생梁生이라는 총각이 '귀신'과 사랑을 하는 이야기며, 『구운몽九雲夢』 역시 인간 아닌 팔선녀와의 사랑을 그린 것이다.

시골 사랑방에서 오가는 옛날이야기의 대부분은 우렁 속에서 나온 각시가 아니면 지네나 구렁이나 여우가 여인으로 둔갑하여 사랑을 하게 되는 것들이다. 으레 새벽닭이 울면 환상처럼 꺼져버리는 허망한 여인상들과의 사랑이다.

현실적 여인과의 사랑도 대개 그렇다. 젊은 미혼 남녀의 사랑은 없다. 밤 계집이라고 불리는 기녀 또는 노비, 과부 등속의 특수한 여성과 얽혀진 로맨스다.

춘향이가 노기의 딸이 아니라 만약 양반집 딸이었다면 어떠했을까? 적어도 『춘향전』 같은 이야기는 탄생되지 않았을 것이다.

밤의 사랑이란 작든 크든 병적인 사랑이다. 허망하고 슬픈 사랑이다. 밤이 지새면 사라지는 그믐달 같은 사랑이다.

사랑이란 것을 모른 채 일생을 끝마친 사람도 많았을 것이다. 남녀의 사랑이 불가능했던 그 사회는 대낮보다도 밤을 그리워하는 사회였으며, 능동적인 태양의 빛깔보다는 소극적인 달빛에 싸인 사회였다. 제 스스로 빛나는 광명이 아니라……

달빛의 풍속

　　달을 사랑하고 노래하는 데에만은 남녀의 차별이 없었고 노소의 구별이 없었던 것이다. 늙은이들은 노송의 휘굽은 가지에 얽힌 달을 바라다보며 거문고를 뜯었고 술잔을 기울였다.

태양과 달

　　서양에는 태양을 찬미하는 민요가 많다. 그중에서도 〈오 솔레미오[55]〉가 전형적인 것이 아닌가 싶다. 애인이나 생명을 말할 때도 그들은 으레 '나의 태양'이라고 한다. 그러나 우리나라에서는 시조나 민요에서 '해'가 나오는 일은 거의 없다. 모두가 달에 대한 노래다.

　　활활 타오르는 눈부신 태양보다도 우리는 확실히 은은한 달빛

---

55)　오, 나의 태양이여.

을 좋아하는 민족이었다. 달을 사랑하고 노래하는 데에만은 남녀의 차별이 없었고 노소의 구별이 없었던 것이다. 늙은이들은 노송의 휘굽은 가지에 얽힌 달을 바라다보며 거문고를 뜯었고 술잔을 기울였다.

집 方席 내지 마라, 落葉엔들 못 앉으랴
솔불 혀지 마라 어제 진 달 돋아 온다
아희야, 薄酒山菜 망정 없다 말고 내어라

아무리 가난한 살림이라도 달을 쳐다볼 때만은 신선이 된 느낌이었다.

아이들은 아이들대로 경이에 찬 눈을 뜨고 둥근 달을 바라본다. 계수나무에 토끼며, 은하수를 건너는 조각배며, 푸른 달빛 속에서 그들은 그렇게 은은한 꿈결에서 노래를 부른다.

계수나무를 찍어 초가삼간 집을 짓고 양친 부모 모셔다가 천년 만년 살고지고라는 소박한 소원이다. 동심의 노래라고 하기에는 너무도 구성진 데가 있고 너무도 은둔적인 데가 있다.

그러나 괴로운 현실만 보며 자라나는 아이들이었기에 거친 땅보다는 영원한 그 달이 좋았다. 그것도 기껏해야 고대광실 기와집이 아니라 초가삼간의 초라한 꿈이었던 것이다.

세월도 기울고 차는 달그림자로 헤아렸으며, 명절도 달을 따라

정해졌던 것이다. 서구인들이 태양력을 쓰고 또 태양의 변화로 축제일을 삼은 것과는 정반대의 현상이다.

팔월 한가위의 의미

그러므로 한국의 명절 가운데 가장 성대한 것도 바로 달 밝은 팔월 한가위다. "더도 덜도 말고 팔월 한가위만 같아라"라는 말처럼 '먹을 것'과 '아름답고 환한 달'만 있으면 그것으로 행복했던 민족이다.

팔월 한가위의 가을 달은 옛부터 이 백성의 다시없는 축제를 마련해 주었다. 남자들은 씨름을 하거나 거북놀이를 하며 젊음을 즐겼으며, 1년 내내 방 안에만 갇혀 있던 여인들도 이날만은 밖에 나와 마음껏 노래하고 춤을 추었다.

강강수월래[56]가 그것이다. 둥근, 참으로 둥근 그 달빛 아래서

---

56) 〈강강수월래〉에 대한 어의語義는 구구하지만 그것이 만약 오랑캐가 물을 건너온다[水越來]에서 나온 것이라면 우리는 더욱 그 '달' 뒤에 숨은 비극적 감정을 실감할 수 있겠다. 송석하 씨는 〈강강수월래〉를 건실한 노래라 했지만 그 가사는 모두가 퇴폐적이고 슬픈 것이다. 〈강강수월래〉의 다른 가사를 보더라도 역시 달의 아름다움을 노래한 것이 아니라 슬픔의 정을 읊은 내용이 많다. 그중 어머니를 잃고 애타하는 노래 하나만을 들어둔다. "잎은피어 청산되고 꽃은피어 화산花山되어 청산화산靑山花山 넘어간데 이상스른 새가앉아 아배아배 저새보소 어매같은 새앉았다 아가아가 그말마라 일촌간장 다녹는다 가세가세 장에가세 넘어서랑 장에가서 오만것을 다났는데 어매장은 안났당가 호미도 연장이든 낫

는 부끄러움도 스스러움도 없었다. 이, 삼십 명씩 떼를 지어 손과 손을 잡고 달 모양으로 돌며 춤을 춘다.

그네들은 그때 처음으로 '살아 있다'는 즐거움을 느꼈을 것이다. 처음으로 젊음을 느끼고 처음으로 사랑을 느꼈을지도 모를 일이다. 더구나 그날은 남녀가 한데 어울려 '줄다리기'도 했으니 '달'은 남녀의 교제에 기적 같은 예외를 마련해 준 것이다.

팔월 한가위만이 아니라 정월 대보름도 마찬가지였다. 답교踏橋의 풍습은 추석놀이보다도 한결 젊은이에게는 낭만적인 것이었다. '답교'란 조선조 중종 때부터 있었던 풍습으로, 정월 보름 달을 보며 자기 나이만큼씩 '다리'를 밟고 다니는 것이다. 그렇게 해야 한 해의 재난을 피할 수 있다는 것이었지만, 실은 달 놀이에 그 주목적이 있었던 것이다. 싸늘한 겨울 달빛 아래서 남녀가 어울려 다리를 거니는 풍류 섞인 풍속이다.

얼마나 달을 사랑했기에 삭풍에 떠는 한월寒月마저도 그냥 지나치지를 못했던가? 『패관잡기稗官雜記』에 쓰인 글을 보면 '답교'는 곧 사랑의 다리를 건너는 행사이기도 했다.

짓궂은 남자 녀석은 떼를 지어 여자의 뒤꽁무니를 따라다니며 희롱하기도 하고 살며시 손목을 잡기도 한 모양이다. 견우직녀는 칠월 칠석에 한 번 만난다지만, 이들은 이 답교일이나 되어야 비

과같이 싼득할까 아부지도 부모런만 어매같이 사랑을까."

로소 젊음과 만날 수가 있었다. 달이 있고 임이 있고…… 더없이 행복한 밤이다. 서구의 카니발과는 운치가 다른 것이다.

이렇게 '달'이 있는 곳에 생활이 있었고 즐거움이 있었고 사랑이 있었다. 그러나 달빛은 그냥 아름답고 즐겁기만 한 것은 아니었다.

달빛과 〈강강수월래〉의 애수

〈강강수월래〉는 이순신 장군이 민심을 수습하기 위해서 지어낸 민속이라고도 한다. 그 '달 놀이'의 이면에는 얼마나 많은 눈물이 그리고 한숨이 젖어 있었던 것일까? 〈강강수월래〉의 가락만 들어봐도 가슴을 뭉클하게 하는 애수가 섞여 있다. 더구나 그 가사를 분석해 보면 한층 기가 막힌다. "등잔등잔 옥등잔에 강강수월래……"로 시작하는 그 노래는 한 여인의 죽음을 애소하는 내용으로 꾸며져 있다.

시집살이를 하던 여인이 밤새도록 등잔불 밑에서 바느질을 한다. 아무도 불 끄고 자라고 하는 사람이 없다. 다만 문풍지 바람이 불을 꺼주고 여인은 지쳐 잠이 들었다는 게다. 그때 남편이 찾아오고 시어머니에게 바느질 핑계 삼아 잠만 잔다고 일러바치고, 그리하여 여인은 은장도로 가슴을 찔러 죽게 된다는 이야기다.

아름답고 고요한 달빛 속에서 어쩌면 그렇게도 살벌하고 피비린내 나는 노래를 불렀을까? 이렇게 달은 행복이 아니라 '한恨'의 상징이기도 했다.

기울고 차는 달은 몇 번이나 죽고 탄생한다. 어둠 속에 나타났다 사라지는 그 달빛이야말로 무수한 삶과 죽음의, 그리고 절망과 희망의 그림자였던 것이다.

만월은 초승달의 기약과 그믐달의 쇠망을 동시에 간직하고 있다. 어둠도 아니고 광명도 아니다. 〈강강수월래〉의 가락도 역시 그런 희열과 눈물로 뒤범벅이 된 역설의 노래다.

슬픔이 많기에 그리고 또 한이 많기에 우리는 어렴풋한 그 달빛을 사랑한 모양이다.

한국의 여인들

한국의 여인에게는 '사랑'보다도 항상 그 '예'와 '윤리'가 더 소중한
것이었다. 남성과 결혼한 것이 아니라 계율과 결혼했다고 하는 편이 정
직하다.

레이디 퍼스트와 한국

미국 유머집에 나오는 이야기다.

어느 미국인이 6·25 전에 한국을 방문했을 때 산길을 걷다가
이상한 광경 하나를 보았다. 남자는 나귀를 타고 그 아내는 뒤에
서 숨을 헐떡이며 쫓아오는 것이었다. 미국인은 눈이 둥그레져서
물었다.

"여보시오, 레이디 퍼스트의 예의도 모르시오? 여자를 저렇게
학대하다니……."

그러자 그 군자는 태연히 대답했다.

"이것이 우리의 풍속이오!"

그런데 그 미국인이 6·25 직후에 다시 한국을 방문했을 때는 그와 정반대의 광경을 목도했다. 똑같은 산길이었지만 이번엔 여자가 앞에서 나귀를 타고 남자는 멀찍이 떨어져 조심성 있게 좇아오고 있었다.

그 미국인이 신기하게 생각했다.

"여보시오, 그동안에 풍속이 변했구료."

그러나 그 군자는 옛날과 조금도 다름없는 표정으로 대답했다.

"천만의 말씀입니다. 전쟁통에 지뢰가 사방에 묻혀 있기 때문에 아내를 이렇게 앞세우고 가는 거랍니다."

이것은 한국인의 그 철저한 남존여비의 풍속을 희화화戲畵化한 유머다. 그러나 그들이 우리의 남존여비를 비웃고 있는 것처럼, 역시 우리도 그들의 여존남비의 태도에는 웃음을 금할 수가 없다.

서양 영화를 보면 이따금 멀쩡한 사내들이 여자한테 뺨을 얻어맞는 장면이 곧잘 나온다. 신사가 숙녀를 때리면 야만이 되어도 숙녀가 신사를 때리는 것은 '문화적'인 것이라고 생각되는 모양이다.

우리의 눈으로는 여자에게 뺨을 얻어맞고도 여전히 희희낙락하는 서구의 남성들을 아무래도 이해할 수가 없다. 서양 문명의 발전도는 공처가의 증가율과 정비례한다.

유례없는 공처가 소크라테스가 서구 지성의 서장을 장식하고 있다는 것부터가 이미 수상쩍은 일이다.

그러나 공습을 피하여 방공호로 들어갈 때도 그들이 파티 석상에서처럼 그렇게 레디 퍼스트의 원칙을 지키고 있는지는 대단히 의심스러운 일이다.

따지고 보면 레디 퍼스트는 남자의 사치스러운 엄살에 불과하다. 그들은 그것이 약자를 옹호하는 미덕이라고 생각하고 있는 모양이지만 실은 다분히 마조히스트적인 변태적 심리가 없지 않을 것이다. 나체의 여인상을 '자유의 여인'이니 '행운의 여신'이니 하고 떠받드는 그 취미도 매일반이다.

삼종지도의 길

남존여비나 여존남비나 그것은 다 같이 부자연스러운 일이 아닐 수 없다. 그러나 다만 우리가 주목해야 할 것은 한국의 여인이 얼마나 불행한 위치에서 복종만 하다가 일생을 끝마쳤는가 하는 점이다.[57)]

57) 우리나라의 속담에 계집은 사흘 동안 매를 때리지 않으면 여우가 되어 산으로 올라간다는 말이 있다. 여자는 속박하고 억압해야 된다는 사상에서 나온 것이다. 남자가 여인을 멸시했다기보다는 여자 자신이 스스로 자기를 천시해 왔다. "암탉이 울면 집안이 망한다"

한국(동양) 여인의 역사는 그대로 순종과 굴욕의 역사였다. 유교의 '삼종지도三從之道'나 '칠거지악七去之惡'을 보면 그것을 알 수 있을 것이다. "어렸을 때에는 부모를 따르고, 출가해서는 남편을 따르고, 늙어서는 자식을 따르라"고 했다. 그리고 여인들이 출가해서 시부모에게 공경을 잘하지 못하면, 자식을 낳지 못하면, 음란하면, 질투가 심하면, 병이 있으면 그리고 말이 많거나 도둑질을 하면…… 지체 없이 쫓겨나도록 되어 있었다.

이와는 달리 로마에는 서른한 개 항목에 달하는 연애 재판소의 법전이 있었다. 거기에는 우리 사회에서 칠거지악의 하나로 되어 있는 '질투'가 도리어 권장되고 있으며, "참된 질투는 사랑의 값을 올린다", "결혼은 하등 연애를 배제하는 이유로 되지 않는다"고 명시되어 있다. 말하자면 여자에게 '사랑할 권리'를 인정한 그 법전은 문자 그대로 '사랑의 법전'이었던 것이다. 더구나 여자는 남편이 죽은 뒤에 2년이 지나면 결혼을 해도 좋다는 대목도 있다.

는 것은 부녀자 사이에서도 그대로 통용되는 진리다. 아름다운 것은 여인이 갖는 최고의 이상이지만, 우리나라에서는 여인이 아름답다는 것까지가 흉이 되고 화근이 되는 수가 많다. 미인박명이란 말은 그만두고라도 여자가 예쁘면 '팔자'가 드세다느니, 기생감밖에는 되지 않는다고들 했다. 간사스럽다 해서 경계까지 한다. 사실 얼굴이 예쁘면 팔자가 사납지 않을 수 없던 것이 지난날의 우리 현실이었다.

한국 여인의 노래

그러나 한국의 여인에게는 '사랑'보다도 항상 그 '예'와 '윤리'가 더 소중한 것이었다. 남성과 결혼한 것이 아니라 계율과 결혼했다고 하는 편이 정직하다. 그러므로 여인들은 대부분이 사랑의 좌절감 속에서 한과 눈물로 세월을 보내지 않으면 안 된다. 우리의 내방內房 민요를 보더라도 여인의 노래는 곧 탄식의 노래요, 탄식의 노래는 곧 청상요靑孀謠이며 첩요妾謠이며 시집살이나 이별요離別謠였던 것이다.

> 울 어머니 날 낳지 말고
> 배나 낳드면 개용을 쓸걸
> 울 아버지 날 맹길지 말고
> 맷방석이나 맨들 것인데
> 멋 할라고 나를 나서
> 요 고생을 지키싯거나

말하자면 이 세상에 태어난 것을 원망하면서, 후회하면서 숨을 거두었던 것이 이 땅의 여인들이다. 여인의 존재는 '맷방석'만도 못한 것으로 인식되었다. 뿐만 아니라 약소국가에 태어난 그 한국의 여인들은 이중의 재난을 받아야 했다.

보리도 익어야 거두지

눈 어둔 날 아가씨 고르나

나비도 잘 보는데 안 핀 가지 와서 꺾네

태종太宗 때 중국 사신이 와서 미인들을 골라 데려갔을 당시, 채 성장하지도 않은 어린 계집애들까지 데려갔으므로 그들은 이러한 노래를 불렀다. 쫓기는 그 무리들은 변변히 피어보지도 못하고 꺾이어갔다.

파스칼Blaise Pascal의 말과는 반대로 한국 여인의 코가 조금만 높았더라도 우리의 역사는 좀 더 달라졌을 것이다. 한국의 비극은 여인에게서 한층 더 짙었다.

'시집살이'의 사회학

'시집'이란 남편이 아니라 '남편 집'을 의미한다. 그러므로 '시집간다'는 것은 한 남자와 살러 간다는 것이 아니라 문자 그대로 그 가족(시집)과 살려고 들어간다는 말이 된다. '장가간다'는 말도 마찬가지다.

시집과 장가의 뜻

우리는 어째서 결혼하는 것을 '시집'가고 '장가'간다고 했을까. 이 말을 분석해 보면 한국인의 결혼관이 어떤 것이었는지를 쉽게 설명할 수 있을 것 같다.[58]

---

[58] 중국에도 결혼이란 말이 있지만 우리에겐 그에 해당되는 순우리말이 없다. "시집가고 장가간다"라고 표현하는 수밖에 없겠다. 그것을 보더라도 역시 결혼은 양성兩性의 결합이 아니라 일방적인 것, 즉 어느 하나가 어느 전체에 말려 들어가는 것을 의미한 것이라 하겠다.

영어의 'wed(결혼하다)'는 본래 '약속한다·서약한다'의 뜻이다. 마치 상품을 계약할 때처럼 결혼도 남녀 상호 간의 한 약속으로 생각했던 모양이다.

그러나 우리는 결혼을 계약과 같은 것이라고는 생각지 않았다.

'시집'이란 남편이 아니라 '남편 집'을 의미한다. 그러므로 '시집간다'는 것은 한 남자와 살러 간다는 것이 아니라 문자 그대로 그 가족(시집)과 살려고 들어간다는 말이 된다.

'장가간다'는 말도 마찬가지다. '장가'는 '장인 장모의 집(처가)'을 가리킨 말이다. 고구려 때와 같은 옛날 풍속에서는 남자가 아내를 얻으려면 먼저 처가에 가서 살아야 했다. 그래서 장가(처가) 일을 보살피다가 첫아이를 낳게 되면 비로소 색시를 자기 집으로 데려왔다는 것이다.

그러고 보면 한국의 결혼은 남녀 1대 1의 결합이 아니라 한 가족 대 자기라는 복수적인 결합인 셈이다.

원래 한국에는 개인의식이란 것이 없었기 때문에 한 가족에 있어서도 개개인의 인격이 인정되어 있지 않았다. 남편 자체가 이미 가족 전체에 예속되어 있는 존재다. 그러므로 자연히 결혼한 여인도 남편과의 독립된 관계가 아니라 그 집안 전체의 가족 관계를 한층 중시하지 않으면 안 되었던 것이다. 여기에서 소위 그 '시집살이'라는 기형적인 결혼 생활이 시작된다.

민요나 민화 가운데서 가장 압도적인 수를 차지하고 있는 것도 바로 그 '시집살이'의 슬픔에 대한 것이다. '시집살이'는 '결혼 생활'이란 뜻이며 동시에 '속박된 생활'을 의미하기도 한다.

귀머거리 3년, 벙어리 3년

"귀머거리 3년, 벙어리 3년"이란 말도 있다. 귀머거리처럼 못들은 체, 벙어리처럼 말 못하는 체, 그렇게 6년을 살아야 시집살이를 해낼 수 있다는 이야기다.

> 시집살이 개집살이
> 고추 당추 맵다 해도
> 시집살이 더 맵더라

이러한 민요를 봐도 그것이 얼마나 고통스럽고 부자유스러운 생활이었는지 짐작이 간다. 가족과의 모든 관계가 구속과 반목으로 시종되어 있다.

> 외나무다리 어렵대야
> 시아버지같이 어려우랴
> 나뭇잎이 푸르대야
> 시어머니보다 더 푸르랴

동서 하나 할림새요

시누 하나 뾰족새요

시아버지 뽀룽새요

남편 하나 미련새요……

이렇게 그 인간관계는 불만과 억압으로 얽혀 있다. 그러한 틈에서는 남편과의 사랑도 원만할 리가 없다.

겨우 남편을 독점할 무렵이면 이미 "메꽃 같은 얼굴이 호박꽃이 다 되고, 삼단 같은 머리털이 비싸리총이 다 되고, 백옥 같은 손길이 오리발이 다 되었을 때"이며, 아름답던 젊은 날의 의상은 "눈물을 씻다가 다 썩어버리고" 난 후인 것이다.

남편은 그래 첩을 얻는 게 보통이다. 여기서 '시집살이'는 악순환을 되풀이한다. 본래 시집살이는 시어머니가 시키는 것이다. '시어머니와 며느리'의 관계는 언제나 적대 관계에 있다.

시집살이 심리학

그 이유는 프로이트Sigmund Freud의 '오이디푸스 콤플렉스'를 뒤집어 설명할 수 있다. 첫째 시어머니가 며느리를 미워하는 까닭은 자식의 사랑을 독점하지 못하는 데서 오는 것이다.[59] 왜냐하면 그 시어머니 역시 젊었던 시절엔 시집살이를 했던 것이다.

그러한 시집살이 때문에 남편과의 사랑이 좌절되고 만다. 그러므로 그녀가 마음 놓고 애정을 쏟아부을 수 있는 유일한 대상은 자연히 그 아들밖에는 없었던 것이다. 아들은 좌절된 남편에의 사랑을 보상하는 대용물이며 모든 고통과 고독을 승화시킬 수 있는 도피구인 셈이다.

어느 나라나 다 그렇기는 하나 특히 한국의 '어머니'는 그 부부 생활이 원만치 않음으로 해서 유달리도 아들을 사랑했다. 맹목적인 익애溺愛에 가깝다. 여기에 새로운 경쟁자(며느리)가 생길 때 그 샘과 싸움이 얼마나 치열할 것인가는 능히 상상할 수 있을 것이다. 그리하여 '며느리에의 학대(시집살이)'가 시작된다.

며느리는 시어머니가 걷던 그 길을 다시 되풀이하게 된다. 그러므로 그 며느리가 시어머니가 되면 또 똑같은 시집살이를 시키게 마련이다. 속담에 "시집살이 심한 며느리가 시어머니가 되면

---

59) 애정의 독점 외에도 소위 가내家內의 '이니시에이티브initiative'에도 그 알력의 원인이 있다. 누가 '열쇠 꾸러미'를 차느냐 하는 문제. 시어머니가 며느리에게 열쇠 꾸러미, 즉 가계의 권한을 이양한다는 것은 우리나라의 정치에 있어 평화적인 정권 이양에 못지않게 어려운 것이었다. 가산이라야 부서진 바가지 정도에 불과한 것이지만, 그 권한을 내주지 않으려고 발버둥 치는 그것은 눈물겨운 일이기도 하다. 결국은 분가가 자유롭지 못했던 대가족제도 자체가 그런 시집살이를 만든 요인이기도 하다.

한층 더 며느리를 구박한다"는 것이 바로 그것이다.

부부 생활의 좌절이 시집살이의 악순환을 일으키게 되고, 그러한 악순환 속에서 한국의 가족은 분열, 반목, 질시, 분란을 거듭했다. 이것을 확대해 놓으면 그대로 한국의 사회가 되고 한국의 역사가 된다. 서양에서는 '시어머니'와 '며느리'가 아니라 '장모'와 '사위'의 관계가 좋지 않다. 그들의 만화에도 복싱 선수가 샌드백을 때리는 연습을 하는데 코치가 옆에서 "더 힘껏 때려라. 저 샌드백을 자네 장모 얼굴이라 생각하고 말이야"라고 소리 지르는 장면이 있다. 그것은 장모가 독립된 결혼 생활에 내정 간섭을 일삼기 때문이다.

그들은 개개인의 독립된 생활을 확보하려 했기 때문에 장모와 불화를 이루었던 것이고, 우리는 타자他者(아들)를 완전히 자기 안에 흡수하려 했기 때문에 시어머니와 며느리의 불화가 있었던 것이라고 할 수 있다. 상반되는 현상이다.

이러한 관계를 확대해 보면 서구 사회와 한국(동양) 사회의 성격까지도 스스로 규정할 수 있을 것이다. '시집살이'의 악순환 같은 것이 지금 우리 정계의 여야 간에서도 일어나고 있지 않은가?

논개냐 황진이냐

현대의 신화를 만들어내는 신문을 보아도 그렇다. 우리나라에서는 신문이 곧 정치요, 정치가 곧 신문인 셈이다. 신문 제작이 그 비중에 있어서 한국처럼 정치 면에 치우친 나라도 드물 것이다.

한국인의 역사

"한국의 역사는 외난外難이 많은 역사였다. 그러한 역사는 외적에 대한 격렬한 적개심을 품은 한국인을 낳았다. 지배자들은 때때로 외적과 타협하여 그들에게 굴복하고 말았지만 민중 사이에는 불굴의 전통이 생겨나고 있었다.

외적의 침입을 막아낸 고래의 영웅들은 민간 전설 속에서 신비화되고 농민들의 입으로 면면히 전해져 내려왔다. 그 내용이 아무리 황당무계한 것이라 할지라도 그들은 그것을 믿고 그것을 기뻐했다. 거기에서 고난 가운데 자란 민족의 한 전통을 엿볼 수가 있는 것이다."

이것은 이진우李珍宇 군의 구명 운동에도 선두에 나선 일이 있었던 일본인 하타다[旗田]가 그의 저서 『조선사朝鮮史』의 『결어結語』에서 한 소리다.

그 사가史家의 말대로 우리는 오늘도 민족의 영웅이나 우국지사들의 이름을 잊지 않고 있다. 아무리 무지한 농부, 아무리 철없는 아이들도 이순신이나 논개나 사임당이나 낙화암의 삼천 궁녀 이야기쯤은 다 알고 있다.

얼마 되지 않는 수지만 그래도 이 땅 위에 서 있는 동상은 모두가 나라를 위해 싸운 사람들이며 나라를 지키다가 목숨을 바친 사람들이다. 현재의 역사도 그런 동상과 탑으로 이어져가고 있다. 6·25 때의 충혼탑이나 4·19 때의 혁명 기념탑이 가까운 예다.[60]

60) 우리나라는 물론 선비의 나라다. 문화 제일주의에서 오는 문약文弱을 지적하지 않을 수 없다. 그런데도 비문화적이라는 말은 무슨 까닭인가? 참으로 역설적인 이야기다. 그것은 '선비'가 선비로서 독립되어 있었던 것이 아니라 언제나 '정치'와 관련을 맺고 있었기에 도리어 정치적인 것에 예술적인 것이 말려들어 갔던 탓이다. 마치 중세기 때에 종교가 문화를 살해한 것처럼 정치적인 데서 분리되지 못한 우리의 문화는 독자적인 자기 영역을 갖지 못했다. 모두가 어용 문화다. "빈에서는 우리들이 호흡하는 공기도 음악적이다…….그리고 침묵까지도 노래를 부른다." 언젠가 장 콕토Jean Cocteau는 음악의 도시 '빈'의 풍속을 이렇게 멋진 말로 표현한 적이 있다. 그러나 '빈'과는 달리 한국의 '서울'에서는 우리들이 호흡하는 공기도 데모적이다……. 그리고 침묵까지도 "데모를 하고 있다"라는 말이 나

서구의 그것과는 너무나도 다르다. 영국인들은 넬슨 탑보다도 셰익스피어의 고가古家를 사랑한다. 독일에는 괴테와 쉴러의 동상이 그리고 베토벤의 데스마스크가 신격화되고 있다. 파리의 중심은 두말할 것 없이 루브르 박물관이며 곳곳에 문화의 소상塑像들이 버티고 서 있다.

우리의 정신을 지배하고 있는 것은 정치적인 애국자요 영웅들이었지만, 그네들의 전통을 이루고 있는 것은 문화 영웅들, 즉 문화와 예술의 창조자들이다.

인도를 내놓을지언정 셰익스피어를 잃지 않겠다는 것은 영국인들의 말이다. 그러나 우리에게는 이런 비유가 성립될 수 없다. 비록 셰익스피어처럼 위대한 작가가 우리에게 있었다 할지라도 우리는 그를 내놓을지언정 인도를 잃지는 않겠다고 했을 것이다. 예술과 문화를 사랑하지 않기 때문에 그런 것이 아니라, 역사 그것이 그런 여유를 주지 않았던 탓이다.

올 법하다. 서울 시가에는 '데모'로 이름 높은 명소가 많이 있다. 우선 3·1 운동을 일으킨 항일 '데모'의 근원지 '파고다 공원'으로부터 시작하여 4·19 '데모'의 심장지인 시청 광장, 태평로, 경무대 입구 등은 역사의 '모뉴망'으로 기억되고 있다. 음악가의 입상立像이 아니라 우리 대학의 교정에는 '데모'하다 쓰러진 학생들의 기념탑이 서 있다. 정치적 비극의 상징에 가슴이 아파진다. '빈'에 간 외국인들이 음악가의 동상을 보는 경우와 한국에 와서 데모대의 희생자를 기념한 위령탑을 보는 경우 그 감회가 어떻게 다를까? 말하지 않아도 명약관화다. 생활에 여유가 없고 정치에 안정성이 없었던 이 땅의 '서울'에는 빈과 같은 그런 평화와 미학美學이 있을 수 없다.

노래에 나타난 임

한 줄의 시를 쓰는 것보다는 한 뼘의 땅을 지키고, 한 가락의 노래를 창조하는 것보다는 하루를 우환 없이 지내야만 했던 것이 이 나라의 현실이었다. 그러기에 우리나라의 시조는 단심가丹心歌가 아니면 대개가 사군가思君歌다.

아무리 아름다운 서정시도 그 내용을 뒤집어보면 군가軍歌와 오십보백보의 것들이다. 시가에 나타난 '임'은 애인이 아니라 '임금'이며 '나라'다. 연가는 천한 기생이나 읊는 것으로 되어 있다. "이 몸이 죽고 죽어 일백 번 고쳐 죽어……"의 그 애국 충정이 더 절박하고 귀중한 것으로 믿어왔다. 삶에 대한 찬양보다는 죽음에 대한 찬가를 부르며 살아왔던 것이다.

같은 충신이라 할지라도 '생육신'보다는 '사육신' 쪽이 더 훌륭한 것으로 되어 있다. 극단적으로 말하면 산 사람은 모두가 죄인이며 죽은 자만이 영웅이라는 편견도 없지 않다.

이준李儁 열사가 만약 헤이그에서 병사하지 않고 살아 돌아왔더라면 아무도 그의 이름을 기억하지 않았을 것이다. 유관순도 민충정공도 마찬가지다.

한국인의 애국은 혈서의 애국이다. 손가락을 깨물어 피를 흘려야 열녀가 되었던 것처럼, 언제나 '피'를 흘리는 애국이며 손가락을 깨무는 애국이다. 그런 방법이 아니고서는 나라를 사랑할 수 없는 상황이었다.

세금을 낸다든지, 자기가 맡은 직분을 지킨다든지, 조국의 초목을 아낀다는 것은 별로 애국이라고 생각지 않는다. 플래카드를 들고 거리에 나오는 것은 애국이지만 실험실 속에서 플라스크를 흔든다거나 강의실에서 책을 읽고 공부하는 것은 애국이 아니라고 생각하는 사람도 많다. 멸사봉공으로 과장된 그 애국은 언제나 '결사적'이란 말을 앞장세워야만 했다.

조용한 애국이 아니라 시끄러운 애국이며, 창조적인 애국이 아니라 방어하는 애국이다.

자기와 나라가 다 같이 평화롭게 공존하는 애국의 길은 불가능한 것처럼 되어 있다. 자기를 희생하고 자기의 행복을 거부하는 데에서 애국이 시작된다. 입에 거품을 품고 눈에 핏발을 세운 애국—한국에서는 참으로 살아서 애국하기가 어렵다.

신화를 보아도 그렇다. 그리스, 로마 신화는 죽음과 사랑과 인간 본연의 운명을 파악하는 하나의 서사시다. 그러나 우리의 신화는 일반적인 인간 생활에의 관심이 아니라 지도자에 대한 건국 신화들이다. 정치적인 신화, 통치를 위한 신화다.

독야청청의 애국

현대의 신화를 만들어내는 신문을 보아도 그렇다. 우리나라에서는 신문이 곧 정치요, 정치가 곧 신문인 셈이다. 신문 제작이 그 비중에 있어서 한국처럼 정치 면에 치우친 나라도 드물 것이다.

군소 정당의 대변인이 호텔 방 안에서 몇 마디 떠든 것은 주먹만한 활자로 둔갑되어 나타나지만, 어두운 연구실에서 수십 년을 두고 연구한 박사 학위의 내용은 문화 단신란에 두어 줄을 차지하고 있을 뿐이다.

줄기찬 정치의식과 저항의식이 우리 역사의 전통을 이루었다는 것은 마음 든든한 일이다. 그러나 인간의 기본적인 생활, 평화스러운 그 생의 창조력에 대해서 그만큼 무관심했던 것도 사실이다. 유관순의 피 묻은 치맛자락만 찬양하다가 거문고를 타던 황진이의 사랑의 손길은 잊었던 것이다. 그것도 수천수만의 유관순의 얼굴이 아니라 외로운 언덕에 홀로 우뚝 선 청송 같은 모습이었다.

성삼문成三問처럼 애국자는 많았어도 그것은 밀림같이 한데 우거진 수풀이 아니라 모두가 봉래산 제일봉의 낙락장송 같은 것, 백설이 천지를 덮을 때 독야청청하는 고립된 애국자들이었다.

화투와 트럼프

화투에는 자연의 영상이, 트럼프에는 인간 사회의 영상이 각기 다른 성격을 띠고 반영되어 있는 것이다. 화투와 트럼프야말로 동양인의 역사와 서구인의 역사를 구별하는 상징적인 열쇠인 셈이다.

카드와 화투의 기원

소학교 때의 이야기다. 호주머니에 화투장과 트럼프장을 넣고 다니다가 포켓 검사에 걸린 일이 있다. 까닭 없이 벌을 섰다. 물론 그것을 가지고 화투 놀음이나 트럼프 장난을 할 생각은 조금도 없었다.

우선 짝이 맞지 않았다. 사랑방 아궁이에서 굴러다니던 화투장과 형님 서재의 쓰레기통에서 주운 트럼프장들이라 모두 폐물이었던 것이다.

다만 나는 그 그림들이 신기했기에 호주머니에 넣고 다니면서

틈만 있으면 몰래 끄집어내어 들여다보곤 했던 것이다. 만화책이나 딱지 그림을 보듯이 말이다.

텅 빈 교실에서 무릎을 꿇고 있었을 때 눈물에 젖은 나의 시선 앞에는 화투장과 트럼프의 그 그림들이 엇갈려 어른거리고 있었다.

왕관을 쓴 거만한 킹이 여덟 팔 자 수염을 뻗치고 노려본다. 공산명월의 외로운 그림자가 명멸하면, 이번에는 버드나무를 뛰어오르는 개구리와 괴상한 옷차림에 삿갓 같은 우산을 받고 서 있는 사람의 모습이 나타나곤 했다.

뒷날 수신 시간에 배운 것이지만 그 사람은 서도書道의 대가 오노도후[小野道風]였던 것이다. 버드나무 가지로 매달리려는 끈질긴 개구리의 그 점프에서 서도의 경지를 터득하고 있는 참이었다.

하트의 붉은 반점, 흑싸리의 검은 점들 그리고 난초와 목단과 스페이드와 검고 붉은 색채들이 뒤범벅이 되어 흩어지고 있었다. 그러나 나이가 들면서부터 그러한 잔영들은 확연히 다른 두 개의 판도로 나뉘어져 갔다. 자연과 인간으로……

화투는 6세기 말 서구의 카드에서 힌트를 받아 일본에서 만들어진 것이라 전한다. 그러나 『악마의 그림책』(뉴욕 刊)에도 지적되어 있다시피 서구의 그것과는 전연 다른 것으로, 그것은 일본의 독창적인 카드놀이라는 것이다.

1년 열두 달로 나누어진 화투는 계절에 맞추어 자연의 변화를 나타낸 것이다. 1월 송죽, 2월 매조, 3월 사쿠라…… 하는 식으로 시작해서 8월의 공산이며, 9월의 국화며, 10월의 단풍이며 모두가 자연의 풍류에 얽혀 있는 것들이다.

배일排日 사상이 짙은 한국인은 바로 이웃이지만 일본 풍속은 여간해서 받아들이지 않았다.

그런데 유독 화투만이 하나의 예외로 되어 일본인보다도 더 그것을 즐겨했고 대중화한 데에는 그와 같은 풍류의 정이 우리 구미에 맞았기 때문이라 생각한다. 화조월풍花鳥月風을 사랑한 우리의 고유한 감정과 화투의 그것은 서로 공통되는 요소가 많다.

매화도, 국화도, 난초도, 단풍도 모두 다 우리가 철따라 즐겨 노래 불러오던 초목이요 꽃들이다. 말하자면 화투는 일본에서 건너온 것이지만 오히려 우리의 감정과 호흡에 일치하는 것이라고 말할 수 있다.

그러나 트럼프는 화투와는 다르다. 화투가 자연 의식[風流]을 반영한 카드라고 한다면 트럼프는 강렬한 인간 의식과 사회의식을 상징한 카드라고 볼 수 있다.[61]

---

61) 서양의 인간 의식과 동양의 자연 의식은 하나의 이상향을 그리는 데에 있어서도 그 성격이 달리 나타나 있다. 플라톤의 이상극이나 토머스 모어의 유토피아는 '자연의 조건'만을 논한 것이 아니라, 인간 사회의 제도나 그 구조에 차라리 많은 비중을 두고 있다. 예를 들면 인구 문제, 행정 기구, 생산 방식, 노동 조건, 가옥 구조 그리고 교육의 평등과 빈부의 조절 등이 유토피아를 이루는 골자다. 그러나 동양의 유토피아는 무릉도원으로서, 경

자연 의식과 인간 의식

트럼프는 인도에서 건너온 것이라고도 하고 이집트의 철학과 관련이 있다고도 하고 중국[唐]이나 집시에게서 퍼진 것이라고도 하나, 어쨌든 트럼프는 서구의 특유한 이미지로 각색된 것임을 부정할 수 없다.

화투와는 달리 그것은 자연이 아니라 인간사를 나타낸 우의화寓意畵다.

시대와 나라에 따라 조금씩 변화가 있었지만 트럼프의 그림은 '기술사奇術師, 여법왕女法王, 황후, 황제, 법왕, 애인, 전차戰車, 정의, 은자隱者, 운명의 차륜, 힘, 피교자被絞者, 죽음, 절제, 악마, 신의 집, 군성群星, 달, 태양, 심판, 세계' 등으로서 인간 사회에 일어나는 여러 가지 사상事象을 나타낸 것이라 한다.

오늘날에는 그것이 간결하게 되어 '킹(왕), 퀸(여왕), 다이아몬드(물질—화폐의 상징), 하트(양배俳盃—승직僧職), 스페이드(검), 클로버(농업)'로 되어 있지만 역시 인간의 사회의식을 상징한 데에는 변함이 없다.

치가 아름답고 불로장생하는 '자연적 조건[仙境]'만이 강조되어 있다. 이렇게 '이상향'을 만드는 데에 서양인들은 사회적이고 인공적이고 능동적인 것이었지만, 동양인들의 그것은 자연적이고 수동적이었다고 할 수 있다. 잡지 표지화만 보더라도 서양인들은 주로 인물 위주인데 우리는 자연 경치를 많이 그려왔다.

그러므로 화투에는 자연의 영상이, 트럼프에는 인간 사회의 영상이 각기 다른 성격을 띠고 반영되어 있는 것이다.

화투와 트럼프야말로 동양인의 역사와 서구인의 역사를 구별하는 상징적인 열쇠인 셈이다. 우리의 가슴에는 확실히 트럼프장의 그림이 아니라 화투장의 꽃과 초목이 찍혀 있었다.

인간 의식보다는 자연 의식이, 사회의식보다는 풍류 정신이 한국(동양)을 지배했다고 볼 수 있다. 그들이 번쩍이는 다이아몬드나 불붙는 하트를 찾아다니고 그리고 왕과 칼(스페이드)로써 사회를 정복하려 할 때 우리는 소나무 가지에 날개를 드리운 학을 구하고 매화 그늘에서 우짖는 새소리를 탐했던 것이다.

서양에서는 '무지개'가 시의 소재로 나타난 것이 워즈워스William Wordsworth 때의 일이며, 그림에 자연 풍경이 등장하게 된 것은 밀레Jean François Millet 때부터였던 것이다.

그들은 줄곧 인간만을 그렸다. 그것이 예수든 천사든 조콘다 부인의 신비한 미소든, 그들이 모색했던 것은 인간 속에서 발견되는 아름다움이었다. 자연이란 인간의 배경에 불과한 것이었다.

우리(동양)는 정반대로 자연이 주主고 차라리 인간은 배경적인 것이었다. 그리스 항아리에는 목동이 그려져 있지만 한국의 도자기에는 버드나무 아니면 새이다. 그들은 자연을 인간화했고 우리는 인간을 자연화했다.

우리는 '반달 같은 눈썹'이라고 한다. 눈썹(인간)은 반달(자연)로

화한다. 그러나 그들은 '농부 같은 달'(T. E. 흄)이라고 했다. 달(자연)
은 농부(인간)로 변한다. 우리는 인간을 자연에 비유했고 그들은
자연을 인간에 비유했다.

江上山 내린 끝에 솔 아래 넓은 들에
翠嵐丹霞 첩첩이 둘렀으니
어즈버 宵霞屛風에 갓 그린 듯하여라

박인로朴仁老의 시조처럼 우리는 인간의 병풍 속에서 살아온 것
이 아니라 자연의 소하병풍에 갇혀 천 년을 지냈던 것이다.

『토정비결』이 암시하는 것

언제나 관에 억눌려 시달려온 백성들이다. 병균이나 화재나 혹은 불의의 사고처럼 관이 끼치는 민폐는 하나의 막을 수 없는 재난 같은 것이었다. '관재'란 말부터가 벌써 정상적이 아니다. 토정은 천재였던 것이다.

토정비결과 구설수

『토정비결』은 한국의 베스트셀러다. 『정감록鄭鑑錄』[62]과 함께

---

[62] 『정감록』은 조선조 초에 만들어진 예언록으로서 정감鄭鑑과 이심李沁의 문답을 기록한 책이라고 전해진다. 『토정비결』이 개인의 운명을 점치는 예언서라 한다면 『정감록』은 이 민족 전체의 역사적·사회적 운명을 예견한 참서讖書라고 할 수 있다. 『정감록』을 보더라도 『토정비결』의 경우처럼 주로 '화禍'를 입는 것에 대한 이야기인데, 자연에의 도피성이 농후하다. 즉, 난을 피하는 피난처라든가, 민족의 멸망과 부흥 등을 말한 것으로, 한국인의 사회관과 역사관이 어떠한 것인지 짐작할 수 있게 하는 자료라 볼 수 있다.

오랫동안 우리 대중들의 운명관을 지배해 온 책이다. 문명 지수와는 관계없이 오늘날에도 연말연시가 되면 여전히 날개가 돋친 듯이 팔린다.

거기에는 무엇인지 한국인의 마음을 사로잡는 묘한 매력이 있는 모양이다. 미신 타파를 부르짖는 어엿한 인텔리도 한 번은 그 해의 신수를 점치기 위해서 『토정비결』을 펼쳐보는 것이 상례인 듯싶다.

그러나 우리의 흥미를 끄는 것은 운명론을 좋아하는 그 대중의 심리보다도 바로 그 운명론의 내용인 것이다. 말하자면 『토정비결』을 믿는 것보다 『토정비결』에 쓰인 길흉의 성격에 대해서 우리는 주목하지 않으면 안 된다.

수백 년 전에 만들어진 『토정비결』의 내용이 현대 사회에 있어서도 아직 그대로 통용되고 있는 것이라면 그야말로 거기에는 한국인의 숙명이 숨어 있다고도 말할 수 있기 때문이다.

누구나 알고 있듯이 『토정비결』의 1년 신수 가운데 가장 빈번히 등장하는 것은 첫째 구설수에 관한 것이다.

"이달에는 구설수가 있으니 입을 병처럼 지켜라[此月之數 守口如瓶]", "비록 재수는 있으나 구설을 조심하라[唯有財物 口舌慎之]", "사소한 일로 구설이 분분하다[些少之事 口舌粉粉]"—대개 어떤 괘든 반드시 이러한 구설수가 끼어 있게 마련이다.

이것을 뒤집어보면 그만큼 우리 사회에는 말썽이 많았다는 이야기가 된다. 말로써 입는 손해가 많았기에 말을 두려워하고 의심하는 습속이 생겨났고, 그러한 습속이 『토정비결』의 점괘에 중요한 위치를 차지하게 되었다고 볼 수 있다.

병마개를 잘못 열었다가 물이 엎질러지는 것처럼 말 한마디 잘못하여 패가망신하는 수가 많았던 것이다.

요즈음 식으로 말하자면 '허위 사실 유포죄'로 걸려 들어가는 것이 바로 그 구설수라고 할 수 있다. 그러므로 우리에겐 전통적으로 '언론의 자유'와 '여론의 조정'이 얼마나 억제되어 왔나를 절실히 느낄 수가 있다.

말없는 사회

인간과 인간을 소통시키는 가장 기본적인 '말'이 곧 '화'로서 인식되었다는 것은 그만큼 인간관계가 건실치 못했다는 방증이다. 우리가 사람들의 말을 두려워했다는 것은 여론을 중시했다는 점으로도 풀이할 수가 있다.[63]

사실 옛부터 우리는 소문을 무서워하고 사람들의 뒷공론에 무

---

63) 한국인들이 구설수를 두려워했다는 것은 "말로써 말 많으니 말 말을까 하노라"의 시조를 비롯해서 "하늘엔 총총 별도 많고 우리네 세상엔 말도 많다"라는 민요에서 찾아볼 수 있다. 「서동요」 같은 것이 또한 그 대표적인 예다.

척이나 신경을 썼던 백성들이다. 그러나 그 여론(말)을 두렵게만 생각했지 한 걸음 더 나아가 그 여론을 살리고 아끼는 적극적인 태도는 취하지 못했다. 두렵고 귀찮게 생각했을망정 그것을 귀중하게 생각지는 않았다.

자기 행위보다 말을 경계하려는 소극적인 사고방식에서 언론 탄압이 생기게 되고 그것이 바로 오늘날에까지 그대로 변함없이 내려오고 있다.

토정이 죽은 지 한 세기가 지났지만 구설신지口舌愼之라는 그 예언은 현대의 한국에 있어서도 여전히 생생하고 절실한 문제로 남아 있는 것이다.

둘째로 많이 등장하는 신수는 관재수官災數다.

"관귀官鬼가 움직이니 관재가 두렵다"거나 "관가에 들어가지 마라, 손해가 가히 두렵다[勿入官家 損害可畏]", "이달의 운수는 관재를 조심하는 데에 있다[此月之數 官災愼之]" 등등의 '관재수'가 점괘의 대부분을 차지하고 있다.

구차스러운 설명을 하지 않아도 우리는 잘 알고 있다. 언제나 관에 억눌려 시달려온 백성들이다. 병균이나 화재나 혹은 불의의 사고처럼 관이 끼치는 민폐는 하나의 막을 수 없는 재난 같은 것이었다. '관재'란 말부터가 벌써 정상적이 아니다. 토정은 천재였던 것이다.

'관'에서 입은 손해가 그중 확률이 많다. 그 예언자는 이 백성이 겪는 대부분의 재해가 어디에서 비롯되고 있는지를 알고 있었던 것이다.

셋째로 또 점괘에 많이 쓰인 사항은 친구(인간)로부터 받는 피해다. "목금木金 양성을 조심하지 않으면 화가 온다"든지 "새로 친구를 사귀지 말라", "친구를 믿지 말라[莫信友人]" 등등의 경고가 불이나 물 조심하라는 말보다도 많이 나오고 있는 것이다.

또 그와 함께 출타하지 말라는 말도 많이 있다. 동북방으로 가지 말라든지, '두문불출'하라든지, '출행즉해出行則害'라든지 하는 것이 어디에나 적혀 있다.

『토정비결』과 우리 민족의 기질

두말할 것 없이 이것은 인간관계와 사회에의 불신 속에서 살아온 우리의 폐쇄적인 생활을 반영시키는 점괘다. 간혹 "뜻밖에 귀인이 내방하여 길한 일이 있도다"라고 한 것이 있지만, 그것 역시 의타심 속에서 요행수를 바라던 이 민족의 전통적 기질에서 생겨난 점괘라 할 수 있다.

『토정비결』을 보면 우리의 전통적인 인간관계가 그리고 그 사회와의 관계가 어떤 것이었는지 짐작이 간다. 『토정비결』이 현대 사회에 있어서도 그 신비력을 잃지 않고 있다는 것은 결국 우리가 옛날이나 오늘날이나 같은 숙명 속에 처해져 있음을 입증하는 것이다.

　설화, 관화, 인화…… 이러한 『토정비결』의 운수는 우리 민족이 자연을 사랑하고 자연의 율법을 따르고 자연과 동화하는 데에는 성공했지만, 인간을 사랑하고 인간의 질서를 형성하고 인간과의 교섭을 원활히 하는 데에는 실패를 거듭해 왔다는 사실을 시사해 주고 있는 것이다. 인간 의식의 빈곤이었다.

　말을 조심하라, 관가를 조심하라, 인간(친구)을 조심하라, 밖에 나가는 것을 조심하라, 토정은 그렇게 일렀다. 그리고 또 사람들은 토정의 그러한 말이 옳았다고 했다. 미신이 아니라 도리어 그것은 확률을 이용한 과학이었는지도 모른다.

　한국 사회에서라면 누구나가 다 겪게 되는 일들이다. 오늘도 『토정비결』을 보고 앉았는 저 한국인의 주름진 얼굴에는 100년 전이나 100년 후에나 똑같은 어두운 그늘이 서려 있다.

'가게'와 '장날'과

상업을 소홀히 했던 탓으로 그만큼 그 사회는 폐쇄적인 것이 되었으며, 인간과 인간의 교통이 빈약한 것으로 되어버렸다. 따라서 경제력이나 사회의 혈액 순환이 활발하지 않았다는 이야기다.

가게의 어원

'가게'는 상점을 뜻하는 말이다. 그러나 원래는 '가가假家', 말하자면 오늘날의 판잣집처럼 임시로 아무렇게나 지은 집을 가리키는 말이었다. 후에 음이 변하여 '가가'가 '가게'로 변한 것뿐이다.

제격에 맞지 않는 일을 비웃는 말로서 "가게 기둥에 입춘이라"고 한 속담을 보더라도 그 본뜻을 알 수가 있다.

그런데 어째서 '가가'란 말이 상점을 가리키는 말이 되었을까? 이러한 말의 연원을 캐보면 우리가 얼마나 상업에 대해서 무관심했는지를 알 수 있다.

서구 사회에서는 중세 이전부터 시장이란 것이 활개를 쳤다. 페니키아가 상업 국가로 유명하다는 것은 누구나 다 알고 있는 사실이다.

예수 탄생 시에 '유향'과 '몰약'과 '황금'을 바쳤다는 동방박사만 해도 실은 중동 지방의 '상인(대상)'들이 아니었나 싶다.

하천을 따라 도시가 생겨난 것도 수로를 이용하여 상품을 자유로 운반할 수 있었기 때문이다. 수상 상인水上商人이 바로 그것이다. 그리고 중세 프랑스의 국제적인 대시장 상파뉴의 규모가 얼마나 장대하고 얼마나 화려했는지는 문헌을 통해서 널리 알려져 있는 사실이다.

조선조의 시장

그러나 우리는 조선조만 해도 정종定宗 원년[64]에 이르러 겨우 '시장'을 두었다는 이야기다. 그것도 제대로 기능을 발휘하지 못했던 것 같다. 상품 자체에 대한 관념이 희박했던 것이다.

이항복李恒福의 말대로 나라에 무슨 일이 있으면 시장의 상인들에게서 그냥 물건을 갖다 썼다. 그들은 이것을 '무역'이라고 했는데 이름만 그러했지 사실은 돈도 주지 않고 강제로 물건을 빼앗

---

64) 14세기 말엽.

다시피 가져가는 것이라 했다.[65]

나라에서뿐만 아니라 권세깨나 부리는 양반들도 사무역私貿易을 했다. 남의 상점을 자기 집의 창고처럼 생각하고 마음대로 드나들며 물건을 갖다 썼던 모양이다. 상인들은 또 상인들대로 세금을 제대로 물지 않았으며, '도가'나 '계방契房'이란 것이 있어 매점매석을 일삼아 물건 값을 함부로 올리고 내렸다.

시장 제도가 문란해지자 길가에 아무렇게나 집을 짓고 임시로 상점을 벌이는 일도 생겼다. 그것이 바로 '가가假家'였던 것이다. 본격적으로 집을 짓고 상점을 차릴 만큼 안정된 직업이 아니었기 때문이다.

소위 이러한 '가가(상점)'는 '난전'이라 해서 불법화되었으며 걸핏하면 관가에서 나와 이 난전을 때려 부쉈던 것이다. 그러므로 언제 부서질지도 모르고 언제 문을 닫게 될지도 모르는 상점이었던 만큼 판잣집이 제격이었던 까닭이다.

그리고 보면 소위 요즈음의 '구멍가게'나 '하꼬방' 철거 소동 같은 것은 이미 옛날부터 있어왔던 전통을 되풀이하고 있는 데에

---

65) 『추강냉화秋江冷話』에는 장의 유래가 다음과 같이 적혀져 있다. "영동 민속에는 해마다 3,4,5월 중에 날을 택하여 산신에게 제사를 지냈다. 부자는 보리를 실어 오고 어려운 자는 지고 와서 귀신 앞에 진열하여 3일간을 연이어 피리를 불고 북을 두드리며 취하고 먹은 뒤에 집으로 돌아갔다. 이렇게 제사를 드린 후에야 물건을 매매했으며, 그렇지 않고서는 물건을 매매하지 못했다."

불과하다.

우리나라에서 상업이 자유 직업화한 것은 갑오경장 이후의 일이다. 말하자면 서구화된 문명과 함께 비로소 상업에 대한 인식이 싹텄다고 해도 지나친 말은 아니다.

장날의 기원

시골의 장날 풍경을 보면 알 것이다. 원래 장이 생긴 유래부터가 그렇지만 그것은 상업적인 것이다. 장날에는 꿈이 있다. 시골 아낙네들은 박하분이나 인조견 치맛감을 사들고 들어올 남편을 기다린다. 이들은 장날 아침에 지푸라기로 발을 재어 갈 때부터 마음이 설레었던 게다. 새 고무신이 하나 생기는 것이다.

장꾼은 장꾼들대로 거나하게 막걸리를 마시고 달그림자를 밟으며 돌아오는 길에 으레 한마디의 노래가 없을 수 없다.

그들은 화폐가 아니라 공들여 가꾼 곡물이나 정성껏 만든 수공품이나 달걀 꾸러미들을 들고 나갔던 것이다. 결국 정을 팔고 정을 사 오는 것이 한국의 장이다. 원래 '장사'라는 것은 존 가버의 말대로 속임수의 경쟁이다. 남의 눈을 속이고 남의 귀를 어둡게 하여 황금을 긁어모으는 미다스 왕의 쇼다.

한국인들은 그러기에 상인을 천시했고 '사농공상土農工商'의 문자 그대로 사회의 최하위에 속하는 직업이라 생각했다. 물건을 팔고 사는 시장(場)은 으레 살풍경하게 마련이지만 한국의 장터에만은 그래도 따사로운 인정이 감도는 법이다. 이제는 시골 장터도 시세의 변화에 따라 야바위꾼들이 생기고 상업주의의 냉랭한 바람이 일기도 한다.[66]

그러나 아직도 우리는 시골 장터에서 낙조와 같이 머물러 있는 한국의 시정을 엿볼 수 있다. 한국의 은자隱者들은 야박스러운 상업주의를 경원해 왔다. 물질주의의 비인간성이나 각박한 생존 의식을 좋아하지 않았던 까닭이다.

하지만 상업을 소홀히 했던 탓으로 그만큼 그 사회는 폐쇄적인 것이 되었으며, 인간과 인간의 교통이 빈약한 것으로 되어버렸다. 따라서 경제력이나 사회의 혈액 순환이 활발하지 않았다는 이야기다. 달팽이들처럼 자기의 껍데기 속에서만 살았기 때문에 대인간對人間 의식도 발달하지 못했다.

상인은 생산자와 소비자의 교량 역할만을 하는 것은 아니다. 모든 인간과 인간이 서로 어울리고 교섭하고 교통하는…… 그리

---

66) 지금도 우리나라에서는 상도덕이란 것이 부족하다. 정찰제 운운이 벌써 그것을 의미한다. 그리고 이상옥李相玉이 지은 『한국의 역사』를 보면 우리나라에서 얼마나 상업이 부진했는가 하는 다음과 같은 에피소드가 나온다. "임진왜란 때는 조선에 장사하는 사람이 없다고 하여 명나라 사람에게 상업이 번성한 것같이 보이기 위하여 국가에서 지방과 도시를 물론하고 시장을 세우라고 하였더니 일반 사람들은 팔 것이 없어서 자기의 물건을 가지고 가서 장판에 내놓고 앉았다가 낮쯤 되어 모두 들어오고 만 일이 있었다."

하여 공동의 광장을 마련해 주는 발 디딤터가 되어준다. 여기에서 공중의 모럴이 싹튼다.

그런데 우리에게는 흡사 '파장'과 같이 한산하고 쓸쓸한 공허가 있었던 것이다. 인파로 가득 찬 시장의 활력, 살고자 하는 의지, 인간과 인간이 부딪치며 불꽃을 튀기는 강렬한 생존의 광장, 그런 것을 도시 찾아볼 수가 없다. 장사치들이 지배하는 서구의 사회를 동물적인 것이라 한다면 은자들이 지배한 우리 사회는 식물적인 것이었다고 할 수 있다.

지게를 탄식한다

　현실을 타개하는 적극적인 사고보다는 주어진 현실에 나를 맞추고자 한 데에서 바로 그러한 '지게'가 생겨난 것이라고 할 수 있다. 그러므로 지게는 '한국'의 모든 비극을 상징하는 것이라 해도 과언은 아니다.

지게와 한국인의 체취

　미국 사람들은 '지게'를 'A프레임'이라고 한다. 지게의 생김새가 꼭 알파벳의 A자처럼 생겼기 때문이다. 물론 미국에 지게가 있을 리 만무하다. 한국에 건너온 미군들이 우리의 '지게'를 보고 그렇게 이름 지어 불렀을 따름이다.

　그들은 지게를 볼 때 단순히 A자만을 연상했지만 우리의 심정은 좀 더 복잡한 데가 있다. 지게에 얽힌 숱한 사연을, 한숨을 그

리고 그 괴로움을 너무나도 잘 알고 있는 까닭이다.[67]

지게는 두말할 것 없이 물건을 져 나르는 도구다. 그러나 그것은 도구 이상으로 정이 배고 피가 통해 있는 존재다. '지게'에서는 한국인의 체취와 똑같은 땀 냄새가 풍긴다.

우선 생김새부터가 그렇다. '지게'는 인공적인 데가 없다. 애초부터 지게 모양으로 돋친 나뭇가지를 쳐다가 만든 것이기에 못하나 박은 흔적이 없다. 지게를 받쳐놓을 작대기만 하더라도 Y자형으로 된 나뭇가지를 이용한 것이다.

지게의 용도도 실로 가지가지다. 사람이 갈 수 있는 곳이라면 어디나 따라 들어갈 수가 있다. 짐을 질 때만 필요한 것이 아니다. '지게'는 농부의 천연의 악기이기도 하다. 작대기로 지겟다리를 치며 그 장단에 맞추어 〈초부타령樵夫打令〉을 부르는 것이다.

---

67) 길을 넓히려 하지 않고 좁은 길에 맞도록 지게를 만든 것 같은 그런 소극적인 사고방식은 상황을 개척하려 하지 않고 상황에 자신을 순응시키려는 것을 의미한다. 이러한 사고방식은 노랫가락에도 나타난다. "일생 일장춘몽인데 아니 놀지는 못하리라"는 것이 그것이다. 성서에 보면 "헛되고 헛되니 또한 헛되다"라는 구절이 있는데 이것은 허무 의식 그 자체에 대한 허무를 말한 것이다. 그러므로 그들의 허무는 도리어 종교적인 것으로, 나아가 허무를 극복하고자 하는 노력으로 기울어진다. 그런데 우리는 그 허무를 그냥 받아들여 "아니 놀지는 못하리라"고 했던 것이다. 일종의 '포기'다. 임진왜란이 일어나기 직전에도 그랬다. 앞으로 닥칠 전쟁에 대해서 대비하고 그 국운을 극복할 생각은 하지 않고 그 불안감을 잊기 위해서 마구 놀려고만 했던 것이다. 그때 유행되었던 〈등등곡登登曲〉을 보면 한국의 위기 의식은 곧 도피 의식과 순응 의식에 직결된다는 것을 알 수 있다.

외로운 숲길, 한적한 논두렁 길에서 그것은 다시없는 위안의 벗이다.

따라서 그것은 농부의 안락의자이기도 하다. 지게를 뉘어놓고 그들은 그 위에서 피곤한 몸을 푼다. 지게 위에 누워 낮잠이 든 농부의 얼굴은 암체어에서 잠든 신사의 얼굴보다도 평온해 보인다.

지게는 초부의 마음이다. 봄이면 진달래로, 여름이면 머루와 다래로 그리고 가을에는 붉은 단풍잎으로 장식된다. 예쁘게 가꾼 신부의 화장대보다 나는 그러한 초부의 '지게'를 택하고 싶다.

'지게'에 따라다니는 작대기는 또 어떠한가? 옛날 일본인이나 서구인들은 칼을 들고 다녔다. 그러나 순하디순한 한국의 시골 농부에게는 '작대기'가 유일한 무기인 것이다. 무슨 위급한 일이 생기면 그들은 바로 이 작대기를 들고 쫓아나갔던 것이다. 만능을 상징하는 헤르메스의 지팡이처럼……

'지게'를 빼놓고는 흙에서 사는 한국인의 생활을 말할 수 없을 것이다. 낭만적인 이유보다도 실생활 면에 있어 지게의 사명은 크다. 그러나 '지게'에는 말할 수 없는 슬픔과 고역이 있다. 그리고 보다 가혹한 운명을 상징해 주고 있는 것이다.

'지게'가 한국 고유의 산물이라는 것은 무엇을 의미하는 것일까?

우리 조상이 무엇인가 독창적인 발명품을 만들어준 것이 있다면 바로 이 '지게'일 것이다.

그것이 자동차처럼 그럴듯한 발명품이 못 된다 해서 불평할 우리는 아니다. 다만 어찌해서 '길'을 넓힐 생각은 하지 않고 '지게'부터 만들어주었는가 하는 원망이다. 마차가 없었을 리 만무하다. 우리에게도 '수레'는 있었다. 그러나 수레가 들어갈 수 없는 좁은 길이 너무나도 많았기에 그들은 '지게'를 만들었던 것이다. 길을 넓히려 들지 않고 좁은 길에 그대로 자기를 순응시켰다.

독재의 길과 지게

현실을 타개하는 적극적인 사고보다는 주어진 현실에 나를 맞추고자 한 데에서 바로 그러한 '지게'가 생겨난 것이라고 할 수 있다. 그러므로 지게는 '한국'의 모든 비극을 상징하는 것이라 해도 과언은 아니다.

무지한 흑인들도 '채리엇(수레)'을 밀고 다니고, 가까운 중국만 하더라도 손수레로 물건을 나른다. 그들은 수레가 다니도록 길을 만들었다.[68]

그런데 우리에겐 '길'에 대한 개념이 없었다. "구절양장九折羊腸

---

[68] 실학자인 박제가는 『북학의』에서 중국인이 수레를 많이 사용하고 있는 데 비해 우리는 길이 좁아 그렇지 못했다는 사실을 지적한 적이 있다.

이 물도곤 어려워라"는 식으로 험하고 위태로운 길, 사람들이 걷다 보니 저절로 생겨난 자연 발생적 오솔길밖에는 없었다.

길 없는 나라—그 증거로 우리는 도로를 '신작로新作路'라고 한다. 새로 만든 길, 즉 근대화되고부터 새로 생긴 길이 곧 도로였던 것이다. 그 이전에는 마차조차 다니기 어려운 오솔길이었다.

길은 문명의 상징이며, 인간과 인간이 교통하는 사회의 척도다. 길 없는 사회란 고도孤島의 사회를 의미한다. '로마'의 부흥은 '길'에서 비롯된 것이다. 세계의 길은 로마로 통한다고 했듯이 로마 시민은 길을 정복하여 세계를 얻었다.

'내'가 '너'로 향하고 '너'가 '나'로 향하려 할 때 길이 생기는 법이다. 그것은 결합이며 통일이다. '지게'를 지고 다니는 저 가냘픈 시골길을 볼 때 우리는 역시 그렇게 가냘픈 인간 정신의 통로를 느끼게 된다.

무거운 짐을 등에 지고 오르내리는 그 농부의 모습에서 우리는 천 년 동안 쌓인 무거운 역사의 짐을 메고 위험한 고빗길에서 허덕이는 모든 한국인의 수난을 보는 것이다.

왜 길을 개조하지 않고 '지게'를 만들었습니까? '길'을 '나'에게 맞추어 만들지 않고 어째서 '나'를 길에 맞추려 했습니까? 옛 조상들의 무덤이 아니라 바로 오늘 이 시각에 우리 자신을 향해 물어봐야 할 일이다. 누구나가 다 눈에 보이지 않는 하나의 '지게'를, 그 순응의 지게를 어깨에 메고 살아가고 있는 것이다.

지금 우리 현실(길)이 이러니까 민주주의를 행하기 어렵다고 말하는 사람들이 있다. 그러므로 우리에 맞는 지게(민주주의)를 만들자는 것이다.

　현실의 길을 타개하여 '자유'의 수레가 다니도록 길을 닦을 생각은 하지 않고 험준한 오솔길을 그냥 둔 채 독재의 그 무거운 지게를 사용하자는 사람들, 그 사고방식이 두렵기만 하다.

좌냐 우냐

오늘날 한국인들이 교통질서를 엄수하지 않는 것은 공중 의식의 부족에서 비롯된 것이라고 볼 수 있지만, 한편 또 생각해 보면 까다롭게 따지기를 싫어하는 은사지풍隱士之風의 기질 때문이기도 한 것 같다.

길의 변증법

옛날 사람들은 길을 걸을 때 좌측통행을 했을까, 우측통행을 했을까?

이러한 문제를 놓고 이따금 역사학자들은 심심찮은 화제를 벌이는 수가 있다. 옛날의 교통질서는 물론 윤화輪禍를 방지하기 위해서 있었던 것은 아니다. 자동차가 아니라 적을 만났을 때 좌측통행과 우측통행 중 어느 편이 자기방어에 유리한가 하는 점이다.

그런데 역사학자의 고증에 의하면 중세 때부터 서구 사회에 있어서는 원칙적으로 좌측통행을 지켜왔다는 것이다. 귀족은 말할 것도 없고 상인이나 여행자들은 칼이나 창을 가지고 다녔다.

그러므로 앞에서 갑자기 적[盜賊]이 공격해 오면 우측보다도 좌측에 위치해 있는 편이 한결 유리하다는 것이다. 즉, 칼을 빼 들고 오른손을 쓰기 위해서는 상대편을 자기의 우측에 몰아세워야 한다. 그래서 그 당시의 교통 규칙(?)은 좌측통행이었다고들 말하고 있다. 그와 같은 고대의 습성이 그대로 남아 오늘날에도 보행 규칙을 좌행左行으로 삼고 있다는 것이다.

그런데 미국만은 예외로서 우측통행을 하고 있다. 왜냐하면 미국의 프런티어들은 칼이 아니라 총을 가지고 길을 다녔기 때문이다. 서구에서 화기火器가 나왔을 때는 이미 치안 유지가 확보되어 행인이 무기를 가지고 다닐 필요가 없었지만 미국의 개척민만은 사정이 달랐다.

카우보이 영화에서 보듯이 무법천지에 흉맹한 인디언들의 기습이 잦았기 때문에 화기의 시대에도 무기를 지니고 보행해야만 했다.

두말할 것 없이 총은 칼과는 달리 우측에서 좌측으로 공격하는 것이 기민하고 유리하다.[69] 그래서 그들은 우측통행을 엄수했다는 이야기다.

---

69) 칼을 빼 드는 것과 권총을 빼 드는 동작을 비교해 보면 알 것이다.

한국인의 보행 습관

그렇다면 한국인은 전통적으로 좌측통행을 했을까, 우측통행을 했을까? 군자는 대로행大路行이라고만 되어 있어 불행히도 이에 대한 역사학자의 뚜렷한 해명은 없다.

그러나 시골 노인들의 길 걷는 습관을 보면 대체로 정확한 판단을 얻을 수 있을 것 같다. 시골 노인들이 걷는 것을 가만히 관찰해 보면, 흰 수염을 날리며 여덟 팔 자 걸음으로 유유히 길을 다니고 있는 그 군자의 보행에는 도시 좌측이고 우측이고 안중에 없다.

더구나 무슨 적의 내습을 염려하여 참새처럼 두리번거리는 그 경계심은 어디에서도 찾아볼 수가 없다. 태연자약하게 길 한복판을 걷고 있다. 근본적으로 대결 의식이 없는 게다.

그렇다. 한국인은, 그 군자는 분명히 중도 통행을 택했다. 물론 좁은 길이라 좌우의 구별도 변변치 않았지만, 길의 한복판을 선택한 것만은 부정할 수 없을 것 같다.

여는 말에서 밝힌 바 있지만, 시골 사람들은 지금도 길 한복판으로 다니다가 차를 피하느라고 허둥거리는 일이 많다.

옛날의 그 군자들은 길을 걷다가 도둑을 만나도 '엉거주춤'[70]

---

[70] '엉거주춤'이란 말 자체가 한국 특유의 표현이다. 영어나 일어에는 이에 딱 들어맞을 만한 말이 없다. 천상 그것을 영어로 표현하자면 'be in a hesitating posture' 정도로 풀어

서서 그냥 당했지 칼이나 창을 대고 덤벼드는 버릇은 없었다. 그러니 좌행이고 우행이고 신경을 쓸 필요가 없다. 기왕 당할 바에는 한복판에서 일을 치르는 것이 좋다고 믿었던 사람들이다.

좌측이네 우측이네 하고 떠들어대는 것은 역시 매사에 신경질적인 서구인(일본인만 해도 그랬다)들의 버릇이다.

오늘날 한국인들이 교통질서를 엄수하지 않는 것은 공중 의식의 부족에서 비롯된 것이라고 볼 수 있지만, 한편 또 생각해 보면 까다롭게 따지기를 싫어하는 은사지풍隱士之風의 기질 때문이기도 한 것 같다.

길을 걷는 습속에서만 그런 것이 아니라 사물을 생각하는 데에 있어서도 역시 한편의 측면에 쏠리지 않는 것이 한국인의 특징이다. 유교적인 오랜 훈련에서 그리된 것이기도 하지만, 옛부터 극단적인 것을 피하고 무난한 중도를 택하는 것이 우리의 구미에 맞는 행실이었다.

모순과의 대결 정신

서구의 정신사는 아포리아나 딜레마를 여하히 헤치고 나아가느냐 하는 데에서 발전을 거듭해왔다. 즉, "이것이냐, 저것이냐"

쓸 수밖에 없을 것이다.

의 대립된 가치관 속에서 그중 하나를 선택하지 않고서는 직성이 풀리지 않는 것이 서구인들이다.

그러나 한국(동양) 사람은 별로 모순 의식 때문에 괴로워하는 법이 없다.[71]

이 박사를 내몰고자 피를 흘리고 쓰러진 학생들에게 방금 눈물을 흘렸던 그 군중들이 이번에는 이 박사가 경무대에서 나와 이 화장으로 옮긴다니까 또 그를 향해 박수를 보내고 눈물을 흘린다.

이 두 줄기의 눈물에 대해서 아무런 모순도 느끼지 않는 것이 바로 중도의 길을 걷고 있는 한국적 감정이다.

효불효교孝不孝橋의 전설만 해도 그렇다. 신라시대에 과부 하나가 자식들이 잠든 틈을 타서 교천 냇물을 건너 정부情夫에게 다녔다. 일곱 아이들이 그것을 알고 혹시 찬 냇물을 건너다 어머니가 병이나 나시지 않을까 염려하여 다리를 놓아주었다. 그러자 그 어머니도 부정한 자신의 행동을 깨닫고 정부와의 발을 끊었다는 이야기다.

---

71) 우리가 좋아하는 도량이란 실상 모순의 감정을 포용하는 너그러움을 뜻하는 것이기도 하다. 그 단적인 예로서 황희 정승의 한 에피소드를 들 수 있다. 그는 어느 날 싸우는 두 사람의 하소연을 듣고는 "자네 둘 다 옳다"라고 했더니 옆에서 "두 사람 가운데 누가 옳고 그른 사람이 있을 터인데 어찌하여 다 옳다 하십니까?"라고 항의를 하더라는 것이다. 그러자 또 황 정승은 "자네 말도 옳다"라고 하더라는 것이다.

그런데 사람들은 그 다리를 '효불효교'라고 불렀던 것이다. 다리를 놓아준 일곱 아이들의 행동은 효성스러운 것이기도 하고 또 한편에서는 불효한 일이기도 했기 때문이다.

이 모순적인 행위를 어떻게 볼 것인가에 대해서 그들은 좌우左右든 고민하지 않았다. 그냥 그것을 따질 필요 없이 그대로 받아들이려는 태도—거기에 바로 한국인의 엉거주춤한 기묘한 걸음걸이가 있었던 것 같다.

완구 없는 역사

모든 것이 '과거 중심'으로 되어 있는 나라다. 우리는 누구나 과거를 말하기 좋아한다. 말끝마다 "옛날에는 그래도"란 말이 튀어나온다. 옛날에는 다 잘살았었고 옛날에는 모두가 훌륭했었다는 것이다.

권태 속의 아이들

이상李箱의 수필 「권태」에는 시골 아이들이 길가에 죽 늘어앉아서 뒤를 보는 이야기가 나온다. 하도 심심해서 그들은 그런 장난을 발견한 것이다.

한국의 아이들을 볼 때마다 웬일인지 그 우습고도 슬픈 「권태」의 한 장면이 연상되어 가슴이 뻐근해진다. 사실 한국의 아이들은 어느 나라의 아이들보다도 심심하고 외로운 것이다. 흙과 바람 속에서 자라나는 아이들이었다.

어른들은 그들을 위해서 장난감을 만들어준 일이 없다. 납으로 만든 병정과 종이의 성 혹은 폭죽과 그리고 온갖 꿈이 깃든 모형물들과 노는 서구의 아이들과 우리의 아이들을 비교해 보면 알 것이다.

역시 우리가 어린이들에게 장난감을 준다는 것은 근대화된 요즈음의 풍속이다. 본시 한국에는 어린아이들을 위한 장난감이 거의 없었던 것이다. 한국 연구가인 일본인 유종열柳宗悅 씨도 언젠가 그 점을 지적했던 일이 있다.

가까운 일본만 해도 에도[江戶] 시대부터 이미 완구가 성행하고 있었다. 그 종류에 있어서나 질에 있어서나 모두가 놀랄 만한 수준이었다. 소위 '어전 완구御殿玩具'라 해서 호분 채색胡粉彩色을 한 특수한 장식품으로까지 발전되었다는 것이다.

오늘날에는 완구의 가짓수가 6만 점에 달하며 연간 해외 수출액만 해도 100억 원을 넘는다. 그리하여 일본은 지금 세계 굴지의 완구 생산국으로서 국내는 말할 것도 없고 해외 시장을 독점하고 있는 지경이다.

서양의 완구

서양에선 유사 이전부터 완구가 있었고 고대 이집트의 분묘에서도 병정이나 노예 인형들이 발굴되고 있다. 물론 순수한 어린이의 장난감은 아니었지만 이렇게 완구의 전통은 깊다. 아무리 가난한 집이라도 아이가 있으면 반드시 장난감이 있게 마련이고 하다못해 목제 인형이라도 있는 법이다.

그런데 어찌해서 우리나라에만 완구가 없었던 것일까? 한국에도 '노리개'라고 불리던 완구 종류가 없었던 것은 아니다. 그러나 그것은 아이들보다도 대부분이 어른들의 장신구였던 것이다.

그리하여 한국의 어린이들은 자기가 자기 손으로 장난감을 만들어 갖는 수밖에 없었다. 어른들이 먹다 버린 수박 껍데기나 부서진 사금파리나 그렇지 않으면 길가에 뒹구는 돌을 주워서 장난감을 삼았다.

지푸라기로 '찔레레비 허워이'를 만든다. 고춧대를 얻어다 지게를 만든다. 수수깡으로 말을 만든다. 그러나 어른들은 그들이 무엇을 하거나 거의 관심이 없다. 아니 관심이 그냥 없는 것도 아니다.

인형 없는 아이들이 어쩌다 풀로 꼭두각시를 만들면 어른들은 부정 탄다 해서 질겁을 한다. 애써 만든 그 꼭두각시 인형을 외로 꼰 새끼로 묶어서 변소 속에 내다 버리는 것이다.

결국 우리나라에 완구가 없었다는 것은 아이들에 대한 관심이 없었다는 것을 의미한다.

그리고 아이들에 관심이 없었다는 것은 곧 미래에 대한 비전이

없었다는 말이 된다.[72]

과거 중심의 사회

우리는 미래보다는 현재를, 현재보다는 과거를 돌아다보며 세상을 살아온 것 같다. 모든 것이 '과거 중심'으로 되어 있는 나라다. 우리는 누구나 과거를 말하기 좋아한다. 말끝마다 "옛날에는 그래도"란 말이 튀어나온다. 옛날에는 다 잘살았었고 옛날에는 모두가 훌륭했었다는 것이다.

나라 전체가 그렇다. 역사가 불과 100년도 되지 않는 미국인에게 밀가루와 납작보리를 얻어먹고 살면서도 여전히 '반만년 찬란한 역사'를 자랑할 것을 잊지 않는다.

72) 패디먼Clifton Fadiman은 『Any number can play』라는 저서에서 말하기를 미국 사람들은 낯선 사람끼리 만나면 우선 그의 '직업'에 대해서 묻는다는 것이다. 그런데 러시아(지금은 달라졌지만) 사람들은 "당신은 신을 믿느냐?"고 묻는다는 것이다. 그런데 우리의 경우에 있어서는 거의 공식적으로 연령을 묻는다. 미국은 '비즈니스'를, 러시아인은 '종교'를, 그리고 우리는 '연령'을 존중시하고 있기 때문이다. 즉, 우리는 나이가 한 살이라도 더 많으면 형님이라고 부르고 연장자의 대우를 깍듯이 한다. 결국 연령을 존중시한다는 것은 '젊음'보다 늙은 것에 규준을 두고 있는 사회임을 입증하는 것이라 하겠다. 우리에게는 경로사상은 있었어도 아이들에 대한 복지 관념은 없었다. 완구뿐만 아니라 서구의 시나 성전聖典에는 아이들을 찬양하고 노래한 것들이 많으나 우리의 경우에는 그렇지 않았다. 시조에 등장하는 아이는 으레 어른들에게 술을 따르는 동자童子였던 것이다.

거리에서 구걸하는 거지를 붙잡고 물어봐도 8대조 할아버지가 평안 감사를 지냈다는 이야기쯤은 자랑스럽게 늘어놓을 줄 안다. 그러나 막상 오늘을 그리고 내일의 일을 물으면 "그런대로 어떻게 살아가겠지요"라든가 "설마하니 산 입에 거미줄 치겠느냐"라는 힘없는 대답들이다.

뉴아일랜드의 비스마르크 섬 사람들은 고인이 된 친족이나 친지의 얼굴을 그려두었다가 유월이 오면 그 가면을 쓰고 추억의 행렬을 한다고 한다. 그러나 우리는 1년 내내 그 추억의 가면을 쓰고 살아가는 것이다.

과거의 얼굴 속에서 세상을 내다본다. 즐거운 일이 있어도 슬픈 일이 있어도 우리는 고인이 되어버린 조상들과 함께 그 정감을 나누어왔다. 명절날만 되면 조상의 무덤을 찾아가 성묘를 하고 기억조차 없는 고인이라 할지라도 그의 망일亡日이 돌아오면 제상祭床에 향불을 피운다. 누구나 고인의 가면을 쓰고 산다.

완구 없는 역사

아름다운 풍습이기는 하지만 과거의 노예란 인상도 없지 않다. 미래를 기획할 생의 여유도 희망도 없었던 탓이리라. 속담에도 "생일날 잘 먹자고 이레를 굶을까"라는 것이 있다.

앙드레 모로아는 프랑스의 농민이 너무 저축만 한다고 불평을 한 일이 있다. 프랑스의 농민들은 무엇이든 생기면 양말 속에다 집어넣는다는 것이다.

우리에게는 미래를 위한 투자는커녕 저축이란 것조차도 찾아볼 수가 없다. 생기면 먹어치운다. 미래에 대한 보증이 없는 사회에서는 소비 성향이 높아지는 것도 무리가 아닐 것이다.

"역사는 침대다. 누워 있는 자에게나 필요한 것이지 활동하는 자에게는 있으나 마나 한 것이다."

이렇게 생각했던 미국의 프런티어들은 오직 미래를 위해서 살아왔다. 그러기에 그들의 문학을 보아도 마크 트웨인Mark Twain처럼 어린아이를 주인공으로 한 소설이 많고 그들의 가족 구조를 보아도 우리와는 달리 어린이 중심으로 되어 있는 것이다.

그러나 조상의 무덤에 망주석은 세울 줄 알아도 어린이에게 완구를 만들어줄 생각은 없었던 이 민족은 미래의 맹인이었다. 완구 없는 역사, 그것은 미래 없는 역사와 다를 것이 없다.

기차와 반항

    기차를 향해 '쑥떡'을 먹이는 아이들의 유머러스한 행동에서 우리는 근대성에 대한 한국인의 반항심을 읽어볼 수 있는 것이다. 기껏해야 사라져 가는 기차의 뒤꽁무니에다 대고 흰 눈을 흘기거나 주먹질을 하는 데에서 그치는 것이다.

기차와 시골 아이들

    매일 다니는 기차지만 시골 아이들은 그것을 그냥 무심히 보고 지나치질 않는다. 하굣길에서 어쩌다 기적 소리가 울리면 아이들은 책보를 등에 멘 채 철길 가까이로 달려간다.

    연기를 뿜으며 산모롱이 사이에서 시꺼먼 기차가 나타난다. 아이들은 묵묵히 일렬로 죽 늘어서서 기차가 가까이 오기만을 기다린다.

    대체 무엇을 하자는 것일까? 하나…… 둘…… 셋…… 열차가 그들의 눈앞을 스쳐 지나간다. 차창 밖을 내다보고 있는 낯선 여객들의 얼굴이 있다. 그때 아이들은 약속이나 한 듯이 일제히 두 손을 올려 보기 좋게 쑥떡을 먹인다.

물론 장난으로 그런 욕을 하는 것이지만 그들의 표정은 심각하다. 시골 역장처럼 거의 사무적인 동작이다. 기차가 멀리 사라져 보이지 않을 때까지 아이들은 식식거리면서 계속 쑥떡을 먹이는 것이다. 이상한 버릇이다.

아이들만 그러는 것은 아니다. 논을 매거나 밭에서 일을 하던 어른들도 기차가 지나가면 으레 하던 일을 멈추고 그와 비슷한 짓을 한다.

"어떤 놈은 팔자가 좋아서 기차만 타고 다니는디……." 한 사람이 구성진 목청을 뽑아 노랫가락조로 한탄을 하면 그 말을 또 받아서 "우리는 밤낮 요 모양 요 꼴이래유……"라고 탄식을 한다.

그러나 외국 영화를 보면 우리와는 아주 대조적인 풍경이 나타난다. 기차가 전원길을 달리면 아이들이 모여들어 만세를 부르고, 가던 농부들은 여객들을 향해 손을 흔들어 보이는 것이다.

한국의 근대화는 철로를 타고 뻗어 들어왔다. 단순한 개화 문명이 아니라 그 물결을 타고 색다른 검은 신화가 생겨나는 것이다.

철도를 타고 온 개화 문명

기차는 소위 그 개화장開化杖(스틱)이나 개화경開化鏡(안경)을 쓴 사람들을 실어다주었다. 양복 입은 면 서기 하며 주재소의 순사들이며…… 그리고 그들은 농민들을 괴롭히기만 했던 것이다.

한국의 근대화는 식민지의 그 역사와 함께 싹튼 것이었기 때문에 '개화한다'는 것은 곧 '죄악'과 '압박'의 상징으로 보였다.

맨드라미나 코스모스가 피어 있는 쓸쓸한 시골 역에서는 신기한 일보다는 슬프고 안타까운 일이 더 많이 벌어지고 있었다. 시골 처녀들이 서울로 팔려갈 때도, 혹은 정답던 이웃들이 쪽박을 들고 영영 고향 땅을 떠나던 곳도 바로 그 역에서였다. 북만주나 일본 대판 같은 곳으로 실향민을 싣고 기차는 떠나갔다.

이효석李孝石의 소설 『돈豚』에도 그런 것이 있다. 분이[愛人]와 길들인 '돼지'를 빼앗아 가 버린 기차가, 그리고 그 철도가 넋 잃고 바라보는 시골 청년의 눈앞에서 좀처럼 사라지질 않는다. 그것은 깊은 좌절의 심연이었던 것이다.

"기차는 떠나간다 보슬비를 헤치고"―이러한 감상적인 유행가나 "낙동강 7백리 공굴 놓고 하이칼라 잡놈이 손질한다" 등의 민요를 들어봐도, 철길에 대한 그들의 반감이나 애상이 어떠한 것이었는지 짐작이 간다.[73]

---

73) 초부의 노래를 들어도 한국적 반항감이 어떠한 것인지를 알 수 있을 것이다. "어떤 놈

결국 기차를 향해 '쑥떡'을 먹이는 아이들의 유머러스한 행동에서 우리는 근대성에 대한 한국인의 반항심을 읽어볼 수 있는 것이다.

반항이래야 별로 대수로운 것도 못 된다. 기껏해야 사라져 가는 기차의 뒤꽁무니에다 대고 흰 눈을 흘기거나 주먹질을 하는 데에서 그치는 것이다. 그것도 근원적인 것에 대한 반항이라기보다 기차나 양복처럼 겉으로 드러난 낯선 형상물에의 피상적인 반감이라 할 수 있다.

기차와 한국인의 반항

원래 한국인의 반항은 논리적인 것보다는 정감적인 것이며 계속적인 것보다는 간헐적인 것이다. 기후부터가 삼한사온으로 되어 있듯이 반항 자체도 그러한 율동으로 나타나고 있다. 세조世祖에 대한 반항만 해도 그러했고, 3·1운동이나 4·19도 모두가 그러하다. 한국인은 잠잠하게 내려오다가 갑작스럽게 반항한다. 그러

은 팔자가 좋아 대들보가 되어가고 어떤 놈은 팔자가 못해 칙간 부치로 되어가나." 이러한 불평은 저항이라기보다 자기의 신세 한탄이라고 할 수 있다. 이러한 신세 한탄은 때로 자학으로 발전되기도 한다. 시골 사투리로 배채기라고 하는 것이 바로 '자기 학대적인 반항 양식'이라고 볼 수 있다. 이 밖에도 '오기'라는 것이 있는데, 그와 비슷한 성격의 것이다.

다가도 또다시 잠잠해진다.

강파른 추위가 몇 달씩 계속되는 그런 반항이 아니라 누그러졌다가는 다시 추워지고 추워졌다가는 다시 누그러지는 삼한사온식 반항이라 할 수 있다.

홍길동은 활빈당活貧黨을 만들어 사회악에 도전한 희대의 반역아였지만, 그의 반항이란 것도 결국은 기차를 향해 쑥떡을 먹이는 정감적인 반항이었다. 민중 전체의 혁명으로는 발전되지 못한 소설이다. 그 활빈당이란 것도 결국은 의도義盜의 범위에서 벗어날 수 없다.

임꺽정林巨正도 마찬가지다. '의도'는 있는 자에게서 물건을 빼앗아 없는 자에게 나누어주는 일이다. 그것이 아무리 의로운 것이라 할지라도 창조적인 것은 아니다.

부자가 없어지면 동시에 반항도 사라진다. 아무것도 생산할 수 없는 반항이다. 엄격한 의미에서 그것은 반항이라기보다는 반감이요, 반감이라기보다는 시기에 가까운 것이다.

이 시기심이 진정한 사회적인 반항으로 발전되지 못하고 단순한 불평불만으로 떨어졌던 예를 우리는 이 시각에도 몸소 체험하고 있다.

반항과 시기가 다르듯이 비판과 불평은 다른 것이다. 그러고 보면 기차를 보고 쑥떡을 먹이고 있는 풍경, 그것이야말로 한국적인 반항(시기심)을 가장 잘 나타내고 있는 상징이라 볼 수 있다.

춘향과 헬레네

춘향의 미와 불경이부不更二夫라는 춘향의 그 정절[倫理]은 분리될 수 없는 것이다. 한국인들은 서양인들처럼 '미'를 '미'로서만 따로 분리시켜 바라보지는 않았다. 언제나 거기에는 윤리적이며 현실적인 의식이 개재되어 있었던 것이다.

트로이의 목마와 이 도령의 마패

서양에 있어서 헬레네는 미녀의 상징으로 되어 있다. 헬레네의 미모는 영웅 아켈레우스를 비롯하여 수천수만에 달하는 군사의 피를 흘리게 했다. 호메로스의 서사시 『일리아드』는 바로 그것을 그린 작품이다.

원래 헬레네는 그리스 메넬라오스의 왕비였지만, 트로이의 왕자 파리스가 그녀를 몰래 훔쳐다 자기 아내로 삼아버렸다. 그리하여 그리스인들은 아름다운 헬레네를 다시 찾기 위해서 트로이로 쳐들어갔고, 그렇게 해서 시작된 싸움은 장장 10년의 세월을, 그리고 수십만의 인명을 삼키고 말았다. 그야말로 이 트로이의 전쟁은 오직 미(헬레네)를 위한 미의 전쟁이었다.

이와 같은 '헬레네'를 우리의 '춘향'과 비교한다는 것은 어딘지 좀 낯간지러운 데가 있다. 무엇보다도 그 규모가 다르다.

헬레네가 다시 메넬라오스의 품으로 돌아오기까지에는 그리스의 전 영웅과 군사들이 목숨을 내걸고 갖은 고역을 다 치러야 했지만 춘향이 이 도령 곁으로 다시 찾아드는 데에는 "암행어사 출두야!"의 외마디 고함 소리와 마패 하나로 만사가 해결된 것이다. 적어도 10년과 10초의 차이다.

또 미녀 탈환에 다 같이 결정적인 역할을 한 말[馬]이기는 하나 날쌘 군사들이 들어 있는 '트로이의 목마'와 마패에 그려진 그 말은 얼마나 현격한 차이가 있는 것일까.

그러나 우리가 춘향을 미의 초상으로 섬기고 있는 그 마음은 결코 서양인들이 '헬레네'를 떠받드는 그것에 비해 조금도 떨어질 것이 없다. 뿐만 아니라 서양인들이 생각하고 있는 미의 관념과 우리의 그것을 비교하는 데에 헬레네와 춘향은 분명히 색다른 대조를 이루고 있는 것이다.

지조 없는 헬레네

사실 헬레네에게서 지조라는 것은 바늘 끝만큼도 찾아볼 수가 없다.

파리스가 헬레네를 데려가서 트로이의 왕비로 삼았을 때, 그녀는 항거는커녕 제 발로 쫓아갔던 것이다. 그리고 파리스가 싸움에 패하여 죽어버리자 또 태연히 옛날의 남편인 메넬라오스의 품에 안긴다.

혹평하여 창녀의 그것과 다를 것이 없다. 헬레네는 자기 때문에 그리스 군들이 무수히 생명을 잃은 것을 미안하게 생각한다고는 말했으나 10년 동안 파리스와 침실을 같이한 것에 대해서는 별로 이렇다 한 말이 없다.

여기에 비하면 춘향의 정절은 대단하다. 변 사또에게 몸을 허락지 않으려고 스스로 머리를 풀고 형장에 무릎을 꿇는 춘향의 자태와 양 군이 피를 흘리며 쓰러져가는 전투 장면을 성벽의 망루에 올라 묵묵히 굽어보고 있는 그 헬레네의 모습을 견주어보라.

망루에 나타난 헬레네의 아름다운 자태를 보고 트로이의 노인들은 감탄을 했다. 과연 이 싸움은 억울할 것이 없다. 자식들이 목숨을 잃은 것도 헛된 일이 아니라고…….

그들(서양)의 미는 윤리를 초월한 것이다. 현실을 넘어선 것이다. '아름답다'는 것만으로 그만이다. 헬레네 때문에 전쟁이 일어낳다거나, 그녀에게 정절이 없었다거나, 이러한 문제는 미녀로서의 헬레네를 말하는 데에 아무런 장애도 되지 않는다.

트로이의 노인이 아니라 한국의 노인들은 형장에 꿇어 엎드린 춘향을 향해서 감탄한다. 그 감탄은 미의식에 대한 것만은 아니다. 그와 떼어낼 수 없는 윤리관이 함께 섞여 있는 탄성이었을 것이다.

춘향의 미[74]와 불경이부不更二夫라는 춘향의 그 정절[倫理]은 분리될 수 없는 것이다. 한국인들은 서양인들처럼 '미'를 '미'로서만 따로 분리시켜 바라보지는 않았다. 언제나 거기에는 윤리적이며 현실적인 의식이 개재되어 있었던 것이다.

그것이 바로 헬레네와 춘향의 차이다. 그것이 또한 서양과는 근본적으로 다른 한국인(동양인)의 심미 의식이다. 우리의 옛 조상들이 아름다운 것으로 내세웠던 모든 자연들, 대나무나 소나무나 국화나 그 모든 것들이 그러했다.

대나무는 곧기 때문에, 소나무는 불변의 푸른 잎을 가졌기 때문에, 국화는 서리 속에서도 홀로 피기 때문에 아름다운 것이다.

---

74) 춘향에 대해서는 이 문제와는 별도로 비판을 받아야 할 부분이 많을 것 같다. 무엇보다도 춘향과 이 도령의 사랑은 첫날부터 육욕적인 것이며, 그것은 결혼도 하기 전의 그 순결한 처녀로서는 도저히 상상도 하지 못할 노골적인 성 유희다. 더구나 이 도령과 자기 딸의 '성 유희'를 옆에서 도와주는 월매[春香母]의 태도는 참으로 부도덕적인 것이라 하지 않을 수 없다.

윤선도의 「오우가」

서양인들의 '장미'는 가시가 있어도 여전히 아름다운 꽃으로 되어 있다. 그러나 우리에겐 꽃의 모습이 그냥 아름답기만 해서는 안 된다. 꽃이 지닌 그 상징적인 윤리성이 또한 높아야 한다. 윤선도尹善道의 「오우가五友歌」[75]나 의로운 충신에 비긴 국화의 노래를 읽어보면 알 것이다. 그러기에 우리에게는 선한 것이 곧 미였으며 추한 것이 곧 악이었다.

언젠가 어느 시인도 그 점을 지적했던 일이 있다. 우리는 악자惡者를 '나쁜 놈'이라고도 하지만 동시에 '추잡한 놈', '더러운 놈', '미운 놈'이라고도 한다. 반대로 어린아이들이 착한 일을 하면 '예쁘다[美]', '곱다'라고 한다.

이렇게 윤리적인 것과 미적인 것이 서로 혼합되어 있는 데에 '한국적 미'의 특성이 있다고 말할 수 있다. 우리에게 있어 춘향이 가장 이상적인 '미녀'로 나타나게 된 것도 이해가 될 만한 일이다. 헬레네와 같이 인격적인 것이 도외시된 '미'의 세계를 더듬고자 한 데에서 소위 와일드Oscar Wilde나 보들레르Charles Baudelaire

---

75) 윤선도의 「오우가五友歌」는 두말할 것 없이 '인간의 벗'이 아니라 '자연의 벗'으로서 '수水'·'석石'·'송松'·'죽竹'·'월月'이다. 물은 '맑고 그칠 때가 없기 때문에', 바위와 소나무는 '변치 않기 때문에', 대는 '곧기 때문에', 달은 '보고도 말하지 않는 암흑 속의 빛이기 때문에' 그는 그것을 사랑한다는 것이다. 이러한 특성은 모두가 순수한 미적 관조에서만 본 것이 아니라 도덕적인 것이 앞서고 있는 것이라 하겠다.

같은 데카당의 문학이 생겨난 것이다.

그들의 고민은 '미'와 '도덕'이 그리고 '미'와 '현실'이 언제나 불협화음을 이루는 데에 있었다. 오히려 그것들은 상반되는 것이기에 극단적인 경우에 있어서는 도덕이 미를 죽이고 미가 현실을 죽이는 데에까지 이르렀다.

그러나 한국(동양)의 전통적인 미는 서로 충돌하는 것이 아니라 '미와 도덕', '미와 현실'이 공존해 왔던 것이다. 우리는 지금도 아름다운 것을 보고 '근사하다', '그럴듯하다'고 하는데, 그것은 바로 '현실과 가까운 것', '그러함 직한 것'[76]을 나타낸 우리의 '미의식'을 암시한 말이라 할 수 있다.

76) 도덕적 개연성.

피라미드와 신라 오릉

눈물자국같이 굽은 그 곡선의 미 가운데서, 얼얼히 멍든 가슴을 남몰래 달래보는 한국인의 정한情恨, 과연 우리에게는 그 듬직한 중국의 '형'이나 희희낙락하며 생을 즐겨보려던 일본의 '색' 같은 것은 찾아보기 힘들다.

피라미드의 직선

똑같은 왕의 무덤이지만 이집트의 피라미드와 신라의 왕릉은 얼마나 다른 것일까? 거칠고 끝없는 사막을 향해서 우뚝 솟아 있는 피라미드의 모습에는 인간의 강렬한 의지가 엿보인다.

피라미드란 명칭 그대로 '수직의 높이'로 쭉 뻗은 방추형方錐形의 꼿꼿한 직선, 하늘을 뚫을 듯이 예리하게 솟은 송곳 같은 정점, 그리고 그 비정한 돌덩어리가 풍기는 싸늘한 감각, 피라미드에는 슬픔을 모르는 인간의 반항이 있다.

하늘과 땅과 그리고 온갖 생명에 도전하는 인공의 힘을 느끼게 한다.

그러나 마치 천연의 산악처럼 부드러운 곡선으로 감싸인 신라의 오릉五陵을 보면 정적과 화평과 따사로운 정이 앞선다. 부드러운 흙, 파란 잔디, 완곡하게 뻗어 흐른 포물선의 파동—비록 크고 웅장하여 흡사 연이은 산더미를 대하는 것 같은 생각이 드나 그렇다고 조금도 압박감을 주진 않는다. 우리는 거기에서 어머니의 젖가슴에 뺨을 비빌 때와 똑같은 아늑한 생명감을 맛본다.

피라미드의 특성이 그 직선에 있는 것이라면 신라의 오릉은 봉토封土의 곡선 속에 그 미가 깃들어 있다고 말할 수 있다. '직선'과 '곡선' 그리고 '돌'과 '잔디', 우리는 이러한 대조적인 성격 속에서 기하학적인 미와 생명적인 미의 차이를 직감할 수 있을 것이다.

대체로 서구의 예술은 '사라세닉 스타일'처럼 기하학적인 것이 많다. 그들은 거기에서 직선을 발견했고 '점과 점을 잇는 그 최단거리의 선(직선)' 속에서 인간 독자의 문명이란 것을 창조해 냈다.

세잔Paul Cézanne도 말하고 있듯이 직선은 더 말할 것 없이 인공적인 것이다. 자연은 언제나 직선을 피한다.

흐르는 구름, 굽이치는 강하, 수목의 가지와 나뭇잎들, 생명 있는 모든 자연치고 곡선 아닌 게 없다. 그러나 피라미드와 같은 직선은 인위적인 것을 따라 그 위력을 발휘한다.

강하를 가로지르는 다리, 차가 달리는 페이브먼트와 철로, 성냥갑 같은 정방형의 빌딩, 전신주와 공장의 굴뚝 그리고 바둑판처럼 늘어선 현대의 도시 전체가 직선과 직선으로 결합되어 있다. 그 마음 자체가 이미 직선적인 것이라고 할 수 있다.

서구의 문명은 자연의 곡선을 기계적인 직선으로 바꿔놓은 작업이라고도 할 수 있다. 구부러진 길을 바로 펴서 그들은 아우토반 같은 하이웨이를 만들었고 그것도 부족해서 결국은 무리한 직선으로 달릴 수 있는 비행기에 의존해 있는 것이다.

비행기야말로 곡선에 대한 직선의 승리였다. 아무리 터널을 뚫고 아무리 교량을 놓아도 길은 그냥 직선일 수만은 없다. 대자연의 곡선은 끝내 그것을 가로막는다.

그러나 생텍쥐페리Antoine de Saint-Exupéry의 증언대로 비행기는 인간에게 완벽한 직선을 가르쳐준 것이다. 그러므로 직선이 비약과 의지와 도전과 공리성과 물질주의의 미를 상징하는 것이라 한다면, 곡선은 정체와 정감과 순응과 여유와 그리고 정신주의의 미를 대표하는 것이라고 할 수 있다.

한국의 미는 신라 왕릉에서도 보듯이 곡선적인 데에 그 특징을 갖고 있다. 한국인의 손길이 닿고 한국인의 숨결이 얽힌 곳에는 으레 가냘프고 보드라운 곡선이, 길고 긴 곡선이 서려 있는 법이다.[77]

77) 프랑스의 상파뉴, 부르고뉴, 알사스 등의 포도밭과 한국의 논두렁길을 비교해 봐도

유종열 씨는 한국의 예술이 선의 예술이요 선 가운데서도 곡선의 미였다고 말한 적이 있다. 남산에 올라 서울의 시가를 바라보라는 것이다.

눈에 보이는 것은 그 지붕으로 흐르는 끝없는 곡선의 물결이다. 만약 이 원칙을 깨뜨리고 직선의 지붕이 나타난다면 그것은 양옥이 아니면 왜식 건축일 것이 분명하다.

그리고 그는 한국인이 선(곡선)[78]에서 아름다움을 구하고자 한 이유를 이렇게 설명해 주고 있다.

대륙(중국)과 섬나라(일본)와 반도(한국) 가운데 하나는 땅에서 안식하고, 하나는 땅에서 떠나려 한다. 제1의 길은 강하고 제2의 길은 즐겁고 제3의 길은 쓸쓸하다. 강한 것은 '형形'을, 즐거운 것은 '색色'을, 쓸쓸한 것은 '선線'을 선택하고 있다. 강한 것은 숭앙받기 위해서, 즐거운 것은 맛보기 위해서 그리고 쓸쓸함은 위로를

알 수 있다. 아르망 페랑Armand Perrin이 『포도의 문명La Civilisation de la vigne』에서도 지적했듯이 포도밭은 '직선성의 형태'지만 논두렁길은 '곡선성의 형태'다. 역시 그 두 문명에서도 우리는 그와 같은 직선성과 곡선성을 찾아볼 수가 있다. 무용에 있어서도 서양의 발레가 기하학적인 직선미의 율동이라 한다면 한국의 춤은 원에 가까운 곡선미의 율동이라 할 수 있다.

78) 원래 '선'에 대한 미는 허버트 리드Herbert Read가 지적하고 있듯이 비단 한국만이 아니라 '농민 예술'의 특성으로서 농경민족은 거의 다 '선'이 발달되어 있는 것이라 하겠다. 우리나라도 그 일부의 예에 지나지 않는 것이므로 반드시 한국만이 선을 내세운 예술이라고는 볼 수 없다.

받기 위해서 주어진 것이다.

중국의 형, 일본의 색, 한국의 선

한국의 역사가 고민의 역사였기에, 한국인의 생활이 비애에 젖어 있었기에, 지상을 떠나 피안을 그리워하는 그 쓸쓸한 선에, 위안의 선에 의지하지 않을 수 없었다는 게다.

봉덕사奉德寺의 범종, 첨성대의 허리, 휘영청 굽은 한옥의 그 용마루, 한국 특유의 무늬인 유음수금柳陰水禽의 버드나무 가지와 물결, 가늘고 긴 주병酒甁의 목, 불상, 탑, 부채, 논두렁길, 심지어 짚신짝이나 고무신짝 하나를 보아도 현세에서 풀지 못한 그 외로움을 영원한 곡선으로 채워보고자 하는 정직한 소망이 서려 있다.

눈물자국같이 굽은 그 곡선의 미 가운데서, 얼얼히 멍든 가슴을 남몰래 달래보는 한국인의 정한情恨, 과연 우리에게는 그 듬직한 중국의 '형'이나 희희낙락하며 생을 즐겨보려던 일본의 '색' 같은 것은 찾아보기 힘들다.

사막을 향해 꼿꼿이 가로지른 그 의지의 표상, 피라미드와 같은 직선은 더더구나 없다. 허공에 덩굴을 드리운 그 곡선의 처절한 미, 그것은 바로 고난과 굶주림과 학대 속에서 들키지 않도록 간직해 온 이 민족의 마음이었는지도 모른다.

선은 존재하지 않는 것, 무無와 또 하나 다른 무를 가르는 가냘픈 윤곽, 선의 미美는 존재하지 않는 것에 대한 육체 없는 미인 것이다.

바가지와 형태미

공간을 정복하는 미가 서구의 형태미라고 한다면 공간 속에 스스로 동화하려는 순응의 미가 한국적인 형태미라고 볼 수 있다.

생활하는 바가지

바가지처럼 한국인과 밀접한 관계를 갖고 있는 것도 별로 드물 것 같다. 담쟁이 곁에나 뒤란에 박을 심고 그 덩굴을 올리는 까닭은 반드시 실리적인 효용만을 위한 일이 아니다. 가난한 시골 살림에 있어 그것은 하나의 낭만적인 사치이며 동시에 귀중한 생활의 밑천이 되어주는 것이다.

아무리 쓰러져가는 삼간두옥三間斗屋의 초가라 할지라도 푸른 박 덩굴이 오르면 결코 초라하지가 않다. 호화로운 양옥 저택의 등나무와는 정취가 사뭇 다른 것이다.

달빛 아래 피어난 하얀 꽃도 꽃이려니와 역시 탐스러운 보름달처럼 하루하루 커가는 박의 맵시도 신기롭다. 꽃은 꽃대로 박은 박대로 수수한 아취를 풍겨주고 있다.

철이 지나면 박이 쇤다. 그러면 시골 아낙네의 기대도 익어가는 법이다. 박이야말로 한 해의 세월을 즐겁게 하는 천혜天惠의 선물이다. 작은 것은 작은 것대로 큰 것은 큰 것대로 갖가지 살림 용기로 쓰인다.

그중에서도 특별히 크고 잘 익은 놈을 골라서 '복 바가지'를 만든다. '수복강녕壽福康寧'이니 '부귀다남富貴多男'이니 하는 축복의 글씨를 써서 딸년이 시집갈 때 살림 밑천으로 준다. 완상품이자 생활 필수품인 바가지의 그 용도는 이루 헤아릴 수 없다.

'뒷박'과 같이 도량형기의 구실을 하는가 하면 '탈박'처럼 '가면' 놀이에 사용되기도 한다. 우물터에서는 '두레박'이 되고 들에 가면 밥이나 음식을 담는 그릇이 되기도 한다.

흥부전의 박

한국인이 가장 좋아하는 「흥부 놀부」의 이야기만 해도 이 박이 중요한 역할을 하고 있다.

그 '박타령'에는 착하고 가난한 자에게 복이 돌아온다는 한국적 기적의 꿈이 있다. 흥부를 기쁘게 한 박, 놀부의 가슴을 서늘게 한 박, 박은 한국의 메시아였던 것이다.

그러나 우리가 보다 주목해야 할 것은 한국인이 사랑하는 형태 미가 바로 그 '바가지'에 잘 영상되어 있다는 점이다.[79]

바가지의 모양처럼 수수하고 둥글넓적하고 약간 이지러진 그 타원형의 형태를 우리는 사랑한다. 움푹하면서 갸름한 손잡이, 단정하되 약간 균형이 어긋난 자연스러운 볼륨, 아무 데를 보아 도 요철이 없고 신경질적으로 모난 데가 없다.

소박하고 단순하고 그러면서도 은근한 변화가 있는 바가지의

---

79) 앙드레 모로아는 「프랑스와 프랑스」에서 이렇게 말한 일이 있다.

"영국의 화가는 부인의 초상을 그릴 때, 그 부인의 있는 그대로의 모습을 그리지 않고 그 부인이 이렇게 되었으면 싶은 그 이상을 표현한다. 그런데 프랑스의 화가를 예로 들면 해안에 앉아 있는 흑의의 노모를 그리는 경우라 할지라도 그 표면의 어느 추악성 속에 깃 들인 아름다움의 암시를 발견하여 그것을 그린다. 프랑스의 풍경은 결코 극적인 것이 아 니다. 프랑스에는 미시시피나 아마존 강에서 볼 수 있는 거대한 꽃이 없다. 그러나 프랑스 의 화가는 집을 한 발짝 나온 데에서, 포플러나 버드나무에 둘러싸인 강이나 플라타너스 나 보리수의 그림자가 그늘을 던지고 있는 가로수길이나, 기와나 석반석의 지붕을 이은 집들이 점점이 박혀 있는 마을이 아침의 신선한 광명 속에서 웃음을 웃는 모습, 그러한 부 드러움 그리고 가슴을 뛰게 하는 풍물을 바라보며 그린다."

그런데 나에게 이 말을 받아 한국의 화가에 대하여 말하라 한다면 "그들은 눈앞에 있는 것들을 영국인처럼 이상화하여 변조시키지도 않고 프랑스인처럼 추악 속에 깃든 미를 적 극적으로 찾아내려 하지도 않는다. 그들은 불필요한 것을 모두 빼냈다. 생략하고 단순화 하고…… 그래서 아무리 준엄한 산도 마멸된 것처럼 둥글고, 무성한 나뭇가지도 몇 개의 이파리와 굽은 가지로 단순화된다. 그들은 모든 형태 속에 숨어 있는 에센스만을 뽑아낸 다"라고 하겠다. 동양화가 평면적이거나 혹은 '여백' 그 자체의 표현이란 것도 결국은 형 태를 무로 환원시키는 비밀 속에서 얻어진 것이라고 말할 수 있으리라.

모양이야말로 한국적 미의 원형이라 하지 않을 수 없다. 한국인들은 요철이 심하고 뾰족한 여인의 얼굴을 좋아하지 않는다. 요사스럽고 덕이 없어 보이고 방정맞다 해서 혀를 차는 것이다. 바가지처럼 둥글고 수수한 얼굴을 복성스럽다 해서 이상으로 삼는다.

도자기를 보더라도 대개의 형태는 바가지와 같은 원형을 간직하고 있다. 키츠John Keats가 넋을 잃고 찬양한 그리스 항아리는 거의 모두가 오늘의 위스키 글라스처럼 원추형이다.

박의 형태미

그러나 한국의 도자기는 하체가 둥글고 상체의 목이 갈쭉한 것이 흡사 바가지를 거꾸로 세워놓은 것 같은 인상이다. 형태의 윤곽 그 자체가 바가지를 닮아 비뚜름하다. 기계로 뽑은 것과는 달리 어딘지 자연스럽게 일그러진 그 묘한 바가지의 형태미에는 사람의 손길조차 닿지 않았던 것 같은 원시 그대로의 자연성이 있다. 옹기그릇 같은 것이 특히 그렇다. 도자기뿐만 아니라 주머니도, 마고자 단추도, 곡옥曲玉, 화로 무덤, 미륵불의 머리…… 모두가 '바가지'의 형태에 가깝다.

대체 바가지의 형태미는 어떠한 것일까? 어떠한 특징을 가지고 있는 것일까? 그것의 소박성이나 비인공성이나 단순성이란 모든 형태를 원시로 환원시킬 때 생겨나는 것이다.

그것은 형태의 알이라고 말할 수 있다. 평면이나 선에 가장 가까운 형태인 것이다. 빼내고 빼내고 그리하여 더 이상 빼낼 것이 없게 되어 그 극한의 벽에까지 이른 형태라 할 수 있다. 무의 접경接境 속에 마지막 남아 있는 원형질이라고나 할까? 원래 한국인에겐 입체미라는 것이 발달돼 있지 않았다. 평면이나 선의 세계다.

입체는 다양하고 복잡한 그리고 매시브한 구체적인 미다. 입체는 부서지는 것이다. 입체는 공간을 질質로 바꾸는 것이다. 공간의 여지를 주지 않는, 침묵의 기회를 주지 않는 요설이다. 서양인들의 형태는 다이아몬드와 같이 다각적이고 뾰족한 것이요, 한국인(동양인)들의 그것은 바가지와 같이 평범하고 단순한 둥근 형태다.

그러므로 공간을 정복하는 미가 서구의 형태미라고 한다면 공간 속에 스스로 동화하려는 순응의 미가 한국적인 형태미라고 볼 수 있다.

모성인 무의 공간 속에 나를 내던지고 나를 말소코자 하는 데에서 바가지와 같이 추상화된 둥근 형태의 모습을 사랑하게 된 것은 아닐까?

서구인들은 마치 다이아몬드를 깎듯이 단순한 형태를 복잡한 형태로 만들어가고 있지만, 한국인들은 복잡한 형태를 가장 단순한 형태로 만들어 바가지와 같은 것이 되게 한다.

그것이 곧 빼앗기다 빼앗기다 이제는 더 이상 아무것도 가진 것이 없고, 괴로워하다가 이제는 더 이상 괴로워할 것조차도 없이 되어버린 한국인의 모습인지도 모른다.

색채미에 대하여

짓밟혀온 생이었기에, 눈물 많은 운명이었기에 존재하지는 않으나 영원한 그리고 공허하기는 하나 무한한 '무'와 색채[青色]에 의해서 텅 빈 마음을 채워갈 수밖에 없었던 것이다.

고려자기의 미

빛깔, 오호! 빛깔
살포시 음영을 던진 갸륵한 빛깔아
조촐하고 깨끗한 비취여
가을 소나기
막 지나간
구멍 뚫린 가을 하늘 한 조각
물방울 뚝뚝 시리어

곧 흰 구름장이 이는 듯하다

그러나 오호! 이것은

천 년 묵은 고려청자기

고려자기의 아름다운 빛깔을 찬미한 월탄月灘의 시 한 구절이다.

한국 사람만이 아니라 외국의 여러 미학자들도 고려자기 앞에서는 고개를 수그린다.

그것은 단순한 미의 정취를 지나 어떤 숭고한 종교적인 신심信心까지도 불러일으킨다. 심지어 어떤 외국인은 고려자기를 신에 이르는 길이라고까지 감탄한 일이 있다. 그 자기의 형태도 형태지만, 그 신묘한 빛깔에 대해서 우리는 놀라지 않을 수 없는 것이다.

일반적으로 한국에서는 색채미가 발달되어 있지 않다고들 말한다. 이미 나는 그것을 「백의 시비」에서 언급했다. 색채의 감각이란 생의 향락 속에서 움트는 것이라 했다.

생명이, 기쁨이 있는 곳에 색채가 있고, 육체의 발산이 있는 곳에 색채를 발하는 마음이 있다. 밤과 죽음과 비극은 색을 거부하고 색을 피하는 것이다.

그러므로 우울한 고민의 역사 속에서 생명을 억제하면서 살아온 눈물 많던 한국인에게는 색채도 자연 빈약해질 수밖에 없었다는 의견이 나오게 된다.

유종열 씨는 한국 예술에서 색채가 부재하는 것은 곧 생활의 즐거움이 부재했기 때문이라고 말한다.

"한국 사람들이 백의의 통칙을 깨뜨리고 색으로 장식된 옷을 입는 희귀한 경우를 생각해 보자. 오직 즐거움이 허락되었을 때만 사람들은 물들인 옷을 입는다. 이 민족에게 허락된 그 같은 경우의 세 가지 이례異例란 무엇인가? 첫째로 왕실이라든가 귀족이라든가 힘 있고 돈 있는 자에 의해서 때때로 색깔이 고운 옷이 착용된다. 이유는 자명하다. 그러한 사람들은 안정된 행복한 생활을 즐길 수 있었기 때문이다. 둘째로는 명절날이나 사람들이 즐길 때 한국인은 화려한 옷을 입는다. 혼례 때의 의상은 어느 곳에서도 아름답다. 저 설날이나 단옷날에 모든 젊은이들은 상복 같은 흰옷을 벗어던진다……. 셋째는 저 천진난만한, 세상의 괴로움이란 모르는 아이들의 경우다. 어린이들만은 이따금 그 흰옷들 틈에서 여러 가지 빛깔의 모습을 나타낸다……. 즐거움은 색채에 의하여 장식되고 쓸쓸하고 외로운 것은 색에서 떠난다. 다만 이 즐거움이 허락된 세 가지 경우에서만 한국인들은 색을 몸에 감는다."

그렇다면 대체 어느 민족도 감히 창조해내지 못한 저 고려청자기의 신비한 색채미는 무엇으로 설명할 수 있는 것일까?

한국인의 색채미

이 수수께끼를 풀지 않고서는 한국인과 그 색채의 관계를 논할 수 없는 것이다.

과연 우리에게는 화려한 빛깔이 없었나? 색에 굶주렸기에 가끔 색동옷이나 건축물의 그 단청처럼 반발하듯 과장된 원색의 잔치가 벌어지지 않았는가? 대체로 색감을 죽이고 억제하는 베고자는 베갯모에도 오색찬란한 수가 놓여 있다.

다만 밝고 자극적인 원색을 피했을 뿐이지 색채 그 자체의 심미의식을 부정했던 것은 아니다. 색채의 성격이 달랐을 뿐이다.

고려청자처럼 보다 복잡하고 음미陰微한 푸른 색채 혹은 이조 백자와 같은 백색, 그것이 한국인이 발견한 색채다.

그러면 과연 그 색채의 성격에서 우리는 무엇을 찾아낼 수 있는 것일까.

'적색'이나 '황색'은 페히네즈의 말대로 능동적인 색채이며 무엇인가 흥분케 하는 과격한 빛깔이다. 그러나 청색이나 바이올렛빛은 수동적이고 싸늘하고 외로운 빛이다. 또한 괴테는 푸른빛을 정의하여 "자극하는 무無"라고 했다.

'황색은 언제나 빛[光]을 동반한다. 그러나 청색이 지니고 있는 것은 어떠한 어둠[暗]이다.' 어둠과 함께 있는 빛깔, 그것은 눈에 특별한, 거의 표현 불가능한 작용을 한다. 청색은 모순의 색채인 것이다. '자극'과 '정지靜止'라는 모순하는 양면성을 함께 통일시켜 버린 모순의 색채다.

"높은 하늘, 먼 산이 푸르게 보이는 것처럼 청색의 표면은 우리
들 눈앞에서 뒤로 물러나고 있는 것처럼 보인다. 푸른 것을 즐겨
바라보는 것은, 그것이 우리들에게 육박해 오기 때문이 아니라
거꾸로 우리를 자기 편으로 끌어들이기 때문이다. 푸른빛은 싸늘
한 느낌을 준다. 그리고 또한 그것은 그늘을 생각하게 한다."

괴테의 말대로 푸른빛은 정지[無]의 의식이며 신처럼 멀리, 참
으로 멀리 떨어져 있는 것에 대한 의식이다.

그늘, 어둠, 침묵…… 마치 죽음의 심연 속에서 은은히 흐느끼
는 영혼과 같은 색채다. 죽음 속의 생명, 침묵 속의 요설饒舌, 그것
은 모순하는 빛, '자극하는 무'의 빛이다.

고려청자의 '청색'은 이와 같은 푸른빛의 요소를 최대한으로
승화시켜서 얻은 색채다. 그 청색은 완전히 도자기의 내면 속에
묻혀 있다. 해맑은 푸른색이지만 쑥빛에 가까울 정도로 깊이가
있다.

그러나 결코 어두운 빛깔이 아니다. 푸른 채로 내부에 젖어들
어 깊이를 얻은 색채라고 할까, 그야말로 영원과 무한(!) '무'의 빛
이라고 할 수 있다. 나타나면서 숨어 있고 즐거운 듯하면서 슬프
디슬픈 신비한 색채감이다.

안에 간직한 침묵의 빛깔

말할 듯 말할 듯하면서도 머뭇거리는 이 모순의 청잣빛이야말로 한국인이 아니면 창조할 수도 이해할 수도 없는 빛깔이다.

그것은 한마디로 말해 속으로 멍든 빛이다. 슬프고 외롭고 눈물에 찬 원한 속에서 살았기에 따뜻하고 능동적으로 밝은 그 색채 ─ 붉고 노란 불꽃의 그 색채를 몰랐던 것이다.

현세의 즐거움보다는 그리고 타오르는 생명의 찬미보다는 어둠 속에서 빛을, 죽음 속에서 생을 얻어야 했던 사람들이다. 짓밟혀온 생이었기에, 눈물 많은 운명이었기에 존재하지는 않으나 영원한 그리고 공허하기는 하나 무한한 '무'와 색채靑色에 의해서 텅 빈 마음을 채워갈 수밖에 없었던 것이다.

거친 땅이 아니라 하늘을 우러러보듯이 바다를 넘겨다보듯이 고뇌 속에서 발돋움 치며 무엇인가를 희구하려던 이 민족의 눈앞에 어리었던 것은 바로 그 고려청자의 푸르디푸른 빛이었으리라.

안으로 조용하게 가라앉은 침묵의 빛깔을…….

수동적이고 싸늘하고 멀리 사라지고 그리고 나를 끌어당기며 어렴풋한 그늘 속에 깊이 감싸주는 고려자기의 '자극하는 무'의 세계…… 그것이 바로 한국인들이 휴식했던 색채의 고향이다.

여인들이 즐겨 입는 옥색 치마, 옥색 고무신 그리고 비취색의 비녀, 아니 저 한국의 가을 하늘빛도 마찬가지다.

허스키 보이스의 유래

올이 굵고 불규칙하며, 꺼칠꺼칠하면서도 그 속에 부드러움을 간직한 '삼베'의 촉감을 우리는 그 노래에서 맛볼 수가 있다. 사람의 소리만이 아니라 '가야금'이나 '장구' 소리도 역시 그런 것을 느끼게 한다.

시골 학교의 음악 시간

선생은 오르간을 쳤다. 낡은 것이어서 페달을 밟는 소리가 풍금 소리보다도 더욱 요란하다.

그러나 시골 학교의 음악 시간은 언제나 즐거운 것이었다. 아이들이 출석부 번호순대로 노래를 부를 때는 신이 났다. 이러한 음악 시험에는 목청 좋은 놈이 언제나 점수를 많이 따게 마련이다.

그리하여 매끈하고 투명하고 고운 목소리를 내기 위해서 계집애들의 성대를 닮으려고 무척 애쓰기도 했다. 되도록 계집애 같은 소리를 내야 노래를 잘 부르는 축에 낀다는 것은 시골 학교의 불문율이다. 시험 전날은 목이 쉬지 않도록 날달걀을 먹기도 하고 식초를 들이마시기도 한다.

그러나 의외로 어느 날 목 쉰 시골 아이의 노래가 이러한 공식을 깨뜨리고 선생에게 절찬을 받았던 일이 있었다. 그 애는 대담하게도 학교에서 배운 일이 없는 '시조'인지 노랫가락인지 하는 것을 불렀던 것이다.

'구라다'라는 일본인 선생은 놀란 듯한 표정으로 그 노래를 묵묵히 듣고 있었다.

목에 핏대를 세우고 쉰 듯한 목청으로 마냥 가락을 뽑아대던 그 노래를 우리는 기괴하다고 생각했지만 웬일인지 그 일본인 선생은 완전히 매혹된 것 같은 눈치였다.

그런 일이 있고부터 가끔 구라다 선생은 그 애를 불러다가는 '시조'를 시키곤 했다. 원래 그 선생은 '시음詩吟'을 잘 부르는 분이었는데, 그것보다도 '조선 노래'가 월등 좋다고 했다.

계집애처럼 노래를 불러야 좋은 노래라고 생각했던 우리의 안목으로는 도저히 이해할 수가 없는 일이었다. 오랜 시일을 지낸 뒤에야 비로소 나는 그 무명의 음악 애호가의 판단이 어떠한 것이었는지 짐작할 수 있게 되었다.

국악과 서양 음악

국악과 그 창은 확실히 서양의 가곡에서는 맛볼 수 없는 색다른 매력을 지니고 있다.

복잡한 이론보다도 우리는 그것을 직관적으로 느낄 수 있다. 서구에서도 오늘날 재즈 붐과 함께 소위 '허스키 보이스'의 독특한 창법이 인기를 끌고 있지만, 그것은 이미 우리가 수백 년 전에 발견했던 것이다.

서양에서는 옛날부터 소프라노니 메조소프라노니 알토니 혹은 테너, 바리톤, 베이스라 해서 남녀와 그리고 사람에 따라 그 목청의 질이 분류되어 왔다. 그러나 우리는 모두가 획일적이다. 그런 분류로는 도대체 규정할 수가 없는 발성법이다.[80]

여자도 남자도 노래를 부르기 위해서는 저 탁하고도 거칠고 그

---

80) 외국 사람으로서 한국의 국악을 배우고 있는 알렌 헤이만 씨는 국악과 서양 음악을 이렇게 비교한 일이 있다. "서양 음악과 동양 음악의 근본적인 차이는 간단히 말해서 메뉴인Yehudi Menuhin의 말처럼 동양 음악은 인습적이며 그 표현의 구체화된 형식이어서 연주자와 청중들은 다 같이 그 환경과 주어진 운명을 그대로 감수하는 것입니다. 따라서 동양 음악은 서양 음악에 비하여 정관적이며 묵상적이며 말하자면 수동형의 음악입니다……. 동양 음악에서는 북받치는 감정의 물결이라든가 소용돌이치는 격정의 억양은 용납되지가 않습니다. 그와 같은 요소는 이 음악의 고독한 특성을 망치고 마는 까닭입니다. 이에 비해서 서양 음악은 작곡가, 연주가들의 개성이 주장되는 것이며 강조되는 것이고 동시에 청중들 개인의 개성에 의하여 고무되는 것입니다. 운명과 환경을 극복하는, 또는 적어도 이에 도전하는 능동의 음악이라고 할 것입니다."

늘진 것 같은 기묘한 허스키 보이스의 경지를 터득해야만 하는 것이다.

한국인들이 좋아하는 소리는 '비단' 같은 소리가 아니라 '삼베'와 같은 것이었다. 올이 굵고 불규칙하며, 꺼칠꺼칠하면서도 그 속에 부드러움을 간직한 '삼베'의 촉감을 우리는 그 노래에서 맛볼 수가 있다.

사람의 소리만이 아니라 '가야금'이나 '장구' 소리도 역시 그런 것을 느끼게 한다. 어느 국문학자는 가야금과 장구 소리에는 여운이 있다고 했지만, 아무래도 그릇된 말이 아닌가 싶다.

차라리 여운은 기타나 드럼에서 찾아볼 수 있다. 음과 음을 잇는 '울림'이 있다. 그러나 가야금과 장구 소리에는 여운이 아니라 오히려 그것을 억제하여 끊어버리는 이상한 단절감이 있는 것이다. 투명하지 않고 둔탁하며, 매끄러운 것이 아니라 거칠다. 마치 속이 빈 나무가 아니라 그냥 생나무를 두드리는 것 같은……

그뿐 아니라 서양인들은 몇 분의 몇 박자 식으로 노래도 수학적으로 부르는데 한국인은 그저 호흡으로 노래할 따름이다. 서양의 악보는 모든 음의 고저와 장단을 엄격히 규정해 놓은 것이지만 우리 것은 어디까지나 암시적이다.

곤충을 분류하고 숫자를 계산하는 서구인의 그 과학적 취미는 음악에 있어서도 예외일 수 없는 것이다.

그러나 무엇보다도 이상한 것은 한국의 그 창이 하나같이 애조를 띠고 있으면서도 웬일인지 그냥 슬프지만 않고 신바람이 난다는 사실이다. 서구의 가요는 행진곡풍의 즐거운 노래와 영탄곡의 애조 그리고 소야곡 투의 고요한 노래가 서로 구별되어 있지만 우리의 것은 그렇지가 않다. 모든 것이 동시적이다.

어깨춤으로 승화시킨 애상

슬픈 가락, 구성진 음조이면서도 그 뒤에는 행진곡처럼 쾌활한 맛이 있다. 사실상 한국의 노래는 그렇게 처량하면서도 빨리 부르면 씩씩한 행진곡이 되는 것이다. 서양에서는 아무리 훌륭한 음악이라 해도 일찍이 그러한 모순의 감정을 합일시켜 보지 못했다.

그 증거로서 우리는 아무리 슬픈 창이라 할지라도 이따금 '좋다' '얼씨구' 등의 간투조間投調가 끼게 마련이다. 통곡하듯이, 울부짖듯이 부르는 노래지만 웬일인지 '좋다'는 말이 튀어나온다.

그러나 서양 음악에서는 그럴 수가 없다. 아무리 무지한 자라 할지라도 〈토스카〉의 아리아나 〈솔베이지의 노래〉를 듣고 눈물을 짓진 않는다 해도 '좋다'라고 소리 지를 자는 없다. 슬프고 애틋한 비탄조의 노래를 듣고 '얼씨구나 좋다'라고 할 수 있는 경우란 오직 우리의 노래를 제외하고는 없는 것이다. 이 역설, 이 모순, 그것은 슬픔을 즐거움으로 받아들이고 세상의 어깨춤으로 승화시킨 이 민족의 목소리다. 그리고 또 우리의 조상들은 얼마나 뜨거운 열정을 가지고 그 비탄을 노래 불렀던가?

왜 목청이 갈리고 쉰 것 같은 그 목소리가 아니고서는, 그늘진 탁음을 섞지 않고서는 노래를 부르지 못했는가를 우리는 알고 있다. 왜 가야금이나 장구 소리가 오동잎에 떨어지는 빗발 소리처럼 울리다가 말며, 왜 그처럼 서러운 노래이면서도 눈물이 아니라 어깨춤이 생겼는지—우리의 역사를 알고 있는 사람이라면 그 비밀도 알고 있을 것이다.

'멋'과 '스타일'

고지식한 사람을 보고 흔히 '멋없는 놈'이라 하고, 지나치게 짜임새가 있어 빈틈이 없는 것을 보고는 '멋대가리가 없다'고 한다. 그러므로 도리어 '스타일'을 벗어난 파격성에서 '멋'이 우러난다고 할 수 있다.

멋의 정의

우리나라 말 가운데 '멋'처럼 다양하고 그리고 광범위하게 쓰이는 말도 그리 많지 않을 것 같다. 그래서 가끔 '멋'이란 말을 놓고 식자 간에 논쟁이 벌어지는 일이 많다. 그야말로 '멋쩍은' 일이다.

사람들은 '멋'[81]을 서구에 있어서의 '스타일'이란 말과 곧잘 비

---

[81] '멋'에 대한 이야기는 이희승李熙昇, 최재서崔載瑞, 조용만趙容萬 제씨가 모두 일가견을 피력한 적이 있다. 그러나 '멋'을 자유 의식과 결부해서 말한 일은 별로 없다.

교한다. 사전적인 뜻을 보아도 '멋'은 세련되고 풍채 있는 몸매 혹은 말쑥하고 풍치 있는 맛으로 정의되어 있다.

그것이 '스타일'이란 말처럼 체모나 형식미를 가리킨다는 데에 대해 우리는 아무런 이의도 말할 수 없을 것이다. '멋쟁이'라고 하는 경우처럼 사실 '댄디'와 일치하는 뜻을 가질 때도 없지 않은 것이다.

그러나 '멋'과 '스타일'을 자세히 분석해 보면 정반대의 성격이 드러난다는 것을 알 수 있다. '스타일'은 격식화된 일정한 법칙 그리고 특정한 양식과 질서를 의미한다.

원래 '스타일'이란 말 자체가 철필로 무엇을 새긴다는 뜻에서 생긴 말이다. 그러니까 '스타일'이란 혼돈되어 있는 것을 어떤 틀 속에 통일화하는 것처럼, 산만하고 무질서한 것에 어떤 법칙을 부여하는 것이라고 볼 수 있다.

'스타일'이 없다는 것은 그와 같은 통일성이, 일정한 법칙이, 또한 특정한 격식과 경향이 없다는 의미가 된다. '스타일라이즈' 가 '인습화한다', '규격에 맞춘다' 등을 뜻하고 '스타일'이 또 유파나 체재나 유행 등을 의미하게 되는 것을 보더라도 그것의 의미를 알 수 있을 것이다.

격식에서 벗어난 미

그러나 '멋'은 그와는 판이한 성격을 지니고 있다. 오히려 일정한 격식, 특정한 경향 그리고 일반적인 질서와 그 규칙을 깨뜨리게 될 때 '멋'이 생긴다.

'멋쩍다', '멋없다' 등의 말을 생각해 보라. '멋없다'는 것은 '싱겁다'는 뜻이며, '싱겁다'는 것은 규격이나 인습을 그대로 되풀이하는 무미건조함을 나타낸 말이다.

모자를 삐딱하게 쓰면 사람들은 그것을 보고 멋 부린다고 한다. 단추를 다 잠그지 않고 하나쯤 풀어놓으면 멋이 있다고 한다.

규칙에서 어긋나고 통일적인 양식을 슬쩍 무시해 버릴 때 사람들은 그것을 보고 '멋지다'고 한다. 멋은 무엇인가 격식에서 벗어나고 틀에 박힌 질서를 깨뜨리는 데에 있는 것이다.

고지식한 사람을 보고 흔히 '멋없는 놈'이라 하고, 지나치게 짜임새가 있어 빈틈이 없는 것을 보고는 '멋대가리가 없다'고 한다. 그러므로 도리어 '스타일'을 벗어난 파격성에서 '멋'이 우러난다고 할 수 있다.

백 가지 말보다도 '멋대로'란 말이 그것을 입증한다. 우리는 방종하게 노는 것을 보고 '멋대로 논다'고 표현한다. '네 멋대로 하라' 또는 '내 멋대로 한다'란 말은 구속 없는 자유의 행위를 가리키는 것이다. 그래서 속담에 "멋에 치여 중 서방질한다"는 말이 있다.

따라서 '멋'이라고 하면 '흥겹다'는 말과 맞먹을 경우도 있다.

멋과 자율성

"천안 삼거리 흥! 능수나 버들은 흥! 제멋에 겨워서 척 늘어졌구나 흥!"

이 민요에서 '제멋에 겹다'는 것은 '제 흥'을 뜻하는 것이며 동시에 자율적인 감정의 발로를 의미한 것이라고 볼 수 있다.

'멋'은 이렇게 '스타일'과는 달리 '구속[規則]'이 아니라 자유를, 통제가 아니라 해방을 그리고 타율이 아니라 자율을 가리키는 말이라 할 수 있다.

멋은 획일적인 데에서 변화를 찾고 구속 속에서 자유를 찾는 감정이다. 따라서 그것은 한국인이 가질 수 있는 최대의 개인의식이었다. 그래서 개인의식과 자유 의식이 늘 억제당해 왔던 유교의 전통 속에서는 '멋대로' 행위한다는 것이 곧 '죄악'과도 통하는 것이었다.

멋있고 멋진 것을 찬양하면서도 '멋대로' 구는 것은 큰 잘못이라고 생각해 왔던 사람들이다. 그리하여 '멋'은 자유와 해방과 개인의식 속에서 우러나는 감정이었지만 오직 '풍류' 하나로 그 뜻이 제한된 것은, 유교적인 사회에 있어 제 흥과 제멋을 살리는 길이란 자연을 상대로 할 수밖에 없었던 까닭이다.

우리는 '멋' 속에서 미를 찾으려고 하고 '멋' 속에서 인생을 살려고 했다. 그것을 보면 사실 우리는 개성과 자유 의식을 존중하는 민족이었다고 볼 수 있다. 다만 자유 의식을 갖고 싶어 하면서도 부자연스러운 사회 예의나 유교적인 고식성 밑에서 그것을 제대로 발휘하지 못했던 것이라고 해석해야 될 것이다.

법칙의 미와 변칙의 미

규칙에 사로잡히고 격식에만 얽매여 있을 때 '멋'은 생겨나지 않는다. 차라리 그것은 '스타일'이라기보다 고정된 '스타일'을 파괴하는 순간에서 맛볼 수 있는 생의 진미라고 말할 수 있다. 형식의 가면에 은폐되어 있고, 규칙의 사슬에 얽매여 있는 생을 거부하고, 그리하여 그 안에 감추어진 사물의 진미를, 자유로운 맛을 추구하는 것—그것이 바로 '멋'의 참뜻이라고 볼 수 있다.

그러므로 서구인은 자유에서 법칙[拘束]을, 개체에서 전체를 그리고 혼돈 속에서 어떤 격식[秩序]을 쟁취해 내려 했다면, 우리는 정반대로 법칙에서 자유를, 전체에서 개체를 그리고 격식에서 어떤 혼돈을 희구하려고 했던 것이 아닐까?

우리가 '멋'을 찾는다는 것은 한국인의 그러한 미의식과 자유의식을 찾는 길이다.

'멋대로 하라'가 '방종하라'는 말로 쓰이고 있는 것이 또한 한국적 비극이라고 할 수 있다.

팽이채를 꺾어라

아무리 때려도 한국인은 그 불행한 잠에서 깨어나지 않는다. 스스로의 마음에 '신바람'이 일게 할 때 비로소 동방의 촛불에 불이 켜지는 것이다.

영국인의 기질

영국은 '잉글랜드', '아일랜드', '스코틀랜드'가 합쳐 한 나라를 이루고 있기 때문에 민족성도 그에 따라서 각기 구별되어 있다.

'잉글랜드' 사람들은 사무적이고 '아일랜드' 사람들은 싱겁다고 한다. 그리고 '스코틀랜드' 사람은 이발소에서 목을 베여도 병원이 아니라 혈액은행으로 먼저 뛰어갈 정도로 돈만 아는 인색꾼이라는 것이다.

이러한 기질을 하나의 에피소드로 비교한 다음과 같은 이야기가 곧잘 사람들의 입에 오르내리고 있다.

어느 날 잉글랜드 사람이 손님을 청했다. 한 명은 아일랜드 사람이며 또 한 명은 스코틀랜드 사람이었다. 그런데 그 주인은 손님들을 앞에 놓고 식모를 해고시킨 이야기를 하고 있었다.

하루에도 수 개의 접시를 깨뜨려서 하는 수 없이 식모를 내보냈다는 것이다. 그러자 스코틀랜드인은 이렇게 말을 받았다. "그럴 것 없이 월급에서 접시 값을 제하면 될 것이 아니냐"는 의견이었다. 역시 매사에 금전 타산을 내세우는 스코틀랜드인다운 생각이었다. 그러나 사무적인 잉글랜드인(주인)은 해고하면 해고했지 몇 푼 되지도 않는 월급에서 접시 값을 빼내면 무엇이 남겠는가고 반문했다. 그때 싱거운 소리를 잘하는 아일랜드 친구는 이렇게 말하더라는 것이다.

"그러면 월급을 그만큼 올려주고 거기에서 다시 접시 값을 제하면 될 것 아뇨?"

그런데 만약 거기 한국인이 있었다면 과연 무엇이라고 말했겠는가? 추측컨대 백이면 백 "두들겨 패라"고 했을 것이다.

좀 서글픈 이야기이기는 하나 우리의 현실이 늘 그러했었다. 때리면 듣는 것을 '팽이'에 비유해서 말한 사람이 있다.

팽이는 때려야 돈다

한국인은 팽이와 같아서 매를 때려야 된다는 것이다.

오랜 역사를 두고 억압과 탄압 그리고 폭력 밑에서 살아온 민족이다. 사실 그러한 요소가 없지도 않다.

신사적으로, 민주적인 방법으로, 타협적으로 이 백성을 다스릴 수 없다고 호언장담하는 정치가도 없지 않다. 그렇게 지키지 않던 교통질서만 해도 때리니 듣더라는 것이며, 그렇게 요란스럽던 데모도 총칼로 누르니 하루아침에 자취를 감추더라고 말하는 사람도 있다.

때로는 그것이 우리나라에서는 서구적 민주주의를 그대로 적용할 수 없고 선의의 독재자가 나와야 한다는 정치 이론으로까지 발전되기도 한다. 그들은 한결같이 이 민족에게 너무 자유를 주어서는 안 된다는 것이다.

그러나 한국인의 성격을 '팽이'에 비유한다는 것은 여러 면에서 옳지 않다. 과연 한국인은 억압과 폭력이 아니면 말을 듣지 않을까? 정말 독재자를 필요로 하는 민족일까? 이러한 물음에 대해서 우리는 그렇지 않다는 몇 개의 증거를 내세울 수 있을 것이다.

첫째로 우리 속담에 "하던 짓도 멍석을 펴놓으면 하지 않는다"는 것이 있다. 이 속담을 풀이해 보면 억압적인 것보다 언제나 자발적인 감정에 살려고 한 우리의 민족성을 엿볼 수 있는 것이다.

멍석부터 펴놓은 위정자들

자기가 하고 싶어야 하지 강제로 시키면 하고 싶어도 하지 않는 것이 사실은 한국적 감정이라 할 수 있다. 이것을 모르면 한국인을 다스릴 수 없는 것이다.

'팽이'처럼 때려야 말을 잘 듣는다는 것은 피상적인 관찰일 뿐이다. 위정자들은 그동안 멍석을 펴놓고 하라고 했다. 그러나 국민은 따르지 않았던 것이다. 그래서 폭력을 쓴다. 죄는 폭력 밑에 굴복한 이 민족이 아니라 멍석부터 깔아놓은 그들에게 있다.

둘째로 '신난다'[82]는 말을 우리는 많이 쓰고 있다. 신이 나면 시키지 않은 일도 한다. '신'이란 자발적인 흥이며 무상無償의 행위인 것이다.

'신바람'만 나거나 '신명'만 나면 얼마든지 어려운 일도 해치우는 것이 이 민족이다. 때린다는 것은 두말할 것 없이 '신나게' 하는 것이 아니라 신명을 죽이는 일이다. 신날 줄 알고 신바람을 피울 줄 아는 이 민족이었지만 위정자들은 언제나 그 백성들의 신을 죽였다.

---

82) '신난다'는 말은 특히 아이들이 잘 쓰는 말이다. 말하자면 그것은 '아이들'의 감정, 때 묻지 않은 순수한 느낌이다. '신이 난다'는 것은 공리적인 계산이나 체면이나 남의 시선에서 해방되는 것을 의미한다. 그것은 자기 안으로부터 우러나오는 흥이며 타인의 힘을 필요로 하지 않는 자발적 행위다. 그러므로 '신난다'는 것은 동심의 세계처럼 이지러져 있지 않은 솔직성도 내포하고 있는 말이라 하겠다.

아무리 때려도 한국인은 그 불행한 잠에서 깨어나지 않는다. 스스로의 마음에 '신바람'이 일게 할 때 비로소 동방의 촛불에 불이 켜지는 것이다.

우리가 못살았던 것은, 이 민족이 낙후한 벌판에서 방황하는 것은 '매'가 모자라 그랬던 것은 아니다. '매(구속·탄압)'로 말할 것 같으면 수천 년 동안이나 맞아왔다. 우리 민족에게 부족했던 것은 바로 그 '신(자유)'이었으며, 바로 그 '신'을 돋울 줄 아는 민주적인 통치자다.

"하던 짓도 멍석을 펴놓으면 하지 않는다"는 이 민족을 다스릴 자는 팽이채를 든 독재적인 지도자가 아니다. 그런 지도자라면 얼마든지 있어왔다.

한국인을 잘 아는 사람이면 멍석부터 걷어치우는 사람이다. "이렇게 해라, 저렇게 해라" 하고 멍석을 깔아주는 지도자보다 이 민족이 진실로 사랑하고 따르는 것은 그들의 신을 알아주는 사람인 것이다. 한국인을 다스리고 싶거든 먼저 멍석을 말고 팽이채를 꺾어라.

'가래질'이 의미하는 것

　여기에서도 우리는 한국적 '힘의 단합'이 무엇인가를 느낄 수 있다. '가래질'을 하듯 제각기 다른 동작으로 다른 위치에 서서 힘을 합칠 때 한국은 강하다.

한국인과 협동 정신

　한국인들은 모일수록 약하다고들 한다. 스포츠만 보더라도 역도나 마라톤처럼 개인기는 우수하지만 팀워크를 필요로 하는 것들은 아주 시원찮다고 한다.

　세 사람만 모여도 벌써 파벌이 생기고 당 하나가 형성된다고 자조하는 축도 없지 않다. 우리에게 협동 정신이 없었다는 것은 오늘의 현실만 보더라도 수긍이 갈 만한 일이다.

　그러나 간단히 그렇게만 규정할 수 있을 것인가? 이러한 문제를 더 깊이 따지기 위해서는 '협동'에 대한 개념부터 논의되지 않으면 안 된다.

한자의 그 '협協'을 분석해 보면 여러 힘(力·力·力)들이 사방(十)에서 합쳐지는 것을 의미한 것이고, 영어의 '코퍼레이션cooperation'은 '함께(co)＋일하다(operate)'에서 나온 말이다.

그런데 '힘을 모으는 데에' 있어서는 결코 성질이 하나가 아니다. 서양의 협동은 마치 버스가 진구렁에 빠졌을 때 여러 사람이 모여들어 일정한 방향으로 힘을 합쳐 밀고 있는 경우와 같다.

그러한 협동에 있어서는 설혹 한 사람쯤 빠져도 힘이 모자랄지언정 방해는 되지 않는 것이다. 그러나 한국인의 협동 방식이란 그와는 다른 것 같다. 그것은 '가래질'과 같은 것이다. 힘을 합치되 일정한 방향이 아니라 제각기 다른 방향으로 끌고 가는 것이다.

협동 의식으로 본 동과 서

한 사람은 오른쪽으로, 또 한 사람은 왼쪽에서 자기 앞으로 끈을 잡아당긴다. 그리고 한가운데 있는 사람은 중심 부분에서 앞으로 가래를 내밀고 있다.

방향이 모두 다르고 잡아당기고 떠미는 힘이 다 각기 자기중심적이다. 말하자면 한국인의 협동은 '가래질'과 마찬가지로 호흡이 잘 맞아야 한다. 힘이 있다고 해서 자기 쪽으로만 너무 당겨도 안 되는 것이며 힘이 약하다고 해서 자기 끈을 늦추어서도 안 된다. 자기 힘만 마음껏 발휘해서 협동되는 것이 아니다. 가래질을 하는 사람처럼 개개인의 힘을 자기중심적으로 사용하되 그 힘의 작용과 균형이 잘 맞아야 된다. 그렇게 되면 운하라도 팔 수 있는 것이다.

그렇기 때문에 협동은 잘못하면 도리어 그것이 방해가 되고 서로 해를 입게 되는 일이 많다. 수레를 밀듯이 여럿이 달라붙어 힘을 합치는 것이 아니기 때문에 무엇보다도 한국인의 협동은 호흡이 중요한 것이었다.

말하자면 장단이 맞지 않으면 서로의 힘을 모을 수 없고 한 사람이라도 호흡을 맞추지 않으면 전체의 균형이 어긋나버리는 델리킷한 협동이다.

각자가 개인 플레이를 하면서 힘을 합치는 그 '가래질'의 협동성을 잘 모르고 덤벼든 데에서 우리는 많은 고배를 마시게 되었다고 볼 수 있다.

협동 의식이 없었던 것이 아니라 협동 방식이 미묘했던 것이다.

이것을 더 구체적으로 말하면 한국인의 협동은 집단농장식인 그런 협동이 아니고 언제나 개개인의 이해관계가 중심으로 되어 있는 협조다.

자기중심적인 것이 아니면 협동이 생길 수 없다. 다 같이 자기

중심이 된 채 한 집단의 번영을 이루는 것이다.

한국인과 계

한국인이 좋아하는 '계'[83]를 생각하면 될 것이다. '계'에는 반
드시 자기 이익을 위해서 여럿이 모여든다. 그러나 자기 이익을
위한 그런 '계'가 실은 '계'를 든 사람 전체에게 이익을 준다.

속된 말로 "누이 좋고 매부 좋다"는 경우가 아니면 협력이 되
지 않는다. 그래서 만약 '계'꾼 가운데서 한 사람이라도 탈락하게
되면 '계' 전체가 깨어지고 만다. '가래질'과 똑같은 이치다.

시골의 두레놀이[農樂]를 비롯하여 '두레' 자가 붙은 것이 바로
그러한 한국인의 협동성이라 할 수 있다. '두레 모', '두레 길쌈'

---

83)　옛날 '계'나 향도들의 단체를 보면 그들의 단결과 협동이 어떠했는지 짐작이 간다.
"향도는 대개 이웃에 사는 천인들이 서로 모여, 그들은 일대 단체를 조직했다. 큰 단체는
100여 명이 되고 작은 것은 8, 9명은 되었다. 이들은 매달 서로 돌려가며 술 마시고 놀며
그중 상을 당한 사람이 있으면 같은 친구끼리 혹은 상복도 마련해 주고 혹은 관곽棺槨도 마
련해 주며, 횃불도 들어주고 때로는 음식을 갖다 주며 혹은 집찬執饌하며 산소까지 만들어
주고 복상까지 하였다……. 향도는 상도로 변하여 상여 메는 사람들의 단체와 같이 되어
갔다. 이러한 단체가 성행하여 단결심이 생겨 농사철도 단체가 필요하게 되자 농사를 당
하여 촌민들이 서로 힘을 모아 일해주는 것을 당연한 일로 알았다. 풍년이 들면 농민들의
인심이 더욱 순후해지고 다시 한 걸음 나아가 사치하는 마음도 생겼다." (─이상옥, 『한국의 역
사』에서)

등이 모두 그렇다. 여럿이 모여 한 사람의 '논'을 매어준다. 그리고 다시 또 모여 이번에는 다른 사람의 모를 심어준다.

계를 타는 것처럼, 순번제에 의해서 차례차례 힘을 돌려가며 일을 거들어주는 데에서 한국 특유의 집단적 노동 형태가 생겨난다.

이렇게 직접적인 자기 이익이 개재되어 있지 않은 일이면, 그리고 전체의 호흡이 한 사람 한 사람을 중심으로 서로 맞지 않으면 협력은 깨지고 만다.

우리가 지금까지 모든 분야에서 협력이 어려웠던 것은 그런 호흡과 그런 자기중심의 입장이 허락되어 있지 않았기 때문이다. 개인 중심으로 협력의 체제를 만들지 않고 획일적으로 집단적인 힘을 모으려 했기 때문에 뿔뿔이 흩어져 혼란을 이룬 것이라고 하겠다.

농촌에서 '두레 모'를 심고 '두레 길쌈'을 하고 여러 가지 계를 만들어 서로 협력을 하고 있는 것을 보면 이 민족이 결코 협동성을 모르는 민족은 아니었다.

한국적 단합

서로의 호흡을 끊게 하고 서로의 중심점을 말살하는 그런 협동이었기 때문에 모두들 개인 플레이만 해왔던 것 같다.

임진왜란 때 우리는 왜군에게 참패했다. 그러나 지도자도 변변히 없고 권력 체제도 분산되어 있는 그 패전 속에서 '의병'들은 얼마나 용감히 싸웠던가? 어째서 정규군은 그렇게도 약하게 쫓겨 다녔는데, 어째서 쇠스랑이나 낫을 든 '의병'들은 그처럼 잘 싸웠던 것일까?

여기에서도 우리는 한국적 '힘의 단합'이 무엇인가를 느낄 수 있다. '가래질'을 하듯 제각기 다른 동작으로 다른 위치에 서서 힘을 합칠 때 한국은 강하다. 그러나 획일적으로 국가라든지 사회라든지 하는 공동의 입장에 개인을 억지로 끌어내어 힘을 보태라고 할 때 한국은 약하다.

호흡이 그리고 그 장단이 맞지 않으면 한국인은 모일수록 분열하는 것이다. 이렇게 민주적인 백성을 그처럼 독재적인 방식으로 통치하려 했으니, 이 사회가 이처럼 지리멸렬될 수밖에 없었다.

"도둑질도 손발이 맞아야 한다"는 것이 한국인의 이상이었던 것을 잊어서는 안 된다.

서낭당 고개에 서서

4천 년이나 늙은 이 은사隱士가 자기의 상처를 직시하고 다시 젊어지는 날, 오욕의 역사를 향해 분노하는 날, 새로운 한국은 탄생할 것이다. 징검다리같이 무수히 단절된 그 역사에 새로운 교두보가 놓이게 될 때까지 서낭당에 쌓이는 돌은 자꾸 높아만 갈 것이다.

장승이 서 있는 서낭당 고개

호젓한 길목, 외로운 고갯길에 이르면 으레 서낭당이 나선다.

비와 바람에 시달린 장승의 얼굴은 싸늘한 돌무더기에 발등을 묻고 그냥 묵묵하다.

"천하대장군 지하여장군天下大將軍 地下女將軍"이라고 쓴 먹글씨도 이젠 흔적만 남았다.

이 한 쌍의 목상에는 그동안 얼마나 많은 바람이, 얼마나 많은 구름과 별과 그리고 애틋한 염원들이 스쳐 지나갔던가?

여기에 초라하기는 하나 그지없이 은밀한 한국인의 제단이 있다.

길 가던 사람들은 누구나 발걸음을 멈추고 아무도 들을 수 없는 마음속의 소망을 빌어왔던 곳이다.

"아들을 낳게 하옵소서", "세 끼 밥이나 먹게 하옵소서", "장터로 나간 서방님을 편히 돌아오게 하소서", "들 곡식이 잘 여물도록 하소서", "사랑하게 하소서" 그리고 "잠들게 하소서"─그들은 이렇게 크고 작은 소원들을 서낭당 장승들에게나 빌어 바칠 수밖에 없었다.

유달리 눈물이 많고 한 많은 이 민족이었지만 그들이 꿇어 엎드려 비는 제단은 이렇게 검소하기만 하다.

등촉도 없고 향불도 없고 예악禮樂조차 없다. 그들은 가진 것이 없기에 또한 제물도 바칠 것이 없었다. 길가에 굴러다니는 흙 묻은 돌이나 주워 그냥 던지는 수밖에 없었던 것이다.

그러나 우리는 거칠고 굳은 그 손으로 바친 '돌덩어리'에 참으로 많은 사연이, 짙고 짙은 기구가 배어 있음을 알고 있다.

음악도 제물도 없는 제단

누가 그들의 마음을 풀어주었던가? 오다가다 만나는 그 장승 밖에는 누가 그들의 소원을 들어줄 사람이 있었던가?

파이프오르간 소리가 울리고 모자이크의 영롱한 천창天窓이 눈부신 그 제단이 아니다.

가난한 서낭당[祭壇]부터가, 외로운 그 목상부터가 그대로 이 민족의 역사요 생활이 아니었을까?

뜻은 있으되 길이 없었고, 꿈은 있으되 그것을 실현할 터전이 없었다. 돌을 던지고 침묵 속에 합장하며 허리를 구부리는 서낭당 고개의 사람들을 보라.

체념의 눈빛, 고달픈 목덜미, 표정도 없이 굳어버린 입술, 그래도 거기 꺼지지 않는 마음의 촛불이 있어 하나의 소망을 저버리지 못하는 것이다.

서낭당 고개에 서서 우리는 이제 또 무엇을 빌어야 하는 것일까? 아비가 빌던 것을 그 아들이, 아들이 빌던 것을 손자가, 한결같이 염원해 오던 그 흙의 소망은 무엇이었던가?

돌을 던진다. 손을 모아본다. 천 년을 묵은 얼굴로 장승이 서 있다. 서낭당 앞에 서서 몸을 꿇으면 우리의 비애가 무엇이며 우리의 운명이 무엇이며 우리가 희구하는 것이 무엇이었는지를 알 것 같다.

그것은 사치스러운 기도가 아니다. 힘없고 가난한 자를, 불행하고 상처진 자들을 더 이상 괴롭히지만 말아달라는 부탁이다.

이 폐허의 제단에 엎드려 빈 그 생의 내용은 천 년 전 그 옛날이나 천 년 후의 오늘이나 변한 것이 없다. 살아 있다는 말조차 변변히 다 하지 못한 백성들이다. 사랑에 굶주려왔고 평화에 목이 타던 백성들이다. 빼앗고 짓밟고 모멸의 삶만을 남겨놓은 그 자들에게 분노조차도 느껴본 일이 없는 사람들이다. 가라고 하면 가고 있으라 하면 있었다.

이민족異民族이나 동민족同民族이나 그들의 상처를 어루만지는 사랑의 손길은 아무 데도 없었던 것이다. 비밀처럼 원한을 홀로 달래고 인종으로 현실을 견디며 살아온 이들이지만 그래도 아직 더 겪어야 할 불행들이 남아 있는 것이다.

지상에 발을 디디지 못하고 자연 속에 은거하려던 그 도피 의식마저도 이제는 허락되어 있지 않다. 못나면 못난 채로, 속이 없으면 속이 없는 대로 '제멋'을 찾아 살 수도 없이 되어버린 세상이다.

그들은 지금 바다 건너에서 오는 밀가루로 수제비를 떠먹지 않으면 안 되는 것이며, 봉선화가 아니라 매니큐어 칠을 한 손톱 속에서 행복을 발견하지 않으면 안 되게 되었다.

바보 온달의 행복

흙에 묻은 마음조차도 간직할 수 없이 된 어려운 세상이다. 일어서든지 부서지든지 무엇인지를 하나 선택해야 될 때가 온 것이다. 뜨뜻미지근한 그리고 엉거주춤하게 살아온 이 민족의 마음에 불을 지를 때가 온 것이다.

'바보' 온달이 아리따운 공주를 맞이하고 치욕의 생활에 종지부를 찍어야 할, 그 내일을 위해 우리들의 서낭당 기도는 눈물을 거두어야 한다.

4천 년이나 늙은 이 은사隱士가 자기의 상처를 직시하고 다시 젊어지는 날, 오욕의 역사를 향해 분노하는 날, 새로운 한국은 탄생할 것이다.

징검다리같이 무수히 단절된 그 역사에 새로운 교두보가 놓이게 될 때까지 서낭당에 쌓이는 돌은 자꾸 높아만 갈 것이다.

어느 벗에게

앵무의 노래를 기억하십니까? 먼 신라 때 흥덕왕興德王이 지은 시라고 하지만 지금은 그 내용만이 어렴풋이 남아 있는 노래입니다. 구리의 거울 속에 어리는 자기 모습을 향해서 부리로 쪼고 쪼아대다가 죽었다는 앵무의 이야깁니다.

우리가 한국을 비판한다는 것은 아마도 거울 속의 자기 심장을 자기 부리로 쪼는 그 앵무의 아픔, 외로움 그리고 피투성이가 된 자기 분신의 모습과 닮은 데가 있습니다. 또 맹수들이 어떻게 자기 상처를 치유해 가는가를 알고 계십니까? 그는 홀로 자기 상처를 자기 혓바닥으로 핥는 것입니다. 아픈 상처를 스스로의 육신으로 건드려야 하는 의지―한국의 상처를 들여다보는 우리의 마음도 그와 같은 것이 아닌가 생각합니다.

숨찬 혓바닥을 내놓고 피맺힌 상처를 핥고 있는 맹수의 그 분노와도 같은 것―우리는 누구나 그러한 감정 없이는 한국의 역사를 돌아다볼 수가 없습니다. 위선이나 허영이나 자위는 잠시 여인의 화장대 위에 진열해 두고 우리는 알몸으로 우리의 슬픔과 직면해야 되겠습니다.

설령 그것이 아무리 비참하고 흉측한 것이라 할지라도 자기 상처를 감추어서는 안 됩니다.

나는 여기에서 한국의 자화상을 그려보았습니다. 서투른 솜씨에 가뜩이나 그것은 추악하게 이지러져 있는 것도 없지 않습니다. 어둡고 살벌하고 답답한 것도 있습니다.

그것을 보고 너무 탓해서는 안 됩니다. 건강한 한국, 아름다운 한국, 밝은 한국—그러한 한국의 모습을 그리지 못한 나의 작업에 너무 성내서는 안 됩니다. 애정이 클수록 절망도 크고, 자존심이 높을수록 자기 환멸도 높게 마련입니다. 부정적인 면에서만 한국을 보자는 것이 아니라 옛날 그 앵무새처럼, 상처를 핥는 야생의 짐승처럼 그렇게 내 나라를 보고 싶었기 때문입니다.

나는 나의 견해가 반드시 옳은 것이라고 고집할 생각은 없습니다. 다만, 나와 같이 얼굴색이 누렇고 또한 나와 비슷한 성명으로 불리어지는 그 많은 이웃들에 대해서 무관심할 수 없었다는 것만은 분명히 말해두고 싶습니다.

우리들의 성장은 밤 속에서 그리고 폭풍 속에서 역리逆理의 거센 환경 속에서만 이루어진다는 것을 나는 부정하지 않습니다. 그러니 먼저 아파해야 된다는 것, 그 아픔의 감각이 있어야 한다는 것—그것이 이 책에서 내가 말하고 싶었던 내용의 전부입니다.

　이 구차스러운 변명을 청산하기 위해서 나는 앞으로 또 글을 쓸 것입니다.

　『흙 속에 저 바람 속에』는 일간지에 연재되었던 글(1962. 8. 12~10. 24)에 주해를 달아 실은 것입니다. 그날그날 신문사의 마감 시간을 앞두고 즉흥적으로 써내려간 것이라 흠도 많았지만 거의 손을 대지 않고 그 글들을 그냥 수록한 것입니다. 술에 취한 채 두서없이 떠들어대는 말이 때로는 훨씬 진실에 가까운 때도 있는 법이기 때문입니다.

1962년 12월

이어령

세월호의 슬픔 속에서
이어령의『흙 속에 저 바람 속에』를 읽다

권성우 | 문학평론가, 숙명여자대학교 교수

1.

세월호 사건으로 우리 사회가 커다란 슬픔과 집단적 우울증에
빠져 있는 가운데 이어령의『흙 속에 저 바람 속에』를 읽었다. 그
러나 독서는 자주 중단되었고, 글은 오랫동안 진척되지 않았다.
왜 그러했던가. 세상이 슬프면 읽기와 쓰기도 제대로 이루어지지
않을 터. 그 읽기와 쓰기의 대상이 바로 상처받은 우리 사회이기
때문이다.

『흙 속에 저 바람 속에』의 주제는 지금으로부터 52년 전의 시
점으로 저자 이어령이 바라본 한국 사회의 문화와 특성이다. 청
년 이어령이 20대 후반이었던 1962년에 간행된 이 에세이에서
저자는 한국 사회의 명암, 특성, 한계, 속살, 장단점에 대해 특유
의 촌철살인의 문장과 문학적인 언어를 통해 인상적으로 묘파하
고 있다.

2014년 4월 16일에 발생한 미증유의 비극적인 세월호 사건을

통해서 나는 한국 사회의 어떤 특성과 습속이 바로 이와 같은 엄청난 비극을 잉태했는가 하는 점에 대해서 숙고하게 되었거니와, 바로 이러한 맥락에서 당대의 베스트셀러이기도 했던 이 책의 문제의식은 지금 이 시대에도 여전히 유효하다고 생각했다.

2.

이어령이라는 존함을 떠올릴 때마다 나는 늘 두 가지 기억이 아스라이 호출되곤 한다. 하나는 이어령 선생의 강연이다. 이제는 기억이 가물가물해진 어느 문학행사에서 이어령 선생의 특강을 들으면서, 나는 그의 박학다식과 명쾌하고 열정적인 강의에 흠뻑 매료되었다. 보통 글과 말이 일치하지 않는 경우가 많은데 선생의 강의를 통해, 나는 글의 매력과 말의 유창함이 하나일 수 있구나 하고 생각하게 되었다. 또 하나는 월간 《문학사상》에 다달이 수록된 '이달의 언어'에 대한 추억이다. 1980년대에 월간 《문학사상》을 읽는 즐거움의 반 이상은 온전히 이어령의 '이달의 언어'를 접하는 미적 쾌락에서 비롯되었다. 그 문장의 아름다움과 풍부한 어휘력, 촌철살인의 상상력, 유려한 감성을 아직도 선명하게 기억한다. 얼마나 그런 글을 쓰고 싶었던가. 『흙 속에 저 바람 속에』를 읽어보니, 《문학사상》 시절 '이달의 언어'의 촌철살인의 감각을 배태한 어떤 기원이 이 책에 있음을 알겠다.

3.

『흙 속에 저 바람 속에』는 1962년 《경향신문》에 연재되었던 에세이들을 함께 묶은 책이다. 모두 50여 편의 에세이가 수록되어 있는데, 서구 문화와 구별되는 한국 문화에 관한 다양한 소재를 다루고 있다. 가령 울음, 굶주림, 윷놀이, 눈치, 돌담, 김유신, 의상, 한복, 모자, 장죽, 끈, 밥상, 사랑 등이 그 대상이다. 이 다채로운 소재의 에세이를 통해, 당시 스물아홉의 푸르른 청춘이던 이어령의 예리한 문제의식과 박학다식, 다양한 문화적 관심, 한국 문화에 대한 예리한 눈썰미와 풍부한 식견을 인상적으로 확인할 수 있다.

『흙 속에 저 바람 속에』에서 개진되는 한국 문화와의 중요한 특성은 '슬픔의 미학'으로 정리될 수 있다. 이 책의 '여는 말' 「풍경 뒤에 있는 것」에서 이어령은 이렇게 적고 있다.

아름답기보다는 어떤 고통이, 나태한 슬픔이, 졸린 정체停滯가 크나큰 상처처럼, 공동처럼 열려 있다. 그 상처와 공동을 들여다보지 않고서는 거기 그렇게 펼쳐져 있는 여린 색채의 풍경을 진정으로 이해할 수가 없을 것이다.

이와 같은 인식은 한국 문화의 특징을 고통, 슬픔, 정체의 맥락에서 바라보고 있거니와, 이른바 근대화 프로젝트와 역동적인 경제개발이 본격적으로 가동되기 이전인 1962년의 시점에서 보면 충분한 설득력을 동반하고 있다. "우리의 예술과 문화가 이미 수정알 같은 눈물에서 싹터 그 눈물에서 자라난 것이라고 말할 수도 있겠다"라는 진술은 슬픔의 미학을 강조하고 있는 대목이다. 아래 예문에서 인상적으로 볼 수 있듯이, 한국 문화와 서양 문화를 대비하는 과정을 통해 한국 문화의 특성은 명료하게 정초된다.

'sing'은 노래 부른다는 뜻이지만 우리는 그것을 반대로 '운다'고 표현했던 것이다. 똑같은 새소리였지만 서양인들은 그것을 즐거운 노랫소리로 들었고 우리는 슬픈 울음소리로 들었던 까닭이다.

4.

이 에세이를 관류하는 가장 핵심적인 문제의식은 서양과 일본을 비롯한 다른 나라의 문화와 한국 문화의 차이를 의미화하는 것이다. 가령 아래 예문들과 같은 방식이다.

한국의 사회에서 '좋은 사회인'이 된다는 것과 '좋은 가정의 한 멤버'가 된다는 것은 양립되기 어려울 때가 많다. 서구의 위인들은 가정을 꾸미는 데에도 성공한 사람들이지만, 우리의 경우에는 대부분이 그렇지 못했다. 가정을 저버려야 애국자요, 충신이 되는 경우가 지배적이었던 것이다. 즉, 한국은 하나가 아니라 가정과 사회로 분리된 두 개의 고도孤島다.

한국에는 논리가 없다고 한다. 수학(과학)이 없다고 한다. 그 대신 감정이, 직관이, 흐느끼는 영혼이 있다고 한다. 괴롭고 어두운 심연 속에서 한국인들은 영원의 소리를 들었다. 그것을 자로 분석하고 계산한 것이 아니라 그냥 받아들였다.

끈처럼 얽혀서 하나의 실 꾸러미를 이루어놓은 것이 한국의 사회라 한다면 하나하나의 '버튼'이 접촉되어 공장처럼 움직이는 것이 서구의 사회라고 볼 수 있을 것이다.

피라미드의 특성이 그 직선에 있는 것이라면 신라의 오릉은 봉토封土와 곡선 속에 그 미가 깃들어 있다고 말할 수 있다. '직선'과 '곡선' 그리고 '돌'과 '잔디', 우리는 이러한 대조적인 성격 속에서 기하학적인 미와 생명적인 미의 차이를 직감할 수 있을 것이다.

이러한 인식에는 분명 외국/한국이라는 명료한 이분법적 인식이 작동하고 있다. 대체로 '서양=이성, 논리, 낙관, 기하학'이라는 인식은 '동양=감성, 신비, 곡선, 비관, 생명'이라는 관점과 맞대고 있다. 물론 때로 이분법적 인식이 한국 문화와 외국 문화의 다양성을 다소 단순화하는 대목도 발견되지만, 지금 이 시점에서 보더라도 그 이분법은 대체로 한국 문화와 외국 문화의 차이를 명료화하는 데 기여한다. 말하자면 거친 이분법을 넘어 촌철살인에 해당되는 설득력과 날카로운 예지를 지니고 있는 것이다.

이러한 이분법적 인식 가운데 심층적으로 탐구할 가치가 있는 테마를 여럿 발견할 수 있다. 가령 "서양에는 태양을 찬미하는 민요가 많다. 그중에서도 〈오 솔레 미오〉가 전형적인 것이 아닌가 싶다. 애인이나 생명을 말할 때도 그들은 으레 '나의 태양'이라고 한다. 그러나 우리나라에서는 시조나 민요에서 '해'가 나오는 일은 거의 없다. 모두가 달에 대한 노래다"와 같은 주장은 비교문화사적 측면에서 한층 세밀한 탐구가 필요하다고 하겠다.

5.

이어령은 한국에서 쉽게 발견할 수 있는 돌담의 의미와 양면성에 대해서 아래와 같이 서술하고 있다.

'돌담의 의미'에서도 지적한 대로 우리의 문화는 완전한 폐쇄도 완전한 개방도 아닌 어중간한 지대에서 싹텄다. 뜨겁지도 않고 차갑지도 않으며, 밝지도 않고 어둡지도 않은 몽롱한 반투명체, 그것이 한국이 지닌 본질이었던 게다. (⋯) 그 반개방성이나 반투명성이 예술이나 정적인 면으로 흐르면 '기침 소리'와 같은, 혹은 〈아리랑〉 가락과 같은 그윽하고 아름다운 향내를 풍기게 되지만, 정치나 현실 면에 잘못 나타나게 되면 음모, 책략, 소극적인 만성 압제와 같은, 이승만 박사의 민주주의를 가장한 독재주의 같은 그런 말년의 위선적 삶을 빚어낸다는 것이다.

위의 구절에서 이어령은 한국의 돌담을 통해 서양의 투명, 논리, 철거, 솔직에 대비되는 반개방성, 반투명성의 양면성에 대해서 사유한다. 말하자면 한국 문화의 반개방성, 반투명성에는 긍정적인 면모와 부정적인 면모가 혼재하고 있다는 주장인데, 이 대목이야말로 저자가 한국 문화의 저력과 한계를 정직하게 인식하고 있다는 사실을 잘 보여준다. 이어령의 사유에는 어떤 쇼비니즘이나 자민족 우월주의도 자리 잡고 있지 않다. 그에게 진정으로 중요한 것은 우리 문화의 속살에 대한 정확한 인식이지, 과도한 신비화나 낙관적 전망은 아니다.

6.

한국 문화의 결여와 불합리를 서술하는 대목이 그 어느 때보다도 내 마음 깊숙이 다가왔다. 예를 들어 "결국 우리나라에 완구가 없었다는 것은 아이들에 대한 관심이 없었다는 것을 의미한다"가 그러한데, 바로 이러한 대목을 2014년 4월 16일의 세월호 사건과 연관하여 해석하는 것도 충분히 가능할 것이다. 아이들에 대한 체계적인 지원과 보호, 아이들을 최우선시하는 사회적 안전 망이야말로 진정한 선진국인지 아닌지를 가늠하는 바로미터라고 할 수 있다. 세월호 사건이 그토록 참담하게 다가오는 이유는 우리가 아이(학생)들을 전혀 보호하지 못했다는 사실 때문이리라.

7.

52년의 세월은 이 책에서 개진된 한국 사회와 문화의 특징에 대한 서술이 시효를 다했다고 판단하게끔 만드는 대목들도 존재한다. 가령, "하나의 식탁이 아니라 몇 개의 상에 따라 가족은 분리된다. 할아버지의 상이 다르고 아버지의 상이 다르다. 윗사람과 겸상을 한다는 것은 예의에 어긋나는 일이다"와 같은 구절이 그러한데, 이제 이러한 풍속은 거의 사라진 고색창연한 신화 내지 부정적인 유습에 가깝다. 그만큼 그 이후의 한국 사회와 문화가 서구적 현대성의 물결에 그 몸을 맡겨 왔음을 입증하는 사례일 것이다. 또한 『일리아드』의 여주인공 헬레네의 지조 없음과 춘향의 정절을 대비시키며 "그것이 바로 헬레네와 춘향의 차이다. 그것이 또한 서양과는 근본적으로 다른 한국인(동양인)의 심미의식이다"라는 주장 역시 지금의 시각에서 보면 그 차이가 현격하게 줄어들었다고 할 수 있다. 많은 경우 한국 문화는 서구 이상으로 서구화되어 버렸다. 전통과 문화적 연륜을 찾기 쉽지 않은 국제적인 거대도시 서울, 세계에서 스마트폰 소비자의 비율이 가장 높은 한국에서 전통은 늘 혁신되어야 할 그 무엇에 다름 아니다. 그러나 앞으로 한국과 서울의 진짜 매력은 전통과 역사를 어떤 방식으로 의미화할 것인가에 달려 있다.

8.

이번 세월호 사건으로 인해 한국이 산업화와 민주화에 동시에 성공한 나라라는 자부심, 식민지에서 해방된 국가 중에서 가장 경제성장에 성공한 나라라는 영예는 근본적으로 도전받고 있다. 오히려 OECD 국가 중 자살률 1위, 산재 사망률 1위, 노인 빈곤율 1위 등 부정적인 통계 수치들이 점점 더 부각되고 있는 형국이다. 정말 한국은 여러 가지 면에서 극단적인 양면성을 지닌 국가이다. OECD 국가 중에서 고등교육 이수율과 스마트폰 보급률 1위지만, 사회복지는 최하 수준이며 연간 노동 시간은 가장 많은 쪽에 속한다. 요컨대 세월호 사건은 한국의 경제 발전과 성장 신화, 현대성의 그늘에 존재하는 검은 심연과 불합리를 만천하에 드러냈다. 유례없는 압축 근대화와 천민자본주의의 폐해가 지금 우리에게 치명적인 부메랑으로 귀환한 것이다.

외국의 언론에는 이번 사건을 한국의 국민성과 연계시켜 설명하는 기사도 등장하고 있다. 이런 상황에서 이어령의 『흙 속에 저 바람 속에』에서 절묘하게 펼쳐지고 있는 한국 고유한 문화와 특성과 한계에 대한 다채로운 논의들은 이제 심층적인 탐구와 대화의 대상이 되어야 할 것이다. 특히 이 책에서 언급된 한국의 문화에 대한 예리하고 냉철한 부정적 언급은 세월호 참사를 배태한 원인과 시스템을 감안하면 결코 근거 없다고 말할 수 없다.

9.

이어령은 『흙 속에 저 바람 속에』의 저자 후기 「어느 벗에게」에서 이렇게 적은 바 있다.

우리가 한국을 비판한다는 것은 아마도 거울 속의 자기 심장을 자기 부리로 쪼는 그 앵무의 아픔, 외로움 그리고 피투성이가 된 자기 분신의 모습과 닮은 데가 있습니다. 또 맹수들이 어떻게 자기 상처를 치유해 가는가를 알고 계십니까? 그는 홀로 자기 상처를 자기 혓바닥으로 핥는 것입니다. 아픈 상처를 스스로의 육신으로 건드려야 하는 의지 — 한국의 상처를 들여다보는 우리의 마음도 그와 같은 것이 아닌가 생각합니다. (…)

애정이 클수록 절망도 크고, 자존심이 높을수록 자기 환멸도 높게 마련입니다. 부정적인 면에서만 한국을 보자는 것이 아니라 옛날 그 앵무새처럼, 상처를 핥는 야생의 짐승처럼 그렇게 내 나라를 보고 싶었기 때문입니다.

지금이야말로 52년 전에 이어령이 마치 "상처를 핥는 야생의 짐승처럼" 한국 사회의 습속과 한계를 되돌아본 것처럼 우리 사회의 모순과 부정적 관행에 대해서 근본적으로 성찰할 필요성이 있다고 생각된다. 대학 시절 이어령으로부터 교양 국어 수업을 들었다고 회고하기도 했던 한 평론가는 최근에 세월호 사건과 연관하여 "벗겨지는 순간의 아픔보다 더 견디기 힘든 고통은 대한민국이라는 나라의 속살이 가감 없이 드러나는 것을 목격하는 일이었다"(염무웅, 「스스로 다스리는 국민」, 《한겨레》. 2014. 5. 12)라고 고백한 바 있다.

이렇게 보면 우리는 52년 전에 이어령이 시도한 한국 사회와 문화에 대한 냉철하고 애정 어린 진단을 충분히 계승, 심화, 발전시키지 못한 것이다. 우리 시대의 비극은 바로 여기에서 비롯되었다. 진정한 사랑과 재도약은 이 비극의 밑바닥과 진창을 정확하게 응시하는 데서 비로소 시작될 수 있다.

권성우

1987년 《서울신문》 신춘문예 평론 부문에 당선되어 등단했다. 저서로 『비평의 매혹』, 『모더니티와 타자의 현상학』, 『비평과 권력』, 『비평의 희망』, 『논쟁과 상처』, 『횡단과 경계』, 『낭만적 망명』 등이 있다. 현재 숙명여대 한국어문학부 교수.

오늘보다 긴 이야기

불쌍한 하루살이들의 무덤

사도 바울의 말이었던가. 우리는 매일 죽는다. 어제의 나와 오늘의 나는 결코 같을 수가 없기 때문이다. 우리는 비눗방울처럼, 혹은 하루살이처럼 허공에 떠다니다가 사라지는 하루에 매달려 산다.

하지만 하루는 그냥 도망쳐버리지는 않는다. 우리는 그것을 글로 기록할 수가 있기 때문이다. 글을 쓴다는 것은 그 단절의 순간들을 염주처럼 꿴다는 뜻이다. 그래서 그 하루를 하루보다 더 길게 만들어가거나 유예하는 기술을 지닌다.

나는 거의 20년 가까이 신문사 논설위원으로 칼럼을 써왔기 때문에, 하루 이상 사는 연명 방식을 잘 알고 있다. 그리고 그 뜻이 무엇인지도 잘 안다. 하루 동안에 일어난 정치 이야기, 사회와 문화 이야기들을 고정 칼럼에 담아왔다. 시간이 지나면 어린 시절의 수학여행 사진보다도 색이 바래버리는 그 허망한 오늘의 이야기들을 잡기 위해서 내 젊음의 대부분을 허비한 것이라고도 할수 있다. 이제는 기억조차 할 수 없고 누구의 화제에도 오르지 못하는 것들을 위해 분노하고 포효하고 때로는 비장한 눈물을 흘리기도 한 것이 쑥스럽기까지 한 것이다. 그러니까 신문의 칼럼들은 아무리 명문이요, 통찰력을 갖춘 것이라고 해도 따로 상을 차릴 만한 것이 못 된다.

그런데도 나는 그 미련을 버리지 못하고 '만물상', '메아리', '여적', '삼각주' 그리고 '분수대' 같은 신문 고정 칼럼난에 발표했던 글들을 한데 모아 한 권의 책으로 엮어낸 적이 있다. 제목 그대로 '오늘보다 긴 이야기'로 살아남을 만한 것들을 추려서 애환이 담긴 그 생활의 염주를 만들어낸 것이다. 그래서 10년 전, 20년 전의 글인데도 마치 오늘의 이야기와 같이 느껴지는 것들이 있다. 역사는 되풀이된다는 그 말이 진리라서가 아니라 분명 우리 주변에는 오늘보다 긴 이야기들이 존재하고 있기 때문이다.

그러니까 이 칼럼집은 내 불쌍한 하루살이들의 무덤이라고 할 수 있다. 그것을 다시 신간으로 단장하여 재발간하면서, 그 짧은 생명 속에 담긴 끈질긴 글의 목숨에 대하여 새삼 놀라지 않을 수 없다. 아무리 시원찮은 글도 오늘보다 긴 생명과 이야기로 이어진다는 것을 확인하는 작업으로, 이 책을 그때의 일들을 알지 못하는 독자들을 위해 다시 펴낸다.

2003년 10월
이어령

I
한국인의 조건

'북풍식'과 '태양식'

부정 에스컬레이션

북풍과 태양이 길 가는 사람의 외투 벗기기 내기를 한다. 겉으로 보기에는 북풍이 이길 것 같지만 실상은 그렇지 않다. 오히려 바람이 세차게 불수록 사람들은 더욱더 외투 깃을 틀어잡고 단추를 단단히 잠그는 것이다. 그러나 태양은 외투 자락 하나 흔들 만한 힘이 없지만 그 빛의 열기는 그것을 저절로 벗겨지게 하는 것이다.

이 우화를 모르는 사람은 아마 없을 것이고, 동시에 태양의 승리를 의심할 사람은 한 사람도 없을 것이다. 그런데도 실제로 우리의 현실을 보면, 태양보다도 북풍의 방식으로 삶을 살아가는 사람이 훨씬 많은 것처럼 보인다. 사회 전체의 분위기가 바로 북풍인 것이다.

일상적으로 우리가 사용하고 있는 언어 표현의 레토릭 rhetoric(수사학)만을 두고 보더라도, 역시 북풍 같은 찬바람이 불고 있는 것을 부정하기 어렵다.

영어로는 그냥 'NO ENTRANCE(들어갈 수 없음)'라고 써놓은 문에도 우리말로 표기할 때는 으레 '출입 엄금'으로 되어 있는 경우가 많이 있다. '불가'가 '금지'가 되고, '금지'가 '엄금'이 되고, '엄금'이 극에 달하면 '엄벌'이 되는 그 말의 에스컬레이션escalation을 우리는 도처에서 목격할 수가 있다.

이것은 단순한 어휘의 선택에서 끝나는 문제가 아니다. 어휘뿐 아니라 구문構文 전체가 부정적으로 되어 있는 것도 많이 있다. '18세 이하 출입 금지'나 '연소자 관람 불가'가 모두 그러한 예에 속한다.

같은 의미를 나타내는 데도 '18세 이상만 출입할 수 있음' '어른들만 볼 수 있음' 등으로 얼마든지 긍정문으로 표현할 수가 있을 것이다.

작은 문제 같지만 적어도 이 같은 언어 표현의 차이는 기원전과 기원후의 세계를 나누는 중대한 척도가 되기도 하는 것이다. 『구약성서』에는 십계명처럼, 하지 말라는 부정적 표현의 문체가 많지만 『신약성서』에는 거꾸로 "가난한 자는 복이 있나니……"의 「산상수훈山上垂訓」처럼 긍정적 문체가 압도적으로 많다는 것은 널리 알려져 있는 사실이다.

심판자의 레토릭은 북풍의 전략을 택하지만, 구원자의 레토릭은 태양빛의 언어를 택한다. 그러므로 "부자가 천국에 들어가는 것보다 낙타가 바늘귀로 들어가는 것이 더욱 쉬우니라"와 같이 부정의 뜻을 가진 것까지도 『신약 성서』에서는 긍정문으로 표현되어 있다. 보통 글이라면 "부자가 천국에 들어가는 것은 낙타가 바늘귀로 들어가는 것보다도 어려우니라"로 되어 있었을 것이다.

주먹과 손바닥

언어만이 아니라, 모든 전략은 '북풍'과 '태양'의 두 방식으로 구분해볼 수가 있다.

같은 손이라도 주먹을 쥘 때는 '북풍'이 되고, 손바닥을 펼 때는 '태양빛'이 되는 것이다. 옛날의 그리스인들은 논리학 책에는 주먹을 그려놓았고, 수사학修辭學 책에는 손바닥을 그려놓았다고 전한다. 논리는 마음에 들지 않아도 복종해야 되는 힘이지만, 수사학은 상대방의 마음을 달래서 자진해서 따라오게 하는 힘이었기 때문이다.

단순한 비유가 아니라 실제로 우리는 남을 협박하거나 때릴 때는 주먹을 쥔다. 그러나 달래거나 쓰다듬을 때는 손바닥을 펴게 된다.

그것 역시 겉보기에는 주먹이 힘세 보이고 남을 다스리기에 효과적인 것으로 보이지만, 궁극적으로는 힘없어 보이는 손바닥이 그보다 몇 배나 더 강한 힘을 지니고 있다는 것을 알게 된다.

그 증거로 사천왕四天王은 주먹을 쥐고 있지만 그들보다 더 위에 있는 부처님은 손을 펴고 있는 것이다. 종교의 세계이기 때문에 그런 것은 아니다. 아무리 매를 때려도 듣지 않던 아이가, 어느 날 그 아픈 매 자국을 어루만져주던 손을 보고는 씻은 듯이 착한 아이가 되었다는 부모들의 일상적 체험담에서도 우리는 그것을 실감할 수가 있는 것이다.

김소월의 「진달래꽃」은 시적 의미가 아니라 삶의 전략적 가치로도 다시 한 번 음미해볼 만한 작품이다. 자기를 버리고 떠나는 임에게 꽃을 뿌려준다는 것은 단순한 자기희생이거나 부덕婦德을 나타낸 것만은 아니다. 일종의 이별에 대한 전략인 것이다. 떠나는 임의 앞을 막아서는 것은 북풍적인 전략이므로 마음의 깃은 한층 더 접혀지고, 그 단추는 굳게 잠가질 것이다. 그러나 진달래꽃은 태양빛처럼 스스로 그 마음을 덮은 외투 자락을 벗겨놓을 수도 있다.

강압으론 안 돼

한국인은 팽이처럼 다스려야 된다는 말은 식민주의자들이 만들어놓은 '검은 신화'인 것이다. 하던 짓도 멍석을 펴놓으면 하지 않는 것이 오히려 한국인의 기질이기 때문에 강압적인, 그리고 타율적인 북풍식 전략은 한국인을 다스리는 데는 적합하지 않다.

일본 사람들은 대개 반주에 맞추어 노래를 부른다. 그것이 지금 일본 열도를 휩쓸고 있는 이른바 '가라오케' 붐을 불러왔다.

그러나 한국인은 남의 반주 없이 자기 자신의 흥만으로도 노래를 곧잘 부른다. 한국의 어떤 전자 회사가 일본의 흉내를 내어 '가라오케' 제품을 만들었다가 완전히 고배를 마신 것도 그 민족성의 차이에 있었던 것이다.

전자 제품 하나를 만들어 파는 데도 그 민족의 성질을 알아야 되는데, 하물며 정치를 하고 문화를 만들어가는 사람들에게는 더 말할 필요가 없다. 한국인의 외투는 북풍으로는 벗길 수가 없는 종류의 것임을 깨달아야 한다.

어느 민족보다도 정이 많고 흥이 많은, 자발성이 강한 한국인에게는 자기 손으로 자기 단추를 푸는 '태양빛'의 전략만이 성공을 거둘 수가 있다.

매로 말할 것 같으면 몇천 년을 맞아온 백성이다. 지금 우리에게 부족한 것은 매가 아니라 매 자국을 만져주는 부드러운 손, 주먹이 아니라 상냥하게 편 그 손바닥이다.

창조적 사회와 관용

유대인과 한국인

한 나라의 민족을 평가하는 데 있어 세계적으로 가장 널리 통용되고 있는 자[尺]가 있다면, 그것은 GNP와 노벨상 수상자의 두 통계 숫자일 것이다. 전자는 물질적인 '생산성'을 나타내고, 후자는 정신적인 '창조성'을 상징한다. 그리고 그 같은 데이터를 통해서 본다면 생산성은 미국인이 제일 높은 봉우리를 차지하고 있고, 창조성은 유대인이 그 영예의 트로피를 독차지하고 있는 셈이다.

한국은 어떤가. GNP의 숫자는 눈을 크게 뜰 만큼 신장되고 있는 것이 사실이지만, 노벨상 수상자는 아직도 영도零度의 자리에서 낮잠을 자고 있는 형편이다. 그렇기 때문에 이 민족의 '생산성'만이 아니라 그 '창조성'을 염려하고 있는 지적知的 대중은 '우리는 언제 노벨상을 탈 수 있을 것인가' 하는 궁금증을 갖게 마련인 것이다. 그리고 그 같은 관심을 확대해가면 '어째서 유대인들

은 그토록 많은 노벨상을 탈 수 있었는가' 하는 질문으로 바뀌어
질 수도 있을 것이다.

1901년부터 70년 동안의 수상자를 민족별로 통계를 낸 것을
보면 유대인 수상자는 인구 1백만 명당 0.64퍼센트를 기록하고
있다. 이 같은 숫자는 0.13퍼센트로 제2위를 차지하고 있는 프랑
스보다 6배나 많고, 세계 인구 전체를 놓고 볼 때는 28배가 넘는
환상적인 비율을 보여주고 있는 것이다.

'어째서 유대인이란 말인가.' 아리에티Silvano Arieti는 한 민족이
창조적인 역량을 발휘할 수 있는 아홉 가지 사회적 요인 가운데
거의 모든 인자를 고루 갖추고 있는 것이 유대인이라고 지적하고
있다. 바꿔 말하자면 민족의 창조성은 우생학적優生學的인 문제가
아니라 사회적 요인에서 비롯하는 것이기 때문에 환경을 그렇게
만들어주고 촉진시켜주면 어느 민족이고 유대인처럼 될 수 있다
는 것이다. 그런데 아리에티가 든 창조 발생적 사회의 아홉 가지
인자의 목록을 훑어보면 우리는 적잖은 용기를 얻게 된다.

특히 그중에서도 우리의 눈을 번쩍 뜨이게 하는 것은 '극심한
억압이나 절대적인 배척 뒤에 찾아오는 자유'라는 다섯 번째의
인자다. 유대인이 세계적으로 그 창조력을 발휘한 것은 잘 알고
있듯이 수난의 역사를 가지고 있기 때문이다.

가장 두드러진 차이

　지금도 유대인들은 그들의 선조가 이집트를 벗어나 이스라엘 땅에 이르는 33년간의 긴 유랑 생활의 고난을 추체험追體驗하고 있다.

　유대인들은 해마다 가을이 되면 일주일간 텐트를 치거나 움막집을 지어놓고 그때의 어렵던 생활을 자손들에게 가르쳐주고 있다는 것이다. 이 핍박과 고통의 유산은 영광스러운 역사보다도 도리어 민족의 창조력을 키우는 거름이 된다는 역설을 그들은 잘 알고 있었기 때문이다. 우리 역시 억압과 핍박의 역사라면 유대인 못지않게 당해왔다. 그들이 나치의 학살을 이야기할 때 우리는 그에 못지않은 일제 강점기의 시련을 기억할 수가 있는 것이다.

　그리고 여섯 번째의 인자로 든 '이문화異文化나 대립적인 문화의 자극에 대한 체험' 역시 마찬가지다. 나라 없는 유대인들은 세계 각지로 흩어져 언제나 이교도들 사회에서 살아왔다. 그 대립 문화의 접촉이 도리어 새로운 창조력을 발휘한 요인이 되었다는 것인데, 우리 역시도 한반도의 지정학적인 위치 때문에 싫든 좋든 끝없는 외세 문화의 접촉 속에서 살아오지 않으면 안 되었다.

　일일이 열거할 수는 없지만 우리는 이렇게 여러 가지 면에서 유대인과 비슷한 사회적 요인을 가지고 있다. 그리고 보면 지금까지 비관적으로 보여졌던 것이 창조의 원동력이라는 긍정적 가치로 변하는 역전의 발상을 할 수도 있을 것이다.

그런데 한 가지 우리가 유대인과 대극적對極的인 자리에 놓여 있는 것이 있다. 그것은 아리에티가 일곱 번째로 제시한 인자, 즉 '다양한 사고에의 관용성'이다. 유대인들은 아무리 절박한 상황 속에서도 획일적인 사고를 거부해왔다. 그렇기 때문에 유대인의 법규에 따르면 '만장일치는 무효'로 되어 있다는 것이다. 창조성이 자라나려면 자기와 다른 남의 의견이나 반대되는 신념에 대해서, 그리고 그 관습이나 생활 양식에 대해서 관용적인 태도가 절대적인 여건이 되는 것이다. 모든 문화의 창조와 발전은 이 관용성에서 비롯되어왔다고 해도 과언이 아니다.

13세기에 상당수의 기독교도가 헬레니즘에 대해 관용성을 갖지 않았더라면 아마도 르네상스 문화는 태어나지 않았을 것이다.

프랑스의 엘리트들이 비사실적非寫實的인 표현에 대한 관용을 보이지 않았더라면 현대 예술은 발전되지 않았을 것이다. 갈릴레이와 같은 과학자들이 실험적·경험적 방법에 대한 편협성을 포기하지 않았더라면 현대 과학은 그 길을 찾지 못했을 것이다.

우리의 사회를 관찰해보면 '만장일치는 무효'가 아니라 오히려 '만장일치가 아닌 것은 무효'라고 생각하는 경향이 짙다. 집단도 개인도 마찬가지다. 우리는 자기와 다른 생각, 자기와 다른 생활 양식을 보면 참지 못한다.

그것은 어제오늘의 이야기가 아니라, 유교적인 이념이 지배했던 조선조 시대부터의 긴 전통인지도 모른다. '다양한 사고에의 관용성'이 부족했기 때문에, 반대자를 절멸시켜버리는 사화士禍의 그 쓰라린 피의 역사가 있었던 것이다.

절대언어로는 노벨상 안 나와

한국인이 쓰고 있는 글의 일반적 문체의 특성 가운데도 단정적인 투가 많다는 것은 여러 예문에서 찾아볼 수가 있다. 가령 영어로는 무엇을 강조할 때라도 'One of……'라는 용법을 많이 쓰지만, 우리는 '제일'이라는 말을 많이 쓴다. 그렇지 않으면 '화끈하지'가 않은 것이다.

서양 문화를 키워온 그 창조성은 'Maybe'라는 말이었다고 포크너William Faulkner는 말하고 있다. 그러나 반대로 우리의 창조성을 시들게 한 것은 '절대'라는 말이었다. 양의洋醫와 한의漢醫의 차이도 거기에 있다. 양의들은 환자 앞에서 단정을 하지 않는다. "약을 써봐야 안다"라고 말하는 것이 상례다. 그러나 한의의 경우는 대개가 신념이 넘쳐 있어서 "한 첩이면 끝난다"라고 말하는 경우가 많은 것이다. 심지어 과학적 데이터로 처리되는 일기예보를 봐도 우리는 비가 온다거나 흐리다거나 단정 투로 말하는 일이 많다.

서양은 물론 일본의 경우만 해도 20퍼센트니 40퍼센트니 하는 확률의 숫자로 기상을 알리는 것이 관례로 되어 있다. 이 같은 절대언어의 습관 속에서는 관용의 문화는 생겨날 수가 없다.

유대인이 할 수 있는 것이라면 한국인도 할 수 있다. 단지 하나의 조건이 있는 것이다. '다양한 사고에의 관용성, 만장일치는 무효'라는 법규를 겸허하게 배울 때, 우리도 노벨상을 탈 수 있는 창조적인 천재들을 배출시킬 수 있을 것이다.

폭력에 대응하는 지성

무력해 보이지만

KAL기 사건 때도 그랬지만, 이번 양곤의 대참사에서도 우리는 똑같은 것을 경험하고 있다. 너무나도 엄청나고 너무도 명백한 폭력 앞에서는 지성의 힘이 끼어들 여지가 없다는 사실이다. 한 방울의 눈물과 한 주먹의 분노가 백 마디의 말이나 그 논리보다 낫기 때문이다. 그렇기 때문에 이런 문제를 놓고 글을 쓴다는 것 자체가 어리석게 느껴진다.

텔레비전 인터뷰를 보아도 서재에 앉아 이야기하는 학자나 비평가들보다는 거리의 무명 시민들의 이야기가 더 속 시원하게 들린다. 잘 다듬어진 표준어보다는 거친 사투리가 더 실감나고, 격조 높은 말보다는 상스러운 욕이 오히려 더 진실해 보이기도 한다. 도대체 이런 문제를 놓고, 국제법이 어떠니 외교 관례가 어떠니 하는 해설 자체가 귀에 거슬린다.

비통한 분위기 속에서는 눈물 이상의 표현이 없는 것이며, 분노의 열기 속에서는 규탄 이상의 논평이 없다. 이런 때 냉철한 지성인을 보면 오히려 답답하다고 할 것이며, 심할 경우에는 폭력의 범죄에 무관심한 사람으로 오해될 것이다.

초상집에는 의사가 아니라 곡꾼이 필요한 것이며, 또 그렇게 하는 것이 진실하게 보이고 예의로 느껴진다. 그러므로 KAL기 사건과 이번 양곤 대참사의 폭력이 보여준 것은 정감情感의 언어가 지적인 언어를 압도하고 있는 현상이며, 고발과 규탄이 분석과 비평의 힘보다 중요한 구실을 하고 있다는 현상이다.

그러나 동시에 우리는 폭력의 두려움은 폭력 그 자체 안에만 있는 것이 아니라, 그것을 겪고 있는 사람들의 마음속에서 벌어지기 쉬운 반지성적 태도에도 있다는 교훈도 발견하게 된다.

프랑스의 지성인들이 나치 독일 점령하에서 가장 고민한 것도 바로 그 점이었다. 폭력과 싸우는 길은 오직 레지스탕스뿐이고, 그 레지스탕스는 직접 무기를 들고 싸우는 '뜨거운 행동주의'였다.

시를 쓰거나 철학적인 글로 대응하는 문화주의적 방법은 모두가 패배주의적인 것으로 느껴졌으며, 비겁과 폭력의 타협으로 간주되었던 것이다.

위험한 맹목의 늪

그러나 그 결과로 그들이 발견하게 된 것은 나치의 폭력주의와 싸우다가 그들 자신이 바로 나치를 닮은 폭력주의자로 변신해가고 있다는 사실이었다. '미라가 미라잡이가 된다'는 역설적인 현상이 일어났기 때문이다.

이러한 고민은 일제 강점기의 우리 독립지사들에게서도 나타나 있다. 신채호형申采浩型의 '뜨거운 무력주의'와, 도산형島山型의 '차가운 문화주의'의 두 갈등이 그것이다.

따지고 보면 수레에는 두 바퀴가 있듯이, 폭력에 대응하는 정감적 태도와 주지적主知的 태도는 서로 대립되어 있는 것이 아니라 상호 보완적인 것이라고 할 수 있다. 정감은 달리는 말에 가하는 '박차'와 같은 것이고, 지성은 그 달리는 말의 고삐를 잡아 그 방향을 잡아주는 '재갈'과 같은 기능을 갖고 있다고 할 것이다.

폭력을 증오하는 열정 없이 어떻게 폭력을 이기는 문화를 만들어낼 수 있을 것인가. 어디든 말은 뛸 수 있는 힘이 있어야 한다. 그러나 그 방향을 설정하고 그 진로를 판단하는 지적 대응이 없다면 폭력과의 싸움은 평화의 땅으로 이르지 못하고 맹목의 늪 속에서 헤매게 될 것이다.

그러나 현실적으로 볼 때 언제나 폭력이 야기시키는 상황은 지적인 것보다는 정감적인 것이었다. 어느 한쪽을 강조하려는 나머지 다른 한쪽의 가치를 무시해버리는 편향성을, 현실에 대처하는 유연한 사고를 불가능하게 하는 것이다. 과격성과 경직성, 이 것이 폭력에 대응하는 정감 언어의 귀결점이다. 이 불행에서 벗어나는 거의 유일한 길은 절박하고도 비참한 정황 속에서 지성의 가치와 그 신뢰를 저버리지 않는 태도다.

'성한 눈'의 슬기

우리는 옛날 한 도인道人이 왼쪽 눈에 돌을 맞았을 때 반대편 눈에다 손을 갖다 댔다는 유명한 삽화 하나를 기억하고 있다. 왼쪽 눈에 돌을 맞으면 왼쪽 눈에 손을 갖다 대는 것이 보통 사람들의 태도다. 그러나 그 도인은 그렇게 하지 않았다. 이미 다친 눈에다 손을 갖다 대봤자 소용이 없다는 것을 알고 있었던 것이다. 중요한 것은 성한 오른쪽을 보호해야 된다는 판단이었던 것이다.

본능과 정감뿐인 인간은 다친 눈만 비비지만, 지적인 손은 반대로 성한 눈으로 향한다. 그와 마찬가지로 폭력에 대한 지적 대응은 우리들의 성한 눈, 다치지 않은 '눈'이 무엇인가를 찾고 그것을 보호하려는 의지라 할 수 있다.

그것은 바로 KAL기나 양곤 참사를 빚은 폭력주의와 다른 문화를 분명히 우리가 소유하고 있다는 점을 재확인하고, 그 소중함을 잘 간직해가는 일이다.

그들의 비인도주의를 규탄하는 것만으로는 부족하다. 우리 사회와 문화가 지니고 있는 인도주의를 더욱더 열심히 보호하고 길러내는 슬기가 있어야 한다. 동족을 죽이는 그들의 폭력을 세계에 고발하는 것만으로 모자란다. 우리는 그들과 달리 동족을 길이 '사랑'하는 정신을 가지고 있음을 증명해 보여야 한다.

어떤 사람의 병사病死는 위대한 의학을 낳기도 하고, 어떤 사람의 아사餓死는 중요한 산업의 꽃을 피우기도 했다. 인간의 죽음은 그 슬픔만을 통곡하는 정감의 반응만이 아니라, 부단히 그 죽음을 극복하려는 지적 태도가 있기 때문에 인간은 장송곡 이상의 문화를 만들어낸 것이다.

양곤에서의 죽음—순국하신 그분들의 죽음은 끝이 아니라 바로 시작이다. 그분들은 비극적인 죽음을 통해서 폭력주의가 무엇인가를 세상에 알려줬으며, 우리는 그 참변을 통해서 우리가 지켜야 할 가치가 무엇인가를 분명히 깨달았기 때문이다.

폭력으로는 절대로 이룰 수 없는 인간의 평화와 행복을 이 땅위에 실현시키는 것, 그것이 그들의 폭력에 앙갚음하는 지성의 힘인 것이다.

레이건 수사학

이유 있는 박수 스물두 번

레이건Ronald Reagan 대통령은 우리의 국회 연설에서 22분 동안 스물두 번의 박수를 받았다. 그러니까 평균해서 꼭 1분에 한 번씩 박수가 터져 나온 셈이다.

물론 그중에는 연설의 리듬을 깨뜨리는 불협화음적인 박수가 없었던 것은 아니다. 하지만 그 연설문의 레토릭을 면밀히 분석해보면 그 많은 박수가 결코 의례적인 것이 아니었으며, 더더구나 열일곱 번 박수를 쳤다는 일본 의회와의 경쟁심에서 비롯된 것도 아니라는 것을 금세 알 수 있을 것이다.

옛날의 수사학 이론은 대개 다섯 가지로 분류되어 있는데, 그중에서 첫 번째로 꼽히는 것이 '발견INVENTIO'이라는 것이었다. 즉 자기가 말하고자 하는 명제를 찾는 기법이다. 그것이 서투르면 횡설수설을 면할 수 없게 되고, 듣는 사람들은 나침반이 없는 배에 탄 것처럼 불안해질 수밖에 없다.

그런데 레이건은 그 명제를 바로 자신의 한국 방문 그 자체의 명백한 사실에서 찾고 있다. 왜 자기가 이곳에 왔는가, 그것을 밝히는 것이 곧 그 연설 내용의 대들보요, 기둥이 되는 것이다.

"명제는 '발명'하는 것이 아니라 '발견'하는 것이다. 모든 것은 이미 존재하고 있다. 다만 그것을 발견하기만 하면 된다"라는 수사학자들의 이론을 그대로 실천한 것이다. 그렇게 해서 얻은 것이 '우리는 어째서 같은 편이고, 그들은 어째서 적이 되는가'의 질문이며, '친구는 서로 도와야 하고, 적은 서로 막아야 한다'는 명료한 해답이었다.

두 번째는 그것을 어떤 순서로 엮어가는가 하는 '배치DISPOSI-TIO'의 문제다. '구슬이 서 말이라도 꿰어야 보배'라는 속담처럼, 말을 꿰는 기법이 여기에 속하는 것이다. 그런데 그 '배치'론에 따르면 모든 연설에는 시작과 끝이 있게 마련인데, 그것은 다 같이 장중해야 되고 논리보다는 정념적情念的이어야 한다는 것이다.

레이건은 연설의 본론에 들어가기 전에 KAL기 사건을 말했고 묵념을 올리도록 함으로써 고전 수사학자들이 꿈꾸어오던 완벽한 '배치'의 서두를 끌어내온 것이다. 그리고 마지막에는 역시 '기도문'으로 끝을 맺고 있다.

그러나 본론에 가서는 묵도와 기도의 그 정감 언어와는 달리 '사실의 진술과 입증'의 확립이라는 이성적 언어의 힘을 유감없이 발휘했다. 자유 체제가 공산주의 체제보다 어째서 우위에 있는가를 비교 분석과 증거를 통해 밝혀주었던 것이다. 즉 '정감으로 호소하고 이성으로 밝힌다'는 '배치'의 묘를 잘 살린 연설이었던 것이다.

탁월한 구성과 표현

세 번째는 '표현법ELOCUTIO'이다. 보기 좋은 떡이 먹기도 좋다고, 같은 말, 같은 뜻이라도 표현에 따라 듣는 사람의 감동은 달라지게 마련이다. 레이건은 되도록 상투어나 관념어를 쓰지 않고 생생한 말, 이른바 '색채, 빛, 꽃'이 있는 문채文彩의 표현을 쓰고 있다. KAL기 사건에 대해서 대체로 사람들은 '천인공노'니 '만행'이니 하는 말로 규탄했지만, 레이건은 교차대조법을 써서 그 죄악을 참신하게 표현하고 있다.

지친 나그네는 기운을 회복시켜주고, 병든 나그네는 낫게 해주고, 길을 잃은 나그네는 보호했다가 안전하게 돌아가도록 하는 것이 그것(나그네를 돕는 행동 규범)입니다. 그런데 길을 잃은 민간 항공기에 도움을 주는 대신 소련은 이를 공격했습니다. 조의를 표하는 대신, 소련은 이를 계속 부인했습니다. 안심을 시키는 대신 소련은 위협을 되풀이했습니다.

카이사르Julius Caesar를 암살한 브루투스Marcus Brutus 일당을 고

발한 안토니우스Marcus Antonius의 명연설을 연상시켜주는 대목이다.

네 번째는 '행위ACTIO'이다. 연설할 때의 몸짓이나 발음, 목소리 등의 연기력인데, 이것은 레이건 자신이 배우였고 아나운서였기 때문에 더 이상 논급할 필요조차 없는 항목일 것이다.

다섯 번째는 '기억MEMORIA'이다. 이것은 연설문 속에 역사적 사실 등을 예거하거나 선인들의 말을 인용하거나 하는 것인데, 레이건은 이 기법에도 매우 충실했다. 한국에서는 고종, 이승만 대통령 등의 말이 인용되었고, 미국 역사에서는 아이젠하워Dwight Eisenhower 등 역대 대통령의 말과 고사故事들을 원용했다. 일본에서는 하이쿠 시인 바쇼[芭蕉]의 말까지가 인용되었다.

그러나 무엇보다도 놀라운 것은 변론자가 갖추어야 할 자질 가운데 가장 중요한 항목으로 지적되어 있는 '호감EVNOIA'의 면에 있어서 레이건은 단연 빛을 발하고 있었다는 점이다. 아무리 옳은 말이라도 듣는 사람에게 악감을 불러일으켜서는 안 된다. 상대방을 불쾌하게 하지 않는 것, 도발하지 않는 것, 그러면서도 할 말을 다 하는 데서 수사법은 완성된다.

싫은 말도 듣기 좋게

자세히 연설문의 행간을 읽어보면 레이건은 우리에게 듣기 좋은 말만 하고 간 깃은 아니었다. 은연중에 하기 힘든 권유와 충고도 빠뜨리지 않았다.

레이건 대통령은 산타클로스 할아버지가 아니었기 때문에, 그의 외교 방문에는 '기브 앤드 테이크'의 호혜적인 이익을 전제로 하고 있게 마련이다.

레이건은 안보와 무역 문제에 있어서 일본과 한국에 다 같이 무엇인가를 요구하고 있는 것이다. 쉽게 말해 팔 생각만 하지 말고 살 생각도 좀 하라는 것이었고, 미국 혼자만 아틀라스처럼 무거운 이 세계의 땅덩이를 짊어질 것이 아니라 서로 그 짐을 나눠 지자는 것이었다.

그것을 말하는 데 레이건은 고급한 레토릭을 사용하고 있다. 일본과 한국의 국회 연설에서 공통적으로 나타나고 있는 것은 미국 내에서 일고 있는 '보호주의 정책'에 대한 비난이었다. 언뜻 생각하면 미국의 보호주의자들을 공격하고 있는 것처럼 들리지만, 실은 보호주의가 생겨나기 전에 지금 빨리 무역 역조를 시정하라는 '지동격서指東擊西'의 수사법인 것이다.

그리고 안보 분담을 일본에 요구하고 있으면서도 그 표현은 "자유를 지키는 이 무거운 짐을 일본만이 혼자 지게 되지는 않을 것입니다"라고 완곡법을 쓰고 있다. 이를테면 뒤집어서 말하고 있는 것이다.

또한 한국에 있어서는 민주 정치 발전과 인권이 안보의 기초가 된다는 것을 시사하고 있다. 그러나 그 표현은 '민주 정치 발전만이……'가 아니라 '민주 정치 발전도……'의 어감으로 들린다. '익스클루시브exclusive'한 표현을 '인클루시브inclusive'한 말로 바꾸는 레이건 수사학은 같은 말이라도 질책이 아니라 용기의 말로, 불쾌감이 아니라 호감으로 그 감도를 달라지게 만든다.

그러나 내가 여기에서 밝히고자 하는 것은 레이건의 수사학적 진단이 아니다. 레이건이 명연설을 했다는 게 중요한 것이 아니라, 그러한 수사학을 낳게 한 정치 문화의 배경이 무엇인가를 알자는 것이다.

수사학은 왕궁의 뜰에서가 아니라 시민의 광장에서 생겨났다는 사실을 우리는 이미 잘 알고 있다. 아테네의 자유로운 시민들이 대낮의 밝은 아고라에 모여 정사政事를 토의하던 때, 수사학의 그 꽃씨는 비로소 세계에 뿌려졌던 것이다.

그러고 보면 2천 년이 넘는 수사학의 전통을 갖고 있는 서양인들에 비해 대체로 동양 정치인들의 연설이 서투르다는 평을 받고 있는 것도 무리는 아닐 것 같다. 레이건이 서서 연설하던 바로 그 단상에서 우리의 의원들이 그에 못지않은 명연설을 하려면 '설득'이야말로 정치의 가장 큰 힘이라는 것을 몸에 익혀야만 될 것이다. 레이건 대통령이 그 연설을 끝맺을 때 한 말처럼 '민주 정치 제도의 계속적인 발전'은 안보의 힘만이 아니라 아마도 수사학의 기초일는지도 모른다.

귤이 탱자가 되는 사회

백남준과 '풍토'

지금 한창 화제의 인물로 되어 있는 백남준의 초기 작품에 〈클라비어 인테그랄Klavier Integral〉이라는 것이 있다. '갖출 것을 다 갖춘 피아노'라는 뜻이 내포되어 있는 제목이지만, 실은 낡아빠진 피아노에 온갖 잡동사니를 모아놓은 것이다. 전화기, 전기 스탠드, 그리고 유리병 같은 것들이 피아노 위에 놓여 있고 그 몸체나 주정 위에는 찌그러진 여자의 브래지어, 탁상시계, 그리고 자잘한 부엌살림과 달걀 껍질 같은 것들이 널려 있다.

이 빠진 건반 위에도 작은 장난감들이 멋대로 뒹굴고 있다. 이런 작품을 보고 있으면 절로 식은땀이 흘러내리지 않을 수 없다. 왜냐하면 이러한 작품이 가야 할 곳은 두 군데밖에는 없기 때문이다. 한 군데는 고물상이고, 또 한 군데는 미술관이다.

다행히도 백남준은 독일에서 예술 활동을 했기 때문에 넝마주이가 아니라 '볼프강 한'과 같은 미술 수집가의 눈에 띌 수 있었다. 그리고 야심적인 새 미술관을 건립한 오스트리아 공화국이 있었기 때문에, 백남준의 그 작품들은 피카소와 몬드리안의 그림과 마찬가지로 바로크 궁전 스타일의 미술관의 한 방 안에 조심스럽게 모셔질 수 있었던 것이다.

그중에는 물론 그 피아노만이 아니라 자동차 번호판과 부서진 장난감을 담은 문자 그대로의 고물상자('시와 진실')들도 섞여 있었다. 백남준의 소문이나 그의 실험적인 예술을 접할 때마다 우리의 가슴에 와닿는 것은 '그가 과연 한국 땅에서 그 같은 작업을 했더라면 어떻게 되었을까?' 하는 자학적인 가정법인 것이다.

복부인들이 화랑을 복덕방처럼 드나들고 있는 이 땅에서는 그의 '오브제 아트Object Art'가 미술관 문 앞으로도 가기 전에 고물상에 전시되었을지도 모를 일이다. 그리고 한때 비디오라고 하면 많은 어른들이 안방에서 즐기는 포르노로 통했던 이 나라에서는 그의 비디오 아트가 꽃피기도 전에 이미 서리를 맞았을지도 모른다.

그보다도 더 중요한 것은 고정 관념이 지배하고 있는 한국의 지적 풍토에서는 다른 것은 몰라도, 전위 예술의 싹은 좀처럼 자라기 힘들다는 사실이다.

고정 관념의 탈피

모든 창조는 고정 관념의 고치를 뚫고 나올 때 그 날개를 얻을 수 있는 것이다. 활은 쏘기 위해서 있는 것이다. 그러나 그 같은 통념에서 벗어나 활시위를 퉁겨 소리를 내본 사람이 있었기 때문에 하프라는 악기가 생겨나게 된 것이다. 백남준의 발상이야말로 활 같은 무기를 하프의 악기로 바꾸는 작업이 아니었던가?

초기의 오브제와 행동 음악으로부터 비디오 아트에 이르기까지 20여 년 동안 그가 줄곧 추구해본 것은 '남들이 다니지 않는 길을 찾아다니는 정신'이었다고 할 수 있다. 그 다른 길에는 베토벤의 음악만이 아름다운 것이 아니라 땅바닥에서 구르는 깡통 소리도 아름다울 수가 있는 것이다. 남들이 천치 상자라고 부르는 텔레비전, 조지 오웰George Orwell이 미래의 독자적 수단이 된다고 예견했던 텔레비전……. 그것도 시점을 한번 옮겨보면 대리석과 같은 조각의 매체로 쓸 수도 있고 첼로와 같은 악기로 둔갑될 수도 있는 것이다.

텔레비전이 고장나면 으레 사람들은 수리공을 부르거나 쓰레기터에 내던져 버리려고 한다. 그러나 백남준에게 있어서는 그것이 오히려 새로운 상상력이 시작되고 생생하게 움직이기 시작하는 순간이 되는 것이다. 남들이 버릴 때 그는 거기에서 얻는다.

이 지구 위에는 이러한 엉뚱한 발상을 키워주는 사회가 있고, 거꾸로 그것을 말소해버리는 풍토가 있다.

그래서 회수淮水의 남쪽 땅에서는 귤이던 것도, 그 강을 건너 북쪽 땅에 오면 탱자가 된다는 말이 생겨난 것이다.

아까운 손실 없어야

풍토에 따라서 귤이 탱자가 될 수도 있고 탱자가 귤이 될 수도 있는 것처럼, 똑같은 예술품도 그것이 처해 있는 풍토에 따라서 고물상의 넝마가 될 수도 있고 미술관의 훌륭한 작품으로 대접받을 수도 있다.

1984년 신년 벽두에 던진 백남준의 그 충격은 순수한 예술성의 문제라기보다 우리 사회의 의미를 다시 한 번 진단해보는 데 있었는지도 모른다. 그가 외국에서 예술을 했기 때문에 성공할 수 있었다면, 그리고 그가 외국에서 유명해지고 평가를 받았기 때문에 우리에게도 쉽사리 받아들여진 것이라고 한다면, 그것은 그 개인에게 있어서는 행운이요, 우리 전체에게는 불행이 될 것이기 때문이다.

지금 하나의 교육 제도나 그 사회적 환경 때문에 많은 귤들이 탱자로 변하고 있는지 누가 아는가? 탁월한 비평가의 눈에 띄지 못하고 넝마주이의 갈고리에 찍혀 가는 값진 창조물들이 지금 어느 쓰레기터에서 뒹굴고 있는지 누가 아는가?

비약을 용서해준다면, 지금 대학에 낙방되어 눈물을 흘리고 있는 그 많은 젊은이들 속에 혹시 링컨과 아인슈타인과 셰익스피어가 있을는지 누가 아는가? 단지 한국에서 태어났다는 그 이유 하나로 탱자밖에 되지 못한 사람들이 있다면, 그 아까운 손실들은 어떻게 보상받아야 하겠는가.

우리는 같은 길로 다니지 않는 사람들이라 해서 눈을 흘기고 돌을 던져서는 안 된다. 오히려 그들에게 모자를 벗을 줄도 아는 사회, 그것이 바로 성숙한 사회요, 창조적인 사회인 것이다.

한국인과 '마늘 문화'

멸시받던 마늘이……

같은 음식을 팔고 있는데도 일본의 한국 식당은 무언가 좀 다르다. 음식을 먹고 나올 때 껌이나 박하 같은 과자를 주는 것도 그 중 하나다. 무뚝뚝한 한국인들도 일본에서 살면 그렇게 친절해지는 것일까?

그렇게 생각한다면 그것은 큰 오해다. 속사정을 알고 보면 오히려 그것은 '일본인의 한국 멸시'라는 그 문화적 배경과 무관하지 않다.

일본 음식과 달리 한국 음식은 양념을 많이 쓰고 또 그 양념에는 마늘이 많이 들어간다. 김치만 해도 그런 것이다. 그래서 한국 음식을 먹고 나면 으레 몸에나 입에서는 마늘 냄새가 나게 마련이다. 마늘을 잘 먹지 않는 일본인들은 드라큘라처럼 유난히도 마늘 냄새라면 질색을 했고, 그 마늘 냄새를 싫어하는 것만큼 또 한국인들을 싫어했다. 그렇기 때문에 한국인이 일본인 사회에서 살아가려면 그 '민족 차별의 냄새'부터 풍기지 않는 자구책을 강구하지 않으면 안 되었던 것이다.

그런데 최근의 연구를 보면, 우리가 먹고 있는 이 마늘이 인체의 중금속 오염을 막아주는 놀라운 역할을 하고 있다는 사실이 밝혀졌다. 더욱 흥미로운 것은 이 같은 연구를 하게 된 차철환車喆煥 박사의 착상 자체라 할 수 있다.

산업 공해의 대명사라고도 할 수 있는 미나마타[水俣] 병이 맨 먼저 발생하게 된 것은 일본에서였다. 중금속이 섞여 있는 공장 폐수가 미나마타 만으로 흘러 들어가 바다를 오염시켰고, 거기에서 잡은 물고기들을 먹은 어민들이 중독에 걸려 사지 마비, 운동 마비의 기이한 병증을 나타냈던 것이다.

그런데 이상스러운 것은, 똑같이 중금속에 오염되어 있는 지역에서도 전연 그 증상을 나타내지 않은 사람들이 있었고 그런 사람들 중에는 재일在日 한국인이 많았다는 사실이다. 차 박사가 착안한 것은 바로 이 점이었다. 어째서 한국인은 일본인보다 중금속 오염의 공해에 강한가? 만약 그것이 식생활의 차이에서 오는 것이라면, 일본인과 한국인이 먹는 음식물 가운데 가장 그 차이를 나타내는 것은 무엇일까? 이러한 질문에서 얻어낸 해답이 다름 아닌 '마늘'이었다. '마늘내'—이것이야말로 일본인들이 자기네들과 한국인을 가르는 후각의 신분증명서가 아니었던가?

놀라운 해독 작용

일본인들에 의해 마이너스 이미지로 전락된 음식물이지만, 마늘이야말로 한국의 신화 첫 장에 나오는 저 웅녀熊女가 1백 일 동안 기忌하면서 쑥과 함께 먹은 신령한 음식이 아니었던가? 카드뮴cadmium에 오염된 동물들에게 마늘을 먹여본 결과 과연 그 놀라운 해독 작용은 증명되었고, 이미 중금속에 파괴된 세포까지도 말끔히 재생되는 기적 같은 일이 벌어졌던 것이다.

일본인과 한국인의 차이. 그것은 먹는 음식, 이를테면 '마늘'에만 국한된 이야기는 아닐 것이다. 마치 미나마타 병이 퍼져도 한국인이기 때문에 잘 걸리지 않는 것처럼, 언어나 민족성에 의해서, 같은 현대 문명의 영향 속에서도 제각기 그 반응도는 달라질 수 있다. 특히 마늘처럼 일본인들에 의해 마이너스 이미지로 부각되어버린 것들이라도 우리는 얼마든지 그 속에서 플러스 이미지를 찾아낼 수 있다는 점을 잊어서는 안 될 것이다.

자신도 모르는 사이에 하루하루 육체 속에 쌓여가는 중금속의 오염을 우리는 마늘 섞인 음식물로 중화시켜왔다. 그것처럼 하루하루 스트레스가 쌓여가는 그 각박한 현대 문명의 생활 속에서 그 정신의 긴장과 불안을 해독시키는 '마늘'의 신화는 없었던 것인가?

'극기 훈련' 글쎄……

동물 실험 같은 것으로는 입증될 수 없는 것이라 할지라도 한국 생활의 전통 문화 속에는 분명 그런 것이 존재하고 있는 것 같다. 그것이 바로 '풀이' 문화라는 것이다.

한국인은 전통적으로 무엇인가 푸는 데는 강한 힘과 슬기를 발휘해왔다. 일본 사람들에 비해 한국인들은 농담을 잘하고 욕도 잘한다. '기사마きさま'는 일본인이 잘 쓰는 욕이지만 그 원래의 뜻은 '귀양貴樣'으로 높임말이고, 미국 사람들이 잘 쓰는 '갓 댐God damn' 역시 '하나님이 저주를 내리시기를'이라는 매우 종교적인 맥없는 욕인 것이다. 모르면 몰라도 우리처럼 친척명, 섹스, 병명 할 것 없이 그렇게 소재가 다양하고 표현이 푸짐하게 욕이 발달한 나라도 드물 것이다.

욕을 잘한다는 것은 '마늘내'처럼 마이너스 이미지지만, 마음의 스트레스를 풀 때는 카드뮴을 중화시키듯 플러스 이미지가 될 수도 있다. 어깨춤의 문화, 신바람의 문화, 일본인이 갖고 있지 않은 긴장의 해독 문화를 우리는 전통적으로 많이 간직하고 있다. 그렇기 때문에 우리나라에는 일본인의 '도오리마[通り魔](길 지나가는 사람을 까닭 없이 칼로 찔러 죽이는 짓)' 같은 정신질환적 범죄가 없는 것이다.

이민족의 침략과 당쟁·사화의 끝없는 압력과 폭력 속에서도 미치지 않고 우리가 용케 살아온 것은, 그 억압을 발산하고 정신의 긴장을 풀 줄 아는 '풀이' 문화가 있었기 때문이다.

그러고 보면 요즘 각 기업마다 일본식 경영을 본받아 온몸을 죄고 긴장된 굳은 자세로 극기 훈련인지 광기 훈련인지 모르는 신입 사원 연수 광경을 보고 있노라면 '마늘 문화', '푸는 문화'를 재음미하지 않을 수 없다. 한국인은 풀어주어야 제힘을 제대로 발휘할 수가 있는 것이다. 어깨춤을 죽이면 문화는 물론 정치나 경제도 중금속 중독처럼 마비되고 마는 것이다.

저작권과 오렌지

간단찮은 득실 계산

국제 저작권 문제는 이제 문화계의 담을 넘어 경제적 쟁점으로 바뀌어가고 있다. 이번 한미 통상장관 회담에서 침방울깨나 튀긴 안건도 바로 그 지적知的 소유권의 보호 문제였다.

프랑스의 시인이자 정치가 라마르틴Alphonse de Lamartiné의 말대로 비바람과 싸워 수확한 한 톨의 밀알에 주인이 있듯이, 무지와 편견과 싸워 창조해낸 한마디의 언어에도 엄연히 그 임자는 있게 마련이다. 눈으로 볼 수 없고 직접 손으로 만질 수 없는 것이라 해서 지적 노동의 결과가 함부로 도둑맞아서는 안 된다. 뿐만 아니라, 그 임자가 제 나라 사람이 아닌 남의 나라 사람이라 해서 남의 밭에 함부로 들어갈 수는 없는 일이다.

그렇기 때문에 국제 저작권 문제가 나올 때마다 우리는 꿀 먹은 벙어리가 되지 않을 수 없었고, 나라 전체가 해적의 오명을 입고도 식은땀밖에는 흘릴 것이 없었다.

그러나 저작권 문제가 컬러텔레비전의 덤핑 사정査定이나 시장 개방 문제와 같은 도마 위에서 칼질을 당해야 옳으냐 하는 데는 그저 고개만 수그리고 앉아 있을 수만은 없는 것이다. 세상에는 자로 재야 할 것과 저울로 달아야 할 것이 따로 있는 법이다.

비록 달러가 오가는 것이긴 하나 헤밍웨이의 '언어'를, 미국산 오렌지를 파는 그 통상의 같은 '저울'로 달 수는 없는 일이다. 왜냐하면 저작물 같은 지적 소유권에는 단순한 상품 거래와는 달리 경제적 손익만으로 결정할 수 없는 것이 있기 때문이다. 때로는 경제적 불이익이 문화적 이익을 가져다주는 수도 있고, 반대로 경제적인 이득이 문화적 손실을 초래할 수도 있는 것이다.

국내의 작가들에게는 저작권을 지켜 에누리 없는 인세를 물어야 했지만, 바다 건너 영국 작가의 작품은 돈 한 푼 내지 않고 출판을 했었던, 한 세기 전의 미국을 생각해보면 알 것이다.

더구나 같은 영어권 문화였기 때문에 그들은 번역하는 수고도 없이 그대로 인쇄기에 넣고 돌리기만 하면 되었던 것이다. 이 같은 기억을 더듬는 것은 결코 '당신들도 했으니 우리도 한다'는 시대착오적인 변명을 위해서가 아니다.

따지고 싶은 것은 그 때문에 과연 영국은 손해를 입었고, 미국은 득을 보았느냐 하는 문제다. 경제적 측면에서 본다면 분명히 영국은 '실失'이요 미국은 '득'이었지만, 문화적 시각에서 검토해보면 그 산술적 계산은 그렇게 간단치는 않은 것이다.

나눠 먹어야 배불러

오히려 국내 저작권은 보호를 받아도 국제 저작권이 인정되지 않았던 당대의 그런 상황에서 문화적 충격을 받은 쪽은 미국이었다. 심지어 소설 문학의 특징까지 바뀌고 말았기 때문이다. 유럽은 장편 소설 중심의 문학인 데 비해, 미국 문학은 오 헨리O. Henry의 경우처럼 단편 소설의 전통이 강하다. 그런 현상은 호손Nathaniel Hawthorne이나 포Edgar Allan Poe 같은 유능한 작가들도 인세 없이 출간할 수 있는 영국 소설가에 출판 시장을 빼앗기고 신문·잡지에 실릴 수 있는 단편을 쓰지 않으면 안 되었기 때문이라는 것이다.

그러나 찰스 디킨스Charles Dickens는 몇 푼의 인세를 잃긴 했으나, 그 대신 많은 독자들을 얻었고, 그 자신의 언어와 그 공감대를 대서양 언어로 넓힐 수가 있었다. 총독이 물러난 뒤에도 영국의 작가들은 미국 시민 앞에 군림할 수가 있었던 것이다.

같은 지적 소유권이라 해도 예술 창작의 저작권이 '특허권'이나 '상표권'과 구별해서 생각되어야만 하는 이유도 바로 그 점에 있는 것이다. 극단적인 예지만 저작권 반대론자인 P. J. 브르통Breton의 말대로 공산품 같은 효용의 생산자가 공리성을 목적으로 하고 있는 데 비해, 예술 같은 창작물의 생산자는 공리 이상의 다른 것을 추구한다. 그렇기 때문에 경제적 손실을 보면서도 시인들이 자비 출판을 하는 경우도 있는 것이다.

오렌지는 자기 혼자 먹어야 배부르지만, 시나 음악 같은 창작의 열매는 여럿이 나누어 먹을수록 더 배가 불러진다. 말하자면 '효용'이 아니라 '감동'이나 '이상'을 추구하는 저작물은 비록 그 소유권이 도둑맞는다 해도 완전한 손실만이 있는 것이 아니라는 사실이다.

통상通商 차원 처리 불가

물론 그와 같은 이유 때문에 우리가 계속해서 남의 나라의 저작권을 도용해도 좋다는 이야기는 아니다. 한때 미국 문화원이 한국 출판사에 번역료나 제작비를 원조해주면서까지 미국의 저작물들을 간행케 했던 그 이유가 무엇인가를 다시 한 번 생각해보자는 것이다.

그것은 경제적인 것만으로는 따질 수 없는 문화적 의의가 있었기 때문이 아니겠는가? 그러므로 저작권 문제는 텔레비전이나 오렌지처럼 통상 회담 자리에서 논의될 것이 아니라 서로가 문화적 차원에서 충분히 검토할 수 있는 별도의 테이블 위에서 이루어져야 한다는 생각이다. 그래야만 같은 지적 소유권이라 해도, 그리고 같은 저작권이라 해도 획일적으로 다루어지는 어리석음을 면할 수 있게 되는 것이다.

우리도 언젠가는 국제 저작권 협회에 가입해야만 된다. 남을 위해서가 아니라 우리의 문화를 위해서도 반드시 그렇게 해야만 되는 것이 옳고 또 좋은 일이기 때문이다. 그러나 미국이 안으로는 보호무역주의를 지향하고, 밖으로는 시장 개방의 자유무역주의를 들고 나오는 그 공리적 발상법이나 압력에 의해서 저작권 문제가 통상적 차원에서 처리되어서는 안 된다는 것이다.

저작권을 오렌지와 똑같은 소유권의 부대에 담으려는 사람들도 엄격히 따지고 보면 저작권을 모독하고 있는 행위라는 것을 알아야 한다.

저작권은 물질이 아니라 정신의 가치와 그 존중에서 비롯된 권리인 것이다.

그런 의미에서 우리는 다 같이 발자크Honoré de Balzac의 다음과 같은 말을 귀담아들을 필요가 있을지 모른다.

만약 이 세상에 신성한 소유물이 있고 또 인간에게 속할 수 있는 것이 있다면, 그것은 아마도 사람이 이 천지 사이에서 창조해낸 것, 지성 속에서만 뿌리가 자라고 마음속에서만 꽃을 피울 수 있는 그 저작물이 아니겠습니까?

결정적인 상실

옛날 아이들은……

    정신분석학자들의 말을 들어보면 아이들에겐 속이 꽉 차 있고 묵직한 장난감을 주는 것이 좋다고 한다. 그 속을 쉽사리 알 수 없는 것이라야 무한한 호기심이 생기고 창조적 상상력이 우러나오게 된다. 프랑스의 과학철학자 바슐라르Gaston Bachelard의 말대로 '모든 사물의 내부를 바라보려는 의지'는 물질에 숨겨진 내밀성으로부터 생겨나는 것이기 때문이다.

    그러나 요즘의 아이들이 가지고 노는 플라스틱 장난감에는 그 같은 내밀성의 신화가 존재하지 않는다. 우선 가볍고 속이 텅 비어 있는 것들이 많아서 '내면의 깊이와 어둠'을 느낄 수가 없다. 아이들의 시선은 오직 그 요란스럽게 꾸며진 표면에만 머무르게 된다. 속을 훤히 들여다볼 수 있는 투명한 비닐이나 얄팍한 플라스틱의 소재 자체가 이미 물질의 내밀성 같은 것을 거부하고 있는 셈이다.

장난감뿐이겠는가? 아이들이 생활하고 있는 집의 구조 자체가 그렇다. 아무리 가난한 초가삼간이라 하더라도 그 속에서 태어난 아이들은 '집의 깊이' 속에서 상상력의 까치발을 들게 된다. 컴컴한 벽장이나 헛간, 그리고 뒤꼍 같은 공간에는 언제나 탐색의 눈과 그 의지를 키울 수 있는 침묵의 어둠이 허락되어 있기 때문이다. 거기에서는 일상의 삶에 필요한 물과 불까지도 내밀성의 깊이를 지니게 된다.

몽상의 두레박을 우물 속 깊이 드리우지 않고서는 한 모금의 물도 떠올릴 수 없는 것이다. 그리고 아이들은 몸을 녹이는 불의 열기가 언제나 화로의 재 속 깊이 묻혀 있다는 것을 알고 있다. 그것들은 실제의 깊이보다도 더 깊은 곳에 내재해 있는 법이다.

그러나 아파트 공간에서 자라나는 아이들은 수도나 난방기의 꼭지를 틀어 물과 불을 얻는다. 그 꼭지들에서는 '내면의 눈썹'을 모으게 하는 어떤 깊이의 드라마도 어둠도 찾아볼 수가 없는 것이다. 오늘날의 가정에 있어 우리가 가장 많이 상실한 것도 바로 이 내밀성이라는 생의 길이라 할 수 있다.

투명해진 부모들

옛날의 가정에 있어서 어머니들의 세계는 할머니 때부터 손때와 함께 물려받은 육중한 괴목나무 반닫이 속 같은 깊이를 지니고 있었고, 아버지의 권위는 얼굴을 반쯤 뒤덮는 긴 수염 속에 숨겨져 있었던 것이다.

그러나 요즘 아이들에게 아버지와 어머니는 속을 훤히 들여다볼 수 있는 플라스틱 장난감의 인상과 다를 것이 없다.

개방 시대, 정보 시대, 그리고 민주화 시대의 부모들은 아이들에게 창조적 상상력을 우러나게 하는 성인들의 신화를 줄 수 없게 되어버렸다. 어머니에게서는 출산의 비밀이 사라져버렸고, 아버지에게서는 돈과 권력의 비밀이 노출되어버리고 만 것이다.

부모의 애정도 우물물이나 화롯불처럼 깊고 으슥한 곳에서 생겨나는 것이 아니다. 수돗물처럼 꼭지 끝에서 쏟아져 나온다. 이 개폐식 애정으로 아이들은 때로 지나친 보호를 받아 사랑에 체하는 일이 있는가 하면, 때로는 그 결핍성으로 사랑의 허기와 갈증 속에서 살아야 하는 것이다.

어른은 어른답게

한마디로 말해 옛날의 이상적인 가정에는 오늘날과는 분명 다른 '내밀성'이란 것이 존재해 있었으며, 바깥이 흔들려도 사람들은 그 내부의 구조에 의해서 자신의 생명력과 창조력을 키워갈 수가 있었다. 호두처럼 단단한 껍질 안에 미묘한 삶의 맛을 감추고 살았던 것이다. 오늘날 가정에서 내밀성이 희박해져가고 있는 원인 가운데 하나는 부모의 권위나 존엄성을 가부장제의 유습으로만 생각해왔기 때문이다. 어린아이를 자유롭게 기른다는 것과 버릇없게 키운다는 것이 서로 다른 것처럼, 어른들의 체통과 존엄성을 지키는 것이 반드시 봉건적인 권위주의를 의미하는 것은 아니다.

아이들을 아이답게 기르려면 무엇보다도 어른들이 어른답게 행동해야만 되는 것이다. 눈과 눈썹이 아무리 가까워도 눈썹이 눈을 찌르는 일이 있어서는 안 되는 이치와도 같다.

가정이란 무엇인가? 우리는 '가정의 달'에 한 번쯤 자문해볼 필요가 있다. 그리고 가정의 내밀성에 대해서, 그 회복에 대해서 생각해볼 필요가 있다.

그것은 자유 평등을 지향하는 현대사회의 개방성과 결코 역행하는 일이 아니다. 칼을 칼집 속에 넣는다는 것은 칼을 부정하는 것도 아니며, 칼날을 무디게 하는 것도 아니다. 오히려 그것을 녹슬지 않게 지키고 보호하는 것이다. 칼의 '집'은 바로 칼의 '내밀성'이며, 그 깊이다. 칼에도 이러한 '집'이 있는데 하물며, 사람이야 말할 것이 있겠는가?

그런 의미에서 이제 집만은 한자가 아니라 우리말 그대로 '집'이라고 써야 한다. 한자의 가家는 돼지[豕]들에게 지붕[宀]을 씌운 것으로 돼지우리란 뜻이다. 먹고 자는 침식의 자리로서 집이 있다면 그것이 사람 집이라 해도 돼지우리와 무엇이 다를 것인가?

두 얼굴의 군중

백만 단위의 시대

매스컴의 영향력과 군중의 행동을 설명하려고 할 때 사람들이 곧잘 인용하는 고전적인 예가 하나 있다. 그것은 1938년 10월 30일 밤 화성인火星人이 지구를 습격하는 공상 드라마를 실제 뉴스처럼 방송한 드라마를 듣고 수십만의 미국인들이 길거리에 뛰쳐나와 대혼란을 빚은 사건이다. 방송 시작 전에 아나운서는 분명히 드라마라는 사실을 밝혔고, 그것은 또 〈화성극장〉이라는 정규 프로그램 시간에 방송되었던 것이다.

그런데도 어째서 그 같은 오해와 혼란이 빚어졌는가? 이러한 문제를 놓고 수많은 분석들이 가해졌지만, 무엇보다도 우리의 관심을 끄는 것은 그 군중의 패닉 현상에 대한 것이다. 한 개인이 군중 속에 휩쓸리게 되면 감정이나 사고, 그리고 그 행동도 달라져서 마치 그 '두 얼굴의 사나이'처럼 별개의 모습으로 바뀌게 된다는 사실이다.

일단 무엇인가 군중적인 행동으로 나타나게 되면 그것은 전염병처럼 번져가게 되고 맹목화하고 기하급수적으로 팽창해 간다. 화성인의 습격 뉴스를 듣고 그것이 과연 사실인가 아닌가 하는 것을 확인하기 위해서는 그날 신문의 라디오 프로그램을 펼쳐보는 것만으로 간단히 밝혀질 수가 있다. 그러나 놀라 날뛰는 군중속에 끼어들면 개개인의 판단력이나 자제력 같은 것은 폭풍 속의 티끌이 되어버리고 만다.

반세기 전 미국에서 일어난 이 화성인 소동은 군중 사회의 위기를 알리는 예고편에 지나지 않았던 것이다. 이제 매스 미디어의 위력은 수백 배로 늘어났으며, 도시의 인구는 기하급수적으로 팽창해가고 있다. 그래서 지금은 백만을 한 단위로 나타내는 '메가'라는 숫자로 그 군중을 헤아려야만 되는 것이다. 그리고 보면 우리는 매일같이 그 화성인 소동을 겪고 있는 것이라고 할 수 있다.

사라져가는 개인

서울대공원이 열리던 날 우리가 목격했던 것도 바로 그 군중(매스)의 공포였다. 창경원 시대가 끝났다는 것은 그곳에 모여든 입장객의 수가 '메가'로 계산되어지는 백만 명급이었다는 사실 때문만이 아니다. 그리고 또 철책이 쓰러지고 잔디밭이 쓰레기터가 되는 추악한 혼란만을 의미하는 것도 아니다.

개인의 얼굴이 소실된 군중의 물결 속에서 우리는 과연 무엇을 보고 즐겼는가 하는 문제다. 사람들이 거기에서 목격한 것은 신기한 돌고래 쇼도 아니고 이제는 사라져가는 희귀한 동물들의 모습도 아닐 것이다. 그런 것들보다는 오히려 발길에 채이는 군중 그 자체였을는지 모른다.

1'메가'의 군중—그것은 거대한 뜬소문이며 화성인 같은 환상이다. 우리는 이러한 군중에 밀려다니지 않고서는 이제 자연과 만날 수 없게 되어버렸다. 자연을 찾는 행위 자체가 이미 자신의 의지에서 나온 것이라기보다 군중 속에 휘말린 유행일 수도 있는 것이다. 행락 시즌의 자연만이 아니다.

자기 자식을 사랑하는 것도, 어버이를 공경하는 것도 군중화하고 있다. 어린이날이나 어버이날의 행사를 통해서, 우리는 집단화한 아이들의 찬미나 효도를 보는 것이다. 가장 개인적이어야 하고 일상적인 가족의 애정까지도 우리는 이렇게 군중적인 문맥 속에서 표현하게 된다.

종교적인 행사도 어쩔 수 없이 대형화한다. 예수님은 사람이 많이 모이는 거리에서가 아니라 많이 모이지 않는 은밀한 다락방에서 혼자 기도를 하라고 이르셨다. 하지만 현대사회 속에서는 그러한 정적주의靜寂主義는 불가능해져간다.

여의도의 교훈

여의도에서 열린, 교황 바오로 2세의 시성식 역시 메가 단위의 군중이 모였다. 물론 같은 군중이라 해도 서울대공원의 그것과는 비교될 성질의 것이 아니다. 밀고 밀치는 혼란은 물론이고, 휴지 한 장 떨어진 것이 없었다. 하나는 '속俗'에 이르는 군중이요, 하나는 '성聖'으로 향한 군중이다.

그러나 그 차이는 단순히 성·속의 구분으로만은 설명될 수 없을 것이다. 화성인 소동이 벌어졌을 때는 두 개의 다른 군중이 있었다는 점을 우리는 알고 있다. 한 군중은 화성인의 내습을 피하기 위해 도시를 떠나가는 군중이었고, 또 하나의 군중은 거꾸로 화성인들을 보기 위해 밀려오는 군중이었다.

그 반응과 성격은 정반대였지만 화성인이 정말 내습했는가를 냉정하게 제정신으로 따져보지 않았다는 점에서는 마찬가지다.

돌고래를 보러 가는 행락의 군중이든, 신을 찾는 성스러운 군중이든, 말하자면 그 목적이 무엇이었든 군중 속에 개인의 얼굴이 소실될 때는 화성인 내습의 패닉 현상과 같은 위험성이 늘 잠재해 있게 된다는 사실이다.

여의도의 시성식 자리에서 가장 감동적이었던 장면은 교황이 그 많은 군중 속에서도 특별히 지체 부자유자를 찾는 모습이었다. 교황 바오로 2세는 결코 백만 명을 '메가'의 한 단위로 바라보지는 않았던 것이다. 한 사람 한 사람이 살아 있는 군중, 제각기

기도하는 다락방을 가지고 있는 군중……. 얼굴을 가지고 있는 군중만이 화성인 소동의 그 어리석음에서 면할 수 있게 된다.

그리고 보면 백만 명의 사람이 모이고서도 휴지 한 장 떨어뜨리지 않았다는 사실은 조금도 이상한 일이 아니다. 왜냐하면 한 사람 한 사람이 자기 믿음을 가지고 모인 자리라면 백만 명이 모였어도 한 사람이 나온 것처럼 그 떠난 자리에 흔적이 남을 리 없기 때문이다. 백만이라고 해도 따지고 보면 한 사람 한 사람이 모인 것이 아니겠는가.

이 군중의 시대 속에서 제 얼굴을 지켜가며 살아가는 사람……. 이 사람들이 바로 현대의 영웅이며 성자일 것이다.

기저귀 문화

죽음에 대한 무지無知

우리 주변으로부터 시계추가 달린 그 장중한 괘종시계가 급속히 자취를 감추어가고 있다. 뿐만 아니라 양극 사이를 오가는 시계추의 그 리듬 같은 상징성 역시도 우리들의 마음에서 떠나고 있는 것이 아닌가 싶다.

심리학자의 말을 들어보면 괘종시계는 '똑딱똑딱' 하고 가는 것이 아니라 사실은 '똑-똑-똑-똑' 하는 소리밖에는 내지 않는다는 것이다. 그런데도 그것이 '똑'과 '딱'의 두 강약의 대립 음으로 들리는 것은 그렇게 듣고자 하는 인간의 마음이 있기 때문이라는 것이다. '똑똑'을 '똑딱'으로 듣고자 하는 마음—이것을 우리 선조들은 '음양'으로 풀이했고, 서양의 구조주의자들은 이항대립구조二項對立構造로 설명하고 있다.

'빛과 어둠', '더위와 추위', '높은 것과 낮은 것'……. 인간의 의식을 파헤쳐보면, 이렇게 모든 것이 양극으로 분절되어 있으며, 그것이 교환·융합하는 데서 생성의 변화가 일어나게 된다는 사실을 알 수 있다. 그러므로 그 이항대립구조의 궁극에 있는 것은 '생'과 '사'라는 형型인 셈이다.

'똑' 소리가 생이라면, '딱' 소리는 죽음이다. 괘종의 시계추처럼 우리의 의식은 생과 사의 '똑딱[兩極]' 소리를 내면서 그 문화의 시간들을 창조해왔다.

본능만 있는 사회로

그런데 지금은 아무리 귀를 기울여봐도 그 같은 괘종 소리가 들려오지 않고 있는 것이다. 『서구에 있어서의 죽음의 역사』를 쓴 아리에스Phillipe Aries는 오늘날의 아이들이 섹스와 출산의 생리학에 대해서는 어른 못지않게 잘 알고 있으면서도, '죽음'에 대한 것은 옛날 아이들보다도 오히려 더 무지하다는 사실을 증언하고 있다.

할아버지의 모습이 보이지 않게 될 때 아이들은 그 궁금증을 어른들에게 묻는다. 그때 프랑스 같으면 할아버지가 아주 먼 곳으로 여행을 떠났다고 대답하고, 영국 같으면 인동초忍冬草가 우거진 아름다운 동산에서 쉬고 있다고 답변한다. 그래서 지금은 양배추 속에서 애들이 태어나는 게 아니라, 꽃들 사이로 사자死者들이 꺼져버리는 시대가 되고 만 것이다.

더구나 핵가족화한 현대의 환경 속에서 아이들은 노인들과 함께 자랄 기회가 없기 때문에 '죽음'의 의식과는 멀리 격리되어 살고 있다. '늙음', 그리고 '죽음'을 모르는 아이들이 커서 만들어내는 문화란 대체 어떤 것일까? 질문을 할 것도 없이 오늘날의 인간 사회를 보면 분명한 그 해답을 얻을 수가 있다.

　인간은 '기저귀'로부터 시작하여 '수의'로 끝난다고 하지만, 현대의 사회를 지배하고 있는 것은 '수의'가 배제된 '기저귀'만의 문화라고 할 수 있다. 기저귀 문화는 맹목적인 생의 욕망과 그 충족만을 위해 존재하는 것이다. 거기에는 기저귀를 찬 아이처럼 오직 '보채고', '빨고', '배설'하기만 하는 욕망의 순환만이 그 특성을 이룬다. 근본적으로 그것은 입과 항문 사이의 문화인 것이다.

　우리가 지금 지향하고 있는 산업화·선진화의 사회가 가장 빠지기 쉬운 것도 바로 요즘 문제된 그것이다.

　향락 산업이란 게 무엇인가? 기저귀를 차고 다니는 어른들을 위해 만들어진 곳이 바로 그곳이 아닌가?

　갑자기 증대되는 10대의 범죄는 무엇인가? 그건 제복을 벗었어도 아직 기저귀를 그대로 차고 있는 그 의식 구조 때문이 아니겠는가?

　정치인이나 기업인의 타락은 무엇인가? 기저귀를 차고 다니는 그들은 자기네들도 언젠가는 죽게 된다는 것, 무한한 권력과 재력으로도 죽음 앞에서는 한낱 이슬방울에 지나지 않는다는 '수의의 문화'를 모르고 있기 때문이 아니겠는가?

'생과 사의 교환'이 파괴되어버린 것이 바로 오늘날 세속주의·물질주의·기능주의의 그 문화라고 할 수 있다. 이러한 사회에서는 '수의 문화'란 것이 단순한 '장의葬儀 문화'로 타락하고 만다. 죽음까지도 상업주의화하여 미국의 경우처럼 이른바 장의 산업이란 것이 생겨나게 된다. 미국에서는 월부 판매 방식으로 생전에 자기의 장의 계약을 맺은 사람이 연간 사망자 수의 반수 이상이나 되고, 샌프란시스코에는 장의 전문 대학까지 생겨나기도 한다.

수의壽衣 문화 회복을

그러나 참된 '수의 문화'란 것은 예술이나 종교에 속하는 것으로 인간의 실존을 일깨워 자신의 생을 부단히 돌이켜보고 세속적 욕망의 헛됨과 그 허구의 가면을 벗기는 역할을 한다. '헛되고 헛되니 또한 헛되도다'의 '수의 문화'는 허무주의에 빠져 그 자체로는 무력한 것 같지만, 이것이 있기 때문에 비로소 세속적인 삶의 욕망은 제동 장치를 갖고 안전한 길을 달리게 된다. 이러한 생과 사의 교환이 파괴되어버린 시대—죽음마저 죽어버린 시대—이 것이 바로 오늘날 우리가 살아가고 있는 세속주의의 비극이다.

너무 세속적인 일에 관심을 팔다가 오히려 사회의 더러운 배설물만을 받아내는 또 하나의 기저귀로 전락된 것이 오늘날의 종교요, 예술이기도 하다. 욕망의 무한 궤도 위에서 천년만년 살 것처럼 권력과 금력을 빨기 위해 끊임없이 보채는 저 기저귀 찬 정치인, 기업인, 그리고 지식인이나 대중에게 지금 필요한 것은 어둡고 쓸쓸한 수의를 입혀주는 일이다.

　　그래서 겸허를 배우고 참된 생의 가치를 깨닫게 하는 일이다.

　　'수의 문화'의 회복으로 현대인의 의식 속에 '생과 사'의 양극을 오가는 괘종시계 추를 달아주어야만 할 것이다.

말 잘 듣는 정치인

'듣기 문화' 시대로

옛날의 문학 비평은 작가와 작품의 관계를 따지는 것이 많았다. 말하자면 글을 쓴 사람 편에서 작품의 의미를 찾아내려고 한 방법이다. 그런데 최근의 문학 비평은 그와는 정반대로 작품과 독자의 관계를 더 중시하는 경향을 띠고 있다. 쓴 사람보다 읽는 사람 쪽에 서서 작품을 규명하려는 태도다. 독일의 H. R. 야우스Jauss의 수용미학受容美學이나 W. 이저Iser의 독서행위론이 바로 그런 것들이다.

뿐만 아니라, 기호론記號論에서도 '발신자發信者'보다는 '수신자受信者'에 중점을 둔 이론들이 새로운 분야의 연구로 대두되고 있다. 이것을 한마디로 요약하자면 '말하기 문화'에서 '듣기 문화'로 그 시대가 바뀌어가고 있다는 증거일 것이다.

이런 관점에서 보면 우리의 상황이 더욱 근심스러워진다. 그 이유는 아무래도 우리 주변을 보면 '들으려는 사람'보다는 '말하려는 사람'이 많고, '듣는 가치'보다는 '말하는 가치'를 신봉하는 사람들이 압도적으로 많은 것 같기 때문이다.

웬일인지 우리나라에서는 '말 잘 듣는다'는 말이 좋은 뜻으로 쓰이지 않고 있다. 순종과 복종, 그리고 저항 없이 고분고분 시키는 대로 일하는 것을 '말 잘 듣는 사람'이라고 한다. '남의 말을 잘 듣는 사람'이라고 하면, 줏대 없이 타인의 의견에 좌우되거나 남의 유혹에 잘 넘어가는 사람, 이른바 바람의 갈대를 연상하기 십상이다.

그렇기 때문에 '말 잘 듣는 사원'이란 말은 있어도 '말 잘 듣는 사장'이란 말은 없는 것이다. '말 잘 듣는 아이'란 말은 있어도 '말 잘 듣는 어른'이란 말은 성립될 수가 없다.

언제나 말은 높은 사람, 힘센 사람이 하는 것이고, 듣는 것은 언제나 낮고 힘없는 사람이 도맡아 하는 것으로 되어 있다. 바보가 되지 않기 위해서는, 그리고 잘난 사람이 되기 위해서는 듣지 않고 말해야 한다. 자기의 주장을 펴고 가르치고 명령을 하는 것이 삶의 승자가 되는 길이다.

그러나 조금만 생각해봐도, 우리는 '말하기'보다는 '듣기'가 더 어렵고 더 소중하고 더 발전적인 것이라는 사실을 깨닫게 될 것이다.

우리가 근대화 과정에서 일본에 패하게 된 가장 큰 원인 중 하나도 바로 여기에 있다고 생각된다. 한·일 문화의 가장 큰 차이점

은 우리가 '말하기형의 문화'인 데 비해, 일본은 '듣기형의 문화'
라 할 수 있다. 우리는 주자학의 전통 때문인지 자기주장이 강한
것이 좋은 선비였다. 내 생각을 굽히지 않고 주장하기 위해서는
죽음도 불사한다.

그런데 선불교의 전통이 강한 일본 사람은 자기 주의·주장보
다는 오히려 그것에서 벗어나려는 명상의 문화를 키워왔다. 선문
답의 경우처럼 말하는 것보다 듣는 쪽의 훈련을 더 많이 받아왔
다.

그래서 우리나라 말에는 없는 '기키조즈[聞き上手](듣기 잘하는 것)'란
말까지 생겨난 것이다. 명군名君의 자격은 곧 남의 '말을 잘 들을
줄 아는 사람'이 되는 것으로, 심지어는 아시가루[足輕](가장 천한 심부
름꾼)를 불러다가 직접 이야기를 들었다고 한다.

말하는 가치만 중시

일본의 근대화가 중국이나 우리보다 빨랐던 것은 이문화異文化
를 수용하는 바탕, 즉 자기와 다른 서양 사람의 말을 '잘 듣고' 이
해해서 자기 것으로 삼으려는 '듣기 문화형'의 전통이 있었기 때
문이라고 풀이하는 사람들도 있다.

이 자리에서 우리는 '말하기 문화'와 '듣기 문화', 즉 발신자의
문화와 수신자의 문화 가운데 과연 어느 쪽이 훌륭한가를 비교하

자는 것이 아니다. 우리에게 부족한 것이 무엇인가, 보완해야 할 것이 무엇인가를 생각해보자는 것이다. 특히 국회의원 선거를 치르고 난 지금 우리가 절실하게 생각해야 할 문제가 무엇인가를 따져보자는 것이다.

특히 국회의원 선거는 유세장의 열기에서 보듯이, 그리고 넘쳐나는 유인물에서 보듯이, 그것은 '듣기 문화'가 아니라 '말하기 문화'의 꽃이라 할 수 있다. 국회의원 자체를 대변인이라고 부르고 국회를 '토크 숍'이라고 하지 않는가?

일상생활에서 정치적 차원에 이르기까지 우리는 '말하는 가치'를 너무나도 중시해왔기 때문에, '듣는 가치'를 망각하고 살 때가 많은 것이다. 대체 '듣기 문화'가 없을 때 '말하기 문화'가 무슨 소용이 있겠는가?

따지고 보면 국회의원 선거나 의회 제도에 역시 '말하는 가치'보다 '듣는 가치'가 더 소중한 게 아니겠는가? 투표는 국민이 말하는 행위지만, 이 말을 듣고 삭여야 될 사람은 바로 그 정치인들이다. '듣기 문화'가 있을 때 비로소 선거는 끝이 아니라 정치의 시작이 될 수 있다.

국민의 소리를 들어야 할 정치인들이 지금까지 너무나도 국민을 향해 많은 말을 해오지 않았는가? 전문가의 지식을 듣고 여론을 수용해야 할 권력자들이 그동안 너무나도 자기 의견만을 주장해오지 않았는가?

겸허한 마음으로

국회의원은 자기 감정을 이야기하기 위해 있는 시인도 아니며, 남을 가르치기 위해 있는 교사도 아니다. 민중의 여론을 들어 전해주고 그것을 수렴하는, 이를테면 어디까지나 '듣기 문화'로서의 대변자인 것이다. 모든 위정자가 다 그럴 것이다.

이번 선거도 '듣기 문화'로 발전하여 모든 투표 결과에 귀를 기울여야 한다. 왜 이겼고 왜 졌는지를 들을 줄 알아야 한다.

이 '듣기 문화'가 소생되기 위해서는 일상생활에서 정치 풍토에 이르기까지 제 말만 하는 세상이 아니라, 남의 말도 듣고 수용할 줄 아는 세상으로 바꿔나가야 할 것이다. 그릇이 비어야 물건을 담을 수 있듯이, 넓고 겸허한 마음에서만 남의 말을 수용할 수 있다는 것도 알아야 한다.

입에서 귀는 한 치밖에 떨어져 있지 않은데 우리는 어째서 그것이 하늘과 땅 사이로 멀어야 했는가?

'말 잘 듣는 어른', '말 잘 듣는 사장', '말 잘 듣는 권력자'의 신종 언어가 생겨날 때 비로소 우리는 민주주의의 토착화가 이루어지게 될는지 모른다. '발신자 문화에서 수신자 문화로!', '선진 조국 창조'의 구호는 이런 데도 있다.

선밥 먹이기

'즉석 요리'의 사고방식

중학교 학생들을 데리고 야영 훈련을 다녀온 선생 한 분이 이런 말을 했다.

"이젠 남자 아이들이라 해도 곧잘 음식을 합니다. 국도 찌개도 아주 잘 끓입니다. 그런데 막상 밥만은 제대로 지을 줄 아는 학생이 없습니다. 왜냐하면 뜸을 들일 줄 모르기 때문입니다."

뜸을 들일 줄 모르는 아이들, 뜸 들인다는 것이 무엇인지도 모르는 아이들, 이 아이들이 지은 선밥을 먹으며 그 중학교 교사는 무엇인가 이 시대의 상징을 보는 것 같아 목이 메더라는 것이다. 끓는 물에 1분만 넣어두면 맛있는 라면이 된다는 인스턴트 식품 광고만 보고 자란 아이들이 음식이란 끓기가 무섭게 먹어야 한다고 생각하는 것은 너무나도 당연하고 당연한 일인지도 모른다. 밥이 다 끓어도 뜸을 들이기 위해서는 잠시 기다려야만 한다는 것, 그래야 제맛이 난다는 것, 지연과 침묵의 공백이 얼마나 소중한 것인가를 요즘 아이들은 아무 데서도 배우지 못한 채 자라나고 있다.

제 물건을 제대로 간수하지 못하고 아무 데나 흘리고 다니는 아이들이 많아졌다는 이야기도 들려온다. 그러나 더 해괴한 것은 선생들이 분실물을 찾아가라고 아무리 방송을 해도 어찌 된 일인지 나타나는 학생들이 없다는 것이다. 습득물 중에는 당장 먹어야 할 도시락도 있고 값비싼 손목시계 같은 것도 있으나, 나서는 임자가 없는 것이다.

그런가 하면 학급·학교에서는 도난 사고가 부쩍 늘고 있다고도 한다. 친구 물건에 예사로 손을 대는 아이들이 많아지고 있다는 뜻이다. 뿐만 아니라 훔치다가 들켜도 부끄러워하는 기색을 별로 찾아볼 수가 없다고 한다.

잃어도 훔쳐도 태연

물건을 잃고서도 찾을 생각을 하지 않는 아이들과, 남의 물건에 손을 대고도 얼굴조차 붉히지 않는 아이들은 언뜻 보기엔 모순된 현상 같지만, 그 뿌리를 살펴보면 같은 나무의 두 가지에 지나지 않는다는 것을 알 수 있다.

왜냐하면 요즘 아이들은 물건 귀한 줄 모르고 자라나고 있기 때문이다.

누구나 길거리의 돌멩이는 함부로 주워 갈 수도 있고 예사로 내버릴 수도 있다. 불과 수십 년 전만 해도 연필 한 자루, 지우개 하나를 사 받으려고 해도 아이들은 며칠을 두고 부모를 졸라대야 했고, 또 부모들은 한참 뜸을 들이고 난 뒤 겨우 사주곤 했다. 그 랬기 때문에 공책 한 권이나 신발 한 켤레라 할지라도 거기에는 기대와 기다림과 충족의 여러 가지 의미의 눈짓들이 있었던 것이 다.

말만 하면 1분 라면처럼 금세 턱 앞에 떨어지는 물건들. 그렇기 에 아이들은 물건을 잃어도 귀찮게 찾으러 다니기보다는 다시 사 달라고 말하는 편이 훨씬 편한 것이다.

그렇다. 아이들은 편하게 사는 방법을 알고 있다. 무엇 때문에 뜸 들이는 그 불편한 시간을 겪어야만 하는가? 우리가 이른바 선 진 대열에 끼기 위해서 지금껏 수십 년 동안 배워오고 들어오고 겪어온 것이 바로 뜸 들이지 않고 세상을 살아가는 방편들이 아 니었던가?

능률주의란 무엇인가. 그것은 원인과 결과 사이의 과정을 깨끗 이 지워버리는 데 있다. 과정이란 불편한 것이고 낭비고 어리석 은 것이라고 생각한다. 우리에게 소중한 것은 항상 결과일 뿐이 다. 그러니까 계단을 한 층 한 층 밟고 올라가는 것이 아니라 엘 리베이터를 타고 층계를 건너뛰어 오르는 것이 가장 이상적인 생 활 방식의 하나로 되어 있다.

결과보다 과정 중시

그러나 스포츠 경기를 두고 생각해보자. 정말 결과만이 중요한 것이라면 그 경기의 승패와 스코어만 전해 들으면 그만일 것이다. 그런데도 무엇 때문에 사람들은 비싼 입장권을 사 들고 경기장을 찾아가며, 무엇 때문에 승부의 결과를 빤히 알고 있으면서도 몇 시간씩 텔레비전 앞에 모여 녹화 방송을 보고 있는가.

러시아 형식주의자의 소설 이론에서도 가장 중요한 것으로 손꼽히는 것이 계단적 구성법이나 '지연법' 같은 것들이다. 이야기의 결과를 빨리 말하지 않고 그 사이에 다른 삽화를 집어넣는다거나, 일부러 이야기를 일탈시켜 독자의 관심을 배가시키는 일이다.

『춘향전』에서 이 도령이 거지 꼴을 하고 나타나서 신분을 감추는 것도 바로 그런 수법의 하나다. 사실 문학 전체가 바로 '뜸 들이기'의 기법으로 이루어진 것이라 해도 과언이 아니다.

그런데 요즘은 문학도 그렇지가 않다. 정치·경제를 닮아, 사회적 효용성만을 강조한 나머지, 형식이나 방법 같은 창작 과정에 대해서는 소홀히 하고 있다. 그래서 요즘의 소설이나 시를 읽으면 꼭 뜸 들이지 않은 선밥을 먹고 있는 느낌이 든다. 문학이 이런데, 실적을 앞세우는 정치·경제는 말할 것이 있겠는가? 정치·경제는 문학과는 달라서 맛이 없다고 안 먹으면 그만인 그런 군것질이 아니다. 위정자가 뜸 안 들이고 정치를 하면 국민 전체가 선밥을 먹어야 하고, 기업가가 뜸 안 들이고 물건을 만들어 팔면 소비자 전체가 선밥을 먹어야 한다. 수십 년 동안 이 '선밥 먹이기'로 국민 전체가 지금 위궤양에 걸려 있다.

'밥이 되기도 전에 제발 솥뚜껑부터 열지 말지어다.' 청소년의 해에 어른들이 아이들에게 보여줄 것이 있다면 바로 이 '뜸 들이기' 의식으로 생의 입맛을 다시 찾아주는 일이 아닐까 싶다.

일본은 대국大國인가

세계의 문제아로

좀 오래된 통계이긴 하지만, "일본은 대국인가?"라는 설문에 대해서, 일본인들은 완전히 둘로 분열된 현상을 나타냈다. 대국이라고 생각한다가 33.8퍼센트이고, 그렇지 않다가 43.9퍼센트였던 것이다. 여기의 대국이란 말을 '어른'이란 말로 바꾸어 생각해본다면 이 여론 조사 결과가 얼마나 심각한 것인지 쉽게 짐작할 수 있을 것이다.

"당신을 어른이라고 생각합니까?"라는 물음에 확실한 대답을 하지 못하는 사람이 있다면 사회적으로 금치산 선고를 내려야 마땅할 것이다. 왜냐하면 어른이 되었는데도 자신을 아직도 '아이'라고 생각한다든지, 거꾸로 아이인데도 어른이 된 것처럼 착각한다면 무슨 일을 저지르게 되는지 알 수 없겠기 때문이다. 일본 사람들 가운데 자신을 대국 사람으로 의식하지 않는 사람이 반수이상이나 된다는 것을 어떻게 보아야 할 것인가? 그만큼 겸손한 사람이 많다는 깃으로 보고 박수를 쳐주어야만 할 깃인가?

그러나 잰킨 L. 존스Jenkin L. Jones의 다음과 같은 말을 잘 알고 있는 우리는 43.9퍼센트라는 비대국인非大國人 의식 속에는 적지 않은 독벌레가 숨어 있다는 것을 놓칠 수가 없다.

일본인이란, 몸은 어른이 다 되었는데도 여전히 애들 대접을 받고 싶어 하는 사람과 같다. 이제 그런 때는 지난 것이다. 단물만 빨고 있던 때는 이미 멈춰진 것이다. 일본인은 지금이야말로 책임을 걸머지는 위대한 국민이 될 때다.

그러나 이러한 기사가 나온 지 10년이 지났는데도 일본인은 아직도 몸집만 어른이 된 아이, 어른이 되었으면서도 책임이나 의무를 거부하는 세계의 문제아로 남아 있는 것 같다.

다른 것은 다 덮어두고라도 경제 분야만 놓고 생각해보자. 일본이 경제 대국이라는 것은 자타가 모두 시인하는 일이다. 인구는 아시아의 10분의 1밖에 되지 않지만 GNP는 아시아의 모든 것을 다 합친 것보다도 많다.

뿐만 아니라 과거 수백 년의 식민지를 거느려왔던 영국이나 세계 최강국이라는 미국의 그 국외 자산이 900억 달러 정도에 지나지 않는데, 일본은 지금 1천억 달러를 웃돌아 세계 최고를 기록하고 있다.

그런데도 일본인들이 하는 일을 보면 경제 대국은커녕 최빈국最貧國의 '소국적小國的 행동 양식'에서 한 발짝도 벗어나지 않고 있다. 가령 미국과의 무역에서 일본은 수백억 달러의 흑자를 내고 있으면서도 미국 담배가 차지하고 있는 시장률은 1.4퍼센트 밖에 되지 않는다. 유럽의 20~30퍼센트에 비하면 새 발의 피다.

어른·아이 두 얼굴

그 이유는 구로다 지소[黑田支所] 사건에서 보듯이 '미국 담배가 팔리면 곤란하니 자동판매기에 들어가지 못하도록 하고, 가게에 놔둘 때는 눈에 보이지 않는 곳에 숨겨두라'는 조작 때문이다.

골프의 공식경기에 있어서도 세계의 모든 나라에서는 월슨을 사용하는데 유독 일본만은 일산日産인 '던롭DUNLOP'을 사용한다. 금속 야구 배트도 연간 1백만 본이 팔리는데 외제는 2, 3천 개도 안 된다는 것이다. 일본산이 그만큼 좋아서가 아니라, 안전 검사를 이유로 일일이 외제에는 '안전[S印] 마크'를 붙이도록 하는 까다로운 조건을 붙여놓았기 때문이다.

이런 예를 들자면 끝도 한도 없다. 거대한 미국이 이 같은 일본의 잔꾀에 시달리는데, 우리의 경우는 더 말할 나위가 없다. 비아프라나 에티오피아처럼 굶주리는 나라라면 이해가 가고도 남는다.

경제 초강대국을 자처하면서도 개발도상국에 대한 태도는 가위 '벼룩의 간'을 내먹는 식이다. 외채에 시달리는 우리가 수천억을 들여 반도체 산업에 투자를 하고 이제 겨우 양산 단계에 들어서려고 하자 일본은 덤핑 작전을 펴 세계의 반도체 값을 엿 값으로 떨어뜨려놓았다.

대국 일본이 '소국의 행동 양식'을 보여주고 있는 대표적인 예가 바로 요즘 한창 말썽을 빚고 있는 외국인 등록 제도이다. 그 나라 땅에서 나고 몇십 년을 살았어도 범죄자처럼 매번 지문을 찍지 않고는 살아갈 수 없는 것이 대국 일본이다. 그것을 반대했다고 하여 체포를 하고, 또 지문 찍기가 싫으면 너희 나라로 돌아가라고 말하는 일본인의 모습은 전형적인 '어른 아이'를 보는 것 같다.

골목대장 하는 어른

어린이 애들이나 읽는 만화책을 보고 있는 것은 그래도 애교라도 있어 좋다. 대국이 되었으면서도 대국인다운 도량을 보이지 않는 것은 어른이 되고도 어른이 지녀야 할 체통을 저버리고 골목에서 아이들과 싸우는 모습처럼 민망한 것이다.

일본은 지금 대국주의를 지향하여 21세기를 주도하는 나라로 발돋움하고 있다. 일본의 매스컴은 태평양 시대의 푸른 꿈을 펼

치고 있다.

그러나 세계 모든 사람은 일본을 주시하고 있다는 것을 알아야 한다. 60만도 안 되는 한국인 교포와도 제대로 공존 못하는 일본이 세계의 인류 앞에 어떻게 앞장설 수 있는가? 일본이 진정한 대국이 되고 일본인이 참된 대국인 의식을 가졌느냐 하는 것은 여론 조사로 알 수 있는 것이 아니다.

외국인이 지문을 찍지 않고도 일본의 섬에서 살아갈 수 있을 때 비로소 일본은 미국이나 유럽의 여러 나라처럼 대국이 될 수 있는 것이다.

채색彩色 문화 전성시대

뒤돌아보지 마라

우리는 '뒤돌아보지 마라'는 금기의 설화를 많이 들어왔다. 불타는 소돔의 성을 뒤돌아보았기 때문에 소금 기둥이 되었다는 것은 『구약성서』에 나오는 롯의 아내 이야기다. 죽은 아내를 명부冥府의 어둠 속에서 데리고 나오다가 뒤를 돌아본 탓으로 결국 실패하고 만 것은 그리스 신화의 오르페우스 이야기다.

우리나라의 민담에서도 이 같은 유형의 이야기들은 얼마든지 찾아낼 수가 있다. 앞을 보고 걸어가는 것, 과거에 사로잡히지 않고 미래를 내다보며 살아가는 것—인간은 누구나 그러한 전진적 자세의 삶을 살고 있기 때문에 아마도 그런 금기의 이야기를 상상해낸 것인지도 모른다.

그렇기 때문에 우리가 지난 한 해의 체험에 대해서 무엇인가 이야기하려고 할 때도 롯의 아내와 같은 것을 해서는 안 될 것이다. 우리의 등 뒤에서 불타오르고 있는 시간과 소멸해가는 그 발자국 속에서 어떤 징후를 찾아내어 내일을 비춰볼 때만이 비로소 우리는 그 소금 기둥의 운명에서 벗어날 수가 있다.

말하자면 우리가 한 해 동안 겪어온 체험은 미래의 암호를 푸는 해독 장치의 구실을 해야만 될 것이다.

활자 미디어의 쇠락

1983년의 집단 체험 가운데 가장 감동적인 것을 들라면 많은 사람들은 아마 KBS 텔레비전의 이산가족 찾기 운동이라고 말할는지 모른다. 사람들은 재회의 그 눈물을 통해서 20~30년 전의 자신을 돌아보았을 것이고, 그 전쟁의 비극을 다시 한 번 맛보았을 것이 틀림없다.

그러나 그 텔레비전 프로가 보여준 기적의 영상들은, 사라진 시대의 드라마가 아니라, 바로 지금 우리가 어떤 세상에 살고 있는지를 그려낸 오늘의 문명극文明劇이었다. 그리고 앞으로 올 시대의 의미를 예고하는 미래극이기도 했던 것이다.

만약 이와 똑같은 운동을 활자 미디어를 통해서 전개했더라면 어떻게 되었을까. 그리고 같은 텔레비전이라 할지라도 그것이 4, 5년 전의 흑백텔레비전 시대였다면 어떻게 되었을까. 누구도 우리가 지금 보고 있는 것과 같은 그런 결과가 생겨나리라고는 생각지 않을 것이다.

말하자면 KBS 텔레비전의 이산가족 찾기 운동에서 우리가 또 다른 체험을 하게 된 것은 그동안 텔레비전 미디어가 얼마나 팽창했는가 하는 것에 대한 확인이었으며, 그 힘이 우리의 일상생활에 얼마나 깊숙이 파고들었는가 하는 놀라움이었을 것이다.

동시에 그것은 텔레비전 문화와 대응되는 활자 미디어가 얼마나 상대적으로 쇠락해가고 있는가를 의미하는 것이기도 하다.

텔레비전 문화의 징후 가운데서도 우리의 의식과 환경에 가장 많은 영향을 끼치고 있는 것은 색채에 대한 혁명일 것이다. 프랑스의 포스트모던 사상가 장 보드리야르Jean Baudrillard의 말대로 '색채는 문화적 의미 작용의 은유隱喩'인 까닭이다.

지금까지 우리의 전통 문화를 상징해오던 것은 '흑, 백, 회색'의 무채색이었다. 동양의 유교권 문화는 붓의 문화, 즉 덕의 문화였기 때문에 그 문화의 기조색基調色은 언제나 수묵화와 같은 흑색이었던 것이다. 그리고 백의민족이라고 불렸던 한국인에게는 백색처럼 친숙한 빛도 없었을 것이다.

색의 영도성零度性

정확하게 말해서 우리는 '색의 영도零度'라 불리는 흑백 문화 속에서 천 년 이상을 살아왔으며, 근대화 이후에도 그 색채의 문화적 의미 작용에는 아무런 변함이 없었던 것이다.

왜냐하면 활자 문화란 근본적으로 흰 종이 위에 검은 잉크로 인쇄하는 것이어서 서도書道와 같은 '색채의 영도성'을 상속받고 있기 때문이다. 그리고 이러한 '흑백[灰]'의 무채색 문화가 지닌 특성은 '위엄, 억제, 그리고 금욕적이고 도덕적인 지위의 패러다임'으로 이루어진다. 그렇기 때문에 서구 사회도 활자 문화가 지배하던 시대에는 '색의 영도'가 발휘하는 문화적 의미 작용을 쉽사리 무너뜨릴 수 없었다.

자동차와 타이프라이터의 색이 검은빛에서 벗어나기 위해서는 몇 세대가 걸렸으며, 냉장고·세탁기의 색이 흰빛에서 다른 빛으로 변화를 하는 데에는 더 많은 시간이 걸려야만 했다는 것이다.

'색채의 영도' 문화, 이를테면 엄숙주의의 그 흑백 문화에 정면으로 도전하고 있는 것이 바로 컬러텔레비전으로 상징되는 다채색多彩色 문화다. 그리고 그것의 의미 작용은 세속성과 쾌락성, 다양성과 낙천주의의 패러다임이다.

가령 의상을 하나 놓고 보더라도, 승려나 신부들, 그리고 모든 식장에서 입는 예복은 '색채의 영도'를 나타내고 있다. 그에 비해 어릿광대, 스포츠 유니폼, 쇼맨들의 의상은 화려한 다채색 계열에 속해 있다.

컬러텔레비전 시대의 정책뿐만 아니라, 교복 자율화 역시 흑백의 제복으로부터 수백만의 젊은 세대를 놓여나게 한 것이다.

프로 스포츠와 다채색 문화

1983년은 이러한 다채색 문화 속에 밀려 활자 문화가 최대의 시련을 겪은 한 해였다고 볼 수 있다.

서점은 문을 닫고 그 자리에는 전자오락실이 들어서게 되었으며, 그나마 얼마 되지 않았던 독서 인구들은 프로 야구나 프로 축구, 그리고 프로 씨름 쪽으로 휩쓸려갔다. 스포츠의 프로화와 텔레비전의 다채색 문화는 손등과 손바닥의 관계처럼 떼어놓을 수 없는 것이다. 운동 경기장에서 치어걸들이 흔드는 원색의 깃털이야말로 흑백 문화를 몰아내는 응원기의 구실을 하는 것이다.

활자 문화라 할지라도 이제는 다채색을 갖지 않으면 지탱하기 어렵기 때문에, 흑백의 모노크롬monochrome에서 벗어난 소설들이 그 시장의 중요한 상품 명단을 메우고 있다. 문장가들의 억제된 문체보다는 아마추어리즘의 자유분방한 다채로운 글들이 서가를 메우고 있는 것도 그 때문이다.

VTR(비디오테이프 리코더) 마이컴 광고가 서적 광고를 압도하고 있는 것도 1983년의 시대적 특징을 잘 말해주고 있다. 이렇게 해서 흑백 문화의 오랜 전통은 다채색 문화에 의해 서서히 그 종막을 내리고 있는 것이다.

검은색과 흰색은 죽음의 빛이다. 그 빛을 이제는 아무도 좋아하지 않는다. 그러나 그 죽음의 빛이 없을 때 다채색의 문화도 그 빛을 잃는다는 사실을 우리는 깊이 알아야 한다.

영구차만이 흑백 문화로 남아 있어서는 안 될 것이다. 색채의 영도 문화는 다채색의 강렬한 콘트라스트contrast(대비)에 의해서 비로소 그 다양성을 발휘할 수 있기 때문이다.

텔레비전 문화와 활자 문화─다채색과 흑백 문화가 어떻게 서로 조화를 이루고 서로 그 생기를 반대의 문화에서 얻어내는가. 이 숙제를 남겨준 것이 1983년의 의미 작용이라고 나는 생각한다.

II

오늘의 한국

드롭스와 스태미나

드롭스와 민족성

옛날 같으면 눈깔사탕, 그리고 요즘이라면 좀 근대화된 것으로 드롭스—그러한 과자 하나를 먹는 데도 민족성이란 것이 작용한다. 기회가 있으면 직접 실험해보는 것도 좋다. 서양 친구를 초대해 드롭스를 먹여보면 분명 우리와는 다른 점이 있다는 것을 발견하게 될 것이다.

애나 어른이나 우리는 드롭스를 입안에 넣고 몇 번 빨다가는 금세 아드득아드득 깨물어 먹는다. 그런데 서양 친구들은 백이면 백, 결코 우리처럼 드롭스를 깨물어 먹는 일이란 없다. 그것을 입안에 넣고 저절로 다 녹아 없어질 때까지 지그시 빨아먹는 것이다.

드롭스를 먹는 시간만 가지고 따져볼 때 우리는 서양 사람보다 단연 속도가 빠른 선진 국민이다.

깨물어 먹든 녹여 먹든 물론 어느 쪽이 좋고 나쁘다고 말할 수는 없다. 그러나 드롭스를 먹는 방식을 통해 그 성격의 차이를 따져볼 수는 있다. 그만큼 우리는 조급하다. 눈깔사탕 하나 입안에 넣고 녹일 만한 참을성이 없다. 우선 감질나고 우선 갑갑하고 우선 싫증이 나서 사탕이 녹기를 참고 기다릴 수 없는 것이다.

작은 문제 같지만 드롭스를 깨물어 먹는 우리와 그것을 녹여 먹는 그네들은 벌써 그 지구력이 다르다. '스포츠'식 유행어로 말해서 '스태미나'가 다르다는 것을 알 수 있다.

독서와 스태미나

드롭스에서 그칠 일은 아니다. 고본상古本商에서 책을 뒤지다가 느끼는 것도 역시 그 스태미나의 부족이다. 무슨 고본이건 가만히 들여다보면 10쪽 이상 손때가 묻어 있는 책이 드물다. 즉 서문이나 제1장 제1절만은 붉은 연필로 열심히 언더라인을 쳐놓은 것이 많은데 제2장째만 접어들어도 소식이 없다. 깨끗한 신간 그대로다. '앞 장은 고본, 뒷장은 신간'인 셈이다. 독서법도 이렇게 눈깔사탕을 먹는 식이다. 진득하게 앉아 책 한 권을 독파해낼 만한 지구력이 없는 것이다.

그래서 어쩌다 용케 끝까지 다 읽은 흔적이 있는 고본을 보면 마치 에베레스트 산을 정복한 등산가가 그 정상에 말뚝을 세워놓은 것처럼 "모년 모일에 이 책을 완독하노라"란 기념 사인이 적혀 있다. 옛날 시당 아이들이 천자문을 떼면 시루떡을 쪄놓고 잔치를 벌였던 것도 이해가 간다. 해외 유학생들이 곧잘 고백하는 말을 들어보더라도 '머리'는 자신이 있는데 책을 독파하는 '체력'은 아무래도 그들보다는 딸린다는 것이다.

책을 읽는 것이 그 모양이니 쓰는 것은 말할 것도 없다. 우리나라에 『전쟁과 평화Voina i mir』나 『장 크리스토프Jean Christophe』와 같은 대작이 없다는 것도 결국 작가의 스태미나 문제다.

피카소는 나이 일흔을 넘어 스무 살의 신부를 맞이했다. 노망해서가 아니라 그만한 정력이 있었기 때문이다. 일흔을 넘은 피카소가 '허니문'을 떠난다는 것과 그의 예술은 결코 무관한 것 같지 않다. 그만한 스태미나가 있었기에 그런 걸작들을 남겨놓은 것이 아닌가 싶다. 대개 외국의 걸작품들은 환갑을 지나서 이루어진 것들이 많다. 괴테Johann Goethe의 『파우스트Faust』는 여든 살의 산물이며 빅토르 위고Victor Hugo의 『레 미제라블Les Miserables』은 예순 살 때, 도스토옙스키의 『카라마조프 가의 형제들』은 쉰일곱 살 때 착수한 것들이다.

결혼식에 주례나 서고 혹은 신간 서평이나 작품집 서문을 쓰는 것으로 여생의 낙을 삼고 있는 우리의 노대가와는 참으로 대조적인 일이다.[1]

---

[1] 한국의 작가들은 대개 데뷔작이 대표작처럼 되어 있다. 이른바 조로 현상이 많다.

고려 공사 3일

 정치를 하는 것을 보아도 마찬가지다. 우리 속담에 '고려 공사 3일'이란 것이 있는데 이것 역시 심상찮은 말이다. 나라에서 세운 정책이 3일을 가지 못한다는 것은 천 년 전이나 오늘이나 별로 다를 게 없다. 한때 그렇게 서슬이 푸르던 신생활 운동은 어디로 갔으며, 하루에도 통행인들을 수천씩 잡아내던 교통 법규는 지금 어디에서 낮잠을 자고 있는 것일까?

 차라리 조령모개朝令暮改하는 정부의 고관들보다는 핀잔을 받아 가면서도 끈덕지게 늘어붙는 다방의 껌팔이 아이들의 그 스태미나가 우수한 편이다.

 정신도 육체도 다 같이 스태미나가 부족하다. 한국의 현대 문명은 '구론산' 문명이 아닌가? 어디를 가나 피로 회복제라는 구론산을 먹기에 바쁘다. 경부선 열차를 타보아라. 꾸벅꾸벅 조는 사람이 아니면 청승맞게 구론산 병을 열심히 빨고 있는 사람들뿐이다. 퇴근해서 집에 돌아올 때도 우리는 누구나 가방을 던지며 하는 소리가 "아이구 죽겠다"다.

 한국인에게 필요한 것은 스태미나를 기르는 일이다.

 정력 부족……. 모든 것이 바로 이 점에 얽혀 있는 것이다. 정

50이 지나서 대작을 남기는 일이란 매우 드물다. 문학뿐만 아니라 사회의 모든 분야에 걸쳐 이 조로 현상을 목격할 수 있다.

치도 학문도 스포츠도 가정생활도, 그리고 그 모든 근대화도 오늘의 우리 문제는 우선 정력과 지구력부터 기르는 데 있지 않은가 싶다.

삿갓과 비닐우산

우산의 선진

오늘날과 같은 우산을 최초로 발명해낸 사람은 누구일까? 권위 있는 『브리태니커』(제14판)에 따르면 조너스 한웨이Jonas Hanway라는 영국 신사인 모양이다.

그가 제일 처음에 우산을 들고 나왔을 때 당시 런던 시민들은 모두 조소를 했다고 기록되어 있다. 그러나 상식적으로 따져볼 때 조너스 한웨이 이전에는 그러면 모두 비를 맞고 다녔을까 하는 의심이 생겨난다. 그리고 개구리가 아닌 다음에야 비 오는 날 우산을 받는 것이 어째서 조소의 대상이 되었겠는가? 비를 맞지 않으려고 드는 것은 원시 시대에 있어서도 인지상정이었다.

이렇게 추리해보면 에번스Bergen Evans[2]의 말대로 『브리태니

---

[2] 에번스는 『난센스 박물지』라는 저서를 통해서 『브리태니커』의 이러한 기록이 신빙할 만한 것이 못 된다고 지적한 적이 있다.

커』의 권위가 의심스러워진다. 우산 때문에 조소를 받는 경우란 예나 오늘이나 두 경우밖에는 없을 것 같다. 즉 맑게 갠 날 우산을 들고 다니거나 거꾸로 비가 오는 날에 우산 없이 다닐 때일 것이다. 그렇기에 안전 제일주의와 중용을 좋아하는 영국 신사들은 언제나 우산을 휴대하고 다니는 풍습을 만들어냈다. 갠 날에는 지팡이 대신 짚고 다니니 조소를 면할 것이요, 비가 오면 얼른 펴들 것이라 또한 조소를 받지 않아도 된다.

그러나 그 면에 있어서는 우리 '삿갓'이 단연 합리적이다. 해가 쨍쨍 내리쬘 때는 파라솔이 되고 비가 쏟아지면 우산이 되니 구차스럽게 폈다 접었다 할 필요가 없다. 우리나라의 조상들이 무언가 멋진 발명품을 고안한 것이 있다면 아마 이 삿갓이 아닐까 싶다.

기능주의 속에서 살고 있는 유럽인들도 삿갓만은 좀 부러웠던 모양이다.

한국을 소개한 영국의 한 도본圖本을 보면 삿갓을 그려놓고 왈, 세계에서 가장 편리한 '모자 우산'이라고 평해놓았다. 손으로 들고 다닐 필요도 없이 그냥 쓰고만 다니는 이 편리한 '모자 우산', 아니 '전천후' 장비에 어깨가 으쓱해진다.

전천후 우산 삿갓

그러나 모든 서울 시민이 개나 흐리나 김삿갓처럼 쓰고 다닌다면 부작용이 적지 않을 것 같다. 만원 합승이나 버스 속에서, 그리고 비좁은 거리에서, 삿갓의 홍수를 만나기보다는 차라리 비에 젖는 편이 편할 것이다.

하지만 '삿갓'의 전통을 '비닐'우산이 대신하고 있는 오늘의 현실에도 비극은 있다. 비만 오면 구두닦이나 신문팔이를 하던 아이들도 만사를 제쳐놓고 비닐우산 장사를 한다. 수지가 맞는 모양이다. 비닐우산이 이렇게 잘 팔린다는 것은 무엇을 의미하고 있는 것일까?

첫째, 그것은 우리가 그날 하루도 변변히 앞을 내다보지 못하고 살아가는 무계획한 삶을 누리고 있다는 방증이다. 집에 특정 외래 품목에 낄 만한 멋진 우산을 두고도 비닐우산의 신세를 져야 한다는 것은 오로지 일기예보가 정확지 않다는 데 있다. 인간이 짐승 앞에서 뻐길 수 있는 것은 앞으로 닥쳐올 일을 미리 알아 예비할 수 있다는 데 있다. 예보도 없이 갑작스레 비를 맞아야 하는 사람이 많기 때문에 비닐우산은 항상 경기가 좋다.

비상용이 상용이 된 시대

이제는 아예 비를 만나면 비닐우산을 사면 된다는 생각이 통념

화돼서 출근 시에 일기예보 같은 것엔 귀를 기울이지도 않는다. 비도 오지 않는데 우산을 들고 나갔다가 웃음거리를 사기보다 그 편이 나은 것이다. 비닐우산은 원래가 비상용으로 팔리는 것인데 그게 이젠 정상이 되어버렸다.

비가 올 때마다 우산이 동이 나도록 팔리는 나라는 아마 우리나라밖에는 없을 것 같다. 그러니 그 낭비가 이만저만이 아니다. 일본에서 썩은 대나무까지 사들여야 하는 우리 현실에서 한 번 쓰고 버리는 비닐우산의 대를 볼 때마다 가슴이 뭉클해진다.

우리 주변을 보면 미래를 예측하지 못하기 때문에 생겨나는 낭비가 많은데 바로 비닐우산이 그 상징적 존재라 할 수 있다. 한 시간도 앞을 내다보고 살아가지 못하는 우리의 현실, 그때그때 닥치면 임시변통으로 때워 나가는 우리의 생활……. 예보 없이 살아가는 무계획의 모험……. 앙상한 우산의 범람을 보며 우리는 과연 무엇을 생각하는가?

비닐우산은 바로 우리가 살고 있는 이 현실의 상징이다. 어떠한 시후時候에도 대비되는 전천후의 삿갓을 우리는 잃어버렸다. 갑자기 쏟아지는 소낙비엔 비닐우산이라도 사 쓰면 그만이지만 미래를 예측하지 못하고 살아가는 이 예보 없는 역사 속에서 때 아닌 폭풍을 만날 때 우리는 어떻게 할 것인가? 그때는 어디서나 살 수 있는 그런 비닐우산으로 대피할 수는 없을 것이다.

왼손잡이와 독탕

이효석의 「메밀꽃 필 무렵」

「메밀꽃 필 무렵」은 이효석李孝石의 대표작이다. 동시에 우리 근대 문학의 대표작이기도 하다. 그런데 그 작품 속에서도 많은 평론가들이 칭찬을 아끼지 않았던 부분은 바로 다음과 같은 마지막 구절이다.

"나귀가 걷기 시작하였을 때 동이의 채찍은 '왼손'에 있었다. 오랫동안 아득신이같이 눈이 어둡던 허 생원도 요번만은 동이의 '왼손잡이'가 눈에 띄지 않을 수 없었다."

'동이'가 왼손잡이라는 데서 그가 허 생원의 아들임에 틀림없을 것이라고 암시한 대목이다. 왜냐하면 허 생원 역시 왼손잡이였기 때문이다.

어쩌다가 허 생원은 메밀꽃이 핀 달밤 물방앗간에서 처녀와 사랑을 맺었던 것이다. 그게 마지막이었지만 수십 년 후 우연히 같은 장돌뱅이로 한패가 된 '동이'란 청년을 만나 이야기를 듣게 되자 히 생원은 아무래도 그가 그 처녀의 몸에서 태어난 자기 아들일 것이라는 생각이 든다. 그때 바로 동이가 채찍을 잡는 것을 보니 틀림없는 '왼손잡이'. 결국 그는 허 생원의 아들이었다는 것이다.

참으로 평론가의 칭찬을 받을 만큼 그럴듯하게 꾸며진 이야기다. '왼손잡이'라는 복선을 사용한 수법이 기발하면서도 함축성이 있다. 그러나 한 번 더 따지고 보면 그것은 참으로 어처구니없는 난센스다.

이유는 간단하다. 왼손잡이는 유전하는 것이 아니다. 한국의 경우는 왼손잡이가 약 5퍼센트며 서양 각국은 20퍼센트로 되어 있다. 그리고 아프리카의 카필족에는 왼손잡이가 거의 없다.

물론 이와 같은 통계는 이효석의 허 생원적인 유전설과는 관계없는 일이다. 사회의 관습과 제압이라는 환경의 소산으로 해석되어야 한다. 즉 우수존중右手尊重이라는 종교나 좌수左手 터부 등 민속 신앙에 의해 그 숫자가 좌우되고 있는 것이다.

작가의 실증 정신

'왼손잡이'가 유전이냐 아니냐 하는 생리학을 가지고 명작을 깎아내리자는 것은 아니다. 문제의 초점은 어째서 이효석과 같은 대표적인 작가가 그런 글을 쓰는 데 있어서 '왼손잡이'가 과연 유전이냐 아니냐 하는 것을 검토도 해보지 않고 의심도 없이 그냥 단정을 내렸는가 하는 태도다. 그리고 또 많은 평론가들은 평론가들대로 일말의 회의도 없이 '좌수 유전설'을 그대로 프리 패스 시켰느냐 하는 점이다.

소설을 쓴 사람이나 그것을 평하는 사람이나 다 같이 실증적이며 과학적인 사고방식이 결여되어 있었던 탓이다. 이 작품이 발표된 지 몇십 년이 지난 오늘날까지 아무도 그에 대해서 말하고 있지 않은 것을 보면 그것은 비단 이효석의 오류라고 하기보다는 우리 전체의 오류라고 하는 편이 정확할지 모른다. 말하자면 우리는 사실을 실증적으로 따지는 습관과 훈련이 너 나 할 것 없이 다분히 관념적이다. 풍문 속에서 지내왔고 공상 속에서 살아왔다.[3]

목욕탕과 거북

목욕탕에 가보면 서울 시내에는 모던 스타일의 고급 독탕이 많

---

[3] 이와 비슷한 예로 신라의 선덕여왕이 당나라에서 보내온 모란꽃 그림을 보고 나비가 없는 것을 보니 향기가 없을 것이라고 했다는 이야기가 『삼국유사』에 나온다. 사람들은 그 말을 천 년 동안 그대로 믿어왔다. 실제로 모란꽃에 향기가 없는지 실증해보려고 한 사람들은 거의 없었다. 실학파의 이익李瀷이 처음으로 그 설에 반박을 가하여 모란에도 향기가 있고 나비는 안 와도 벌은 온다고 기록한 일이 있다.

이 생겨났는데 그 밑바닥은 대개가 유선형으로 굴곡이 져 있다. 편안히 누워 있을 수 있게 설계한 것이다.

그러나 막상 누워보면 조금도 편하지가 않다. 어깨는 오므라지고 허리는 들뜨며 아프다. 다리를 뻗어봐도 부자연스럽다. 그야말로 허 생원식이다. '왼손잡이'는 '유전하느니라'라고 멋대로 단정을 내리고 그대로 글을 쓰는 것처럼 인체는 직선이 아니므로 유선형으로 바닥을 깔면 편안할 것이라는 가설을 그대로 현실에 옮겨놓았기 때문이다.

거북이란 놈은 동물 중에서도 가장 느림보지만 겉만 보면 스포츠카처럼 유선형으로 되어 있다. 그 잔등이의 포물선은 어느 짐승보다도 초속도로 달리기에 알맞다. 독탕의 밑바닥 곡선도 꼭 거북의 그 잔등이와 다를 것이 없다. 누우면 아주 편할 것같이 보인다. 그러나 그것은 관념에서 나온 선이지 체험적인 선은 못 된다.

어째서 그 목욕탕을 설계한 사람은 그렇게 하는 것이 과연 편한지 아닌지를 실증적으로 시험해볼 생각을 하지 않았던가? 왜 한 번쯤이라도 그 곡선 위에 누워보지 않았던가? 아니 왜 목욕탕을 드나드는 그 많은 사람들은 그 바닥이 보기와는 달리 불편하다는 사실을 말해주지 않았을까?

독탕 바닥만이 관념적으로 만들어진 것은 아닐 것이다. 우리의 사회 전체가, 모든 기구 전체가 '그럴 것이다'라는 기분만의 가설

밑에서 움직여가고 있는 것은 아닐까? 그렇기에 밤낮 현실을 다루는 정치가들까지도 이념이 어떻고 명분이 어떻고 하는 관념적 논쟁만 되풀이하고 있는 것은 아닐까?

실증 정신이 생리화되고 생활화되었을 때 비로소 우리 사회는 합리적인 것이 지배할 수 있는 사회가 될 것이다.

제 얼굴에 손 못 대는 배우

분업의 시대

제 얼굴을 제가 만지지 못하는 사람이 있다면 불구 중의 불구일 것이다. 그런데 실은 저 화려한 할리우드 배우들이 바로 제 얼굴을 제 마음대로 손댈 수 없는 인간들이다.

배우의 얼굴 화장은 메이크업 전문가들의 분야에 속해 있기 때문이다. 아무리 자기 얼굴이라 할지라도 그것을 화장하고 꾸미고 다듬는 것은 영화의 분업상 완전히 메이크업계의 소관이다.

그렇기 때문에 만약 배우가 자기 멋대로 메이크업을 고친다든지 자기 취미대로 얼굴을 단장하다가는 직역 침해職域侵害라 하여 조합으로부터 압력을 받는다.

배우는 연기만 해야 된다. 빈틈없이 기업화된 섹트 안에서만 움직여야지 그 한계를 넘을 때는 스트라이크가 벌어진다. 시나리오 라이터는 시나리오만 쓰고, 음악가는 효과 음악에만 손대야 한다는 것은 또 그렇다 치더라도, 심지어는 소도구계와 대도구계까지도 엄연히 분야가 나누어져 서로 직역 침해를 할 수 없게 되어 있다.

미국에서는 임금을 위한 파업보다 이 직역 문제 때문에 일어나는 말썽이 더 많다는 이야기다. 아무리 과학적으로 따져도 한계가 애매해서 과연 그것이 누구의 직역에 속하는가 해결이 나지 않을 경우가 많기 때문이다.

미국의 CBS 텔레비전 방송국에서 생방송을 하던 때의 일이라고 한다. 이 장면의 스위치는 누가 눌러야 하느냐로 두 개의 직역 그룹 사이에 분쟁이 붙었다. 서로 자기 분야라고 우기는 사이에 방송 시간은 자꾸 다가온다. 그야말로 로켓 발사와 같이 5분 전, 4분 전…… 3분 전…… 식으로 아슬아슬한 카운트다운이 시작되었다. 앞으로 1분…… 어떻게 될 것이냐. 관계자들은 얼굴이 창백해져서 숨도 쉴 수 없이 되었다. 그때 갑자기 부사장 디케스 씨의 머리에는 하나의 아이디어가 떠올랐다.

'두 직역의 대표 두 사람이 동시에 스위치를 누르면 될 것이 아니냐'는 것이었다. 그렇게 해서 'CBS 위기 일발'을 무사히 넘겼다는 것이다.

한약방엔 외과·내과가 없다

그러나 이러한 직역은 안정된 사회, 그리고 기계화된 사회에서나 통용되는 이론이다. 모든 것이 비빔밥이 되어 엉클어져 돌아가는 우리 사회에서 만약 이 직역을 가지고 일일이 따지다가는 쪽박을 차기에 알맞다. 외과, 내과, 소아과 같은 분업은 일찍이 한약방엔 없었던 일이다. 도리어 남의 직역을 침해하는 과잉 충성이 우리에겐 필요할 때가 많다. 어느 직장에서 '그것은 내 분야에 속한 것이 아니니까 할 수 없다'고 뒷짐을 지고 있다가는 애사심이 없는 친구로 몰려 쫓겨나기 십상이다.

그런데 웬일인지 갑작스레 우리나라에서도 직역 문제가 말썽을 일으키고 있다. 근대화가 되긴 될 모양이다. 이 직역 침해로 제일 먼저 분쟁이 생긴 분야는 주로 '정치'. 정치는 정치인에게 맡기라는 직역 선언이다. 교수, 학생, 문인 등등의 이른바 지성인들이 사회 참여를 하여 정치적인 문제에 손을 댄 것이 위정자의 비위를 거슬린 까닭이다.

그래서 학원이라는 직역제가 강조되고 이것을 넘는 사람에겐 '정치 교수', '정치 학생'이라는 꼬리표를 달아놓았다. 이런 식으로 따져가면 '정치 문인', '정치 언론인', '정치 주부', '정치 종교인'…… 심지어는 '정치 양아치'까지 생겨날 판이다.

따지고 보면 그럴듯한 이론이다. 교수는 학생을 가르치기만 하면 된다. 학생은 공부나 하고 문인은 글이나 쓰고 종교인은 기도나 드리고 있어야 한다. 그렇게 하는 것이 정말 이상적인 사회다.

하지만 어째서 이 직역이 지켜지지 않는 것일까?

남의 얼굴을 맡은 메이크업의 직인들은 최소한 그 얼굴에 흠집
을 내서는 안 된다. 국민 하나하나의 얼굴을 맡고 있는 정치인들
이 그 메이크업을 제멋대로 난폭하게 또 흉하게 한다면 아무리
직역이라 하더라도 자기 얼굴인데 가만히 있을 턱이 없다.

　각본이 서투른 것도 참을 수 있다. 음악이 시원찮은 것도 참을
수 있다. 의상도 소도구도……. 그러나 제 얼굴을 밉게 만들어놓
을 때 배우는 메이크업계에만 그 직능을 맡겨둘 수 없는 것이다.
인생의 연출에 있어서 정치란 직역은 바로 그런 메이크업계와 같
다는 것을 알아야 한다.

친절 무용론

피서 열차에서 생긴 일

열차는 서서히 서울역 플랫폼으로 들어서기 시작했다. 애들을 업으랴, 짐을 들랴, 수선을 피우면서 하차할 준비를 하는데 앞자리에 앉았던 학생 차림의 청년 하나가 짐을 들어주겠다고 선뜻 나서는 것이었다. 아닌 게 아니라 트렁크는 무거웠다. 안사람이 그것을 들고 쩔쩔매는 것이 딱했던 모양이었다.

"저는 짐이 없으니까 밖에 나갈 때까지 들어다 드리지요."

청년은 트렁크를 빼앗다시피 들고 간다.

나와 아내는 몇 번인가 사양했다. 솔직히 고백하자면 사양이 아니라 거절을 한 셈이다. 우리는 그 청년의 친절을 의심하고 있었기 때문이다. 짐을 아무것도 가지지 않았다는 말이 도리어 수상쩍다. '소위 이것이 승객들의 짐을 날치기해 가는 도둑놈의 패거리인 모양이구나!' 마음이 불안해지기 시작한다.

아내는 내 귀에 대고 불평이다.

"어쩌자고 생판 모르는 사람에게 짐을 맡겨요? 빨리 빼앗아요. 무거운 것을 참고 드는 게 낫지……. 아무래도 불안해요."

분명히 그것은 짐보다 무거운 고통이었다.

짐을 달라고 하니까 남의 속도 모르고 그 청년은 염려 말라는 것이었다. 사뭇 중세기의 기사풍이다. 플랫폼에서 개찰구까지 나오는 동안 나는 그 청년의 뒤를 바짝 따랐다.

'이놈이 왜 이렇게 걸음이 빨라! 아무래도 수상쩍군. 이놈이 어쩌자고 옆으로 처지는가? 짐을 채 갈 준비를 하는 게 아닌가? 이놈 봐라……. 누구와 눈짓을 하는 것 같은데 왜 가다가 말고 멈춰 설까!'

피서지에서 돌아오는 길이라 그 트렁크에는 자질구레한 용품 밖에는 없었지만 그래도 신경이 자꾸 쓰인다. 의혹의 몇 분간이 흐른 다음에 이윽고 우리는 개찰구를 나왔다.

"자! 트렁크를 주세요."

너무 긴장한 나머지 고맙다는 인사도 나오지 않는다. 나나 아내나 날치기로 단정하고 하는 말투다. 그런데도 그 청년은 "괜찮습니다. 택시 타는 데까지 갖다 드리지요" 하고 여전히 트렁크를 놓지 않는다. 그때 참다못한 아내가 트렁크를 가로채면서 노골적으로 성난 목소리로 말했다.

어둠 속에서 바라본 눈

"필요 없어요. 이젠 됐어요. 피차가 괴로우니까요!"

피차란 말에 청년은 섬뜩 놀라는 기색이었다. 그리고 쓰디쓴 미소를 지으면서 쳐다보았다. 어둠 속에서 이쪽을 바라보는 그 눈매는 실망과 분노와, 그리고 슬프기까지 한 빛을 띠고 있었다.

"선생님, 저는 학생입니다. 저는 선생님의 얼굴을 여러 번 뵌 적이 있습니다. 이 선생님이시죠?"

그는 말할 틈도 주지 않고 어둠 속으로 사라지고 말았다.

택시가 네온 빛을 누비고 서울 시가를 달리고 있었을 때 나는 그 안에서 갑자기 구역질 같은 것을 느꼈다. 서울이 싫어졌다. 산다는 것이, 트렁크 같은 것이, 사람들이 모두 다 싫어졌다.

"학생! 친절은 옛날에 죽어버린 거야. 호의도 선의도 옛날에 죽어버린 거야. 너무 슬퍼하지 말게. 순진한 시대가 가버린 것일세!"

나는 언제라도 그 학생을 만나면 꼭 한마디 이야기해주고 싶다. 어디엔가 친절이 남아 있긴 하다. 그러나 그 친절을 받아들일 만한 마음은 아무 곳에도 없는 것이다.

이제 대가 없는 친절이란 의심과 경계를 살 뿐이다. 도리어 불안과 공포를 준다. 무상의 시대는 지나가고 만 것이다. 남에게 친절하지 않은 것이 도리어 친절이라는 세상인 것을 그날 밤 그 학생도 알았을 것이다.

독서 무용론

이삿짐과 책

만약 길을 걷다가 이삿짐을 나르는 광경이 눈에 띄거든 유심히 관찰해주기를 바란다. 책이 많은 이삿짐일수록 대개 남루하고 초라하며 가난한 것이다.

그 흔한 포마이카Formica 장롱이나 자개상 같은 것도 구경하기가 힘들다. 부러진 상다리와 때 묻은 봇짐들은 호화판 장정의 금박 문자로 하여 한층 더 슬프게 보일 것이다.

이와 반대로 피아노와 텔레비전과 냉장고, 그리고 골프대가 실려 가는 호화로운 이삿짐을 본 일이 있었는가? 거기에선 책 같은 것은 좀처럼 구경하기가 힘들다. 만약 책이 있다 하더라도 그것은 규격이 같은 서너 가지의 전집류에 지나지 않는다. 책이라고 하기보다는 이미 그것은 어항이나 인형과 같은 장식품의 품목에 끼여야 할 것들이다. 책이란 이제 '가난의 증서'와 같은 것이 되었는지도 모른다.

독서 주간 세미나에 나와 달라는 부탁을 받았다. 주최자의 간곡한 부탁도 있고 해서 나는 밤을 새워가며 '독서의 효용성'이란 제법 장중한 일문을 초했다. 애초의 계획은 '등화가친지절'이니 '독서는 마음의 양식'이니 하는 등록 필증이 붙은 동서고금의 금언들을 되도록 많이 긁어모아다가 용감하게 청중 앞에 풀어놓을 작정이었던 것이다.

그러나 막상 S도서관의 강연회장에 들어서는 순간 나는 가난한 이삿짐에 실려 가는 책들이 연상되었다. 그 청중을 위해서는 극히 실례의 말이긴 하나, 그들의 얼굴은 영양실조에 걸린 것 같았고 의상은 아직도 철 지난 노타이 셔츠를 제복처럼 걸치고들 있었다.

마음이 동요되기 시작했다. 분노 같은 것이 치밀어 올라왔다. 어째서, 책을 사랑하고 무엇인가를 진지하게 탐구하려는 사람들은 늘 이렇게 가난해야만 하는가. 이 좋은 계절에 그들은 오죽해야 이런 강연회장에 모여들었을까? 골프장이나 카바레나 권세 많은 집 사람의 뜰이 아니라 그 시원찮은 연사의 말 속에서 행여나 그래도 무슨 행복의 단서가 있을까 해서 기웃거리고 있는 사람들……

야만인들이 승리의 트로피를

틀림없이 이들은 끝내 저 기름기가 돌고 뻔뻔스럽고 무지하고 인생에 대해서는 돈과 아첨밖에는 모르는 친지들에게 짓밟히고 말 것이다.

맨발로 뛰는 야만인들이 언제나 교양 있는 친구들보다는 앞장서 가는 이런 사회에서는 되도록 독서를 안 한 친구가, 아니 독서를 해도 안 한 체하는 친구가 용트림을 하는 영광을 차지한다. 이들에게 독서를 권장한다는 것은 잔인에 가까운 행위라는 생각이 들었다. 그래서 그만 연단에 오르자마자 준비해 온 미문美文의 원고를 찢어버리고 즉흥 연설을 시작했던 것이다.

"여러분, 밖에는 '책 속에 길이 있다'는 표어가 있습니다만 그 길이 무슨 길인 줄 아십니까? 야만인들이 활개를 치는 이 사회에 있어서는 책 속에 있는 길은 곧 가난의 길이요, 눈물의 길이요, 굴욕의 길이요, 패배의 길입니다. 책을 안 읽어야 도리어 잘살 수 있는 이런 현실 속에서, 여러분! 나는 여러분들에게 책을 읽으라고 도저히…… 도저히 권장할 자신이 없습니다. 차라리 그런 것보다 나는 파우스트의 서재에 침입하여 그를 바깥 세상으로 끌어낸 메피스토펠레스의 악마 역할을 즐겨 인수하겠습니다."

물론 그날의 내 세미나는 형편없는 실패였다. 결혼식장에 가서 추도사를 읽는 것이나 다름없는 것이었다. 주최자 측에서 사례금조로 금일봉을 줄 때 더욱 내 입장은 난처했다.

그러나 아직도 나는 나 자신을 변명하고 싶다. 날씨가 그렇게 아름답지만 않았던들……. 아니, 이 사회에서 조금이라도 교양 있는 친구들이 손해만 보고 살지 않았던들……. 깡패들이 설치지만 않았던들……. 그리고 그 이삿짐 생각이 나지 않았던들…… 세미나는 결코 그런 비극으로 끝나지는 않았을 것이다.

군자 언어의 도난

가족적이란 말

이상스러운 일이다. 우리의 어법을 가만히 분석해보라. 좋은 말일수록 실제는 나쁜 뜻으로 사용되고 있다는 사실에 놀랄 것이다.

우선 '가족적'이란 말부터 따져보자.[4] 삭막한 세상에 '가족적'이란 말처럼 정다운 것이 없다. 타인들끼리 형이요, 아우요, 어머니요, 아들이라면 그보다 더 따뜻하고 아름다운 일이 어디 있겠는가? 잘못이 있어도, 서운한 일이 있어도 한 울타리 안에서 한 핏줄을 나눈 가족끼리는 모든 것이 애정의 이름으로 용서된다.

즐거운 일이 있으면 같이 즐기고 슬픈 일이 있으면 같이 슬픔

---

[4] 유난히 한국인은 가족이란 말을 좋아한다. 웬만한 곳에 집 '가家' 자가 안 붙은 말이 없다. 작가, 평론가, 음악가에서 시작하여 나라 전체를 또 '국가'라고 한다. 나라도 하나의 가족으로 본 것이다.

을 나누는 것이 가족의 모럴이다. 이해타산을 넘어선 가족의 단합, 정말 가족적으로 일할 수 있는 일터가 있다면 얼마나 행복할 것인가?

그러나 우리는 이 가족적이란 말을 항상 경계해야만 된다. 만약 사장이 신입 사원을 모아놓고 "자! 우리 한번 가족적으로 일해봅시다"라고 되풀이해서 연설했다면 월급을 많이 탈 기대는 갖지 않는 것이 좋다.

'가족적'이라고 하면 '월급만 가지고 일할 것이 아니라 자기 집 일처럼 정을 갖고 일하라'는 뜻이다. 말하자면 공리나 이해를 초월한 '가족적'인 애정이 월급을 적게 주고 일을 부려먹자는 구호로 이용되고 있는 경우다.

'가족적'으로 일하자는 곳일수록 월급은 쥐꼬리에 그나마 제때 나오지도 않는다. 그 약점을 커버하는 경우에 있어서만 '가족적'이란 말이 적용되는 수가 많은 것이다. 즉 한마디로 말하자면 월급이 적을 때, 월급을 못 줄 때 내세우는 둔사遁辭다.

동지적이란 말

그런데 '가족적'보다 더 위험한 것은 '동지적'이란 뜻이다. 동지란 문자 그대로 이념의 뜻[志]을 같이한 사람이다. 그렇기에 자기 이념을 위해 뜻을 같이한 사람끼리는 오직 대가 없는 상부상조가 있을 뿐이다.

동지! 아름다운 말이다. 사람마다 그 지문처럼 성격과 사고와 이념이 다르다. 그러므로 자기와 뜻이 같고 생각이 같은 사람이 있다면 생명을 나누어줄 만큼 반가운 존재일 것이다.

그런데 이 말이 튀어나오게 되는 경우는 어떨 때인가? 이건 월급이 적은 것이 아니라 숫제 없는 경우에 경영자가 내세우는 간판이다.

동지적! 그렇다. 이념이 같아서 하는 일에 무슨 보수가 있겠는가? 요즘 범람하고 있다는 사이비 무보수 기자를 채택할 때 전주錢主의 설교도 그런 것이었으리라. 언론을 위해 싸우는 동지, 이 동지 사이에 어찌 금품이 문제 되겠는가! 누가 일을 같이 하자고 할 때 '동지적'이란 말이 나오거든 아예 대가를 받을 생각은 꿈에도 꾸지 말아야 한다. "가족적으로 일하자"라고 하는 것은 '돈을 적게 준다'는 뜻이며 "동지적으로 일하자"라는 것은 '돈을 숫제 안 준다'는 은어隱語인 셈이다.

애국적이란 말

그런데 애국적은 어떤가! 이건 '돈을 적게 준다'는 것도 아니고 '돈을 안 준다'는 것도 아니다. 그것은 거꾸로 돈을 내라는 이야기다. "애국적 견지에서!"로 말이 시작되면 으레 협조하라는 말이 나오고 협조하라는 말이 나오면 으레 끝에 가서는 영수증이 나온다. 말하자면 '나라 사랑하는 마음'으로 이 기관에 기부를 하라는 뜻인 것이다. 해마다 수재 의연 금품을 모을 때 동포애라는 캐치프레이즈가 등장하는 것과 같다.

굶는 애국, 자기희생을 강요하는 애국! 과거 식민지 시대에 정말 우리는 그러한 애국을 해왔다. 그 전통이 이제는 좀 좋지 못한 데까지 이용되어 사복을 채우는 데도 '애국적 견지'에서 하시는 분들이 많아졌다. '가족적', '동지적', '애국적'……. 뜻이 점점 아름답고 넓어질수록 실은 희생의 요구도만 커진다.

아름다운 말을 앞세워 남의 희생을 강요하고 그래서 자기 이익을 채우려는 편법 때문에 우리들의 사전은 누더기가 되었다. 아무래도 반대어 신사전이란 것이 출간되어야 할 판국이다.

조심하라. 간악하고 욕심 많은 사람일수록 군자의 언어를 훔쳐 쓴다는 것을 조심하라. 도난당한 성인 군자의 언어를…….

병오년에 딸을

한국의 줄리엣은 말띠다

병오년.[5] 좀 더 터놓고 이야기하자면 '백말띠'의 해다. 그렇다. 말띠라고 하면 생각나는 것이 있다. 〈말띠 여대생〉이라는 영화 말고도 실제로 잘못 타고난 여성들의 한숨 말이다.

근대화란 말이 유행어가 되어 있지만 여전히 '말띠' 여성이라면 남자들이 뒤꽁무니를 뺀다.

'불운한 여성'의 나이를 세다가 우연히도 띠가 '말'이면 "그것 봐! 말띠 쳐놓고 제대로 가정생활을 하는 여성들을 보지 못했거든" 하고 신비한 운명론에 무릎을 친다. 분명히 그것이 비합리적인 편견인 줄 알고 있는 사람들도 말띠 여성들을 경원하려고 한다.

"남이 나쁘다는데 굳이 말띠와 결혼할 것이 없지 않느냐"는 의

---

5) 1966년.

견이다. '같은 값이면 다홍치마'라는 속담이 점점 말띠의 여성을 궁지로 몰아넣는다.

그래서 당사자끼리는 사랑하는데 '띠'가 좋지 않다 하여 사주에 불합격한 로미오와 줄리엣이 아직도 우리 주변에 만만찮은 비중을 차지하고 있다.

선진국이라고 뻐기는 서양에서도 '3월생 여성'들은 한국의 말띠처럼 괄시를 당하고 있다. 인간은 과학을 낳긴 했으나 결코 과학적으로 만들어진 동물은 아닌 것 같다. 만물의 영장이라고 하면서 하급 동물을 상징으로 '쥐'띠라 굶지는 않겠다는 둥 '양'띠라 순하다는 둥 하고 수다를 떠는 것을 보면 더욱 그런 생각이 든다.

악운의 해라는 을사년은 그럭저럭 넘겼는데 이제 병오년 '백말띠'에 낳을 딸자식이 문제다. 가족계획을 하자고 그렇게 피알(PR)을 해도 눈 하나 깜짝하지 않던 사람들이 갑자기 요즘에 중절 수술의 일대 붐을 이룬 이면에는 금년이 백말띠의 해기 때문이다. 아들을 낳으면 모르지만 만약 딸을 낳으면 '말띠 여대생'이 될 것이라 아무래도 산아 조절을 해야겠다는 생각들이다. 누구도 말띠 해에 딸 낳기를 원치 않고 있는 것이다.

목마로 트로이 성을 치듯이

그러나 만사는 허를 찔러야 한다. 마치 오디세우스[6]가 목마로 트로이 성을 치고 나폴레옹이 알프스 산을 넘어 이탈리아를 치고 그리고 제2차 세계 대전 때 연합군이 노르망디 해안을 기습하듯 병오년에 딸을 낳는 것이 전략상 유리할 경우가 없지 않다.

남들이 다 애를 갖지 않으려고 하는 허를 찔러 병오년에 애를 갖도록 노력할 일이다.

만약 아들이면 더욱 좋고 딸이라도 밑질 것이 없다. 왜냐하면 병오년은 다른 해보다 산아 수가 줄기 때문에 이 애들이 학교에 입학할 무렵이면 경쟁률이 훨씬 줄어들 것이기 때문이다.

그 입시 지옥, 입시 경쟁을 무난히 치를 수 있는 것이다. 요즘의 그 입시 광태를 보고 있으면 '말띠' 여성이 남편감을 구하는 것과는 비교도 안 될 것 같다.

병오년에 자식을 낳아라, 찬스다. 말띠 여성의 괴로움보다 몇 십 배나 더 큰 입시의 고뇌를 귀여운 아이들에게 물려주지 않기 위해서 병오년에 자식을 낳자.

---

6) 트로이의 목마. 호메로스의 시편 『일리아드』 중에 나오는 그리스의 옛 전설인 트로이 전쟁 이야기의 주인공. 왕비 헬레네를 에워싼 그리스와 트로이의 10년 싸움에서 그리스 총수 아가멤논이 거대한 목마 속에 군사를 잠입시켜 트로이 성 안으로 들어가는 목마지계 木馬之計를 써서 트로이를 함락시켰다.

말띠 미신도 해롭지 않은 깃. 우선 자동적으로 산아 제한이 되니 가족계획에 성공할 것이며 다음 입시 경쟁에도 경쟁률이 덜할 것이니 그것 역시 좋은 일이다.

병오년은 좋은 해다. "말띠 만세!"

뉴스 부재론

뉴스와 동서남북

어족은 물에서 살고 인간은 뉴스 속에서 산다. 대중 사회는 뉴스의 그물에 의해서 움직여간다. 신문, 라디오, 텔레비전……. 여기에 또 험담까지 섞은 다방 참새족의 뉴스란 것까지 있다. "무엇 좀 재미난 일 없어요?" 이런 인사도 따지고 보면 '새로운 뉴스'를 얻어보려는 심정이 잠재해 있다.

그런데 이 뉴스의 어원 풀이가 재미있다. '뉴스'란 무엇인가? 영어로 그 말을 써놓고 가만히 들여다보면 그것이 '동서남북'의 뜻을 가지고 있음을 발견하게 된다. 'NEWS'의 글자 하나하나, 즉 N자, E자, W자, S자가 모두 동서남북을 뜻하는 North, East, West, South의 두음 자다.

정말 뉴스라고 하는 것은 동서남북, 세계의 여러 곳에서 일어나는 이야기들이다. 모든 뉴스는 동쪽에서 서쪽에서 혹은 남쪽과 북쪽에서 바람처럼 불어온다. 그것은 바람, 그것은 구름……. 세계의 모든 방위에서 불어왔다가는 사라지고 흘러왔다 꺼지는 바람이며 구름이다.

그러나 '뉴스NEWS'가 동서남북의 이니셜을 따라 만든 합성어라고 하는 것은 꽤 그럴듯한 해석이지만 실은 엉터리 거짓말이다. 뉴스는 '노블(소설)'의 어원과 마찬가지로 '새롭다'는 뜻을 가진 라틴어 'novum'에 그 본적을 두고 있는 말이다. 영어의 'new'를 명사로 전용하여 다시 그것을 복수형으로 만든 것—그러니까 '뉴스'는 '새로운 것들'이라는 어의에서 탄생된 말이다.

뉴스와 새로움

새로운 것, 처음으로 듣는 것, 그것이 바로 뉴스다. 포도주는 묵은 것일수록 값이 나가지만 뉴스란 새것일수록 가치가 높다. 그렇기에 남보다 새로운 소식을 일찍 듣는다는 것이 신기를 탐하는 대중 사회에서는 오복의 하나쯤은 된다.

그런데 우리에겐 뉴스가 없다. 그것을 동서남북의 뜻으로 새기든, '새로운 것들'이라는 전통적인 어원 풀이로 해석하든 그 뉴스란 것이 없다. 큰 뉴스들은 대개가 다 '서쪽'에서만 들어오고 있다. NEWS 가운데 'W(서쪽)'자만이 기형적으로 비대하여 나머지 글자들은 현미경으로나 들여다보아야 될 지경이다.

더구나 'N(북쪽)'자의 글자에서는 이른바 철鐵의 장막이 쳐져 있어서 보이지 않는다. 어쩌다 'N'에서 흘러오는 뉴스가 있다 해도 모두가 숙청, 강제 노동, 감금 운운하는 입맛 떨어지는 소식이 아니면 협박조의 불길한 고성뿐이다.

'S(남쪽)'자 편은 어떤가? 남미나 동남아나 아프리카에서 흘러오는 바람(뉴스)은 역시 무덥다. 쿠데타니 뭐니 하는 따분한 이야기들뿐이다. 'S'자는 꼭 소아마비에 걸려 있는 것처럼 뒤틀려 보인다.

마지막 'E(동쪽)'자는 주로 일본에서 들려오는 뉴스인데 이것도 불쾌 지수가 높은 바람이다. 한일 회담 관계로 NEWS의 'E'가 갑자기 클로즈업되긴 했지만 '속 빈 강정'처럼 외형만 컸지 속이 없다.

신문을 읽거나 라디오를 들어보면 W(서쪽)자가 혼자서 트위스트를 춘다. 우리는 서양 일변도의 뉴스 속에 살고 있으니 '동서남북'을 뜻한다는 뉴스 풀이가 무색하다. 말하자면 뉴스의 부재 속에서 사는 셈이다.

'새로운 것들'이라는 아카데믹한 해석으로 뉴스를 풀어보아도 역시 뉴스의 부재를 느낀다. 물론 새로운 소식들이 매일같이 들어온다. 하지만 속을 뒤집어보면 모두가 구문舊聞의 되풀이에 지나지 않는다.

'물가가 오른다는 뉴스', '정당이 부정을 했다는 뉴스', '정당이 갈라섰다', '신당이 생겼다' 등등의 뉴스, '연탄가스로 중독사를 했다'는 뉴스, '교통사고', '높으신 분들의 판에 박힌 연설문', '입시 경쟁', 수년 전이나 수년 후나 같은 뉴스의 되풀이다. 자고 깨도, 자고 깨도 신기한 새 소식이 없다.

'해피 뉴 이어' 남들은 카드에 이렇게 신년 인사를 적어 보내는데 정말 우리에게는 신년이란 게 있는가? '뉴스의 부재'……. 새로운 것이 없는 따분한 구정물 속에서 질식할 것 같은 마음은 금붕어처럼 아가미를 벌린다.

'우리에게 뉴스를 다오!'
금년만은 정말 '해피 뉴 이어.'

무슨 신기한 뉴스가 있기를 빈다.

보료와 '자부동'

일본의 '자부동'과 한국의 '보료'

최근 고급 요정에는 일인들이 귀하신 몸으로 초대되어 제법 뽐내고 있는 모양이다. 일제 시대 때 교육 칙어를 외다가 배운 일어라도 이제는 외국어 대열에 끼여 장안 기생들 간에는 수월찮은 밑천이 되는가 보다.

그러나 제법 대국이요, 선진국입네 하고 뻐기던 일본인 기자 하나가 이 요정에서 여지없이 높던 콧대가 꺾인 일이 있었다. 요정 아랫목에 의젓하게 펴놓은 '보료'를 보고 일본 기자는 그게 무엇이냐고 묻더라는 것이다. 그때 서투른 일본말로 기생 하나가 거침없이 "무카시노 조센 자부동 데스(옛날 한국의 방석입니다)"라고 대답했다는 이야기다.

일본 기자는 그만 놀라가지고 눈만 끔벅대면서 더 이상 말을 하지 못했다는 것이다. 일본의 '자부동'에 비해 과연 한국 고유의 그 '자부동(보료)'은 스케일이 월등 크다. 어느 쪽이 대국인가? 일본 기자는 그 '방석'의 규모를 통해 느낀 바가 적지 않았을 것이다.

'보료'와 '자부동'에서 끝나는 것이 아니다. 우선 밥상을 보라. 일본의 상(오젠)은 한국 상의 손자뻘에 해당된다. 우리나라의 쟁반 정도에 불과한 밥상이다. 옹색한 그런 상 위에서 사시사철 밥을 먹어온 그들이 마음이라고 넓을 리가 없다.

밥그릇도 그렇지 않은가? 두께로나 크기로나 한국의 밥그릇은 일본 '공기'의 3~4배가 크다. 위병에 걸린 사람들처럼 잔뜩 쪼그리고 얄팍한 공기로 밥을 떠먹고 있는 옹졸하고 얄팍한 일인에 비해서, 그것이 비록 보리밥이라고 하더라도 사발에 고봉으로 수북이 담은 밥을 꾹꾹 눌러 퍼먹는 우리 쪽이 단연 대국의 기풍이 있지 않은가? 일본의 '미소시루'와 우리의 국, 그들의 '나라즈케 [奈良漬](야채 절임)'와 한국의 김치, 또 '사카즈키[杯](술잔)'와 우리의 술잔, 어느 것을 겨누어보아도 우리 쪽이 킹사이즈, 스케일이 월등하다.

그런데도 우리가 일본에 뒤진 까닭은 무엇일까? 다른 것은 다 그만두더라도 그들이 오늘날 수출액 1백억을 통해 발돋움을 하는데 우리는 어째서 그 50분의 1도 안 되는 2억대에서 바둥대야 하는가? 그들보다 수십 배가 더 큰 방석을 만들어 쓴 한국이 어쩌자고 오늘날엔 일본인을 거인처럼 바라보아야 하는가? 그 큰 스케일은 어디로 갔을까? 분한 노릇이다. 누구도 일본인보다 우리의 마음이 크고 넓다는 데 반대하지는 않을 것 같다. 비밀은 그 스케일을 좋은 데 쓰지 못하고 나쁜 데 사용한 까닭으로 그들에게 뒤졌을는지 모른다는 생각이 든다.

물가 올리는 스케일

요즘 신문을 펴보면 더욱 그런 생각이 앞선다. 대체 세계 어느 나라에서 하루 사이에 100퍼센트로 물가를 올리는가. 새해가 되자 올리기 시작한 체신 요금, 사립대학 공납금, 수도세, 택시 요금 등등을 보면 정말 스케일이 큰 나라다. 불과 1~2퍼센트의 물가가 올라도 내란이라도 일어날 듯이 나라가 발칵 뒤집히는 외국의 경우는 우리에 비해 얼마나 소심하며 그 스케일이 작은가?

보료를 만들던 그 푸짐한 솜씨가 물가 올리는 데로 바뀐 것이 분명하다. 뿐만 아니라 철도청 사건의 부정 역시 그 스케일을 따를 나라가 없으리라. 프랑스에서는 수회收賄를 포드뱅(술병)[7]이라고 한다. 그쪽 부정은 기껏해야 술병 정도가 오고가는 것이었던 모양이다. 그런데 철도청의 부정은 수억대의 돈을 공깃돌 놀리듯한 것이었다.

'떼어먹는다'는 말이 있듯이 횡령이란 열 가운데서 서너 채를

---

7) pot de vin을 직역하면 '술병'이란 뜻이 된다. 그러나 그 뜻이 바뀌어 수회로 바뀌었다.

떼내는 도둑질이다. 그러나 한국 관리들의 부정은 열에서 아홉을 먹고 하나를 내놓는 것이니 '떼어먹는다'는 말로는 개념이 잘 맞지 않는다. 만약 이런 스케일을 건설적인 데로, 생산적인 데로, 즉 국가 발전에 발휘했다면 일본 정도는 발가락으로 누르며 살 수 있었을 것이라 생각된다.

이래저래 스케일이 크신 부패 관리 덕택에 우리는 보료는커녕 손바닥만 한 방석에도 앉아 있을 수 없게 되어간다. 관영 요금을 배로 올려주시고 국고에 들어갈 돈을 도중에서 전부 가로채고……. 결국 싫어도 우리는 더 일하지 않고는 살아갈 수 없게 된 것이다.

실로 '더 일하는 해'의 그 구호는 누가 생각해냈는지 명언이다. 관영 요금이 배로 오른 것도 있는데 옛날처럼 일하다가는 굶어 죽는다. 배로 더 일해야 된다. 남이 부정한 돈까지도 우리가 물어야 하니 자기 몫만 벌어서도 안 된다. 더 일하자. 올해는 '더 일하는 해'다.

소화제 한국론

마음 놓고 잡수세요

독일 제약업자가 시장 조사를 하기 위해 한국을 여행했다. 그리고 여러모로 검토한 끝에 드디어 얻은 결론이 소화제였다고 한다. 어느 약보다도 소화제를 많이 먹는 민족임이 판명된 것이다. 사실에서 과히 어긋난 관찰은 아닌 것 같다.

명절 한 번만 겪고 나면 경향 각지의 약방에선 소화제의 매상고가 부쩍 오른다. 어느 약 광고의 CM처럼 "마음 놓고 잡수세요"의 캐치프레이즈가 그대로 적중한 까닭이다. 신문 광고나 라디오, 텔레비전에서도 소화제 선전이 으뜸이다. '다이어트 약'이 판을 치는 외국과는 극단적인 대조를 이루고 있다.

한국이 소화제의 왕국으로 이름이 높은 것과 함께 또 하나 생각나는 것은 회충 왕국이란 점이다. 전 인구의 80퍼센트가 기생충 보유자들이라는 통계이고 보면 회충이 없는 사람은 도리어 한국인이 아니라고 오해받을 지경이다.

독일에 갔을 때 들은 이야기지만 한국 유학생은 그곳 의과 대학생들 간에 인기가 대단하다는 것이다. 이유는 기생충 실험을 할 때 그 표본을 얻으려고 한국 유학생을 쫓아다니기 때문이란다.

슬프고 창피한 인기다. 서독에 보낸 광부도 그렇다. 우리는 인력 수출만 한 것이 아니라 기생충까지 수출한 셈이다. 즉 한국인에겐 기생충이 많다는 그 국치國恥가 한국 광부로 인해 독일에까지 소문이 퍼진 것이다.

소화제와 기생충, 묘한 모순이다. 아무리 양껏 먹어도 기생충을 키우는 바람에 영양 실조에 걸린다는 이 아이러니는 뜻밖에도 우리 사회의 모든 현상에 그대로 적용된다. 말하자면 상징적인 사건이라 할 수 있다.

교육의 아이러니

교육이 특히 그렇다. 우리처럼 자녀의 교육열이 치열한 나라도 없다. 그야말로 소화제를 먹고도 교육의 포식을 새김질하지 못할 지경이다. 그런데 한편 우리나라처럼 학교가 위신을 잃은 나라도 드물다.

입시 계절에 보면 교육(학교)이 이 나라의 전부인 것 같은 착각이 든다. 그런데 사실은 우리의 교육은 빈혈을 앓고 있는 것이다.

교육을 존중하기는커녕 교육 말살의 우려까지 있다.

우리는 군인이 소르본대학을 침입해 들어가고 경찰이 옥스퍼드를 포위했다는 이야기를 들은 바 없다. 교수는 정치 교수라 해서 쫓겨나고 학생은 감옥을 실습실처럼 드나들고 있는 그런 이야기도 듣지 못했다. 최근에는 학교마다 장학관을 파견하여 감독케 하리라는 소식이 들린다. 식민지 강점기에서도 없었던 일이다.

소화제와 기생충, 이 모순 때문에 우리는 혈색이 나쁘다. 조금 먹고도 살찌는 방법은 없을까?

한국인은 잔인한가

한국인은 잔인한가

'높다·낮다', '빠르다·느리다', '무겁다·가볍다', 이러한 말들은 모두가 상대적이다. 그리고 보는 사람의 주관에 의해 결정되는 말이다. 화살은 빠른 것으로 되어 있지만, 총탄에 비하면 거북이처럼 느린 것이다. 강물은 도랑물보다 깊지만 바다에 비하면 접시 물처럼 얕다. 더구나 처음부터 정감적인 범주에 속하는 언어들은 말할 필요가 없다.

"한국인은 잔인한가?" 우리는 이러한 물음에 대해서 답변할 수가 없는 것이다. 잔인하다는 성품 역시 상대적이고 보는 사람의 관점에 따라 다르기 때문이다. 다만 가능한 것이 있다면, 이따금 한국인을 잔인하다고 말하는 유럽인 자신과 한국인을 비교하는 방법이다.

우선 신화 구조를 대비해보자. 신화는 한 집단적인 체험을 나타내는 감정과 사고의 원형이기 때문에 가장 편리한 비교의 척도가 되는 것이다.

　유럽 문화와 그 신화의 샘물이라 할 수 있는 그리스 신화를 보면 우주의 시원부터가 잔인한 피로 물들여져 있다. 대지의 여신 '가이아Gaea'는 아들과 합세하여 그 남편인 '우라노스Uranus(하늘의 신)'를 죽인다. 그것도 그냥 죽이는 것이 아니라 낫으로 우라노스의 남근을 잘라버리는 것으로 되어 있다. 그 남근에서 흘러내린 피가 바다에 떨어져 여러 신들이 탄생하게 된다. 남편과 아버지를 죽이는 모반, 그 살육의 피에서 탄생되는 새로운 생명들, 이것이 유럽인들이 생각한 역사요, 혁명의 열정이었다.

　그리스 신화의 세대 교체는 부자 간의 치열한 쟁투를 통해서만 이루어진다. 그래서 때로는 살부만이 아니라 아버지가 자기 아들을 낳자마자 직접 먹어버리거나 혹은 죽여서 그 고기로 요리를 만들어 잔칫상에 올려놓는 끔찍한 이야기들이 나온다. 탄탈로스Tantalos의 신화가 그 원형에 속한다.

　신화만이 아니라 기독교가 지배하던 가장 경건한 중세 시대의 로맨스 문학에서도 간부姦夫를 죽여 음식을 만들어 그의 정부에게 먹이는 식인종적인 잔인한 설화가 많이 등장한다. 기독교계의 설화도 예외일 수 없다. 그 대표적인 것이 카인이 동생 아벨을 죽이는 「창세기」 신화다. 서양에서 자라난 역사의 나무는 이렇게 모두가 살해의 핏방울을 먹고 성장하는 것이다.

신화를 통해 본 잔인성

한국의 신화는 그와 정반대다. 아버지를 죽이고 자식을 죽이고 아우를 죽이는 살육이 아니라, 결혼으로부터 이 세상의 역사가 시작된다.

단군 신화는 하늘과 땅이 만나고 환웅과 웅녀가 짝을 맺는 데서부터 나라와 역사가 탄생되는 이야기다. 『삼국유사』의 건국 신화는 피의 싸움에 의한 것이 아니라 거의 모두가 영웅 추대형의 구조를 지니고 있다.

설화도 마찬가지다. 한국의 설화에는 복수 이야기가 적다. 첫째, 가까운 일본만 해도 대부분의 설화는 모모타로[桃太郎], 잇슨보시[一寸法師]처럼 침략형에 속하는 것이고 복수담으로 되어 있지만 한국의 설화는 해와 달처럼 간악한 호랑이에 쫓기는 도피형 설화다.

『춘향전』에서도 춘향이나 이 도령이 변 사또를 봉고 파직했을 뿐 복수는 하지 않는다. 『사씨 남정기』에선 자신을 죽음에 몰아넣은 교喬 씨를 다만 내쫓았을 뿐 사 씨는 그녀에게 잔인한 형벌을 가하지 않는다.

그렇기 때문에 동일 설화라 할지라도 제비 다리를 부러뜨리는 한국의 『흥부전』이 일본의 『시타키리스즈메[舌切り雀]』가 되면 참새 혓바닥을 자르는 것으로 변모되는 것이다. 제비 다리를 부러뜨린다는 것과 참새의 혓바닥을 도려낸다는 것은 그 잔인도에 있

어서 그 상상의 질이 비교도 되지 않는다.

둘째, 식생활의 구조를 살펴보자. 성품과 식생활은 가장 밀접한 연관성을 지니고 있다는 것은 문화인류학에선 하나의 상식으로 되어 있다.

초식 동물은 잔인하지가 않다. 사슴, 양, 그리고 아무리 덩치가 큰 말과 소라 할지라도 고기를 먹는 고양이보다 유순하다. 늑대, 표범, 호랑이, 사납고 잔인한 동물은 모두가 육식 동물이다.

서양인들은 주식이 육류다. 채식주의자들인 한국인의 식탁에 오르는 숟가락을 서양인들의 포크와 나이프에 비교해보는 것으로 족할 것이다. 그것은 바로 표범의 발톱이요, 늑대의 이빨이다.

선지피가 뚝뚝 떨어지는 비프스테이크를 칼로 썰고 포크로 찔러 먹는 서양인의 식사 광경과 유난히 국물이 많은 음식을 숟가락으로 떠먹고 있는 한국인의 식사 광경을 보면 어느 쪽이 잔인한 민족인지 주석을 달 필요가 없을 것이다. 더구나 서양인은 생식 또는 화식주의자들이다. 불로 태워 먹는다. 또 날것을 먹는다. 그러나 한국인이 먹는 것은 김치처럼 대부분이 발효식이다. 뜸을 들여서 먹고 삭혀서 먹는 한국인의 식생활은 참고 견디고 순응하는 성품을 주었지만, 화식과 생식의 식성은 그들에게 파괴와 공격적인 잔인성을 준 것이다.

아우슈비츠에서 나치가 화로에다 유대인을 불살라 죽인 것은 화식주의자들의 잔인성을 그대로 표현한 상징적 행위다. 중세 마

녀 사냥 때부터 생사람을 불로 태워 죽이던 습속은 바비큐의 식
성과 통한다.

주택 구조를 통해 본 잔인성

마지막으로 주택 구조를 보자. 주택 구조는 정신 구조를 시각
화한 것이기 때문이다.

서양인들의 주택은 중세 때부터 성벽과 지하실 위에 세웠다.
어두운 지하실의 비밀, 온갖 잔인한 음모는 이 볕이 안 드는 음침
한 지하실에서 벌어졌고 포의 소설처럼 사람을 죽여 그 벽 속에
묻어둔다. 모든 집이 지하실을 갖고 있었다는 것은 모든 집에 사
설 감옥을 설치해두었다는 이야기가 된다. 한국의 주택에는 지하
실이란 게 없었다. 그 대신 훤히 들여다보이는 장독대와 헛간이
있었을 뿐이다.

일본 건축 구조만 해도 장지만 열면 언제나 칼싸움을 할 수 있
는 도장이 될 수 있게 되어 있다. 뜰에는 자갈을 깔아 침입자의
발자국 소리가 울리도록 고안되어 있다. 죽이고 죽는 긴장, 무사
문화의 잔인한 살육 속에서 생겨난 주택 구조다. 일상 주택에서
쓰는 농구를 봐도 서양 농구의 낫은 안에서 밖으로 치는 형편이
다. 날이 바깥으로 서 있다. 공격용 무기다.

그러나 한국의 연장은 호미나 낫이나 모두 자기 안으로 끌어당

기면서 쓰도록 되어 있다. 자기를 찌를 위험은 있어도 남을 치기엔 불편하다. 날이 전부 안으로 서 있기 때문이다. 농부의 농구를 봐도, 같은 낫을 봐도 서양 날은 타인으로 향해 있고 한국 것은 자신을 향해 있다.

유순한 한국인의 성품

이러한 문화 구조를 가진 자들이 한국인을 잔인하다고 하는 것은 『성서』의 말대로 "자신의 눈 속에 박힌 들보"를 보지 못하는 발언이다. 결론은 무엇인가? 한국인의 본래적 성품은 평화롭고 유순했다. 모질지 못해 사슴처럼 쫓겨 다녔다. 그러나 서구 문화가 들어오고 근대화하면서부터 한국인은 달라지기 시작한 것이다. 더구나 이성보다는 정감이 강한 국민이었기에 서구 문화에 오염되는 피해도 더욱 컸다.

이 서구 사상의 한 지류인 마르크스주의 혁명이 북으로 들어갔다. 살부 혁명의 투쟁으로 역사를 바라다보고 있는 피맺힌 시선이 이성보다도 정념이 강한 일부 한국인에게 받아들여졌을 때 그토록 잔인한 도끼 사건 같은 것이 나타나게 된 것이다.

서구인들은 휴전선의 도끼 사건에서 한국인의 민족성이 아니라 바로 자신들의 문화권에서 싹튼 마르크시즘이 어떻게 다른 숲에서 살고 있던 유순한 사슴들까지 무서운 늑대로 바꾸었는가를 보아야 할 것이다.

그렇지 않은가? 우리는 도끼로 장작밖에는 팰 줄 몰랐다. 그러나 바로 서구의 중세 때 기사들은 도끼를 들고 싸우지 않았던가? 그것으로 무용을 자랑하지 않았던가? 토너먼트의 스포츠로서 도끼를 들고 사람을 쳐 죽이지 않는가! 그것은 당신들의 것이다. 당신들이 그 도끼를 거두어 가야 한다.

크리스마스의 오해

굴뚝과 산타클로스

어른들은 산타클로스 할아버지가 굴뚝으로 들어와 선물을 갖다 준다고들 했다. 크리스마스 전날의 이야기만은 아니다. 1년 내내 들어온 말이었다. 어른들은 그것을 협박 무기로 썼던 것이다. 말을 안 들으면, 심부름을 안 하면, 장난이 심하면, 싸우면, 욕을 하면, 크리스마스가 되어도 '산타 할아버지'가 선물을 갖다 주지 않는다는 것이다.

그래서 크리스마스이브에는 근심이 많다. 1년 내내 잘못한 일들이 떠올라 그랬던 것만은 아니다. 우선 굴뚝 걱정부터 해야 했다.

산타 할아버지가 들어오기에는 굴뚝이 너무도 좁다. 만약 그 굴뚝이 좁아 들어오지 못한다면, 억울하게도 한 해 동안 별러오던 그 선물을 받지 못할 것이다. 그리고 굴뚝으로 들어온다 하더라도 산타 할아버지는 부엌으로밖에 오지 못한다. 문고리는 전부 잠겨져 있다. 굴뚝으로 통해진 것은 부엌 아궁이뿐인데 어떻게 방 안으로 올 수 있을 것인가? 밤새도록 어린 가슴을 졸이다가 잠이 든다.

산타 할아버지의 전설이 우리 현실과 맞지 않는다는 사실을 발견한 것은 나이가 든 후였다. 말하자면 아이들에게 산타 할아버지의 전설을 이야기해줄 나이가 되었을 때의 일이다.

서양의 생활 풍속에 맞추어서 만든 그 이야기를 그대로 직역해서 그냥 한국의 아이들에게 말해준 어른들이 잘못이었다. 왜냐하면 한국의 굴뚝은 서양의 굴뚝처럼 크지 않다. 산타 할아버지가 들락날락할 수 있는 굴뚝은 초가삼간이나 온돌방을 사용하는 한국의 가옥에서는 찾아볼 수 없는 것이다. 양옥집, 페치카를 때는 서양에 가야 비로소 통할 수 있는 전설이었던 것이다.

그리고 또 방 안에 페치카가 있는 서양이기에 산타 할아버지는 굴뚝으로 해서 직접 방 안으로 선물을 가지고 들어올 수가 있다. 부엌 아궁이와 굴뚝이 연결된 한국 실정에서는 그런 전설이 믿어지지 않으니 문고리를 근심했던 것도 무리는 아니다.

서양 문화의 직역

하나의 크리스마스 전설만 보더라도 서양 것을 그대로 한국에 옮겨 온다는 것은 격에 맞지 않는다. 부질없는 오해와 번민을 가져다주는 것이다. 그것은 오해된 한국의 '크리스마스' 풍경의 상징일 것 같다. 크리스마스 정신(?)을 우리 현실에 맞도록 제대로 번안해주지 못한 죄일 것 같다.

통행 금지가 있는 한국에 철야를 하는 전야제인 크리스마스이 브 풍속이 그대로 들어올 때 홀리 나이트는 섹스 나이트로 변질한 다. 택시 크리스마스가 되고 호텔 크리스마스가 된다. 금지된 밤 을 구제해준 '메시아'로 예수님은 메이크업되고 말기 때문이다.

만약, 만약 예수님이 2천 년 전 그때처럼 베들레헴이 아니라 이 서울 거리에서 탄생한다면 어떨까? 별수 없이 또 마구간 신세를 져야 할 것이다. 호텔이 만원인 것이다. 술집과 다방과 사람이 모 이는 곳이면 만원이 아닌 곳이 없다. 정말 비어 있는 곳이 있다면 마구간 정도일 게다.

크리스마스이브가 외박의 날이 된 그 오해는 산타 할아버지가 좁은 굴뚝으로 해서 방 안으로 들어온다는 그 전설 못지않게 부 조리하다.

그러나 그것까지는 참을 수 있다. 그 선물의 풍속은 어떤가? 산 타클로스[8]는 자선가다(원래는 도둑의 수호신이었지만). 크리스마스에 선 물을 주는 것은 강자가 약자에게, 행복한 사람이 불행한 사람에

---

8) 산타클로스는 크리스마스에 아이들에게 선물을 갖다 준다는 전설의 노인으로 보통 빨 간 모자에 빨간 옷을 입고 흰 수염에 검은 장화를 신은 모습으로 그려진다. 이 유래는 소아시 아의 뮐러의 주교, 성 니콜라우스Saint Nicholas를 말하는 것으로 네덜란드어에서 온 말이다.

게, 부자가 가난한 사람에게, 그리고 건강한 사람이 병든 사람에게 베푸는 사랑의 풍속인 것이다.

강자에 아첨하는 산타클로스

그런데 우리의 경우는 정반대로 되어 있다. 약한 백성이 높으신 분에게 뇌물 삼아 선물을 보내는 날, 아랫사람이 윗사람의 환심을 사기 위해 가난한 호주머니를 털어 아첨하는 날이다. 한국의 산타클로스 할아버지는 그래서 뜻밖에 브로커로 되어버리는 수도 없지 않다.

그렇기에 약자의 크리스마스는 한층 더 슬프고 외롭다. 산타할아버지가 들어올 굴뚝이 너무 좁다고, 그리고 부엌 아궁이로밖에 들어오지 못할 것이라는 것을 근심하고 있던 아이들은 이제어른이 되어 예수의 은총이 아니라 저주를 받음 직한 그 거리의인파에 마음을 저민다.

오해된 크리스마스……. 서양 것이 한국으로 온 것은 모두가다 이 모양이다.

그러나 사람들은 문명의 직역을 욕하지는 않고 대개 크리스마스 그 자체를 원망하고 있다. 정신을 본받지 않고 그 껍데기만 생으로 벗겨 온 서양, 그것은 이미 서양도 동양도 아닌 국적 상실의비극일 따름이다.

나들이옷의 비극

나들이옷과 외출복

우리의 고유어 가운데 '나들이옷'이란 것이 있다. 외출복을 그렇게 부른다. 말만 '나들이옷'이지 실은 평상시의 의상과 조금도 다를 것이 없다. 다만 새 옷이요, 값진 옷을 아껴두었다가 밖에 나갈 때 입는 것을 그렇게 부른다.

그러니까 '나들이옷'은 타운 웨어라든지 칵테일 드레스라든지 하는 것과는 근본적으로 다른 것이다.

참으로 이상스러운 일이다. 서양 사람은 '나들이(피크닉)'를 다닐 때면 으레 활동하기 쉬운 간편한 옷을 입고 나간다. 말하자면 연회복과는 달리 값싼 옷이다.

그런데 우리의 경우는 피크닉이나 꽃구경을 가는 데도 으레 성장을 한다. 입고 있는 옷 가운데 최고의 것을 골라 걸친다. 아이들로부터 할아버지에 이르기까지 패션쇼를 하는 기분이다.

어째서 꽃구경이나 야유野遊를 하는 데까지도 남의 시선에 신경을 쓰는 것일까? 모처럼 휴식을 취하러 놀러 온 것인데도 성장한 옷을 버리지 않으려고 조바심을 태우는 꼴은 아무래도 불합리한 일이다. 으레 밖에 나가려면 좋은 옷을 입어야 한다는 그 사고방식 속에서 우리는 체면에 살고 체면에 죽었던 슬픈 습속을 볼 수 있는 것이다.

휴일의 패션쇼

일요일은 그렇기에 '옷 자랑' 하는 날이기도 하다. 옷이 없어서 '봄 놀이'를 하지 못했다는 사람들도 많다.

'봄 놀이'는 자기 자신이 즐기기 위해서 하는 것이다. 결국 옷이 없어 창피하다는 말은 봄 놀이를 하려고 가는 것인지 옷 놀이를 하려고 가는 것인지 구분이 안 되는 이야기다.[9]

때와 장소를 가려 옷을 입을 줄 아는 국민이 되었으면 싶다. 값진 옷이 있어도 일요일의 외출엔 도리어 실용적인 옷을 입고 나가는 것이 옳다. 마음대로 뒹굴어도 좋고, 풀물이 들어도 좋을 실용적인 옷을……

나들이옷을 찾는 습관이 사라질 때 비로소 우리는 생활을 생활

---

9) 물론 우리 생활을 보면 새 옷을 입고 자랑할 만한 연회 장소라는 게 별로 없다. 그만큼 폐쇄적인 사회에서 옷을 입고 다닐 데란 길거리밖에 없다.

답게 즐길 수 있게 될 것이다. 의상뿐이겠는가? 체면이라는 망령 때문에 자기 생활을 구속하고 지내는 일이 얼마나 많은가? 좀 더 자기에게 충실한 삶을 누려야겠다.

일요일의 거리가 '연회의 거리'처럼 되어야 할 하등의 이유가 없다. '나들이옷'이란 개념을 불살라버리는 데 용감한 생활인이 되기 바란다.

겨울과 참새

코펜하겐의 호수

덴마크의 코펜하겐엔 아름다운 인공 호수가 있다. 도시 한복판에서 백조와 물오리가 떠다니는 호면을 바라보고 있으면 정말 이곳이 안데르센의 나라라는 것을 실감하게 된다. 인공 호숫가에는 또 헤슈드 카슈타니[10]의 아름드리나무가 푸른 잎을 드리우고 있어 산책하기에 좋다.

코펜하겐의 노인들은 할 일이 없다. 바쁘게 일하는 젊은이들은 그들의 말벗이 되어주지 않는다. 나라에서 지불해주는 연금은 노인들의 편안한 낮잠을 보장해줄 수는 있어도 결코 그들의 고독까지 위로해주지는 못한다.

그렇기에 이러한 노인들은 호숫가의 짐승들과 친하다. 오수에

---

10) 우리나라의 밤나무처럼 생긴 것으로 코펜하겐의 도시에서는 어디에서나 흔히 볼 수 있는 나무다.

서 깨면 먹다 만 빵 조각을 들고 으레 호수를 산책한다. 백조와 물오리와 붕어와 그리고 비둘기 떼들을 향해 모이를 주는 노인들. 나는 잠시 도취한다.

그러나 그때 더욱 나를 놀라게 한 것은 카슈타니 나무에 새까맣게 모여든 참새 떼들이었다. 백조와 비둘기가 모여드는 그 자리에 개평꾼들처럼 참새도 한몫 끼어 모이를 주워 먹고 있었다.

빵가루를 뿌리는 노인들은 이 참새들을 쫓기는커녕 오히려 그쪽을 향해서도 덤을 준다.

사람을 두려워하지 않는 참새

비둘기 떼가 사람을 두려워하지 않는 것은 어디에서든 구경할 수 있는 일이지만 야생의 참새가 월트 디즈니의 만화처럼 사람 곁에서 태연히 모이를 주워 먹고 있는 것은 처음 보는 광경이었다. 나는 걸어서 참새 떼 곁으로 갔다. 그러나 그것들은 날아가지 않았다. 행여나 싶어 두어 놈들이 짹짹거리며 따라오기까지 한다. 사람을 두려워하지 않는 이 대담한 참새에 도리어 내 가슴이 덜컥 내려앉는다.

코펜하겐의 참새를 보며 나는 한국, 내 조국 산촌의 어느 나뭇가지에선가 바들거리며 떠는 그 참새 떼들을 동정했다.

수채에 버려진 밥알 찌꺼기를 주워 먹는 데도 가슴을 두근거리며 수없이 두리번거리는 참새들, 가랑잎 소리만 나도 금세 푸르르 날아가버리는 참새들, 아이들의 고무총이나 새 그물에 걸릴까 두려워 날지도 못하는 참새들! 전전긍긍하며 살아가는 그 참새들의 초조한 꼴이 측은하게 생각되었다. 한국의 참새만큼 신경이 예민한 참새는 없을 것 같다.

더 많은 것을 말할 필요가 없다. 코펜하겐의 그 참새에게서 덴마크의 여유 있는 생활을 볼 수 있다면 경계의 눈초리로 바동거리며 살아가는 한국의 참새에게서는 바로 각박한 우리 자신의 사회를 발견할 수 있다.

겨울이 되면 도시의 골목길은 한층 더 춥고 쓸쓸하다. 네온이 켜지는 무렵 소시민의 발걸음은 공허 속에 얼어붙는다. 그리하여 거리를 지나다 보면 '참새구이'라고 쓴 천막을 두른 집들이 늘어서 있는 것이다. 지게꾼과 리어카꾼이 나란히 서서 지쳐버린 하루를 따끈한 탁주와 참새구이 안주로 달랜다.

그러나 앙상한 참새의 가슴패기를 눈물을 씹듯 와작와작 씹고 있는 그 비정의 모습을 보며…… 아니, 아니 도시인의 고독을 달래기 위해 납치되어 온 앙상한 그 참새의 앞가슴과 해골을 보며 '한국의 생生'이란 것이 어떤 것인지를 나는 몰래 생각해본다.

그리고 또 코펜하겐의 참새들을 생각한다. 카슈타니의 나무 밑에서, 푸른 호수의 오솔길에서 백조와 함께 잠드는 행복한 참새들을 생각해보는 것이다. 그리고 사죄한다. 한국의 참새들에게 이렇게 사죄해본다.

"너무 원망하지 마라! 한국의 참새들이여, 사람도 먹을 것이 없는 땅, 너희들과 함께 나누어 먹을 쌀이 우리에겐 없단다. 해골째 구워서 집어야 한 젓가락도 되지 않는 너희들의 살점을 와작와작 씹어 먹고 있는 우리를 너무 잔인하다고, 너무 야박하다고 원망하지 마라. 우리는 그렇게밖에 더 살 수가 없는 것이란다."

겨울에 참새구이집 천막 앞을 지나노라면 모이를 달라고 사람을 쫓아다니는 월트 디즈니의 만화 같은 코펜하겐의 참새들이 떠오른다. 자꾸 그 광경이 전설처럼 되살아난다. 그리고 이 한국인은 그 때문에 더욱 외롭다.

겨울과 화로

행복을 가져다주는 불의 신

겨울에는 불이 좋다. 몸만 녹여주는 것이 아니라 마음까지도 따사롭게 한다. 한 나라의 풍속 가운데서도 가장 특징 있는 게 바로 이 불이다.

옛날 로마 서민들의 신은 신전이 아니라 그들 부엌의 '불' 속에 있었다. 그것이 곧 생활에 행복을 가져다주는 '베스타Vesta'의 신이다.

우리가 한참 애독했던 톨스토이나 투르게네프와 같은 러시아 작가의 소설에서는 페치카가 아주 인상적이다. 밖에서는 눈보라가 치고 바람이 분다. 그러나 페치카 곁에서 신과 사랑과 인생을 논하는 설국雪國의 인정은 체온처럼 훈훈하다.

일본은 '고타쓰'다. 은거한 시골 노인들이 고타쓰를 껴안고 졸고 있다. 곁에는 으레 고양이란 놈이 한가롭게 누워 가끔 기지개를 켠다. 사람들의 목을 배추 밑동처럼 예사로 자르고 다니는, 혹은 제 배를 갈라 피를 토하는 잔인한 일본인들이지만 고타쓰 옆에 있을 때만은 평화롭게 보인다.

우리나라의 겨울 불은 '화로'다. 화로야말로 가장 한국적인 것이라 할 수 있다. 청동 화로라도 좋고 질화로라도 좋다. 어느 것이든 반질반질 길들인 그 화로를 보면 아늑한 한국의 맛을 느낀다. 페치카처럼 불꽃이 타오르지 않기에 한결 정적情的이다.

고타쓰처럼 평범하지 않기에 한결 변화가 있다. 더구나 노변爐邊의 그 인정은 얼마나 따사로운 것일까? 귀한 손님이 올 때 제일 먼저 자리를 비켜 안내하는 곳도 바로 그 화롯가다. 화젓가락으로 식은 재를 헤쳐가면서 서로 정을 나누는 것이 우리의 은근한 생활 감정이다.

이 화로 속에서는 때로 군밤이 나오기도 하고 때로 구수한 찌개 뚝배기가 끓기도 한다. 소박한 그 화로처럼 한국의 겨울은 다감하다. 화롯가에서 듣는 옛이야기나, 아니면 화롯가에서 버선을 깁는 새색시의 손길이나 모두가 그렇다. 어느 가정에 가든지 화로가 없는 집은 없으며 거기에는 또 화로에 얽힌 인정이 반드시 있게 마련이다.

그러나 시대가 변하고 문명이 바뀌어지자 이제는 그 구수한 화로의 풍속은 사라지고 말았다. 그것은 옛날의 전설처럼 되고 만 것이다.

연탄 난로의 시대

그 대신 들어앉은 것이 바로 그 산문적인 연탄 난로다. 생김새도 살벌하지만, 자칫 잘못하면 화상을 입을 염려가 없지 않다. 심하면 그 가스가 새어 인명을 빼앗아 가는 '사신死神의 불통'으로 변하기도 한다. 화롯가에 얽힌 인정담은 어느덧 어디에서는 그 중독으로 몇 명 죽고 또 어느 곳에서는 일가족이 몰살을 했고 하는 공포의 죽음 이야기로 바뀌었다.

연탄 난로가 생기고부터 한국의 신화는 사라져가고 만 것이다. 화롯불에 둘러앉아 재를 헤쳐가며 소곤대던 옛날의 대화도 이제는 없다. 다정한 눈을 맞대고 무릎을 맞대고 화롯불을 껴안던 것과는 달리 사람들은 연탄 난로를 경계하느라고 신경을 곤두세운다. 찌개 그릇이 끓던 질화로의 시정詩情은 이제 산간 벽지에나 가야 찾아볼 수 있을까.

질화로에 재가 식어지면

빈 밭에 밤바람 소리

말을 달리고

— 정지용의 시 「향수」 중에서

어느 시인의 시 한 구절만이 싱그럽다. 추운 겨울에, 살벌한 뉴스가 얼어붙는 그 겨울에 질화로를 한번 포근히 안아보고 싶다.

공자님과 급행 버스

삼강오륜과 시내버스

한국의 '삼강오륜三綱五倫'이 어느 때 어느 곳에서부터 허물어지기 시작했는가? 자못 심각한 이 논제를 구명하기 위해선 사회적인, 그리고 역사적인 연구가 필요할 줄로 안다. 그러나 우리의 일상적 체험을 통해서 볼 때 주로 그 장중한 삼강오륜이 날로 객혈하며 파리해져가는 곳은 도시의 만원 버스 속이 아닌가 싶다. 러시아워의 출퇴근 때마다 우리는 고독한 공자님을 동정한다.

밀고 차고 떼밀고 앞을 다투며 올라타는 '버스 헌팅'의 광경에는 '장유유서長幼有序'는 물론 '부부유별夫婦有別'도 '붕우유신朋友有信'도 도시 찾을 길이 없다. 삼강오륜은 다윈의 적자생존의 이론 앞에서 목을 졸리고 있는 중이다.

남녀 칠세 부동석男女七歲不同席이라고 하지만 비좁은 버스 칸에선 동석을 하고 싶어도 하지 못할 형편이다. 숙녀도 신사도 버스 속에서는 동물원의 코끼리처럼 행동해야 된다. 더구나 란도셀

[ransel]을 멘 귀여운 아이들이 어른들의 그 코끼리 발에 짓밟혀 비명을 지르고 있는 것을 보면 새삼스럽게 망아지를 타고 다니던 옛날이 그리워진다.

천 년 가까운 유교의 전통이 그렇게 간단히 버스 속에서 분실되었다는 슬픔만은 아니다. 근본적으로 민족성마저도 의심이 간다. 무질서, 이기적, 각박성, 무례, 무분별, 후안무치……. 여차장에게 등이 밀려 밖으로 나가떨어지는 순간, 분노보다는 연민과 수치가 앞선다.

그러나 요즘의 '급행 버스'는 그와는 아주 대조적이다. 앞을 다투는 법도 없고 손님끼리 싸움하는 법도 없다. 승객들은 예의가 바르고 체면을 잘 지킨다. 운전사의 신경질도 없고 무례한 차장의 고함 소리도 들을 수 없다. 급행 버스에서 내릴 때는 차장이 일일이 내리는 손님에게 "안녕히 가십시오"라고 인사까지 한다. 별천지에 온 느낌이다.

그 사납던 코끼리 떼는 어디로 갔는가? 다윈의 그 모범생들은 어디로 자취를 감추었는가. 급행 버스 속에서는 '삼강오륜'이 건재해 있다. 이유는 묻지 않아도 된다. 결코 급행 버스의 승객이라고 그날 아침에 사서삼경을 읽고 나온 것도 아니며, 또 영국 신사들의 관광단에 등록한 것도 아니고 더구나(이제는 꼬리조차 감추었지만) 국민 재건 운동 본부에서 인간 개조 훈련을 받은 사람들도 아니다. 조금도 다를 것이 없는 서울 시민, 만원 버스 속에서 야차夜叉

와 같은 얼굴로 아귀다툼을 하던 승객의 하나다. 다른 것이 있다면 10원을 더 지불했다는 것밖에 없다.

도덕은 여유에서 생긴다

즉 지옥과 같은 일반 만원 버스와 천당의 응접실 같은 급행 버스의 승객 풍속은 불과 일금 10원정의 문자 그대로 종이 한 장 차이다. 좌석이 비어 있고 여유가 있으면 승객은 누구나 부처님처럼 착해진다. 그러나 이와 반대로 여유가 없고 비좁으면 승객이나 차장은 악마가 된다.[11]

그렇기에 도의라고 하는 것은 일반적으로 강요된다고 되는 것이 아닌 것 같다. 만원 버스 속에 승객을 집어넣고 장유유서를 지켜라, 부부유별을 따르라고 아무리 이야기해도 아무런 소용이 없다. 공중도덕을 백 번 강요하는 것보다도 넓은 자리를 만들어주는 쪽이 효과가 빠르고 또한 현실적인 일이다.

나라 전체가 그럴 것 같다. 여유가 없고 생활의 터전이 비좁기 때문에 우리 주변엔 추악한 한국인이 득실거리게 되는 것이다.

---

11) 옛날 사람들도 의식이 넉넉해야 인륜을 지킬 수 있다고 했다. 정철은 강원도 사람의 비참한 생활을 평하여, 그들이 인륜을 몰라서가 아니라 인륜을 지킬 만큼 물질의 여유가 없기 때문이라고 지적한 적이 있었다.

공자님인들 만원 버스 속에서 어떻게 체통을 지킬 수 있겠는가.

한국인을 향한 비난의 9할은 민족성이 나빠서 그런 것이 아니라 사회 여건에서 오는 것이라고 해석해야 될 것 같다.

단돈 '10원'의 여유가 '공자님'의 가르침보다도 더 인간을 도덕적으로 만들 수 있다는 확증을 얻기 위해서 한 번쯤 좌석제 급행 버스를 타보라고 권유하고 싶다.

삼강오륜의 교육을 받고 만원 버스에 타는 승객보다는 공자님을 모르고 급행 버스에 타는 승객 쪽이 훨씬 점잖게 행동할 수 있다는 평범한 상식을 우리의 전 사회에 적용하라고 나는 주장하고 싶다.

싸움하는 자에게 싸움이 나쁜 것이라고 훈화하기보다는 왜 싸우게 되었는지 하는 그 여건을 해결해주는 방법을 가르쳐주는 쪽으로 노력할 일이다.

모럴의 모색, 새로운 삼강오륜을 만드는 것도 중요하다. 그러나 최소한 한 사람 한 사람에게 자기 좌석에 앉을 수 있는 여유를 만들어주는 일이 더욱 중요하다. 좌석제 인생이 공자님의 방석 위에 올라탄 인생보다 즐겁다.

편지투로 본 한국인의 사고방식

겉봉을 쓰는 순서

한국에는 왜 본격적인 서사시와 장편 소설이 없었는가? 이 원인을 찾기 위해서 우리는 먼저 서한 양식부터 따져보는 것이 좋을 것 같다. 왜냐하면 언어의 질서와 그 사고방식이 가장 일상적인 것으로, 그리고 또 가장 직접적인 것으로 형식화된 것이 바로 '편지투'일 것이기 때문이다. 뿐만 아니라 그 서한 양식을 분석해볼 때 우리는 분명 남(서양)과 다른 방법으로 편지를 쓰고 있다는 중요한 차이점을 발견하게 될 것이다.

첫째, 겉봉을 쓰는 순서가 서양의 경우와는 정반대다. 우리는 대한민국으로 시작하여 도, 군, 면, 리, 번지, 그리고 개인의 성과 이름을 쓴다. 말하자면 넓은 데서 좁은 데로, 일반적인 데서 개별적인 것으로 내연적인 기술을 하고 있는 셈이다.

그러나 서구인들은 개인의 이름을 제일 먼저 쓰고 그다음에 성, 그러고는 번지수와 마을과 주州와 국명을 적는다. 밖에서 안으로 들어오는 것이 아니라 '나'로부터 출발하여 가족, 마을, 사회, 국가로 확산되어가는 외연적 기술을 택하고 있다.

둘째, 우리는 보통 편지에 날짜를 쓰지 않는다. 심지어 옛날엔 국첩國牒에도 날짜를 적지 않았다. 일본 침공에 대하여 원세조元世祖가 고려에 보낸 편지나 고려에서 일본 국왕에게 보낸 그 통첩이나 지원至元 3년 8월, 지원 4년 9월이라고만 되어 있지 일자는 명기되어 있지 않다.

이와는 달리 콜럼버스가 산탄헬santangel에 보낸 편지에는 1493년 2월 15일, 그리고 루터가 브란덴부르크Brandenburg 승정에게 보낸 서한은 1918년 2월 6일이라는 뚜렷한 날짜가 적혀 있다. 오늘날에도 서양의 경우엔 공항이든 사신이든 날짜부터 적고 편지를 쓰는 데 비하여 우리는 날짜를 그냥 공백으로 비워둘 경우가 많은 것이다.

편지투를 보더라도 시간 개념은 분절화되어 있지 않고 일반화되어 있다. '세월이 유수 같다'란 말이나 '일각여삼추一刻如三秋'라든가 또 반대로 '천년이 수유須臾'란 말을 쓴다. 즉 하루가 곧 천년이요, 천년이 곧 하루라는 말은 우리가 그만큼 추상적 시간 의식 속에서 살고 있다는 뜻이다.

계절의 문안

셋째, 우리의 편지투는 거의 모두가 계절에 대한 인사며 건강을 근심하는 '기체후 일향만강'이 그 정형구로 되어 있다. 사회의 변동보다는 국화지절菊花之節이니 삼복지절三伏之節이니 하는 기후의 변화에 더 민감한 반응을 표시하고 있는 것이 서한체에 나타난 한국인의 감각이라고 볼 수 있었다.

그리고 문안의 골자는 '무고(무사)한가?', '편안한가?'에 역점을 두고 있다. 즉 '무엇을 하고 있느냐'는 궁금증보다도 '옛날과 다름없느냐' 하는 것에 더 많은 관심을 기울이고 있다는 점이다. 편지 내용을 분석해보면 우리가 인간관계(사회 의식)보다는 자연에 대한 관계(자연 의식)를 더 중시하고 있고, 새로운 모험이나 진취적인 일보다는 현상 유지와 안일을 탐하고 있다는 사실을 알 수 있다. 서구인의 편지투에는 계절 이야기는 거의 나오지 않는다. 또 '변화 없는 생활에의 동경(무사에 대한 추구)'보다는 새로운 사건을 구하는 내용이 주류를 이루고 있다.

이러한 서한 양식을 통해서 볼 때 우리는 글을 쓰는 정신에 대체로 ① 외연적인 전개보다는 내연적인 것으로 향하고 있다. ② 개인(자아)이 주위 속에 매몰되어 있다. ③ 역사 의식(일자·시간)이 결여되어 있다. ④ 사회 의식보다는 자연 의식, 모험 의식보다는 보수적인 안일성이 더 강했다는 특징을 추리해낼 수 있다.

따라서 그것은 서사 문학이 왜 부재했는가와 깊은 인과율을 갖고 있는 것이기도 하다. 우리는 문학을 하는 데 있어서 중요한 두 개의 다른 태도가 있다는 것을 알고 있다. 하나는 안에서 밖으로 향하는 서사 문학(산문)과 또 하나는 밖에서 안으로 들어오는 서정 문학(시)이다. 같은 사건이라 하더라도 그 사건을 보는 데 외연적인 방법을 택하느냐, 내연적인 방식을 택하느냐로 아주 다른 형식의 문학이 생겨난다.

정철의 시조

> 머귀잎 지거야 알와다. 가을인 줄을
> 세우청강細雨淸江이 서늘업다. 밤기운이야
> 천 리의 님 이별하고 잠 못 들어 하노라

이것은 정철鄭澈이 귀양살이를 갔을 때 임금을 그리는 자기 심정을 그린 시조다. 정철의 주소 기술법은 내연적인 것이었다. 즉 '잠 못 들어 하는 자기의 심경'에서 종지부가 찍혀 있다.

국가나 조정, 당쟁, 세파, 풍경…… . 이 모든 것은 정철이 누워 있는 목침에서 종결된다. '괴롭다'는 심경으로 압축된 그 역사적 사건과 조정에서의 생활은 하나의 심리적 아픔을 남긴 채 소멸되고 사회와 서간의 얼굴은 매몰되어버린다. 오동잎이 지는 그 가을엔 일부인日附印이 필요 없으며 천 리 밖의 님은 특정한 고유명사가 없어도 좋다. 숙종이라도 좋고 광해군이라도 좋다. 문제는 유배자의 고독에 있는 것이다.

그러나 만약 정철이 그가 잠 못 드는 심경을 외연적인 것으로 기술해 갔다면 어떻게 되었을까? 잠 못 이루는 목침에서 끝나는 것이 아니고 거꾸로 거기에서부터 출발하여 강으로, 계절로, 조정으로, 역사로 관심을 외연화해 갔다면 아마 그는 시조(시)가 아니라 장편 소설이나 서사시를 썼을 것이다.

유배당한 이야기, 조정의 풍속, 당쟁의 내막, 임금과 신하의 관계, 벼슬아치와 백성의 관계, 그리고 그 가을, 그 강, 그 잠 못 이루는 한밤의 마음은 날짜와 배경과 특정한 인물과 그 사건의 과정을 요구하게 되었을 것이다. 궁극적으로는 왜 자기는 천 리 밖에 떨어진 곳에 있어야 하며 왜 잠 못 들어야 하는 고뇌를 가졌는가를 서술해 나갔을 것이 분명하다. 오동잎이나 세우청강은 목침을 벤 마음속으로 압축되지 않고 조정과 당쟁 쪽으로 확대되어갔을 것이다.

편지 봉투를 쓸 때처럼 전체에서 개인으로 들어오는 그런 기술법으로 인생의 주소를 쓰고 있는 서사시와 장편 소설보다 심경 소설(단편)에 능했다는 것은 극히 당연한 일일 것 같다.

역사 의식과 서사 정신

그러므로 서사 예술은 역사의 문학, 시간의 문학이라고 할 수 있다. 서사시나 그 근대적인 양식인 노블(장편 소설)은 시작과 전개와 끝이라는 시간적 질서에 그 본질을 두고 있다. 시간 사이에서 벌어지는 필연성을 따지는 데서 이른바 플롯이라고 하는 서사적 구조가 생겨난다.

어제와 오늘과 내일이 변증법적으로 전개되어가는 '시간의 드라마'를 인식하는 것이 역사 의식이며 동시에 시간에 대한 관심이라고 볼 수 있다. 어떠한 사물을 본질적인 것으로 환원시킨다는 것은 그 사물에서 시간을 빼낸다는 이야기다. 그리고 사물에서 역사를 절연시켰을 때 그것은 추상적인 것으로 변해버리고 만다는 뜻이다.

인간에게서 역사를 빼면 탄생과 죽음의 의미밖에 남지 않을 것이다. 문학의 경우에 있어서도 시간을 배제할 때는 서사적 형태는 상징이나 추상화된 세계를 다룬 시적 형태가 나타나게 된다. 사랑이라든가 죽음이라든가 분노라든가 하는 일반화된 정서와 관념의 진공적인 현실이 언어로 결정結晶된다.

한국의 페시미즘

한국의 전통적인 페시미즘pessimism '공수래 공수거空手來空手去'

나 '일장춘몽一場春夢' 식인 사상은 역사의 의미를 거절하고 있다. 그러나 역사는 큰 차이가 아니라 항상 시간이라고 하는 작은 차이에서 움직인다. '오십보백보'란 말은 해당되지 않는다. 큰 차이로 보면 황제도 걸인도 그 궁극은 죽음이다. 그러나 역사 속의 황제와 걸인은 같을 수 없다.

서사 문학은 누구나 겪는 그 죽음으로 인간을 환원시키는 것이 아니라 그 과정, 즉 어떻게들 죽어가고 있는가의 각기 다른 죽음에 관심을 둔다. 오십 발짝을 도망친 사람이나 백 발짝을 도망친 사람이나 붙잡혔다는 결과는 같을는지 모르지만 그 과정이나 시간은 다른 것이다.

즉 변화해가는 질서를 서술해가는 서사 문학의 기본은 시간의 분화성과 엄격성을 전제로 하고 있다. 그러므로 시간 관념이 없었고, 헤겔의 말대로 역사 의식이 아니라 반복 관념밖에 없었던 동양인으로 태어난 우리에겐 자연히 '서사 문학'의 전통이란 것이 결여되어 있음을 잘 알 수 있다.

우리의 문장부터가 그렇다. 영어나 프랑스어에 비해 '시제時制'가 발달되어 있지 않다는 것은 문법 시간을 통해 누구나 절감했을 것이다.

마지막으로 서사 문학은 투쟁 속에서 빚어진 근육의 문학이며 사회 의식의 결정이라는 점을 지적하고 싶다. 호메로스의 『일리아드』나 『오디세이아』, 그리고 『롤랑의 노래』 같은 전형적인 고대의 서사시는 영웅을 주제로 한 것이다. 어째서 영웅이 서사시의 주인공으로 나타났느냐 하는 것은 결코 우연의 소산은 아니다. 우리나라에서도 '광개토대왕비'의 석비문石碑文 같은 데서 서사시적인 요소를 찾아볼 수가 있다. 투쟁하는 영웅의 이야기가 서사시의 전형처럼 된 것은 '개인과 집단', '인간과 자연', '신과 인간'이라는 상대적인 투쟁에 서사 문학의 생명이 있었기 때문이다.

순응하고 화합하고 일반화하는 문명 속에서는 다시 말하자면 단조한 사회에서는 서사 문학이 탄생되지 않는다는 이야기다. 절대적인 것이 아니라 상대적인 가치관이 서사 문학의 거점이다.

참으로 흥미 있는 것은 국문학사를 훑어볼 때 장시長詩나 소설 형식이 그래도 강하게 나타나는 시기는 임진왜란 같은 전쟁이 일어났을 때라는 점이다. 그리고 영웅이 소멸된 근대에서는 사회 의식, 즉 시민들의 쟁투가 산문(장편 소설)을 키우는 생명력을 대신하고 있다는 현상이다. 19세기 부르주아 문명과 함께 근대 소설이 등장했다는 사실을 가지고도 우리는 그것을 입증할 수 있겠다.

시민 의식과 서사 정신

그런데 '편지투'에서도 상징적으로 나타나 있듯이 사회 의식이나 투쟁 의식보다는 자연(계절)이나 순응 의식이 지배적이었던 우리들은 적어도 서사적 구조에 생명력을 부여할 '쟁투의 생활', '쟁투의 개인'을 갖고 있지 못했다.

그러면 왜 우리는 서사시와 근대 소설을 낳을 수 있는 원동력인 '외연성, 개발성, 역사성, 사회성'을 갖지 못했는가 하는 것이 이 글의 결론이며 또 앞으로의 전망이 될 것이다. 왜 그렇게 되었느냐를 밝힌다면 앞으로 어떻게 해야 될 것인가 하는 방안이 스스로 암시될 것이라 믿는다. 외연적인 사고방식을 갖지 못한 중요한 원인의 하나는 한국 사회의 발전 과정이 비정상적이었다는 데 있다.

지금 중국에서 사학자들의 쟁점이 되어 있는 문제기도 하지만 '가족-촌락-거리(스트리트)-커뮤니티'의 단계로 역사가 발달되지 못하고 가족과 촌락과 거리와 커뮤니티가 서로 별개의 것으로 분열된 채 역사가 점프를 했다. 영웅과 민족의 자아가 부재할 때 서사시가 생겨날 수 없는 것처럼 근대 시민, 즉 자아에서 출발하여 사회와 국가, 그리고 세계로 뻗어가는 그 근대적 시민 질서가 없는 곳엔 위대한 산문 문학이 생겨날 수 없는 것이다.

우리의 역사는 자체 내에서 성숙하여 필연적으로 변모되어간 것이 아니고 항상 밖(외세)으로부터 도전을 받고 사회는 변질돼 왔다. 봉건 제도라 하지만 우리에겐 전형적인 봉건 사회란 것이 없었으며, 부르주아라 하지만 우리에게 부르주아 사회가 형성된 일이 없다. 모든 것이 혼합된 채 뒤범벅이 되어 있다.

'내'가 가족이 되고, 그 가족이 그대로 발달해 마을이 되고, 마을이 독자적으로 번창해 한 도시를 이루고, 그것이 다시 한 사회와 국가를 형성하게 된, 그 기회와 성장 과정을 겪지 못했다.

농경민의 시간 의식

그러므로 '나'의 외연적 확대가 불가능했다는 것이다. 따라서 우리는 8할이 농민이었기 때문에 반복되는 계절 의식은 있어도 시간 의식은 없었다. 씨를 뿌리고 거두는 동안 농민들은 생명을 보존한 채 다만 기다리기만 하면 되었다. 농민의 생활 양식이 보수적이고 비투쟁적인 것이라는 점은 췌언贅言할 필요가 없겠다.

폐쇄적인 사회에서는 인간관계가 막혀 있기 때문에 그 관심도 역사와 사회로부터 소외된 것이고 내연적인 세계에서만 머무를 수밖에 없었다. 우리는 대부분의 한국 소설을 읽을 때 자연 묘사가 제일 자연스럽고 인물의 대화가 제일 어색하다는 사실을 경험한다. 인간관계가 그만큼 소원한 까닭이며, 대화가 아니라 명령과 복종만이 의사 전달의 방법이었던 '신분 사회'에서 오랫동안 생을 영위해왔기 때문이다.

거리의 문학과 안방의 문학

미국 문학은 거리(스트리트)의 문학이요, 서구 문학은 호텔과 살롱 문학이라고 하지만 우리는 안방 문학이었다. 안방과 사회로 통하는 길이 없는, 즉 시민이 부재하는 그 생활은 작가가 사회 의식을 가질 수 있는 바탕을 마련해주지 못했다.

따라서 내가 나 자신이 속해 있는 역사를 바꿀 수 있다는 주체성보다는 항상 남이 우리의 역사를 결정짓고 있었다는 '역사 부재의 생활'은 우리들 작가에게 역사 의식을 몸으로 직접 느낄 수 있게 해줄 기회를 주지 않았다.

계절과 마찬가지로 한국의 역사는 밖에서 일방적으로 변하는 것이지 내가 거기에 참여해 있다고는 생각할 수 없는 것이었다.

어째서 6·25와 같은 전쟁을 겪고도 대장편이 못 나왔느냐 하는 것 역시, 그 엄청난 역사가 우리들에게는 겨울이나 여름처럼 외부에서 그냥 떨어진 것이었기 때문이다.

역사까지도 우리는 자연의 계절처럼 받아들이며 산 것이기에 마치 그것을 '국화지절에' 하는 식으로 서술할 수밖에 없었던 것이다.

앞으로 본격적인 장편 소설이 나오고 민족의 서사시가 생기려면 그 흔한 유행어인 근대화를 빨리 마쳐야 할 것이다. 더 구체적인 말로 하자면 백성이 시민으로 바뀌어야만, 즉 새로운 시민적인 질서가 생겨나야만 '산문 예술'의 대하가 흐를 수 있을 것이라 믿는다.

　물론 작가 자신들도 현실의 주소를 외연적인 것으로 기술해가는 방법을 터득해야 되며 현실을 보는 관심이나 발상법도 자연에서 사회로, 영원에서 역사로, 순응에서 쟁투로 끝없이 전신轉身하려는 훈련을 쌓아야 할 것이다.

구름 낀 사회의 뒤안길

코리안 타임의 변

이따금 무슨 강조 주간처럼 "시간을 지킵시다"라는 구호가 대두되고 있다. '코리안 타임'이란 말이 생길 정도로 시간 관념이 없는 한국인에게는 언제나 계속되어도 좋은 운동이다. 그러나 '시간을 잘 지키자'는 운동이 단순한 구호만으로 되지 않는다는 것도 우리는 잘 알고 있다.

시간을 지킨다는 것과 시간을 소중하게 여긴다는 것은 동전의 안팎처럼 서로 분리될 수 없는 일이다. 그렇기 때문에 시간이 남아돌아가는 사람들은 시간의 귀중함을 실감할 수 없고, 또 시간을 지켜야 된다는 의무감도 자연히 희박해지게 마련이다.

우리만이 아니라 스페인 사람들도 시간 관념이 없다. 그들에겐 시간 약속이란 거의 없다. 심지어 기차 시간표까지도 있으나 마나 한 것으로 믿을 것이 못 되는 모양이다. 열차가 시간대로 운행되지 않는다는 것도 이상스럽지만 시간을 지키지 않아도 태연하기만 한 그 스페인 국민성도 보통이 아니다. 스페인 사람들은 너나 할 것 없이 시간에 쫓기는 생활을 싫어하는 낙천가이기 때문이다.

남미인들도 역시 시간 관념이 없다. 그들의 인사말이 '아체 아마냥até amanhã(내일 만납시다)'인 것처럼 시간을 분초로 따지고 다투는 것을 어리석게 본다. 남미인들이 시간을 서두르는 것은 장례식뿐이다. 열대지방이라 시체가 쉬 썩기 때문에 그것만은 내일로 미룰 수 없다는 이야기다.

인도도 그렇다. 인도의 영화는 보통 '네 시간'씩 걸리는 장편물이다. 대부분이 할 일 없는 사람들이라 긴 영화일수록 환영을 받기 때문이다. 우리의 민속극 광대놀이도 아침에 시작해서 저녁에 끝나는 것이 보통이다. 이런 사람들에게 1초, 1분을 가지고 왈가왈부하는 것은 도리어 어리석은 일이다.

한국 사람들이 시간을 안 지키는 데는 역시 그럴 만한 이유가 있었던 것 같다. 거리에서 우글거리는 실직자들은 하루해가 너무나 길고 지루하기만 하다. 시간을 어떻게 사용해야 할지를 모르는 룸펜들에게는 낮잠을 실컷 자고 일어나도 시간은 여전히 남아돌아간다. '시간을 지킵시다'의 운동보다 더 급한 것은 '시간을 유리하게 사용할 수 있도록 만들어주는 것'이다.

보릿고개

우리나라에서 가장 험한 고개를 대라고 하면 얼른 대답할 사람이 적을 것이다.

"구름도 쉬어 넘는다"는 옛 시조의 그 '철령鐵嶺' 고개일까, 그렇지 않으면 박달나무 우거진 문경 '새재'의 고개일까. 혹은 임꺽정의 아지트였다는 '까치 고개', 또는 현대적으로 해석하여 스키장으로 유명한 대관령일까. 학사 고시 문제에 한 번쯤은 나올 법도 싶은(?) 문제다. 그러나 여간한 기지 없이는 지리과 우등생도 정답을 대지 못할 것 같다.

한국에서 가장 높고 험준한 고개는 '철령'도 '까치 고개'도 아니라 그것은 바로 '보릿고개'인 것이다. 얼마나 많은 사람들이 이 고개를 넘으려고 눈물과 피를 흘렸는지 모른다.

견설잠상로 기구불이행見說蠶叢路 崎嶇不易行

산종인면기 운방마두생山從人面起 雲傍馬頭生

—이태백의 시 「송우인입촉送友人入蜀」 중에서

이렇게 자못 준엄한 산로山路를 실감 있게 노래 부른 태백의 시구지만 '보릿고개'의 협로에다 대면 아무것도 아니다. '보릿고개'로 가는 길엔 '말'도 들어갈 수 없고 구름도 이르지 못한다.

해마다 봄이 되면 높고 험한 '보릿고개'를 우러러 탄식과 수심에 젖는 사람들이 있다. 우리는 그것을 춘궁기라고 부르며 그러한 사람들을 절량 농어민이라고 한다. 물론 그들이 이 '보릿고개'를 기어오르는 것은 알피니스트와 같은 모험도 낭만도 아닌 현실 그것이다. 아비도 이 고개를 넘으려다 쓰러졌고 자식도 이 고개를 넘으려다 쓰러진 것이다.

그렇지만 누구 하나 이 '보릿고개'에 이정표를 세우고 가교를 놓고 발디딤터를 마련해준 사람은 없다. 철쭉꽃이 백천 번 피고 지고 두견새가 천만 번 울어대도 예나 오늘이나 '보릿고개'의 풍경엔 변함이 없다. 그렇기에 2백만(그 확실한 수조차 알 수 없지만) 가까운 농민들이 아직도 이 '고개'를 넘지 못하여 신음하고 있는 것이다. '춘삼월 호시절春三月好詩節'이라는 말은 시인들의 말씀─. 그들에겐 해당되지 않는 말이다.

지방 시찰을 하고 귀경하는 정치인들은 말끝마다 춘궁기를 앞둔 절량 농어민에 대한 긴급 구호 대책을 세워야 한다고 떠들고 있지만 이제는 그것도 앵무새의 재롱 같은 것이 되어버렸다. 배고픈 겨레들은 기적의 날을 믿는다. '보릿고개'가 한국에서 가장 넘기 쉽고 가장 평탄한 고개가 되는 그날을─.

인사말은 그 나라의 상징이라고도 볼 수 있다. 언제나 안개가 자욱한 영국에서는 자연히 인사말도 기후와 관련이 깊다. 즉 "굿모닝(좋은 아침)"이 그들의 인사말이다. 오스카 와일드가 "영국에서 개조할 것이 있다면 그것은 기후(안개)다"라고 말한 것을 보더라도 어째서 하고많은 말 가운데 '굿모닝'이 영국인의 인사말이 되었는지 짐작하기 어렵지 않다.

인사말로 본 한국

프랑스에는 아침 인사란 것이 없다. 아침에 만나도 '봉주르' 점심에 만나도 '봉주르'다. '봉bon'은 '좋은', '주르jour'는 '낮[晝]'이란 뜻. 결국 프랑스 사람들은 향락적이기에 밤을 생활하고 아침 늦게까지 잠자리에서 일어나지 않는다. 도리어 숙녀가 새벽 일찍 거리에 나오면 창녀가 아니면 식모로 오해되기 쉽다. 물론 귀족이 판치던 옛날이야기지만 거리에서 우리는 프랑스인의 기질을 찾아볼 수 있겠다.

브라질에서는 '아체 아마냥'이다. 그것은 내일 만나자는 뜻으로 매사에 낙관적인 그들의 생활 태도를 그대로 반영시킨 말이라고 볼 수 있다. 그들은 서두르지 않는다. 조급하게 굴거나 악착같이 덤벼드는 일이 없다. 모든 일을 내일로 미루고 산다는 이야기다. 심지어 기차 시간표가 없는 나라니까……

몽고 사람들은 사막에서 생활한다. 나무도 풀도 제대로 없는 황무지에서 그들이 오직 믿고 사는 것이란 가축밖에 없다.

음식, 의복, 심지어 연료까지도 가축의 분을 말려 대용하고 있는 그들이다. 그래서 "당신네 집 가축은 살이 얼마나 쪘습니까?"

라는 말이 그들의 인사말이라고 한다.

우리나라의 인사말은 "진지 잡수셨습니까?"이다. 늘 굶주려왔기 때문에 우선 만나면 궁금한 것이 '밥을 먹고 나왔느냐' 하는 문제다. 거기에 또 "밤새 안녕하셨습니까?"의 인사말도 있으니 먹을 것 없는 나라 살림에 전쟁으로 목숨까지 불안했던 서민들의 그 심정이 그대로 상징되어 있는 셈이다.

요즘이 특히 그렇다. 쌀 난리 때문에 그야말로 "진지 잡수셨습니까?"란 인사말이 실감 있게 들린다. 쌀값이 해방 후 최고로 올라갔다는 그 이유에서만이 아니라 품귀 현상을 보여 돈을 주고도 쌀을 살 수 없이 되었기 때문이다.

수제비를 먹고 나왔다는 사람도 있고 '없어 비단' 격으로 토스트와 달걀과 우유의 호화판으로 아침을 때우고 나왔다는 사람도 있다.

'진지 잡수셨습니까?'의 인사말이 우리 사회에서 자취를 감출 날은 언제일까?

한국인의 불투명성

사표 이중주

서양은 '아이의 나라'이며 동양은 '노인의 나라'라고 말한 것은 중국의 철학자 린위탕林語堂의 주장이다. 그는 그 예로서 사표 쓰는 형식의 차이를 들고 있다.

서양 사람들은 직장을 그만둘 때 그 이유를 명백히 밝히지만, 점잖은 동양 사람들은 결코 그런 짓을 하지 않는다는 것이다. 비록 마음이 언짢아서, 조건이 좋지 않아서 그 자리를 떠난다 하더라도 상대방에게 상처를 주지 않으려고 한다. 그래서 언제나 개인 사정이라든지 건강을 이유로 내세운다. 그만큼 동양인들은 노련하고 의젓하다는 견해다. 정말 그렇다. 아이젠하워의 집권 시에 매켈로이Neil H. McElroy 국방장관은 급료가 적어 그만둔다고 말한 적이 있다. 아내의 불평이 대단해서 보수가 좋은 전직(카메이 비누공장의 중역)으로 다시 돌아가겠다는 것이다.

그러나 우리나라의 장관들은 타의든 자의든 물러설 때는 으레 일신상 사정이 아니면 건강상 이유라고 한다. 물론 장관을 그만 둘 정도가 되면 누구나 울화병이 일어날 것이기에 건강상 이유란 것도 거짓말은 아닐 것 같다.

문제는 왜 울화병이 나느냐, 즉 진짜 사표의 이유가 무엇이냐 하는 궁금증이다. 그래서 동양인의 사표는 사군자四君子처럼 품위 는 있되 늘 퀴즈 문제집 같다. 표면상 이유와 이면의 이유가 기묘 하고 복잡한 사표 이중주를 연출한다.

우리나라 행정부의 장관만큼 재직 기간이 짧은 나라도 드물 것 이다. 또 그 이유도 뚜렷하지 않다. 그래서 사람들은 사표의 퀴즈 를 놓고 이러니저러니 해답이 구구하다. 왜 그만두었을까? 자의 인가? 정책의 차질인가? 국민들은 진짜 이유를 알고 싶어 한다. 장관의 사표뿐만 아니다. 일반 사무원의 사표라 하더라도 명백한 이유를 공표하는 것이 좋다. 점잖은 것보다는 명백한 것이 좋다.

직장의 분위기가 나빠서, 급료가 적어서, 사장이 독재를 해서, 본인은 사표를 낸다고 적는 편이 애꿎은 건강상 이유보다는 도움 이 된다. 국가나 회사 운영에 참고가 되고 뒷말이 없다. 사표에서 '건강상 이유'가 자취를 감추는 것도 근대화의 숙제라고 생각된다.

동양의 무표정

서양 사람들은 '동양적 무표정'이란 말을 곧잘 쓴다. 동양인에게는 표정이 없다는 이야기다. 자기의 감정을 되도록 외면에 나타내지 않는 것이 미덕으로 통하는 사회다. 슬픈 일이든 즐거운 일이든 마음 한구석에 묻어두는 것이 군자의 도道다.

감정만이 아니라 모든 행동, 모든 의견까지도 은폐해버리는 습속이 있다. '은자隱者의 침묵'—동양인의 이 생리가 아직 우리에게 남아 있는 성싶다.

헌법 제정 공청회 때 나왔던 연사들의 경우만 해도 그렇다. 사회적인 명사로 통하고 있는 그들이지만 자기 주견을 발표(표현)하는 데는 몹시 서투르고 어색한 점이 많은 것 같다. 말끝마다 '에—', '마—', '또—'의 간투사間投詞가 자동적으로 튀어나오는가 하면, 말문이 막히거나 시간을 초과하여 허둥지둥 하단해버리는 연사들이 적지 않다.

한정된 시간에 맞춰 자기 의견을 명확히 추려 전달·표현하는 스피치의 훈련이 부족한 탓이다. 서양의 경우에 있어선 일상 회화나 토론이나 모든 화술이 중시되어 있기 때문에 평소에 그런 훈련을 겪게 마련이다.

가족끼리 모인 자리라 하더라도 그들은 테이블 스피치의 매너를 지킨다. 학교 교육도 '어떻게 자기 의견과 감정을 표현하는가' 하는 방법에 중점을 둔다.

그래서 한국 교수와 외국 교수의 커다란 차이도 그런 데 있는 모양이다. 외인 교수들은 강의가 끝나는 것과 동시에 벨이 울리는데 우리 교수들은 들쑥날쑥 요령부득이란 것이 정평이다.

영국의 하이드 파크에 가면 정치, 종교, 문화 할 것 없이 각 방면의 무명 연설가들이 군중 앞에서 스피치를 한다. 우리 눈으로 보면 미친놈들로밖에는 보이지 않겠지만 그것이 바로 오늘의 영국의 의회 정치를 만든 원동력이란 것이다.

데모크라시democracy는 우선 민중이 자기 의견이나 감정을 적극적으로 개진하는 데 그 가능성이 있다. '말'이야말로 데모크라시를 키운 자양이요, 그 토대다.

사람들은 가장 민주적인 헌법을 만드는 데 정신을 팔고 있지만, 생활 자체의 민주화에는 별로 관심이 없는 것 같다. 헌법도 헌법이지만 만인이 자기 의견을 표현하고 토의할 줄 아는 풍속이 싹터야겠다. 동양적 무표정이 가셔질 때 진정한 데모크라시의 햇살이 퍼질는지 모를 일이다.

아담의 배꼽과 이준 열사

과학과 신화는 곧잘 충돌한다. 중세기의 화가들이 고민했던 이유도 바로 그 점에 있다. 그들은 아담과 이브의 알몸을 그릴 때 '배꼽을 그리느냐, 안 그리느냐' 하는 문제를 놓고 골치를 앓았다. "아담, 이브는 신이 창조한 것이라 '배꼽'이 없어야 한다"고 주장한 것은 신심 깊은 종교가들의 주장이다. 그러나 과학을 믿는 리얼리스트들은 인간인 이상 '배꼽'이 있어야 한다고 핏대를 올렸다.

별로 점잖지 못한 이런 '배꼽' 문제 때문에 화가들은 적잖은 해를 입었다. 미켈란젤로는 다행히도 당시의 법왕과 친한 사이라 아담의 배꼽을 그리고도 화가 없었지만 다른 화가들은 그렇게 간단히는 되지 않았다.

그래서 대부분의 겁쟁이 화가들은 이브의 긴 머리카락이나 혹은 나뭇잎 같은 것으로 배꼽이 있는 부분을 적당히 감춰놓았던 모양이다.

'신화'를 믿느냐 '과학'을 믿느냐 하는 두 갈래의 이 싸움은 현대라고 아주 없어진 것은 아니다.

한때 재연된 일성―聖 이준李儁 열사烈士의 사인死因 구명만 해도 그런 것 같다. 이 열사의 사인을 할복 자살이라고 주장한 사람은 '애국의 신화'를 믿으려는 사람들이다. 한편 자살설을 믿기에는 뚜렷한 근거가 없으니 병사라고 해야 옳다고 말하는 사람은 역사의 과학성을 존중하려는 사람들이다.

문교부(현 교육부)는 이준 열사 사인 심사 위원회를 열고 그 사인을 '순국'으로 통일시켰다고 전한다. 그러나 여전히 그 사인은 안개에 싸인 채로 있으니 웬일인가?

시급한 것은 용어의 통일이 아니라 사인설死因說에 대한 통일이다. 자결이냐, 병사냐 하는 문제에 초점이 있는 것이지, 그의 죽음이 당초부터 순국이냐 아니냐 하는 것은 결코 아니었기 때문이다.

사인을 밝히지 못하고 용어만 '순국'이라고 통일시킨 것은 꼭 아담의 배꼽을 머리카락이나 잎사귀로 가려놓은 중세기 때의 그림 같다.

작은 문제가 아니다. 그의 사인을 밝히는 것은 역사를 '민족의 신화'로 보느냐, '사회의 과학'으로 보느냐의 중대한 학문의 관점을 좌우시키는 것이니만큼 어물어물 넘길 것이 못 된다. 병사도 자살도 '순국'이라고 볼 수 있으니, 여전히 딱한 것은 역사 선생님들이시다.

지옥에서 천국으로

강과 물귀신

무더운 더위 속에서 동심은 물을 찾았다. 반짝이는 금모래의 강변이나 시원한 강줄기는 곧잘 꿈에서도 보는 풍경이었다. 그러나 어른들은 언제나 물귀신 이야기를 했다. 물귀신은 언제 어느 때 나타나 발목을 끌어당길지 모른다고 했다. 남을 끌어 넣어야 그 물귀신은 물에서 풀려 나올 수 있다는 것이다. 어른들은 그러한 말로 아이들이 물가에 가는 것을 막으려 했다.

여름 방학과 강물과 물귀신 이야기와…… 누구나 그런 어린 시절의 기억을 가지고 있을 것이다. 물귀신 이야기는 찬란한 여름철의 환희에 한 점의 어두운 그늘이었다. 그러나 물귀신의 공포보다도 강을 좋아하는 아이들은 어쩔 수 없이 어른들의 눈을 피해 몰래 물을 찾았다. 그래 물에 빠져 죽은 친구가 생기면 아이들은 어른한테서 들은 물귀신 이야기를 상기하고 수군거렸다.

어른들의 잘못이었다. 아이들에게 공포의 그늘을 던져 그들을 다스리려고 한 사고방식이야말로 바로 '물귀신' 같은 것이었다.

실의, 공포, 금제禁制……. 강물을 그리워하던 아이들의 마음에 어른들은 그러한 못질을 했던 것이다. 안심하고 물에서 놀 수 있는 시설을 마련해주기보다는, 과학적인 이유를 들어 물을 조심케 하는 사고의 예방보다는 덮어놓고 '물귀신에게 잡힌다'는 미신으로 아이들을 보호하려고 했다.

그렇기에 친구가 물에 빠져 죽어도 아이들은 그곳 물귀신만을 탓하게 되었다. 자기 과실로 익사하는 것이라고는 생각지 않았다. 그리하여 물에 대한 지식이나 예방책을 알려고 드는 것이 아니라 물귀신이라는 불가항력의 그 마력 앞에서 그냥 떨고만 있었을 뿐이다.

익사자가 많이 생긴다 해서 아이들 수영을 덮어놓고 금지시킬 수는 없다. 더구나 요새 아이들은 물귀신 이야기 같은 것은 별로 무섭게 생각하지 않는다. 문제는 물을 찾는 아이들을 막을 것이 아니라, 안심하고 놀 수 있게 해줄 일이다. 그리고 물에 대한 과학적인 계몽으로 사고 예방을 스스로 할 수 있게 힘을 길러주는 일이다.

어찌 물놀이뿐이랴. 금제 위주의 사회생활을 해온 것이 우리의 우울한 과거였다. 지금도 도처에 그 금제의 물귀신이 남아 있다. 공포로 유지되는 사회에는 창조도 발전도 없다.

천국과 지옥

『성서』가 세계에서 가장 많이 읽힌 그 이유는 단순한 종교적 배경만으로 해석될 수 없다. 『성서』에는 시가 있고 드라마가 있고 역사가 있으며, 인간의 모든 애환이 깃들어 있기 때문에 만인의 보편성을 얻게 된 까닭이다.

"훌륭한 신문 기사를 쓰려면 『성서』와 셰익스피어와 디킨스를 읽어야 한다. 즉 간결한 문체를 배우기 위해서는 『성서』를, 풍부한 어휘를 얻기 위해서는 셰익스피어를, 그리고 사물 묘사를 터득하기 위해서는 디킨스를……."

이와 같이 말한 미국의 어느 신문학 강의의 한 토막을 보아도 『성서』의 수사학적 의미를 알 수 있을 것이다.

그런데 할 일 없는 사람이 이 『성서』를 뒤적이면서 '지옥'이란 말과 '천국'이란 말이 몇 번이나 등장했는가, 그 빈도수를 조사하여 통계를 낸 일이 있다. 보고를 보면 '지옥'은 53번, '천국'은 554번이 나오더라는 것이다. 매우 함축성 있는 통계 숫자다.

사람들에게 '지옥'의 공포를 보여 금제와 벌로써 인생을 개화시키려고 한 것보다 '천국'의 아름다움을 통하여 긍정과 꿈으로 옳은 길을 가르치려 했던 『성서』의 위대성을 우리는 그 숫자만 보더라도 알 수 있다. 결국 '지옥' 한 마디에 '천국'이 열 마디씩 나오는 『성서』는 '이렇게 해서는 안 된다'가 아니라 '이렇게 해야 된다'는 적극적이고 진취적인 사상을 나타낸 것이다.

가정이나 사회나 우리 주변을 보면 『성서』의 교훈과는 정반대 현상이 많다. '천국'을 통한 교훈보다 '지옥'을 가르치는 설교가 한층 지배적이다. 거리를 다녀보아도 '엄금', '주의', '금지' 등의 푯말이 많이 붙어 있다. 인생의 오프 리미트off limit 지역에 포위되어 사는 셈이다.

매사가 다 그렇지만 '그렇게 하면 지옥에 떨어진다'가 아니라 '이렇게 해서 천국으로 갈 수 있다'라고 가르쳐주는 것이 보다 능동적으로 현실을, 역사를 그리고 인간을 개조해가는 길이다.

그런데 우리는 천국의 이미지가 아니라 지옥의 공포로 세상을 다스리려고 한다.

금제의 역사

극장 입구에는 으레 '만원 사례'와 '연소자 출입 금지'의 푯말이 보초처럼 나란히 서 있다. 그러나 막상 극장 안에 들어가 보면 만원치고는 공석이 꽤 많을 때도 있고 연소자들이 우글대고 있는 수도 많다. 따지고 보면 '만원 사례, 연소자 출입 금지'란 두 푯말의 공존부터가 이미 이율 배반적인 모순인지도 모른다. 극장 측에서 볼 때 '만원 사례'란 고시판을 내거는 것은 하나라도 손님을 놓치지 않기 위해서다. 그러나 '연소자 출입 금지'란 그 푯말은 그와 반대로 오는 손님도 쫓는 결과가 된다.

결국 업자들은 울며 겨자 먹기로 '연소자 출입 금지'를 내세우는 데 불과하다. 법 앞에 만인이 평등한 것처럼 영업 앞에 만인은 평등하다. 당국의 지시만 없다면 연소자의 출입 금지는커녕 환영이라고 할 판이다.

당국은 앞으로 연소자를 입장시켰을 경우 극장 측에 그 책임을 물을 것이라고 한다. 그래서 그런지 '연소자 출입 금지'란 푯말이 '18세 이상 입장할 수 있음'이라고 바뀌어졌다. 같은 표현이지만 재미있다.

'연소자'란 막연한 말을 18세라고 명시한 것도 그렇지만, '입장 금지'를 '입장할 수 있음'이라고 문맥을 바꾼 것은 현명한 일이다. '18세 이하 입장할 수 없음'과 '18세 이상 입장할 수 있음'은 모두 같은 뜻이지만 느끼는 인상은 다르다. 전자는 '금지'를 위주로 한 것이고 후자는 '허용'을 전제로 한 것이다.

손님을 받기 위해서 있는 극장이니만큼 '18세 이하 입장할 수 없음'보다는 '18세 이상 입장할 수 있음'이 양식에 맞는 표현이다. 표현만이 아니다. '하지 못한다'보다는 '할 수 있다'란 말이 더 많이 쓰이는 사회가 행복한 사회라 하겠다. 같은 '금지'라 할지라도 억압과 명령으로 할 것이 아니다.

영국의 공원에는 '쓰레기를 버리지 마시오'의 경고 대신에 '당신은 신사입니다'란 말이 적혀 있다고 한다. 또 파리의 극장 안에는 '탈모脫帽'란 말 대신에 '노파는 모자를 써도 좋습니다'라고 되어 있다는 이야기다.

사람은 누구나 신사를 자처하고 싶어 하며 또 여인은 아무리 늙어도 노파 축에 끼이기를 싫어하는 법이라 그 효과가 만점이라는 것이다.

오랫동안 우리는 금지의 역사 속에서 살아왔다. '하라는 일'보다는 '하지 말라는 일' 속에서 생활해왔다. 말하자면 폐문閉門의 역사였으며 오프 리미트의 생활이었다.

극장 입구의 경고만 아니라 모든 것이 '할 수 없음'에서 '할 수 있음'으로 바뀌어져야겠다. 표현만이라도 말이다.

유난스러운 백성

유난스러운 백성

우리나라 말 가운데는 참으로 재미있는 것이 많다. '유난스럽다'는 말도 그 한 예다. 무어라고 꼬집어서 한마디로 표시할 수 없는 말이지만 그것이 일반적인 상식에서 벗어난 극단적 행위를 뜻하는 것임에는 틀림없다. 한결같지 않은 것, 보통과 다른 것, 변덕스러운 것, 혹은 조화를 상실한 것 등등의 경우에 쓰인다.

우리 주위를 보면 유난스러운 일이 많다. 평소에는 어린이들에게 별 관심을 보이지 않다가도 '어린이날'이 되면 '행사다', '헌장이다', '나라의 새싹이다' 하고 떠들어대는 것도 유난스러운 일의 하나다. 어린이날뿐만 아니라 무슨 '날' 자가 붙은 것이면 다 그렇다. 헌법을 누더기처럼 알던 자유당 시절에도 제헌절이 되면 으레 '헌법의 존엄성'을 고취하기에 바빴다.

그중에서도 특히 유난스러운 것이 요즘 유행되고 있는 각종 문화제다. 보통 때는 '문화'의 '문'에도 관심이 없던 사람들이 무슨 문화제를 하면 세상에 '문화'가 둘도 없는 것처럼 받들고 있다. 더구나 재미있는 것은 여기에 복고적인 취미까지 붙어 '현재의 문화'는 선반 위에 올려놓고 '과거의 문화'만을 떠받드는 일이 있다.

신라 문화제가 개막되어 고도 경주에서 천년 전 문화가 재연되고 있는 모양이다. 당시의 옷차림으로 말을 탄 사람들이 나타나고 '처용무處容舞'가 벌어지는가 하면 사모관대를 한 유림의 제관들이 제사를 지낸다. 한옆에서는 시조 대회에 한글 백일장까지 연다니 과연 문화제로서 손색이 없을 것 같다.

누가 뭐래도 이 풍경을 보고 있으면 한국이 문화 민족이라는 긍지를 가지게 될 것이며 문화는 정치에서, 사회에서 고립되지 않아 외롭지 않다고 생각케 될 것이다.

그러나 이런 문화제에 법석을 떨던 사람들도 바로 이 시각의 '오늘의 문화'에 대해서는 관심이 없다. 학·예술원은 있어도 기능마저 발휘하지 못하고 있으며, 문화인은 있어도 그 광장은 제공되지 않고 있다.

오늘날의 미술가들은 작품을 진열할 화랑이 없음을 한탄하고 있다. 오늘의 문인들은 원고를 팔 시장과, 원고료의 인상을 위해 사치스러운 표정으로 구걸하고 있다. 그들은 대개 교외로 밀려나 변변히 끼니를 이을 수도 없는 형편이다. 이름만은 문화촌이지만.

빈사 상태의 오늘의 문화는 제쳐놓고 신라 문화에 제사만 지내고 있는 이 현실을 보고 있으면 그냥 '유난스럽다'는 감상뿐이다.

부산한 애국

애국심 역시 마찬가지다. 우리나라에서 애국심이라고 하면 으레 정치적인 것을 뜻하게 마련이다. 그리고 그것은 언제나 '자기 희생적'인 것을 전제로 하고 있다. '영어囹圄의 생활 또는 망명 생활을 몇 해나 했느냐' 하는 것이 애국심의 비중을 다는 저울이다.

그러니까 손가락을 깨물어 혈서를 쓰는 꼬마 애국자로부터 시작하여 나라를 위해 초개처럼 목숨을 버린 위대한 애국자에 이르기까지, 그것은 모두 피와 살을 바치는 '자기 부정'의 행위라 볼 수 있다.

애국심이란 언제나 그렇게 결사적이어야만 하는가? 그리고 반드시 자기를 희생한 애국심만이 이상적인 것일까? 세상에는 입에 거품을 품지 않고도 얼마든지 조용하게 나라를 사랑하는 길이 많다.

한 줌의 흙, 한 그루의 초목을 가꾸는 것도 애국심일 수 있고 한 가락의 민요를 다듬고 사라져가는 문화재를 보살피는 것도 훌륭한 애국심이라고 할 수 있다.

우리에게는 논개나 유관순처럼 목숨을 바쳐 애국한 사람은 많아도 일상적인 심정으로 담담하게 나라를 돌본 평범한 애국자는 그리 흔치 않은 것 같다.

프랑스에 가면 모든 문화재가 자발적인 국민의 사랑 속에서 잘 보존되어 있다고 감탄하는 사람들이 많다. 바르비종Barbizon 마을에 가면 밀레가 그 유명한 〈만종晩鐘〉과 〈이삭줍기〉를 그린 보리밭이 옛 모습 그대로 남아 있다고 한다.

밀레의 생가나 아틀리에가 그대로 보존되어 있음은 말할 것도 없다. 몽파르나스Montparnasse 묘지에 있는 모파상Guy de Maupassant 이나 폴 부르제Paul Bourget의 무덤에는 생화가 그칠 날이 없고, 대독 항쟁對獨抗爭으로 쓰러져 죽은 전사자들의 모뉴망(기념 사업물)은 곳곳에 남아 시민들의 사랑을 받고 있다는 이야기다.

심지어 화장품 이름이나 상점의 간판 이름까지도 유명한 예술가나 역사적인 사건을 회상시키는 것들이 많다는 것이다. 조국을 사랑하고 조국의 정신적인 문화를 아끼고 있는 그들의 따뜻한 양식을 도처에서 맛볼 수가 있다.

국보 지정을 해두고 문화재 애호 기간을 설정해도 우리의 귀중한 문화재들이 날로 쇠락해가고 있다는 것은 무엇을 의미하는가? 나라의 유산을 아끼고 사랑하는 마음은 없이 말로만 '반만년 역사의 찬란한 문화' 운운하는 사이비 애국심이 원망스럽다.

걸핏하면 혈서를 쓰면서도 허물어져가는 고적엔 예사로 돌을 던지는 우리의 애국심엔 어딘가 병적인 데가 없지 않다. 이것 역시 유난스러운 일이 아닐 수 없다.

한국말의 묘미

꽃샘

춘한春寒을 '꽃샘'이라고 한다. 겨울이 오는 '봄의 꽃'을 '샘'낸다는 뜻에서 그런 말이 생겨난 것 같다. 꽃샘을 또 '잎샘'이라고 한다. 피어나는 꽃과 움트는 잎을 샘내 '추위'가 심술을 부린다는 뜻. 애교 있는 말이다. 이솝 우화처럼 의인화한 계절의 심정도 재밌고, 춘한의 뉘앙스도 잘 살린 말이라 실감이 있다.

그러나 꽃샘추위로 춘설이 4월인데도 내리는 일이 있다. 누구도 좋아하지 않는 게 '꽃샘'추위다. '겨울이 따뜻하고 봄이 추우면 궂은 일이 많이 생긴다'는 프랑스의 격언이나 '입춘 뒤에 눈이 오면 흉년'이라는 우리 속담을 보더라도 춘한을 싫어하는 인간 상정을 알 수 있다.

계절만이 그런 것이 아니다. 인간 사회에도 '꽃샘'과 같은 것이 있다. 아름답게 피어나는 꽃이나 새로 움트는 그 새싹을 도리어 시기하고 짓밟으려는 못된 풍습이 그렇다. 심술 사나운 사람들의 마음이다. '사촌이 논을 사면 배가 아프다'는 우리 속담도 바로 그 '꽃샘', '잎샘'과 통하는 말이다.

콜럼버스가 미 대륙을 발견했을 때 일부 사람들은 그의 공적을 깎아내리기 바빴었다. 그래서 그 유명한 '콜럼버스의 달걀'이라는 일화가 생겨난 것이다.

베토벤의 〈운명〉이 연주되었을 때 청중은 열광적인 박수를 쳤지만 음악 평론가들은 그것을 '미치광이들의 소동'이라고 냉소했다.

죽음의 항해에서 대륙을 발견한 콜럼버스나 귀머거리가 된 역경 속에서도 대작을 남긴 베토벤이나 그것은 모두 추위를 이겨내고 움트는 꽃이요, 잎이었다. 그러나 그것은 샘내는 꽃샘, 잎샘이 있었던 것은 간과해서는 안 된다.

우리나라의 경우가 특히 심했던 것 같다. 카르타고인들은 패장을 십자가에 매달았지만 우리는 승장을 감옥에 넣었었다. 이순신의 승공勝功을 꽃샘한 원균元均 일파의 모략 때문이었다.

이러한 예를 들자면 끝이 없다. 우리의 역사는 타인의 성공을 반목하고 방해한 꽃샘과 잎샘의 기상 속에서 전개되었다 해도 과언이 아닌 것이다. 얼마나 많은 꽃과 잎이 꽃샘의 추위에서 얼어죽었던가. 생각하면 가슴이 쓰리다.

이웃과 남이 잘되는 것을 시기하며 살아가는 풍습이 어느 나라 백성들보다도 더 강했기 때문에 우리는 그 독특한 '꽃샘'이란 말을 만들어냈는지도 모를 일이다.

'적'이라는 말꼬리

사실 '적的'이라는 말꼬리부터가 말썽이다. '적' 자는 현대 문명이 낳은 거룩한 사생아며 그만한 이유로 약간은 기형적인 놈이다. 이 '적'은 아무 말에나 붙어 다니면서 모든 의미를 모호하게 만들어놓는다.

여자의 심심한 앞가슴에 체면 유지로 붙어다니는 브로치처럼 좀 고귀한 기생물이기도 하다. 따라서 사람들은 아무 데나 이 편리한 '적' 자의 연막을 쳐서 자기의 '유식'을 보존하기도 한다.

그런데 원래 이 적이란 한자의 원뜻은 우리가 알고 있는 것과는 달리 영어의 'tic'에 해당되는 것이 아니라 'of'와 같이 소유의 뜻을 나타내는 말이었다. 서구 문명의 수입과 함께 추상적인 말에 'tic'이란 말꼬리가 묻어 들어왔다. 이 낯선 손님을 대접(번역)하기 위해서 명치유신明治維新 이후의 어느 일본 재사才士가—구리야가와 하쿠손[廚川白村]이라고 기억된다—그 음(tic)과 비슷하고 뜻이 유사한 '적'이란 한자를 갖다 댄 모양이다. 그것이 이제는 서양의 'tic'보다도 월등한 세력을 가지고 범람하기 시작했다. 모든 것을 '的'으로 이야기하는 인텔리들에게서 이 말을 빼면 남는 말이 별로 없을 정도다.

한번은 동네 반장이 찾아와서 희대의 웅변으로 설교를 하고 간 일이 있다. "우리 반원이 인간적으로 친밀적으로 생활하려면 안면적으로 알아야 한다. 그래서 협조적인 정신을 발휘해서 모든 것을 타협적으로 상의적으로 해나가면 모든 일이 능률적으로 되니까 일이 유감적으로 되지 않는다."

이쯤 되면 '적'이란 말은 뜻이 변화된 것이 아니라 그 뜻을 완전히 상실해버린 것이 된다. 액세서리가 된 언어―참 '눈물틱(?)'한 일이다.

인간적

우리가 애용하고 있는 말 가운데 '인간적'이란 것이 있다.

좀 거북한 일이 생기면 누구나 다 이 인간적이란 말에 매력을 느끼는 모양이다.

"인간적으로 봐서 한 번만 용서해주쇼."

"인간적으로 해결합시다."

구걸하는 사람이나 구걸받는 사람이나 인간적이란 말을 '교섭위원'으로 사용하고 있다. 그래서 인간적이란 말이 정반대의 뜻으로 사용되기 시작했다. 윤리적인 밝은 색채가 비윤리적인 어두운 그늘로 성전환을 했다는 이야기다.

'인간적으로 봐달라'든가 '인간적으로 해결하자'는 그 말 뒤에는 잘못된 일을 적당히 덮어달라든가 '규칙대로 하면 안 되지만 돈푼이나 주면 용서해줄 수 있다'는 아주 망측한 뜻이 잠재되어 있는 것이다.

그래서 '인간적'이란 말은 악을 허용해주고 법률을 파괴하고도 모든 것을 적당히 처리한다는 부패어로 변했다. 선을 향한 동정이 아니라 악을 위한 동정, 의를 생각하는 인정이 아니라 불의에 관대한 인정—이렇게 인간적이란 미덕은 타락해갔다.

생각하면 인간적이란 말이 생기게 된 동기는 인간답지 못한 인간이 존재하고 있었기 때문일 것이다. 말하자면 '인간=인간적'인 것이 못 되었기 때문이다.

그래서 전자는 그렇게 있는 인간을 뜻하는 것이고, 후자는 그렇게 있어야만 하는 인간을 뜻하는 말이다. 생물로서의 인간과 당위적 인간의 구별이다. 그런데 오늘날 '인간적'이란 말이 오히려 '인간답지 못한 인간'들을 합리화하기 위해서 사용되고 있으니 곧 이러한 말의 변화는 '있어야만 하는 인간'의 상실을 의미한다.

인간적. 어느새 이 말은 '당위적 인간'의 의미가 아니라 인간의 결점과 인간의 약점을 도리어 이용하고 과장해가는 인간 부재의 말로 전락되어버린 것이다. "인간적, 너무나도 인간적", 이렇게 한탄한 니체는 역시 천재였나 보다.

운명적

운명이란 말이 있다. 타고난 천명……. 좋든 궂든 운명의 여신이 정해놓은 길—이것을 사람들은 그렇게 불렀다. 그렇다면 어느 한 사람이 영화 영달의 길에 오르는 것도 운명이요, 혹은 기구한 생의 험로에서 전전긍긍하는 것도 운명이다. 그런데 운명이라 하면 행복한 것보다는 언제나 불행한 것을 연상하게 되는 일이 많은 것 같다. 운명이란 말은 요즘 와서 더욱더 부정적인 의미를 내포하게 되었다.

'운명적 인간'이라 하면 벌써 우리는 비극적인 인간을 생각하게 된다. 정계에서 실각하거나 장사에 실패하면 사람들은 그것을 운명적이라고 말한다. 그러나 그런 일에 우연히 성공하게 된다 해도 그것을 운명적이라고 부르는 사람은 없다.

나폴레옹이 세계를 지배할 때 아무도 그를 운명적이라고는 하지 않았다. 하지만 세인트헬레나 고도에 유배되어 쓸쓸한 죽음을 당하게 되었을 때 사람들은 그것을 운명적이라고 했다.

원칙적인 뜻대로 하자면 불운도 운명이요 행운도 운명인데, 전자만을 유독 운명적인 것으로 생각하게 된 것은 그만큼 인간들이 에고이스틱하다는 것을 방증한다. '잘되면 자기 덕, 못되면 조상 탓'이라는 그 속담처럼 말이다.

한마디로 말해서 '운명적'이란 말은 자기의 힘으로는 어찌할 수 없었다는 은근한 변명의 말이 된 것이다.

'운명을 극복한다'라고 할 때의 이 운명은 불행과 동의어이며 '운명을 기다린다'고 할 때의 운명은 죽음과 동의어가 된다.

이래서 운명이란 말은 인간의 실패, 그 실패의 책임 전가를 대신하는 기괴한 말이 되고 만 것이다.

변명

'변명'이란 말은 분명히 사전에 씌어진 뜻과는 다른 뉘앙스로 사용되고 있다. 즉 사전에는 '시비를 가려 밝힘', '죄가 없음을 밝힘', '잘못이 아닌 점을 따져서 밝힘'이라고 되어 있다.

그런데 일상적으로 이 말이 쓰일 때 그것은 조금도 나쁜 뜻을 가지고 있지 않으면서도 아주 좋지 않은 인상을 준다.

누구도 어떤 오해를 풀려 할 때 사전 뜻 그대로 '나는 지금부터 해명을 하겠습니다'라고는 하지 않는다. 아니, 이렇게 말하는 것이다. '변명이 아니라 그 일은 이렇게 된 것입니다……'

결국 변명은 문자 그대로 '밝혀 말하는 것'인데도 불구하고 '거짓말을 해서 자기 입장을 합리화한다는 뜻'이 되어버렸다. 그러니까 '처녀가 애를 배도 할 말이 있다'라든가 '핑계 없는 무덤이 없다'는 식의 이미지(?)를 내포하게 된 것이다.

그렇게 뜻이 변화된 것도 무리가 아니다. 누구나가 다 '변명'이란 말 밑에 자기 자신의 잘못을 합리화시키려 들거나, 어떤 핑계를 대려 했기 때문이다. 그래서 변명은 결과적으로 자기 합리화나 핑계와 동의어가 되지 않을 수 없었던 것이다. 그렇다면 정말 오해를 당했을 때, 자기 잘못이 없었을 때—있는 사실대로 자기 실정을 밝히는 것은 무엇이라고 해야 옳을까? 아주 곤란하게 된 것이다.

'변명하지 마라', '변명이 아닙니다', '변명이 아니고 뭐냐', '정말 거짓말이 아닙니다', 나 자신이 학생과 이런 말을 주고받을 때가 있다. 국어 선생이면서도……. 우스운 일이다. 정당한 변명이라는 말을 잃어버리고 만 현대인…….

방석과 삼지창

이발소의 간판을 보면 적선과 백선이 나선형으로 그려져 있다. 붉은 줄은 혈맥을 나타낸 것이고 흰 줄은 붕대를 의미한 것이다.

이것은 옛날 이발소가 외과까지 겸했던 까닭이다. 그러나 모든 것이 분업화함에 따라 오늘의 이발소에서는 외과 수술의 수고까지 할 필요가 없어졌다.

그러므로 혈맥과 붕대를 상징하는 두 줄의 그 나선형 표지는 본래의 뜻을 상실한 채 이발소 간판을 공으로 따라다니고 있는 셈이다.

우리가 지금 사용하고 있는 언어에도 그런 것이 있다. 본래의 어원적인 의미를 상실해버린 어휘들—말하자면 방석方席이라든가 삼지창三枝槍이라든가 하는 것이 바로 그렇다.

방석이란 네모난 쿠션을 뜻하는 말이다. 방석의 '방'은 네모난 것을 뜻하고 있기 때문이다. 그런데 사람들은 둥근 쿠션을 내놓고도 '방석'에 앉으라고 하는 것이 일쑤다. 아니, '원석圓席'에 앉으라고 하면 도리어 사람들은 당황할 것이다. 삼지창도 마찬가지다.

나는 어느 날 K씨 댁을 방문한 일이 있었다. K씨는 커피와 과실로 환대한다. 그런데 식모가 칠칠하지 못했던지 삼지창을 미처 내놓지 못했던 모양이다.

K씨는 대갈일성大喝一聲으로 삼지창을 가져오라고 호통을 친다. 그러나 얼마 후 얼굴이 붉어진 식모가 가지고 들어온 것은 『삼국지』의 장수들이 들고 다니던 그 무시무시한 무기 삼지창은 물론 아니요, 그렇다고 가지가 세 개 돋친 과실을 찍어 먹는 삼지창도 아니었다. 그것은 좀 모던 스타일로 된 아담한 이지창二枝槍이었다.

그리고 보면 방석의 '방' 자나 삼지창의 '삼' 자는 모두 조국(어원)을 상실한 국적 상실자가 된 셈이다.

한국어로 본 한국인

단음절인 몸에 관계되는 낱말

말은 발달할수록 짧아진다. 해방 직후에는 '양키 담배'라 했던 것이 어느새 '양담배'로 줄어든 것을 봐도 알 수 있다. 그래서 옛날 고대어나 야만인들의 말일수록 뱀 꼬리처럼 길고 복잡한 단어들이 많다.

'Taumatawhakatangihangakoauauotamateapokaiwhenua—kitanatahu'라는 뉴질랜드의 산정山頂 이름은 열차처럼 길고 길다. 이것이 한 단어니 그 이름만 부르려고 해도 산꼭대기에 오른 것처럼 숨이 막힐 것 같다.

우리나라의 단어들은 1박자 아니면 2박자로 모두가 짧고 간편하다. "긴 단어는 야만의 지표다"라는 덴마크의 언어학자 예스페르센Otto Jespersen의 정의만 가지고 본다면 우리는 단연 이웃에 있는 일본보다는, 영·미인들보다는 문화 민족(?)이다.

더구나 우리나라 단어는 그냥 짧은 것만이 아니다. 세계의 어느 나라 말이든 많이 쓰이는 기본 단어는 대개가 짧지만 한국어처럼 그것이 뚜렷하게 나타나 있는 경우도 드물다.

가령 인체어를 두고 생각해보자. 몸에 관계된 낱말들은 모두가 단음절로 되어 있다는 것을 알 수 있다. '몸'이란 말로부터 시작해서 '눈', '코', '입', '귀', '목', '배', '젖', '손', '팔', '이'…… 에누리 없는 1박자다.

물론 예외가 있어 두 음절짜리가 있지만 그것은 '머리', '다리', '허리'처럼 그것들대로 규칙적인 꼬리를 가지고 있어 결코 복잡하지가 않다. '손가락', '발가락', '배꼽'은 각기 '손', '발', '배'에서 파생된 말이니까 그것 역시 인체어의 통일성을 보여주고 있다.

어느 나라 말이든 인체어를 나열해보면 한국어와는 전연 그 차원이 다르다는 것을 알 수 있다. 그 단어의 음절 수도 제각기 길고 짧아 일정한 통일성도 대응 관계도 없다. 손발이 제각기 놀고 'hand'와 'finger'처럼 손과 손가락은 서로 닮지도 않았다.

우리말의 머리, 다리, 팔과 발의 경우에서 보듯 서로 대응성을 가지고 있는 예는 어느 나라 말에서도 찾아보기 힘들 것 같다.

한국인의 몸은 우주에 있어서만이 아니라 그 말에 있어서도 또한 그 기본이었다. 주체성이란 것이 별것인가. 한자 뜻대로 풀면 몸[體]이 주인이 된다는 뜻이다. 단음절로만 이루어진 한국어의 인체어를 보면 우리는 예로부터 몸을 기본 의식으로 삼고 있었다는 사실을 알 수 있다. 수신제가치국평천하修身齋家治國平天下는 우리의 말 그 자체 속에 숨어 있는 것이다.

'가지'와 '아기'

"송아지 송아지 얼룩송아지. 엄마 소도 얼룩소 엄마 닮았네……."

이 동요는 아이들이 제일 먼저 배우는 레퍼토리다. 으레 이런 노래를 부르는 귀여운 아기의 옆에서는 마치 얼룩소라도 된 것처럼 아빠, 엄마들이 행복한 미소를 짓고 손뼉을 친다. 그런데 바로 '송아지'와 '아기'는 노래만이 아니라, 그 말에 있어서도 동류라는 사실을 아는 사람은 드물다. '송아지, 망아지, 강아지'의 아지는 '아기'란 말과 같은 말인 것이다. 짐승을 점잖게 대접해서 부르자면 송아지는 '소아기', '망아지'는 '말아기'가 되는 셈이다. 여기에서 또 한 걸음 더 나가면 '아지, 아기'는 그 어원이 '가지'와 통하는 말이라는 것이다. 우리나라 말에서 'ㄱ'과 'ㅇ'은 서로가 넘나들고 있기 때문이다.

그러니까 송아지는 '소가지'가 되는 것이고 망아지는 '말가지'가 된다. 우리의 옛 선조들은 동물이 새끼를 낳아 그 핏줄이 갈라져 가는 것을 나뭇등걸에서 새로운 가지들이 뻗어 나가는 것과 동일시했던 모양이다.

그렇게 보면 송아지 노래를 부르고 있는 우리들의 귀여운 그 아기들은 바로 우리들 자신 속에서 돋아난 가지들이라 할 수 있다. 우리는 나무의 굵은 줄기가 되고 우리의 선조들은 그 나무의 뿌리가 된다.

뿌리-줄기-가지. 이것이 우리의 역사며 핏줄의 분화다. 한국인은 음식만 채식을 한 것이 아니라, 집만 나무로 지은 것이 아니라, 그 사고까지도 식물적이라는 것을 느낄 수가 있다.

나무(식물)와 인간(동물)의 결합은 우리나라에만 국한된 것은 아니지만 말 속에 이렇게 직접 얽혀 있는 예는 그리 흔치 않다.

나무는 생명의 조화를 나타내는 극치다. 뿌리는 땅을 향해 하강하고 가지는 하늘을 향해 상승한다. 뿌리는 물을 찾고 가지는 빛을 구한다.

'하늘과 땅'이 '상승과 하강'이 '불(태양)과 물'이 말하자면 온갖 반대어가 나무에서만은 갈등이 아니라 조용한 조화를 이루며 하나가 된다. 그러니까 우리들의 '아기'를 원래의 뜻대로 '가지'로만 생각한다 해도 우리의 사회는 훨씬 더 밝아질 수 있다.

젊은 세대의 가지가 뿌리처럼 똑같이 뻗어가지 않는다고 해서 누가 한탄할 것인가.

한국어는 아픔의 말이다. 우리에겐 아픈 것을 치료하는 약보다도 그것을 표현하는 말이 더 풍부한 것 같다. 단테도 셰익스피어도 아픈 것에 관한 한 한국인만큼 속 시원하게 표현해본 적은 없었을 것이다. 그들은 기껏해야 '골치가 아프다', '배가 아프다' 등이다.

아픔

그러나 우리는 정도와 그 증상에 따라서 아픔도 가지가지다. 술을 먹고 아침에 일어난다. 그때의 두통은 머리가 '멍' 하게 아픈 것이다. 연탄가스라도 마셨으면 그땐 머리가 멍한 것이 아니라 '띵'한 것이다. 신경성일 경우에는 골치가 쑤신다고 하고 좀 더 엄살을 부리자면 욱신욱신 쑤시는 것이다.

외국에서 10년을 살았고 학위를 두 개나 딴 불쌍한 우리 동포 한 분은 배가 살살 아픈 것을 의사에게 설명하려다가 가슴만 답답해지더라고 고백한 적이 있다. 배가 쓰리거나 느글거렸다면 더욱 혼났을 것이다.

삭신이 쑤신다는 말은 외국어로 또 어떻게 표현할 것인가. 병이 나기 전에 '노곤하고, 녹작지근한' 것이 다르고 또 사지가 나른한 것과 뻐근한 것이 모두 다르다. 외상이라 해도 아리고 쓰라린 것은 그 아픔의 종류가 결코 같지 않다.

의사 앞에 앉은 외국인들은 우리에 비하면 벙어리와 같다. 짐승처럼 눈만 멀뚱멀뚱 뜨고 손가락으로 아픈 곳만 가리킨다. 그러나 우리의 경우엔 비록 약이 없어 죽었을망정 아픔을 표현하지 못해 숨을 넘긴 사람은 없을 것이다.

왜 이렇게도 고통의 말이 발달했을까. 왜 이렇게도 아픔에 대해서 민감했을까. 다른 민족보다도 고통을 많이 겪어왔기 때문인가? 그만큼 병을 많이 앓았기 때문인가? 사실 한국처럼 약국이 많고 약 광고가 많은 나라도 그리 흔치 않은 걸 보면 그런 데 이유가 있는지도 모른다.

그러나 그보다는 한국어의 특성이 논리보다도 감성이나 정감 쪽으로 발달해왔기 때문이다. 논리보다는 매사를 기분으로 해결하려 든다. 그만큼 시적詩的인 국민이기도 하다. 그래서 폐가 아프든 심장이 아프든 그냥 통틀어 그 병명은 '가슴앓이'지만 그 아픔을 표현하는 말은 실로 천 가닥 만 가닥이다. 약보다도 고통의 말이 더 발달하고 풍족한 민족, 이런 글을 쓰다 보니 정말 가슴이 '뻐근'해진다.

서리와 성에

우리나라 말의 미분화 현상을 비웃는 사람들은 으레 '머리 깎는다'는 말을 즐겨 그 예로 든다. 영아의 경우 머리[head]와 머리카락[hair]은 엄격하게 구분되어 있다. 그래서 머리카락을 자르지, 머리를 자른다고는 하지 않는다. 우리의 경우 여자들은 미장원에서 보통 머리를 자르고 온다. 남자들은 장발 단속 때 노상에서 긴 머리를 잘리기도 한다. 아파치족도 아닌데 머리를 자른다고 하니 끔찍한 일이 아닐 수 없다. 그러고서도 시퍼렇게 살아 있는 걸 보면 더욱 놀랍다. 이러한 표현은 모두가 미분화적인 우리나라 말과 어법에서 생겨난 혼란이라는 것이다.

그런데 엄격하고 과학적이라는 영어를 그대로 신봉하는 경우에는 어떻게 될까. 요즘 텔레비전이나 신문 광고에 한창 떠들썩한 신개발 냉장고의 광고문을 보면 '서리가 없습니다'라는 선전문이 있다. 틀림없이 'No frost'의 '과학적인 영어'를 그대로 믿고 뿌리째 떠온 말임이 분명하다. 냉장고에 서리가 없다니, 그것은 꼭 방 안에 '눈'이 없다는 말처럼 해괴하다.

왜냐하면 '미분화적이라는 한국어'지만 적어도 '서리'와 '성에' 쯤은 구분되어 있기 때문이다. 서리는 들판이나 마당에 내리는 기상어氣象語의 일종이고 유리창이나 냉장고에 수증기가 하얗게 결빙하는 것은 '성에'인 것이다.

백 보 양보해서 그것을 서리라고 한다 해도 우리말로는 서리가 생기거나 서는 것이지, '있다', '없다'라고는 하지 않는다. 서리 없는 냉장고의 음식을 먹고 자란 아이들은 장차 유리창에 서린 성에를 보고도 서리가 내렸다고 말할 것이 아닌가. 그야말로 한국어는 서리를 맞게 된 것이다.

서리와 성에를 분간 못하는 영·미인들은 모, 벼, 쌀, 쌀밥도 통틀어 그냥 'rice'라고 한다. 영어 사용권 국민들은 쌀을 주식으로 하지 않고 있기 때문이다. 결국 언어는 저마다 생활의 특성에 따라서 분화, 미분화가 결정되는 것이라, 한국어보다 영어가 더 분화된 말이라고는 할 수 없다.

'머리를 깎는다'고 말했다 해서 이발소가 기요틴guillotine의 형장으로 오해되지는 않는다. 그러나 성에를 서리라 하고 논에 있는 벼를 쌀이라 한다면 그것은 혼란이요, 비극일 수밖에 없다.

두서너 개

누군가 양말을 사고 있다.

점원은 "몇 켤레 드릴까요?"라고 묻는다. 손님은 "한 두서너 켤레만 주세요"라고 대답한다. 점원은 조금도 놀라거나 당황하는 기색 없이 몇 켤레의 양말을 내놓는다. 흔히 일어나는 일이지만, 좀 더 따지고 보면 점쟁이들의 거래 방식처럼 신기한 일이다.

'두서너 개'란 말은 두 개, 세 개, 네 개를 두루뭉수리로 합쳐놓은 말이다. 여기에 '한'이란 말까지 붙이면 무려 하나에서 넷까지의 수를 한꺼번에 나타내는 말이 된다. 양말을 '한 두서너 개' 달라면 대체 몇 켤레를 내놔야 하는가. 점쟁이나 탁월한 독심술자가 아니면 정확하게 손님이 몇 켤레를 요구하고 있는지 알 도리가 없을 것이다.

'한 두서너 개' 달라는 사람도 이상한 사람이지만, 그것을 또 용케 알아듣고 두 켤레나 세 켤레를 적당히 내놓을 줄 아는 점원은 더욱 이상하지 않은가. 문제는 여기에서 끝나지 않는다. 누군가가 그 사람에게 어디 갔다 왔느냐고 물으면 그는 여전히 또 "양말 두서너 켤레 사가지고 왔다"라고 대답할 것이다.

사고파는 일은 돈이 오고 가는 것이기 때문에 절대로 '두서너 개'일 수는 없다. 둘이면 둘, 셋이면 셋이다. 숫자 하나에 따라 돈 몇백 원씩 왔다 갔다 하는 일이다. 그런데도 그들은 이 명백한 거래를 하고서도 두서너 켤레를 팔았고 두서너 켤레를 산 것이다.

두서너 개라는 이 신비한 숫자는 결코 컴퓨터로는 잴 수 없는 말이다. 한국인만이 이해하고 또 생활하고 있는 이심전심의 숫자요, 말인 것이다. 그 증거로 외국 백화점에 가서 양말을 '원 투 스리 포'만 달라고 했다가는 정신병원으로 이송되거나 장난을 치는 줄 알고 욕깨나 먹을 것이다. 서로 정답게 웃어가며 '두서너 개'의 양말을 아무런 불편 없이 사고파는 경우는 오직 우리나라밖에는 없다.

우리가 수의 천치라서 그런 것은 결코 아니다. 숫자처럼 빡빡한 것은 없다. 우리 눈으로 볼 때는 도리어 매사를 소수점 이하까지 따지며 사는 서양 사람들의 계산적인 삶이 딱하기 그지없다.

'두서너 개'란 말 속에는 숫자에서 자유로워지고 싶은 한국인의 마음이 숨어 있다. 정이나 사랑이나 인생은 언제나 컴퓨터가 무력해지는 '두서너 개'의 수치, 어렴풋한 그 안개 속에서 자라난다는 것을 알고 있기 때문이다. '두서너 개'란 말은 에밀레 종소리처럼 여담이 있는 한국적인 숫자요, 그 마음이다.

풀다

딱딱하게 굳어 있는 것, 뭉쳐 있는 것, 얽히거나 맺혀 있는 것, 그리고 죄여 있거나 억눌려 있는 것, 그것을 원상으로 돌아가게 하려면 풀어주어야 한다.

루소Jean Jacques Rousseau의 "자연으로 돌아가라"는 구호는 적어도 '풀다'라는 말을 잘 쓰는 한국인에게는 유치하고 새삼스러운 말에 지나지 않는다. 서로 싸움을 하면 으레 우리는 따지지 말고 '풀어버리라'고 한다. 화가 나면 '화풀이'를 하고 외롭고 슬픈 일이 있으면 '시름풀이'를 한다. 원한도 풀고 회포의 정도 푼다. 심심한 것은 이미 풀어진 상태인데도 그것까지 또 풀어 심심풀이를 한다. 풀기 위해서 사는 사람들이다.

푼다는 말은 심리적인 용어만이 아니다. 몸(육체)도 푸는 것이다. 코가 답답하면 코를 풀고 오래 걸어서 다리가 아프면 정자 나무 그늘에 앉아 다리를 푼다. 심지어 임산부가 애를 낳는 것까지 몸을 푼다고 한다. 살아서도 풀고 죽어서도 푼다. 죽은 사람의 원을 풀고 살풀이를 하는 것. 우리의 토착 종교인 무당의 푸닥거리 역시 푸는 거리다.

한국인의 힘은 죄는 데 있는 것이 아니라 이렇게 푸는 데서 솟구친다. 이상한 역학力學이다.

시계는 태엽이 감겨야 움직이지만 한국인은 태엽이 풀어질 때 비로소 신이 난다. 일이 잘 되어가는 것을 일이 잘 풀린다고 하지 않는가. 일을 하는 것 자체가 푸는 행위다.

입시 날 아침, 우리의 부모들은 아이들에게 무어라고 말하는가. 정신 바짝 차리고 긴장해서 시험을 치르라고 하지는 않는다. '마음 푹 놓고', '마음을 풀고' 시험을 보라고 한다. 서양과는 정반대다. 그들이 잘 쓰는 'attention'이란 말은 'at+tention(긴장)'을 뜻하는 말이다. 이를테면 굳어버린 차려 자세다. 풀어진 것과 정반대 상태인 차려 자세는 비단 군인의 기본자세일 뿐만 아니라 모든 서구인의 기본이 되는 동작인 것이다. 그 결과로 현대인은 스트레스와 텐션 속에서 살고 있다. 현대 문명이 바로 그렇다. 비행기를 타고 여행을 할 때도 제일 먼저 듣게 되는 'attention please(정신 차리십시오)'다. 벨트만 매는 것이 아니라 정신까지도 바짝 매어야 한다.

'풀다'란 말은 풀기 위해서 사는 한국인의 철리哲理에서 인간이 살아남는 방법인지도 모른다. 오염된 공해를 풀고 스트레스도 풀고……. 죄지 말고 풀어주어라. 그래야만 한국인은 힘이 난다. 억눌림 속에서는 신바람이 생기지 않는다.

살다와 죽다

'ㄹ' 음이 붙은 말은 거의 모두 유동하는 것을 나타낸다. 그래서 물과 구름은 흘러가고 바퀴는 돌아가고 굴러간다. 의태어나 의성어를 보면 더욱 분명하다. 바람이 부는 것은 '솔솔', '살랑살랑'이고 물이 흘러가는 것은 '좔좔', '쫄쫄', '찰랑찰랑'이다.

그런데 반대로 무엇이 정지되어 있는 것이나 운동이 멈추는 것에는 'ㄱ' 음이 붙어 있다. '꺾이고, 막히고' 부딪치는 것들은 에누리 없이 폐쇄음으로 끝난다. '딱' 멈춰 선다고 하고 '꽉' 막혔다고 그리고 '떡' 버티고 선다라고 말한다.

그래서 만약 'ㄹ' 음과 'ㄱ' 음을 섞어 쓰면 굴러가다 멈췄다, 멈췄다 굴러가는 불규칙 운동을 나타내게 된다. '솔방울이 떼굴떼굴 굴러간다'로 바뀌고 만다. '떽' 할 때는 솔방울이 걸려서 멈춰 선 상태요, '떼굴' 할 때는 다시 굴러 내려가는 상태가 된다.

이러한 'ㄹ'과 'ㄱ'의 대응을 대표하는 말이 '살다'와 '죽다'란 말이다. '살다'는 생명이 계속 물처럼 흘러가는 것이요 바퀴처럼 굴러가고 돌아가는 것이지만, '죽는다'는 것은 그 목숨이 막히고 꺾이어버리는 것이다. 그래서 '살다'는 'ㄹ' 음이 붙어 있고 '죽다'는 'ㄱ' 음으로 끝나고 있다. '떽떼굴'의 경우처럼 '살고 죽는다'는 말 역시 'ㄹ'과 'ㄱ'이 섞여 있어서 교묘한 생사의 두 상태를 실감 있게 전해주고 있다.

한국인은 유난히 '죽겠다'는 말을 잘 쓴다고 비난하는 사람이 많다. 직장에서 돌아오자마자 첫 마디가 대개는 '피곤해서 죽겠다'다. 좋아도 죽겠다고 하고 슬퍼도 죽겠다고 한다. '우스워 죽겠고, 재미있어 죽겠다'라고 말하는 것이 한국인이다. 심지어 죽는 것은 생물만이 아니다. 시계도 죽고, 불도 죽고, 맛도 죽는다.

우리가 죽는다는 말을 잘 쓰는 것은 그만큼 죽다란 말이 살다란 말과 잘 대응이 되는 것이기에 정지와 더 이상 계속될 수 없는 극치의 넓은 뜻으로 사용하고 있기 때문이다.

'ㄹ'과 'ㄱ', 그것은 삶의 두 가지 음양을 나타내는 한국인의 철학이기도 하다.

그냥

칸트는 매일매일 일정한 시각에 맞추어 산책을 했다. 그 시간이 어찌나 정확하고 규칙적이었던지 마을 사람들은 그의 산책 코스에 따라 시계를 맞추었다고 한다. 그러나 우리 눈으로 보면 존경은커녕 참 멋이 없는 산책으로밖엔 생각되지 않는다. 산책은 정시 정각에 역을 지나는 기차의 운행과는 다른 것이다.

특별한 볼일이 있어 걷는 것이 아니라 때론 빠를 수도 있고 때론 늦을 수도 있다. 꽃을 보면 멈추기도 하고 이슬을 밟다 보면 그 코스가 빗나갈 수도 있어야 한다. 산책은 '그냥' 걷는 것이다.

우리나라 사람들은 그렇다. 우리는 '그냥'이란 말을 애용한다.

그냥 길을 지나다가 들렀다든지, 그냥 만나고 싶었다든지 매사의 행동에 그냥이란 말을 붙여서 이야기하기를 좋아한다. 논리적으로 보면 말이 안 된다. 무슨 이유와 동기가 있었기에 사람들은 길을 걷고, 방문을 하고, 보고 듣고 먹고 하는 것이다.

그냥이란 말은 이유와 동기를 거세하는 말이다. 그러고 보면 우리는 일일이 이유와 동기를 찾고 따져가며 살아가는 서양 사람과는 달리, 반대로 어떤 생활과 행동에서 뚜렷한 목적과 이유를 부정하려는 마음이 강하다고 할 것이다.

그런데 우리는 이유 없는 행동을 동경한다. 그냥 그대로 자연스럽게 사는 것이 삶의 이상이었다. 인과因果에서 해방되는 것, 그것이 한국인의 자유이며 멋이며 소요逍遙의 정신이었던 것 같다.

형사실에서는 절대로 '그냥'이란 말은 통하지 않을 것이다. 정말 그냥 우연히 한 짓이라도 말로 뚜렷한 이유를 대지 않으면 안 된다. 만약 그냥이란 말을 말살한다면 인간의 전 생활이 형사 취조실처럼 빡빡하게 될 것이다.

빵만으로는 살아갈 수 없듯이 인간은 이유와 필연만으로는 살아갈 수 없다. 때로는 모든 계산과 이유에서 벗어나 그냥 살 줄도 알아야 한다.

칸트는 그냥이란 말을 몰랐기에 산책도 열차 운행식으로 한 것이 아니겠는가.

참살구와 개살구

개살구 맛은 시고 떫다. 그래서 사람들은 참살구를 찾는다. 겉보기에는 같은 살구지만 영 맛이 다르다. 살구만이 아니다. 우리 주변에는 '개'와 '참'이 붙어 구별되는 말들이 여간 많지 않다. '참'은 진짜를, '개'는 사이비를 나타내는 접두어의 구실을 한다. 개는 한자 '가假'의 준말인 것 같은데 참은 순수한 우리나라 말이다. 한자로는 '진眞'이 되어 때로는 참달래가 '진眞달래'로 불리어지기도 한다.

그러나 보통 진짜를 나타낼 때는 순수한 우리말의 참 자를 붙이고 가짜나 사이비엔 한자에서 온 가假를 쓰는 걸 보면 역시 좋은 것을 나타낼 때는 제 말이라야 하는가 보다.

기름도 기름 나름이다. 참기름은 먹는 기름이지만 얼굴에서 흐르는 개기름은 아무 데도 쓸 데가 없이 궂은 것이다. 비슷하지만 제대로 떡 맛이 안 나면 개떡이 된다. 산에 피는 나리꽃은 크고 탐스럽고 아름답지만 울타리에 핀 개나리꽃은 그만 못하기에 개란 말이 붙어 있다. 붓글씨를 쓸 때 다시 첨가해서 카무플라주 camouflage를 하는 것을 '개칠'한다고 하고 질이 나쁜 먹을 '개먹'이라 부른다. 그래서 개먹으로 개칠한 글씨는 쓸모없는 사이비가 되고 말 것이다.

유리로 해 박은 의안義眼은 또 '개눈'이 된다. 이런 논법으로 하자면 인공적인 것에는 모두가 개 자가 붙어야 할 것이다.

점잖지 못한 말이지만 개새끼나 개자식이란 욕도 원래의 어원은 개[犬]에서 나온 것이 아니라 '가假'에서 비롯된 것이 아닐까 싶다. 왜냐하면 개새끼는 '강아지'라고 부르니 말이다. 가짜 자식이란 뜻, 말하자면 아비 없는 호래자식과 같은 계열의 욕일는지도 모른다.

그만큼 우리나라 사람들은 가짜 노이로제와 사이비의 속임수에 시달려왔기 때문에 매사를 참과 개를 붙여 사물을 구별하는 어법을 써왔는지 모른다. '참살구'냐 '개살구'냐, 엇비슷하면서도 서로 다른 것. 그렇기에 어디서나 가짜에 속지 않으려고 무던히도 애를 써야 한다. 가짜만 우글거리는 것이 바로 '개떡 같은 세상'이요, 개판이기에 참기름이란 말로도 모자라 '진짜 참기름'이라고 써붙여야 한다.

그렇다. 내가 쓰는 이 글도 '개글'이 아니었으면 참 좋겠다.

빼닫이

문이란 것은 들어오기도 하고 나가기도 하는 것이다. 들어오는 것과 나가는 것은 흑백처럼 서로 반대되는 것이지만 이 양면성이 합쳐져 하나의 문이 된다. 그런데 사람이 드나드는 문에 영어로 써놓은 것을 보면 'EXIT'가 아니면 'ENTRANCE'로 되어 있다. 직역을 하면 출구가 아니면 입구란 뜻이다. 들어가는 것과 나가는 것을 하나로 보지 않고 각기 독립적으로 인식했기 때문이다. 그렇기 때문에 나가고 들어오는 것을 하나로 표현하는 '출입구'라는 그 편리한 말이 영어에는 따로 없는 셈이다.

엘리베이터도 마찬가지다. 영어의 엘리베이터를 어원적으로 따져보면 '높이 올라가는 것'이라는 뜻이 된다. 문자 그대로 보면 엘리베이터는 올라갈 수는 있어도 내려올 수는 없는 것이어야 한다. 우리는 그것을 승강기라고 한다. 서양 사람과는 달리 올라가고 내려오는 양면성, 즉 엘리베이터의 상승·하강을 동시적으로 파악한 것이다.

이런 예를 들자면 끝이 없다. 책상 서랍을 영어로 'DRAWER'이라고 부른다는 것은 중학교 학생 정도만 돼도 다 안다. 그런데 그것도 어원을 분석해보면 '빼는 것'이라는 일방적인 뜻으로만 되어 있다. 빼기만 하고 닫는 개념은 없는 것이다. 그러나 우리말로는 빼고 닫는 서랍의 두 기능을 모두 포함시켜 '빼닫이'라고 한다.

우리나라 말에는 이렇게 모순 개념이나 반대 운동을 하나로 묶어놓은 것들이 많다. 열고[開] 닫는다[閉] 하여 '여닫이'가 되고 밀고 닫는다고 하여 '미닫이'라고 한다. 나가고 들어가는 것을 동시적으로 나타낸 것이 '드나든다'이며 좀 더 그것을 실감 있게 표현할 때는 '들락날락'이다. 엘리베이터 역시 우리 안목으로 보면 올라만 가는 것이 아니라 오르락내리락하는 것이다.

‘왔다 갔다’란 말, ‘오락가락’이란 말, ‘보일락 말락’이란 말, ‘하는 둥 마는 둥’, ‘먹은 둥 만 둥’, 그래서 심지어는 ‘시원섭섭’이란 말까지 있다.

서양의 논리는 아리스토텔레스 때부터 흑이면 흑, 백이면 백이어야 한다는 배중률排中律에 의존해 있다. 인생을 한쪽으로만 바라본다. 그래서 드나드는 문을 놓고도 나가는 것이냐, 들어오는 것이냐의 한 개념만을 택하려 든다.

그러나 이 세상은 그렇게 한쪽으로만 되어 있는 것이 아니라 빼닫이란 말에서 보듯 우리의 슬기는 인생을 오는 것도 아니요 가는 것도 아닌 오락가락하는 양면성으로 바라본 데 있는지도 모른다.

글과 긁다

문학이라고 하면 꽤 거창해 보인다. 그러나 요즘 유행하는 국어 순화의 원칙을 따르자면 ‘글’ 정도에 지나지 않는다. 그렇기에 문인을 ‘글 쓰는 사람’이라고도 부른다.

그러나 글이란 말의 어원을 따져보면 뜻밖에도 심원한 문학의 본질이 드러난다. 어학자의 연구를 보면 ‘글’은 ‘긁다’와 그 뿌리가 같은 말이라고 한다. 글을 쓰는 것도 일종의 긁는 행위와 같기 때문에 그런 말이 생겨난 것 같다. 결국 어원적으로 볼 때 글은 긁는 것을 의미한다. 조금도 억지가 아니다. 오늘날에도 문인들이 원고를 쓰는 것을 '긁는다'고 말하는 것을 보면 알 만한 일이다.

'그림'이란 말도 그 어원은 글이나 긁다와 같은 뜻이다. 글씨를 긁으면 글이 되고, 모양을 긁으면 그림이 된다.

'그리움'이나 '그리다'란 말 역시 예외가 아니다. 마음속에 어떤 생각이나 모습을 긁는 것이 그리움이다. 그러니까 그리움이란 말은 종이가 아니라 마음속에 쓴 글이요, 그림인 셈이다.

옛날 「보현십원가普賢十願歌」에 나오는 시 한 구절이 우리에게 그것을 증명해준다. "마음의 붓으로 그린 부처 앞에……"라는 아름다운 시구가 그것이다. 그리움은 마음의 붓으로 그린 그림이요, 글이다.

우리가 글을 쓸 때 글의 근원적인 뜻대로만 쓰면 훌륭한 작품이 나올 수가 있다. 미끈미끈한 볼펜으로 글을 쓸망정 그것이 긁는 행위라는 것을 잊지 말아야 한다. 부인들이 바가지를 긁듯이 문사文士도 문자로써 긁는다. 가려운 데를 긁어주어야 한다. 부정이나 불의를 박박 긁어야 글은 시원한 것이 된다.

그리고 또 글은 그리움을 나타내야 한다. 현재에 없는 것을 찾는 것이 그리움이다. 사라진 과거이거나 앞으로 올 미래……. 언제나 '그리운 것'과 '그리는 것(동경)'은 눈앞에 부재하는 것이다.

글은 바로 그 부재의 것을 현존케 하는 힘이다. 글은 긁는 것이며 문자로 쓴 그림이며 과거의 그리움과 미래를 그리는 행위다.

나나의 비극

'나나의 비극'이라고 하면 에밀 졸라의 소설 이야기인 줄 알 것이다. 그러나 여기의 나나는 외국 소설의 여주인공 이름이 아니라 순수한 우리나라 말, 그것도 우리가 언제나 말끝마다 붙여 쓰기를 좋아하는 말이다.

옆에서 사람들이 이야기하는 것을 조심해서 들어보면 이상스럽게도 '……나', '……나'가 연속적으로 튀어나오는 것을 알 수 있다.

"차나 한잔합시다."

"영화나 구경 갑시다."

"바둑이나 한 판 둘까."

"집에나 들어가서 잠이나 자자."

끝없이 '나, 나'가 폭발한다. 어째서 그런 습관이 생겨나게 되었을까?

그냥 '나' 자를 빼고 '차를 마십시다', '바둑을 둡시다'라고 말하지 않고 왜 꼭 말끝마다 '나' 자를 붙여야 시원한가?

별 뜻 없이 무심히 하는 소리지만, 그것을 분석해보면 우리의 잠재의식 속에 그만큼 생활의 불만이 가득히 괴어 있다는 증좌다.

'……나'는 소극적인 선택이며 도피적인 언사인 것이다. '집에나 가서 잠이나 잔다'는 것은 곧 다른 데 가봐야 별수 없다는 뜻이며, 또 집에 들어가서도 신통한 일이 없으니 잠을 자는 것이 차라리 속 편하다는 불만의 토로다. '집에 가서 잠을 자야겠다'는 말과는 그 뉘앙스가 아주 다르다. 결국 '……나'란 말은 소극적인 긍정, 마지못해 하는 행동, 그리고 꿩 아니면 닭이라는 식의 사고를 상징하는 것이다.

이렇게 따지고 보면 말끝마다 '나, 나'를 연발하는 것은 욕구 불만을 향해 쏘아붙이는 기총 사격의 소리라는 것을 알 수 있다. 따분하고 괴롭고 시시하고 꼴사나운 일들이 많기 때문에 어느덧 '나, 나'는 우리의 한 비극적인 관용사慣用辭가 되어버린 것이다.

어떻게 하면 우리는 '나나의 비극'을 극복할 수 있을까? 물론 어려운 일이긴 하나, 주어진 것, 자기가 소유하고 있는 것…… 비록 그것이 시원찮은 것이라 해도 그에 전념을 다하는 성실성을 갖는 일이다.

자기 비하나 자기 경멸이 사라질 때 '나' 자의 관용사도 사라지게 되는 것이다. 지게꾼이 '품팔이나 하면서 지낸다'고 하고 농부들이 '땅이나 파면서 살아간다'고 하는 것은 그들이 자기 직업을 달갑지 않게 생각하는 마음을 가졌기 때문이다. 그래서 '나' 자를 붙여 말하는 것이다.

순간순간…… 주어진 일을 불사르려는 열정, 티끌과 먼지라도 사랑하려는 의지……, 이러한 능동적인 행동으로 인생을 살 때, 우리는 비로소 '나, 나'의 비극에서 해방되는 것이다.

그것은 어려운 일이다. 그러나 작은 일을 할 수 있는 사람이 큰 일도 할 수 있다.

요즘엔 '이민이나 갈까?', '중동이나 갈까?'라고 말하는 사람들이 많이 눈에 띈다. '이민이나', '서독 광부로나' 하는 투의 사고방식을 가진 사람이라면 이민을 가도 서독에 가도 결코 잘살 수 없는 사람임을 우리는 알고 있다.

100퍼센트의 노력, 100퍼센트의 자의自意를 다 바치는 사람은 '나' 자를 쓰지 않는다. 그리고 그런 사람만이 보람 있는 생활을 할 수 있다.

우리의 말투에서 '나, 나'의 관습어가 가시는 날, 우리에겐 정말 충족된 생을 살 수 있는 그날이 올 것이다.

'어쨌든'이란 말

남들이 옆에서 이야기하는 것을, 혹은 남들이 쓴 문장을 유심히 한번 관찰해보라. 유난히 많이 등장하는 하나의 어휘가 있을 것이다. 그것은 '어쨌든'이라는 부사다.

'어쨌든 좋지 않다', '어쨌든 해야 되겠다'……. 무엇인가를 부정하든 긍정하든 우리는 무엇을 강조할 때 '어쨌든'이란 말을 흔히 쓴다. 영어에도 물론 '애니웨이'나 '애니하우'란 말이 없는 것은 아니다. 그러나 우리의 경우처럼 상습적으로, 또 경우와 장소를 가리지 않고 그렇게 자주 튀어나오지 않는다.

분석적이고 논리적이라는 당당한 사설이나 대학 교수님들의 논문에도 그 결론이 '어쨌든……'이란 말로 끝맺어져 있을 경우가 많다.

대체 '어쨌든'이란 그 부사는 무엇인가? 장황한 설명을 하지 않더라도 그것이 이유 이전이며, 논증이나 사고를 추방하는 '곤봉' 같은 말임에는 틀림없다.

'어쨌든 그렇게 해야 된다'거나 '어쨌든 나쁘다'는 말은 다 같이 일방적인 폭력, 비판을 허용치 않는 독재의 언어다.

무조건이 조건을, 비합리가 합리를, 그리고 부조리가 그 조리의 목을 죌 때 생겨나는 짤막한 비명을 우리는 '어쨌든'이란 말에서 듣는다.

한국적 풍토를 여러 가지로 구명할 자유를 우리는 갖고 있다. 그러나 그중에서 지성을 억누르는 가장 큰 요인을 그 정신적인 풍토에서 찾으라고 한다면, 아마 그것은 '어쨌든'이 지배하는 논리의 학살이 아닐까 싶다.

우리는 '어쨌든'이란 말을 천년 전부터 듣고 있었고 지금도 또 그것을 듣고 있다. 만약 같은 한국인이라면 누구나 어려서는 부모로부터 '어쨌든 강가에는 가지 마라', '어쨌든 그 애와는 놀지 마라', '어쨌든 학교에 가야 한다', '어쨌든 부모의 말을 어겨서는 안 된다'는 말을 듣고 자라왔을 것이다.

이러한 말들은 '왜?'라는 지성의 싹을 짓밟았다.

'왜 안 되는가?', '왜 그래야만 되는가?'

그 이유를 알고 싶어 하고 또 그것을 구명해내려는 지적 활동은 어쨌든 그래야만 되고 어쨌든 그래서는 안 된다는 그 뒤의 부사에 감금된다. 즉 그 부사가 우리의 동사(행동)를 옭아매놓았다.

학교에서는 또 선생들의 '어쨌든'이란 말 속에서 공부를 하기 시작한다. 학교생활 가운데 가장 불행한 일이 있다면 학생들에게 '질문의 자유'가 허락되어 있지 않다는 점이다.

우리가 알고 있듯 옥스퍼드나 케임브리지에서는 교수의 강의보다는 튜토리얼스tutorials[12)]가 중시된다. 그것은 주로 학생이 교수에게 자기가 읽는 책에 대해서 질문을 하는 시간이며, 질문을 많이 해야만 좋은 점수를 딸 수 있는 시간인 것이다.

지성은 퀴즈를 풀듯이

그러나 한국의 교육은 '어쨌든'의 일방 통행이다. 선생은 학생 앞에서 언제나 '절대적으로 옳은 존재'이고, 질문을 한다는 것은 그 지엄한 권위를 건드리는 것으로 일종의 터부다.

삼각형의 정의나 인수 분해를 푸는 것은 '어쨌든 그렇게 되는

---

12) 주지 선생과 학생이 토의를 통해서 학과를 연구하는 시간이다.

것'이기 때문에 그렇게 되는 것이라고 배워왔다.

지성을 너무 복잡하게 생각할 필요는 없다. 지성은 퀴즈를 풀 듯이 사물의 수수께끼, 생의 질서, 자신의 행동을 따져가는 일이다. '왜?'라는 문을 따는 힘, 그 열쇠, 그것이 지성의 기능이다. 지성을 길러낸다는 학교에서마저 우리는 '어쨌든'이라는 말을 들으며 자라난 것이다.

사회에서는 어떤가? 한국의 직장은 다만 '높은 자'와 '낮은 자'의 지정 좌석 번호밖에 없는 쓸쓸한 극장이다.

상사가 하급 사원과 이야기할 때 가장 큰 무기로 사용하는 것역시 또 그 슬픈 유산인 '어쨌든'의 망치인 것이다. 그나마 교과서에서 배운 것들, 젊음의 꿈속에 자라온 그 이상들은 '어쨌든 사회란 그런 것이 아니고', '어쨌든 우리 회사에서는 그럴 수 없다'는 바로 그 어쨌든이란 말의 기총 소사에서 사멸해버리고 마는 것이다.

만약에 무슨 일이든 논리적으로 따져가거나 정당성을 지적하려 들거나 자기의 의사를 주장하려고 할 때, 그들은 결코 무릎을 맞대어 따지지는 않는다.

그런 것은 다 시간을 낭비하는 어리석은 짓이며, 또 사원을 건 방지게 만드는 위험한 불씨로 안다.

그래서 높은 자의 말은 항상 옳고 낮은 자의 말은 항상 부당하다. 이들 사이에 가로놓여 있는 유일한 가교가 있다면 '어쨌든'이란 맹목의 단어일 뿐이다.

어쨌든의 판정승

위정자와 대중의 관계, 관과 민의 관계도 그렇다. 백성의 주장을 그들은 곤봉의 언어인 '어쨌든'으로 불러왔다.

'어쨌든 시국이', '어쨌든 현실이', '어쨌든 나라 형편이'……. 그들이 우리에게 들려준 것 모두가 이유나 조건이나 논리의 설득이 아니라 억압과 폭력의 언어다.

윤리, 문화, 정치, 경제 모든 것이 어쨌든의 판정승으로 돌아간다. 이런 한국의 풍토 속에서 지성은 꽃필 수가 없는 것이다. 지성은 있어도 무익한 존재, 녹슬어버린 열쇠나 개 발에 편자가 되고 만다.

그렇기 때문에 더욱 한국에는 지성이 필요하다는 역설이 생겨날 수도 있을 것이다. 그 지성은 어쨌든에 대항하는 화살이어야 할 것이다.

추상적으로만 말해서는 안 된다. 대체 어쨌든과 싸워 지성의 숨구멍을 트이게 한다는 것은 무엇일까.

첫째로 우리는 결론을 서두르지 말자는 것이다. 성급하고 안이하게 결론을 내리려고 하기 때문에 어쨌든이란 말이 판을 치는 것이다.

그것이 지름길이 아니라도 좋다. 어떠한 문제에 도달하기 위해서 우리는 콜럼버스의 지루하고도 위험하며 고통스러운 항해를 거부해서는 안 될 것이다.

어떠한 과정을 통하여 어떠한 연유로 해서 우리는 지금 여기에 이렇게 있는 것일까? 지성의 훈련은 바로 그 과정의 모색에 있다고 할 것이다.

둘째로 '어쨌든' 대신에 '왜'라는 말에 더 많은 시간과 노력을 기울여야 할 것이다.

항상 의문을 갖는 생활, 의문이 중시되는 행동을 하면서 살아가는 습관이다.

지성을 '회의의 씨앗'이라고도 한다. 맹목이야말로 지성의 적이며 지성의 상장喪章이다. '왜?' 행동하기 이전에, 복종하기 이전에, 동의하기 이전에, 왜라는 그 좁은 문을 통과하기를 주저해서는 안 될 것이다.

셋째로 폭력을 거절할 줄 아는 용기야말로 어쨌든을 꺾고 지성이 승리하는, 지성이 지배하는 사회를 만들 수 있다는 결론이다. 남들이 다 그렇게 말하고 있는데 나 혼자 '아니'라고 하거나 나 혼자 '그렇다'라고 말하려는 판단만 가지고서는 안 된다.

지성이 잠들어 있는 곳에 폭력의 어둠이 온다. '그것은 아니다', '그것은 옳다' 부단히 자기 자신을 현시顯示해 나아가기 위해선 순간순간을 싸늘한 결단으로 이어가야 할 것이다.

감정과 지성

우리는 오랫동안 감정으로만 세상을 살아왔다. 행동을 뒷받침해 주고 있는 것은 오직 감정의 뜨거운 숨결뿐이었다. 지성의 그늘에서 숨 쉬지 않는 감정의 입김처럼 동물적인 것도 실상 없는 것이다.

감정은 전염병처럼 전파되는 것이기에 자기의 주체성을 감각減却시키기 쉽고, 옳고 그른 판단을 흐리게 하기 쉽다. 감정의 풍토를 단적으로 대변하는 것이 어쨌든이란 말이라고 한다면, 새로운 지적 풍토는 '왜?'나 '만약'으로 상징되는 언어라 할 수 있을 것이다.

가정, 학교, 사회 그리고 국가…… 이 모든 한국의 풍토는 결코 결정지어진 것은 아니다. 그것을 바꿀 수도 있다는 무한한 자유를 지니고 있기에 비로소 인간은 인간일 수 있다.

꿀벌은 아무리 역사가 바뀌어도 육각형의 집밖에는 만들지 못하지만, 인간은 낡은 집을 부수고 새로운 형태의 집을 지을 수 있는 유일한 짐승이다. 신이 준 그 특권을 포기하지 않기 위해서, '나' 자신부터 지성의 목소리를 낼 수 있는 발성법을 터득해야 할 것이 아닌가?

말하자면 어쨌든이란 사고방식과 투쟁하는 선전 포고를 해야 되지 않을까? 결론적으로 말하자면 '과정의 모색·회의·판단과 그리고 행동'의 단계를 갖추지 못한 채, 우리는 낡은 윤리나 고정 관념의 울 안에서 갇혀 살아왔다.

어쨌든의 목책을 부수고 내가 나의 사고에 의해서 생명의 열매를 딸 수 있는 초원으로 나가야 할 시각이 왔다는 것이다.

다시는 어쨌든이라는 강압과 판단 중지를 강요하는 악센트에 복종하지 말자. 그것이 바로 한국의 풍토와 지성의 관계를 논하는 시작이요, 또한 끝인지도 모른다.

끝으로 어쨌든이란 말을 한 번만 더 볼 수 있는 낡은 특권을 나에게 허용해주기 바란다.

즉 '어쨌든 앞으로는 어쨌든이란 말을 쓰지 말자'고……

한국인의 미소와 소망과 기다림

미소의 의미

이젠 차차 인기가 사라지고 있지만 한때 사강Francoise Sagan의 소설 『슬픔이여 안녕Bonjour tritess』이 대단한 화제를 모은 일이 있었다. 무엇보다도 대중의 구미를 당긴 것은 그 제목이 아닌가 싶다. 슬픔이라고 하는 것은 침울하고 어둡고 무거운 것이다. 그런데 지중해의 깜찍한 소녀 사강은 아주 가볍고 명랑한 인사로써 그것을 맞이하고 있다. 다정한 친구를 향해서 인사하듯이 슬픔을 향해서 '봉주르'라고 말하는 그 태도에는 새로운 세대의 감각이 젖어 있었던 것이다.

『어떤 미소Un Certain Sourire』라는 제2작의 제목도 그렇다. 고독하고 슬프고 불행한 일이 있어도 여전히 그 표정에는 미소가 감도는 싱싱한 생활 태도가 귀엽고 새롭다. 기성세대에서는 좀처럼 발견될 수 없는 모럴이다. 슈발리에Maurice Chevalier도 이렇게 노래 부른 일이 있다.

"무슨 일이 있어도 잊어서는 안 돼요, 미소하는 버릇을……."

스물네 시간 심각한 얼굴을 하고 지내는 몽고메리 클리프트 Montgomery Clift는 아무래도 구세기적舊世紀的이다. 파스칼 프티Pascal Petit나 벨몽드Belmondo는 어떠한 역경이나 괴로움 속에서도 미소를 잊지 않고 있다. 언뜻 보기에는 낙관주의자처럼 보이지만, 사실 찌푸린 몬티의 그것보다는 한층 더 삶에 성실한 인상을 준다. 차라리 달관이라고 할까, 체념과 허탈이라 할까? 어쨌든 현대의 의미를 알고 있는 사람이라면 미소의 그 의미도 이해하고 있을 것이다.

비극을 보고 울 수 있는 사람은 그래도 행복한 축에 속한다. 그러나 비극을 하도 겪어서 이제는 아주 만성이 되어버린 사람은 슬픈 일이 있어도 울지 않는다. '눈물도 메말랐다'는 말이 그런 경지를 두고 한 소리다. 슬플 때 미소를 짓는 것은 일종의 마이너스 감정, 역설의 표정이라 볼 수 있다.

이렇게 따지고 보면 사강의 문학이 별로 새로울 것도 없다. 우리나라에서는 아주 오래전부터 그런 미소가 있었다. 파리의 오페라가街의 어느 카페에서 은근히 미소 짓는 아프레après 여성들보다 이미 앞서서 초가 담 밑에서 우리의 순희나 복녀는 그런 웃음을 웃었던 것이다. 우리가 부르는 민요를 분석해보면 『슬픔이여 안녕』 정도는 한 다스가 더 넘는다.

어디에서는 산이 무너져 마을 전체가 매몰되고, 어디에서는 강이 범람하여 한 가족이 수장水葬이 되고, 또 어디에서는 쌀값이 올라 끼니를 굶고 있는 사람들이 있고……. 주위를 돌아다보면 온통 눈물의 바다다.

그런데도 우리가 아직도 살고 있는 까닭은 조상 대대로 이어받은 '미소'가 있기 때문이다. 아! '어떤 미소'가 있었기 때문이다. 그대는 아는가 그 미소를…….

유성을 보고 비는 사람들

바닷가에서 사는 사람들은 아름다운 하나의 미신을 가지고 산다.

먼 수평선 어두운 밤하늘에 별똥(유성)이 흐를 때 그들은 기도를 하는 것이다. 유성의 불빛이 사라지기 전에 마음속 깊이 묻어두었던 자기 소원을 다 말하게 되면 그 뜻이 이루어진다는 것이다. 그러나 그토록 짧은 순간에 자기 소원을 다 말하는 것은 불가능한 일일 것 같다.

누구에게나 한 가지 소원은 있다. 한 가지만이 아니라 수천 수백의 소원이 있다. 그리고 대개의 경우 그 소원이라고 하는 것은 밤을 새우며 말해도 다 끝나지 않는 참으로 길고 긴 것들이 많다. 어떤 사람은 '사랑'에 대해서, 어떤 사람은 '재산'에 대해서, 그리고 누구는 '자식'을 낳게 해달라고, 누구는 '병'을 낫게 해달라고

기도를 한다. 소녀의 기도처럼 시적인 것이 있는가 하면 욕심 많은 장사의 기도처럼 산문적인 것도 있다.

그러나 정말 절실한 소원은, 순수한 기도는 바닷가 사람들처럼 유성이 흐르는 순간 속에서 말할 수 있어야 될 것 같다. 몇 마디의 언어에 자기 생활의 체험과 감정을 아로새기는 시인처럼 참된 소원은 하나의 결정結晶과도 같은 것이기 때문이다. 밤하늘을 스치고 지나가는 별똥의 선율, 그 순간의 광채 속에 자기의 생애와 전 소망을 말할 수 있다는 것은 곧 생활인의 시일 것이다.

우리들에게는 많은 소원이 있다. 이 소원을 이루기 위해서 온갖 비극을 참고 견디어온 사람들이다. 그러나 그 많은 소원을 한마디로 결정지어본다면 '잘살게 해달라'는 말로 요약될 것이다. 이러한 소원은 한국의 역사와 함께 시작되고 그 역사와 함께 오늘에 이르고 있다. 무슨 낭만적인 꿈도 아니요, 거창한 이상도 아니다. 유토피아의 화려한 설계가 아니라 현실 속에서 바랄 수 있는 현실적인 기도다.

그러나 이 '소원'은 날이 갈수록 어려워지는 것 같다. 세 끼 밥이나 먹고 우로雨露나 피하게 해달라는 이 '소원'은 사실 정치가들에 의해서 실현되는 것이지만 아무도 그에게 그런 소망을 말하지 않는다. 국민들은 정치를 묻지 않는다. 차라리 밤하늘에 빛나는 유성을 향해서 간절히 빌어보는 사연이 되었다.

새로운 정당이 생겨나고 있지만 국민들이 과연 그것에 대해서 얼마나 기대를 걸고 있는지는 의심이다. '잘살게 해달라'는 국민의 기원을 받아줄 만한 정당이 생겨나는 날, 가슴에서 멍든 우리의 소망도 풀린다. 그대는 아는가 그 소망을.

견우직녀의 해후

"직녀여, 여기 번쩍이는 모래밭에 돋아나는 이 풀싹을 나는 세고…… 허연, 허연 구름 속에서 그대는 베틀에 북을 놀리게. 눈썹 같은 반달이 중천에 걸리는 칠월 칠석이 돌아오기까지는 검은 암소를 나는 먹이고, 직녀여 그대는 비단을 짜세."

칠월 칠석은 견우와 직녀가 만나는 날이다. 그래서 이날이 되면 이별을 서러워하는 견우직녀의 눈물이 궂은비가 되어서 내린다고 한다.

그리고 까치들은 은하로 가서 다리를 놓고 머리털이 빠져서 돌아온다고 한다.

동서 구별 없이 별에나 꽃에는 으레 아름답고 슬픈 이야기가 따라다니게 마련이다. 그러니 은하를 사이에 두고 저 고독한 별들에 이렇듯 낭만적인 전설이 안 생길 리 없다. 그런데 이 견우직녀 이야기는 우리에게 많은 의미를 암시해주고 있다. 남녀의 애정관은 말할 것도 없고 인생의 형벌까지를 내포하고 있다.

이상스럽게도 인간의 신화에는 형벌에 대한 이야기가 많이 나온다. 기독교에서 말하는 원죄론도 그렇거니와 그리스의 프로메테우스나 시시포스의 이야기들이 모두 그렇다. 인간 현실이 지옥처럼 어두운 탓이었으리라.

그러나 같은 형벌일지라도 옥황상제의 노여움을 산 벌로 1년에 한 번씩 만나는 견우직녀의 그것은 사슬에 매인 프로메테우스의 고역과는 다른 것이다. 코카서스 산맥 어느 깊숙한 암벽에 갇혀 독수리에게 간을 파먹혀야 하는 프로메테우스나, 혹은 끝없이 굴러떨어지는 무거운 바위를 굴려야 하는 시시포스나, 거기엔 오직 영원한 절망만이 있을 뿐이다.

하지만 직녀는 같은 형벌의 절망 속에서도 한 줌의 희망이 부여되어 있다. 별리別離의 절망―그 저변에는 오히려 단념할 수 없는 기대가 번뜩이고 있다. 아니, 오히려 이별이 있었기에 그들의 해후에는 의미가 있다. 여기에는 현실의 절망 속에서 도리어 꿈을 발견할 줄 아는 한국인의 슬기가 감돌고 있다.

그러므로 그 형벌(현실)은 역설적으로 인생에게 필요한 존재가 되는 것이다. 별리(절망)에서 해후(희망)를 보고, 해후(희망)에서 별리(절망)를 맛보는 이 야릇한 생활 감정이 곧 동양인의 마음이었다.

나날이 견우직녀의 이야기는 잊혀져가고 있지만 때로는 이 전설의 향기 속에 흠씬 젖어보는 일도 좋을 것이다. 쓰라림 속에서 '기다림'을 아는 견우직녀처럼 우리도 그렇게 살아야 한다. 그대는 아는가, 그 기다림을.

잠자는 거인

잠자는 거인

펜클럽 대표의 한 사람으로서 한국을 내방했던 퓰리처Lilly Pulit-
zer 여사는 「한국의 고민과 잠자는 거인」이라는 기행문을 발표한
일이 있다. 그런데 그 글은 다음과 같은 기막힌 이야기로 끝을 맺
고 있는 것이다.

"…… 회고컨대 내가 참된 한국을 발견하게 된 것은 그러한 시
골길 위에서였고, 또 도시의 노변과 조그마한 감방과 시장에서
였다. 그것이 지금 내가 아는 한국인 것이다. 그것은 깊이 잠들어
있는 거인을 만난 것과 같은 것이다.

나무 없는 산들이 사방으로 뻗쳐 있었다. 그것은 일찍이 삼림
이었다. 일본의 점령 중에 만들어진 도로들은 거의 다닐 수 없이
되어버렸다. 그 길 위에 보이는 차량들은 대부분 미국의 지프를
변형한 것이었다. 기관차는 사실상 전부가 미국의 것으로서 그
수선 상태가 나쁘게 보였다.

이 거인이 여러 세기의 고립 속에서, 그리고 일본의 점령하에서 또 국토의 분단 속에서 잠자고 있었다. 한국이 일어나 세계 각국 사이에서 강하고 결합된 지위를 차지하게 되는 것은 오직 그가 잠을 깰 때뿐인 것이다."

매우 친근하고 그래서 약간은 모욕적인 퓰리처 여사의 말은 일찍이 중국을 가리켜 서구인들이 '잠자는 사자'라고 평했던 사실을 연상케 한다. 그래서 '잠자는 거인'이라는 말 속에는 '잠을 깬다 해도 한국은 사자가 아니라 거인 정도일 것'이라는 아이로니컬한 이중의 동정이 내포되어 있는 것이다. 그러나 우리에겐 퓰리처 여사에 항변해야 할, 또는 분노를 일으켜야 할 아무런 용기도 없는 것이다.

"우리는 한국군 묘지에 들렀다. 나는 미국의 대표로 선발되어 이 무명 전사의 묘지에 꽃을 올렸다. 오든[13]의 시 몇 행이 나의 머리에 떠올랐다.

'그대들의 세계를 구하기 위하여 그대들은 이 사람을 죽으라 했다. 이 사람이 지금 그대들을 볼 수 있다면 그는 무엇이라고 물을 것인가?'

내 마음속에는 거기에 묻힌 청춘의 영혼에 대한 사죄의 소리가 속삭였다. 그가 향유할 수 있는 생의 희망과 즐거움에 대한 한낱

13) W. H. Auden(1907~1973) : 영국의 시인.

보상으로서 그날이 가기 전에 시들어버릴 몇 송이의 꽃을 올리고 있었기 때문이었다."

이렇게 퓰리처 여사는 우리보다도 더 우리들이 저질러놓은 그 상황에 대하여 깊은 이해와 절실한 책임과 반성을 갖고 있었기 때문이다.

그러나 당사자인 우리들이 무명 전사들의 무덤에 꽃다발을 드리면서 과연 몇 사람이나 내심으로부터 울려오는 사죄의 소리를 들었는지 의심스럽다. 이것이 바로 우리가 잠자는 거인임을 스스로 자인해야 될 슬픈 증거다.

무명 전사의 영혼들이, 그들이 싸워주었던 그 동족이 아니라 바다 건너 한 낯선 이방의 여성으로부터 그러한 애정과 사죄의 소리를 듣고 다시 한 번 호통했을 것이라 생각된다.

우리는 오히려 그들의 죽음에 대하여 쌀쌀했던 것이다. 그들의 죽음을 잊어버리고 있었던 것이다. 온갖 악과 향락과 나태 속에서 사라지고 있다. 다만 모든 것을 망각한 천년의 깊은 잠이 계속되고 있었을 뿐이다.

잠자는 거인―이것이 우리들의 초상이라면 우리는 이 깊은 잠으로부터 깨는 것이―눈을 뜨고 다시 한 번 오랫동안 참으로 오랫동안 마비되어 있던 그 사지를 펴보는 것이―그러한 치욕으로부터 벗어날 수 있는 유일한 길이 될 것이다.

잠을 깬다는 것은 우리가 우리의 처지를 깨닫는다는 이야기다.

그 상황을 인식하고 그래서 그 상황을 변혁시켜 나아가는 책임을 스스로 받아들여야 한다는 것이다.

그러나 지금은 모든 것이 마비되어 있는 시각이다. 마취된 환자처럼 무감각한 육체가 썩은 늪 속으로 침몰해가는 암담한 시각이다.

쓰러져가는 비각碑閣이며, 황토의 붉은 산이며, 사태 난 들판이며, 그리고 낡은 초가 지붕 밑에는 오늘도 흰옷 입은 서러운 사람들이 타성에 멍든 생명 앞에서 침묵하고 있다. 그 무표정한 생활과 감동 없는 움직임은 조상 때부터 이어 내린 서글픈 유산이다. 고층 건물엔 오늘도 애드벌룬이 뜨고 페이브먼트에 차량 소리는 들려오지만 총탄으로도 울음으로도 깨울 수 없는 거대한 잠이 골목골목마다 가득히 깃들어 있는 것이다.

그러나 대체 이 깊은 잠은 어디에서부터 온 것이며 또 그것은 대체 어느 때까지 계속되는 것일까 하는 물음에 우리는 대답하지 않으면 안 된다.

결코 우리가 잠든 거인이라는 것이 오늘의 수치일 수는 없다. 그것을 깨닫지 못할 때 수치는 오는 것이다.

그러면 이 '잠'의 정체와 그 잠으로부터 깨어나는 기대에 대해서 이야기를 옮겨야겠다.

구슬이 바위에 떨어져도

므쇠로 털릭을 말아 나난
므쇠로 털릭을 말아 나난
털사鐵絲로 주롬 바고이다.
그 오시 다 헐어시아
그 오시 다 헐어시아
유덕有德하신 님 여해아와지이다.

므쇠로 한쇼를 디여다가
므쇠로 한쇼를 디여다가
털슈산鐵樹山애 노호이다.
그 쇠 털초鐵草를 머거아
그 쇠 털초鐵草를 머거아
유덕有德하신 님 여해아와지이다.

구스리 바회예 디신달
구스리 바회예 디신달
긴힛단 그츠리잇가.
즈믄 해를 외오곰 녀신달
즈믄 해를 외오곰 녀신달

신信잇단 그츠리잇가.

이 아름다운 노래는 여요麗謠 「정석가鄭石歌」의 서너 절이다. 유덕하신 님과 영원히 헤어지지 말고 오래오래 살아가자는 애틋한 심정이 구구절절이 배어 있다.

그러나 우리는 다시 한 번 이 노래를 정독할 필요가 있다. 말하자면 그 영원성을 표현한 비유의 세계를 한번 분석해보면 거기엔 참으로 놀랄 만한 우리의 숙명이 가로놓여 있다는 사실을 알 것이다.

보라, 그 영원은 무無와 마멸에 의해 비유되고 있지 않은가.

'쇠 옷이 다 닳아 없어질 때까지' 또는 '쇠로 된 풀들을 다 먹어 없앨 때까지' 또는 '구슬이 바위에 떨어져 부서진다 하여도' 등등의 조건법은 행복보다 언제나 고난 의식을 전제로 하고 있는 슬픈 겨레의 무의식적 환상이었던 것이다.

이 「정석가」의 구절 속에는 아무리 '어려운 시대'가 와도 우리가 설령 아주 '멸망할지라도' 그 사랑은 영원해야 된다는 각오가 은연중 내포되어 있는 것이다. 같은 영원을 비유한 것이라 할지라도 일본 사람들의 것은 그렇지가 않다. 그들의 국가國歌는 그 영원성을 '작은 모래알이 바위가 될 때까지'로 비유했던 것이다.

영원을 꿈꾸었다는 것은 마찬가지다. 그러나 그 영원을 표현하는 데 있어서 '쇠 옷이 다 닳아 없어질 때까지'로 비유한 것과 '모래알이 바위가 될 때까지'로 비유한 것은 정반대의 것이다. 전자의 것은 줄어들어가는 것이고, 후자의 것은 불어나가는 것의 상징이다. 그러므로 이 짧은 비유 속에는 수난자의 역사와 침략자의 역사가 무의식적으로 반영되어 있는 것이라고 생각된다. 수난자들의 영원 의식이다.

모래를 바위로 만들기 위하여 그러한 침략자들은 흰옷 입은 사람들의 눈물을 말리었고 살아 있다는 조그마한 희망, 그 애처로운 인간의 기대마저 빼앗아 갔던 것이다. 그렇기 때문에 「정석가」의 수백 년 전 옛날의 노래와 거의 같은 노래를 우리는 오늘도 또다시 부르고 있는 것이다.

"동해물과 백두산이 마르고 닳도록 하느님이 보우하사……"는 애국가의 1절이다. 이 노래는 침울한 식민지의 어느 구석에서 쫓기는 사람들의 침묵과 같이, 때로는 분노와 같이 합창되었던 것이다. '쇠 옷이 다 닳아 없어질 때까지'나 '동해의 물이 마르고 그 높은 백두산이 닳아 없어질 때까지'나 영원을 비유한 그 방법은 조금도 다를 것이 없다.

괴로움과 시달림 속에서도 영원한 생존 불멸의 삶을 생각했던 의지를 읽을 수 있다. 그러니까 민족의 사랑이나 결합은 침략의 야망 밑에 뭉친 것이 아니라 서로의 추위, 서로의 가난, 서로의 눈물에 의하여 맺어지고 합쳐지고 한 것이다.

'구슬이 바위에 떨어져도 끈이 끊어질 리 있겠습니까?'라는 그 소박한 신념이 생겨난 것이다. 그렇다. 우리는 구슬처럼 아름다웠고 티끌 없이 맑은 마음을 가졌지만 그것은 수없이 바위에 떨어져 부서지고 부서지고 했던 것이다. 그러나 '끈'만은 끊이지 않았던 것이다. 수천 년이나 이 끈은 끊어질 듯 이어지고 이어질 듯 끊어지면서 오늘까지 이르렀던 것을 우리는 안다.

우리는 결코 우리들의 그 수난의 역사를 저주할 필요는 없다. 몽고족의—왜족의—중국인의 무딘 바위에 우리들의 고운 구슬은 떨어졌기 때문에 도리어 끊어지지 않는 '끈'의 의미를 찾아냈던 것이다. 한때 부강한 민족들이 지금은 흔적도 없이 사라져버린 것을 얼마든지 찾아볼 수 있기 때문이다.

우리 민족은 극한 속에서, 사랑을, 믿음을, 그리고 멸하지 않는 그 언어를 발견했기 때문에, 비록 화려하지 못한 역사일망정 4천 년의 긴 세월을 이어 나올 수 있었던 것이라고 믿는다.

해와 달의 설화

그러나…… 그러나 우리는 그러한 고난 의식을 받아들이고 또 끝까지 참아내는 데 강렬한, 그리고 악착 같은 질긴 의지를 가지고 있었지마는 그 불행이 슬픔이 어디서부터 오는 것인가를 몸소 해명하고 또 반성하려고 들지는 않았던 것이다.

흰옷……. 그것처럼 우리들은 우리들의 슬픔을 백색으로 순환

시키려고 했을 뿐이다. 되풀이되는 수난 속에서 우리들의 조상은 '지상에의 사상'을 상실했던 것이다. 신비하고 기적적인 힘을 믿고 있었거나 구름 같은 은둔의 환상 속에 젖어 있으려 했다.

많은 예를 들 필요도 없이 그것은 명약관화한 일이다. 나라를 사랑하지 못했기 때문에, 민족에 대한 자각이 없었기 때문에 그러했던 것만은 아니다. 자기의 상황을 포착하고 그 상황을 인식하는 데 그들의 슬기가 부족했기 때문이다.

몽고 병정이 우리들의 고향을 짓밟을 때 사람들은 산에 들어가 불경을 팠던 것이다. 불력을 빌려 나라를 지키려 했던 정신이 바로 그 거대한 팔만대장경이 되었다는 것은 다른 의미에 있어서 놀라지 않으면 안 될 사실이다.

평이한 예로 한국 사람이면 으레 할머니의 무릎에서 듣고 자라났을 해와 달의 설화를 기억해보는 것이 좋을 것이다. 고개를 넘을 때마다 호랑이의 침략으로 해서 팥 단지를 하나하나 빼앗기는, 그래서 이윽고는 팔과 다리와 온 몸뚱이의 생명까지 바쳐야 했던 그 여인의 수난을 듣고 우리는 안타까워했다.

이 여인은, 불행한 그 아낙네는 그대로 우리 민족의 상징일 것이다. 우리들은 얼마나 많은 수난의 고개를 넘었으며 그 무자비한 착취자인 호랑이에게 얼마나 많은 재산과 끝내는 생명마저 빼앗겼는지 모를 일이다. 내외적으로 말이다. 그러나 호랑이는 그 아낙네의 자식들마저 노리게 된다.

어미 잃은 남매—이것은 누구의 이야기인가? 역사와 역사를 이어 내리는 바로 그 세대의 무의식적 상징일 것이다. 넥스트 제너레이션마저 호랑이의 발톱에 찢겨야 한다. 그런데 그 설화에선 어떻게 되었던가? 이것은 정말 흥미 있는 과제다. 왜냐하면 이 남매의 처리야말로 우리 민족의 내일에 대한 태도를, 그 사상을 무의식적으로 표현해주는 것이기 때문이다.

남매는 쫓기게 된다. 호랑이에게 또 속은 것이다. 말하기에도 부끄럽지마는 일제 때 자란 사람들은 일본이 우리의 '조국'이라고 배워왔고 또 철없이 그렇게 속아왔던 것이다. 일장기 밑에서 가타카나로 우리의 성명을 썼던 것이다.

호랑이가 그 남매에게 너희 어머니가 왔다고 속인 것과 조금도 다를 것이 없다. 우리들은 그래서 '마음의 빗장'을 열어주었던 것이다. 그러나 어머니라고 했던 호랑이는 남매를 잡아먹으려 했고 그 어미 잃은 남매는 나무 위로 도망친다.

그러나 은둔처는 아무 곳에도 없다. 호랑이가 다시 이 나무 위에까지 올라오고 있을 때 그 남매들은 하늘을 향해 빌었다는 것이다. 우리를 살려주시려면 성한 동아줄을 내려주고 죽게 하시려면 썩은 동아줄을 내려달라고 말이다. 다행히도 하늘은 이 남매의 편이어서 성한 동아줄이 내려오게 되고 호랑이에겐 썩은 동아줄이 내려왔다는 것이다.

그래서 이 남매는 괴로운 지상으로부터 떠나 영원한 하늘 속에서 해와 달이 되었고, 호랑이는 땅에 떨어져 수수깡에 찔려 죽었다는 것이다. 이 민족 설화를 통해서 우리는 민족적인 생활 태도, 말하자면 그 현실 의식을 분석해낼 수 있다.

'천운'의 사상

첫째로 하늘에서 동아줄이 내려왔다는 것이다. 두말할 것 없이 호랑이의 침략자에게서 그 남매(다음 세대의 민족)를 지킨 것은 '내'가 아니라 '천운'이다. 자기에게 주어진 상황을 자기 힘으로 해결하지 않고 타자(기적 또는 천의)에게 의존하려고 한다는 것을 암시하는 것이다. 호랑이를 죽인 것은, 그래서 다음 세대를 그 폭력자로부터 구출한 것은 어디까지나 수난자로서의 자각이나 책임 의식에서 비롯된 것이라고는 할 수 없다.

뿐만 아니라 인간의 '선택이라는 자유'도 발견할 수 없다. 두 개의 동아줄(성한 동아줄과 썩은 동아줄) 중에서 그중 하나를 선택한 것은 '내'가 한 것이 아니라 남(하늘)이 결정해준 것이다. 주어진—결정된—그 운명을 받았을 뿐이다. 썩은 동아줄이 내려왔으면 별수 없이 그 남매는 썩은 동아줄을 타다가 떨어졌을 것이다.

외국의 설화는 그렇지 않다. 용에게 삼키었다가도 그 배 속을 칼로 째고 나오는 이야기들이 부지기수다. 자기의 행동에 의하여 자기의 상황을 극복해가는 이야기들이다.

둘째로는 그 남매가 해와 달이 되었다는 그 결과의 해결이다. 영영 지상을 버리고 남매는 하늘로 올라간 것이다. 호랑이는 죽었어도 남매는 지상이 아니라(그 고향의 땅이 아니라) 허허한 하늘을 소요해야 되는 것이다. 불경을 판 것이나 원병援兵을 청한 것이나 그것은 모두 동아줄을 기대하는 그 남매의 경우와 다를 것이 없다. 뿐만 아니라 「백구가白鷗歌」를 부르고 청산에 살던 은둔 거사들은 모두 지상을 떠나 하늘에서나 빛나는 그 남매의 운명을 닮았다.

한 설화를 통해서 잠재된 민족 의식을 추구한다는 것은 많은 도그마를 범한 것이다. 그러나 한 나라의 설화에는 보다 많은 집단적인 감정과 꿈이 ─ 잠재의식이 깃들어 있다는 것은, 생각컨대 결코 부질없는 견강부회는 아닐 것이다.

그렇기에 사람들은 '신화는 그 민족의 운명'이라고들 말했던 것이다. 이러다가 우리들은 표정을 상실한 것이다. 자기 자신을 표현한다는 것이 바로 자각이요, 행동이요, 표정일 것이다. 파도와 같이 되풀이되는 수난 속에서 모든 것은 마비되고 표정은 상실되고 마지막엔 그 은둔의 깊은 잠이 있었던 것이다.

'왜 나는 불행한가?', '이 운명을 극복하려면?', '이 비극은 어디서 오는 것일까?' 하는 물음표 앞에 자기 가슴을 열어 보이는 습관을 상실한 것이다.

침체한 늪처럼 퇴색해가는 그 타성 속에선 자극에 대한 동물적인 반응마저 어려웠던 것이다. 감각적 면역, 그래서 이상李箱의

「짖지 않는 개」와 같은 처절한 시골 풍경이 있다. 언제부터인지 의사 표시하는 것이 죄와 같은 것으로 변해진 것이다.

지금 사사로운 내 경험을 이야기해서 안됐지만 나는 언젠가 '침묵의 군중'이라는 것을 실제로 목도한 일이 있었다. 미스 코리아 후보자들이 시가 행진을 할 때의 일이다. 수천수만의 군중이 그 수레를 따라 옮겨 오고 있었다. 그러나 이 많은 군중은 소리 하나 지르지 않고 묵묵히 움직이고 있었을 뿐이다. 경우가 바뀌어 외국이라면 그 군중은 제각기 자기의 의사 표시를 소리쳐 나타냈거나 환호성을 치거나 했을 것이다. 모든 감정을 가슴속에 억제하면서 움직이는 그 거대한 침묵의 군상—그때 나는 눈물이 날 것 같았다. 어떤 분노까지를 느꼈다.

현실 유리遊離의 은둔 사상이나 기적을 믿는 의뢰심—그리고 그 침묵하는 습속—이것이 바로 한때 만주 벌판을 줄달음치던 그 거인을 잠들게 한 것이다.

녹슨 열쇠 구멍

반면에 이러한 잠도 있다. 현실로부터 유리될 때 '잠'이 생겨나는 것처럼 너무 현실에 집착하게 되었을 때도 역시 그러한 잠이 오는 것이다. 은둔 사상과는 정반대로 한편 우리 민족에겐 너무 강렬한 현실에의 집념이 있었다는 것이다. 말하자면 녹슨 열쇠 구멍으로 현실을 바라보고 있는 것처럼 현실 그 자체에 집념한 나머지 도리어 현실의 의미를 상실한 그 경우다. 그래서 '사촌이 논을 사면 배가 아프다'는 무서운 속담까지 생기고 만 것이다.

시야가 협소하기 때문에 자기 불행이나 자기 비극을 대국적으로 생각할 수 없던 폐단을 우리는 너무나도 잘 알고 있다. '발등에 떨어진 불'만 따지다가 우리는 더 큰 비극의 함정으로 빠졌던 것을 너무나도 잘 기억하고 있다.

이러한 '잠'도 역시 우리의 상황에서 비롯한 것이다. 그들은 굶주리고 있었기 때문에—당장 그 굶주린 배를 채우는 것이 현실의 명제처럼 되어 있었기 때문이다. 말하자면 '금강산도 식후의 경치'였던 것이다. 그러나 식후의 경치는 좀처럼 실현되어 있지 않았던 것이다. 왜냐하면 항상 먹기에만 바빴던 그들이다.

우리나라 민요는 대개가 다 먹는 것의 근심 걱정이다. "부엉부엉/무어 먹고 사니/콩 한 말 꿔다 먹고 산다/언제 언제 갚니/내일모레 장 보아 갚지." 이러한 살풍경한 노래가 천진난만한 아이들의 입에서 흘러나오게끔 된 현실을 생각할 때 무리한 일도 아닐 것이다.

먹는 것에 사로잡혀 전전긍긍하는 그런 상태에서는 현실을 거시巨視하거나 비판하거나 내일에의 꿈을 간직할 만한 여백이 존재할 수 없다.

우리 인사말을 보아도 모두 '먹는 것'과 관계된 것이요, 남의 안부를 묻는 것도 '침식이 여일한가'라고 했으니 우리의 머릿속에 어려 있는 그 어두운 그늘이 무엇인가를 짐작하게 될 것이다. 그러므로 우리나라 말 중에서도 '먹는다'는 말이 가장 다양하게 쓰이는 것이다.

'나이를 먹는다', '공금을 먹다', '욕을 먹다', '귀를 먹다' 등등의 표현이 그것이다. 옷에 물을 들일 때도 '물감이 먹는다'라고 하는가 하면 남한테 얻어맞아도 '한 대 먹었다'고 한다.

뿐만 아니라 우리나라 언어 중에서 가장 발달된 것이 미각 언어다.

'시다'는 말 하나를 예로 든다. '시다', '시큼하다', '시큼시큼하다', '시큼털털하다', '새큼하다', '새큼새큼하다'—어느 외국어가 이렇게 풍부한 뉘앙스를 가지고 있겠는가? 그러나 우리나라 말이 다른 면에 있어서도 그렇게 풍부한 것인가 하는 점은 매우 의심스럽다.

정신적인 언어—일례로 '사랑'이라는 말을 두고 생각해보자면 반대로 우리의 언어는 남의 나라에 비해서 몹시 빈약하다는 것을 느끼게 될 것이다.

그리스 사람은 '사랑'을 그 성질에 따라 '아가페'니 '에로스'니 '필리아'니 하는 것으로 구별해 썼다. 일본만 해도 '고이[戀]'와 '아이[愛]'가 구별되어 있다. 그런데 우리나라에선 신에 대한 사랑, 이웃에 대한 사랑, 남녀 간의 사랑 등이 구별되어 있지 않다.

언어는 관심이다. 먹는 것에 시달린 우리 민족에겐 형이상적인 언어보다 형이하적인 언어(감각어)가 더 발달하게 된 것이 필연적인 사실이다.

그래서 한 포기의 꽃 이름이나 꽃의 전설을 보아도 얼마나 정신적인 여유가 없었던가를 짐작하게 된다.

나르시스의 전설이나 '포겟 미 낫'의 낭만적인 전설에 비하면 우리나라의 '자주닭개비꽃'은 지나치게 산문적이다. 전설에 의하면 그 '자주닭개비'는 방아를 찧으면서 쌀을 훔쳐 먹다가 시어머니에게 얻어맞아 죽은 며느리의 혼이라는 것이다. 그래서 보랏빛 갸름한 꽃잎은 그 며느리의 혓바닥이고 그 위에 얹힌 하얀 몇 개의 꽃술은 바로 훔쳐 먹다가 들킨 그 쌀알이라는 것이다.

그 가냘픈 꽃에서 이렇게도 무시무시한 전설을 생각해낸 그것은 분명 그 처참한 생활의 한 단면을 그대로 투영한 것이라 믿는다. 식생활에 얽매였던 그 서민 생활—그 고난의 되풀이가 결국은 또 하나의 '잠(상황에의 몰지각)'을 유발시킨 것이라고 보아야 될 것이다. 그래서 현실에 대한 근시안적 행동이 일어나고 나라가 위태로울 때 골육상쟁의 싸움만을 했던 것이다.

협소한 시야 속에서 오늘만 생각하는—눈앞의 현실만 생각하는 그 호구책이 생활의 의지를 대신했다는 것은 결국 우리를 고립 속에 몰아넣게 한 원인이 될 것이다.

아무래도 나는 너무 무서운 이야기를 하고 있는 것 같다.

그러나 우리의 장점은 말하지 않아도 이미 우리가 알고 있는 것이다. 그러나 그 단점은 우리가 똑똑히 인식해두지 않으면 그 것을 다시 되풀이하는 비극을 갖는다.

새로운 세대의 위치란 바로 그러한 단점, 그러한 역사의 깊은 '잠'을 인식하고 그 잠으로부터 깨는 데 있다.

재 속에서 피어나는 생명

잠에서 깨어나야 한다

우리나라 말에는 '어제'와 '오늘'이란 말은 있어도 '내일'이란 말은 없다. 없는 것인지 잃어버린 것인지는 확실치 않으나 '내일'은 우리말이 아니라 한자어의 '내일來日'인 것이 확실하다.

내일이 없는 민족—우리는 그렇게 살아갈 수는 없다. 그러기 위해서 우리들은 몇천 년의 고립 속에서 '잠든' 두 가지의 동면을 먼저 인식해야 될 것이다. '현실에서 너무 떨어져 있기 때문에' 또 하나는 '현실에 너무 집착했기 때문에' 우리의 '잠'은 있었다는 것—그것을 새로운 세대는 되풀이하지 말자는 것이다.

이유는 있을 것이다. 그러한 깊은 잠이 있을 때까지 얼마나 비통한 역경이 작용했었는가를 알고 있다.

그러나 다시 한 번 우리는 이 어둠 앞에 서야 되는 것이다.

상황 속에 내가 뛰어들고 그래서 그 상황을 응시하는 눈이 있어야 한다. 상황을 보기 위해서 일단 우리는 상황 밖에 서야 할 것이다. 그럴 때 우리는 현실과의 디스인터레스티드니스disinter-estedness의 방법을 취하게 될 것이다. 그래서 전자의 '잠(은둔적)' 속에 들어가는 것이다. 그러나 이 '잠' 속에 머문다면 지난날의 과오를 다시 저지르게 될 것이다.

우리는 상황 그 속으로 다시 뛰어들 때만이, 그래서 거기에 나의 선택과 행동이 있을 때만이 그 '잠'으로부터 깨어나는 것이다.

그러나 현실 그 자체에만 얽매여 있으면 안 된다. 그것은 후자의 '잠(현실에만 집착하는)'으로 다시 몰입해 들어가기 때문이다.

그러니까 뉴 제너레이션은 이 두 개의 잠을 지양시킬 위치에 놓여 있는 것이다. 너무 현실에서 멀리 떨어져 있었거나 너무 현실에 다가서 있었거나 한 그런 폐단을 동시에 지양시켜 갈 때만이 천년 묵은 수면에서, 그리고 권태로운 동면에서 벗어날 수 있을 것이다.

오늘 우리 앞에 전개되고 있는 모든 현실은 남의 현실이 아니라 바로 나의 것이다. 그러나 그것은 또한 나의 것만은 아니다.

그렇다, 나는 지양止場이란 말을 썼다. 우리 민족의 두 동면을 지양하는 것이 거인을 눈뜨게 하는 방법이라 했다.

그 지양이란 바로 그 신비한 피닉스phoenix의 죽음을 뜻하는 것이다.

피닉스의 죽음과 탄생

피닉스가 노쇠해지면 신단神壇에 올라 불꽃에 스스로의 몸을 불사른다.

그러나 이러한 피닉스의 죽음이야말로, 불 속에 스스로의 육신을 불살라버리는 그것이야말로 진정한 새로운 생명을 얻는 방법인 것이다.

피닉스는 한 움큼의 재를 남기고 죽었다. 그러나 그 재 속에서는 새로운 또 하나의 피닉스가 나래를 펴고 탄생하는 것이다.

보다 씩씩하고 새롭고 아름다운 또 다른 한 마리의 피닉스가 말이다.

과거를 비판한다는 것은, 그 생활 태도며 역사며 풍습이며 하는 것을 분석하고 거부한다는 것은 결국 피닉스를 신단 앞에 불사르는 행위와 같다. 그래서 오히려 그 재로부터 탄생되는 새로운 생명을 얻는 것이다. 그것이 곧 지양이다.

뉴 제너레이션은 이 잿더미에서 찬란한 나래를 펴고 일어서는 피닉스인 것이다. 그러므로 잠자던 거인은 우울한 그 잠자리에서 일어날 것이다.

우울한 환몽幻夢은 가고 거인의 손과 발은 대지 위에 놓여질 것이다.

그날 이 거인의 고립은 끝나고 깃발처럼, 불꽃처럼, 그 행동은 새로운 상황을 불러일으킬 것이다.

그때 우리의 세대는 다시 재가 되고 그 재 속에서 새로운 얼은 또다시 태어날 것이고, 그러다가 **뼈**와 피에 맺혀 있던 우수는― 흰 옷자락에 가리고 울던 그 눈물은―가셔지고 말 것이다.

잠을 깨어야겠다.

이것이 새로운 세대의 유일한 과제요, 보람이다.

더 많은 것을 바라지는 않는다. 거인은 일어나서 푸성귀 같은 대지와 입술을 맞춘다.

이 광경을 우리는 보고 싶은 것이다. 또 그것은 우리 세대에 의하여 실현되어야 될 것이다.

III

한국의 25시

황금만능 시대

외국 기업가 바보론

입시 경쟁이 한창 불을 뿜던 시절, 아이들에게 글루타민산 소다를 먹이면 머리가 좋아진다는 말이 있었다. 글루타민산 소다라면 그 이름부터가 매우 현학적이라 누구나 압도되게 마련이지만 실은 조석으로 우리 식탁에 오르내리는 조미료가 바로 그것이다.

이런 선전을 듣고 한쪽 귀로 그냥 흘려보낼 한국의 어머니들이 아니다. '일류 학교 입학이 아니면, 죽음'이라고 부르짖던 모성애는 머리가 좋아진다는 바람에 아이들에게 조미료를 한 숟가락씩 퍼 먹이는 기괴한 경쟁을 벌이기도 했다. 그것이 상품을 팔기 위해 꾸며낸 업자들의 단순한 선전이었는지, 그 여부는 알 수 없어도 한때 조미료가 입시 붐을 타고 날개가 돋쳤던 것은 사실이다.

그러나 얼마나 놀라운 사실인가. 미국의 과학자들이 오랫동안 연구한 끝에 발표한 글루타민산 소다는 뇌를 좋게 하기는커녕 거꾸로 뇌에 장애를 일으킬지도 모른다고 경고를 했다. 실제로 조미료를 많이 쓰는 중국 음식을 먹었을 때 어른들도 현기증, 두통, 가슴앓이 등의 증후가 나타나고 있다는 사실도 지적되고 있다.

같은 글루타민산 소다인데도 미국 사람이 먹으면 뇌 장애를 일으키고 우리나라 사람이 먹으면 '머리가 좋아지는' 기적이 일어나는 모양이다. 하긴 그것도 일리가 없지는 않은 이야기다. 우리 주변을 보면 정말 뇌 장애라도 일으킨 것 같은 사람일수록 돈을 벌고 출세를 하고 권세를 누리고 있는 경우가 많다. 뇌가 마비되어 미추美醜의 판단도, 선악의 규율도, 그리고 희로의 감정마저도 뒤바뀐 후안무치한 사람들이 속칭 '머리 좋은 사람'으로 통하고 있으니 말이다.

자기의 파멸을 스스로 초래하는 것임에도 불구하고 시클라메이트cyclamate[14]를 만드는 회사 연구소 자체가 앞장서서 그것이 발암 물질이라는 것을 공표했다든지, 위험성이 없다는 사실을 확신한다고 하면서도 과학자들의 보고를 받아들여 글루타민산 소다의 사용을 중지했다든지, 브레이크의 사소한 결함 때문에 막대한 결손을 각오하고 자동차를 자진해서 회수했다든지…… 이러한 외국의 기업가들을 한국 기업인들의 눈으로 볼 때는 과연 '머리가 나쁜 친구'들이라고밖에는 생각되지 않을는지 모른다.

14) 인공감미료의 일종으로 발암 물질로 판명돼 미국에서 사용이 금지되었으며 국내에서도 식품에 사용이 금지되었다.

친절을 팔아라

세계에서 최초로 백화점을 세운 사람은 미국의 존 워너메이커 John Wanamaker. 1896년 뉴욕의 브로드웨이에 세운 17층짜리 거대한 디파트먼트로부터 그 역사가 시작된다. 그런데 워너메이커가 백화점 왕이 된 그 내력을 살펴보면, 의외로 지극히 작은 사건에서 비롯된 것임을 알 수 있다.

소년 시절에 그는 어머니의 생일 선물을 사려고 보석상에 들렀던 것이다. 그러나 점원들은 겨우 벙어리저금통을 깨뜨린 돈을 들고 찾아온 이 꼬마 손님을 거들떠보지도 않았다. 그뿐 아니라 그가 머리 장식용 핀을 샀다가 나중에 그보다 더 마음에 드는 옷핀을 발견하고 상품을 바꾸려 했지만 한마디로 거절을 당하고 말았다.

너무나 실망한 그 소년은 자기가 장차 어른이 되면 어떤 손님들에게나 친절하고 또 누구나 원하는 물건을 자유롭게 선택할 수 있는 상점을 만들려고 결심했던 것이다. 그의 소원대로 워너메이커는 친절과 고객 본위의 편리한 백화점을 만들어 세계의 신기록을 세우게 되었다. 그 점원들의 불친절이 얼마나 어린 마음에 큰 충격을 주었기에 평생토록 잊을 수 없었겠는가? 그 덕분에 '고객은 왕이다'라는 현대의 서비스 정신이 생겨나게 된 것은 전화위복이라고 할 수 있겠다.

서비스업의 재산은 어디까지나 손님에 대한 친절이다. 따지고 보면 그것은 손님을 위한 것이라기보다 실은 자기 자신의 이익을 위한 일이라고 할 수 있다. 그래서 오늘날 서비스업소의 종업원들이 손님을 대할 때는 '땡큐', '쏘리' 이외의 말을 해서는 안 된다는 것이 금과옥조로 되어 있다.

우리나라는 어떤가? 백화점에서든, 식당에서든, 유흥장에서든 거기에서 팔고 있는 것은 상품이나 음식이 아니라 종업원의 불친절인 것 같은 생각이 든다. 불친절을 탓하다가는 더 큰 망신을 당한다. 주인까지 거기에 합세하는 까닭이다. 망신은 그래도 좋다. 버스 여차장이 승객을 발길로 걷어차 중상을 입히는 사건까지 있었다. 더욱 이상한 것은 이런 기사를 봐도 사람들은 놀라지 않는다는 사실이다. 불친절 만성증에 걸려 있는 탓이다. 더욱 분한 것은 이런 불친절 속에서 우리가 아무리 피해를 당하고 있다 하더라도 이 사회에선 그 때문에 워너메이커 같은 백화점 왕이 배출될 것 같지 않다는 생각이다.

찰나주의를 버려라

H. G. 웰스Wells라면 누구나 그가 유명한 영국의 문학자로 알고 있다. 그러나 웰스가 상술에도 능한 솜씨를 보였다는 사실을 알고 있는 사람은 그리 흔치 않다. 웰스는 12세 때 그의 고향에 있는 약방에서 점원 노릇을 한 적이 있었다. 이때 그는 손님들에게

약만을 판 것이 아니라 일일이 그 고객들에게 자세한 주의서를 첨부해주었다.

그 친절한 서비스 때문에 '약을 사려면 친절한 웰스의 상점에서'라는 소문이 번져 나갔고 그 약방은 날로 번창했다는 것이다. 웰스의 그 상술은 비단 돈을 버는 재주라기보다는 원대한 내일을 생각할 줄 아는 창조적 상상력에서 생겨난 것이라 말할 수 있다. 그가 약방의 점원으로 성공을 거두었다는 것은 후일에 과학 상상 소설을 비롯하여 문화사가로 그 이름을 높였다는 것과 결코 무관한 일이 아닌 것이다.

해마다 세모의 상가를 기웃거리다 보면 자신도 모르게 한숨이 새어 나온다. 밀어닥치는 손님들 때문에 매상고가 조금 오르면 상인들의 콧대도 그와 함께 높아져가고 있는 탓이다. 일손이 바쁜 탓도 있겠지만 웬만한 손님은 숫제 거들떠보지도 않는다. 살 테면 사고 말 테면 말라는 투다. 그뿐 아니라 대목에 한밑천 장만할 작정인지 고객들에게 바가지를 씌우기가 일쑤다. 이론적으로 따지자면 세모 대매출엔 평소보다 싸야 한다. 박리다매로써 서비스를 할 기회인 것이다. 그것이 상인들에게 이가 된다.

그러나 우리나라 상인들은 목전의 이익밖에는 생각지 않는다. 상품권을 들고 나타날 경우 으레 그들은 불친절하고 또 상품도 엉터리를 주게 마련이다. 이미 판 물건이라 귀찮기만 하다는 표정이다. 결과적으로 보면 백화점의 신용을 떨어뜨리고 상품권을 불신하게 되는 일이다. 고객은 한 번 속지 두 번 속지 않는다. 이 무형의 손해를 상인들은 생각지 않는다.

상인들뿐이겠는가? 우리 사회에선 무엇이 좀 된다 싶으면 으레 그 끝이 좋지 않다. 내일을 생각하며 살아가는 사람들은 없고 모두 찰나주의에 몸을 내던지고 사는 탓이다.

눈먼 장사치의 상품들

인간은 이미 기원전의 아득한 옛날부터 포도주를 마셨던 것 같다. 『성서』를 보면 인간으로서 포도주를 처음 마신 사람은 아담의 10대 손인 나인으로 되어 있다. 그리고 역시 『구약성서』의 「창세기」에는 야곱이 그의 아들을 불러 인간의 미래를 예언하는 대목이 있다. 즉 "너희들은 장차 그 눈이 포도주로 인하여 붉겠고, 그 이는 우유로 인하여 희리로다"라는 것이다. 포도주의 빛깔이 붉으니까 그것을 마시면 눈도 붉어질 것이라고 본 것이며, 우유의 빛은 백색이니까 이도 또한 희게 되리라고 옛사람들은 그렇게 생각했던 모양이다. 우유는 몰라도 포도주가 사람의 눈을 붉게 만든다는 설에는 일리가 아주 없지는 않다. 포도주만이 아니겠지만 술에 취하면 인간의 눈 역시 포도주처럼 붉어지니 말이다.

그러나 현명한 예언자 야곱도 감히 한국의 가짜 포도주와 가짜

우유에 대해서는 미처 예견하지 못했을 것이다. 포도주는 역사가 오래된 술이지만, 한국에서는 근대 바람이 불고 난 뒤에 보급된 것이므로 아직도 생활화되지 못한 외래주의 일종이다. 포도나무가 우리나라에 들어온 것부터가 불과 반세기 전인 1910년대의 일이라 하니 더더구나 국산 포도주는 우리와 더욱 인연이 멀다.

결국 포도주의 맛을 제대로 아는 사람도 없고, 포도주를 만드는 기술을 알고 있는 사람도 또한 드문 것 같다. 그래서 한국에서 제조하고 있는 포도주는 대부분이 엉터리 인조주라는 이야기다. 술병의 상표에는 '순 포도주'라고 되어 있지만 검찰의 수사에 의하면 포도액은 불과 20퍼센트이고 나머지 80퍼센트는 주정에다 설탕물과 향료를 섞은 것이라고 한다. 이쯤 되면 포도주는 마시고 기분 내기보다는 냄새나 맡고 눈으로나 감상하는 술이라고 표현하는 편이 옳다.

멋도 모르고 파리의 센 강을 연상하며 포도주를 마시는 한국의 신사 숙녀들이 딱하기만 하다. 또 한국에서는 포도주를 마시는 사람보다도 그것을 만들어 거짓 선전해 파는 제조업자들의 눈이 더 붉은 것 같다. 돈벌이에 말이다.

그러니 한번 야곱의 얘기를 듣고 싶다. 인공 포도주와 가짜 우유를 마시는 한국인들은 장차 어떤 모습으로 변하게 될 것인가 하는……

사과의 신화

인류의 문명을 상징하는 네 개의 사과가 있다고 말하는 사람이 있다.

첫 번째 사과는, 기독교 문화를 탄생시킨 선악과다. 아담과 이브가 신과의 약속을 어기고 사과를 따 먹고 말았다는 『성서』의 「창세기」에서 인류 문화의 한 가닥이 시작되었다.

두 번째 사과는, 그리스 문화를 탄생시킨 사과다. 그리스 신화를 보면 '세상에서 제일 아름다운 사람에게'라는 문자가 찍힌 사과를 서로 제 것이라고 세 여신이 싸움을 한다. 이것이 화근이 되어 그 유명한 트로이 전쟁이 일어나게 된다. 속칭 '파리스의 사과'라고 일컬어지는 이 이야기는 미를 추구하는 헬레니즘 문화의 상징이다.

세 번째 사과는, 윌리엄 텔의 사과다. 전제 군주의 포악한 정치와 싸우던 윌리엄 텔이 사랑하는 아들의 머리에 사과를 올려놓고 활을 쏘았다는 그 이야기는 너무나도 유명하다. 결국 윌리엄 텔의 사과는 근대 민주주의 정신을 상징한다.

그런데 네 번째 사과는 무엇인가? 그것은 사과가 떨어지는 것을 보고 만유인력을 발견했다는 '뉴턴의 사과'다. 그러니까 그 사과는 근대 과학의 문을 연 열쇠였다. 이 사과로부터 이제는 아폴로와 같은 달나라 왕복 우주선까지 나오게 된 것이다.

아담의 사과에서는 원죄라는 헤브라이즘이, 파리스의 사과에서는 미를 창조하는 헬레니즘이, 윌리엄 텔의 사과에서는 데모크라시가, 그리고 뉴턴의 사과에서는 합리주의의 과학 사상이 태어났다.

그런데 다섯 번째의 한국 사과 이야기를 여기에 첨가하지 않으면 안 될 것 같다. 우리의 사과 이야기는 결코 신화나 전설에서 생겨난 것이 아니라, 바로 현실의 이야기다. 신문 기사를 보면 해외에 수출한 한국 사과가 인기 폭락이라는 것이다.

외국에 수출한 우리나라 사과 10만 상자 가운데 그 30퍼센트 이상이 불량품들이라 중국에선 수입을 중지할 기세라고 한다. 이 사과 이야기는 수출 상인들의 무책임성을 상징한다. 사과만의 이야기에서 그칠 것이 아니다. 구기차를 수출하는 데 고춧잎을 섞기도 하고, 인모에 돼지털을 섞어 팔아 국가와 상품의 공신력을 다 같이 떨어뜨린 것이 모두 여기에 속한다.

이 사과 이야기는 무엇을 상징하는가?

어느 추석날

추석 선물 후일담. 어느 친구가 손님들을 대접하기 위해서 추석 선물로 들어온 파인애플 한 통을 뜯었다. 물론 상표로 보나 무게로 보나 틀림없는 미제 파인애플이었다. 그러나 깡통을 다 따고 보니 속에서 비닐로 만든 주머니 하나가 덜렁 나왔다. 그 속에는 맹물이 하나 가득 들어 있었다. 주인이나 손님이나 다 같이 놀랐을 것은 상상하고도 남음이 있다.

요단 강의 성수聖水라면 또 몰라도 그야말로 단돈 1원어치도 안 되는 맹물을 선물받은 셈이 된다. 파인애플의 빈 깡통을 주워다 속임수를 쓴 것은 두말할 것 없이 그것을 선물한 본인은 아닐 것이다. 그러나 본인의 체면도 체면이지만 '당신의 선물을 따보니 맹물이었소'라고 대놓고 이야기할 수 없는 주인의 입장도 딱하다. 사기꾼은 그것을 노린 것이다. 추석 대목에 팔리는 것은 모두가 선물용일 것이고 그러니 속임수를 써도 꼬리를 잡힐 염려가 없다고 생각한 것이리라.

파인애플만이 아닌 것 같다. 양주도 마찬가지다. 비교적 값이 싼 양주를 선물로 보내면서 이렇게 변명을 하는 사람들이 많다는 것이다.

"요즘 시중에 나도는 양주는 값이 비싼 고급일수록 가짜가 많습니다. 차라리 값싼 양주가 신용할 수가 있기에 이것으로 사 온 것이니 노랑이라고 오해하지 마십시오."

그런데 물건만이 가짜가 있는 것은 아니다. 말은 추석 선물이지만 실은 그것을 구실로 한 이권 청탁의 뇌물일 경우가 많다는 것은 삼척동자라도 다 아는 사실이다. 선물을 주는 마음에도 진짜와 가짜가 있다. 그러나 맹물을 파인애플이라고 선사받고, 화학 합성주를 조니워커라고 받는 사람은 그래도 복이 많은 축에 속한다. 세상엔 참으로 끔찍한 추석 선물도 이루 헤아릴 수 없이 많다. 기차 시간의 연착으로 통금에 발이 묶이고, 그 덕분에 노숙이라는 추석 선물을 받는 귀성객들이 있는가 하면, 교통사고로 생명을 잃고 피를 흘린 '죽음의 선물'도 있다. 성묘 버스가 추락하여 사람이 죽고 다쳤다는 이야기다. 모처럼 추석을 즐기려다가 비명횡사를 하게 된 그 대가는 너무도 억울하고 박복하다.

어수선한 추석을 무사히 넘긴 것만으로도 능히 푸짐한 선물을 받았다고 자위한다면 맹물의 파인애플일망정 고마울 수도 있지 않은가?

이미지 광고 시대

'이미지 광고'란 것이 있다. 상품 선전을 하는 데 논리적으로만 호소하지 않고 소비자에게 어떤 무드를 일으키게 하는 미학적 광고라고나 할까? 그래서 이런 광고일수록 사진·도안 등에 신경을 쓰게 된다.

미국의 어느 메이커는 자동 세탁기 광고에 한 가족이 잠자고 있는 사진을 냈다. 그러고는 '당신들이 자고 있는 동안 빨래를 해 주는 자동 세탁기!' 이런 캐치프레이즈를 붙였다는 것이다. 모두들 좋은 아이디어라고 생각했지만 이 광고 선전은 역효과를 내고 말았다. 이유는 이미지가 나빴기 때문이다. 한방에서 온 식구가 잔다는 것은 첫째 옹색해 보였으며, 자기 침실도 없는 그러한 가난한 가정에서 그 세탁기를 쓴다는 것이 그 세탁기에 대한 나쁜 이미지를 준 것이다. 이러한 예를 들자면 끝이 없다. 가령 세탁 비누 광고에 멋있는 배우의 얼굴을 내걸면 나쁘나 화장 비누일 경우에는 좋은 결과를 가지고 온다고 한다. 심리적으로 주부들이 일을 할 때는 배우의 사치를 혐오하고 화장할 때는 그것을 동경하는 심리가 생겨나는 까닭이다.

우리나라 광고도 그것을 보는 소비자의 이미지를 좀 더 깊이 생각해주었으면 싶다. 불쾌한 이미지를 주는 광고들이 너무 많기 때문이다. 업자끼리 서로 헐뜯는 광고, 뻔히 속이 들여다보이는 속임수……. 어쩐지 우롱당하고 있는 것 같아 얼굴이 붉어질 때가 많다. '일본과의 기술 제휴'를 내거는 '사대주의적 이미지'도 구역질 나는데 거기에다 제휴냐 협조냐 하는 것으로 업자끼리 싸움을 하는 데 이르러서는 한숨이 나온다.

광고 이미지에 한국적인 것을 부여한다는 것은 매우 중요한 일이다. 아이들은 광고에 민감하기 때문이다. 자기도 모르는 사이에 상품과 광고 이미지를 통해 제 나라를 인식해간다. 제 나라 상품인데 어째서 외국인 얼굴이 나오고, 외국 도시와 외국의 이름들이 나오는지, 이런 광고 이미지는 미래의 소비자들이 외국 상품을 존중하게 하는 자멸의 선전 방식이라는 것을 왜 외면만 하고 있는가?

돈의 얼굴

속칭 그린백Greenback[15]이라고 불리는 미국 본토 달러는 세계의 어느 곳에서나 통할 수 있는 위력을 지니고 있다. '대영 제국의 깃발 위에는 해가 지는 날이 없다'던 말은 이제 지나간 말이다. 오히려 그러한 표현은 전 세계에 퍼져 있는 달러의 그 지폐에나 해당되는 수식이 아닐까 싶다.

달러는 천연의 금과 마찬가지로 그 값에 결코 녹이 스는 일이 없다. 그래서 1백 달러 정도의 지폐가 되면 '인쇄된 종잇조각'이란 인상보다는 귀금속을 보는 느낌이다.

그러나 무엇보다도 흥미 있는 것은 달러의 지폐 가치를 따지는데에는 두 가지 방법이 있다는 사실이다. 하나는 문자 그대로 동전이나 지폐 위에 적힌 액수로 가치의 높고 낮음을 평가하는 일이다. 두말할 것 없이 1백 달러의 지폐는 1달러의 지폐보다 가치가 높다. 하지만 또 다른 계산 방식으로 보면, 1백 달러의 지폐는 1달러의 지폐보다 대접을 덜 받고 있는 정반대의 현상을 발견할 수 있다.

1달러짜리 화폐에는 국부로 추앙하고 있는 조지 워싱턴George Washington의 초상화가 그려져 있는 데 반해 1백 달러의 고액권에

---

15) 그린백. 미국의 연방정부가 남북전쟁 중인 1962년에 발행한 지폐. 뒷면이 녹색으로 인쇄되어 있기 때문에 이렇게 불렸으며, 연방정부가 인정한 최초의 지폐였다.

는 프랭클린Benjamin Franklin의 얼굴이 찍혀 있다.

고액 화폐일수록 값이 높으니까 지폐 위의 초상도 더 높은 사람이어야 할 텐데 달러에서는 그 서열이 뒤바뀌어졌다. 즉 액수가 낮은 돈일수록 그 위에 그려진 인물들은 보다 유명하고 존경받는 인물로 되어 있다.

이유는 간단하다. 소액권일수록 국민과 친숙하고 일상생활에도 많은 영향이 있다. 이런 식으로 따져보면 1달러가 1백 달러보다 더 많이 유통되고 있으므로 그만큼 가치 있는 지폐이기도 하다는 것이다. 실질 생활에 있어서 고액권보다는 소액권이 차지하는 비중이 더 크고 또 친근감도 크다는 것이 바로 달러의 장점이다.

우리의 경우를 보라. 고액권에 눌려 소액권은 휴지처럼 풀이 없다. 1백 원권 이하의 지폐는 코 묻은 종이쪽처럼 멸시를 당한다. 숫제 구경조차 하기 어렵다. 달러와는 반대로 고액권일수록 흔한 것이 원화의 숙명이라고나 할까? 5백 원권이 전 화폐고의 68퍼센트를 차지한다고 한다. 결국 고액권이 그만큼 흔하다는 것은 화폐의 권위가 그만큼 떨어져가고 있다는 것이기도 하다. 아이들의 화폐 단위도 10원권에서 1백 원권으로, 1백 원권에서 5백 원권으로 점핑할 찰나에 있다. 무엇보다도 1백 원권에 새겨진 세종대왕의 얼굴이 날로 초라해지는 것이 안됐다.

금권만능 사상

이러한 만화가 있었다. 구애를 하기 위해서 한 남자가 여인이 살고 있는 창 밑에서 열심히 노래를 부른다. 그러나 끝내 그 창문은 열리지 않았다.

이튿날 밤, 그 남자는 다시 창 밑에서 낭만적인 시를 읊는다. 결과는 역시 마찬가지다. 그러자 어느 날 그 남자는 그녀의 창 밑에서 커다란 소리로 돈을 센다.

"백 원이오! 천 원이오! 만 원이오."

액수가 점점 높아지자 드디어 창문이 열리고 여인은 그 남자를 사랑한다고 말한다.

어떤 노래나 시로도 감동시킬 수 없었던 한 여인의 마음을 몇 장의 때 묻은 지폐가 해피엔딩으로 이끌고 간 것이다.

이러한 통속적 대중 만화의 소재를 우리 주변에서 찾아낸다는 것은 온실에서 꽃을 따는 일보다 더 쉬운 일이다. 그러나 따지고 보면 이것은 현대인을 풍자한 것만은 아니다. '로미오와 줄리엣'의 시대라 해도 현실에서는 언제나 시와 노래의 구애보다 몇 장의 지폐가 더 위력이 있었을 것이 틀림없다. '돈이면 귀신도 죽일 수 있다'는 금권만능주의는 반드시 현대사회에 퍼지고 있는 신종 비브리오균이라고 단정할 수만은 없다. 그 단적인 증거로 청빈하기로 이름난 백결百結 선생의 거문고 소리가 한창 세상을 울리던 그 무렵에도 우리[李朝시]는 돈을 받고 자녀를 노예로 파는 풍속이 있었다. 아름다운 『심청전』 역시 다른 측면에서 보면, 쌀 3백 석으로 상품처럼 한 처녀의 생명을 마음대로 사고팔 수 있다는 이야기이기도 한 것이다.

금권만능 시대인 오늘날에도 감히 상상할 수 없는 비정들을 우리는 과거의 사례에서 얼마든지 찾아낼 수 있을 것이다. 어떠한 사람들은 마치 인간의 조상이 이슬만 먹고 고상한 노래를 부르며 지낸 매미와 같은 존재인 것처럼 생각하고 있지만, 황금의 위력은 인간이 지상에 나타날 때부터 함께 있었다고 말하는 편이 정확하다. 오늘날 교도소 벽에는 '무전無錢이 유죄요, 유전有錢이 무죄'라는 낙서가 씌어 있다고 하지만 그것은 『춘향전』이나 『흥부전』 속에 써놓아도 조금도 어색할 것이 없다.

왜냐하면 그 시대는 뇌물에 따라 같은 곤장이라도 때리는 힘이 달랐고 또 극단적인 예로는 돈으로 사람을 사서 벌을 대신 받게 하는 제도가 공공연히 있었다. 『흥부전』에는 남의 매를 대신 맞아주고 돈을 얻어 쓰는 장면이 실제로 등장하고 있다.

다만 옛날과 다른 것이 있다면 수단이었던 돈이 현대에 와서 목적으로 바뀌었다는 그 점이다. 결국 우리는 황금을 추구하는 인간의 본능 자체를 막을 수는 없다. 황금만능 사상을 누구나 개탄하지 않는 사람이 없지만 그와 마찬가지로 또 누구나 황금을 싫어하는 사람도 없다. 그러므로 황금만능주의의 병에서 인간을 다시 회복시키는 길은 '황금 보기를 돌같이 하라'는 시대착오적 물질 경시의 금욕주의 같은 것은 아니다.

국민 소득이 불과 1백여 달러 선에서 턱걸이를 하고 있는 형편에 실상 황금을 돌처럼 보아서도 안 된다. 바로 황금을 황금으로 보지 않고 '돌'처럼 보려고 했기 때문에 도리어 그것을 '신'처럼 보고 있는 반작용이 생겨난다.

돈은 덮어놓고 천한 것이라는 교육 때문에 우리는 도리어 정당하게 돈의 가치를 평가할 수 있는 능력을 잃어버린 것이다. 돈을 극복할 생각은 하지 않고 돈을, 그 현실을 외면하려고만 했다. 그랬기 때문에 돈(물질)을 잘 사용만 하면 효녀가 무명지를 깨물지 않아도 노모의 병을 구할 수 있는 약을 얻을 수 있고, 심청이는 굳이 인당수에 빠지지 않아도 아버지의 눈을 고칠 수 있는 근대 의학을 개발시킬 수도 있었다는 것을 몰랐던 것이다.

이스라엘 사람들이 메마른 사막을 푸른 올리브 동산으로 만든 힘은 대체 어디에서 나왔는가. 오늘날 미국이 물질문명은 물론, 위대한 학자와 예술인들을 길러내고 있는 그 힘은 무엇인가. 그것은 모두가 어쩔 수 없이 인간의 현실을 움직이는 금권이다. 미켈란젤로의 아름다운 조각도, 그 영혼의 즐거움도 메디치Medici 가의 재보財寶가 뒷받침을 했기에 가능했던 것이다.

이렇게 따져보면, 황금만능 사상을 덮어놓고 추종하는 사상 이상으로 황금을 백안시하는 전통적인 청빈 사상도 또한 그에 못지않은 해독이 있음을 알 수 있다. 우리가 그처럼 쉽사리 자본주의적인 근대 물질문명에 백기를 들고 무릎을 꿇은 것은 '돈(물질)'에 대한 인식이 너무도 라이브하고 네거티브한 것이었기 때문이다. 그것은 마치 시골 처녀의 순결과 같아서 갑자기 남자를 만났을 때 도리어 도시의 여인들보다 더 많은 과실을 저지르는 것과 비유될 수 있다.

결론을 말하자면, '인간이 돈의 주인이 되었을 때는 가장 행복하고, 거꾸로 돈이 인간의 주인이 되었을 때는 가장 불행한 것'이라는 경구를 생각해보자는 것이다. 우리는 황금만능 사상이 지배하는 오늘의 한국 사회를 보고 한숨만 내쉴 것이 아니라, 또 돈을 경시하고 성인군자처럼 큰기침을 하고 눈을 흘길 것이 아니라 과연 우리가 돈의 주인인가, 돈이 우리의 주인 노릇을 하는가를 각자가 따져볼 일이다.

우리가 돈의 주인이 되기만 한다면 황금은 알라딘의 등잔에서 나온 거인처럼 우리를 위해 많은 일을 할 것이다. 두려운 것은, 그리고 우리를 파멸로 이끌어 가는 것은 돈이 인간을 부릴 때다.

돈 자체는 악마도 천사도 아니다. 우리가 다시 황금만능 사상—마치 미다스Midas 왕처럼 꽃도, 귀여운 공주도, 마셔야 할 물까지도 모두 황금으로 바꾸어버리는 그 비극에서 벗어나 다시 인간의 생활로 복귀하기 위해서는 이 말을 이렇게 바꾸어놓아야만 할 것이다. 즉 '우리는 돈을 벌기 위해서 무엇인가를 하는 것이 아니라 무엇인가를 하기 위해서 돈을 버는 것이다'라고……

오늘의 사회 세태

불만을 씹는 소리

일이 잘 안 될 때, 그리고 짜증이 날 때 사람들은 무엇인가를 깨물고 싶어 하는 본능이 있다. 필터를 질겅질겅 씹으며 담배를 피우는 사람, 다방에서 차를 마시며 성냥개비를 못살게 씹어 뱉는 사람, 손톱을 물어뜯는 사람……. 그런 버릇은 욕구 불만에 걸려 있다는 증거다.

'껌'을 씹는 것도 그렇다. 추잉 검이 처음 생겨난 자체가 무엇인가 씹고 싶어 하는 인간의 습속에 편승한 것이었다.

추잉 검이 오늘날처럼 인기를 차지하게 된 이유는 인간이 그만큼 따분하고 짜증이 많은 '신경질적 동물'이 되었다는 데 있는 것 같다. 단물이 다 빠져도 계속 씹고 있는 추잉 검의 습속은 이론 이전의 본능적인 행동이다.

그런데 서울의 어느 버스 안에서는 껌 씹는 소리 때문에 시비가 붙어 육탄전이 벌어진 적이 있다. 아주 작은 사건이지만 그야말로 껌처럼 씹어볼 만한 뉴스다.

승객 하나가 유난히 큰 소리를 내며 껌을 씹고 있었던 모양이다. 여기에 신경질이 난 옆의 손님이 "좀 조용히 껌을 씹으라"고 핀잔을 주자 드디어 치고받는 소동이 벌어진 것이다. 그 결과로 한 사람은 이가 부러지고 또 한 사람은 눈이 찢어졌다. 물론 이것은 초등학교 학생의 통학 버스에서 생긴 것이 아니라 20, 30대의 승객들 사이에서 벌어진 것이다.

우리 사회가 바로 이렇다. 사소한 일에도 신경을 곤두세우고 세상을 살아간다.

왜 그렇게 큰 소리로 껌을 씹어야만 하는가? 왜 그 정도의 소리쯤 참지 못하는가? 누구나 할 것 없이 욕구 불만에 가득 차 있다. 여유도, 체면도, 아량도 없이 빡빡하고 팽팽한 인간관계를 껌을 씹듯 깨물고 내뱉는 세상이다.

그래서 상춘 시즌의 꽃놀이에도 곧잘 싸움판이 벌어진다. 꽃을 보고 즐기는 멋이란 찾아볼 수도 없고, 놀이가 아니라 전쟁을 하고 있는 것 같다. 사회 전체가 신경 쇠약을 앓고 있는 것 같다.

선택의 여지

암에 걸리지 않기 위해서 철저하게 음식을 가려 먹는 친구가 있었다. 담배도 끊었다. 된장도 먹지 않는다. 인공감미료 시클라

메이트가 들어 있음 직한 음식물은 모두 사절, 심지어 발암 물질 타닌산이 들어 있는 홍차까지도 마시지 않기로 한 것이다. 그가 죽고 난 뒤 사인死因을 조사해보니 과연 암은 아니었다. 그는 굶어서 죽은 것이다.

이것은 현대인의 암 노이로제만을 풍자한 유머는 아니다. 모든 분야에 응용할 수 있는 우스갯소리다. 우리가 조심을 하고 또 선택을 한다는 것은 수가 그만큼 적었을 때의 이야기다. 음식치고 발암 물질이 아닌 것이 없을 정도가 되면 일일이 그것을 가려 먹을 수가 없다. 그러다가는 굶어 죽게 될 판이기 때문이다. 공무원의 부패만 해도 그렇지 않은가? 썩은 사람과 썩지 않은 사람이 있을 때 우리는 그 시비를 가려내고 상벌로 공과를 다스릴 수가 있다.

수재 의연금이나 수해 복구비를 횡령 착복한 관리들을 향해 분노의 주먹을 쥘 때 한편에서는 또 공무원 채용 시험 문제를 돈 받고 누설시킨 공무원의 부정이 꼬리를 물고 나타난다. 일일이 부정부패를 가려내다가는 몇 사람의 공무원이 남게 될지 의문이다. 높은 분들이 곧잘 쓰는 금언 가운데 '중단하는 자는 성공하지 못한다'는 것이 있지만 이 진리가 부정부패의 공무원들을 근절시키는 데 잘 적용되지 않는 이유도 아마 그런 데 원인이 있는 모양이다.

자동차도 그렇다. 모든 버스가 매연을 내뿜고 있다. 거리를 달리고 있는 차들은 대부분이 노후한 차에 브레이크가 수상한 것들 뿐이다. 수가 적어야 단속이라도 하고, 또 가려서 차를 탈 게 아닌가? 어느 차나 다 마찬가지다. 선택의 길이 막혀진 사회, 그보다 더 큰 절망도 없다. 그러니 별수 있는가? 해로운 음식인 줄 알면서도 먹어두어야 하고, 위험한 차인 줄 알면서도 안 탈 수가 없다.

우리는 유토피아를 원하지는 않는다. 제각기 선택해서 살아갈 수 있을 만한 그 여지와 권한만이라도 보장되어 있으면 그것으로 만족해할 사람들이다. 선택의 여지가 없다는 것, 이것이 우리의 슬픔이다.

외쳐라도 보렴

버스 속에 승객을 너무 많이 태워서 질식 사태까지 벌어진 사건이 있었다. 승객이 많아 차 문도 열지 못했다고 한다. 분노보다도 어쩌다 이 지경에까지 이르렀는가, 눈물이 핑 도는 이야기다. 사람이 이렇게까지 시세가 없는가? 트럭 운전사가 물건을 실어도 그렇게 무리해서 싣지는 않을 것이다. 우선 화주貨主가 가만히 있질 않는다.

사람의 숨이 넘어가는 것을 궤짝 하나 깨지는 것보다 더 대수롭잖게 여기는 그 버스의 운전사와 차장이 밉다. 그러나 역설적으로 말해 더 미운 것은 그런 만원 버스에 탔던 양 떼 같은 승객들이다. 별수 없는 일이 아니냐고 할 것이다.

그러나 질식할 정도로 사람을 태워도 자기만이 겪는 일이 아니기 때문에, 혼자 나서서 떠들어봤자 자기만 손해를 본다는 생각 때문에, 꾹 참고 목적지에만 가면 된다는 그 무력한 이기심과 자기 권리의 포기와 현실에 대한 패배주의! 이것을 한 번쯤 반성해볼 필요는 과연 없는 것일까? 우리는 그 만원 버스에서 바로 이 사회를, 그리고 그 승객들에게서 사회의 구성원들인 오늘의 시민들을 그려볼 수 있다.

최소한도 자위권을 포기해선 안 된다. 도를 지나친 운전사와 차장의 횡포에 백기를 들어서는 안 된다. 승객들은 그 운전사와 차장을 끌어내어 경찰에 고발하거나, 그것이 어렵다면 그것을 제지시킬 수 있는 항의라도 했어야 한다. 운전사나 차장이 그런 횡포를 할 수 있었다는 것은 승객에게도 그 책임이 있다.

오해해선 안 된다. 하나의 상징으로 우리는 그 사건을 비판하고 있는 것이다. 불량 식품을 없애는 것도, 가짜를 몰아내는 것도, 당국자에 앞서 소비자 자신이 소비자로서의 자위권과, 그리고 근대 시민 의식을 발휘해야 한다. 모두들 귀찮다고 여긴다. 혼자 말썽을 부려봐야 사회는 조금도 개선되지 않는다고 미리부터 손을 든다. 그 무력한 개인의식이 있는 한 사회악은 언제나 선의의 인간을 질식시킬 것이다.

숨 막히는 이 사회악의 만원 버스 속에서 인간의 존엄성과 그 권리가 짓밟히는 것을 방관하지 말자!

부당한 일이라고 외치기라도 하라. 목이 쉬도록 인간임을 선언하라.

송사리 수난 시대

지금은 대형화 시대, 무엇이든지 커야만 행세를 한다. 빌딩을 지어도 이젠 10층 이하로 내려가는 법이 없다. 올라섰다 하면 이른바 매머드 빌딩—그래서 바벨탑 같은 요란한 고층 건물이 서울을 콘크리트의 골짜기로 만들어놓고 있다.

책도 대형화 시대에 들어섰다. 오늘날의 출판계는 무협 소설을 비롯하여 전쟁물 등 5, 6권의 책을 한데 묶어놓고 월부 판매 작전을 편다. 이른바 대하 소설—업자의 말을 들어보면 5, 6천 원대가 넘는 매머드 북이 아니고서는 단행본은 아무리 팔려야 새 발의 피에 지나지 않는다는 것이다.

자가용도 대형이 아니고서는 어깨가 좁아지는 시대에 들어섰다. 몇 년 전에는 두꺼비 같은 폭스바겐 소형차라 해도 '자' 자만 달고 다니면 용트림을 할 수 있었다. 그러나 국산 조립차가 쏟아져 나오자 사정이 달라졌다. 미제 8기통 대형차나 타고 다녀야 겨우 거들떠볼 판이다. 이래서 돈 있고 권세 높은 사람들은 신흥 마이카족과 그 신분을 구별하기 위해서 자가용 대형화를 서두르고 있다.

이 밖에도 얼마든지 있다. 구멍가게 시장이 대형화된 것이 이른바 오늘날 붐을 이루고 있는 슈퍼마켓이란 것이고, 오솔길을 대형화한 것이 신바람 난다는 그 고속도로다. 그리고 산비탈의 판잣집을 대형화한 것이 시민 아파트, 그것을 다시 대형화한 것이 고급 주택 값과 서로 벗하는 '맨션 아파트'라는 게다. 그런데 흥행물까지도 대형화 바람을 타서 영화 역시 70밀리라야 수지를 맞출 수 있다는 이야기다.

이 대형화 붐을 타고 7백 원정의 사상 최고의 관람료를 받은 영화도 있다. 70밀리 영화 〈사운드 오브 뮤직The Sound of Music〉. 두서너 시간의 눈요기가 쌀 한 말 값이니 굶주린 수재민을 생각하면 식은땀이 흐르는 값이다. 비싼 맛에 구경하는 것이 서울의 관객이라고 보면 관람료의 대형화는 일석이조다.

그러나 무엇보다 커진 것은 관료들의 배짱이 아닐까 싶다. 극장 관람료 허가 사무를 맡고 있는 관계관은 "너무 비싸지 않느냐"는 항의에 이렇게 답변했다는 것이다.

"비싸면 시민들이 관람하지 않을 도리밖에 없다. 더 비싸게 받도록 해야 할 것이나 애를 써서 깎은 것이다."

과연 통 큰 대답이다. 대형화 시대에 슬픈 것은 송사리 소시민들뿐이다. 더욱 슬픈 것은 송사리의 울음소리는 날로 대형화해도 그것이 행세할 날은 요원하기만 하다는 그 사실이다.

복권 인생

그 많은 한자 가운데 '복福' 자처럼 흔하게 쓰이는 것도 별로 많지 않을 것이다. 천자문을 배우기 전부터 한국의 아이들은 복 자와 상면을 하게 된다. 물론 책에서가 아니다. 복 자는 가구들의 장식에도 붙어 있고, 밥상이나, 그릇이나, 베갯모나, 놋자물쇠, 심하면 깨어진 바가지와 떨어진 고무신짝에도 있다.

어디에나 이렇게 복 자를 쓰는 것을 보면 분명 복을 좋아하는 국민임에 틀림없다. 문자만이 그런 게 아니라 말에서도 그것을 엿볼 수가 있다. 아이들은 복이 어떻게 생긴 것인지는 모르지만 우리 집 복덩이라는 말을 들으면서 자라나야 한다. 해마다 어른들은 설이 되기만 하면 "복 많이 받아라"는 소리를 한다. 돼지도 복 돼지요 강아지도 복 강아지다.

한국인이 파랑새처럼 찾아다니는 복은 어디에서 오는 것일까? 복이라는 문자를 분석해봐도 알 수 있듯이 그것은 하느님이 주시는 것이 아니면 우연히 굴러오는 운수인 것이다. 보일 시示 변에 쓴 한자는 모두가 하늘 신神과 관계 있는 것으로 인간의 힘을 초월한 것들이다. 복도 그런 것들 중 하나다. 복이든 화禍든 그것은 마치 비나 눈처럼 하늘에서 내려오는 것이라고 믿었기에 인간의 노력이나 합리적인 방법으로 자기 생을 향상시키려는 마음이 우리에겐 결여되어 있었던 것 같다.

한국의 근대화는 바로 우리들의 가난했던 할아버지, 할머니의 그 장롱 위에, 밥상 위에, 그리고 남루한 베갯모에 수백 년이나 찍혀 내려왔던 복 자를 떼어내고 그 자리에 새로운 문자를 들여앉히는 작업이기도 했다. 그렇게 복을 빌었으면서도 그 대가는 가난과 재화의 되풀이였다. 복 자가 붙은 물건치고 남루하지 않은 것이 없다는 그 아이러니를 이해할 줄 알아야 한다.

그런데 지금 새로운 복 자가 나타나고 있다. 그것도 근대화를 부르짖고 제2경제를 내세우고 있는 정부가 내놓은 것이다. 그것이 바로 '국민 복권'이라는 거다. 온 국민이 종이쪽 위에 요행과 운수를 걸고 치부의 꿈을 불태우는 복의 경주—그것이 아무리 국가의 공익을 위한 것이라 할지라도 모나코가 아닌 다음에야 안 될 말이다.

'우리도 잘살 수 있다'는 정부의 구호가 복권을 뽑아 횡재를 하자는 것이었던가?

된 발음 시대

사회가 그만큼 각박하고 여유가 없는 탓일까? 찻간이고 다방이고 시장이고 사람들이 주고받는 대화를 가만히 들어보면 매우 거칠고 또 그 언성이 높다. 다정한 애인끼리 속삭이듯 상냥스럽게 조용히 얘기하는 회화법을 어느덧 상실한 것 같다.

한국 방송의 특징은 아무래도 고함 소리가 많다는 것이 아닐까 싶다. 텔레비전이고, 라디오고, 왜들 그렇게 떠드는지 모르겠다. 연기와 연출 부재의 어색함을 고함 소리로나마 카무플라주하려는 것인지는 몰라도, 시청자를 모두 가는귀먹은 불구자로 알고 있는 듯싶어 불쾌하다. 뭔지 모르게 마음이고, 감각이고, 한 옥타브씩 상승해 있는 사회, 한마디로 말해 들떠 있는 사회 풍토를 그런 데서도 볼 수 있다. 음성학적으로 보아도 옛날엔 지금처럼 된소리가 별로 없었다. '코 비鼻'를 '고'라고 발음했고, '꽃'을 '곶'이라고 했었다. 그러나 현대인들은 문법을 '문뻡', 헌법을 '헌뻡', 인권을 '인꿘'이라고 강하게 발음한다.

외래어의 발음 역시 마찬가지다. '달러'를 '딸라', '보이'나 '버스'를 '뽀이'나 '뻐스'로, '소시지'를 '쏘시지', 그리고 '검'을 '껌'이라고 한다. 부드럽고 미끄러운 소리를 모두 딱딱하고 껄끄럽게 소리 내는 이유는 무엇인가? 그렇게라도 말해야 답답하고 울적한 마음이 풀리는 것일까?

'고요한 아침의 나라'가 이젠 '시끄럽고 소란한 아침의 나라'로 변해가고 있는 눈치다.

외래어 표기 5개 원칙을 확정지었다고 한다. 그중에는 ㄲ, ㅃ, ㅆ을 사용하지 않기로 했다는 원칙도 들어 있다. 외국 유학을 했다고 런던을 란든이라고 쓰고, 존슨을 쟌슨이라고 발음하는 사람도 눈꼴시지만, 왜식倭式 발음의 표기나 ㄲ, ㅃ, ㅆ의 된소리 일변도의 외국어도 듣기 싫다. 외국어 표기도 그렇지만 좀 더 차분하게 생각하고, 조용히 행동할 수 있는 사회 분위기를 만들기 위해 한 옥타브씩 음성을 내리고 부드러운 소리를 골라 쓰는 회화법도 생겨나야겠다.

무신경 천국

매는 처음 맞을 때가 제일 아픈 법이다. 자꾸 맞으면 감각이 마비되고 둔화되어 통증마저도 잘 느낄 수 없다. 거리를 바라보고 있으면 그와 같은 무신경을 도처에서 발견할 수 있다.

가령 서울 시가에 서 있는 시계탑을 보자. 어느 것 하나 제 시각을 가리키고 있는 것이 없다. 고장이 난 채 서 있는 것도 있고, 빨리 가는 것, 늦게 가는 것, 그야말로 시간에서 해방된 자유의 시계탑들이다. 그 시계가 정확하지 않다는 것보다도 고장난 것을 며칠이고 그대로 방치해두는 그 무신경이 두렵다. 그것을 바라보는 시민들도 역시 시계탑의 시계는 믿을 수 없다는 만성 때문에 그저 그뿐, 이상스럽게 생각하는 사람조차 드물다.

외국의 경우는 어떤가? 시계탑이 고장나면 수리할 때까지 즉시 '고장'이라는 팻말을 붙여놓는다. 개인이 찬 손목시계와는 다르다. 그것은 개인에서 그치는 문제가 아니라 공중의 여러 사람들에게 해를 입힐 우려가 있기 때문이다.

시계탑만이 아니다. 네온사인을 보자. 불이 꺼져서 글자의 일부가 보이지 않는 괴상한 네온사인들이 한두 가지가 아니다. 미국에서는 Shell(조개) 회사의 네온사인에서 S자가 고장나 Hell(지옥)로 바뀌어 소동이 벌어진 일이 있었는데, 우리의 경우에는 그런 일들이 다반사로 벌어지고 있다.

한겨울에도 다방이나 음식점 문에 '냉방 완비'라고 씌어진 글씨가 그대로 붙어 있는 경우도 있다. 텔레비전·라디오 CM을 봐도 계절이 바뀌었는데도 지난 철에 만든 대사와 그 필름을 그대로 돌리고 있다. 자기에게 직접 닥친 개인 문제에는 그럴 수 없이 민감하지만 공공에 관한 것은 직접 자기 일이 아니라 하여 무신경하기 짝이 없다.

공기 오염을 비롯하여 지금 도시의 각종 공해는 위기를 몰아오고 있다. 그러나 이상스러운 것은 이 지경이 될 때까지 뒷짐만 짚고 있었던 시민들의 무신경성이다. 발등에 불이 떨어지고 난 다음에야 비로소 그 뜨거움을 아는 둔감성이다.

고장난 시계탑을 보는 것과 마찬가지로 도시의 그 많은 상처들에 대해서 사람들은 병증조차 느낄 수 없는 무감각 상태에 빠져 있는 것 같다.

가짜의 산파

카메라는 라이카, 만년필은 파커와 몽블랑, 그리고 시계는 롤렉스, 옷은 영국제……. 이것들이 한국의 속물 신사들이 갖추어야 하는 공식 품목이다. 그렇지 않으면 창피해서 행세를 못한다. 흔히 이런 말들을 한다.

"없으면 없지, 그것도 시계라고 차고 다니나? 그것도 카메라라고 들고 다니나……."

'없어 비단'이란 속담도 있다. 이왕 어렵게 장만하는 것이니 고급으로 하자는 것이 지배적이다.

승용차도 값싼 것일수록 잘 안 팔린단다. 상식적으로 생각하면 소득이 낮은 나라라 실용적이고 값싼 것이 잘 팔릴 것 같지만 실은 그 반대다. 사치 풍조라고 판에 찍힌 교훈을 늘어놓는다 하더라도 무리를 해서라도 고급품을 찾는 사회 심리는 좀처럼 사라지질 않는다. 사치심이라기보다도 사고방식이 비합리적이기 때문에 그렇다. 써본 사람이면 알지만 라이카와 같은 카메라는 전문가가 아닐 경우 매우 불편하다는 것을 알 수 있다. 우선 무겁고 조작하기가 어렵고, 또 너무 정밀해서 잘못 찍으면 사진이 더 엉망이 된다. 추녀에겐 맑은 거울보다도 흐린 거울이 좋은 것처럼, 평범한 생활인에겐 고급품일수록 불편하다. 무엇보다도 심리적인 부담이 된다. 만년필도, 옷도, 모두가 그렇다.

시계가 특히 그런 것이다. 시계는 정확하면 된다. 시계의 기술이 고도로 발달해서 이제는 상표와 별로 관계없이 어떤 것이라도 낭패 볼 정도로 시간이 맞지 않는 것은 없다. 그런데도 웬만한 사람치고 롤렉스와 오메가를 차지 않는 사람이 없다. 더욱 웃기는 것은 그런 고급 시계를 차고 다니는 사람일수록 '코리안 타임'의 명선수일 경우가 많다. 무엇 때문에 시간도 잘 지키지 않으면서 정밀을 자랑하는 고급 시계만을 찾는 것일까?

가짜가 또 하나 늘었다. 가짜 롤렉스 시계를 만들어 팔아오던 사기범이 경찰에 붙잡힌 것이다. 그동안 시중에 1천여 개를 팔아 왔다는데 이것은 한국에 있는 진짜 롤렉스 시계의 반수를 차지하는 숫자라 한다. 이런 계산대로 하면 롤렉스 시계를 찬 신사님들의 반수가 가짜라는 이야기가 된다.

가짜는 바로 가짜를 만들어 파는 사람이라기보다 고급품만을 찾는 신사 숙녀 자체라 할 수 있다.

외제 마니아들

외제 화장품엔 가짜가 많다. 그것은 남보다 아름다워지려는 여성의 허영심에 기생하는 독버섯이라고도 부를 수 있을 것이다. 또한 외제 박사 학위에도 가짜가 많다는 것은 잘 알려진 이야기다. 그것은 남보다 잘나 보이려는 남성의 허욕에 기생하는 독버섯이라 부를 수 있다.

가짜 화장품과 가짜 박사. 여성은 화장품으로 자기 얼굴을 가꾸고, 남성은 박사 학위라는 타이틀로 몸을 장식한다. 이렇게 가짜 풍속도에도 여성 대 남성의 취미는 대조적이다.

그러나 아무리 화장품이 좋아도 추를 감출 수 없듯이, 아무리 타이틀이 그럴듯해도 남성의 지성은 카무플라주가 될 수 없다. 오히려 가짜 화장품은 숙녀들을 망신시키고, 가짜 박사 학위는 이른바 저명인사들을 웃음거리로 만들 뿐이다.

가짜 박사님들은 박사 학위를 무슨 상품처럼 팔고 사고 했단다. 학위증 한 장에 2천 달러 정도였으니까 퍼블리카[16] 한 대쯤 사는 것과 맞먹는다. 교양이나 지식도 자동차를 사서 타듯이 그렇게 돈으로 얻을 수 있다면 좀 편한 세상일까? 그러나 그때 경찰 수사에 나타난 것을 보면 이름만 박사지 모두가 유령 대학에서 발급한 사기 학위였다는 것이다.

이탈리아의 피닉스 대학, 홍콩의 화남 대학, 그리고 미국의 인터내셔널 대학의 박사님이라면 그것도 외제니까 침을 흘리는 사람이 꽤 많았던 모양이다. 그런데 이 지구상에는 그런 대학이 일찍이 존재한 바도 없고, 있다 해도 정체불명이라니 딱하기 그지없는 이야기다.

---

16) 국내에서 최초로 생산된 연료 절약형 경차로 신진자동차가 일본의 도요타 퍼블리카를 국내에 들여와 조립·생산한 모델이다. 1967~1971년까지 2,005대를 생산했다.

고관, 국회의원, 대학 총장 등 저명인사 30여 명이 자그마치 이 유령 대학에서 박사 학위를 얻었다는 것이니 개인 망신이 아니라 나라 망신이라고 하는 편이 옳을지 모른다.

견실하게 살려는 가정주부만 있다면 어디 가짜 외제 화장품이 나돌 수 있을 것인가? 마찬가지로 허욕 없이 제대로 교양과 학식을 가진 사람들만이 있다면 어떻게 그런 가짜 박사 학위를 팔아먹고사는 사기꾼들이 수지를 맞추겠는가?

어리석은 촌부가 사기를 당했다면 동정이라도 가지만 이른바 지도자급의 엘리트가 그런 사기술에 속아 넘어갔다는 것은 단순한 피해자라고 부를 수만도 없을 것 같다. 이러다간 정식 대학에도 사기학과라는 것이 생기고 그것으로 학위를 얻는 진짜 사기박사가 생겨날까 두렵다.

하루살이의 집

조선시대 때 북학의 대가 박제가朴齊家는 벽돌로 집을 짓는 서양 사람들의 풍속을 보고 우리나라의 처지를 한탄한 적이 있다. 남들은 견고한 벽돌로 집을 세우기 때문에 당대 사람만이 아니라 수백 년, 수천 년 뒤의 사람까지도 살 수 있는데, 흙으로 집을 짓는 우리는 그렇지가 못하다는 것이다.

박제가가 슬퍼했던 것은 단순히 벽돌집에 비해 우리나라의 초가가 엉성하다는 그 사실 때문만은 아니었던 것 같다. 그는 건축술에서 미래를 기획하고 예비하는 정신의 건축, 즉 역사의 건축이라는 상징을 발견한 까닭이었다. 집 하나 짓는 것을 보아도 서양 사람들은 백 년 후나 천 년 후의 뒷일을 생각하고 있는 데 비해 우리는 고작 자기 당대만 살려고 한다는 것이다.

건축은 시대의 정신이자 그 민족의 정신 구조란 말이 결코 거짓이 아닌 듯싶다. 한국의 현실을 알려면 집을 지어보면 알 수 있다. 모두가 속임수이며 날림이다. 겉은 번듯해도 속은 다 썩어 있다. 박제가 시대의 흙집이나 근대화한 오늘날의 빌딩이나 바뀐 것은 양식과 자재일 뿐 그 본질에 있어선 달라진 것이 별로 없다.

세운 지 1년도 안 된 벽돌집이라도 벽에 금이 가 있지 않은 건축물이 드물다. 집장사가 지은 집만이 그런 것이 아니다. 그리고 개인 주택과 마찬가지로 빌딩도 예외가 아니다. 건축의 천재는 개미라고 하지만 우리나라에선 하루살이가 건축의 천재로 대우받고 있다.

소공동 도심지 한복판에서 2층 빌딩이 무너져 사람이 다친 사건이 있었다. 아무리 노후한 빌딩이었다고 하지만 사람이 살고 있는 집이 썩어서 무너질 정도라면 분명 진기한 사고가 아닐 수 없다. 장마가 진 것도 아니며, 바람이 분 것도 아니다. 이렇게 허약한 집들이 어찌 소공동의 그 빌딩뿐이랴 싶다. 장마철만 되면 축대는 물론, 무너지는 판잣집, 쓰러지는 불량 건축물들이 얼마나 많은가? 박제가의 한숨이 끝난 것이 아니다. 역사의 집, 사회의 그 건물 역시 미래를 내다볼 수 있는 항구성이 없다. 하루살이처럼 그날그날만을 살아가고 있는 사람들이다.

인기라는 고무 풍선

자살 역시 미니스커트처럼 전 세계적인 유행 현상을 자아내고 있다. 하루 평균 1천 명가량이 자살로 숨져가고 있으며, 자살 미수자까지 치면 연평균 수백만이 넘는다고 한다. 전쟁의 살육보다도 더 심한 인명 피해가 이렇게 인간 자신의 내부에서 벌어지고 있다.

세계보건기구(WHO)의 통계를 보면 여자보다는 남자들이 더 많이 자살하고 있으며, 저개발국보다는 이른바 선진국에서 높은 자살률을 보이고 있다. 가장 많은 자살 동기는 정신병과 신병 비관, 사회적인 소외감, 고독, 실연, 실업에서 오는 생활고 등이다.

그리고 자살 방법도 나라에 따라 다른데, 가령 나이지리아 사람은 목매달아 죽고, 브라질 사람은 음독 자살, 영국인은 독성 가스 자살, 그리고 미국인은 역시 미국인답게 권총과 폭발물을 사용해서 죽는다. 스위스는 가정용 가스로 제일 많이 자살하는데 그것을 방지하기 위해 무독성 가스를 개발하자, 자살률이 일시 저하되었었다. 그러나 다시 물속에 투신 자살하는 방법으로 바꿔어 예나 마찬가지가 되어버렸다.

　다행히도 우리나라는 세계 자살 왕국 20위의 권내에 들어서지 않고 있다. 가까운 이웃 나라 일본만 해도 랭킹 5위로, 그들이 부르는 번영의 찬가 옆에서는 그에 못지않은 우울한 죽음의 만가挽歌도 울려오고 있다. 풍요한 사회일수록 자살률이 높다는 이 아이러니는 인간의 행복이 반드시 물질적인 충족에서만 얻어지는 것이 아니라는 사실을 여실히 증명해주고 있다. 고도로 발달한 대중 사회에서는 자기 상실의 소외감이 높아지기 때문이다. 국가와 마찬가지로 개인의 경우도 그런 것 같다.

　어느 미혼 인기 여가수가 음독 자살을 기도했다는 것이 하나의 화젯거리가 된 일이 있다. 동기는 가정과의 알력, 신병, 사랑, 경제적인 것, 인기 하락에 대한 불안 등 여러 가지로 추측되었다. 그러나 남의 프라이버시에 대해 너무 떠들어대는 것은 삼가야 한다. 다만 한국에도 점차 선진국의 경우에서 보듯, 대중 문화가 개인을 파멸시키는 새로운 현상이 대두되고 있다는 점을 주시해둘 필요가 있다. 출세와 인기의 그 붐을 타고 끝없이 상승하다가 갑작스레 터져버리는 풍선, 그것이 바로 대중 문화가 낳은 스타의 비극이다. 좀 더 우리는 타인의 시선보다도 내부에 충실한 생활의 발판을 두며 살아가야겠다.

도시는 사막이다

길의 혁명

진시황제가 욕을 먹은 것 가운데는 길을 넓혔다는 것도 한 항목 들어 있다. 농민들은 농지를 빼앗겼기 때문에 불평을 했고, 선비들은 그가 사냥을 하려는 방탕한 목적 때문이라 하여 군주의 덕에 어긋난다고 비난했다.

프랑스의 19세기 말, 파리에는 명시장이 있어서 오늘의 그 화려한 샹젤리제의 넓은 길을 닦았다. 그때 파리 사람들은 무엇 때문에 그렇게 넓은 길을 닦느냐고 불평을 했고 공사장에 돌을 던지기까지 했다. 그러나 오늘날엔 선견지명이 있었다 하여 역사학자들은 악명 높던 그 시장에게 박수를 보낸다. 또 진시황제의 도로 정책만은 높이 평가되고 있다. 중국의 여러 왕 가운데 행정력이 가장 우수했던 A급 통치자라는 데는 이견이 없는 것이다.

정치가는 앞을 내다봐야 한다. 그것이 가장 구체적으로 나타나게 되는 것이 바로 도시의 교통 수단인 '길의 혁명'이다. 도시 계획은 현재에 시점을 두고 세울 수 없다. 그 계획이 완성될 단계에 들어서면 벌써 그것은 시효가 넘은 증서처럼 휴지쪽이 되고 만다. 서울의 도시를 보면 우리가 그동안 하루살이처럼 당장 발등에 떨어진 불똥만을 끄며 살아왔다는 것을 알 수 있다.

유럽이나 일본의 도시들은 제2차 세계 대전 시에 폭격을 맞아 허물어졌을 때 이미 새로운 도시 계획 밑에 재건되었다. 경황이 없는 그 폐허의 전화 속에서도 10년, 20년의 앞을 내다보며 재건의 청사진을 떴다. 6·25전쟁으로 서울이 타버렸을 때, 우리는 백지의 터전에 오늘의 서울을 그려놓아야 했다. 이제 뜯어고치려드니까 돈도 많이 들고 불편도 이만저만이 아니다.

교통을 원활하게 하자는 도로 공사 때문에 도리어 서울의 교통은 여러 곳에서 마비되어 복잡한 현상을 자아내고 있다. 서울시는 앞으로 지하도를 뚫고 전철을 놓을 계획이라고 한다. 반가운 일이지만, 이 공사가 착공되면 또 얼마나 많은 낭비와 불편이 따르게 될까, 두려움과 넌더리가 앞선다. 선견지명이 있었더라면 오늘날 우리가 이렇게 심한 고통을 받지 않았을 일이다. 이제부터라도 앞을 내다본 백년대계의 도시 계획을 세워주기 바란다.

탄식의 거리

비가 안 와도 걱정, 내려도 걱정, 이래저래 한국 땅에서는 하느님 노릇하기도 힘이 들 것 같다. 가뭄 걱정을 한 것이 바로 2, 3일 전 일인데 하룻밤 봄비에 사방에서는 하수도가 넘치고 도로는 정글의 늪지대로 변했다. 30밀리미터의 봄비에도 서울은 그렇게 허약하기만 하다.

파리 근교의 베르사유 궁전을 보면, 누구나 그 장엄하고 장대한 건축미에 혀를 차지 않을 사람이 없을 것 같다. 그러나 옛날 이 궁전에 변소 시설이 없었다고 한다면 곧이들을 사람이 없을 것이지만 사실은 사실이다. 장엄한 의상을 한 귀족들도 숲속이나 길가의 가로수에 숨어 소변을 보는 수밖에 없었다. 그래서 베르사유 궁전의 가로수 길을 일명 '탄식의 거리'라고도 불렀다.

생각할수록 인간은 부조리한 생물인 것 같다. 그 고도한 건축술과 높은 예술성은 갖추고 있었으면서도 변소 시설을 갖출 생각은 하지 못했었는가? 큰 것은 생각할 줄 알면서도 바로 눈앞의 작은 것을 보지 못하는 어리석음, 그것을 인간의 애교라고만 볼 것인가. 그러나 남의 나라의 옛날이야기가 아니다. 바로 현재의 우리 도시에서도 그런 부조리를 얼마든지 찾아볼 수 있다.

서울 거리에 들어선 빌딩과 고가 도로는 근대화의 상징적인 궁전이라 할 수 있다. 어느 구역만 가지고 본다면 현대 도시로서 조금도 손색이 없을 것이다. 그러나 조금 골목길로 접어들거나 도심지에서 한 발자국 처진 곳을 들여다보면, 그야말로 변소 없는 베르사유 궁 같은 아이러니를 발견케 된다. 시골 논길 같은 그 거리를 걷고 있으면 우리도 그것을 '탄식의 길'이라고 불러야 될 것 같다는 생각이 든다.

어제오늘의 이야기가 아닌 것을 이제 또 새삼스럽게 트집을 잡자는 것은 아니다. 19세기 때의 인사들처럼 장화를 신고 다니면 될 것이다. 그러나 앞으로 건설하겠다는 남서울만은 제발 하수도와 그 도로 공사부터 해놓고 건축물들이 들어서는 합리주의 방법을 택해야 할 것이다. 어차피 지금의 서울이 현대 도시의 구실을 하기에는 너무 지각을 한 것 같다.

그러니 앞으로 남서울만이라도 봄비 걱정 같은 것을 하지 않는 전천후 도시가 되었으면.한다. 하느님 보기가 민망스럽지 않은가!

서울의 뒷골목길

스커트 길이만이 여성들의 유행에 변덕을 부리는 것은 아니다. 하이힐의 뒷굽 역시 치마길이 못지않게 높아졌다, 낮아졌다, 굵어졌다, 가늘어졌다 야단스럽게 회전한다.

그러나 하이힐이 생겨나게 된 역사적 배경(좀 어마어마한 용어를 써서 안됐지만)을 살펴보면 멋을 위한 사치가 아니라, 실제적인 필요성에서 생겨난 것임을 알 수 있다.

여성의 풍속사를 쓴 푹스Eduard Fuchs의 설을 빌린다면, 여성이 하이힐을 신게 된 것은 도시의 보도와 밀접한 관련이 있다. 19세기 전까지만 해도 서구의 어느 도시나 그 골목길은 흙탕물투성이였다. 심지어 변소가 없는 집들이 많아서 인분을 거리에 내다버리는 일도 있었고, 하수도 시설이 나빠 런던이나 파리라 해도 비가 조금 오거나 눈이 녹으면 흙탕물의 웅덩이가 생기곤 했다.

당시의 풍속화를 보더라도 그 사정을 여실히 알 수가 있다. 기사도 정신을 발휘하는 남성들이 긴 로브robe를 입고 거리를 지나는 부인들을 안아 흙탕물을 건너게 하는 좀 망측한 장면들이 등장하고 있다. 여러 말 할 것 없이 엘리자베스 여왕이 길을 걷다가 흙탕물을 만나게 되자, 월터 롤리Walter Raleigh 경이 용감하게 자기 코트를 벗어 길 위에 깔아주었다는 그 일화만 봐도 능히 짐작할 수 있는 일이다.

그래서 결국 월터 롤리 같은 기사가 없어도 다닐 수 있게 여성들에게는 굽이 높은 하이힐이란 편리한 구두가 생겨나게 된 것이다. 사실 지금 서울의 골목길을 다니다 보면 남자라도 하이힐을 신고 다녔으면 싶은 심정이 생겨난다. 눈 녹는 계절이 되면 봄의 낭만을 구가하기 전에 진흙 걱정부터 해야 될 판이다. 어디를 가나 웅덩이가 걸음을 막는다. 어느 곳에는 넓이뛰기 선수라도 어림없는 호수급 웅덩이가 길 한복판에 유유히 넘실거린다. 이런 때 자동차를 만난다는 것은 정글에서 하이에나를 만나는 기분이다.

한국 신사 숙녀의 구두 굽이 나막신 타입으로 높거나, 제정 러시아의 장화 같은 것이 유행되거나 하지 않고서는 아무래도 서울의 진흙길을 다니기 어려울 것이다. 길이 질어서 하이힐이 생겨났다는 푹스의 이론은 아마 오늘의 서울 거리를 다녀본 사람이면 실감할 것 같다. 뒷골목 건설을 구호로 내세운 서울시의 감투만을 빌 따름이다.

수돗물 교향곡

세상에서 제일 아름다운 음악은 무엇일까? 사람에 따라 제각기 대답이 다를 것이다. 누구는 베토벤을, 또 누구는 슈베르트를, 또 브람스를, 그렇지 않으면 계곡에 맑은 물이 흐르는 것 같은 우리 고유의 국악이나 비틀스의 노래를 손꼽는 사람도 있을 것이다.

그러나 모두 아니다. 어떤 명곡도, 어떤 악기의 소리도 감히 따를 수 없는 음악이 하나 있다. 그리고 그 음악은 아마도 한국인만이, 그것도 대서울의 변두리나 고지대에 사는 사람만이 감상할 수 있는 특권을 지니고 있다. 무엇일까, 그것은……? 그것은 한밤중에 첫 새벽닭이 홰를 치고 울 무렵에 수도꼭지에서 물이 쫄쫄 흘러나오는 소리다. 이 심야의 음악은 환희의 폭포 그것이다.

잠을 자지 않고―그것도 며칠 밤을 두고 말이다―서울의 변두리 주민이나 고지대에서 사는 주민들은 수돗물이 나오기를 목마름 속에서 밤을 새워 고대한다. 그런 끝에 정말 열어놓은 수도꼭지에서 몇 방울의 물이 떨어질 때, 그 소리야말로 생명의 흐름처럼 들리는 것이다. 어떤 음악이, 어떤 악기의 소리가 그것을 대신해줄 수 있을 것인가? 이 수도 교향곡의 맛을 모르는 사람들은 한국인이 아니다.

남산에 한국 제일의 높이를 자랑하는 분수가 생겼다. 서울 시청 광장의 분수도 용솟음치는 새로운 물줄기가 시민들의 가슴을 적신다. 그 물줄기를 눈으로 보는 것만 해도 사막 속에서 사는 것 같은 갈증의 시민들에겐 위안이 될지 모른다. 그러나 '금강산도 식후경'이라는 말이 있듯 오색찬란한 분수도 자기 집에 물이 흘러내린 후의 구경거리다.

서울시는 1백여만 톤의 식수 증대를 호언장담하고 있지만, 공사 때문인지 요즘 물 사정은 단군 이래의 악화(?)라고 평할 수 있다. 남산 꼭대기에서 물이 솟아오르는 광경보다도 시민의 세금으로 고지대에 펌프장이라도 하나 더 설립하는 시정 당국자의 성의와 양식을 우리는 더 원한다. 비싼 세금을 꼬박꼬박 바치고 심야의 수도 교향곡을 감상하기에는 너무나 억울한 분수처럼 누구의 집에서나 생명 그것과 다름없는 수돗물 줄기가 솟게 하라.

식수난, 인심난

'라이벌'이란 말들을 많이 쓴다. 그러나 외래어 범람의 하나라고 눈살을 찌푸릴 수가 없다. 그 말에 꼭 들어맞는 우리나라 말을 찾아내기 어려운 탓이다. 라이벌을 적이나 원수라고 번역하면 그 뜻이 너무 강하다. 경쟁자라고 하면 이번엔 그 뜻이 너무 넓어진다. 선의의 적수라고나 할까? 라이벌이란 말에는 가깝고 친밀하면서도 서로 상대편에 신경을 쓰며 경쟁을 하고 있는 미묘한 뉘앙스가 있다.

그런데 라이벌의 어원을 살펴보면 한결 그 말의 의미가 뚜렷해진다. 그것은 리버(강)와 사촌쯤 되는 말로서 원래 강가에 사는 사람들을 뜻했다. 그런데 똑같은 강물을 마시고 사는 강촌 사람들은 사이가 가까우면서도 강물의 이해관계 때문에 한편에서는 경쟁심이 생겨난다. 아전인수란 말도 있듯이 옛날이나 오늘이나 물은 자기편으로 끌어들이고 싶은 법이다.

이렇게 따져보면, 세상엔 별의별 종류의 라이벌이 많지만 그 근원은 '물' 싸움이라는 사실을 알 수 있다. 대중의 인기를 자기편으로 끌어들이기 위한 연예인의 라이벌, 권력과 명예를 얻기 위한 정치적 라이벌, 돈을 놓고 다투는 기업 세계의 라이벌 등 한없이 많지만 라이벌 의식은 '생명의 젖'이라 할 수 있는 강물 때문에 생겨났던 것이다.

원시적이면서도 근원적인 물의 라이벌은 지금 현대 문명을 자랑하는 대도시 서울 주민 사이에서도 치열하다. 친한 이웃들끼리 서로 물 한 동이를 먼저 얻어 가려고 싸움이 벌어지고 있다. 이 식수 기근 때문에 잠조차 자지 못하는 경쟁이 계속되고 있는 것이다. 지난여름에도 그랬고, 이 겨울에도 그렇다.

당국자들은 급수 사정이 나빠지면 으레 "비가 안 와서……. 수도관이 낡아서……" 하는 말로 변명을 한다. 그러나 다른 것은 다 이해할 수 있고 참을 수도 있지만, 물에 관한 한 인간도 금붕어와 마찬가지로 당장 그것이 없으면 하루도 살아가지 못하므로 그럴 수가 없는 것이다. 물 때문에 아우성을 치자 전반적인 '급수'의 종합 진단을 하겠다고 나서는 서울시는 꼭 '사후 약방문' 격이 아닌가? 물만 잘 나와도 서울 인심은 한결 더 나아질 것 같다. 라이벌의 어원이 강물이라는 뜻임을 다시 한 번 기억해주기 바란다.

귀의 수난 시대

보기 싫은 것은 고개를 돌리거나 눈을 감으면 된다. 눈을 감지 않는다 하더라도 관심이 없는 것은 보아도 본 것 같지가 않다. 말하자면 '눈'은 의지적인 것이기 때문에 어느 정도 취사선택이 가능한 것이다. 하지만 '귀'는 그렇지 않다. 눈과 달리 귀를 막으려면 두 손을 사용해야 한다. 그리고 또 소리는 원하든 원치 않든 들리게 마련이다. 그만큼 소리 앞에서 인간은 수동적일 수밖에 없다.

도시의 대기가 인간 생활을 위협하고 있다. 오염도 오염이지만 소음도 그에 못지않게 인간을 해치고 있다. 서울 대학교에서 조사한 것을 보면 서울의 평균 소음도는 65.9데시벨이나 된다. 이것만으로도 안정 기준을 초과하고 있다. 중심지는 더욱 대단해서 85.3데시벨이나 되는데 이쯤 되면 모든 사람이 신경과민에 걸리고 만다는 것이다.

소음이 생명체에 얼마나 해독을 끼치는가 하는 것은 비행장 부근에서 양계가 안 된다는 사실만으로도 입증되고 있다. 비행기 소음 때문에 닭들의 산란 수는 현저하게 감소된다. 인간은 알을 낳지 않으니 크게 염려할 것이 없다고 말하는 낙관론자가 있을지 모르나 소음은 산란에만 영향을 주는 것이 아니다. 도시의 소음이 증가되는 원인은 물론 자동차 때문이다. 그러나 소음의 근원은 그것만이 아니다.

다방이나 식당이나 백화점이나 어디를 가도 사람이 모이는 곳에 가보면 유난히 시끄럽다. 야유회에 스피커를 들고 다니는 습속만 보아도 알 수 있듯이, 우리는 왜 그렇게 시끄러운 라디오나 전축 볼륨을 어디에서나 풀로 틀어놓는지 귀청이 따갑다. 두 사람이 대화를 하는데도 옆 사람에까지 침방울을 튀기는 정열파들의 고성도 문제다.

이따금 한국의 세미나에 참석했던 외국인 교수들은 한국의 학자들이 싸움하듯이 고함치며 말하는 토의 방식에 매우 놀라는 표정을 짓곤 한다. 이젠 좀 가라앉았지만 크리스마스이브는 소음의 전시장으로 변한다. 크리스마스 조용히 지내기 운동을 더 확대하여 앞으로는 모든 소리를 한 옥타브씩 내리기 캠페인을 벌여야겠다. '귀의 수난 시대'를 극복해야겠다.

대기여, 너마저도

인류가 이 지상에서 살고 있는 동안 그래도 아무 걱정 없이 충족한 상태를 누려온 것은 공기뿐이었다고 할 수 있다. 공기만은 돈이나 신경을 쓰지 않고서도 자기가 호흡하는 데 필요한 양을 언제 어디에서고 구할 수 있었다. 지상의 물질은 인간의 욕심만큼 풍족하지가 않았다.

그러니 공기를 제외한 다른 물질들은 언제나 인간의 고민거리였다. 그러나 현대는 공기마저도 인간의 생존권을 위협하고 있다. 몇십 년 전만 해도 인간들이 공기 문제로 골치를 앓아본 적은 없었다. 그런데 이제는 도시의 스모그 때문에, 즉 인간이 호흡하는 공기가 날로 오염되고 있기 때문에 도시인들은 건강에 중대한 위협을 느끼고 있는 형편이다. 심지어 외국에서는 '공기 통조림'까지 나와 신선한 시공 공기가 상품화되고 있는 일까지 벌어지고 있다. 한마디로 말해서 20세기 후반기의 여러 난제 가운데는 대기의 오염을 어떻게 정화하느냐 하는 '공기 걱정'이 끼여 있다는 것이다.

자동차나 공장의 매연 때문에 도시의 공기가 더러워진다는 그 정도의 문제에서 일은 끝나지 않는다. 아담과 이브 이후로 오늘날 인간이 살고 있는 이 대기권에 이처럼 큰 변동이 일어난 적은 없다. 각종 로켓의 발사는 물론, 도시와 인구의 증가로 대기권 자체의 운동에 커다란 변화가 생겨났고, 그 때문에 지금 세계적으로 이상 기후 현상이 일어나고 있다. 당장 우리나라의 경우만 보아도 대설인데도 개나리꽃이 피는 춘삼월의 기후가 계속되고 있다. 서늘한 여름에, 포근한 겨울—우주의 기류 자체가 병들고 있는 시대에 살고 있다고 해도 과언이 아니다.

얼마 전만 해도 공기에 대해서만은 신경을 쓰지 않고서 지낼 수가 있었지만 오늘날의 시대엔 그것마저 불가능하게 되었다. 공기의 호흡마저도, 그리고 그 기류의 변화에 대해서까지도 범연할 수 없게 되었다. 다른 물질의 결핍과 마찬가지로 대기 자체가 생활을 위협하고 있는 이때 우리는 새삼스럽게 인간 문명의 암 같은 것을 느끼게 된다. 난동暖冬의 공포! 겨울은 춥고 여름은 더워야 한다. 자연의 질서조차 무너져가고 있는 것 같아 불안하다.

먼지 공해와 통장사 경기

'봄이 되면 통장사가 돈을 번다'는 이야기가 있다. 봄과 통장사 사이에 대체 무슨 연관성이 있는가? 그 이유를 따져보자. 봄이 되면 바람이 불고, 바람이 불어 먼지가 일면 사람 눈에 먼지가 들어가 눈병이 들고, 눈병이 많아지면 장님이 많이 생기고 장님이 많아지면 안마장이가 많아진다.

옛날의 안마장이는 북을 두드리고 다녔는데 이 북은 고양이 가죽으로 만들었기 때문에 안마장이가 많아지면 고양이가 줄어든다. 고양이가 없어지니까 쥐가 많이 생겨나고, 쥐가 많으면 통을 갉아먹어 성한 것이 없게 된다. 그러므로 봄바람이 불면 통장사가 돈을 번다는 것이다. 물론 이것은 한국의 이야기가 아니라 옛날부터 전해 내려온 일본의 민담이다. 우리나라에서 이런 종류의 이야기가 별로 공감을 얻지 못하는 것은 그만큼 봄바람에 먼지가 나는 일이 많지 않았던 탓일 게다. 일본엔 바람이 많이 분다. 먼지도 많다. 이 이야기로 미루어보면, 일본엔 옛날부터 먼지 공해가 있었던 것 같다.

그런데 우리도 이제는 '먼지 공해'가 심각하게 논의되고 있다. 봄철의 가뭄으로 바람만 조금 불어도 먼지 사태가 생겨난다. 조사에 따르면 서울 시내에서 가장 먼지가 많은 곳은 서울역 부근으로 1백 평당 매일 5백 킬로그램이 쏟아진다고 한다. 비단 그 부근만이 아니라 평균해서 3백, 4백 킬로그램의 먼지가 서울 도시를 덮고 있다.

이러다가는 정말 봄철에 장님이 많이 생긴다는 농담을 그냥 웃어넘길 수 없을 것 같다. 원인은 가뭄에 있지만 좀 더 근인을 찾아보면, 도시가 제대로 도시 구실을 못하고 있기 때문이다.

차량이 많고 사람이 북적거리는 곳이 도시이기 때문에 도시는 먼지가 나지 않도록 페이브먼트로 싸야 한다.

병이 두려운 것이 아니라 약이 없음을 한탄해야 한다. 도시는 팽배하고 있는데 그 부작용을 막는 '약방문'에 대해서는 너무나도 소홀하다.

옛날의 먼지 공해는 통장사라도 돈벌이를 시켰지만 현대의 그 재담은 이렇게 수정되어야 한다.

'봄바람이 불면 먼지가 일고, 먼지가 일면 관광객들이 줄어들고, 관광객들이 줄어들면 호텔 경기가 없고, 호텔 경기가 없으면 외화가 준다.'

과장해서 말하면 먼지 공해의 대책은 경제 문제라고도 할 수 있다. 깨끗한 도시—그래야 한국 경제도 윤택해진다.

굴뚝 없는 공장

공장이라면 높은 담과 굴뚝을 먼저 연상한다. 그러나 현대식 공장은 이와는 반대로 담이 없고 굴뚝이 없는 것을 이상으로 삼고 있다. 공장 굴뚝에서 내뿜는 매연은 공기를 오염시켜 공장 지대를 블랙 시티로 만들어버린다. 연료 혁명으로 '연기 없는 공장'이 세워진다면 사무실처럼 깨끗한 분위기에서 노동할 수 있을 것이다.

그런데 담은 왜 없애는가? 사실상 외국의 현대식 공장에는 담도 철망도 없는 것이 많다. 그 이유는 그 지역에 사는 주민들에게 공장의 인상을 개선하려는 시도다. 누구나 다 공장을 들여다볼 수 있게 하자는 것이다. 그렇게 되면 주민들과 공장 간의 관계에 있어서 거리감이 없어진다.

공장이 서게 되면 그 지역 사회에 이질성이 생겨난다. 여기에서 알력이 생기고 공장 측과 원주민 사이의 악감정과 편견이 그대로 평행선을 이루고 간다.

그러다가 우발적인 일이 일어나면 커다란 사회 문제가 된다. 이런 데 신경을 쓴 공장주들은 자기네가 지역 사회 발전에 참여하여 주민과 일체감을 이루고 있다는 것을 피알PR하려고 한다. 그래서 우선 높은 담부터 없애는 것이다.

우리나라에서는 원주민과 공장 사이에 많은 알력이 생겨난다. 연기와 소음을 내뿜는 공장이 원수처럼 생겨난다. 주민들의 그 같은 감정이 폭발하여 때때로 신문 사회면의 사건 기사로까지 확대되기도 한다. 언젠가는 전농동 주민들이 들고일어났다. 벙커C유 공장 때문에 못 살겠다는 것이다. 피부병 소동까지 벌어진 것을 보면 주민들의 분격도 이해가 간다. 이는 조그만 사례의 하나다. 앞으로 공장이 자꾸 들어서고 주위의 환경이 공장 굴뚝으로 오염되어갈수록 지역 사회의 두통거리로 대두하게 될 것이다. 수도 변호사회에서도 공장 공해 방지법 등을 철저히 보완 규제하라고 건의 성명까지 냈다.

그러나 법만으로는 실효를 거두기 어렵다. 공장 측과 주민이 서로 협조하기 위해서는 높이 쳐져 있는 담, 마음의 담, 이해 대립의 그 담부터 헐어야 한다. 그러한 담을 쳐두고서는 산업의 발전도 어려울 것이다.

초특별시에 사는 사람들

서울 시민이라고 다 같은 시민이 아니라는 말이 있다. 도심지에서 사는 '특별 시민'과 변두리에 사는 '보통 시민', 그리고 행정 구역상으로만 서울특별시에 편입된 '부록 시민' 등이 있다고 한다.

같은 세금을 내고 있는 시민인데 지역에 따라 그 대우가 현저하게 다르다. 수도 사정이 다르고, 하수도와 길의 포장과 각종 공공 시설들이 하늘과 땅 차이인 것이다.

서울시는 여의도 일대에 한강변의 기적을 세우고 있다. 여름의 더위도 겨울의 추위도 없는 상춘 도시, 현대판 무릉도원이 탄생하리라는 이야기다. 그것만이 아니다. 여의도의 '뉴 타운'에는 가장 모범적인 학교, 가장 현대적인 도서관, 가장 이상적인 놀이터, 초고급 주택…… 20세기의 첨단을 걷는 새 도시안의 메뉴가 풍성하다. 틀림없이 여의도에서 살게 될 시민들은 초특별 시민의 명칭을 받아도 부끄러울 것이 없겠다.

초특별 시민의 탄생—과연 그들은 누구일까? 짐작하기 어렵잖다. 이른바 관계의 엘리트들, 국회의원과 고급 관리와 백만장자의 기업가들로, 태평성대를 누리는 특권층일 것임은 점성술사에게 물어보지 않아도 다 알 일이다. '배가 아프다'는 이야기로 듣지 말기 바란다. 어느 외국의 도시 계획가는 국회의원이나 위정자들이 드나드는 건물은 되도록 슈퍼마켓이나 서민들이 일상생활을 하는 시장 가까운 곳에 세워야 한다고 주장한 적이 있다. 그래야만 서민의 실정과 동떨어진 정치를 하지 않게 될 것이기 때문이다.

지금도 자가용을 타고 다니는 사람은 서민들의 교통난을 모른다. 센트럴 히팅과 에어컨디셔너의 문화 주택 속에서 사는 사람들은 연탄가스에 죽고, 철도를 베고 납량納涼을 하다가 숨지는 한국의 현실을 망각하기 일쑤다. 여름도 겨울도 없는 초특별 시민, 여의도의 그 주민들이 되실 권력자나 돈 많은 그 기업가들은 그야말로 '국민의 동질성'을 상실한 낙원 속에서 한국의 생활을 잊게 될지도 모를 일이다. 평준화의 구호가 한창인 이때, 일류교까지 없앤 이때, 그래 상춘 도시의 기적 속에 살게 된다 해서 과연 마음이 편할 것인가? 한강의 기적은 '부록 시민'들을 없애는 것부터 시작되어야만 할 것이 아닌가?

서울은 멋이 없다

빌딩이 들어선다고 해서, 자동차가 어지럽게 굴러다닌다고 해서, 사람들의 물결이 몰려든다고 해서 하나의 도시가 이루어지는 것은 아니다. 도시에는 추억이란 것이 있어야 한다. 만약 자기가 살던 도시를 떠났을 때 아무런 추억도 떠오르지 않는다면 그것은 사람이 사는 도시라고 할 수 없다.

도시는 마치 그리운 연인의 얼굴처럼 떨어져 있을수록 어떤 매력의 환상을 불러일으켜야 한다. 영화를 봐도 이름 있는 도시들은 스타 못지않은 개성을 풍겨주고 있다. 안개 낀 템스 강이 흐르는 런던이나, 샹젤리제의 매혹적인 가로수 길이 뻗어 있는 파리나, 파란 호숫가에 있는 주네브는 그 이름만 봐도 묘한 감정이 생겨난다. 그런 분위기가 있기 때문에 부산한 도시에도 인간의 정이란 것이 피어 있다.

서울은 거대해져가고 있다. 그러나 이 도시의 성격은 날로 조잡해져가고 있다. 확실히 옛날의 서울은 초라하긴 했어도 서울만이 지니고 있는 '추억'이란 것이 있었다. 도시가 연인들을 위한 세트장은 아니지만 그래도 자랑을 하기에 알맞은 곳이 많았다.

그러나 지금은 고속도로와 치솟는 빌딩 때문에 서울의 길들은 음산해졌다. 〈007〉 같은 영화를 찍기에는 알맞을지 몰라도 사람과, 그리고 사색과 추억이 살기에는 너무나 산문적이다.

밤의 서울 거리를 지나면 더욱 한숨이 나온다. 빌딩의 높은 벽마다 화장을 처음 한 촌색시같이 천박한 네온사인이 도시의 격조를 떨어뜨리고 있다. 색채나 디자인이나 도시 조화의 미감하고는 담을 쌓아놓은 것 같다. 누더기같이 붙어 있는 간판 역시 살풍경이다. 간판이나 선전물들은 비단 상업성만이 아니라, 도시의 분위기를 결정짓는 미학적 구실도 해야 한다. 정부는 이웃 나라에 온 외국 관광객을 유치하려고 애쓰고 있지만 그들의 눈에 서울의 밤풍경은 어떻게 보일 것인가?

당국에서는 위험성이 있는 간판이나 선전물들을 단속하리라고 한다. 그것들이 떨어져 행인들을 다치게 하는 것만이 위험한 것이라고 생각해서는 안 된다.

추악하고 꼴사나운 간판이나 선전물도 그에 못지않게 행인들을 해치고 있다. 서울의 화장은 간판과 선전물에서부터 시작해야 한다. 이 기회에 미학적(?) 계몽에도 힘써주기 바란다.

농촌은 황혼

구정의 의미

우리가 단일 민족이요, 단일 어족語族이라는 사실을 자랑삼는 사람들이 많다. 유럽의 공원이라고 부러워하는 스위스만 해도 그 국민들이 쓰는 말은 제가끔 독일어, 프랑스어, 이탈리아어 등으로 갈라져 있어 도로 표지나 공공 표시판까지도 구차스럽게 두 개 이상의 언어로 표시해야 한다.

그리고 미국은 인종 박람회라고 할까? 같은 나라면서도 핏줄의 고향은 동서남북으로 흩어져 있다.

그러나 같은 핏줄에 같은 언어를 쓴다고 해서 국민의 동질성이 높고, 언어와 종족이 다르다고 하여 그 국민들까지 분열되어 있다고 생각한다면 큰 오해다. 서글프지만 우리의 경우를 두고 생각해보자. 핏줄과 언어가 같아도 그 생활 감정은 이민족처럼 서로 다를 경우가 많다.

명절 하나 쇠는 것만 해도 이 사회가 얼마나 복잡한가를 알 수 있다. 크리스마스는 연령으로 볼 때는 10대의 축제요, 지역적으로 볼 때는 도시의 명절이다. 시골 사람이나 노인들은 크리스마스의 축제 기분을 모른다.

양력설은 어떤가? 이것은 공공 기관의 설이며 동시에 샐러리맨들의 축제인 셈이다. 식모나 노동자들에겐 담 너머의 잔치에 지나지 않는다.

구정 명절은 어떤가? 크리스마스와는 달리 연령으로는 노인들, 지역적으로 농어촌의 축제라 할 수 있다. 그리고 경제적으로는 서민들이 지내는 설이다. 구정에 식모들이 휴가를 얻어 귀향을 하기 때문에 도시의 사모님들은 한숨깨나 쉬어야 하는 날이다. 고용자들보다는 피고용자들이 놀기를 원하는 것이 구정의 풍습이다. 해마다 이때가 되면 눈살을 찌푸리는 사람들이 많다.

누구에게는 즐거운 설이, 또 누구에게는 귀찮은 설이 되기도 한다. 연령과 직업과 신분, 그리고 지역의 구분 없이 모든 국민이 함께 한자리에서 즐길 수 있는 명절은 별로 없다. 제가끔 동상이몽을 한다. 이 이질성은 날이 갈수록 틈이 벌어져가고 있다.

어떤 사람들은 차츰 구정이 조용해진다 해서 근대화가 되어가는 증거라고 말하는지 모르나, 실은 양력설과 음력설을 쇠는 사람이 그만큼 제자리를 찾아 고정화되어감을 의미한다. 시골 사람들과 노인들과 가난한 서민층들은 예와 다름없이 구정을 쇠고 있다. 구정의 의미는 바로 같은 국민 속에 도사리고 있는 생활 감정의 이질성을 상징해주고 있는 것으로 보아야겠다.

농업 교육의 숙제

덴마크는 원래 농업국은 아니었다. 강대한 무력에 의하여 광대한 북유럽을 지배해오다가 19세기 중엽에 프러시아와 오스트리아군에게 패배를 했다. 이때부터 넓은 국토를 잃은 덴마크의 국민들은 희망도 동시에 상실하여 민족의 위기를 맞게 된다.

그때 그룬트비Nikolai Grundtvig[17]가 내세운 구호가 바로 "칼로 잃은 땅을 괭이로 일으키자"는 것이었다. 이러한 농업 교육 운동을 위해 덴마크의 각지에는 '국민 고등학교'란 것이 생겨났다. 여기에서 농업 청년 지도자를 양성했으며, 그들은 그 향토의 메마른 땅을 비옥하게 만들고 경작지와 새로운 가축 사육을 위해 과학적인 연구를 했다. 그 결과로 덴마크는 적은 땅을 가지고서도 큰 나라 못지않은 낙농 왕국을 건설하게 된 것이다.

칼로 누린 영광을 괭이로 부흥시킨 덴마크의 농업 혁명은 그 구

---

17) 그룬트비(1783~1872). 덴마크의 종교가, 시인. 국가 교회에 반항해서 그리스도교의 역사성을 중시하고 덴마크 민족의 역사적 지성과 그리스도교와의 관계를 강조하며, 덴마크의 국민주의를 지원했다. 국회의원이 되어 누구나 토지를 소유할 권리가 있음을 역설하고 소농 제도 확립에 기여했다. "하느님을 사랑하자, 이웃을 사랑하자, 땅을 사랑하자" 구호를 제시하고 척박한 땅 덴마크를 개척하여 세계적으로 아름다운 나라로 만든 데 공헌했다.

호보다도 '국민 고등학교'라는 교육 방식을 통해 이루어졌다는 데 우리는 좀 더 관심을 가져야 할 것 같다. 정부가 내세운 구호 가운데는 중농 정책이란 것이 끼여 있지만 한국의 농업 학교 교육은 지금까지 구태의연한 소외 지대에서 머물러 있었다고 해도 과언이 아니다. 다른 기술 교육과는 달리 농업 학교 학생들에겐 우선 흙을 사랑하고 향토를 가꾸라는 정신 교육부터 가르쳐야 한다.

농사를 짓는다는 데 대한 콤플렉스만이라도 씻어주어야 한다. 농업계 학교와 농촌 지도소를 통합하고 교장 임명도 농림부 장관의 동의를 얻는 등 농업 교육의 새 방향을 검토 중에 있는 모양이다.

그러나 이 땅의 진정한 농업 교육의 개혁에도 입춘이 오려면 그 교육을 받은 젊은이들을 어떻게 자기 향토에 머물러 있게 하느냐는 것부터 해결해야 한다. 농업 고등학교를 나오고도 엉뚱한 인문계 대학을 지망하는 학생이 얼마나 많은가? 만약 농업 고등학교만 나오고도 이의 보람이나, 소득 면에서 열등의식을 갖지 않고 농사에 전념할 수 있는 사회 환경이 되어 있다면 교장 임명에 농림부 장관까지 신경을 쓰는 제도를 마련하지 않아도 좋을 것이다.

밭을 가는 것[農耕]이 곧 마음을 가는 것[心耕]이었던 옛날의 농업 교육에 근대 과학을 어떻게 접목시키는가 하는 것이 오늘의 숙제인 셈이다.

농업 정책의 빈곤이

농작물과 축산물의 생산을 어떻게 조정하는가 하는 문제는 미국 농촌의 큰 두통거리 중 하나다. 옥수수나 밀 같은 곡물을 너무 많이 생산해서 흔해지게 되면 돼지나 소 같은 가축을 기르는 사람들이 수지맞는다. 싼값으로 사료를 해결할 수 있으니까 말이다.

그래서 너도나도 수익성이 많은 축산에 손을 댄다. 곡물을 심는 것보다도 그쪽이 더 이익이 많기 때문이다. 그러면 거꾸로 육류가 흔해지고 곡물가가 오른다. 이번엔 거꾸로 곡물을 생산하는 편이 훨씬 더 수익성이 높아진다. 가축 붐이 일어났으니 시장도 넓어지고 남들이 다 돼지나 닭을 기르는 바람에 곡물이 귀해진 까닭도 있다. 이렇게 되면 또다시 사람들은 돼지를 기르는 것보다 옥수수나 밀을 심으려 한다.

이런 순환이 되풀이되면 농촌은 항상 시행착오에 빠지게 된다. 많은 사람들이 옥수수냐, 돼지냐의 그 숨바꼭질에서 큰 손해를 입게 된다. 그렇기 때문에 농업 정책이 필요한 것이다. 그 정책이 잘 들어맞느냐, 그렇지 않느냐로 농업의 활로가 열렸다 닫혔다 한다.

그런데 한국의 고민은 그보다 몇 배나 더 심하다. 차라리 졸렬한 농업 정책은 없는 편이 나을 경우가 많다. 즉 방치보다 더욱 나쁜 결과를 가져온다.

시골에는 농사를 짓다 망한 사람이 많다. 수익성이 높다 해서 닭이나 돼지를 기르라고 권장을 한다. 초기에는 괜찮지만 너도나도 그런 일에 손대다 보면 시세가 폭락하게 되어 사료값도 안 나온다. 비단 가축 문제만이 아니다. 농민들은 논밭에 보리나 벼를 심어보아야 비료값도 안 나온다고 한탄을 한다.

그래서 농협에서는 논밭에 수익성이 많은 농작물을 심어 수지를 맞추는 방도를 강구하고 있다. 지금 시골에 가보면 기름진 논밭이 파밭이나 수박밭으로 변한 데가 많다. 사실상 논에 벼를 심는 것보다 수박이나 파를 심으면 수입이 4배가량 는다고 한다.

그러나 이것이 해피엔딩으로 끝날 것 같지 않다. 남이 안 심을 때의 이야기지 모두 이렇게 벼나 콩 대신 파와 수박을 심는다면, 그 값이 폭락할 게 뻔하다. 그뿐 아니라 쌀의 절대 생산량이 모자라 수입해 오는 판국에 이렇게 논이 파밭으로 바뀌어가면 어떻게 되겠는가? 농촌이 가난한 것은 농업 정책이 빈곤하기 때문이라는 생각이 든다.

맹사성孟思誠의 교훈

맹사성孟思誠은 후세에 많은 설화를 남겼다. 정승의 높은 벼슬자리에 있었으면서도 그는 검정 소를 타고 다녔다. 그리고 언제나 틈만 있으면 고향으로 돌아와 촌로의 차림으로 농사를 지었다. 고급 승용차를 타고 골프를 즐기는 민주주의 시대의 고관들보다도 더욱 그는 평민적이었다.

퇴관退官한 후에도 그는 줄곧 향리인 아산牙山에서 농사를 지었다고 전한다. 어느 날 새로 부임한 그 고을 원님이 인사차 밭을 매고 있는 맹사성을 찾아왔다. 그러나 그는 돌아다보지도 않고 그냥 일을 계속하고 있었다. 거룩한 차림을 하고 나타난 원님은 여름의 햇볕 밑에서 하는 수 없이 땀을 흘리며 몇 시간이나 서 있어야만 했다.

밭을 다 매고 난 맹사성은 그제서야 손님을 맞으며 이렇게 말하더라는 것이다.

"기다리느라고 몹시 힘이 들었겠지? 그러나 한번 생각해보게. 그냥 서서 기다리기도 힘이 드는데, 뙤약볕에서 농사를 짓는 사람들은 얼마나 고통스럽겠는가? 그 고통을 모르고는 이 고을을 다스릴 수 없다는 것을 명심해두게."

맹사성은 풋내기 이 선비에게 농민의 고충을 알려주기 위해 일부러 그를 햇볕에 세워두었던 것이다.

권농일勸農日, 근대화의 구호와 권농일이라는 말은 어쩐지 이가 안 맞는 두 개의 톱니바퀴 같다. 근대화라면 공업이나 상업의 산업화를 의미하기도 한다. 사실상 근대화 바람과 함께 한국에서도 이제 농업은 사양화되어가고 있다. 농업은 우선 상공商工에 비해 이익이 적다. 그래서 농업이 빛을 잃어가고 있는 것은 세계적인 현상이라고도 한다.

농업 국가로 알려진 프랑스도 농사를 지으려는 사람이 날로 줄어들고 있기 때문에 네덜란드에서 농사꾼을 이민시켜 오기도 한다. 이탈리아는 밀라노 지대의 공업화로 이농자가 속출하고 있다.

고관들이 공업 지대를 시찰하는 예는 많다. 그러나 여러 가지 도전을 받고 있는 우리 농촌의 실정을 맹사성의 교훈처럼 몸소 체득하고 있는 관리들은 그리 많지 않을 것 같다. 좋든 궂든 농업 인구가 과반수를 차지하고 있는 한국에선 농업에 대한 관심 없이 진정한 건설은 있을 수 없다.

정사政事를 담당한 사람이나, 도시인들이 한 번만이라도 뙤약볕에서 논밭을 매는 그들의 괴로움을 함께하면서 근대화의 길을 걸어가야겠다.

벼농사와 밀농사

유럽의 식물학자 한 사람은 극동 지방을 여행하면서 벼농사에 대한 소감을 이렇게 적었다.

"이 식물은 몇 세기 전 옛날부터 인간에게 이렇게 말하고 있는 것 같았다. 나를 위해 더 노력을 쏟아주면 나도 더 훌륭하게 자랄 것입니다. 게으르지 않게 나를 돌보아주면 나의 한 톨은 10평의 땅에 아무렇게나 뿌려진 천 톨의 그것보다도 더 많은 것을 당신에게 줄 것입니다."

말하자면 벼의 재배가 극동의 전 농업을 키워준 것이다. 서양의 밀농사에 비해 확실히 우리의 벼농사는 일손이 많이 든다. 몇배나 더 정성을 들이고 땀을 흘려야 한다. 서양의 밀농사는 거칠기 짝이 없다. 아무렇게나 뿌려두어도 잘 자라날 뿐 아니라 잡초가 있어도 무방하기 때문에 한 포기 한 포기에 손질을 하지 않아도 농사를 망치는 일이 없다.

여기에 비하면 우리나라의 농사는 젖먹이 어린아이 다루듯 신경을 많이 쓰고 또 조심을 해야 한다. 물을 대고 김을 매주고, 거름을 주고, 여러 가지 병충해를 막아야 한다. 그렇지 않으면 가을 수확을 할 수 없다.

동양의 침체 원인은 벼농사를 지었기 때문이라고 말하는 사람도 있다. 1년 내내 이 민감한 식물(벼)에 얽매여 온갖 정력과 마음을 다 쏟다 보면 다른 일을 할 겨를이 없는 것이다. 보통 정성 없이는 키울 수 없는 것이기에 우리는 이 벼농사를 짓다가 서양 친구들에게 뒤져 후진국 소리를 듣게 되었는지도 모른다.

서양인들이 일찍부터 동력을 사용하여 농업을 근대화할 수 있었던 것도 그것이 벼가 아닌 밀농사였기 때문이라고 할 수 있다.

밀과 벼의 성격이 오늘날의 동서양을 나누어놓은 요인 중 하나라 해도 지나친 말이 아니다. 그러나 우리가 벼농사를 밀농사로 바꾸어 식생활을 개선해서 빵을 먹자는 이야기는 아니다. 벼농사를 어떻게 능률적으로 개량하느냐에 따라 우리의 근대화가 결정된다는 사실을 말하고 싶은 것이다. 농촌과 도시의 생활 격차를 좁히는 첩경은 신경과 힘을 덜 들이고 안전하게 더 많은 수확을 올리는 벼농사의 혁명에 있다.

해마다 철이 되면 모판을 가꾸고 모를 내기에 눈코 뜰 새가 없다. 그러나 대대손손으로 내려온 숙명적인 농사법을 계절처럼 되풀이할 수만은 없지 않은가. 도시의 사람들도 한번 눈을 돌려 벼를 재배하는 이들의 노고와 또 그들에게도 새로운 삶을 갖도록 관심을 기울여야 되겠다.

농부들에게 감사를

옛날 시조를 읽어보면 "아니 놀고 어이리"라고 되어 있는 것이 많다. 『청구영언靑丘永言』에 실린 총 시조 수의 1할이나 그런 시조가 점하고 있다. 어쩌다가 꽤 건설적인 노래가 나온다 싶어 자세히 분석해보면 그것도 실은 "아니 놀고 어이리" 형과 오십보백보다.

잘 알려져 있는 "동창이 밝았느냐……"의 시조만 해도 그렇지 않은가? 표면적으로 보면 아침 일찍 일어나 밭을 갈라는 권면의 교훈시 같지만, 그것을 쓴 시인은 아이들보고 그냥 잔소리만 늘어놓은 것에 지나지 않는다.

"동창이 밝았느냐 노고지리 우지진다"의 시구만 보더라도 이 시인은 새벽에 아직 눈도 뜨지 않고 이불 속에 누워 종달새 소리를 듣고 있는 것이 분명하다. 결국 잠이 없는 노인이 일찍 일어나 아이들보고만 "재 너머 사래 긴 밭을 언제 갈려고 하느냐"고 호령을 치고 있는 것이다.

자기는 하지 않고 남보고만 어려운 일을 하라는 것은 논리적인 면에서도 옳지 않다. 남북 전쟁 때의 리Robert E. Lee 장군은 어느 시골 교회에서 흑인들과 동석하려 하지 않는 백인들을 보자 아무 말도 하지 않고 자기 자신이 흑인 곁에 가 앉았다. 그러자 그 광경을 본 사람들은 모두 리 장군을 본받아 흑인 곁에 앉더라는 것이다. 역시 그는 군인이었고 행동으로 부하를 통솔하는 지휘 방법을 알고 있었기 때문이다.

6월 10일은 권농일이다. 그러나 권농일이란 말부터가 이상한 어감을 풍긴다. 옛날 선비들이 자기는 책을 읽으며 한유자적閑遊自適하면서 농부들보고만 땀을 흘리며 농사짓기를 권고하던 유습이 눈에 선하다. 호미와 삽이 아니라 골프채를 든 사람들이 아무리 농자農者가 천하지대본天下之大本이라고 말한다 해도 그것을 곧이들을 사람은 없다. 이농이 오히려 현명으로 통해 있는 도시 중심의 문화에서는 농사 예찬이 하나의 사언詐言처럼 울릴 뿐이다.

차라리 '권농일'은 '농부에게 감사를 드리는 날'쯤으로 기념하는 것이 어떤가? 도시에서 편안한 생활을 하고 있는 사람들이, 가난과 어려움 속에서 뼈마디가 아프게 일하는 농부들을 업신여기지 않고 그 땀에 감사할 줄만 알아도 농사짓는 일에 어떤 보람이 생길는지도 모른다.

사라져가는 중추가절

그래도 가을이 오고 있다. 병마病魔와 수마水魔가 날뛰는 그 속에서도, 그리고 소란한 정계의 열풍 속에서도 추석 달은 조금씩 둥글어져가고 있다. '더도 덜도 말고 팔월 한가위만 되거라'는 속담처럼 추석은 유난히도 우리 민족이 좋아했던 명절이다.

어째서 우리는 그 많은 날 가운데 하필 팔월 추석을 첫손에 꼽았는가? 여러 가지 이유가 있겠지만 무엇보다도 우리가 농경 문화권에 살아왔기 때문이라고 할 수 있다. 중추가절仲秋佳節이란 말이 암시하고 있듯 추석절은 모든 농작물이 익어 봄과 여름에 흘린 땀을 거두어들이는 수확의 철이다. 1년 내내 물품을 생산하는 공업 사회에서는 맛볼 수 없는 기쁨이다.

농작물은 공업 생산품과는 여러 가지 면에서 다르다. 공업 생산품은 기계가 만들어내고 있다. 같은 노동이라 해도 자기가 그 물건을 만들었다는 애착심 같은 것이 전연 없다. 즉 그 생산품에는 인간이 소외되어 있다.

하지만 농부가 논과 밭에서 가꾸는 농작물은 비정한 강철 제품과는 달리 깊은 애정이 깃들어 있는 것이다. 그것은 상품이기 전에 먼저 하루하루 자라나는 하나의 생명력을 지닌 식물이다. 그렇기에 자기 밭에서 가꾼 한 톨의 곡식들이 추석절에 익어간다는 그 즐거움과 그 보람은 단순히 돈으로만 환산할 수 있는 성질의 것이 아니다.

그러나 농경 문화의 시대는 좋든 궂든 우리 눈앞에서 서서히 사라져가고 있다. 산업주의 시대에서는 추석의 의미도 변모할 수밖에 없다. 도시의 추석 풍경은 꼭 구식 옷차림을 한 시골 영감이 빌딩 틈바구니에서 서성대는 것처럼 외롭고 쓸쓸하고 불안해 보이기까지 한다. 공연히 추석이라고 물가만 뛰고 집집마다 식모의 귀향 준비로 어수선하다.

시골 역시 마찬가지다. 창녕昌寧에서는 장꾼들이 강을 건너다 나룻배가 뒤집혀 70여 명이 실종된 일이 있었다. 이러한 사건이 아니더라도 농촌의 추석은 해가 갈수록 어수선해진다. 추석이면 고향을 등졌던 사람들이 다시 도시로부터 돌아오기 시작하는 것이다.

그들의 옷차림이, 그 말씨나 모든 생활 풍속이 이미 농경 문화와는 그 거리가 멀다.

추석은 과연 산업화 시대에서도 중추가절이라 할 수 있을까! 추석 전의 혼란스러운 사회를 보면 그 말도 바뀌어야 할 것 같다.

옛날의 고추와 오늘의 고추

빨갛게 익어가는 고추밭, 그것은 한국의 가을을 상징하는 농촌 풍경의 하나다. 초라한 초가지붕이나 그 뜰이라 하더라도 고추를 널어 말릴 때가 되면 도시의 네온사인에서는 결코 찾아볼 수 없는 화사한 정감이 생긴다.

파란 가을 하늘과 빨간 고추 빛깔은 절묘한 음악의 화음처럼 조화를 이루고 있다. 고추 맛은 맵지만 그것의 이미지는 차라리 달콤한 것이라고 할까. 붉게 물들어가는 고추에는 시골 까치 소리 같은 것이 배어 있고, 순박한 시골 여인들의 손길이 스며 있고, 장독대의 평화로운 정적 같은 것이 숨겨져 있다.

고추는 가을의 고향을 생각하게 한다.

이미지만이 아니다. 외국 것이면 무조건 다 백기를 드는 친구들도 김치, 깍두기, 그리고 고추장 맛만은 버리지 못한다. 그것은 물론 고춧가루를 **빼놓고는** 상상조차 할 수 없는 맛이다. 고추는 한국인의 생리 속에 깊이 배어 있다. 고추가 풍기는 맛은 바로 조국의 맛이기도 하다. 그래서 어떤 사람들은 한국인의 기질을 일컬어 '고춧가루 정신'이라고도 한다.

그러나 현실적으로는 고추를 많이 먹기 때문에 한국인들에겐 위장병이 많다고 한다. 자극성이 강해 의학적으로는 고춧가루의 찬미가만을 부를 수 없는 모양이다. 더구나 도시의 시장에서 팔리고 있는 고춧가루는 태반이 가짜라 훨씬 더 유해하다. 유해 색소를 넣어 기분만 맵게 해놓은 것이 있고 심한 것은 톱밥이나 불순물을 섞은 것도 있다는 이야기다. 가짜 고춧가루는 한국의 근대화를 상징하는 도시 풍경의 하나다.

김장철을 앞두고 가짜 고춧가루가 부쩍 늘어나고 있는 모양이다. 검찰은 공장까지 차려놓고 가짜 고춧가루를 양산해내는 업자들을 파악, 수사에 나섰다고 한다. 유해 색소나 부정 식품에 대해서 관계 당국은 여러 번 뿌리를 뽑겠다고 호언해왔다.

이번 단속은 또 어떨는지 궁금하다. 단속 자체가 가짜 고춧가루처럼 겉보기만 맵기 때문에 그런 부정 식품이 근절되지 않는지도 모른다. 진짜 고추처럼 매운 법의 제재가 있었으면 한다. 진짜나 가짜나 이래저래 고추는 한국의 대표적인 상징물이 된 것 같다.

서울 자동차와 시골 자동차

자동차 사고의 성격도 도시와 지방이 서로 다르다고 한다. 사고 건수는 도시가 월등 많지만 그 사고로 인한 인명 피해는 정반대로 지방이 압도적으로 크다는 이야기다. 여러 가지 이유가 있겠지만, 도시에서는 자동차의 충돌 사고가 대부분이고, 그리고 택시처럼 소형 승용차들이기 때문에 사고를 당한 사람이 죽는 확률은 그리 높지 않다. 그러나 시골은 주로 트럭이나 버스처럼 대형차여서 한번 사고가 났다 하면 떼죽음을 당하거나 압살되는 경우가 많다.

이런 수수께끼의 유머가 있다. 시골길에서 버스가 뒤집혔는데 승객은 1백 명이나 타고 있었다. 그런데 이상스러운 것은 한 사람도 부상자가 없었다는 사실이다. 왜 그랬을까?

사람들은 이 문제를 풀려고 고개를 갸웃거릴 테지만 해답은 아주 간단하다. 그 승객들이 모두 즉사했기 때문에 부상자가 하나도 없었다는 것이다. 단순한 우스개 이야기가 아니라 이렇게 시골의 교통사고는 그야말로 한번 발생하면 부상자조차 없을 정도로 참혹한 결과를 가져온다.

경상남도 산청에서 일어난 버스 사고도 그렇다. 45명이 사망하고, 33명이 부상했는데 그중에는 생명이 위독한 중상자가 많다는 보도다. 장지葬地의 조객들이 거꾸로 조문을 받게 되었다는 그 아이러니보다 더 큰 아이러니가 있다. 그것은 교통 혜택을 제대로 받지 못하고 사는 시골 사람들이 엉뚱하게 교통사고를 더 심하게 당하고 있다는 점이다. 정말 이만저만한 모순이 아니다.

운전 부주의, 차량의 노후, 도로 불량······. 으레 큰 사고가 날 때마다 이러한 문제성을 토의해왔다. 그러나 화제의 소멸과 함께 다시 이러한 교통 숙제들은 망각 속에 덮여버린다.

서울 시내의 노후한 차들이 곧잘 지방으로 내려가게 되는 경우도 없지 않다. 시골길일수록 튼튼한 차가 달려야 할 것인데, 사정은 정반대다. 시골길을 달리는 차량들은 거의 관처럼 덜그덕거린다. 말이 자동차지 굴러가는 관이나 다를 게 없다.

몇 번이나 이 비극을 되풀이해야 시골의 도로는, 그 자동차는, 운전사는 개선이 되는 것일까? 장지로 가야 했던 것은 그 승객들이 아니라 바로 이 전근대적 교통사고이어야만 했다.

불신 속에 피는 꽃

남에게 받기는 쉬워도 무엇인가 봉사를 한다는 것처럼 어려운 것이 없다. 특히 우리나라 형편이 그럴 것 같다. 까닭 없이 친절을 베풀면 도리어 의심을 사게 되는 일이 많다.

시험 삼아 길 가는 사람들에게 봉사 정신을 한번 발휘해보라.

만약 그것이 무거운 짐을 들고 땀을 흘리는 노인이라면 날치기로 오해를 받을 것이고, 부녀자의 경우에는 치한으로 지목될 것이며, 꼬마 아이들일 때는 유괴범의 혐의를 받게 될 것이다.

봉사 정신만 고갈된 것이 아니라 이 불신 시대에서는 남의 봉사를 받아들이는 마음마저도 시들어버릴 수밖에 없다.

이유 없이 남에게 선심을 쓰는 것은 사기꾼일 경우가 많은 탓이다. 그렇지 않다 하더라도 타인에게 봉사하는 사람을 높이 평가하는 풍습마저도 찾아보기 힘들다. 이쪽에서 말을 공손히 하면 상대방은 예의 바른 사람으로 대접하기보다는 얕잡아 보기가 일쑤다. 몇 번 양보를 하면 바보로 알고 다음부터는 타고 앉으려고 한다. 그렇기에 사막에는 가시 돋친 선인장을 심어야 하듯, 메마른 사회에서는 이기주의로 일관하는 것이 처세법이 되기도 한다.

이런 상황에서도 소리 없이 타인의 신발 끈을 매어주는 갸륵한 봉사자들이 있다. 남들이 다 잠들어 있을 때 홀로 눈을 뜨고 있는 사람은 분명 의로운 사람이다. 남들이 모두 앉아 있을 때 홀로 걷는 사람은 분명 용기 있는 사람이다. 남들이 모두 자기 발등만을 바라보고 있을 때 홀로 길가의 돌을 치우고 있는 사람은 분명 믿음이 있는 사람이다. 그들은 외롭지만 빛을 지니고 있는 밤의 별이요, 유곡幽谷의 난초다.

오늘날 불신의 땅에 의와 사랑을 심은 분들을 위로하기 위한 청룡 봉사상이 있다.

이 상을 받게 된 그분들에게 다시 한 번 뜨거운 박수를 보낸다. '한 마리 미꾸라지가 논물을 흐리게 한다'는 속담과는 반대로 '한 마리 제비가 봄을 부르는' 그 희망을 우리는 이들에게서 발견한다.

참된 봉사자들은 상을 원해서 봉사를 한 것은 아닐 것이다.

그러나 깊은 골짜기에는 메아리도 울리는 법이다. 한 사람의 봉사가 천 사람, 만 사람의 것이 되어 번져가는 그 메아리를 우리는 지금 듣고 있다.

현대 생활과 법의식

떡만 먹고 못 살아

"빵만으로는 살 수 없다"는 『성경』 구절은 기독교인이 아닌 사람들도 곧잘 애용하고 있는 말이다. 그런데 이 구절이 우리나라의 『성경』에서는 "사람은 떡만으로 사는 것이 아니라……"라고 번역되어 있다. 서양의 빵과 우리의 떡은 비슷한 점이 없지 않으니 명역名譯이라 할 만하다.

그러나 막상 목사님이 시골 아낙네들에게 직접 이 말을 그대로 전할 때 어떤 반응이 생겨날까? 그들은 엉뚱하게도 고개를 끄덕거리면서 이렇게 말할지도 모를 일이다.

"옳고 말고, 사람이 어떻게 떡만 먹고 사누? 밥을 먹어야지……."

서양인들에게 있어 날마다 먹는 빵은 주식을 의미하지만 한국인들이 먹는 떡은 어쩌다 해먹는 간식이다. 그러므로 빵과 떡이 상징하고 있는 의미는 도리어 정반대의 것이라 할 수 있다.

비단 『성경』의 번역에서 그칠 얘기는 아니다. 서양에서는 '빵'으로 통하는 것이 우리나라에서는 '떡'으로 바뀌어지는 현상이 하나둘이 아니다. 무엇보다도 법이 그렇지 않은가. 법을 음식에 비유하면 매일 같이 먹는 빵(밥)이라고 할 수 있다. 일상생활 속에서 항상 살아 있어야 한다. 그런데 이 법이 우리나라에서는 '떡'처럼 이따금 잔칫날이나 되어야 해먹는 간식의 의미를 띠고 있다.

보통 때는 교통 법규나 깡패 단속이 소홀하다. 그러다가 무슨 '비상이다', '강조 주간이다' 해야 시루떡처럼 그 법규들에서 김이 무럭무럭 오른다. 보통 때는 요정에 가도 아무 탈이 없지만 공무원 기강 단속 철에 걸려들면 서리를 만난다.

그러다가 잔칫날이 지나듯 시간이 경과되면 옛날과 같은 도루묵이 된다.

한국의 인권도 결코 매일 같이 누리는 빵(밥)이 아니라 '인권 선언일'이란 생일이 돌아와야 비로소 얻어먹을 수 있는 떡이다. 삼백예순 날, 인권 부재 지대에서 살아가다가 이날이 되면 으레 "사람 위에 사람 없고, 사람 밑에 사람 없다"고 외친다. 언젠가 인권일을 맞이하여 치안 국장이 모든 피의자에게 경어를 쓰라고 지시한 적이 있다. 인권 주간만이 아니라 1년 내내 그래야만 되는 것이다. 그러나 솔직한 심정으로는 경어는 너무 황송하고, 피의자들이 애매한 매만이라도 맞지 않는 세상이 되기만 해도 상팔자란 생각이 든다.

사람은 정말 '떡만으론 살아갈 수 없는 존재'이다.

명화냐, 음화냐

'그림으로 그려진 시체는 이미 시체가 아니다'란 말이 있다. 시체를 보면 누구나 외면을 한다. 징그럽고 추악한 느낌을 받기 때문이다. 그러나 화가의 상상력 속에서 재현된 그림 속의 시체는 도리어 미감美感을 자아낼 수 있다. 그것이 예술성이다.

여인의 나체를 보면 성자聖者가 아닌 다음에야 누구나 성적 충동을 받게 될 것이다. 그러나 시체의 경우와 마찬가지로 그것을 어떻게 재현했느냐로써 여인의 누드가 꽃이나 구름의 경우처럼 아름답게만 느껴질 수도 있다. 그렇기 때문에 어떤 그림이나 작품을 놓고 그 외설성을 인정하느냐 그렇지 않느냐를 따질 때 예술성 유무를 따진다는 것은 곧 그 판단의 객관적 규준이 되는 것이다.

이탈리아의 형법 제529조를 보면 예술적 작품이나 과학적 작품은 외설로 보지 않는다는 규정이 못 박혀져 있다. 그런데 우리나라에서는 이 점이 매우 애매하게 되어 있다. 예술 작품이니까 외설성을 가져도 좋다는 특권을 부여하자는 이야기가 아니라 예술 작품은 미와 진실을 추구하는 것이기 때문에 같은 소재를 다루어도 일반에게 주는 인상과 그 느낌이, 외설을 목적으로 한 것과는 판이한 충동을 준다는 사실을 인정해야 된다는 이야기다.

그렇다면 성냥갑에 고야Francisco Goya의 명화 〈나체의 마야〉를 복사해서 판 행위를 음화 제조 판매로 규정한 대법원의 판결을 어떻게 볼 것인가? 구중 지하에 묻힌 고야가 자기의 그림을 춘화도春畵圖와 같이 취급했다고 화를 낼 것인가? 그렇지 않다. 대법원의 판결에 고야는 누구보다도 큰 소리로 만세를 불렀을 것이다. 왜냐하면 조잡한 인쇄로 축소된 그 싸구려 복사판 '마야'를 내놓고, "이것이 당신의 그림이요?"라고 묻는다면, 고야의 망령은 버럭 화를 낼 것이다. 신비한 광선의 그 콘트라스트도, 아름다운 디테일이나 그 색채도, 성냥갑에 들어간 그 복사판 마야에서는 이미 찾아볼 수가 없다. 자기가 그린 명화 속의 마야는 결코 이런 느낌을 주지 않을 것이라고 그는 분개할 것이다.

다만 불만은 대법원의 판결 내용이다. '명화라도 비공익의 목적으로 사용했으니까' 음화라는 이론은 비약도 이만저만한 비약이 아니다. 누가 어떻게 썼든 그것이 원화에 가까운 것이라면 명화는 명화다.

'조잡한 축소 복사판의 마야는 고야의 예술성을 훼손해 단순히 외설적 충동만 일으키는 것으로 변조되었기 때문에……'라는 판결이라면 고야의 명화를 위해서도 많은 박수를 받았을 일이다.

형식 숭배론

옛날 백제에서는 불교 행사의 하나로 짐승들을 놓아주는 날이 있었다. 두말할 것 없이 중생에의 자비 사상에서 비롯된 관습이다. 그러나 사람들은 본래의 자비 사상은 이해하지 못하고 그 형식만을 존중했다.

그래서 그날이 되면 일부러 짐승이나 새들을 잡아두었다가 놓아주는 웃지 못할 난센스가 있었다. 그래야 복을 받는다고 생각했기 때문이다. 마치 놀부가 흥부처럼 부자가 되기 위해서 멀쩡한 제비 다리를 부러뜨리고 그것을 다시 고쳐주는 선심처럼 말이다. 인간은 곧잘 이런 짓을 한다. 본질은 생각지 않고 형식만을 지키려는 행위가 모두 그런 경우에 속하는 일이다.

수레바퀴는 보지 않고 수레 자국만을 보고 다니는 그런 어리석음은 도처에 있다. '국회의원은 영리 단체에 겸직할 수 없다'는 법은 대체 무엇 때문에 생긴 것일까? 적어도 이런 형식을 만든 본질은, 국회의원이 사리를 위해서 자신의 직능을 이용해서는 안 된다는 데서 비롯된 것임은 삼척동자라도 알 일이다. 법보다도 그 법의 정신을 어떻게 이해하고 어떻게 지켜가느냐 하는 것이 보다 중요한 문제다.

더구나 법을 만드는 사람은 그것을 더 잘 알 것이다. 식칼 하나를 만드는 대장장이도 칼의 본질을 알지 못하고서 쇠망치를 두드리지는 않는다. 보통 시민과 달리 국회의원은 법을 만드는 사람이기 때문에 법의 형식보다는 그 법제정의 취지를 누구보다도 잘 알고 있는 사람이다. 말썽을 일으킨 바 있는 의원 겸직 문제가 바로 그런 것이 아니겠는가?

그 법을 누가 지키고 안 지키고를 형식적으로 따지는 것이 무의미하다는 이야기는 아니다. 입법 취지를 볼 때 과연 법정신의 본질에 어긋나지 않는 행위를 한 국회의원이 몇 명이 되겠는가? 한번 자성해볼 일이다. 웬만한 이권에 국회의원이 개재되어 있지 않은 것이 없다는 사회 통념을 그대로 덮어두고 법의 형식 문제만 따진다는 것은, 꼭 옛날 백제에서 멀쩡한 새를 잡아다가 놓아주는 것 같은 희극이다. 과실처럼 법은 그 껍데기가 아니라 그 알맹이에 핵이 들어 있는 것이 아니겠는가?

카이사르의 것은 카이사르에게

미국에서는 뉴 페미니즘 운동이 요란을 떨고 있는 중이다. 우리 눈으로 보면 여인 천하의 미국에서 아직도 여권 운동을 내세울 만한 미개척지가 남아 있었는가 의아한 생각이 든다. 그러나 그들이 주장하고 있는 이야기를 들어보면 수긍이 갈 만하다.

여자가 남자 앞에서 예뻐 보이려고 하는 것, 그것부터가 불평등 사상에서 나온 관습이다. 여자는 남자들의 화초가 아니기 때문에 브래지어 같은 것을 차고 다닐 필요가 없다는 게다. 뿐만 아니라 같은 인간인데 미국에는 남자 전용의 팻말이 붙어 있는 클럽들이 많다. 역시 불평등의 상징이다. 그래서 해외 토픽을 보면 공중 변소에 남녀 구별을 해놓은 것은 남녀 평등법상 어떻게 처리되어야 하느냐가 고민거리라는 웃지 못할 난센스도 있다.

특히 뉴 페미니즘 운동의 특징은 여자의 특권까지도 스스로 배제하는 데 있다. 이혼을 할 때 남자가 여자에게 지불하는 위자료 제도 같은 것도 없애자는 것이다. 똑같은 입장인데 유독 여자라 해서 다른 대접을 받는다는 것은 평등 원칙에서 어긋난단다. 그러니 길을 갈 때, 문을 열 때, 의자에 앉을 때, 까다로운 그 레이디 퍼스트의 사회적 에티켓도 타파되어야 한다고 기염이다.

참 고마운 여권론도 다 있다. 한국도 헌법상으로는 남녀가 다 같이 평등하다. 같은 일인데도 남자가 하면 무죄가 되고 여자가 하면 유죄가 되는 그런 불평등은 매춘 행위를 제외하고는 없다. 간통죄의 쌍벌 규정을 봐도 알 수 있다. 그런데 내무부의 '풍속 사범 단속 법안'의 시안을 보면 여자가 술을 먹고 노상에서 주정을 했을 경우 법의 제재를 받도록 되어 있다.

"남자가 술 먹고 주정을 하면 괜찮은데 어째서 유독 부녀자만이 법의 단속을 받아야 하는가?"

이렇게 항의하는 한국의 뉴 페미니스트가 있다면 무엇이라고 답변할지 궁금하다. 뉴 페미니스트가 아니라도 인류 문명이 남녀의 평등화를 위해 구보를 해온 것만은 부인 못 한다. 도덕적으로는 몰라도 법적으로까지 남녀 불평등의 간판에 못질을 할 수는 없다. 카이사르의 것은 카이사르에게, 그리고 도덕은 도덕에 맡기는 수밖에 없지 않은가?

패트롤 카Patrol Car의 경적

'비상'이란 말은 어떤 경우에 있어서도 그 풍기는 이미지가 좋지 않다. 극장 같은 데서 흔히 볼 수 있는 것이지만 '비상구'라고 쓰인 빨간 표지를 보면 불길한 사고가 연상된다. 비상은 정상의 반대니 누구도 그것을 좋아할 사람은 없다.

그런데 우리 경찰 당국자들은 비상령을 좋아하는 눈치다. 어제까지 잠잠하다가 무슨 비상령이라 하여 갑작스레 경찰권을 발동한다.

'가두 질서 확립 비상령'을 내려 술주정꾼을 비롯하여 노상 방뇨자에 이르기까지 무더기 구속을 한 적이 있다. 그 바람에 걸려든 시민은 그야말로 '억세게 재수 없는 사람들'이다.

따지고 보면 비상령이 나쁠 것도 없고, 엄연히 경범법이 존재하고 있는 이상 이에 저촉되는 시민을 구속하는 것을 탓할 이유도 없다. 다만 그런 '비상' 방식으로 가두 질서가 확립될 수 있을까 하는 점이다. 우리나라에서는 예의 도덕을 모르는 사람을 '버릇없는 놈'이라고 표현한다. '버릇'이란 원래 습관이란 뜻. 이렇게 보면 모든 사회 질서나 공중도덕은 버릇이 되어야지 하루아침의 날벼락 호령으론 몸에 익혀질 수가 없다. 질서는 '비상'이 아니라 '정상'의 감각이어야 한다. '비상'은 이미 질서의 붕괴를 의미한다. 평소에 출입구로 드나드는 것은 하나의 질서다. 그런데 갑작스러운 일이 닥쳐 이 질서가 깨어질 때 사람들은 비상구를 이용하게 된다. 이런 논법으로 따져보면 '비상령' 자체가 비질서적인 일이라는 아이러니가 생긴다. 평소에 경찰은 술을 먹고 비틀거리는 사람을 보아도 그를 구속하려고 하지 않는다. 만약 그런 사람을 보고 어느 시민이 파출소에 신고를 하면 도리어 핀잔을 받게 될 것이다. 이미 정상처럼 된 행위므로…….

영국 경찰들은 아무리 급해도 뛰지 않는다는 불문율이 있다. 선의의 시민들을 놀라게 하는 것도 일종의 치안 질서를 문란케 하는 행위라고 생각하기 때문이다. 패트롤 카의 경적도 '도'와 '미'의 저음을 써서 시민들에게 불안감을 되도록 주지 않으려고 애쓴다.

비상령으로 시민을 놀라게 하는 방법보다 평소에 경범을 꾸준히 다스리는 것이 민주 경찰다운 일이 아닐까 싶다.

'비상령'이 '정상령'으로 바뀌어져야 한다.

1천1년의 징역형

세계 재판사상 최장의 형기를 받은 죄인이 있다. 처녀를 폭행 강간한 24세 텍사스 청년에게 댈러스 형사 법원은 1천1년의 징역형을 선고했다는 것이다.

사람들은 혹시 오식이 아닐까 생각하겠지만 틀림없이 10세기 하고도 1년이 넘는다.

그야말로 30세기에 가서나 이 24세의 텍사스 청년은 자유의 몸(?)이 되는 셈이다. 이 엄숙한 중형이 문득 실소를 자아내게도 한다. 더구나 천 년이면 천 년이었지 거기다 무슨 계산으로 1년을 또 덧붙였는지 유머 소설을 읽고 있는 느낌이 든다. 혹시 『천일야화』에서 힌트를 얻은 것이나 아닌지 모르겠다. 천하 최장기형을 내린 지방은 와일드하기로 이름 높은 텍사스의 댈러스. 케네디 대통령이 총탄을 맞고 숨진 곳이다.

그러나 인간의 최대 자연 수명보다도 더 오랜 형기를 선고한 데에는 결코 무슨 장난기가 있어서가 아니다. 법을 여러 가지로 이용하면 형기 10년쯤 감형되어 석방되는 일이 많다. 그래서 꼭 죽을 때까지 종신형을 치르게 하기 위해서는 아무리 감형을 해도 안 될 만큼 백 년 이상의 장기형을 내리는 것이다.

우리는 이 진기한 뉴스에서 두 가지 사실을 발견할 수 있을 것 같다. 하나는 왜 이런 중형을 가했느냐 하는 것이다. 무엇보다 그 범죄가 연약한 여자를 잔인한 방법으로 강간한 것이기 때문이다.

살해한 것도 아니다. 그런데도 배심원들의 분노를 산 것은 그가 린치를 하고 여인을 삭발시켰다는 사실이었을 것 같다.

또 한 가지는 법의 엄격성. 자유주의 천국이라는 미국이지만 법은 냉혹하며 그토록 무섭다. 인정사정이 없는 것이다. 이렇게 생각하면 한국의 법은 참으로 무르기 짝이 없는 것 같다. 인정이 많은 국민이라 그런가? 아직 백 년이 넘는 장기 징역형이 내려졌다는 이야기를 듣지 못했으니 말이다. 천 년 형을 우리도 본받자는 이야기는 아니다. 약한 자를 짓밟는 비굴한 폭력을 좀 더 미워할 줄 아는 사회 양식, 그리고 냉철한 법의식이 있어야겠다는 것이다.

때로는 인정 때문에 냉혹보다 더 잔인한 일을 방관하는 결과를 가져올 때가 있는 것이다.

구두코 길이의 제한령

미니냐, 맥시냐? 이것이 패션계의 커다란 이슈인 모양이다. 지금까지 치마 길이가 무릎으로부터 얼마나 더 올라갈 수 있느냐의 경주였다. 그러나 아무리 짧아도 한계란 것이 있기 때문에 미니의 유행은 언젠가 벽에 부딪치게 마련이다. 그러다 보면 치맛자락이 다시 길어지는 날이 돌아오고 말 것이라고 맥시파는 주장한다.

한국에서도 미니는 극점에까지 달한 것 같다. 제주도의 한 아가씨는 무릎 위로 30센티미터까지 올라간 미니스커트를 입고 번화가를 산책하다가 경범죄로 25일간의 구류 처분을 받았었다. 이때 어느 신문에는 미니스커트라 되어 있고, 또 어느 신문을 보면 팬티라고 되어 있다. 어느 쪽이든 어지간히 짧았던 모양이다. 그러나 미니가 법의 제재를 받는다는 것은 어쩐지 중세기의 냄새가 난다.

15, 16세기의 서양에서는 개인의 의상을 법으로 다스렸던 것이다. 그중 대표적인 것이 '구두코 발포령'이다. 당대의 사람들은 구두의 코가 얼마나 뾰족하고 긴가로 최신 유행의 여부를 따졌다.

이 구두코의 유행 경쟁의 결과로 1420년에는 연수年收 40파운드 이하의 서민은 구두 끝이 길고 뾰족한 구두를 신을 수 없다는 법령이 내려졌고, 구두코의 길이가 6인치 이상인 구두를 만드는 직공에게는 1파운드의 벌금형을 과했다.

지금 생각하면 모두 동화 같은 이야기다. 신사들이 구두코 경쟁으로 자기 신분을 높이려고 애쓴 것도 난센스지만 그렇다고 벌금형까지 과한 그 당시의 사회 감각도 웃기는 일이다. 그러나 또 앞으로 몇 세기가 지난 후에 오늘날의 미니스커트 소동을 본다면 구두코 소동과 대동소이한 사건으로 느껴질 것이다.

한편, 미니냐 맥시냐의 화제와는 달리, 한때 정계에서는 야외냐 옥내냐, 즉 들어가서 하느냐 나와서 하느냐가 큰 이슈로 등장했었다. 국민 투표법 중 개헌 공개 토론의 장소를 옥내에만 국한시킨 여당 안과 그것을 넓은 야외로 개방시키라는 야당 안의 대결이 바로 그것이다. 그 주장에는 각기 일리들이 있었지만 대체 그 옥내냐, 야외냐 하는 그런 문제까지를 법으로 굳이 못 박아두려는 것도 어쩐지 중세기의 냄새가 난다. 한 세월이 지나고 나면 모든 것이 우습게 여겨질 날이 있을 것이다.

건망증 환자와 주민등록증

건망증은 일반 상식과는 달리 바보보다도 천재들의 병이라고 한다. 발명왕 에디슨이 언젠가 은행에서 수표를 찾을 때 이름을 묻자 그만 자기 이름이 생각나지 않아 집에 달려가 문패를 보고 왔다는 일화가 그 일례에 속한다. 너무 과장이 심해 신빙성이 없지만 한 가지 연구에 몰두하는 사람이 건망증에 걸리게 되는 사실은 흔히 있는 일이다.

베토벤은 산책 중에 언제나 윗저고리를 숲에 벗어놓은 채 돌아오기 일쑤였고, 세계 제일의 박식가라는 디프레는 자기 집 전화번호를 외우지 못해 봉변을 당하는 일이 많았다. 슈베르트는 자기가 작곡한 노래를 잊어버리고 "저게 누구의 작품이냐. 참 아름다운 곡이다"라고 본의 아닌 자화자찬을 한 적이 있었다. 그렇다고 건망증에 걸려야 천재가 된다는 논법은 성립될 수 없다. 다만 건망증을 악덕으로만 몰아세워서는 안 된다는 변호일 따름이다.

주민등록법 중 개정법이 발효됨에 따라 내무부에서는 재빨리 가두 검문에 나섰다. 주민등록증을 휴대하지 않으면 법에 의해 구금할 수 있으므로 정신을 잘못 차렸다가는 된서리를 맞을 수도 있다. 건망증이 심한 사람일수록 이러한 근심은 클 것 같다. 물건을 잘 잃어버리는 사람은 '제2의 생명'이라 할 수 있는 주민등록증을 함부로 몸에 지니고 다닐 수도 없다. 그렇다고 집에 놓고 다니다가는 검문에 걸리고 만다. 결국 한국의 건망증 천재들은 아침마다 '들고 나올 것이냐 두고 나올 것이냐, 그것이 문제로다'의 기로에서 헤매는 햄릿이 되어야 할 것이다.

문제는 주민등록법 역시 운영의 묘에 달려 있다. 아무리 완벽한 사람이라도 건망증은 누구에게나 있게 마련이다. 살다 보면 아무리 중요한 것이라도 그것을 분실할 수도 있고, 더러는 집에 놓고 나올 수도 있다. 선량한 시민이 건망증 때문에 처벌을 당하는 일이 있어서는 안 되겠다.

시민들의 자유와 평화를 지키기 위해서 만들어진 주민등록증이니만큼 애꿎은 선의의 시민이, 되도록 괴로움을 당하는 일이 없도록 관계 당국자들은 케이스 바이 케이스로 융통성 있게 다루어야겠다. 신분이 밝혀질 때까지는 주민등록증을 휴대하지 않았다는 이유만으로 죄인을 다루듯 하지 않기를 부탁하고 싶다. 그리고 이 기회에 건망증이 심한 사람들도 천재라고 자위할 것이 아니라 그 병을 고쳐보는 것도 좋을 것이다.

매와 아이와 행정과

어린아이들의 울음을 멈추게 하는 데는 대체로 세 가지 유형이 있다. 첫째로는 매로 위협하는 방법이다. 우는 이유가 어디에 있든 아이는 매가 무서워 조용해진다. 둘째로는 달래는 방법이다. 과자를 준다든지 장난감을 주어 아이들의 관심을 다른 방향으로 돌려준다. 셋째로는 그 아이가 왜 우는지의 원인을 밝혀 직접 불만이나 고통을 해소시켜주는 방법이다.

정치나 행정도 똑같은 경우로 생각할 수 있다. '엄벌에 처함' 식의 행정은 첫 번째 방식이고 훈장과 상을 주어 착한 시민들을 표창하는 일은 두 번째에 속한다. 그러나 사회 현상을 분석 연구하여 모든 요인을 합리적으로 다스리는 것은 세 번째에 속할 것이다. 즉 과학적 행정이다.

아이들의 가정교육만이 아니다. 우리는 매로 위협하는 원시적 방식으로 모든 일을 해결하려는 경향이 짙다. 우는 아이가 있으면 우선 쥐어박고 본다. 울음은 멈추지만 불만이나 고통은 그대로 남아 있다. 다만 표면적으로만 평온해진 것뿐이다. 달래거나 원인을 캐서 불만을 해소시키는 것은 귀찮고 시간이 오래 걸리고 또 그만큼 인내심이 있어야 한다. 가장 쉽고 빠른 방법은 매를 드는 것이다.

이런 형식의 행정은 비합리주의적인 것으로 세 번째의 과학적 행정과는 상극을 이루고 있다. 겉으로 보면 쉽고 빠르고 편하지만 매로 울음을 완전히 멈추게 할 수는 없다. 기회만 있으면, 주먹이 멀리 있으면, 다시 울음이 터져 나온다. 팽이는 팽이채로 때릴 때만 돌 수 있다. 양담배가 눈에 띄게 부쩍 범람하고 있다. 감시자의 눈과 그 벌금만으로 다스릴 수는 없는 단계다. 또한 자가용의 불법 주차들이 버섯처럼 늘어나고 있다. 교통순경이 떼는 빨간 딱지만으론 다스릴 수 없는 단계. 부정 공무원들을 적발하는 건수도 부쩍 늘었다.

이것 역시 강력한 법만으론 뿌리를 도려낼 수 없을 것 같다. 매를 가지고 사회 질서를 바로잡기는 힘들다. 과학적 행정력이 아쉽다. 청자를 살 수만 있어도, 주차장을 조금만 더 확장시켜도, 그리고 공무원의 제도를 좀 더 과학적으로 개선하면 이 사회는 한결 달라질 것 같다. 어린아이의 울음을 멈추게 하려면 매부터 들 것이 아니라 먼저 왜 애가 우는지 원인부터 찾아내야 할 것이다.

단속은 권장이란 청개구리

유럽에서는 감자 유해론이 대두되어 화젯거리가 되어 있다. 그러나 감자의 족보를 캐 올라가면 이미 월터 롤리 경이 이것을 유럽에 처음으로 수입하던 그 무렵부터 말썽이 많았다는 사실을 알수 있다. 사람들은 처음 보는 감자에 의구심을 품고 잘 먹으려 들지 않았던 것이다. 프랑스에서는 이 감자를 널리 보급시키기 위한 정책으로 기발한 아이디어를 짜냈다. 궁전 뜰에 이것을 심어 놓고 밤마다 보초를 세워 지키게 했다. 그러자 주민들은 호기심을 갖고 밤에 몰래 감자를 캐서 훔쳐 먹기 시작했던 것이다. 물론 보초는 겉으로만 지키는 체하고 묵인해두라는 명령을 받았다. 이래서 감자의 주가는 자연히 올라가게 되었고 삽시간에 민가로 퍼져 나갔다.

감자의 이 일화에서 우리가 발견할 수 있는 것은 '단속을 통한 권장'이라는 묘한 인간 심리를 이용한 일종의 행정 수단이다. 어느 나라 사람들이나 청개구리의 심리를 가지고 있다. 하지 마라면 더 하고 싶어지는 것이 인간의 상정이다. 그렇기 때문에 국가의 행정 면에 있어서도 단속이 방치보다 도리어 더 많은 부작용을 낳는 현상이 있다. 결국 대중의 그 심리의 역학을 어떻게 이용하느냐가 문제의 열쇠다.

'크리스마스 바로 지내기' 운동이 해마다 벌어진다. 해마다 연말이 되면 청소년의 탈선 행위가 불어난다. 다방, 유흥장, 심지어 호텔에까지도 대담하게 진을 치고 놀아나는 10대의 무질서한 행위를 목격하게 된다. "예수를 믿지는 않아도 크리스마스의 즐거움만은 신봉한다"는 10대의 축제 무드는 요 몇 년 동안 사회 문제로 대두되기까지에 이르렀다. 그래서 심지어는 크리스마스이브엔 청소년들에게 통금령을 내리는 일까지 생겼다.

해마다 청소년의 풍기를 단속하는 엄격의 도수는 높아만 간다. 그러나 단속은 더 부채질하는 결과를 낳는다. 사람들의 눈을 피해서 점점 더 으슥하고 은밀한 곳으로 숨어 크리스마스이브를 지내게 된다. 탈선 행위는 음성화되어 질이 더욱 나빠질 수도 있다. 결국 억압만 할 게 아니라 이들에게 문자 그대로 어떻게 하는 것이 올바르게 크리스마스를 지내는 것인지를 알려주어야 한다. '단속을 통한 권장', 즉 '하지 마라'에서만 그칠 것이 아니라 '이렇게 해라'는 선도에도 관심을 기울여야 한다.

사회의 구멍

대낮에 침입한 강도가 하수구로 도망친 좀 진기한 사건이 있었다. 도둑을 가끔 쥐에 비유하는 일이 많았지만 악취가 풍기는 하수구로 몸을 감춘 이 강도야말로 에누리 없이 쥐를 닮은 데가 많다. 달려온 경찰들은 하수구의 오물과 메탄가스 때문에 방독면을 쓰고 추격전을 벌였다고 한다. 데모 방지에나 필요한 줄 알았던

방독면이 강도를 잡는 데 쓰일 줄이야! 세상은 확실히 소설보다 재미가 있다.

쥐를 잡듯 맨홀 뚜껑을 지켜보고 있는 그 광경은 만화의 훌륭한 소재가 될 수 있다. 그러나 이 진기한 사건을 조금만 더 살펴보면 결코 희극이 아니라는 사실을 발견할 수 있다. 우선 이 강도가 들어온 것은 대낮이다. 이것부터가 우리를 불안케 한다. 그리고 강도가 하수구에 들어가 잠적해버릴 때까지 그 뒤를 추격한 것은 그곳 주민들이었다. 경관이 출동한 것은 30분 후의 일이었다고 한다.

사정을 깊이 모르는 사람들은 강도를 하수구에서 놓치고 만 이유가 어디에 있는지 섣불리 단정할 수가 없을 것이다. 다만 분명한 것은 뒤쫓던 주민이 범인과 길 한복판에서 투석전을 벌이고 있을 때 길가의 사람들은 그냥 구경만 하고 있었다는 사실이다. 투석전이라고 하더라도 뒷짐을 지고 구경을 하던 사람들이 설마하니 데모를 하는 학생과 경관의 대결이라고 생각했을 리는 만무다. 원조를 구하기 위해서도 강도라고 외쳤을 것이다. 그를 추격한 사람이나 구경만 하던 사람이나 다 같은 시민이었다. 강도를 쫓는 시민이 있는가 하면, 이렇게 남의 일이라고 구경만 하는 시민도 있다.

그때 기사를 읽은 독자들은 자신도 불안을 느꼈을 일이다. 자기가 대낮에 그런 변을 당했다 하더라도 마찬가지였을 것이라는 생각이 들었을 것이기 때문이다. 돈을 강탈한 범인이 지붕을 뛰어넘고 백주의 거리를 달려가도 결국은 하수구에서 놓치고 말았다는 이 사건을 뒤집어 보면 시민들의 무관심과 경찰력이 미치지 않는 구멍난 사회의 한 단면을 엿볼 수 있다. 하수구의 쥐들이 대낮에 안방을 넘겨다보는 이 불안 속에서 우리는 남의 일이라고 그냥 영화 장면을 보듯 웃어넘길 수만은 없다.

이어령의 사람과 글과 애국의 열정

최석채 | 언론인, 전 조선일보 주필

　이어령 씨만큼 다재다능한 사람을 나는 별로 보지 못했다. 나는 그와 수년 동안 《경향신문》과 《조선일보》 두 신문사에서 같이 지내면서, 그가 글재주도 대단하지만 말재주도 그만하면 둘째가 라면 서러워할 정도로 달변이고 박학다식한 노력형 재사라는 것을 실감해왔었다.

　아무튼 그는 대학에선 명교수요, 문단에서 지도적 비평가요, 소설에도 손을 대면 베스트셀러 작가로 변신하는가 하면, 왕년의 언론계에서는 대표적 논객으로, 그의 종횡무진의 재능과 활동은 항상 세인의 주목을 끌어왔다.

　특히 놀라운 것은 이어령 씨가 초등학교 5학년 때 해방이 되어 일본어 실력이 그리 능숙하지 못할 텐데도, 일본에 가서 1년간 연구 생활을 한 끝에 명저 『축소지향의 일본인』을 펴내어, 일본 사회에 이어령 선풍을 일으켰던 일이다.

　그 책은 발간 3년이 지난 현재까지 40여 판을 거듭하면서 장기

베스트셀러 중 하나가 되어 있을 뿐만 아니라, 지금도 한 달에 한 두 번꼴로 일본의 학술 단체, 언론 기관, 기업체 등으로부터 강연 초청을 받아 현해탄을 오가기에 바쁘다고도 한다.

그처럼 이어령 씨가 일본에서까지 명사로 부상한 것은, 그 책이 일본인으로 하여금 그들 스스로를 재인식케 하는 데 적지 않은 영향을 끼친 것에 있는 것 같다.

특히 한국인에 대해서는 여러모로 인색하기 짝이 없는 일본 사회가 이어령 씨를 그만큼 평가했다는 사실만으로도 좀처럼 보기 드문, 놀라운 일이 아닐 수 없다.

그처럼 어려운 일을 이어령 씨가 단시일 내에 해낸 것은 그의 예리한 문명 비평가적인 혜안과 항상 쉬지 않고 탐구하는 무서운 노력의 산물이라고 해도 좋을 것이다.

일본에서의 『축소지향의 일본인』 선풍은 20여 년 전에 그의 젊고 신선한 감성의 에세이집 『흙 속에 저 바람 속에』가 이 땅에 던진 경이로운 반향과 영향력을 방불케 한다.

『흙 속에 저 바람 속에』가 40여만 부나 중판을 거듭하면서 지식인들의 필독서가 되다시피 했던 것은, 그 당시 근대화를 향한 전환기에 그가 명쾌하게 분석 비판한 한국의 풍토적 특성, 민족의 장점과 단점, 그리고 장래에의 지표를 주옥같은 문장으로 엮어냈다는 데 있었다고 생각된다.

이제 그는 해방 40년을 맞아 1985년 제3의 거탄巨彈이라 할 『신

한국인』을 펴내기에 이르렀다.

그 초고를 일독하니, 한마디로 그렇게 재미있고 감동적일 수가 없다.

이 책의 기초가 된 것은 그가 올 봄부터 수개월에 걸쳐 《조선일보》에 연재한 에세이 「신한국인」과, 거의 동시에 연속 방영된 KBS 텔레비전 칼럼 〈한국인이여, 한국을 이야기하자〉의 초고를 모은 것이라고 한다.

신문 연재와 텔레비전 칼럼 출연을 동시에 수개월이나 줄기차게 계속한 것은 상상만 해도 고통스러운 일이 아닐 수 없었을 것이다. 그 고역을 이어령 씨가 사회적인 관심을 모은 가운데 마칠 수 있었던 것은, 불안과 혼돈과 격동이 소용돌이치는 조국의 위기적 상황 속에서 나라와 겨레를 향한 충정을 되도록 많은 사람들에게 동시에 호소하지 않고서는 견딜 수 없는 우국의 일념이 컸기 때문이었을 것이다.

그야말로 필설을 다하여 냉혹한 현실적 미망迷妄의 논리에 도전하고 밝은 내일에의 지표를 제시했다고도 볼 수 있다.

신문과 브라운관을 통해서 전파된 동일 주제의 두 연재물을 한 권의 책으로 출간한 것은 불투명한 현하의 위국危局에 대한 심층 분석, 기구한 역사적 상황과 엄청난 사회 병리 현상에 대한 진단과 처방을 그의 독특하고 소구력 있는 문장으로 음미할 수 있다는 점에서 그 뜻이 적지 않다고 하겠다.

이 책에서 가장 관심을 끄는 것 중 하나는, 요즘의 우리나라 사람들이 예전처럼 멋과 여유를 잃고 정신없이 치닫기만 하려는 풍조를 우려하며, "도대체 어디를 향해, 왜들 이렇게 뛰고 있는가"라고 경고한 대목이다.

> ……왜들 이렇게 뛰는지
> 이것이 과연 그 옛날의
> 한국인이라 할 수 있는지
> 반걸음만 멈추고 생각해보자……

이렇게 그는 날이 갈수록 각박해져가는 사회, 조급하게 앞으로만 뛰어가려고 하는 한국인의 변질된 기질을 향해, 예지와 설득의 힘이 넘친 호소를 한다.

몇천 년의 국민 소득 1백 달러 이하의 시대를 지나 불과 30년 만에 2천 달러 시대에 살게 된 한국인이 그 의식에서부터 급격히 변해간다는 것은 당연한 귀결인지도 모른다.

그러한 변화를 몰고 온 바람, 그리고 앞으로 더 큰 변화와 발전을 몰고 올 거센 바람의 향방을 그는 이 책에서 철저히 추구하고 분석한다. 특히 그가 비관이나 부정의 논리가 아닌, 어디까지나 긍정과 희망의 바탕 위에 있어야 할 당위적 한국인상을 절묘하게 설파한 점은 괄목할 만하다.

　이 책은 위정자를 비롯한 사회 각계의 지도층은 물론, 각 개인
의 삶에 있어서도 내일을 위한 지침이 될 것이며, 읽는 이로 하여
금 누구나 가슴이 후련하고 뭉클해지도록 조국과 겨레에 대한 긍
지와 애착심을 샘솟게 하리라고 믿으면서, 널리 강호 제현에게
일독을 권하는 바다.

최석채(1917~1991)

일본 주오대학[中央大學] 법학부를 졸업했다. 대구《매일신문》과《조선일보》에서 편집
국장과 주필을 역임했으며, 평생을 반골정신과 저항기질에 바탕한 정론으로 일관한
언론인으로 1955년 9월 13일자 대구《매일신문》사설「학도를 도구로 이용하지 말
라」로 자유당 독재에 항거하다 투옥되었으며, 3·15 부정 선거 직후 국민들의 '총궐
기'를 선언한 사설을 써 4·19혁명의 도화선에 불을 당겼다. 화랑무공훈장 등을 받았
으며, 사후 2000년에 국제언론인협회(IPI)로부터 '세계 언론자유 영웅 50인'의 한 사
람으로 선정되었다. 저서로 시사평론집『서민의 항장抗章』(1956),『일제하의 명논설
집』(편저),『한국의 신문 윤리』(공편)가 있으며, 유고와 추모글 등을 모아 엮은 것으로
『반골 언론인 최석채』가 있다.

이어령 작품 연보

문단 : 등단 이전 활동

「이상론 – 순수의식의 뇌성(牢城)과 그 파벽(破壁)」	서울대 《문리대 학보》 3권, 2호	1955.9.
「우상의 파괴」	《한국일보》	1956.5.6.

데뷔작

「현대시의 UMGEBUNG(環圍)와 UMWELT(環界) –시비평방법론서설」	《문학예술》 10월호	1956.10.
「비유법논고」	《문학예술》 11,12월호	1956.11.
* 백철 추천을 받아 평론가로 등단		

논문

평론·논문

1.	「이상론 – 순수의식의 뇌성(牢城)과 그 파벽(破壁)」	서울대 《문리대 학보》 3권, 2호	1955.9.
2.	「현대시의 UMGEBUNG와 UMWELT–시비평방 법론서설」	《문학예술》 10월호	1956
3.	「비유법논고」	《문학예술》 11,12월호	1956
4.	「카타르시스문학론」	《문학예술》 8~12월호	1957
5.	「소설의 아펠레이션 연구」	《문학예술》 8~12월호	1957

학위논문

단평

국내신문

3. 「화전민지대-신세대의 문학을 위한 각서」 《경향신문》 1957.1.11.~12.

4. 「현실초극점으로만 탄생-시의 '오부제'에 대하여」 《평화신문》 1957.1.18.

5. 「겨울의 축제」 《서울신문》 1957.1.21.

6. 「우리 문화의 반성-신화 없는 민족」 《경향신문》 1957.3.13.~15.

7. 「묘비 없는 무덤 앞에서-추도 이상 20주기」 《경향신문》 1957.4.17.

8. 「이상의 문학-그의 20주기에」 《연합신문》 1957.4.18.~19.

9. 「시인을 위한 아포리즘」 《자유신문》 1957.7.1.

10. 「토인과 생맥주-전통의 터너미놀로지」 《연합신문》 1958.1.10.~12.

11. 「금년문단에 바란다-장미밭의 전쟁을 지양」 《한국일보》 1958.1.21.

12. 「주어 없는 비극-이 시대의 어둠을 향하여」 《조선일보》 1958.2.10.~11.

13. 「모래의 성을 밟지 마십시오-문단후배들에게 말 《서울신문》 1958.3.13.
한다」

14. 「현대의 신라인들-외국 문학에 대한 우리 자세」 《경향신문》 1958.4.22.~23.

15. 「새장을 여시오-시인 서정주 선생에게」 《경향신문》 1958.10.15.

16. 「바람과 구름과의 대화-왜 문학논평이 불가능한가」 《문화시보》 1958.10.

17. 「대화정신의 상실-최근의 필전을 보고」 《연합신문》 1958.12.10.

18. 「새 세계와 문학신념-폭발해야 할 우리들의 언어」 《국제신보》 1959.1.

19. *「영원한 모순-김동리 씨에게 묻는다」 《경향신문》 1959.2.9.~10.

20. *「못 박힌 기독은 대답 없다-다시 김동리 씨에게」 《경향신문》 1959.2.20.~21.

21. *「논쟁과 초점-다시 김동리 씨에게」 《경향신문》 1959.2.25.~28.

22. *「희극을 원하는가」 《경향신문》 1959.3.12.~14.

    * 김동리와의 논쟁

23. 「자유문학상을 위하여」 《문학논평》 1959.3.

24. 「상상문학의 진의-펜의 논제를 말한다」 《동아일보》 1959.8.~9.

25. 「프로이트 이후의 문학-그의 20주기에」 《조선일보》 1959.9.24.~25.

26. 「비평활동과 비교문학의 한계」 《국제신보》 1959.11.15.~16.

27. 「20세기의 문학사조-현대사조와 동향」 《세계일보》 1960.3.

28. 「제삼세대(문학)-새 차원의 음악을 듣자」 《중앙일보》 1966.1.5.

29. 「'에비'가 지배하는 문화-한국문화의 반문화성」 《조선일보》 1967.12.28.

56. 「半島性의 상실과 회복의 역사」	《한국일보》 광복50년 신년특집 특별기고	1995.1.4.
57. 「한국언론의 새로운 도전」	《조선일보》 75주년 기념특집	1995.3.5.
58. 「대고려전시회의 의미」	《중앙일보》	1995.7.
59. 「이인화의 역사소설」	《동아일보》	1995.7.
60. 「한국문화 50년」 외 다수	《조선일보》 광복50년 특집	1995.8.1.

외국신문

| 1. 「通商から通信へ」 | 《朝日新聞》 교토포럼 主題論文抄 | 1992.9. |
| 2. 「亞細亞の歌をうたう時代」 외 다수 | 《朝日新聞》 | 1994.2.13. |

국내잡지

1. 「마호가니의 계절」	《예술집단》 2호	1955.2.
2. 「사반나의 풍경」	《문학》 1호	1956.7.
3. 「나르시스의 학살 – 이상의 시와 그 난해성」	《신세계》	1956.10.
4. 「비평과 푸로파간다」	영남대 《嶺文》 14호	1956.10.
5. 「기초문학함수론 – 비평문학의 방법과 그 기준」	《사상계》	1957.9.~10.
6. 「무엇에 대하여 저항하는가 – 오늘의 문학과 그 근거」	《신군상》	1958.1.
7. 「실존주의 문학의 길」	《자유공론》	1958.4.
8. 「현대작가의 책임」	《자유문학》	1958.4.
9. 「한국소설의 현재의 장래 – 주로 해방후의 세 작가를 중심으로」	《지성》 1호	1958.6.
10. 「시와 속박」	《현대시》 2집	1958.9.
11. 「작가의 현실참여」	《문학평론》 1호	1959.1.
12. 「방황하는 오늘의 작가들에게 – 작가적 사명」	《문학논평》 2호	1959.2.
13. 「자유문학상을 향하여」	《문학논평》	1959.3.
14. 「고독한 오솔길 – 소월시를 말한다」	《신문예》	1959.8.~9.

43. 「이상문학의 출발점」	《문학사상》	1975.9.
44. 「분단기의 문학」	《정경문화》	1979.6.
45. 「미와 자유와 희망의 시인 – 일리리스의 문학세계」	《충청문장》 32호	1979.10.
46. 「말 속의 한국문화」	《삶과꿈》 연재	1994.9~1995.6.
외 다수		

외국잡지

1. 「亞細亞人の共生」	《Forsight》新潮社	1992.10.
외 다수		

대담

1. 「일본인론 – 대담:金容雲」	《경향신문》	1982.8.19.~26.
2. 「가부도 논쟁도 없는 무관심 속의 '방황' – 대담:金環東」	《조선일보》	1983.10.1.
3. 「해방 40년, 한국여성의 삶 – "지금이 한국여성사의 터닝포인트" – 특집대담:정용석」	《여성동아》	1985.8.
4. 「21세기 아시아의 문화 – 신년석학대담:梅原猛」	《문학사상》 1월호, MBC TV 1일 방영	1996.1.
외 다수		

세미나 주제발표

1. 「神奈川 사이언스파크 국제심포지움」	KSP 주최(일본)	1994.2.13.
2. 「新潟 아시아 문화제」	新潟縣 주최(일본)	1994.7.10.
3. 「순수문학과 참여문학」(한국문학인대회)	한국일보사 주최	1994.5.24.
4. 「카오스 이론과 한국 정보문화」(한·중·일 아시아 포럼)	한백연구소 주최	1995.1.29.
5. 「멀티미디어 시대의 출판」	출판협회	1995.6.28.
6. 「21세기의 메디아론」	중앙일보사 주최	1995.7.7.
7. 「도자기와 총의 문화」(한일문화공동심포지움)	한국관광공사 주최(후쿠오카)	1995.7.9.

8. 「역사의 대전환」(한일국제심포지움)	중앙일보 역사연구소	1995.8.10.
9. 「한일의 미래」	동아일보, 아사히신문 공동주최	1995.9.10.
10. 「춘향전'과 '忠臣藏'의 비교연구」(한일국제심포지엄)	한림대·일본문화연구소 주최	1995.10.
외 다수		

기조강연

1. 「로스엔젤러스 한미박물관 건립」	(L.A.)	1995.1.28.
2. 「하와이 50년 한국문화」	우먼스클럽 주최(하와이)	1995.7.5.
외 다수		

저서(단행본)

평론·논문

1. 『저항의 문학』	경지사	1959
2. 『지성의 오솔길』	동양출판사	1960
3. 『전후문학의 새 물결』	신구문화사	1962
4. 『통금시대의 문학』	삼중당	1966
* 『축소지향의 일본인』	갑인출판사	1982
* '縮み志向の日本人'의 한국어판		
5. 『縮み志向の日本人』(원문: 일어판)	学生社	1982
6. 『俳句で日本を讀む』(원문: 일어판)	PHP	1983
7. 『고전을 읽는 법』	갑인출판사	1985
8. 『세계문학에의 길』	갑인출판사	1985
9. 『신화속의 한국인』	갑인출판사	1985
10. 『지성채집』	나남	1986
11. 『장미밭의 전쟁』	기린원	1986

소설

시

| 『다시 한번 날게 하소서』 | 성안당 | 2022 |
| 『눈물 한 방울』 | 김영사 | 2022 |

칼럼집

| 1. 『차 한 잔의 사상』 | 삼중당 | 1967 |
| 2. 『오늘보다 긴 이야기』 | 기린원 | 1986 |

편저

1. 『한국작가전기연구』	동화출판공사	1975
2. 『이상 소설 전작집 1,2』	갑인출판사	1977
3. 『이상 수필 전작집』	갑인출판사	1977
4. 『이상 시 전작집』	갑인출판사	1978
5. 『현대세계수필문학 63선』	문학사상사	1978
6. 『이어령 대표 에세이집 상,하』	고려원	1980
7. 『문장백과대사전』	금성출판사	1988
8. 『뉴에이스 문장사전』	금성출판사	1988
9. 『한국문학연구사전』	우석	1990
10. 『에센스 한국단편문학』	한양출판	1993
11. 『한국 단편 문학 1~9』	모음사	1993
12. 『한국의 명문』	월간조선	2001
13. 『뜻으로 읽는 한국어 사전』	문학사상사	2002
14. 『매화』	생각의나무	2003
15. 『사군자와 세한삼우』	종이나라(전5권)	2006

    1. 매화

    2. 난초

    3. 국화

    4. 대나무

    5. 소나무

| 16. 『십이지신 호랑이』 | 생각의나무 | 2009 |

17. 『십이지신 용』	생각의나무	2010
18. 『십이지신 토끼』	생각의나무	2010
19. 『문화로 읽는 십이지신 이야기 – 뱀』	열림원	2011
20. 『문화로 읽는 십이지신 이야기 – 말』	열림원	2011
21. 『문화로 읽는 십이지신 이야기 – 양』	열림원	2012

희곡

1. 『기적을 파는 백화점』	갑인출판사	1984
* '기적을 파는 백화점', '사자와의 경주' 등 다섯 편이 수록된 희곡집		
2. 『세 번은 짧게 세 번은 길게』	기린원	1979, 1987

대담집&강연집

1. 『그래도 바람개비는 돈다』	동화서적	1992
* 『기업과 문화의 충격』	문학사상사	2003
* '그래도 바람개비는 돈다'의 개정판		
2. 『세계 지성과의 대화』	문학사상사	1987, 2004
3. 『나, 너 그리고 나눔』	문학사상사	2006
4. 『지성과 영성의 만남』	홍성사	2012
5. 『메멘토 모리』	열림원	2022
6. 『거시기 머시기』(강연집)	김영사	2022

교과서&어린이책

1. 『꿈의 궁전이 된 생쥐 한 마리』	비룡소	1994
2. 『생각에 날개를 달자』	웅진출판사(전12권)	1997
1. 물음표에서 느낌표까지		
2. 누가 맨 먼저 시작했나?		
3. 엄마, 나 한국인 맞아?		

3. 문학편 – 컨버전스 시대의 변화하는 문학

4. 과학편 – 세상을 바꾼 과학의 역사

5. 심리편 – 마음을 유혹하는 심리의 비밀

6. 역사편 – 역사란 무엇인가?

7. 정치편 – 세상을 행복하게 만드는 정치

8. 철학편 – 세상을 이해하는 지혜의 눈

9. 신화편 – 시대를 초월한 상상력의 세계

10. 문명편 – 문명의 역사에 담긴 미래 키워드

11. 춤편 – 한 눈에 보는 춤 이야기

12. 의학편 – 의학 발전을 이끈 위대한 실험과 도전

13. 국제관계편 – 지구촌 시대를 살아가는 지혜

14. 수학편 – 수학적 사고력을 키우는 수학 이야기

15. 환경편 – 지구의 미래를 위한 환경 보고서

16. 지리편 – 지구촌 곳곳의 살아가는 이야기

17. 전쟁편 – 인류 역사를 뒤흔든 전쟁 이야기

18. 언어편 – 언어란 무엇인가?

19. 음악편 – 천년의 감동이 담긴 서양 음악 여행

20. 미래과학편 – 미래를 설계하는 강력한 힘

8. 『느껴야 움직인다』	시공미디어	2013
9. 『지우개 달린 연필』	시공미디어	2013
10. 『길을 묻다』	시공미디어	2013

일본어 저서

* 『縮み志向の日本人』(원문: 일어판)	学生社	1982
* 『俳句で日本を讀む』(원문: 일어판)	PHP	1983
* 『ふろしき文化のポスト・モダン』(원문: 일어판)	中央公論社	1989
* 『蛙はなぜ古池に飛びこんだのか』(원문: 일어판)	学生社	1993
* 『ジャンケン文明論』(원문: 일어판)	新潮社	2005
* 『東と西』(대담집, 공저:司馬遼太郎 編, 원문: 일어판)	朝日新聞社	1994. 9

676

번역서

『흙 속에 저 바람 속에』의 외국어판

1.	* 『In This Earth and In That Wind』 (David I. Steinberg 역) 영어판	RAS-KB	1967
2.	* 『斯土斯風』(陳寧寧 역) 대만판	源成文化圖書供應社	1976
3.	* 『恨の文化論』(裵康煥 역) 일본어판	学生社	1978
4.	* 『韓國人的心』 중국어판	山侫人民出版社	2007
5.	* 『B TEX КРАЯХ НА ТЕХ ВЕТРАХ』 (이리나 카사트키나, 정인순 역) 러시아어판	나탈리스출판사	2011

『縮み志向の日本人』의 외국어판

6.	* 『Smaller is Better』(Robert N. Huey 역) 영어판	Kodansha	1984
7.	* 『Miniaturisation et Productivité Japonaise』 불어판	Masson	1984
8.	* 『日本人的縮小意识』 중국어판	山侫人民出版社	2003
9.	* 『환각의 다리』『Blessures D'Avril』 불어판	ACTES SUD	1994
10.	* 『장군의 수염』『The General's Beard』(Brother Anthony of Taizé 역) 영어판	Homa & Sekey Books	2002
11.	* 『디지로그』『デヅログ』(宮本尙寬 역) 일본어판	サンマーク出版	2007
12.	* 『우리문화 박물지』『KOREA STYLE』 영어판	디자인하우스	2009

공저

1.	『종합국문연구』	선진문화사	1955
2.	『고전의 바다』(정병욱과 공저)	현암사	1977
3.	『멋과 미』	삼성출판사	1992
4.	『김치 천년의 맛』	디자인하우스	1996
5.	『나를 매혹시킨 한 편의 시1』	문학사상사	1999
6.	『당신의 아이는 행복한가요』	디자인하우스	2001
7.	『휴일의 에세이』	문학사상사	2003
8.	『논술만점 GUIDE』	월간조선사	2005
9.	『글로벌 시대의 한국과 한국인』	아카넷	2007

전집

지성의 숲을 걷기 위한 길 안내

34종 24권 5개 컬렉션으로 분류, 10년 만에 완간

이어령이라는 지성의 숲은 넓고 깊어서 그 시작과 끝을 가늠하기 어렵다. 자칫 길을 잃을 수도 있어서 길 안내가 필요한 이유다. '이어령 전집'의 기획과 구성의 과정, 그리고 작품들의 의미 등을 독자들께 간략하게나마 소개하고자 한다. (편집자 주)

북이십일이 이어령 선생님과 전집을 출간하기로 하고 정식으로 계약을 맺은 것은 2014년 3월 17일이었다. 2023년 2월에 '이어령 전집'이 34종 24권으로 완간된 것은 10년 만의 성과였다. 자료조사를 거쳐 1차로 선정한 작품은 50권이었다. 2000년 이전에 출간한 단행본들을 전집으로 묶으며 가려 뽑은 작품들을 5개의 컬렉션으로 분류했고, 내용의 성격이 비슷한 경우에는 한데 묶어서 합본 호를 만든다는 원칙을 세웠다. 이어령 선생님께서 독자들의 부담을 고려하여 직접 최종적으로 압축한 리스트는 34권이었다.

평론집 『저항의 문학』이 베스트셀러 컬렉션(16종 10권)의 출발이다. 이어령 선생님의 첫 책이자 혁명적 언어 혁신과 문학관을 담은 책으로

682

1950년대 한국 문단에 일대 파란을 일으킨 명저였다. 두 번째 책은 국내 최초로 한국 문화론의 기치를 들었다고 평가받은『말로 찾는 열두 달』 과『오늘을 사는 세대』를 뼈대로 편집한 세대론『거부하는 몸짓으로 이 젊음을』으로, 이 두 권을 합본 호로 묶었다. 베스트셀러 컬렉션의 세 번째 책은 박정희 독재를 비판하는 우화를 담은 액자소설「장군의 수염」, 보카치오의『데카메론』형식을 빌려온「전쟁 데카메론」, 스탕달의 단편 「바니나 바니니」를 해석하여 다시 쓴 한국 최초의 포스트모던 소설「환 각의 다리」등 중·단편소설들을 한데 묶었다. 한국 출판 최초의 대형 베 스트셀러 에세이『흙 속에 저 바람 속에』와 긍정과 희망의 한국인상에 대해서 설파한『오늘보다 긴 이야기』는 합본하여 네 번째로 묶었으며, 일본 문화비평사에 큰 획을 그은 기념비적 작품으로 일본문화론 100년 의 10대 고전으로 선정된『축소지향의 일본인』은 베스트셀러 컬렉션의 다섯 번째 책이다.

여섯 번째는 한국어로 쓰인 가장 아름다운 자전 에세이에 속하는『하 나의 나뭇잎이 흔들릴 때』와 1970년대에 신문 연재 에세이로 쓴 글들을 모아 엮은 문화·문명 비평 에세이『현대인이 잃어버린 것들』을 함께 묶 었다. 일곱 번째는 문학 저널리즘의 월평 및 신문·잡지에 실렸던 평문 들로 구성된『지성의 오솔길』인데 1956년 5월 6일《한국일보》에 실려 문단에 충격을 준「우상의 파괴」가 수록되어 있다.

한국어 뜻풀이와 단군신화를 분석한『뜻으로 읽는 한국어사전』과 『신화 속의 한국정신』은 베스트셀러 컬렉션의 여덟 번째로, 20대의 젊은이에게 들려주고 싶은 말을 엮은 책『젊은이여 한국을 이야기하자』는 아홉 번째로, 외국 풍물에 대한 비판적 안목이 돋보이는 이어령 선생님의 첫 번째 기행문집『바람이 불어오는 곳』은 열 번째 베스트셀러 컬렉션으로 묶었다.

이어령 선생님은 뛰어난 비평가이자, 소설가이자, 시인이자, 희곡작가였다. 그는 남들이 가지 않은 길을 가고자 했다. 그 결과물인 크리에이티브 컬렉션(2권)은 이어령 선생님의 장편소설과 희곡집으로 구성되어 있다. 『둥지 속의 날개』는 1983년《한국경제신문》에 연재했던 문명비평적인 장편소설로 10만 부 이상 팔린 베스트셀러이고, 원래 상하권으로 나뉘어 나왔던 것을 한 권으로 합본했다. 『기적을 파는 백화점』은 한국 현대문학의 고전이 된 희곡들로 채워졌다. 수록작 중「세 번은 짧게 세 번은 길게」는 1981년에 김호선 감독이 영화로 만들어 제18회 백상예술대상 감독상, 제2회 영화평론가협회 작품상을 수상했고, TV 단막극으로도 만들어졌다.

아카데믹 컬렉션(5종 4권)에는 이어령 선생님의 비평문을 한데 모았다. 1950년대에 데뷔해 1970년대까지 문단의 논객으로 활동한 이어령 선생님이 당대의 문학가들과 벌인 문학 논쟁을 담은『장미밭의 전쟁』은 지금도 여전히 관심을 끈다. 호메로스에서 헤밍웨이까지 이어령 선생님과 함께 고전 읽기 여행을 떠나는『진리는 나그네』와 한국의 시가문학을 통해서 본 한국문화론『노래여 천년의 노래여』는 합본 호로 묶었다. 한국인이 사랑하는 김소월, 윤동주, 한용운, 서정주 등의 시를 기호론적 접근법으로 다시 읽는 『시 다시 읽기』는 이어령 선생님의 학문적 통찰이 빛나는 책이다. 아울러 박사학위 논문이기도 했던 『공간의 기호학』은 한국 문학이론사에서 빼놓을 수 없는 명저다.

사회문화론 컬렉션(5종 4권)은 이어령 선생님의 우리 사회와 문화에 대한 관심을 담았다. 칼럼니스트 이어령 선생님의 진면목이 드러난 책 『차 한 잔의 사상』은 20대에 《서울신문》의 '삼각주'로 출발하여 《경향신문》의 '여적', 《중앙일보》의 '분수대', 《조선일보》의 '만물상' 등을 통해 발표한 명칼럼들이 수록되어 있다. 『어머니와 아이가 만드는 세상』은 「천년을 달리는 아이」, 「천년을 만드는 엄마」를 한데 묶은 책으로, 새천년의 새 시대를 살아갈 아이와 엄마에게 띄우는 지침서다. 아울러 이어령 선생님의 산문시들을 엮어 만든 『시와 함께 살다』를 이와 함께 합본 호로 묶었다. 『저 물레에서 운명의 실이』는 1970년대에 신문에 연재한 여성론을 펴낸 책으로 『사씨남정기』, 『춘향전』, 『이춘풍전』을 통해 전통 사상에 입각한 한국 여인, 한국인 전체에 대한 본성을 분석했다. 『일본 문화와 상인정신』은 일본의 상인정신을 통해 본 일본문화 비평론이다.

한국문화론 컬렉션(5종 4권)은 한국문화에 대한 본격 비평을 모았다. 『기업과 문화의 충격』은 기업문화의 혁신을 강조한 기업문화 개론서다. 『푸는 문화 신바람의 문화』는 '신바람', '풀이'라는 키워드를 통해 고급의 예화와 일화, 우리말의 어휘와 생활 문화 등 다양한 범위 속에서 우리 문화를 분석했고, '붉은 악마', '문명전쟁', '정치문화', '한류문화' 등의 4가지 코드로 문화를 진단한 『문화 코드』와 합본 호로 묶었다. 한국과 일본 지식인들의 대담 모음집 『세계 지성과의 대화』와 이화여대 교수직을 내려놓으면서 각계각층 인사들과 나눈 대담집 『나, 너 그리고 나눔』이 이 컬렉션의 대미를 장식한다.

　2022년 2월 26일, 편집과 고증의 과정을 거치는 중에 이어령 선생님이 돌아가신 것은 출간 작업의 커다란 난관이었다. 최신판 '저자의 말'을 수록할 수 없게 된 데다가 적잖은 원고 내용의 저자 확인이 필요한 부분이 있었으니 난관이 아닐 수 없었다. 다행히 유족 측에서는 이어령 선생님의 부인이신 영인문학관 강인숙 관장님이 마지막 교정과 확인을 맡아주셨다. 밤샘도 마다하지 않으면서 꼼꼼하게 오류를 점검해주신 강인숙 관장님에게 이 지면을 빌려 감사의 말씀을 드린다.

KI신서 10641

이어령 전집 04

흙 속에 저 바람 속에 · 오늘보다 긴 이야기

1판 1쇄 인쇄 2023년 2월 17일
1판 1쇄 발행 2023년 2월 26일

지은이 이어령
펴낸이 김영곤
펴낸곳 (주)북이십일 21세기북스

TF팀 이사 신승철
TF팀 이종배
출판마케팅영업본부장 민안기
마케팅1팀 배상현 한경화 김신우 강효원
출판영업팀 최명열 김다운
제작팀 이영민 권경민
진행·디자인 다함미디어 | 함성주 유예지 권성희
교정교열 구경미 김도언 김문숙 박은경 송복란 이진규 이충미 임수현 정미용 최아림

출판등록 2000년 5월 6일 제406-2003-061호
주소 (10881) 경기도 파주시 회동길 201(문발동)
대표전화 031-955-2100 **팩스** 031-955-2151 **이메일** book21@book21.co.kr

© 이어령, 2023

ISBN 978-89-509-3825-3 04810

(주)북이십일 경계를 허무는 콘텐츠 리더

21세기북스 채널에서 도서 정보와 다양한 영상자료, 이벤트를 만나세요!
페이스북 facebook.com/jiinpill21 포스트 post.naver.com/21c_editors
인스타그램 instagram.com/jiinpill21 홈페이지 www.book21.com
유튜브 youtube.com/book21pub

- 책값은 뒤표지에 있습니다.
- 이 책 내용의 일부 또는 전부를 재사용하려면 반드시 (주)북이십일의 동의를 얻어야 합니다.
- 잘못 만들어진 책은 구입하신 서점에서 교환해드립니다.